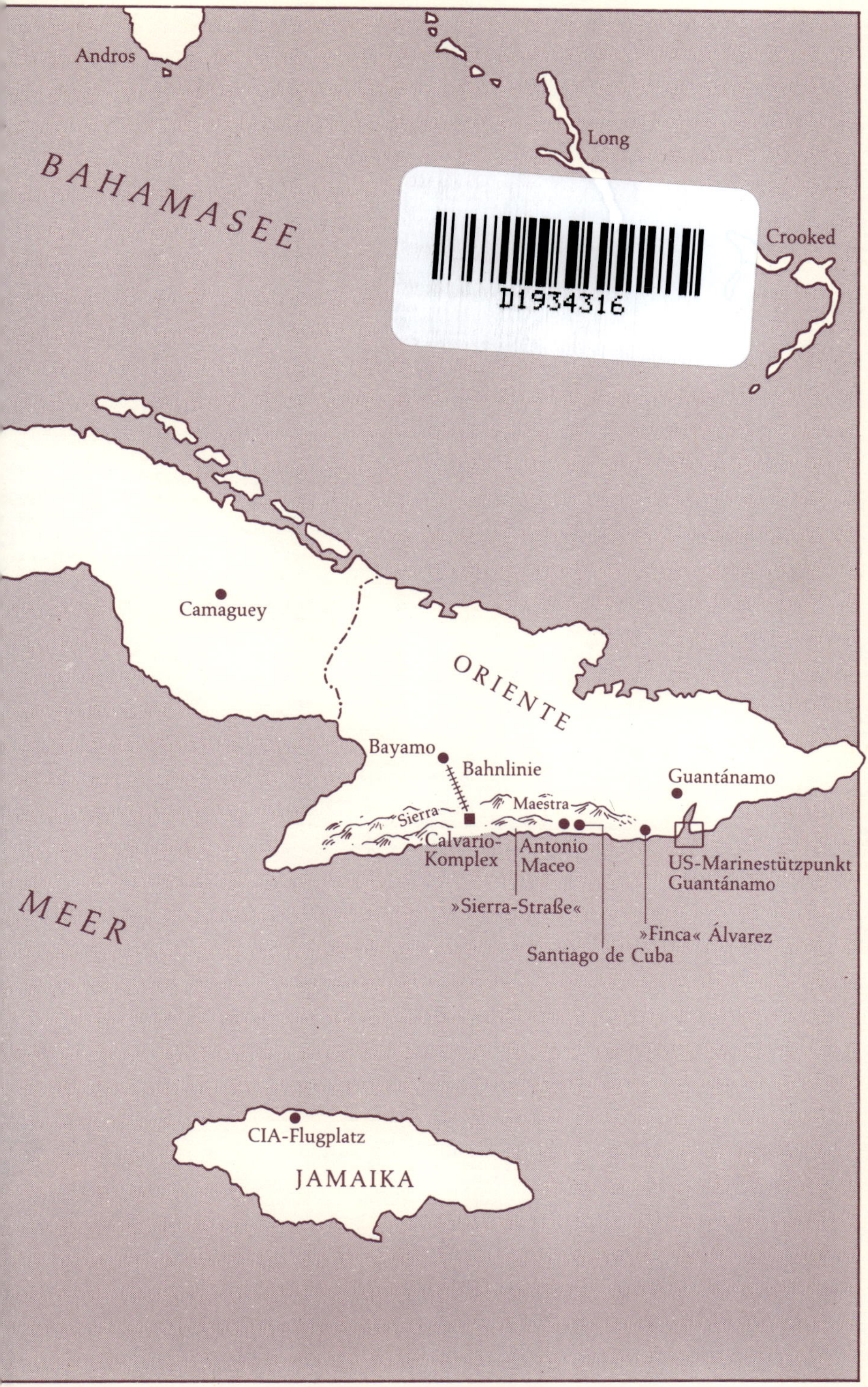
Andros
Long
BAHAMASEE
Crooked
Camaguey
ORIENTE
Bayamo
Bahnlinie
Guantánamo
Sierra
Maestra
Calvario-Komplex
Antonio Maceo
US-Marinestützpunkt Guantánamo
»Sierra-Straße«
»Finca« Álvarez
Santiago de Cuba
MEER
CIA-Flugplatz
JAMAIKA

Douglas Terman
MinenSpiel

Douglas Terman

MINEN SPIEL

Thriller

Aus dem Amerikanischen
von Albert Knierim

Gustav Lübbe Verlag

Titel der Originalausgabe: Shell Game
Originalverlag: Poseidon Press, New York

Aus dem Amerikanischen von Albert Knierim
Schutzumschlag: Roberto Patelli, Köln
Satz: ICS Computersatz GmbH, Bergisch Gladbach
Druck, Einband: May & Co., Darmstadt

Printed in West Germany
ISBN 3-7857-0412-7

Abgesehen von einigen bekannten Persönlichkeiten
aus dem öffentlichen Leben der UdSSR
und der Republik Kuba sind alle Gestalten
in diesem Buch frei erfunden.
Ähnlichkeiten mit lebenden oder toten Personen
wären daher rein zufällig.
Der Klarheit wegen werden auch
für die im Buch erwähnten sowjetischen Raketentypen die
jeweiligen NATO-Codenamen verwendet.

Mein Dank gilt
Korvettenkapitän i. R. Harold Feeney, US-Marineaufklärung,
Oscar Dalam mit seiner Trickkiste,
Jeanne Bernkopf und Ann Patty für ihren Scharfblick
und ihr Verständnis
und meinem guten Freund und (nicht allzu geheimen)
Agenten Al Zuckerman

1.

Oriente, Kuba, 30. August 1962

Er rannte schlecht für einen Profi, sein Denken stand nicht im Einklang mit dem Rhythmus seines Körpers. Die Erschütterung eines jeden Schrittes übertrug sich auf Knochen, Gelenke, Muskeln, und der wachsende Schmerz zerrte an seinen Lungen. Sein Herz, eingesperrt im Brustkasten, pochte qualvoll. Sie waren hinter ihm, kamen näher, und Brocassie wußte, daß er nicht viel länger durchhalten würde.

Er blickte auf, um sich von dem endlosen Streifen Kieselboden unter seinen hämmernden Füßen abzulenken. Der Horizont, weit entfernt, unerreichbar, war wie das Bild aus einem schadhaften Filmprojektor; Sonne und Himmel und Erde verschwammen bei jedem harten Aufprall seiner Schritte, als habe das Gerät seine Synchronisationsfähigkeit verloren.

Verdammter Amateur, fluchte er innerlich, denn er merkte, daß er begonnen hatte, das Pumpen seiner Lunge dem Takt seiner Beine anzupassen. Davor hatte sein Vater ihn immer gewarnt – es war das Zeichen, daß ein Läufer die geistige Disziplin aufgegeben hat und zu einem gedankenlosen Automaten geworden ist.

Brocassie trennte den Rhythmus seines Atems bewußt von dem seiner Schritte, inhalierte tiefer, hielt die Luft an und stieß sie explosionsartig aus der Lunge aus. Er änderte sein Tempo etwas, lief mit schnelleren und kürzeren Schritten, als er ein ausgetrocknetes, zerfurchtes Flußbett durchqueren mußte, und rannte einen steilen Hang zum nächsten Hügel hinauf. Das Gleißen der untergehenden Sonne ließ ihn nur noch einen wirren Schleier von Scharlachrot erkennen und machte es ihm unmöglich, den Zweigen der Wüstensträucher auszuweichen, die seine Beine und seinen Unterleib peitschten. Manchmal konnte er einen Blick auf das Meer erhaschen, das jenseits der ausgedörrten Vorhügel der Sierra lag, aber es war noch weit, zu weit vielleicht . . .

»Noch eine . . . Minute«, keuchte er. Nur noch eine Minute und dann noch eine und vielleicht noch eine. Aber mehr nicht. Denn die Entfernung war nicht mehr das Entscheidende. Nun war es ein Rennen bis zur Dunkelheit zwischen ihm und den Männern, die ihn verfolgten. Die Dunkelheit konnte ihm das Leben retten.

Der Rucksack schnitt in das Fleisch seiner Schultern und schlug seinen eigenen klatschenden Takt gegen Brocassies Rücken. Hätte er ihn fallengelassen, gleich nachdem die Patrouille ihn entdeckt hatte, so wäre er vielleicht vorläufig gerettet gewesen; seine Geschwindigkeit und Ausdauer hätten sich möglicherweise so weit erhöht, daß er die Patrouille bis zum Einbruch der Dunkelheit abgeschüttelt hätte. Und dann wäre er zurückgelaufen, nach Westen, und hätte sich ausgeruht, während sie an ihm vorbeigefahren wären. Aber er benötigte das Gepäck, um durch die Wüste zu kommen und die Küste zu erreichen – zwei Tage in einer feindlichen Umgebung. Ohne den Proviant und das Wasser würde er das nicht durchstehen; sie hätten ihn kampflos besiegt. Irgendwann würde ein Streiftrupp ihn finden, verdurstet, die Augen von den Vögeln ausgehackt, und man würde Fotos von ihm zeigen: wieder ein gescheiterter Feind der Revolution. Ein weiterer Gangster, ein *mercenario*, von den Imperialisten bezahlt. Er hatte die Fotos gesehen, an einem Anschlagbrett neben einem Laden in El Corojo: körnige Aufnahmen von verkrümmten Leichen, auf den Hemden schwarze Flecken aus getrocknetem Blut. Unter den Fotos hing die schlampige Zeichnung eines Uncle Sam mit gestreifter Hose, schwarzem Frack und Zylinder, der Männern mit Schweinsgesichtern Dollars aushändigte.

Das Fahrzeug war immer noch hinter ihm und kam näher. Er wußte es, ohne sich umzudrehen. Denn die einzigen Geräusche waren die seines eigenen keuchenden Körpers und die des dröhnenden Motors.

Sie sind gut, dachte er. Keine Stadtjüngelchen, die sich im Busch nicht auskennen. Wahrscheinlich hat man sie aus den umliegenden Bergen rekrutiert. Sie benutzten den Landrover nicht wie Experten, aber sie hatten das Gelände zu ihrem Vorteil genutzt und das Tempo gehalten, fast so, als vergnügten sie sich auf einer Jagdpartie, bei der man das Wild ermüdet und bis zum Fangschuß treibt. Sie hatten nicht aus weiter Entfernung wüst drauflosgeballert, sondern nur einen einzigen Warnschuß abgegeben. In ihrer rauhen Art waren sie stolz auf ihren Beruf. Sie würden ihn aus der Nähe fertigmachen wollen und daher langsam die Lücke schließen. Man würde nur einen einzigen, sauberen Schuß abgeben, höchstens zwei. Ein dritter wäre kaum denkbar, zu amateurhaft für solche Männer.

Es war ein ausgeglichener Wettkampf gewesen: ein Mann, der

geradeaus über die Bergwüste läuft, gegen einen Geländewagen mit Allradantrieb, dessen Fahrer darauf achten mußte, daß der Motor nicht heißlief und die Reifen durchhielten. Der Landrover war gezwungen, die längeren Wege zu nehmen, die Schluchten und Kieselvorsprünge zu umfahren. Einmal hatte er zurückgeschaut, als der Abstand noch mehr als eine Meile betrug, und da hatten sie gerade angehalten, um Wasser in den Kühler zu gießen. Aber Brocassie wußte, daß auf einer Jagd nichts wichtiger ist als Geduld. Und letzten Endes würde die dumpfe Kraft eines Dieselmotors über die Energie und den Lebenswillen eines Läufers triumphieren.

Er blickte wieder auf. Die Sonne schien auf den Horizont aufzuprallen und sich zu einer abgeflachten Kugel aus weißglühender Hitze zusammenzuquetschen; ihr Rot wurde dann dunkel, wie das einer fast geschmolzenen, langsam abkühlenden Kanonenkugel. Nun hatte er eine Chance, und er konzentrierte sich mit aller Kraft darauf, die Furcht zu unterdrücken.

Die Männer in dem Fahrzeug waren sehr gut. Aber er war es auch. Im Laufen riß Brocassie einen Stengel Traubenholunder zwischen zwei Felsen hervor, ohne sein Tempo oder seinen Rhythmus zu ändern. Er drückte den Stengel in seiner Handfläche zu einem Klumpen zusammen und legte ihn sich auf die Zunge: Der Speichel floß und linderte die Trockenheit in seiner Kehle. Sein Vater hatte ihm gezeigt, welche Pflanzen man nehmen mußte – nicht die saftigen, denn sie sonderten Süße ab und machten den Mund pappig, wenn der Saft aufgesogen war. Nimm die bitteren, hatte sein Vater gesagt, die sauren. Die lösen den Speichelfluß wie Zitrusfrüchte, und ihre Wirkung hält an. Eine Minute noch. Nur noch eine.

Brocassie konnte sich selbst keuchen hören, doch es war eine kontrollierte Eruption des Atems und ein ruhiges, stetiges Einsaugen. Als könnte seine Lunge jedes Sauerstoffmolekül in seine einzelnen Atome zerlegen und sie dann spalten, um die Energie der Partikel auszunutzen.

Endlich war die Sonne untergegangen, im Bauch der Erde verschwunden. Die Dämmerung dauerte höchstens noch ein paar Minuten, und Brocassie wußte, daß er wenigstens so lange durchhalten konnte. Neunzig Schritte in der Minute, rechnete er und begann, sie zu zählen.

Jetzt werden sie unruhig, dachte er. Sie müssen versuchen, einen Schuß abzugeben, bevor sie mich in der Dunkelheit verlieren. Jetzt kommt der kritische Zeitpunkt . . . Wieder konzentrierte er sich auf seinen Körper und forderte ihm das letzte ab. Lunge und Atmung – versuch, ihren Rhythmus von dem deiner Beine zu trennen. Ellbogen dicht am Körper, Unterarm angewinkelt, nur schwache Spannung in den Handgelenken, Fäuste geschlossen, aber nicht geballt . . .

Hinter sich hörte er den Landrover aufheulen, dessen Motor vor dem lockeren Sand der Steigung, die Brocassie gerade überwunden hatte, heruntergeschaltet wurde. Zweihundert Meter hinter mir, dachte er. Höchstens.

Wenn überhaupt, dann würden sie jetzt einen Schuß versuchen. Das Licht wurde schwächer, aber er hob sich immer noch als Silhouette gegen den Horizont ab. Er erhöhte das Tempo, schöpfte seine Reserven bis zur Neige aus, bereit, zu sprinten und Haken zu schlagen, wenn sie feuern sollten. Aber er hatte kaum noch etwas zuzusetzen.

Daß die Patrouille ihn überhaupt entdeckt hatte, war ein dummer Zufall gewesen. Brocassie hatte sie zuerst am späten Nachmittag gesehen, in einer Entfernung von mehr als zwei Meilen. Er hatte sich schon auf die Wüste eingestellt und war, der Böschung folgend, vom felsigen Hochland hinabgestiegen. Nicht mehr Krüppelkiefern und Büsche boten ihm Deckung, sondern nur noch Wüstenpflanzen und niedriges Gesträuch. Bei ihrem ersten Anblick hatte er sich hingeworfen und gewartet, aber über seinem Weg hing in der dünnen, kristallklaren Luft eine kleine Staubwolke wie eine verräterische Fahne. Das Fahrzeug hatte lange angehalten und dann seine Richtung geändert; es hatte sich Geröllhalden hinuntergeschoben, auf Brocassie zu, der mittleren Küstenebene entgegen. Und dann hatten sie den Warnschuß abgegeben.

Brocassie hatte sich zunächst hingehockt und die Entfernung abgeschätzt, die sie überwinden mußten, um in Gewehrschußweite zu kommen. Dann hatte er sich nach Westen gewandt, der letzten Vorhügelkette zu, deren andere Seite zum Meer abfiel. Die Sonne stand niedrig, und er hatte mit höchstens einer Stunde bis zu ihrem Untergang gerechnet. Dazu kamen zehn Minuten tropischer Dämmerung, dann mondlose Schwärze bis spät in den Morgen hinein. Brocassie war aufgestanden und hatte begonnen, geschmeidig auf die Sonne zuzulaufen. Er schaute nur zurück, um abzuschätzen, wie lange es noch dauern würde, bis sie ihn einholten.

Zuerst hatte die Patrouille rasch zu ihm aufgeschlossen. Vielleicht gab es eine Straße, die er von seinem niedrigeren Blickpunkt aus nicht sehen konnte, aber nach einer Weile hatte sich das Fahrzeug parallel zu ihm bewegt, ohne näherzukommen. Schließlich sah er es einen steilen Hang hinabrollen. Danach war es ein ausgeglichener Wettkampf. Zweimal hatte er sie anhalten sehen, vielleicht waren sie steckengeblieben oder mußten einen Reifen wechseln. Er hatte keinen Zweifel, daß die Reifen, wie die meisten in Kuba, in schlechtem Zustand waren. Es gab keinen Nachschub mehr von Goodyear oder Firestone. Brocassie hatte gehört, daß alle Reifen in Kuba runderneuert wurden, manchmal drei- und viermal, bevor man sie endlich ausmusterte. Am Abend bevor Fabricio im Napalm umgekommen war, hatte er am Lagerfeuer gewitzelt, daß Präservative wahrscheinlich genauso behandelt würden.

Während einer der Pausen seiner Verfolger hatte Brocassie angehalten, um den kleinen Rest auszutrinken, der sich in seiner vorletzten Wasserflasche befand. Er musterte die Männer und das Fahrzeug mit seinem kleinen Fernglas. Sie hatten keine Peitschenantenne, das heißt kein Funkgerät; damit war ein Luftangriff ausgeschlossen. Das Fahrzeug war kein Jeep, sondern ein kurzer Landrover, den man wahrscheinlich in den Zuckermühlen oder den Nickelminen organisiert hatte. Irgendein Emblem war auf die Motorhaube gestanzt, aber er konnte es nicht identifizieren.

Während einer der Männer einen Reifen wechselte, stand der andere in dem Fahrzeug auf und holte ein Fernglas aus einem Etui. Der Verfolgte und der Verfolger betrachteten einander über zwei Meilen Wüste hinweg.

Der Verfolger war ein älterer Mann, etwa Mitte Fünfzig; er war tiefgebräunt und trug die Kragenspiegel eines Sergeanten. Während Brocassie ihn beobachtete, senkte er sein Fernglas, steckte es zurück ins Etui und sagte etwas zu dem anderen Mann, der sich gerade aufgerappelt hatte und die Hände an seiner Hose abwischte. Dann blickte der Sergeant zurück und hob seine Waffe. Die Sonne funkelte auf einem Jagdgewehr mit Zielfernrohr, und Brocassie sah den Mann lächeln; seine weißen Zähne hoben sich deutlich von der dunklen Bräune seines Gesichts ab. In diesem Moment war ihm klar, daß es keinen Gefangenen geben würde.

Er beobachtete sie und wußte, daß sie die Verfolgung sofort wieder aufnehmen würden. Brocassie atmete tief durch und konzentrierte sich auf seinen Herzschlag, wünschte sich mit ganzer Kraft, daß er langsamer würde, stellte sich vor, wie seine Arterien sich weiteten und seine Lungen sich aufblähten. Dann sah er, daß sie vor ihm starteten – eine Art Bruch der unausgesprochenen Regeln, denen sie bislang gefolgt waren. Sand spritzte unter den Rädern des Landrovers auf, und das Fahrzeug rollte direkt auf ihn zu. Brocassie ließ das Fernglas fallen, er wollte sein Gewicht nicht mehr tragen. Aber er drehte sich zu seinen Verfolgern um, blieb noch ein paar Sekunden lang zum Zeichen des Trotzes aufrecht stehen, ballte die Rechte zur Faust, streckte den Mittelfinger vor und schwenkte ihn der Sonne entgegen. Darauf wandte er sich wieder nach Südwesten und legte eine Meile nach der anderen zurück.

Ungefähr eine halbe Stunde vor Sonnenuntergang hatte Brocassie geglaubt, er sei unrettbar verloren. Der Landrover war so nahe gewesen, daß er das Knirschen des Getriebes hatte hören können. Er schaute zurück und sah, daß das Fahrzeug auf einem Streifen ausgedörrten Bodens rasch zu ihm aufschloß und wahrscheinlich weniger als dreihundert Meter von ihm entfernt war. Er hatte nur noch Minuten zu leben. Adrenalin strömte durch seine Adern. Brocassie sprintete über fünfzig Meter zu einem seichten *arroyo*, duckte sich und hetzte zurück nach rechts, um dem Fahrzeug den Weg abzuschneiden. Er warf sich zu Boden und zog den Behälter mit Plastiksprengstoff aus seinem Gepäck. Dann formte er eine plumpe, pflaumengroße Kugel aus dem C-4 und steckte einen Dreisekundenzünder hinein. Schweratmend wartete er und spähte unter dem Gestrüpp hervor, das den Rand des *arroyo* säumte.

Doch das Fahrzeug beschrieb eine Kurve von neunzig Grad und wandte sich von ihm ab. Die Patrouille glaubte offenbar, daß er sich in der Schlucht nach Süden, nicht nach Norden davongemacht hatte. Brocassie zog den Zündsatz vorsichtig aus der Kugel heraus, steckte ihn sacht in seine Brusttasche und verstaute den Sprengstoff wieder in seinem Rucksack.

Gebückt lief er dann zurück und steuerte, am Paß des *arroyo* entlang, nach Norden. Er hatte nicht nur dreißig Sekunden Ruhe, sondern mehr als fünfhundert Meter Vorsprung gewonnen, bevor sie ihn wieder entdeckten.

Jetzt war die Sonne verschwunden, und mit ihr verblaßten auch die letzten Ausläufer der Dämmerung. In der Kuppel über ihm glühten nur ein paar ganz hohe Federwolken zwischen Magenta- und

Purpurrot, und dann konnte er die ersten Sterne im Osten erkennen. Nun erst glaubte er wirklich, daß er es schaffen könnte – wenn er sie in der Dunkelheit abschüttelte und . . .

Er spürte die schwache Stoßwelle eines *high-velocity*-Geschosses, gefolgt von einem Knall. Brocassie machte drei Schritte, erlaubte dem Mann, von neuem zu zielen, wirbelte dann auf dem rechten Fuß herum und schwenkte jäh nach links. Zwei weitere Kugeln schlugen pfeifend hinter ihm in den Sand.

Fast ohne sich dessen bewußt zu sein, schrie Brocassie seinen Trotz heraus: ein langer, schriller Ton aus dem Zwerchfell, durch die Kehle und über die Zunge. Es war ein Schrei, den er nur aus Legenden kannte, der aber zu seinem Erbe gehörte – der Schlachtruf der Cree-Krieger, wenn sie im ersten Angriff eines Kampfes auf den Feind einstürmten. Der Schrei war schreckerregend, und er spürte, daß er ihm neuen Mut verlieh und zugleich den Willen des Feindes lähmte. Ohne sich umzusehen, wußte er, daß die Patrouille zögern und dem archaischen Schrei des Trotzes lauschen würde, und sie würde sich nicht mehr sicher sein, wer der Gejagte war und wer der Jäger. Das Adrenalin pochte durch seine Adern, und er fühlte sich erfrischt, unsterblich. Seine Lungen sogen genußvoll die sich abkühlende Luft ein, seine Beine konnten ihn von Kontinent zu Kontinent tragen.

Er bog scharf nach rechts und dann sofort nach links ab. Das Feuer einer automatischen Waffe flammte in der Dunkelheit auf – die Patrouille war in Panik geraten, aus Furcht, eine leichte Beute könne ihr entgehen.

Ein lauterer Knall. Diesmal prallte die Kugel taumelnd irgendwo ab und hinterließ ein surrendes Geräusch, wie das eines aufsteigenden Fasans. Das mußte die Waffe des älteren Mannes sein, das Jagdgewehr mit den *high-velocity*-Patronen.

Brocassie wandte sich scharf nach rechts, sprintete zweihundert Schritte und duckte sich keuchend. Er konnte die Umrisse des Fahrzeugs nicht mehr sehen, aber er hörte immer noch das tiefe Brummen des Motors und das Kreischen der Gänge, während es sich langsam vorausschob. Tief gebückt flüchtete er wieder in Richtung Küste.

Hinter ihm bellte die automatische Waffe wieder in kurzen Stößen. Leuchtspuren schossen in abgeflachten Bögen links an ihm vorbei. Er ließ sich mit dem Gesicht in den Sand fallen und schlug mit dem Kinn schwer gegen ein paar Felssplitter. Die Feuerstöße setzten sich fort und bewegten sich langsam auf ihn zu, aber er bezweifelte, daß die Männer ihn gesehen hatten. Wahrscheinlich hofften sie auf einen Glückstreffer in der Dunkelheit.

Das war ein Problem, denn irgendwann gab es einen Punkt, an dem ein Glückstreffer von einer schwachen Möglichkeit zu einer hohen Wahrscheinlichkeit wurde. Es hing davon ab, wieviel Munition sie verschießen konnten. Er spielte mit dem Gedanken, ein Stück C-4 hochgehen zu lassen. Die Explosion würde sie zehn, zwanzig Sekunden lang irritieren, und er könnte sich wieder in Richtung Vorgebirge davonmachen. Aber er verwarf den Gedanken sehr schnell. Die Explosion würde ihnen einen Anhaltspunkt geben, sie zwischen ihn und die Küste bringen, und das Spiel würde unter ungleichen Bedingungen weiterlaufen. Außerdem hatte er weniger als zweihundert Gramm Sprengstoff übrig und durfte nichts davon vergeuden. Es war besser, sich nicht zu rühren und abzuwarten. Wenn sie sich von ihm entfernten, selbst auf die Küste zu, würde auch er sich in Bewegung setzen, wenngleich auf einem abweichenden Pfad.

Es war jetzt völlig finster. Obwohl er im Dunkeln ungewöhnlich gut sah, konnte er das Fahrzeug nicht erkennen, und Geräusche über unebenem Boden sind trügerisch. Er blickte zu den Sternbildern empor, machte Skorpion und Wassermann aus. Dann wandte er den Kopf nach Norden und entdeckte Schedar und Kassiopeia tief unten am nördlichen Horizont. Brocassie suchte weiter im Norden nach dem Polarstern, aber der war vom Massiv der Sierra verdeckt. Es genügte. Brocassie drehte dem verborgenen Stern den Rücken zu und kroch genau nach Süden.

Ein doppelter Lichtspeer drang aus der Dunkelheit hervor. Brocassie drückte sich flach gegen den Boden und fluchte lautlos. Langsam rollte er herum, dicht am Boden, und wandte das Gesicht dem Fahrzeug zu. Die Scheinwerfer des Landrovers beschrieben gemächlich einen vollen Kreis. Sie raten immer noch, dachte er. Und bei jeder Kurve würde er sprinten, solange die Scheinwerfer von ihm abgewandt waren.

Ein dritter Lichtspeer, unabhängig von den Autoscheinwerfern, bohrte sich in die Nacht. Brocassie knirschte mit den Zähnen und verwünschte seine eigene Dummheit. Er hätte wissen müssen, daß sie einen Handscheinwerfer besaßen, und nun war klar, was sie beabsichtigten. Die Patrouille würde immer größere Kreise beschreiben, wobei die Autoscheinwerfer den Boden vor dem Fahrzeug erleuchteten und der Handscheinwerfer den Bereich dahinter abtastete. Wenn sie ihn entdeckten, was letzten Endes unvermeidlich war, würde er davonlaufen müssen. Wie ein Blinder würde er über den zerklüfteten Boden stolpern, und sie würden dann nichts anderes zu tun haben, als ihm zu folgen, ihn schließlich wie einen Hasen abzuknallen.

Brocassie atmete tief ein und ließ die Luft langsam entweichen. Er war jetzt sehr müde, seine Energie und damit fast seine ganze Hoffnung aufs Überleben waren verschwunden. Fünf Tage lang war er Miliz- und FAR-Patrouillen ausgewichen, vom Kamm der Sierra Maestra beinahe bis zur Küste hinunter. Beinahe.

Jetzt hatte er nur noch den C-4-Plastiksprengstoff, und auch davon nicht viel. Mit sparsamen Bewegungen öffnete er die Schnallen seines Rucksacks und zog ihn hinunter neben sein Gesicht. Tastend teilte er den Sprengstoff in zwei flache Scheiben und suchte dann mit den Fingern nach den scharfen Felssplittern, die den Boden übersäten. Er sammelte ein paar von ihnen auf und steckte sie, einen nach dem anderen, in den Rand der zusammengedrückten Masse. Dann holte er zwei der Dreisekundenzünder aus der Brusttasche und bohrte sie mitten in die C-4-Scheiben, die er so hinlegte, daß sie leicht zu erreichen waren. Außer diesen primitiven Granaten hatte er keine Waffe, nur das an sein Bein geschnallte Messer. Seinen M-1-Karabiner, dessen Schlagbolzen gebrochen war, hatte er zwei Tage vorher aufgegeben.

Er öffnete den Schnappverschluß und lockerte die Klinge in ihrer Scheide. Sein Vater hätte die Gebete gekannt, die ein Cree-Krieger seinen Göttern vor der Schlacht darbot, aber der alte Mann war auf einem anderen Kontinent, und seine Knochen waren zu Staub geworden.

Das Fahrzeug hatte den zweiten Kreis zurückgelegt. Da sie für jeden Kreis bei steigendem Durchmesser etwas länger benötigen würden, schätzte Brocassie, daß sie in acht bis zehn Minuten nahe genug sein müßten. Und mit etwas Glück würden sie die Kreise nach Süden verlagern, in die Richtung, die er, wie sie wußten, einschlagen wollte. Brocassie schmiegte sich eng in die seichte Vertiefung, wandte das Gesicht dem Nachthimmel zu und beobachtete den Großen Bären, der sich langsam westwärts drehte. Vorsichtig betastete er den Ring an dem schweißfleckigen Rohlederriemen um seinen Hals und versuchte sich vorzustellen, wie es gewesen war, als er sie zum letztenmal, vor mehr als zwei Jahren, gesehen hatte, denn dies war das einzige, woraus er jetzt noch Kraft schöpfen konnte.

Die Yacht wiegte sich sanft in der Dünung, nur die spitz zulaufende Sandbank schützte den Ankerplatz. Der Strand war hundert Meter entfernt, und dahinter erstreckte sich der formlose Dschungel bis hin zur schwarzen Leere der Berge.

»*Me estás bromeando* – du machst dich über mich lustig. Woher kennst du die Namen so vieler Sterne?« hatte sie gefragt und ihr langes schwarzes Haar, die Strähnen immer noch feucht vom Meer, zurückgestrichen. Eine Öllampe zischte im Cockpit, und ihr trüber, flackernder Schein beleuchtete ihr Profil.

»Mein Vater . . .« erwiderte er. Er streckte die Hand aus, legte sie ihr auf den Rücken und spürte, wie sie unter seiner Berührung erbebte. »Ein paar Jahre bevor er starb«, fuhr er leise fort, »als ich vielleicht dreizehn war, erzählte er mir von ihnen, und ich mußte sie mir einprägen. Nicht die Namen, die du kennst, sondern die der Cree. Er sagte immer, daß unsere Toten unter den Sternen leben, daß jeder Stern einen gefallenen Krieger darstellt und daß wir ihnen zu Ehren ihre Namen wissen müssen. Keine sehr wissenschaftliche Theorie, oder?« Er atmete tief durch, sog den Geruch des Windes ein und suchte am südlichen Horizont des dunklen Meeres nach Lichtern, aber er sah keine.

Brocassie rollte sich auf den Rücken, so daß er zu ihrem Gesicht emporblicken konnte. Die Wärme ihres Körpers glich der Hitze von Sonnenstrahlen auf seiner Haut, und das leichte Wogen ihres Atems schien Teil seines eigenen zu sein. Sie schwieg und betrachtete das schwarze Massiv der Hänge und Hügel, die sich vom Meer zu den Escambray-Bergen hinaufzogen, und den Wolkensockel im Norden, der von den vagen Lichtern von Trinidad de Cuba aufgehellt wurde. Er nahm ihre Hand, und sie erwiderte seinen Druck.

»Später, als ich an der Colorado School of Mines war, fand ich einen nautischen Almanach und stellte einige Nachforschungen an. Die meisten heutigen Namen der Sterne stammen aus dem Arabischen, Griechischen oder Lateinischen. Aber viele andere werden nur durch Zahlen und Buchstaben bezeichnet, als wenn moderne Astronomen keine Geduld mehr gehabt hätten.« Er unterbrach sich und schaute zu den winzigen Lichtpunkten empor, die in der schwarzen Unendlichkeit flackerten. »Mein

Vater sagte, daß jeder Stern ein gefallener Krieger der Cree-Nation ist und daß sie die Nacht vor dem stärksten Stern, der Sonne, schützen.«

»Ist die Sonne denn ein Feind der Nacht?« Sie lehnte sich zurück gegen die Rettungsleine, ihre Brüste schimmerten glatt und feucht im Licht der Sterne. Kurz nach Sonnenuntergang hatte sie ihre Shorts und ihr Hemd abgestreift, war über die Rettungsleinen gesprungen und fast geräuschlos in das schwarze Wasser getaucht. Brocassie war ihr gefolgt. Sie hatten in der Nähe der Yacht geplanscht, sich abwechselnd an das Ankertau gehängt und waren dann zum Dinghi und zurück um die Wette geschwommen. In der Tiefe bewegte sich etwas und ließ phosphoreszierende Streifen zurück, und beiden schien es, als seien sie unsterblich. Nur widerwillig waren sie die Schwimmleiter heraufgekommen und hatten sich auf dem immer noch warmen Teakholzdeck ausgestreckt.

»Die Morgendämmerung ist nicht schlecht«, antwortete er schließlich. »Aber sie kennzeichnet eben die Trennung der Nacht vom Tage.« Er fuhr sich mit der Hand durchs Haar und blickte wieder zu den fünf Kriegern hinauf, die an den westlichen Toren der Nacht Wache standen. »Mein Vater sagte, daß die Morgendämmerung der Beginn und das Ende unterschiedlicher Dinge ist – vielleicht wie jetzt für uns.« Er legte seine Stirn an ihre und lachte in sich hinein, als habe er etwas Unwichtiges gesagt, das sie aber trotzdem begreifen sollte.

Ihre Augen spiegelten das Sternenlicht wider, als sie sich auf das Deck zurücksinken ließ, und dann legte sie die Hände auf seine Schultern und zog ihn zu sich herunter. »Ich finde es nicht lächerlich«, sagte sie fast schüchtern. »Überhaupt nicht lächerlich. Ich möchte dich in mir spüren, Brocassie. Es ist etwas, was wir nie vergessen werden – hier, im Licht der Sterne.«

Sie liebten sich langsam und behutsam, obwohl sie einander am liebsten verschlungen hätten wie zwei Halbverhungerte, die nach vielen Tagen zum erstenmal etwas zu essen bekommen. Aber sie hielten sich zurück und genossen sorgsam jeden Bissen, ließen sich von dem Aroma überwältigen.

Zuerst fühlte er ihre Hände auf seinem Rücken. Ihr Streicheln war wohltuend, nicht drängend. Aber dann, allmählich, wurden ihre Bewegungen unruhiger, ihre Hände waren nicht mehr behutsam, und ihre Nägel bohrten sich in sein Fleisch. Im Unterbewußtsein bemerkte er den Wind, der durch die Takelage pfiff. Von oben her schlug eine Falleine sachte gegen den Mast, fast im Einklang mit ihren Zärtlichkeiten. Dann aber wich alles aus seiner Wahrnehmung zurück, und die Welt bestand nur noch aus ihnen beiden. Es dauerte sehr lange, und er hörte, wie sie den Atem anhielt und gedehnt und leise seinen Namen rief. Da stürzte auch er hinweg über den Rand der Unendlichkeit. Schwärze und leuchtende Streifen wirbelten durcheinander, während er fiel.

Sie schliefen ein unter dem Sternenlicht und erwachten, als Arkturus den Zenit erreicht hatte. Alicia lag neben ihm unter der Decke, und ihre Augen schauten in den Nachthimmel. »Wie lange haben wir noch?« fragte sie.

»Ungefähr eine Stunde, bis es hell wird.«

»Mehr nicht?« Sie rollte zu ihm hinüber, schmiegte sich weich an seinen harten Körper. Er spürte die Feuchtigkeit ihrer Lippen auf seinem Rücken, und die Schwingungen ihrer Stimme hallten in seinem Brustkorb wider.

»Du kannst nicht zurückkehren«, hörte er sich sagen. Es war ein Thema, das sie beide vermieden hatten, seit sie Anker geworfen hatten, aber während des Essens war ihm nicht entgangen, daß sie an den Barographen klopfte und den Kraftstoffmesser musterte.

»Ich muß. Du weißt, daß wir daran nichts ändern können. Mein Vater wird ständig von Batistas Geheimpolizei überwacht. In ein paar Tagen würden sie merken, daß ich verschwunden bin, und ihn wegen Verschwörung oder irgendeiner anderen erfundenen Anklage ins Gefängnis werfen. Wenn ich mich nicht um ihn kümmern kann, ist er in einer Woche tot.« Sie berührte sein Gesicht und ließ ihren Finger über seinen Nasenrücken gleiten. »Würdest du nicht zurückkehren, wenn es dein Vater wäre?«

Sie hatte ihn ins Innerste getroffen. Es gab keine Einwände. Er zögerte und nickte schließlich. »Bald wird alles vorbei sein. Batista ist am Ende. Drei Monate, vielleicht weniger. Castro und Maroto und Raúl werden siegen, weil das Volk hinter ihnen steht. Eine Woche nach unserem Sieg bin ich in Havanna. Und dann werde ich eine Kiste vom besten gottverdammten Champagner organisieren, der aufzutreiben ist, und wir nehmen ein Zimmer im Trocadero mit Ausblick auf den Hafen, und wir werden saufen, bis die Sonne aufgeht. Und dann, Alicia Helvia, werde ich auf meine schwieligen Knie sinken und dich bitten, meine Liebste zu sein, solange wir leben.«

Sie umarmte ihn und legte den Kopf an seine Brust. Tränen

überströmten ihr Gesicht. »Frag mich jetzt«, flüsterte sie mit versagender Stimme. »Hier, jetzt!«

Er hob ihr Gesicht. »Ich will, daß du immer bei mir bist, Alicia. Mein Gott, wie ich dich begehre und brauche.«

Brocassie vergrub das Gesicht in ihrem Haar, küßte sie und hörte ihre Antwort, ein Murmeln nur: »Dann gehöre ich dir, George Brocassie. Solange wir leben und länger – auf ewig.«

Kurz vor dem Morgengrauen liebten sie sich noch einmal, weniger fordernd, sanfter, aber mit dem überwältigenden Gefühl, eins zu sein, ein Fleisch, eine Einheit. *Auf ewig,* wiederholte er in Gedanken ständig.

Sie schliefen wieder ein, und er erwachte als erster, als die bleiche Morgendämmerung den Himmel im Osten, über der Sierra, erfüllte. Sie hatte ihn in der kleinen Yacht ihres Vaters aus Havanna hierhergebracht, an der nördlichen Spitze Kubas vorbei und die Südküste entlang, und nun mußte sie zurückkehren. Irgend etwas verzehrte das Innere ihres Vaters, und sie mußte zu ihm. Chronische Verstopfung, hatte er zu Brocassie gesagt, aber sie wußte, daß es Krebs war.

Brocassie raffte seine Sachen zusammen und stopfte sie in den Rucksack. Alicia war jetzt aufgestanden, hatte sich eine Hose und einen Pullover angezogen und machte die Yacht klar. Sie mußte dieselbe Strecke zurücklegen, die sie gekommen waren. Aber diesmal allein.

Er blieb an der Reling stehen, betrachtete den Dschungel und die Escambray-Berge dahinter. Irgendwo dort oben war Marotos Truppe, und er würde sich ihr anschließen. Aber zwischen dem Meer und den Bergen waren Batistas Patrouillen, die die Vorhügel kontrollierten, und die Chance, den Weg ohne Zwischenfälle zurückzulegen, schien Brocassie etwa so fern wie ein Flug zur Sonne mit Flügeln aus Wachs.

»Du mußt aufbrechen«, sagte sie, zog einen Ring vom Finger und reichte ihn Brocassie. »Er gehörte meiner Großmutter. Ihr Haar ist in das Goldfiligran eingewoben. Bring ihn mir zurück, und ich werde ihn für dich tragen, Brocassie – auf ewig.«

Er hielt sie fest und küßte sie. »Ich habe es bald geschafft. Wenn es irgendwie geht, schreibe ich dir.« Er ließ sich an der Bordwand hinunter und hielt den Rucksack über den Kopf, während er in Rückenlage zum Strand schwamm.

Solange wir leben und länger – auf ewig. Aber sie war sechs

Monate später in einer dreckigen Erdgrube gestorben. Sein Vater hatte recht gehabt: Außer in Legenden, die am Lagerfeuer erzählt werden, gibt es keine Ewigkeit.

Das Fahrzeug hatte seinen dritten Kreis beendet. Brocassie schmiegte sich noch dichter an den Boden und spürte, wie Steinsplitter den dünnen Stoff seines Drillichanzugs durchbohrten und sich in sein Fleisch quetschten. Seine Kehle war trocken, und seine Gelenke wurden steif.

Das Warten war fast unerträglich. Einmal hatte der Landrover angehalten, und das Gelände westlich von ihm war mit den Autoscheinwerfern und dem Handscheinwerfer ausgeleuchtet worden. Er hörte, wie einer der Männer etwas in die Dunkelheit hinausrief und dann einen kurzen Feuerstoß abgab. Brocassie schaute vorsichtig hoch und hoffte, daß die Patrouille irgendwie von ihrer systematischen Suche abgelenkt werden und sich irrtümlich nach Westen bewegen würde. Wahrscheinlich war es ein Tier gewesen, das ihre Aufmerksamkeit erregt hatte. Aber nach einer einminütigen Pause nahm das Fahrzeug wieder seine unerbittlichen Kreise auf. Brocassie rechnete mit zwei weiteren Runden. Wenn das Fahrzeug direkt auf ihn zukam, hatte er kaum Chancen, vielleicht gar keine.

Der nächste Kreis war unvollkommen, abgeflacht, da der Fahrer nach innen schwenkte, auf den Mittelpunkt des Bogens zu. Der Mann mit dem Handscheinwerfer wurde ungeduldig und bewegte das Licht zu rasch. Brocassie überlegte sich wieder, ob er davonlaufen sollte, aber es war zu riskant. Seine Stiefel würden Staub aufwirbeln, man würde ihn entdecken, und sein Schicksal wäre besiegelt. Er wartete geduldig auf den nächsten Kreis.

Die Autoscheinwerfer warfen Streifen aus Licht und Schatten über das verkümmerte Land und drehten sich nun auf ihn zu. Ein leichter Südwind trug den Staub des Fahrzeugs mit fast der gleichen Geschwindigkeit voran und ließ das Licht dunstig werden. Aus dieser Entfernung konnte Brocassie in der leichten Brise zuerst den Motorenlärm und dann das Geräusch der Stimmen hören. Er wartete und nahm den Zünder behutsam zwischen die Zähne. Vielleicht noch acht Sekunden. Der Geruch von Dieselschwaden und Abgasen. Sechs Sekunden. Der schwache Widerschein der Armaturenbeleuchtung erhellte das Gesicht des Fahrers. Vier Sekunden. Er biß kräftig mit den Backenzähnen zu, zerknackte den

Zünder, schwang den Arm zurück, warf die Granate und bedeckte sofort seinen Kopf mit den Armen.

Ein Feuerstoß aus der Automatikwaffe, dann detonierte der Plastiksprengstoff. Fels und Metall sausten über seinen Kopf hinweg, sein Körper wurde von der Druckwelle hochgehoben und dann wie von einer Riesenhand zu Boden geschleudert.

Die Explosion machte ihn zeitweilig taub und hinterließ das Rauschen einer stürmischen Brandung in seinem Kopf. Er hielt sich die Ohren zu, aber auch das half nichts. Brocassie schmeckte Blut auf der Zunge und spürte Feuchtigkeit um die Nasenlöcher – die Folgen der Druckwelle. Davon abgesehen, war er unverletzt geblieben.

Kaum zehn Meter von ihm entfernt lag das Fahrzeug auf der Seite wie ein Tier, das sich nach einem Bauchschuß auf die Flanken gewälzt und seinen letzten Atemzug getan hatte. Der Motor war verstummt, doch ein Scheinwerfer leuchtete noch trübe. Er beobachtete den Landrover mehr als fünf Minuten lang, aber er entdeckte keine Bewegung und keinen Laut außer dem Knarren sich abkühlenden Metalls und dem Zischen von Dampf aus dem gesprungenen Kühler.

Brocassie stand bedächtig auf und entfernte sich aus dem absterbenden Strahl des Scheinwerfers. Er beugte sich weit vor und umging das Fahrzeugwrack so leise wie möglich. Fünf Meter davor fand er den jüngeren Mann. Er mußte in Höhe der Windschutzscheibe gehockt haben, denn der größte Teil seines Gesichts war verschwunden. Er lag verkrümmt auf dem Rücken, sein Kopf, gesichtslos, blind, war dem Nachthimmel zugewandt. Schon hatten sich Insekten auf der Leiche niedergelassen; nach der Morgendämmerung würden die Vögel folgen.

Der Sergeant war unter dem Landrover eingeklemmt, sein Brustkasten vom Rumpf des Fahrzeugs zermalmt. Ein Arm war zurückgeworfen, mit nach innen und oben verdrehtem Ellbogen. An der Bruchstelle zeigten sich Knochen. Er murmelte etwas, kaum hörbar. Keine der beiden Waffen war auf dem Boden zu sehen, wahrscheinlich hatte sie die Explosion fortgeschleudert. Sie würden nur eine Belastung für ihn sein, und Brocassie gab die Suche auf.

Er setzte sich neben den Sergeanten und hob eine Feldflasche mit Wasser auf, die nur einen knappen Meter von dem unversehrten Arm des Mannes entfernt lag. Der Sergeant hatte die Finger in den Sand gekrallt und versucht, sie zu erreichen. Seine Nägel hatten schmale Furchen in den Boden gegraben.

»Das Wasser wird dir nicht helfen«, sagte Brocassie auf Spanisch und öffnete den Verschluß. Der Sergeant versuchte, den Arm zu heben, um die Flasche zu packen, schaffte es aber nicht. Brocassie stützte seinen Kopf, um dem Mann ein paar Tropfen Wasser einzuflößen.

Der Sergeant würgte, spuckte die Flüssigkeit aus und bat dann mit einer Geste um mehr. Als er genug hatte, legte er sich zurück, versuchte durchzuatmen, konnte aber nur Keuchen. »Du warst sehr gut«, sagte er. Er sprach weder wie ein Bauer noch wie ein gebildeter Mann. Brocassie vermutete, daß der Sergeant früher Arbeiter gewesen war, vielleicht in den Bergwerken. »Sehr gut für einen Hurensohn«, setzte der Kubaner hinzu.

»Es hätte anders ausgehen können, wenn ihr mich früher gesehen hättet. Auch so war es knapp genug.«

Der Mann nickte. »Rolando, der Junge . . . er dachte . . .« Er hustete trocken, was ihm großen Schmerz zu bereiten schien, denn er öffnete zuerst ganz weit den Mund, sein Gesicht verzerrt, die Augen zusammengepreßt, und dann biß er sich auf die Lippen. Brocassie nahm den Kopf des Mannes zwischen die Hände und versuchte, die Konvulsionen zu mildern. Schließlich hörte der Brechreiz auf, und Brocassie spürte, wie sich die Nackenmuskeln des Mannes unter seinen Fingerspitzen entkrampften.

»Ich werde versuchen, den Wagen von deiner Brust runterzukippen. Es wird weh tun.« Der Sergeant, dessen Lider immer noch zusammengepreßt waren, nickte schwach.

Da er Angst hatte, das Metall nur noch tiefer in die Brust des Mannes zu treiben, hackte Brocassie mit seinem Messer kleine Vertiefungen in den Boden, in die er seine Füße stemmen konnte, legte Schulter und Rücken an die aufrechte Seite des Chassis' und drückte langsam dagegen. Es schien unmöglich, aber er ahnte eine Bewegung und drückte noch stärker, bis sich die Bänder in seinem Rücken und seinen Beinen spannten. Plötzlich hatte das Fahrzeug seinen eigenen Schwerpunkt überwunden und wälzte sich weiter; es landete aufrecht und wiegte sich schwer auf seinen abgenutzten Stoßdämpfern, wie ein Hund, der sein Fell ausschüttelt. Brocassie fiel noch ein, die Scheinwerfer auszuschalten, aber er ließ die Armaturenbeleuchtung an. Ein St.-Christophorus-Medaillon baumelte am Rückspiegel. Ironie des Schicksals.

Der Sergeant hatte das Gesicht abgewandt und spuckte Blut. Er krallte die unversehrte Hand in sein Hemd und die Wunde darunter. »Etwas in meinem Bauch ist kaputt«, flüsterte er durch zusammengebissene Zähne . . . Morphium, in der Kiste auf dem Rücksitz.«

Brocassie nahm eine kleine Taschenlampe aus seinem Rucksack und machte sich an der Kiste zu schaffen. Sie enthielt verschiedene Werkzeuge, eine ölverschmierte Reparaturanleitung und einen Verbandskasten. In dem Kasten fand er nur eine einzige Morphiumspritze. Er entfernte den Verschluß, stieß die Nadel in den Schenkel des Mannes und drückte den Schlauch zusammen.

Eine Minute verging, und der Mann entspannte sich allmählich; sein Brustkorb bewegte sich nun langsamer, in einem unregelmäßigen Rhythmus.

»Zigarette . . . in meiner Tasche.«

Brocassie fischte die geöffnete Packung aus der Uniformjacke des Mannes, zündete eine Zigarette an, nahm einen kurzen Zug und steckte sie ihm zwischen die Lippen. »Wie heißt du?«

»Griveón«, gab der Mann zurück. »Eduardo Griveón. Sergeant, Miliz von Oriente. Ich glaube nicht, daß meine Kennziffer von Interesse wäre.« Er versuchte zu lachen, würgte aber unter stechenden Lungenschmerzen. Brocassie hockte sich neben ihn und biß die Zähne zusammen. »Ich hätte dir heute nachmittag eine verpassen sollen«, stieß Griveón schließlich hervor. »Ich hätte es gekonnt. Mein Gewehr ist eine 7-mm-Mauser mit achtfach verstellbarem Präzisionsvisier. Ich habe Wildschweine aus vierhundert Metern erlegt. Ich hätte es gekonnt . . .«

»Vielleicht«, erwiderte Brocassie. Er sah zum Nachthimmel empor. Arcturus war fast hinter den Hügeln im Westen verschwunden. Dann drehte er sich wieder dem Mann zu. »Ich muß weiter. Hast du eine Decke oder einen Schlafsack? Man wird dich morgen finden.«

Griveón spie ein wenig Blut aus und fuhr mit der Zunge über den Speichel im Mundwinkel. »Morgen nicht, *gusano*, nicht einmal übermorgen. Die nächste Patrouille ist dreißig Kilometer nach Osten verlegt worden, ebenso wie zwei andere, außerplanmäßige Patrouillen.« Er zog an der Zigarette, hielt sie mit den Zähnen fest und sprach weiter: »Arbeitest du für die Würmer?« Es klang nicht wie eine Beleidigung.

»Nein, für ein freies Kuba. Nicht für Batista, United Fruit oder

Coca-Cola – einfach für ein freies Kuba. Verstehst du mich, Griveón? Manche sehen den Unterschied noch.«

Griveón starrte zu ihm empor, zögerte und sagte dann: »Ich auch. Das wollten wir alle. Was denkst du, wofür wir so viel Blut ausgekotzt haben? Aber dann ersetzten wir nur einen *máximo líder* durch den anderen: Batista durch Fidel, Kennedy durch Chruschtschow. Alles die gleichen Schweine. Es ist Kubas Tragödie, daß wir nie etwas anderes gelernt haben, als niederzuknien oder zu salutieren.« Er drehte den Kopf zur Seite und sah Brocassie an. »Und was hast du heute getan, um Kuba zu befreien – außer einen alten Mann in die Luft zu jagen, der viel lieber eine Flasche mit dir geleert hätte, als gegen dich zu kämpfen?« Er versuchte zu lächeln, brachte aber nur eine Grimasse zustande. »Weißt du, das Morphium wirkt so wie drei Gläser Rum. Ich fühle mich unbeschwert und leicht, als könnte ich fliegen.«

Brocassie widerstand dem Impuls, Griveóns Gesicht zu berühren. »Ich gehörte zu Fabricios Truppe.« Mehr wollte er nicht sagen.

»Fabricio«, wiederholte Griveón. »Sehr guter Kämpfer. Bevor er sich gegen die Revolution stellte, kämpfte er mit Camilo Cienfuegos gegen Batista. Ich bin Fabricio einmal begegnet. Schlechte Zähne, stimmt's? Ein komisches Lächeln, als wenn er dir zuhörte und zugleich plante, dich umzubringen, falls du gegen ihn warst. Aber der Held von gestern ist der Verräter von heute. Oder vielleicht andersrum. Wie geht's ihm denn?«

»Fabricio ist tot. Er starb vor zwei Wochen. Mit seinem Sohn und zwei Vettern. Und außerdem neun andere Männer und ein Junge, der noch nicht einmal ein Klassenzimmer von innen kannte. Die russischen MIGs warfen Napalm auf uns ab. Vier von uns – wir waren ursprünglich achtzehn – überlebten.« Brocassie stand auf und wischte das Blut des Sergeanten an seiner Hose ab. »Ich muß weiter.«

Griveón gab einen kehligen Laut von sich, hob den Kopf und ließ ihn zurückfallen. »Bleib noch ein bißchen bei mir . . . wie ein alter Freund, ja? Zünde mir noch eine Zigarette an und behalte die anderen, aber bleib noch eine Minute.« Seine Stimme war so einsam wie ein Winterwind, der durch laublose Bäume pfeift.

Brocassie beugte sich vor, tastete nach der Tasche des Sergeanten und zog das Päckchen hervor. Er zündete eine weitere Zigarette an, nahm einen Zug und steckte sie zwischen die Lippen des Mannes. »Ein bißchen noch, Griveón. Aber nicht lange. Du weißt, warum.«

Griveón nickte, antwortete jedoch nicht sofort. Die Zigarettenspitze glühte auf, während er den Rauch einsog und wieder ausstieß. »Diese Dinger sollen tödlich sein. Ich habe geraucht, seit ich elf war, und es sieht nicht so aus, als würde ich an Krebs sterben. Das immerhin macht mir einigen Spaß.«

»Du wirst leben.«

»Das kannst du einem Jüngelchen von Zwanzig oder Dreißig erzählen, aber keinem alten Mann«, entgegnete Griveón. »Ich habe in Spanien gekämpft, klar? Mit der Brigade, damals – 1938. Das kann ich mit einem Orden und einem Stift in meiner Hüfte beweisen. Ich habe genug Männer sterben sehen, und ich weiß, was kitzelt, was einen umbringt und was bloß weh tut.« Er klemmte sich die Zigarette zwischen die Zähne, nahm noch einen Zug, spuckte sie auf den Boden und atmete langsam aus. »Wohin willst du eigentlich?«

»Ich muß etwas abgeben.«

»Aha, Geheimnisse . . .«

Warum nicht, dachte Brocassie. Er konnte ruhig darüber reden. Griveón würde bis zum Morgen tot sein. »Ich habe einen Film. Einer von Fabricios Männern hat ihn mit einer guten Kamera aufgenommen . . . Er zeigt das russische Bauprojekt in dem Tal nördlich der Sierra.«

»Unsere rotärschigen Verbündeten. Blonde Männer mit Bulldozern, die wie Maulwürfe in der Erde herumwühlen«, meinte Griveón. »Nichts für kubanische Augen, sagt man uns. Auf kubanischem Boden, aber nicht für kubanische Augen.« Er verkrampfte den Nacken, von einem plötzlichen Schmerz geschüttelt, und beruhigte sich nur langsam. »Wie heißt du?«

»Brocassie.«

»Ich habe von euch gehört, aber das ist lange her. Du bist so einer wie Willie Morgan, stimmt's?«

»Morgan war Amerikaner.«

»Und du?«

»Eine Mischung aus mehreren Zutaten: Kubaner, Amerikaner, Cree-Indianer, Bastard, Hurensohn. Such dir was aus.«

Griveón hob die Linke und nahm Brocassies Hand. Er packte erstaunlich fest zu. »Ein schräges Ding hast du da 'nem alten Mann untergejubelt, Brocassie. Ich glaube, ich sollte dich bitten, für mich mit einem Pfaffen zu sprechen – kauf mir eine Messe für hundert Pesos.«

»Ich glaube nicht, daß du in den letzten zwanzig Jahren eine Kirche von innen gesehen hast, Griveón. Aber, wenn's dir Spaß macht, zünde ich eine Kerze für dich an.«

Griveón blies mühsam die Luft durch die Lippen. »Was du über die Kirche gesagt hast, stimmt. Also spar dir dein Geld.« Er schloß die Augen und schüttelte schwach den Kopf. »Wir unterscheiden uns gar nicht, du und ich. Wir sind Soldaten, die für etwas kämpfen, das keiner von uns je erreichen wird.« Er öffnete die Augen wieder und versuchte zu lächeln. »Ich kannte Fabricio, als er gut war. Maroto auch. Wenn mein Leben etwas anders verlaufen wäre, Brocassie, könnten wir Brüder sein – *hermanos*, nicht?«

Brocassie erhob sich. »Ich muß bald los, Griveón. Es sind höchstens noch acht Stunden bis zur Morgendämmerung, und ich hab's noch weit.«

»Noch nicht . . .« flüsterte Griveón.

»Was . . .?«

»Gib mir noch eine Morphiumspritze. Ich hab ein Kitzeln im Magen, und da kann man sich schwer kratzen. Dafür werde ich dir etwas erzählen, was du wissen solltest – etwas zwischen Gerücht und Wahrheit. Oder, wenn du willst, ein Märchen.«

»Es ist kein Morphium mehr da.«

Griveón atmete langsam ein und aus. »Das hatte ich befürchtet«, seufzte er schließlich. »Deshalb bitte ich dich um die naheliegende Alternative. Ich hoffe, daß mir kein Priester über die Schulter guckt.«

»Und das Märchen?«

»Keine Geduld«, sagte Griveón müde. »Wie mein Sohn. Du möchtest das Ende einer Geschichte hören, bevor sie auch nur begonnen hat. Typisch für diese ungeduldigen Zeiten. Aber ich will dich nicht aufhalten, Brocassie. Deine Fotos werden nichts verraten. Ich selbst habe mir den Bauplatz genau angesehen, man findet nichts als Löcher im Boden. Alles andere ist unter der Erde.«

»Das weiß ich, Griveón. Du brauchst mir keine Informationen zu verkaufen. Ich weiß, was du willst, und ich traue dir.«

»Aber . . . das ist noch nicht alles. Schön, ich weiß nicht, was die Russen anstellen. Aber ich habe einen Bekannten – ein jämmerlicher Kerl, der in den Docks in Santiago arbeitet. Er hat mir erzählt, daß die Russen allen Zement in Kuba – mehr als die Vorräte eines Jahres – für ihre unterirdische Stadt verbraucht hätten, und sie benötigten immer noch mehr: vier Frachterladungen aus Rumänien. Außerdem hat er mit eigenen Augen Tausende von Stahlbändern gesehen – von etwa eineinhalb Metern Durchmesser –, die sie in die Sierra transportiert haben.« Griveón spie die Worte jetzt aus, sein Gesicht glänzte vor Schweißperlen. »Sie bauen dort etwas Schlimmes, Brocassie. Nichts für Kuba, sondern für ihre eigenen dreckigen Absichten.«

Brocassie legte die Hand auf die Schulter des Mannes. »Hör zu, deine Gesellschaft gefällt mir, aber ich muß aufbrechen. Willst du es wirklich nicht anders?«

»Bist du sicher, daß kein Morphium mehr da ist?«

»Das war die letzte Spritze.«

Griveón schwieg eine Weile und sagte dann: »Leider. Noch eine Spritze von dem Zeug, und ich könnte zum Mond fliegen oder vielleicht noch weiter.« Er hustete ein wenig. »Im Handschuhfach ist ein automatischer Colt. Wenn du mir traust, könntest du ihn vielleicht hier neben mir liegenlassen.«

Der Colt war im Handschuhfach, wie Griveón gesagt hatte. Brocassie hätte ihn gebrauchen können. Aber manchmal muß man andere Prioritäten setzen, dachte er. Er zog das Magazin heraus, preßte die Patronen mit dem Daumen aus dem Ladeschlitz und legte die Waffe, das leere Magazin und die Patronen neben Griveóns unversehrte Hand.

»Du bist es eigentlich nicht wert, Griveón, aber damit du etwas leichter durch die Himmelspforte kommst, werde ich zwanzig Dollar für eine Messe in Miami ausgeben, wenn ich sie nicht vorher für ein gutes Essen anlege.«

Griveón blickte in dem schwachen Sternenlicht zu ihm auf. »Du solltest dein Geld nicht verpulvern, Hurensohn. Leute wie wir trinken zusammen Rum in der Hölle. Wir treffen uns dort.«

»Halt mir einen Platz frei.«

»Brocassie . . .«

Er war schon aufgestanden, schnallte die Riemen seines Rucksacks fest und konzentrierte sich auf den Weg zur Küste. »Rede . . .«

Griveóns Hand griff nach dem Colt. Er nahm ihn nicht auf, doch seine Finger fuhren an den Umrissen entlang, und er nickte. »Noch eine Sache. Wir wußten, daß du kommen würdest.«

»Wer?«

»Keine Ahnung. Jemand weiter oben. Ich sitze ganz unten in der Scheiße, also tue ich, was man mir sagt, aber die Befehle kamen aus

Santiago. Wir wurden gewarnt, daß ein Konterrevolutionär – einer aus Fabricios Truppe im Segundo Frente – aus der Sierra herunterkommen und sich Richtung Küste halten würde. Aber sie dachten, daß es weiter östlich wäre, und sie kannten das Ziel nicht genau. Die Bucht von Guantánamo, meinten sie, aber das war wohl nur eine Vermutung. Normalerweise gibt es in diesem Sektor drei Patrouillen, aber die beiden anderen wurden gestern nach Osten verlegt. Nimm dich in acht, Brocassie. Irgend jemand hat geredet.«

Nur drei Männer wußten, daß er Kuba verlassen wollte, und zu ihnen hatte er absolutes Vertrauen. Außerdem änderte sich dadurch sowieso nichts, denn er war bereits unterwegs. Er blickte nach Osten. Im leichten Dauerlauf würde er bis zur Morgendämmerung an der Küste sein. Dann fiel ihm noch etwas ein: Er trat an den Landrover, riß das Medaillon ab und legte es neben den Colt. Schließlich beugte er sich zu dem Verwundeten hinab. »Falls es dir etwas bedeutet, Griveón: Es tut mir leid, daß es so enden mußte.«

Griveón nickte. »Du warst gut, und ich war unvorsichtig. So einfach ist das. Vielleicht trinkst du ein oder zwei Gläser auf mich, wenn du dich an Sergeant Griveón aus Camaguey erinnerst.«

Brocassie stand auf und zog die Riemen seines Rucksacks fester. »*Qué Diós te bendiga!* Griveón, Gott möge dich schützen.«

Griveón grunzte. »Das wäre wirklich ein Bilderbuch-Finale, aber ich hab so meine Zweifel, ob er mit mir klarkommen würde.« Er hob schwach die Hand. »*Adiós, amigo.*«

Brocassie schlug den Weg nach Süden ein, ohne sich umzublikken. Er hatte kaum mehr als eine halbe Meile zurückgelegt, als er einen Schuß hörte.

2.

Brocassie stand am Rande der vom Wind unterhöhlten Hügel und spähte über das Karibische Meer hinweg nach Süden. Nacht und tiefe Finsternis waren einem unsteten, fahlen Licht gewichen. Vom Wind gebeugte Bäume, Sträucher und Felsvorsprünge hatten jetzt klare Umrisse. Er drehte sich um und schaute nach Norden zu den Bergen, aus denen er gekommen war. Der Gipfel des Pico Turquino, mehr als 1500 Meter über dem Meeresspiegel, wurde vom ersten Sonnenlicht umfangen, das rot und rosig aufflammte und sich dann allmählich in die Einfarbigkeit des gewöhnlichen Tageslichtes verwandelte. Sie war so schnell vorbei, diese plötzliche Selbstentzündung des beginnenden Morgens. Aber für Brocassie war es die endlose Erneuerung, von der sein Vater gesprochen hatte – bis zu dem Tag, an dem es für keinen Menschen einen Morgen geben würde.

Im Osten sah Brocassie, wie der scharfe Rand der Sonne den Horizont durchbrach. Er schob sich seine verbogene Sonnenbrille über die Augen und schaute zu, wie die Kugel, durch die Brechungen der Atmosphäre gedehnt und verzerrt, höherstieg. Sie war gleichzeitig chromfarben und gelb und weißglühend. Wie ein Blick in den Schmelztiegel der Schöpfung, dachte Brocassie. So hatten die Alten es ausgedrückt.

Er ließ sich auf die Fersen nieder und starrte nach Süden, während das Meer sich aufhellte. Augenblicke zuvor war es einheitlich bleifarben gewesen, wogend von mächtigen, trüben Wellen. Nun aber, unter dem flachen Bogen des Morgenlichtes, nahm das Meer Gestalt an: schwarzblaue Riffeln, zum Kamm hin durchsichtig und mit einer schmalen weißen Haube versehen. Und zwischen den Kämmen, in der glatten grünen Seide der Wellentäler, die Dunkelheit unermeßlicher Tiefen.

Es war immer noch sehr kühl. Der Morgenwind verbreitete den harzigen, kräftigen Duft der Pinien, und das spärliche Gras war immer noch von Tau getränkt. Aber er wußte, daß die Sonne in einer Stunde die Klippen ausdörren und daß die Hitze ohne irgendeinen Schutz unerträglich sein würde.

Brocassie stand auf und schob sich auf den Rand der Klippe zu. Er blickte hinunter auf das schmale Asphaltband der Küstenstraße, die zu den kleinen Fischerdörfern westlich von Santiago de Cuba führte. Noch herrschte kein Verkehr, und er rechnete erst ab neun Uhr damit, wenn der Bus nach Corral de Rio und Pilón vorbeirumpelte. Brocassie zog ein rotes Taschentuch aus seinem Rucksack, band es an einen von Nadeln befreiten Zweig und pflanzte das Zeichen auf dem Kamm auf. Fünfzig Meter weiter unten, von der Straße her, würde es kaum sichtbar sein, wenn man nicht sorgfältig Ausschau hielt und nicht wußte, wo man das Zeichen zu suchen hatte. Joaquin sollte in dem Bus sein, jeden Morgen an drei aufeinanderfolgenden Tagen, und dies war der dritte Tag. Hab Vertrauen, sagte Brocassie zum Wind.

In den nächsten zwanzig Minuten entfernte Brocassie die Nadeln von vier stärkeren Pinienzweigen und stellte sie zu zwei umgekehrten V's auf. Nachdem er die Spitzen mit einem dünnen Dacronseil verbunden hatte, befestigte er die Seilenden mit Pflöcken in dem harten Boden. Über das Gestell spannte er eine gesprenkelte Decke und band sie mit kürzeren Seilstücken an den Zweigen fest, so daß ein primitives Zelt entstand. Dann brach er kleinere Pinienzweige ab, mit denen er das Zelt überdachte, um sich vor der Sonne und vor der zufälligen Entdeckung durch ein Küstenflugzeug zu schützen. Er schritt den Umkreis seines Lagers ab und war sicher, daß aus der Luft nichts zu sehen sein würde, was seine Position verraten könnte.

Brocassie kroch in das Zelt, streifte Drillichanzug, Unterhemd und Unterhose ab und begann, sich mit seinem Messer den Schweiß abzukratzen, zuerst im Gesicht und dann am ganzen Körper. Der Inhalt seiner Wasserflasche war bis auf ein Viertel verbraucht; er trank fast alles und benutzte den Rest, um seinen Körper anzufeuchten.

Nun war er abgekühlt, lag, mit dem Drillichanzug als Kissen, auf der Erde und stellte sich vor, wie es wäre, zu baden und zu trinken und zu essen.

Er aß die wenigen Bissen auf, die von seinen Rationen übriggeblieben waren: drei Streifen gedörrtes Rindfleisch und eine halbe Stange getrockneten Käse. Brocassie hätte gern Kaffee dazu getrunken, aber es gab kein Wasser mehr, und Erschöpfung verwirrte seine Gedanken.

Ganz spät am Nachmittag wachte er auf, mit steifen Gelenken und geschwollener Zunge. Er hatte keine Ahnung, ob Joaquin in dem Bus gewesen war und das Taschentuch gesehen hatte. Maroto hatte Brocassie angewiesen, die Küstenstraße zwischen dem 26. August und dem 1. September, ungefähr sechs Meilen westlich von der Abzweigung nach Barrancas, zu überqueren. Brocassie war recht sicher, daß er keine zwei Meilen vom Abholpunkt entfernt war. Wenn Joaquin nicht wie geplant auftauchte, würde er in einer scheußlichen Situation sein. Er war von den Bergen, von der Zuflucht der Guerillas, abgeschnitten. Und wenn der Kontakt mit Joaquin nicht zustande kam, würde ihm keine andere Wahl bleiben, als an der öden Küstenstraße entlangzutrotten, bis er ein Dorf fand. Lebensmittel waren kein dringendes Problem, aber er brauchte Wasser. In einem Dorf würde man neugierig werden, und Brocassie hatte keine Papiere.

Er kroch aus dem Zelt, reckte sich und blickte hinunter auf den verlassenen Asphaltstreifen, der sich zwischen Klippen und einem hundert Meter tiefen Abhang – darunter lag die tosende Brandung – hinzog. Es war eine wilde, trostlose Gegend. Er erinnerte sich an einen anderes Mal, als er und Alicia dieselbe Küstenstraße hinabgefahren waren, um in der Caleta los Tunalitos, der Bucht genau östlich von Pilón, auf Unterwasserjagd zu gehen. Sie hatte den MGTC ihres Vaters gehabt, einen kleinen, zweisitzigen Sportwagen aus England mit riesigen Speichenrädern und einer faltbaren Windschutzscheibe. Es hatte geregnet, und das Verdeck war nach vier Jahren in den Tropen so morsch, daß es zuerst leckte und dann vom Wind abgerissen wurde; Segeltuchstreifen barsten wie eine Reihe explodierender Feuerwerkskörper. Sie fluchte, hielt am Straßenrand an und verstaute das Verdeck im Kofferraum. Darauf starteten sie lachend und fuhren sehr schnell, da Alicia die Theorie vertrat, daß der Regen das Wageninnere dann nicht erreichen würde. Er erinnerte sich deutlich an ihr dünnes Baumwollhemd mit dem BH darunter, beides bis auf die Haut durchnäßt, an die Strähnen ihres schwarzen Haares, die im Wind flatterten.

Eine Erinnerung an sie löste die andere aus. Er holte ein zerknittertes Foto aus dem wasserdichten Beutel in seinem Rucksack und betrachtete es. Sie saß neben dem Besitzer einer kleinen *cantina*, die sie gern besucht hatten, und schmiegte sich ein Kätzchen an den Hals. Ein sanftes Lächeln lag auf ihrem Gesicht, und die Kamera schien irgendwelche ganz privaten Gedanken gestört zu haben. Das Kätzchen war ein Geschenk des Besitzers gewesen, und Alicia hatte es geliebt, obwohl sie immer behauptete, Katzen zu hassen. Das Blitzlicht hatte den Widerschein ihrer Augen und jener der Katze eingefangen, und ihm war eine gewisse Ähnlichkeit aufgefallen. Brocassie steckte das Foto wieder in den Rucksack und schaute geistesabwesend auf das Meer hinaus.

Erinnerungen schlugen über ihm zusammen wie brandende Wellen. Einmal war sie mit hochhackigen Schuhen und einem engen Rock den Paseo del Prado hinuntergegangen. Brocassie war nur ein paar Schritte hinter ihr, rief ihren Namen jedoch zuerst nicht, weil sie so selbstsicher war, daß ihre Macht und Schönheit ihr gar nicht bewußt schienen. Männer beobachteten sie, sagten aber nichts – vielleicht, weil sie eingeschüchtert waren. Ein Schuhputzer – ein schmächtiger, olivenhäutiger Junge von knapp Zwanzig, mit steifem, glanzlederähnlichem Haar – begann zu pfeifen und hörte auf, als sie vorbeieilte. Es war, als habe er die nur mit einem dünnen Schleier bekleidete Madonna gesehen.

Andere Szenen fielen ihm ein, aber er drängte sie zurück. Vorbei, dachte er. Sie *war*, und ich *bin*. In gewisser Weise, so schien es ihm, wußte er längst nicht mehr, wieso er das alles tat. Er wußte nur, daß er seine Sache außergewöhnlich gut machte und damit weitermachte, weil ihn das irgendwie in Bewegung hielt. Aber Fabricio war tot, und die Konterrevolution lag im Sterben. Er wollte nur noch diesen letzten Auftrag erledigen, den Film aus Kuba hinausschaffen, und dann würde er wieder in die Berge von Utah zurückkehren und versuchen, sie und alles übrige zu vergessen.

Brocassie hörte Motorenlärm, weit in der Ferne. Zwei oder drei Meilen seewärts ritt ein Torpedoboot auf den Wellen und steuerte östlich auf Santiago de Cuba zu. Eine Küstenpatrouille in einem sowjetischen MTB-41. Fabricio hatte ihm erzählt, daß die Russen die Küstenpatrouillen verstärkten, aber nur in der Nähe von Havanna und Cienfuegos. Noch eine Schwierigkeit, dachte er. Das MTB würde wohl vierzig Knoten schaffen, jedenfalls auf ruhigem Wasser. Vielleicht zwanzig Knoten auf offener See, aber mit einem Radargerät als zusätzlichem Vorteil. Brocassie seufzte und beobachtete das Boot, bis es im Osten außer Sicht war.

Die Sonne würde in etwa einer Stunde untergehen. Er zog die Plane von dem provisorischen Zweiggestell herunter, schüttelte sie aus, legte sie sorgfältig zusammen und verstaute sie in seinem Rucksack. Dann verstreute er die Pinienzweige und fegte mit dem letzten über den Boden. Danach deutete fast nichts mehr darauf hin, daß er hiergewesen war.

Brocassie arbeitete sich am Kamm der Hügelkette entlang nach Osten vor, bis er eine ziemlich zerklüftete Schlucht erreichte, die aber den Schutz bot, den er brauchte, um hinabzusteigen, ohne daß man ihn von der Küstenstraße her sehen konnte. Es war gefährlich, und Brocassie nahm sich Zeit; er kletterte an losem Geröll und weicher Erde hinab bis zur Straße. Seine an Steinen und Felsvorsprüngen aufgerissenen Hände brannten, und er spürte das Stechen von Nesseln an den Beinen.

Nachdem er die Straße überquert hatte, kletterte er weiter nach unten über eine Fläche aus morschem Fels, die sich steil zum Strand hinabsenkte. Nach der Farbe des Wassers und dem brodelnden Kessel der Brandung zu schließen, mußte der Strand sehr bald tief abfallen. Er war von herabgestürzten Brocken übersät, und die Uferlinie bestand aus Gesteinstrümmern und zerbrochenen Korallen.

Brocassie riß zwei Dutzend Napfschnecken von den Felsbrocken direkt in der Brandung ab und steckte sie in seinen Rucksack. Dann schälte er sich aus seiner Kleidung und tauchte in einem flachen Bogen ins Meer. Von den sich brechenden Wellen hin und her geworfen, schwamm er ungefähr zehn Minuten lang. Das war zwar kein Ersatz für Süßwasser, aber es linderte die Trockenheit seiner Haut und lockerte seine verkrampften Muskeln. Kurz vor Sonnenuntergang stolperte er zurück durch die Brandung, legte sich auf einen Felsbrocken und nahm die letzte Sonnenhitze in sich auf. Im Liegen preßte er das Fleisch aus der Hälfte der Schnecken heraus und aß einen Bissen nach dem anderen; den Rest bewahrte er sich für später auf. Sie waren zäh, doch sie enthielten Feuchtigkeit und linderten seinen Durst. Er hoffte nichts mehr, als daß Joaquin eine Dose Bier oder eine Flasche Wasser mitbringen würde. Vorausgesetzt, er kam.

Er zog wieder seine Drillichsachen an, schnürte seine Stiefel und lud sich den Rucksack auf. Dann stieg er den Hang zur Straße hinauf und schritt nach Osten, bis er einen Durchlaß gefunden hatte, wo er, unterhalb der Böschung, sich in den Schatten gleiten lassen konnte. Noch eine Stunde, schätzte er, und er verbrachte die Zeit damit, das Fleisch aus den übrigen Napfschnecken herauszupressen. Ob man Griveón und den zertrümmerten Landrover schon gefunden hatte? Wir sind ein Haufen blöder Idioten, dachte er. Wir alle. Der endlose Kampf um Unabhängigkeit, Herrschaft und Macht – und was haben wir erreicht? Zerstörte Leben, zerstörte Körper, eine zerstörte Nation. Und es war nicht einmal seine eigene.

Die Sonne hatte sich gesenkt, und die Luft wurde kühler. Zweimal hörte Brocassie Lastwagen, die sich, schwer beladen und langsam, die Küstenstraße hinunterquälten. Nachschubwagen, keine Truppentransporter, vermutete er. Etwa eine Stunde nach Einbruch der Dunkelheit hörte er einen leichteren Wagen, wahrscheinlich einen Jeep, der mit hoher Geschwindigkeit vorbeirauschte. Er erhaschte das leise Pfeifen des Fahrers, doch wurde es rasch vom Fahrtwind verweht.

Eine weitere Viertelstunde, und immer noch nichts. Dann hörte er ein anderes Auto – es schlich in einem niedrigen Gang dahin und hielt gelegentlich an. Ein dreifaches Hupen, es fuhr weiter, schob sich auf der Straße entlang und hupte von neuem. Brocassie ließ den Wagen dicht an den Durchlaß heranfahren und kletterte die Böschung hinauf.

Es war ein leichter LKW; ein Rücklicht, auf der Beifahrerseite, war durchgebrannt, wie Maroto angekündigt hatte. Brocassie zog die letzte Kugel Plastiksprengstoff aus seinem Rucksack, steckte einen Dreisekundenzünder hinein und gab dem Wagen ein Zeichen.

»He, geht's nach Bayamita?« rief er.

Eine dünne, nervöse Stimme erwiderte: »Weiter, viel weiter.«

Der Mann hatte die richtige Antwort gegeben, was aber immer noch nichts bedeutete.

Brocassie überquerte die Straße und näherte sich geduckt dem Wagen. Er konnte den Mann im schwachen Licht der Scheinwerfer sehen; die Motorhaube war geöffnet.

»Bist du da?« rief der Mann.

»Ich habe eine Granate«, gab Brocassie zurück. »Leg alle Waffen, die du hast, vor die Scheinwerfer. Alles, auch dein Messer. Dann setz deinen Arsch in Bewegung und öffne hinten die Klappe zum Laderaum. Ich will sehen, was da drin ist. Dann kommst du wieder zurück vor die Scheinwerfer. Mach schon!«

»Keine Waffen«, schrie der Mann zurück. Er verließ das Licht der Scheinwerfer und öffnete nicht nur die hintere Klappe, sondern auch beide Türen des Fahrerhäuschens, knipste die Innenbeleuchtung an und kam wieder nach vorn vor die Scheinwerfer.

»Joaquin ist tot«, rief er. »Ich bin sein Freund. Und wenn du hier raus willst, mußt du dich bald entscheiden. Ich bin an einem Milizkonvoi mit vier Lastwagen vorbeigekommen, ungefähr sechs Meilen von hier. Sie machten gerade Pinkelpause, aber weit hinter uns können sie nicht sein.«

Brocassie trat näher an den Lastwagen heran. »Geh weiter vom

Wagen weg, aber bleib im Scheinwerferlicht, damit ich dich sehen kann.«

Der Mann wich zögernd, die Arme halberhoben, zurück. Brocassie rannte zum Lastwagen. Das Bett war so leer wie das Fahrerhäuschen. Er sprang hinein, durchsuchte rasch die Fläche unter dem Sitz und das Handschuhfach. Keine Waffen.

»Wir fahren«, brüllte er.

Der Mann kam herangetrottet und zog sich hinauf in die Kabine. Er startete den Motor, legte einen niedrigen Gang ein, erhöhte die Geschwindigkeit und schaltete immer höher, bis der Wagen schwankte und der Motor sein letztes hergab.

». . . Entfernung zwischen uns und den Konvoi bringen«, sagte er über den Motorenlärm hinweg. »Ich heiße Sergio. Joaquin war mein Freund. Vor zwei Jahren haben wir im Frente zusammengearbeitet.«

Seine Züge waren im Halbdunkel der Armaturenbeleuchtung nicht klar zu erkennen, aber Brocassie konnte die Umrisse seines Gesichtes ausmachen: schmale, eingefallene Wangen, starke Pokkennarben, eine Adlernase. Sergios Augen standen dicht beieinander und quollen hervor; seine wenigen Haarsträhnen waren mit einer fettigen Pomade verklebt, die ekelerregend stank. Sergio zog eine dünne Zigarre hervor, kratzte mit einem Streichholz über das Armaturenbrett und zündete sie an.

»Zigarre?« fragte er und holte noch eine aus seiner Hemdtasche, ohne die Augen von der Straße zu wenden.

»Nein«, sagte Brocassie. »Hast du was zu trinken?« Seine Kehle war rauh, und sein Mund fühlte sich an wie getrocknetes Leder.

»Nichts. Sie hat mir nicht gesagt, daß ich was mitnehmen muß. Hättest wohl gern Cuba libre?« Er kicherte über seinen eigenen albernen Witz.

Der Wagen neigte sich gefährlich in eine Kurve, und die Räder kratzten an dem zerfurchten Bankett entlang. Sergio drehte das Lenkrad mit aller Kraft, so daß das Auto wieder auf den Asphalt schlitterte.

»Fahr langsamer, verdammt noch mal!« brüllte Brocassie. »Wozu die Eile?«

Sergio zuckte die Achseln und verringerte den Druck aufs Gas, aber nur ganz wenig. »Ich muß diese Karre vor Mitternacht wieder nach Santiago bringen. Ich hab' da 'ne Abmachung mit einem Kerl. In La Plata sind ein paar Reifen, die ein Kumpel von ihm aus

Jamaika eingeschmuggelt hat. Ich hole zwölf Reifen ab, und er gibt mir zwei für meine Mühe. Perfekte Tarnung dafür, dich abzuholen. Aber ich hab' nicht viel Zeit zu verschwenden.«

»Joaquin . . .?«

»Tot, wie ich gesagt habe«, antwortete Sergio ohne jede Emotion. »Er und zwei seiner Jungs waren dabei, Munition für Marotos Truppe nach oben in die Sierra zu bringen. Er traf auf eine Straßensperre, und es kam zu einer Schießerei. Die Munition ging in die Luft – und Joaquin auch. Von keinem der drei ist was übriggeblieben.«

»Du scheinst nicht gerade traurig zu sein.« Brocassie warf dem Mann einen Blick zu.

»Natürlich bin ich traurig«, gab Sergio zurück. »Aber Joaquin hat eben sein Glück und seinen Schutzheiligen überstrapaziert.«

»Wie hast du von mir erfahren?«

Sergio schnippte die Zigarre aus dem Belüftungsfenster. »Von Joaquins Frau. Sie war immer an allem beteiligt. Soviel ich weiß, hatte Maroto einen Funkspruch an die *Freunde* in Miami durchgegeben. Sie teilten Joaquin mit, daß er dich abholen sollte. Joaquin war tot, aber sie kannten alle Einzelheiten des Planes.«

»Was springt für dich dabei raus?«

»Zweihundert Dollar pro Tag. Und eine Uhr, die ihm gehörte.« Er wischte sich den Mund mit dem Handrücken ab. »Bis zehn, spätestens elf bringe ich dich an die Küste bei Chivirico. Von da an ist's ihr Problem.«

Es paßte nicht alles zusammen. Zwar war Joaquin tatsächlich ein ›Muli‹, dafür verantwortlich, Nachschub von Frachtschiffen heranzuschaffen und mit Lastwagen in die Sierra zu bringen. Aber wenn er an einer Straßensperre erwischt worden wäre, hätte die DGI – Castros innerer Sicherheitsdienst – bestimmt seine Frau verhört und wahrscheinlich das Restaurant nach Beweismaterial durchsucht.

»Was ist mit der DGI?« fragte er.

»Was soll mit ihr sein?« erwiderte Sergio gereizt.

»Haben sie Joaquins Frau nicht verhört?«

Sergio hob die Schultern, beugte sie vor und ließ sie fallen, alles in Zeitlupe – eine Geste, die ausdrucksvoll Geringschätzung, Gleichgültigkeit und Abweisung verband. »Ja, sie sind gekommen«, sagte er schließlich. »Stocherten ein bißchen herum, stellten Fragen und fanden nichts. Joaquin hatte einen Ruf als Konspirateur. Er kritisierte die Regierung ganz offen. Aber schließlich kritisierte er auch Batista genauso offen. Und sogar wenn *Nuestro Señor en panales* in einem goldenen Triumphwagen eingetroffen wäre, um die Regierung zu übernehmen, hätte Joaquin auch ihn kritisiert und wahrscheinlich Pläne gegen die Wiederkunft des Herrn geschmiedet.« Er zog eine weitere Zigarre aus der Tasche, kaute auf dem Ende herum und spuckte es aus dem Fenster. Er verzog den Mund und wandte sich zu Brocassie: »Die DGI wußte, daß er ein kleiner Fisch war.«

»Und wo stehst du, Sergio?«

Sergio lachte kurz und bitter. »Wo ich stehe? Mein Gott – ich stehe Schlange wie alle anderen. Nach Fleisch, nach Brot, nach Eiern. Sogar, um pinkeln zu gehen. Ich sage: Scheiß auf die Revolution, und die Konterrevolution auch! Hör zu, ich repariere elektrische Geräte. Mache gute Arbeit, werde nicht schlecht bezahlt, trinke ein bißchen, und, was das wichtigste ist, ich halte mich aus allem raus, denn wenn man das nicht tut, macht man sich Feinde, und dann kann einem leicht der Kopf weggeblasen werden.«

»Du machst dies hier also nur fürs Geld?«

Er nickte lächelnd. »Wieso nicht fürs Geld? Es ist sowieso das letzte Mal – ein Gefallen, den ich der Frau eines toten Freundes tue. Aber nie wieder. Ist mir egal, ob die ganze Insel in die Luft fliegt, aber ich selbst will noch lange leben. Und wenn ich sterbe, dann hoffentlich in meinem eigenen Haus.«

Brocassie war müde, ungeheuer müde. Drei Jahre fast hatte er in den Bergen von Kuba verbracht, zuerst im Kampf gegen Batista, und dann, nachdem die Revolution verraten war, gegen Castro. Alicia war tot, Fabricio war tot, genauso wie mehr als dreißig Männer, mit denen zusammen er gekämpft hatte. Nur Maroto kämpfte noch, und wieviel länger konnte er durchhalten? Was hatten ihnen all die Tode eingebracht, und welchen Zweck hatte alles? Er hatte genug von Blutegeln auf der Haut und feuchter Kleidung, auch von der monotonen Ernährung aus Reis und Bohnen. Im Laufe des letzten Jahres waren Munition und Waffen knapp geworden, und die konterrevolutionären Kräfte waren nicht mehr in der Offensive. Nein, es war nur eine Frage des Überlebens. Für ihn war alles vorbei. Er wollte nur noch nach Hause, durch das Wüstenhochland von Utah wandern, dem Schnee zusehen, wie er still die Erde zudeckt, und versuchen, alles zu vergessen.

Vergessen. Aber er wußte, daß er es gar nicht konnte. Sein

Leben lang würde er sich an den Tag erinnern, an dem Fabricios Truppe in offenem Gelände überrascht worden war. MIGs waren unter einer niedrigen Wolkendecke hervorgekommen, und er hatte das Heulen ihrer Düsen nur sekundenlang gehört, bevor das Napalm die Lichtung in einen Hochofen verwandelte. In diesen wenigen Sekunden hatte er sich umgewandt und die glänzenden silbrigen Behälter gesehen, die herabpurzelten, und er wußte, was sie waren, weil er sie in Korea gesehen hatte. Er hatte gerade noch Zeit gehabt, den anderen eine Warnung zuzubrüllen, und dann war er losgerannt. Das geronnene Benzin hatte über eine halbe Stunde gebrannt, und die Männer, die in den flammenden Umkreis gerieten, waren nichts als verkohlte Klumpen aus Knochen und schwarzem Fleisch. Brocassie hatte die Überlebenden höher in die Sierra Maestra geführt und sich Marotos Truppe angeschlossen.

Die Gelegenheit, das Land zu verlassen, war unerwartet gekommen. Einer von Fabricios Männern hatte eine Woche zuvor einen 35-mm-Film durch ein Teleobjektiv geschossen, und Maroto wollte den Film per Boten an die CIA in Miami überbringen lassen. Maroto war nicht sicher, was der Film darstellte, aber er wußte, daß er, um mehr Waffen und Munition zu bekommen, etwas vorweisen mußte, das (wie er Brocassie erklärte) »ihre Gedärme in Schwung bringt.«

Die Wahl Brocassies bot sich an: Er war von Geburt Amerikaner und besaß einen Hochschulabschluß – vielleicht konnte er sie überzeugen. Maroto gab Brocassie einen ›Einkaufszettel‹, auf dem Granatwerfer, Maschinenpistolen und Munition aufgelistet waren. Bevor Brocassie sich auf den Weg machte, hatte Maroto ihm erklärt: »Du hast genug getan. Es ist nicht dein Kampf. Kehr in dein Land zurück und bleib dort, aber wenn du kannst, erinnere dich an uns. Wir werden weiterkämpfen, bis wir siegen oder bis wir tot sind.« Es war eines von Marotos typischen Zitaten für die Geschichtsbücher.

Die Küstenstraße senkte sich ab und zu hinunter bis auf Meereshöhe, schlängelte sich um den Strand herum, stieg dann wieder empor und führte an den Klippen entlang, die auf das Meer hinausblickten. Nur eine schmale Mondsichel erhellte das Meer, und schwaches Sternenlicht reflektierte sich in der gleichmäßig wogenden Dünung. Sergio war ein wenig langsamer geworden, fuhr vorsichtiger. Hinter einer Kurve erblickte Brocassie zwei kleine Hütten, die so dicht aneinandergepreßt waren, als müßten sie sich gegenseitig stützen. Durch das Fenster sah man den Schein einer Kerosinlampe.

»Corral del Rio«, bemerkte Sergio. Er verringerte das Tempo noch mehr, und die Scheinwerfer erfaßten ein Dutzend Häuser und eine Bar aus Beton. Die *cantina* war immer noch geöffnet; Männer saßen auf dem Bordstein, tranken, rauchten und diskutierten.

Sergio schaltete herunter und schwenkte an die entlegene Straßenseite hinüber, einen halben Häuserblock von der *cantina* entfernt.

»Was zum Teufel tust du?« fragte Brocassie grob.

»Eine Minute. Ich hole ein paar Flaschen Bier und vielleicht zwei *medias noches*, wenn's die zum Mitnehmen gibt.« Seine Stimme hatte einen beleidigten Tonfall. »Du hast doch gesagt, daß du durstig bist, und ein kleines Sandwich mit heißem Schweinefleisch und Käse wäre doch auch nicht schlecht, oder?«

»Was ist mit dem Konvoi hinter uns?« Brocassies Magen rumorte allein bei dem Gedanken an etwas Eßbares, und das Wasser lief ihm im Mund zusammen.

Sergio zuckte die Achseln und zog die Schlüssel aus der Zündung. »Es dauert nicht länger als eine Minute. Der Konvoi fährt nur halb so schnell wie wir.«

Verflucht. Es war dumm, aber Brocassie wurde von Hunger und Durst überwältigt. »Mach schnell!« Er packte Sergios Arm und drückte ihn kräftig. »*Schnell*, verstehst du.«

Sergio sprang ungeschickt aus dem Fahrerhäuschen und schlug die Tür hinter sich zu. Brocassie ließ sich in seinen Sitz zurücksinken und verstellte den Rückspiegel, damit er den schmächtigen Kubaner beobachten konnte. Ein paar Männer am Bordstein blickten auf, und Brocassie sah, wie sie Sergio mit lässigen Handbewegungen grüßten. Er verschwand in der Tür.

Kaum zu glauben, dachte Brocassie, aber es ist fast vorbei. Sergio sollte ihn an der Küste absetzen, und dann würde ein Fischer ihn nach Jamaika bringen. Ein Flug nach Miami, und das war alles. Er wußte, daß er zuviel Fleisch in sich hineinschlingen und zuviel trinken würde, und dann würde er sich zurück nach Utah aufmachen, die Fahrt durch die üppigen Prärien genießen und sich auf den Augenblick freuen, wenn er hinter einem Höhenzug die weiß in der Sonne schimmernden Rockies sehen würde. Aber er wußte auch, daß jede Art von Frieden ihm lange Nachtstunden voller Erinnerungen bringen würde. In der Sierra war er dem Tode zu nahe gewesen, als daß er oft an sie hätte denken können, aber das würde anders sein, sobald er allein und in Sicherheit war.

Er wußte nun, daß er in diesen letzten beiden Jahren nicht der Konterrevolution, sondern nur ihres Todes wegen in Kuba geblieben war. Er hatte wie die übrigen Konterrevolutionäre davon gesprochen, Castro schließlich zu stürzen und wieder ein freies Kuba zu schaffen, aber die gescheiterte Invasion in der Schweinebucht war das Ende dieses Traums. Kennedy war im letzten Moment von seinen Verpflichtungen zurückgeschreckt – wie ein verängstigter Hund, der vor einem lauten Geräusch flieht. Trotzdem hatte Brocassie weitergekämpft, aber nur, weil sie für diese Sache gestorben war, und er hatte sich nicht mehr darum gekümmert, ob dieses Weiterkämpfen vernünftig war oder nicht.

Brocassie konnte sich an jede Einzelheit erinnern, die Fabricio von dem *carbonero*, dem Köhler, erfahren hatte.

Der *carbonero*, ein sonnengeschwärzter Mann von über Siebzig, wartete seine Holzkohleöfen im Sumpfgebiet von Playa Larga. An einem Nachmittag im Dezember 1960 hatte er gesehen, wie ein vielsitziger Militärlastwagen auf eine morastige Lichtung fuhr. Acht Wächter, ein Offizier und sieben Gefangene hatten den Wagen verlassen. Die Gefangenen waren zwei Frauen und fünf Männer, alle nackt, aneinandergefesselt und mit verbundenen Augen. Drei der Männer wurden von den anderen getrennt, und man entfernte ihre Augenbinden. Sie mußten das Grab ausheben: eine Grube von drei mal drei Metern, zwei Meter tief. Die Gefangenen hatten keine Stiefel und konnten nur ihre nackten Füße gegen die harten Schaufelkanten stemmen. Fünf Stunden hatten sie gebraucht, um die Grube so auszuheben, daß der Offizier zufrieden war. Inzwischen durfte sich jeder der Wachmannschaft, einer nach dem andern, mit den Frauen beschäftigen, die sie wie Tiere an Banyanbäume gebunden hatten. Sie wurden gezwungen, sich auf allen vieren von den Männern nehmen zu lassen. Der *carbonero* hatte zugesehen, bis er es nicht mehr aushalten konnte, und er hatte sich in den Busch gekauert und sich erbrochen. Den ganzen langen Nachmittag hatte er gehört, wie die Frauen weinten und schrien, wie die Fidelistas lachten, wie Männer tranken und leere Flaschen an den Felsen zerschmetterten.

Am frühen Abend hatten die Soldaten die Scheinwerfer des Lastwagens angestellt und die Gefangenen wieder zu einer Reihe zusammengebunden. Sie trieben die Gefangenen mit ihren Gewehrkolben auf die Grube zu – es war wie eine Szene aus der Hölle, hatte der alte Mann gesagt, in der die Verdammten vom Teufel mit der Gabel in den Höllenschlund getrieben werden. Drei Posten stießen die Gefangenen – eine stolpernde, schlurfende Masse – vorwärts. Ein Mann und dann noch einer stolperten über die Haufen aus frischer Erde, stürzten kopfüber in die Grube und zogen die anderen Gefangenen hinter sich her. Es war ein Chaos, untermalt von Flüchen und Schmerzensschreien. Ein Mann begann trotzig zu singen, bis die Posten ihn mit Erdbrocken bombardierten und er verstummte. In diesem Augenblick, sagte der *carbonero* heiser, hatten alle Gefangenen zuerst geschwiegen, und dann hatte er, obwohl er sie nicht sehen konnte, sehr deutlich ein Reuegebet gehört, das die schwache Seebrise an sein Ohr trug.

Die Wachmannschaft und der Offizier zogen sich zurück, bis sie ungefähr fünfzehn Meter von der Grube entfernt waren. Dann warfen sie Granaten. Der alte Mann erzählte, daß es acht Explosionen gewesen waren. Vier Posten – sie hatten sich Taschentücher über den Mund gebunden – traten an den Rand der Grube und schaufelten den rotgefleckten Sand von den Seiten hinein.

Fabricio und Brocassie wußten, daß sieben oder acht Konterrevolutionäre ein paar Wochen zuvor an einer Straßensperre erwischt worden waren. Sie gehörten zu einer anderen Gruppe, die weiter westlich, in der Nähe von Trinidad, operierte, und niemand kannte die Einzelheiten. Aber eine Woche später veröffentlichte die offizielle Regierungszeitung ein Verzeichnis von »Terroristen unter CIA-Kontrolle«, die gefangengenommen, verurteilt und hingerichtet worden waren. Ihr Name stand auf der Liste.

An jenem Tag hatte Brocassies Leben aufgehört, und er wußte, daß er seitdem nur noch sprach, sich bewegte und kämpfte, weil sein Körper sich weigerte zu sterben.

Er schaute wieder in den Rückspiegel. Sergio ließ sich Zeit, und Brocassie begann sich zu fragen, ob es wirklich klug gewesen war, des Bieres wegen anzuhalten.

Keine Schlüssel in der Zündung. Ihm war nicht aufgefallen, daß Sergio sie mitgenommen hatte, aber es hätte ihn ohnehin nicht sehr beunruhigt. Ob Reserveschlüssel unter dem Sitz waren? Er hatte dort schon nach Waffen gesucht, jetzt sah er noch einmal nach. Möglich, daß der Besitzer dort einen Schlüssel mit einem Stück Schnur festgebunden hatte. Zuerst schob er die Hand unter den Beifahrersitz, und seine Finger berührten nur kalte Metallspiralen und Polstermaterial aus Jute. Auch unter dem Fahrersitz fand er keinen Schlüssel, aber seine Hand glitt über das polierte Leder eines

Halfters und dann über den kühlen geriffelten Griff einer automatischen Pistole. Sie war unter die Sprungfedern geklemmt und wurde von zwei Spiralen gehalten.

Der Griff ließ sich mühelos aus dem Halfter ziehen. Er wußte nicht genau, was für eine Marke es war, doch die Form des Laufes ließ ihn auf eine Luger schließen. Das bewies gar nichts: Lugers gehörten nicht zur Standardausrüstung der DGI, ja, er hatte in Kuba überhaupt noch nie eine gesehen. Brocassie zog das Magazin heraus und untersuchte die Waffe. Eine Patrone steckte in der Kammer. Er schob die Patrone ins Magazin, führte es in die Waffe ein und lud dann wieder eine Patrone in die Kammer. Nachdem er den Sicherungshebel umgelegt hatte, ließ er die Pistole in die rechte Schenkeltasche seiner Drillichhose gleiten.

Es war möglich, daß Sergio die Waffe nur mitgebracht hatte, um sich gegen die Risiken der Ungewißheit zu schützen. Andererseits . . .

Sergio – er hatte Flaschen und eine Tüte gegen die Brust gepreßt – kam aus der *cantina* heraus. Er sagte etwas zu den Männern am Bordstein, und einer von ihnen spuckte in den Straßenstaub. Ein anderer lachte, und dann wandten sie sich wieder ihren Getränken und ihrer Diskussion zu.

Der Kubaner ließ die Flaschen durch das offene Fenster an der Fahrerseite auf den Sitz fallen, stieg ein und schob Brocassie zwei zu.

»Öffner?« fragte Brocassie.

Sergio holte einen Öffner aus seiner Hemdtasche, und jeder machte eine Flasche auf. Brocassie nahm einen langen Zug und spürte, wie ihm die kühle Flüssigkeit durch die Kehle rann. Er nickte Sergio zu. »Weiter.«

Der andere ließ den Wagen vorsichtig aus dem Dorf hinausrollen und schaltete langsam höher.

»Dauerte länger, als ich dachte«, sagte Sergio zwischen zwei Schlucken. »Der alte Mann, dem der Laden gehört, hat Canasta gespielt. Ich mußte ihn schmieren, damit er sich endlich um mich kümmerte. Und dann ließ er sich darüber aus, daß Hemingway dauernd bei ihm vorbeikäme. Hatte sogar ein Foto von ihm an der Wand.«

»Wie jede zweite Bar in Kuba«, kommentierte Brocassie. Er hatte den Kopf zur Seite gedreht und beobachtete den Straßenrand. Sie waren jetzt etwas weiter im Landesinneren; Haine aus Mancinella-Bäumen verdeckten das Meer. Die Siedlung lag mehr als drei Meilen zurück, und hinter ihnen waren immer noch keine Scheinwerfer zu sehen.

»Halt hier an«, befahl Brocassie. Seine Finger schoben sich zu seinem Schenkel hinunter und krümmten sich um den Griff der Luger. »Nun setz zurück.« Er riß die Luger mit einer einzigen Bewegung nach oben, und der Sicherungshebel löste sich klickend.

Sergio wollte sich zu dem Sitz hinabbeugen und nach der automatischen Pistole tasten, aber er brach die Reflexhandlung ab.

»Keine Aufregung«, sagte er lächelnd. »Ich habe das Ding für den Fall mitgebracht, daß es Probleme gibt. Wer weiß . . .?« Er zuckte die Achseln, beleckte die Zähne und lächelte immer noch.

Brocassie bedeutete ihm mit der Luger, den Wagen zurückzusetzen. »Zwischen die Mancinellas – so weit wie möglich, damit wir von der Straße nicht gesehen werden können.«

Sergio wollte etwas entgegnen, doch Brocassie hieb den Lauf der automatischen Pistole auf seine Kniescheibe. »Los!«

Der Kubaner umklammerte vor Schmerz sein Knie und überschüttete Brocassie mit Flüchen. Mit dem ersten Schritt, hatte Brocassie gelernt, mußte man zeigen, daß Gewalt denkbar war. Mit dem zweiten Schritt, der sich nur selten als notwendig erwies, mußte man zeigen, daß Gewalt sogar unvermeidlich war . . .

»Dies ist ein kleines Kaliber, Sergio. Mit einer Kugel davon im Bauch würdest du wahrscheinlich bis zum Morgen leben. Also, zurück!«

Vor Schmerz grunzend setzte Sergio den Wagen nach hinten; der weiche Boden zwang ihn, heftig Gas zu geben.

»Noch weiter!« Brocassie sah weit nach unten reichende Zweige vorbeischnellen, spürte, wie die durchdrehenden Räder vibrierten und hörte niedriges Buschwerk unter dem Chassis zerbrechen, während der Lastwagen sich in die Dunkelheit schob. Schließlich blieb er an einem jungen Mancinella-Baum stecken. Brocassie langte hinüber, schaltete die Scheinwerfer aus und nahm den Zündschlüssel an sich.

Sergio kauerte sich an der Tür zusammen, zog das Knie hoch und massierte es mit den Händen.

»Wen hast du in der *cantina* angerufen?«

»Bei der Heiligen Jungfrau . . . niemanden. Ich schwöre, daß . . .«

»Was ist dir heilig, Sergio? Geld, Leben oder Unsterblichkeit?«

Sergio zeigte unerwartete Widerstandskraft. »Es gab kein Telefon! Wie hätte ich jemanden anrufen sollen? Hast du nicht bemerkt, daß der Ort keine Elektrizität hat? Keine Leitungsmasten – alles wird mit Kerosin beleuchtet. Sogar der Scheißkühlschrank läuft mit Butan. Wenn du Augen im Kopf hättest, wär's dir aufgefallen.«

Brocassie ließ sich ein wenig entspannter in den Sitz zurückfallen. Er hatte nichts bemerkt, aber Sergios Worte stimmten wahrscheinlich. Keine Leitungsmasten und wahrscheinlich keine Telefonverbindungen. Die Küstenstraße lag in einer gottverlassenen Gegend ohne wirtschaftliche Bedeutung.

»Mag sein«, erwiderte er schließlich. »Wir warten eine halbe Stunde und fahren dann nach Santiago zurück.«

»Aber die Reifen!«

»Ein andermal, Sergio. Sag deinem Freund, daß der Motor dir einen Streich gespielt hat. Zeig ihm einen gerissenen Keilriemen. Das ist dein Problem. Meines ist, zur Küste zu kommen und die Insel zu verlassen. Und dafür wirst du bezahlt.«

»Ich kann nicht . . .«, begann Sergio.

Scheinwerferlicht erhellte die Baumwipfel, und dann konnte Brocassie sie sehen: vier langsam dahinrollende Fahrzeuge. Das erste war ein Truppentransporter; die Ladefläche war mit einer verschnürten Plane überdacht. Im Scheinwerferlicht des folgenden Wagens erkannte Brocassie Soldaten, die dicht zusammengepfercht hinten auf dem ersten Fahrzeug saßen. Die beiden nächsten Wagen waren riesige Tieflader. Dahinter ein weiterer Truppentransporter. Alle vier trugen den kubanischen Stern. Lange nachdem sie auf der Küstenstraße verschwunden waren, lag noch der Gestank von Dieselabgasen in der Luft. Brocassie merkte, daß er den Atem angehalten hatte. Er atmete auf und wandte sich an Sergio. »Das war kein normaler Truppenkonvoi.«

Sergio sog die Wangen ein und rümpfte die Nase. »Für mich sehen alle Lastwagen gleich aus.«

»Was für Uniformen trugen die Soldaten, als du sie vorher sahst?«

»Woher soll ich das wissen? Es war dunkel. Ich habe dir doch alles erzählt: Ein paar Männer waren am Straßenrand und pinkelten in den Graben. Ein paar andere standen herum und rauchten.«

»Ist dir irgendwas Seltsames an den Wagen aufgefallen? Hast du je Tieflader von dieser Größe in Kuba gesehen?«

Der Kubaner lachte wütend. »*Du* bist doch der große Yankee-

Spion. Also verstehst du bestimmt sehr viel von solchen Dingen.« Er griff nach den Zündschlüsseln.

»Noch nicht«, sagte Brocassie. »Laß die Hände in den Hosentaschen. Wir warten noch eine Viertelstunde.«

Sergio gab einen kehligen Laut von sich, als sei seine Geduld erschöpft. »Wozu? Der Konvoi ist vorbei. Hast du Angst?« Er lachte gezwungen.

»Wir bleiben sitzen und warten«, befahl Brocassie. Irgendetwas in Sergios Stimme schien wachsende Unruhe zu verraten, die er durch Lässigkeit zu überspielen suchte.

Fünfzehn Minuten vergingen. Sergio war nervös, aber vielleicht machte er sich nur Sorgen um seine eigene Haut, wollte Brocassie an der Küste abliefern und vor Mitternacht nach Santiago zurückkehren. Noch zwei Minuten, sagte sein Instinkt.

Er hatte im stillen zu zählen begonnen und war bei fünfzig Sekunden angekommen, als er drei Scheinwerfer sah, die sich in dieselbe Richtung wie der Konvoi bewegten, nur sehr viel schneller. Er beobachtete sie ein paar Sekunden lang und kam zu dem Schluß, daß es sich um ein Motorrad handelte, dem ein Auto folgte. Seine Aufmerksamkeit richtete sich auf die Straße, doch aus den Augenwinkeln bemerkte er eine Bewegung in dem fast ganz dunklen Fahrerhäuschen: Sergios Hand schob sich behutsam auf den Lichtschalter zu. Brocassie hatte die gesicherte Luger in der rechten Hand behalten. Blitzschnell warf er sich zur Seite gegen Sergio und preßte ihn gegen die Tür. Dann rammte er ihm die Luger in den Magen.

»Noch eine Bewegung, und du stirbst, du Scheißkerl!« Er stieß den Lauf tiefer in Sergios Weichteile.

Das Motorrad und das Auto donnerten vorbei. Brocassie konnte erkennen, daß der Wagen ein hellblauer Oldsmobile 88 war. Die SIM, Batistas Geheimpolizei, hatte solche Autos benutzt, und sie waren für die DGI beschlagnahmt worden, denn die SIM hatte sowohl die Ausführung wie die Leistung der Oldsmobiles stark modifiziert, so daß sie die schnellsten Fahrzeuge in Kuba waren.

»Wie hast du sie benachrichtigt?« Er stieß die Pistole noch weiter vor, und Sergio zuckte vor Schmerz zusammen.

»Nein – bitte!« sagte er mit hoher, sich überschlagender Stimme. »Ich habe niemanden benachrichtigt.«

»Du hattest die Hand nach dem Lichtschalter ausgestreckt!«

»Nach gar nichts hatte ich sie ausgestreckt. Mein Knie tut noch weh. Um Gottes willen, mußt du mir denn die Pistole in den Bauch bohren?«

Brocassie wich zurück und richtete den Lauf auf die Brust des Kubaners. »Das war ein DGI-Wagen, und du weißt Bescheid«, sagte er mit zusammengebissenen Zähnen. Schließlich fuhr er fort: »Damit wir einander verstehen – du sagst mir ehrlich, ob du mich in irgendeinen Hinterhalt führst. Wenn ja, werde ich dich fesseln und hier zurücklassen, und du wirst wahrscheinlich überleben. Aber wenn wir an die Küste kommen und die DGI wartet auf mich, bist du der erste, der dran glauben muß. Also, Sergio, willst du jetzt leben oder später sterben?«

Der Kubaner lachte gezwungen und lockerte sich dann ein wenig. »Hast du was dagegen, wenn ich eine Zigarre rauche, bevor du mir die Augen verbindest?« Er zündete sich mit zittrigen Fingern eine an. »Denk mal nach, *hombre*. Wenn ich die Scheinwerfer eingeschaltet hätte, hättest du mich erschossen, stimmt's? Also wäre es doch gar nicht logisch gewesen, auch nur den Versuch zu machen. Und die DGI-Fahrzeuge – na, die wollten wahrscheinlich den Konvoi einholen, weiß der Himmel, warum.«

»Vielleicht hast du recht. Aber vielleicht hast du es vorhin im Dorf irgendwie geschafft, die DGI zu benachrichtigen.«

Sergio hob die Hände und drehte langsam die Handflächen nach oben. *»Por qué, carajo?* Wir beide wollten doch anhalten.« Er war jetzt sichtlich ruhiger geworden. »Hör zu, ich bringe dich zur Küste. Joaquins Frau hat dafür gesorgt, daß ein Boot da ist. Wenn wir dort in eine Falle geraten, kannst du mich ja erschießen. Aber ich habe keine Lust, hier die ganze Nacht im Gestrüpp zu sitzen und mir Ameisen über die Eier kriechen zu lassen.« Er streckte die Hand aus und wartete auf die Zündschlüssel.

Sie fuhren nun auf der Küstenstraße zurück nach Osten. Die Szene in Corral del Rio war genauso wie eine Stunde zuvor: dieselben Männer, dieselbe Diskussion und ein Teenager, der ein abgedunkeltes Schaufenster betrachtete.

Brocassie öffnete die zweite Flasche Bier und kaute an einer Seite seines Sandwiches herum. Es mochte alles ein Zufall sein. Vielleicht waren seine Nerven überreizt. Nur weg von hier. Für immer. Zurück nach Utah. Für einen Mann, der sich mit Sprengstoff auskannte, würde es dort immer Arbeit geben. Bedauerlich nur, dachte er mit einem halben Lächeln, daß man das Sprengen von Brücken, Eisenbahngleisen oder Schiffsanlegestellen schlecht unter ›Berufserfahrung‹ aufführen konnte.

»Wo genau treffen wir Joaquins Frau?« Er sah Sergio an.

»In einem Fischerdorf gegenüber von Santiago de Cuba, auf der anderen Seite der Bucht. Es ist ein kleines Drecksloch, das Antonio Maceo heißt. Ich soll dich vor einer Reparaturwerkstatt absetzen. Sie gehört einem Cousin von Joaquin. Seine Frau Juana wird dich dort treffen.«

»Wie weit noch?«

»Zehn, vielleicht fünfzehn Meilen.«

Brocassie dachte eine Weile darüber nach. Es gab immer noch die Möglichkeit, daß Sergio ihn hereinlegen würde. Vielleicht war es ratsam, auf Nummer Sicher zu gehen.

»Wie spät ist es? Wann erwartet sie uns?«

Sergio warf einen Blick auf seine Uhr und knurrte: »Wir werden über eine Stunde zu früh dasein, und du kannst ihr von mir ausrichten, daß ich zweihundert Dollar mehr haben will. Die werden mir die Hölle heiß machen, weil ich keine Reifen mitbringe. Das heißt, daß ich morgen abend noch eine Fahrt machen muß, um sie abzuholen. Also muß ich den Wagen noch einen Tag länger mieten, und außerdem kostet's mich mehr Zeit und Mühe. Sag ihr das.«

»Ich glaube, daß du persönlich mit ihr sprechen kannst.«

Sergio drehte sich zu ihm; seine Lippen waren zusammengepreßt. Er schaute wieder auf die Straße, schwieg eine Zeitlang und pochte erregt mit dem Finger gegen das Lenkrad.

»Ich halte nicht lange an – nur so lange, bis ich dich abgesetzt habe«, sagte er schließlich. »Es ist ein kleines Dorf. Ein Lastwagen, der vor einer geschlossenen Werkstatt anhält, wird bestimmt jemandem auffallen. Und ich werde nicht dafür bezahlt, daß ich noch mehr Risiken eingehe.«

»Mir scheint, du hast keine große Wahl, oder?« Brocassie zog die Luger aus der Tasche.

Sergio explodierte. »Ich fahre drei Tage in dem Mistbus an der Küste auf und ab und halte nach deinem Zeichen Ausschau. Meinst du, daß die Leute so etwas nicht bemerken? Du kannst aussteigen, aber ich bleibe im Wagen. Sonst werde nämlich ich an die Wand gestellt, wenn irgendwas schiefgeht.«

»Ich habe großes Mitgefühl mit dir«, erwiderte Brocassie. »Und noch größeres, falls irgendwas schiefgeht, denn du wirst aussteigen und ich werde mit diesem Lastwagen weiterfahren. Halt an!« Er machte eine Bewegung mit der Luger.

Sergio bremste und steuerte den Wagen vom Asphalt auf das Bankett.

»Raus jetzt«, befahl Brocassie. Er war sich immer noch nicht sicher, aber Sergios Reaktion würde ihn verraten, wenn eine Falle gestellt worden war. »Ausziehen!«

Der Kubaner stand auf der Straße und schien zusammengeschrumpft zu sein. Er machte einen Schritt nach vorn, auf den Wagen zu, und Brocassie hob die Pistole und richtete sie genau auf Sergios Brust.

»Ausziehen, habe ich gesagt!«

Verhalten fluchend löste Sergio seinen Gürtel und ließ seine Hose in den Schmutz fallen. Er schob sie mit dem Fuß weg und blieb stehen; seine Beine waren dünn und weiß im Scheinwerferlicht. Dann knöpfte er sein Sporthemd auf und warf es Brocassie zu.

Er sieht aus wie ein Zehnjähriger, dachte Brocassie. Sergio hatte trotz seines schmächtigen Körpers den Ansatz eines Bauches, und er war fast völlig unbehaart. Da er praktisch keine Hüften hatte, hing seine Unterhose schlaff am Gesäß. Er stand im gnadenlosen Licht der Scheinwerfer und hatte die Arme vor die Brust gelegt, als wolle er sich vor eingebildeter Kälte schützen.

Brocassie schlüpfte aus seinen Drillichsachen und warf sie dem Kubaner zu. »Zieh das an. Und dann leg dich auf den Boden, mit dem Gesicht nach unten!«

»Du willst mich umbringen!« schrie Sergio, unfähig, die Furcht in seiner Stimme zu unterdrücken. »Ich habe dir geholfen, und nun willst du mir eine Kugel verpassen!«

Himmel, wie kümmerlich er aussieht, dachte Brocassie. Aber sein Verdacht, daß Sergio irgendwie ein doppeltes Spiel trieb, war gewachsen – entweder hatte man ihn dazu gezwungen, oder, was wahrscheinlicher war, er arbeitete ›freiberuflich‹ für den kubanischen Geheimdienst. Die Geschichte, daß Joaquins Haus nicht von der DGI durchwühlt worden war, konnte nur Schwindel sein. Dann das DGI-Auto, das mit höllischem Tempo in die Richtung raste, die Sergio hatte einschlagen wollen, und nun das Treffen in Antonio Maceo. Weshalb sollte Joaquins Frau einen Ort mitten in einer Stadt – wenn auch einer kleinen – wählen? An der Südküste gab es zahllose Seitenstraßen und verborgene Höhlen. Die ganze Geschichte stank, und das von Minute zu Minute stärker.

»Dich erschießen?« fragte Brocassie schließlich. »Nein, Sergio, wenn ich dich erschieße, ist die DGI immer noch hinter mir her. Sie braucht eine Leiche für ihre Akten. Sagen wir, am Morgen sieht jemand das Wrack eines Lastwagens unten in der Brandung; der Fahrer ist noch in der Kabine, aber durch den Unfall übel zugerichtet. Die Barrakudas und Krebse haben inzwischen wahrscheinlich auch gefrühstückt, und außer einem Paar Drillichhosen und einem Rucksack gibt's kaum etwas, woran man ihn identifizieren könnte. Ich glaube, die Aussichten, daß man die Leiche für die meine hält, sind nicht schlecht. Was meinst du?«

»Du . . .« Sergio suchte nach Worten. Sein Mund öffnete und schloß sich wie der eines gestrandeten Fisches.

Brocassie hob die Luger mit der rechten Hand und klatschte die Linke gegen den Griff, als wolle er sich vergewissern, daß das Magazin fest saß. »Sie werden nach dir suchen, aber wenn sie deine Leiche nicht finden, werden sie annehmen, du warst mit mir im Wagen, bist irgendwie aus dem Fahrerhäuschen rausgekommen und hast versucht, es durch die Brandung bis zum Strand zu schaffen. Versucht, aber nicht geschafft, Sergio. ›Haie‹ wird irgend jemand sagen, und jemand anders wird nicken. Sie werden die Küste in beiden Richtungen absuchen, aber nach ein, zwei Stunden werden sie's aufgeben.«

Brocassie zog Sergios Sachen an. Die Hose war zu kurz, das Hemd spannte über der Brust. Da er es nicht zuknöpfen konnte, ließ er es lose herunterhängen. »Steig auf der Beifahrerseite in den Wagen und verschränk die Hände im Nacken.«

Sergio hatte begonnen zu zittern. Er kroch hinein, während Brocassie die Luger auf ihn gerichtet hielt.

»Hör dir meine Meinung an, Sergio. Ich glaube, daß du Joaquin verkauft hast. Und dann hast du angeboten, seinen Platz einzunehmen und mich abzuholen. Wieviel kriegst du dafür? Etwa nur einen billigen Blechorden für einen Helden der Revolution?«

Der Kubaner warf sich überraschend schnell durch die Kabine auf Brocassie. Grunzend schlug er ihm in die Seite, benutzte Fäuste und Ellbogen. Er war rasend, er drosch drauflos, und seine Finger krallten nach Brocassies Augen.

Brocassie wehrte die Schläge ab, aber er wußte, daß er ihn entweder töten oder in sehr kurzer Zeit betäuben mußte. Sergio hatte die Nerven verloren, aber nicht so, wie Brocassie erwartet hatte. Weder leugnete Sergio trotzig alles ab wie ein Unschuldiger, der sein Leben riskiert hat, noch zeigte er die schwindende Entschlossenheit eines Verräters, der dem Tode ins Auge blickt, sondern er kämpfte unter Einsatz seiner ganzen Kraft.

Brocassie versteifte die Finger der linken Hand zu einem Keil und täuschte mit der rechten einen Schlag gegen Sergios Gesicht vor. Der Kubaner warf die Arme hoch, um sich zu verteidigen, und Brocassie rammte seine linke Hand in Sergios Magengrube. Sergio knickte nach vorn, stieß zischend den Atem aus, dann traf Brocassie ihn mit der rechten Hand genau unter dem Ohr. Der Kubaner schrie nur einmal. Brocassie schlug wieder zu, diesmal mit noch größerer Wucht weiter hinten am Nacken, und Sergio brach zusammen. Seine Glieder zuckten in einem unbewußten Kampf. Brocassie hob ihn hoch und tastete nach seinem Herzschlag: schnell, aber kräftig.

Er fuhr ohne Lichter, mit niedriger Geschwindigkeit, und suchte nach einem Durchbruch zum Meer. Man hatte einen niedrigen Schutzzaun aus Holzpfosten mit dazwischengespanntem Draht gezogen, aber er war seit geraumer Zeit nicht repariert worden. Steinschlag und Erosion hatten den Zaun hier und da zerstört, und schon nach ein paar hundert Metern fand Brocassie eine geeignete Stelle. Es war an einer Kurve, nur zwei Meter lockerer Sand und Kies zwischen dem Asphalt und dem Abgrund. Die Pflöcke waren abgebrochen und hingen, nur vom Draht gehalten, nutzlos über den Rand. Brocassie stieg aus und trat an den Abgrund. Ein paar Grasbüschel hielten den Boden an der Kante fest, aber dahinter fiel der Hang steil zur Brandung ab, die mehr als hundert Meter weiter unten über die Felsen schäumte.

Brocassie stieg wieder in den Lastwagen und setzte ihn langsam vor, bis die Vorderräder nur Zentimeter vom Rand entfernt waren. Dann zog er Sergio hinüber auf den Fahrersitz. Er nahm ein Zeltseil aus dem Rucksack, schob die Hände des Kubaners durch die Speichen des Lenkrades und band sie an der anderen Seite zusammen. Von einem der Sandwiches war noch etwas übrig, und Brocassie setzte sich auf das Trittbrett und aß, während er darauf wartete, daß Sergio zu sich kam. Wenn sich auf der Straße – gleichgültig, aus welcher Richtung – Scheinwerfer zeigen sollten, mußte er den Wagen, und Sergio mit ihm, in die Tiefe stürzen, aber dazu würde es nicht kommen, denn er war sicher, daß Sergio unter diesen Umständen reden würde wie ein Wasserfall.

Fünf Minuten später begann der Kubaner zu ächzen und zu

stöhnen. Brocassie stellte sich neben ihn. Er hatte den Rucksack abgelegt und sich die Luger in den Gürtel gesteckt.

»Ich möchte dir von einem Fernsehspiel erzählen, das in den Staaten gesendet wurde, Sergio«, sagte er leise. Seine Lippen waren dicht an Sergios Ohr.

Der Kubaner riß die Augen auf. Er blickte Brocassie an und schaute dann auf den vor ihm liegenden Ozean. Als er die Hände vom Lenkrad zurückziehen wollte, merkte er plötzlich, wie dicht vor dem Abgrund der Lastwagen stand, und hielt inne.

»Binde meine Hände los«, stieß er heiser hervor. »Ich kann dir sagen . . .«

»Was?«

Sergios Kiefermuskeln spannten sich. »Ich kann dir sagen, daß ich nur tue, was mir die Frau aufgetragen hat. Wenn du mir nicht glaubst, nimm den Wagen und laß mich hier. Aber du kannst nicht . . . *das* nicht!«

»Das Spiel heißt ›Wahrheit oder Folgen‹«, erklärte Brocassie leise. »Ich stelle dir ein paar Fragen, und du antwortest wahrheitsgemäß. Dann scheidest du nicht aus. Aber wenn du lügst – und ich glaube, daß *ich* darüber die Entscheidung treffen muß –, trägst du die Folgen. In diesem Fall ist die Folge natürlich, daß du lernen mußt, mit einem Lastwagen an den Armen zu schwimmen.«

Sergio fluchte wüst. Er zappelte, hörte aber sofort auf, als Brocassie nach der Handbremse tastete.

»So ist's besser, Sergio. Beruhige dich und konzentriere dich auf meine Fragen, aber denk daran, daß wir vielleicht nicht genug Zeit haben, das Spiel zu Ende zu bringen.« Er blickte zurück zur Straße. »Wenn in irgendeiner Richtung Scheinwerfer zu sehen sind, ist das Spiel vorbei. Ich müßte die Bremse lösen und dir ein herzliches *Adiós* wünschen! Dann würde ich die Reifenspuren verwischen, mich in den Graben auf der anderen Straßenseite legen und mir sehr schuldig vorkommen.« Er streckte die Hand zum Armaturenbrett aus und nahm die beiden letzten Zigarren. »Sehr gute Zigarren, Sergio. Aber sie schmecken nicht mehr allzu gut, wenn sie naß werden.«

»Die DGI wartet an der Stelle, wo ich die Reifen abholen soll, und in Antonio Maceo ist noch ein Trupp«, sagte Sergio hastig. »Aber ich schwöre bei Gott selbst, daß ich keine Wahl hatte – keine Wahl habe. Sie schnappten Joaquin vor über zwei Wochen, nicht nur ihn, auch seine Frau. Ein DGI-Leutnant brachte mich zu der Kaserne in

Palma Soriano, wo ich sie identifizieren mußte.« Sergio unterbrach sich und schaute über seine Schulter hinweg nach Osten, als erwarte er sich nähernde Scheinwerfer. Sein Gesicht war verzerrt, Schweißtropfen perlten auf seiner Stirn und liefen ihm in die Augen. Er neigte das Gesicht zu seiner Schulter und versuchte, sie abzuwischen.

»Was haben sie und Joaquin ihnen erzählt?«

Sergio hatte jede Kontrolle über sich verloren, er warf den Kopf von einer Seite zur anderen und schrie: »Mein Gott, alles! Die DGI hatte alle beide zwei Tage lang ohne Pause bearbeitet. Außer ihren Gesichtern war nichts von den Körpern übrig. Und dieses Jüngelchen von einem Leutnant führte mich in einen Raum und zeigte mir die Rohre und die Abflußrinnen auf dem Boden und die Schläuche, mit denen das Blut weggespült wird, und er sagte, daß ich zusammen mit Joaquin und seiner Frau sehr rasch für meine Sünden im Fegefeuer büßen könnte, wenn mir der Sinn danach sei.«

»Aber weshalb sind *sie* denn nicht gekommen, um mich an der Küste zu schnappen?«

»Mensch, sie wollten den Kerl, der aus den Bergen kommen würde, auf jeden Fall lebendig. Sie hatten vor, dich auszuquetschen und dann die konterrevolutionären Guerillas in die Falle zu locken. Aber sie dachten, du könntest eine von diesen Tabletten nehmen, wenn du merkst, daß du geschnappt wirst, oder du könntest vielleicht bei der Gefangennahme getötet werden. Und sie glaubten, daß sie dich mit meiner Hilfe heil und unversehrt kriegen könnten, während wir zusammen in Pilón Reifen auf den Wagen wuchten.«

Es schien überzeugend, abgesehen von einem einzigen Punkt. Brocassie sah ein, daß man Sergio zu seiner Aktion gezwungen haben konnte, aber die DGI würde ihn niemals mit einer Luger ausrüsten. Warum, zum Teufel? Die DGI wollte ihn lebendig. Brocassie hatte einen plötzlichen Einfall, beugte sich nach unten, griff unter den Fahrersitz und tastete nach dem Halfter. Endlich spürte er das harte, glatte Leder und zog daran, bis es sich von den Sprungfedern des Sitzes löste. In diesem Moment schoß Sergios Fuß hoch und streifte Brocassies Kopf. Er verlor das Gleichgewicht, taumelte zurück und stolperte über seine eigenen Füße. Ihm war klar, daß der Klippenrand nur eine Winzigkeit entfernt war. Brocassie landete schwer auf dem Rücken, und sein Kopf ragte über den Abgrund. Er erstarrte und spürte plötzlich, wie die Erde unter seinem Körper bröckelte und zu brechen begann. Gleichzeitig sah er, wie Sergio verzweifelt das Seil an den Lenkradspeichen durchzuwetzen versuchte, und nun hatte Brocassie nicht mehr den geringsten Zweifel. Behutsam bewegte er den Arm, griff nach dem Messer, das an sein Bein geschnallt war, und rammte die Klinge bis zum Schaft in den Boden. Er benutzte das Messer als Anker und schob sich langsam zurück über den Rand. Ein großer Brocken Erde löste sich unter ihm, und im letzten Moment hievte Brocassie sich an dem Messer voran und nutzte den Schwung, um sich vom Klippenrand nach innen zu rollen. Brocassie blieb unendliche Sekunden lang keuchend liegen, rappelte sich dann auf und zog die Luger. Er preßte sie gegen Sergios Rippen und entsicherte sie. »Reg dich ab, Sergio. Noch eine Bewegung, und du fährst die Böschung runter. Stell den Fuß auf die Bremse.« Sergio schob den Fuß auf die Bremse, und Brocassie lockerte die Handbremse. »Wenn du versuchst, mich zu treten, dürftest du die Kontrolle über die Bremse verlieren, und du solltest dir überlegen, was dir wichtiger ist. Bist du jetzt ganz ruhig?« Sergio gab einen gurgelnden Laut von sich, als könne er nicht sprechen, und nickte dann.

Brocassie hob das Halfter vom Boden auf, knipste die Standlichter an und musterte es im trüben Lichtschein. Die Identifikation war säuberlich in das Leder an der Innenseite des Halfters gestanzt:

Capt. Sergio Piedra, DGI
Abteilung Gegenspionage
Provinz Oriente
Kennziffer 353112

Er schob sich das Halfter hinter den Gürtel, zertrümmerte das glimmende Bremslicht mit dem Knauf der Luger, trat zurück an die geöffnete Tür und knipste die Armaturenbeleuchtung aus.

»Unser Spiel geht weiter, Capitán Piedra, aber es ist jetzt ein bißchen ernster geworden. Bis jetzt hast du nicht viel geleistet. Eigentlich sollte ich das Spiel sofort beenden und dich die Folgen tragen lassen, aber du kannst noch etwas länger leben, wenn du anfängst, die Wahrheit zu sagen.«

Sergio schluckte laut in der Dunkelheit. Er starrte hinaus aufs Meer. Vorsichtig neigte er sich nach vorn und stützte die Stirn auf das Lenkrad. »In Ordnung«, sagte er schließlich. »Die Wahrheit. Ich schwöre beim Kreuze . . .«

»Laß den Quatsch. Sind Joaquin und seine Frau am Leben?«

»Nein. Was ich dir über ihre Verhaftung und das Verhör

erzählt habe, war die Wahrheit. Ich hatte nichts damit zu tun. Ich erfuhr erst von dem Verhör, als es vorbei war.«

»Erklär mir das . . .«

»Ich bin der Offizier, der für elektronische Gegenspionage zuständig ist, direkt unter dem Comándante von Oriente. Bei uns wurden Funkpeiler aufgebaut – neue Geräte von den Russen –, und wir wußten von wenigstens vier Stationen, die entweder in Santiago oder in der Sierra operierten. Wir hörten einen Funkspruch aus der Sierra ab, der nur von Maroto stammen konnte, aber wir schafften es einfach nicht, den verdammten Sender zu lokalisieren. Zwei Tage später fingen wir eine von der CIA-Station in Coral Gables, Florida, kommende Botschaft ab, aber sie wurde nicht von Maroto beantwortet, sondern von einer Station in Santiago. Wir konnten die Position bestimmen und gaben sie an die Abteilung in Palma Soriano weiter, weil sie am nächsten war. Joaquin und seine Frau wurden innerhalb von fünfzehn Minuten verhaftet. Ich rief den zuständigen Leutnant an und sagte, er solle mit dem Verhör warten; ich würde zwei Tage später eintreffen. Du kennst das Verfahren: zwei Tage, damit der Gefangene mürbe und empfänglich für die Fragen wird. Aber statt dessen nahm der Leutnant sie sich gleich vor, ohne Befehle von oben abzuwarten. Der Comandante würde so etwas nie erlauben, aber er ist im Ausland und . . .«

»Was genau haben Joaquin und seine Frau verraten?«

»Daß jemand aus Marotos oder Fabricios Gruppe versuchen würde, einen Film aus Kuba herauszubringen. Joaquin hatte die Daten und Parolen.«

»Die DGI wartet also auf mich?«

Piedra nickte. »Du siehst, ich habe dir die Wahrheit gesagt.«

»Du hast mir drei verschiedene Versionen der Wahrheit erzählt, Scheißkerl.« Brocassie packte Sergios Handgelenk und sah auf dessen Uhr. Er hatte kaum noch Zeit. »Schön, ich brauche ein paar Namen. Der Mann, der das Verhör anordnete?«

»Ich . . . weiß . . . nicht!«

»Der junge Leutnant?«

»José Caballero.«

»Leutnant José Caballero ist ein toter Mann«, sagte Brocassie leise. »Und der Name des Comandante?«

»Álvarez. Julio Álvarez.«

Der Name durchfuhr ihn wie ein elektrischer Schlag. Er wußte, daß Julio Havanna verlassen, sich der Bewegung des 26. Juli angeschlossen, in Raúl Castros Truppe gekämpft und an der Eroberung der Leoncio-Vidal-Kaserne in Santa Clara teilgenommen hatte, aber es gab Gerüchte, daß Álvarez nach der Revolution nicht in Kuba geblieben war. Er zwang sich, langsamer zu atmen. Schließlich war es ein ziemlich weit verbreiteter Name. »Beschreib Álvarez!«

»Hager, dunkle Haut, sehr weit auseinanderstehende Augen. Er spricht Englisch ohne Akzent, und er soll in den fünfziger Jahren nach Kuba eingewandert sein, aber das weiß niemand genau. Jedenfalls redet er nie davon.«

»Hat Álvarez ein Jurastudium absolviert?«

Sergio runzelte die Stirn. »Ich glaube . . . ich weiß nicht. Er hat eine gute Ausbildung. Fidel und Raúl betrinken sich manchmal zusammen mit ihm, und wenn Fidel voll ist, nennt er ihn ›Doktor‹.«

Das paßt ins Bild, dachte Brocassie. In lateinamerikanischen Ländern werden Rechtsanwälte manchmal als »Doktor« angeredet.

»Wo wohnt Álvarez, Sergio?«

»An der Küste östlich von Santiago. Er hat eine *finca* auf dem Lande an Straße 87. Vor der Revolution gehörte sie einem Amerikaner, der für die Familie Bacardi arbeitete. Álvarez wohnt dort mit seiner Hure.«

Das sieht ihm nicht ähnlich, dachte Brocassie. Julio interessiert sich für elegante Frauen von guter Herkunft wie Alicia, nicht für *putas*.

»Du hast gesagt, daß er im Ausland ist. Wo?«

»In Moskau. Irgendeine Gegenspionage-Ausbildung durch das KGB. Er müßte bald zurückkommen.«

Ich sollte dieses kleine Schwein töten, dachte Brocassie, aber er wußte, daß er es nicht konnte. Es hatte schon zu viele Tote gegeben. Er musterte Sergio und sah, wie Furcht das Gesicht des Mannes verzerrte.

»Ich habe dir alles gesagt. Laß mich leben«, flüsterte der Kubaner mit spröder Stimme.

Brocassie griff ins Fahrerhäuschen, zog die Handbremse an, ging dann um den Wagen herum und kletterte auf den Beifahrersitz. Er zog sein Messer hervor, fuhr mit dem Finger über die Schneide, streckte die Hand aus und durchschnitt das Seil, das Piedra ans Lenkrad fesselte. »Laß den Motor an und setz vorsichtig zurück. Dann fahr in Richtung Antonio Maceo – und zwar langsam. Wenn du tust, was ich dir sage, bleibst du am Leben.«

Die Hände des Kubaners zitterten, aber es gelang ihm, den

Motor zu starten, den Rückwärtsgang einzulegen und auf die Küstenstraße zurückzusetzen. Er fuhr nach Osten.

»Wie weit?« fragte Brocassie. Die Scheinwerfer bohrten glänzende Tunnel in die Finsternis.

»Noch eine Viertelstunde.«

Sie schwiegen mehrere Minuten lang, und Brocassie dachte an Comandante Álvarez. Ein verbreiteter Name, aber die Neugier plagte ihn immer noch. »Hat Álvarez eine alte Beinverletzung?« fragte er behutsam.

Sergio warf ihm einen Blick aus den Augenwinkeln zu und starrte dann wieder auf die Straße. »Ich weiß nicht. Manchmal hinkt er, aber er hat nie eine Verletzung erwähnt.«

Das würde er bestimmt nicht, dachte Brocassie. Nicht, wenn es sein Stiefbruder Julio Álvarez war, denn diese Verletzung hatte ihm den Silver Star in Korea eingebracht. »Auf welchem Bein?«

Sergio zögerte nicht. »Auf dem linken. Er reibt es immer, wenn feuchte Witterung herrscht.«

Eine Minute tickte auf der Uhr des Lastwagens vorbei. Er muß es sein, dachte Brocassie. »Was für ein Mensch ist er, der Comandante?«

Der andere atmete tief durch und preßte die Lippen zusammen. »Er trinkt eine Menge. Ich halte nicht viel von ihm. Und ich könnte seine Arbeit in der Hälfte der Zeit doppelt so gut machen.« Er warf wieder einen Blick zur Seite. »Professionell gesprochen, natürlich.«

Brocassie kümmerte sich nicht um den tieferen Sinn von Sergios Worten. »Ich meine sein Privatleben.«

Sergio war jetzt nicht mehr so nervös und plapperte los. Er erzählte von der *finca* und davon, wie der Comandante sonntags manchmal ein paar seiner Offiziere einlud: zum Taubenschießen, zum Trinken und zu einem Essen, das der Comandante selbst zubereitete.

»Du hast gesagt, daß er eine *puta* hat.«

»Álvarez erlaubt ihr nie, herunterzukommen, wenn die Männer da sind. Ich bin ihr nur einmal begegnet, als ich dem Comandante ein paar Papiere bringen mußte und er nicht zu Hause war. Ein wunderschönes Weib. Ich verstehe nicht, weshalb er sie versteckt.« Sergio wandte sich Brocassie zu. »Du hast von Álvarez gehört?«

»Allerdings«, erwiderte Brocassie. Julio hatte es also endlich geschafft. Er gehörte zur Spitzenklasse, war am ›tiefen Ende des Schwimmbeckens‹, wie Álvarez den riskanten Aspekt des Erfolgs immer genannt hatte. Und es schien logisch, denn Julio war gerissen, intelligent und ein guter Kämpfer. Sergio machte eine Bemerkung, und Brocassie drängte seine Vergangenheit zurück. »Was hast du gesagt?«

»Nur, daß seine Hure aus einer guten Familie kommt. Das war ihrem Gesicht anzusehen.«

»Wie heißt sie?«

»Alicia.«

Brocassies Finger krümmten sich unwillkürlich um den Abzug der Luger. Er starrte in die Nacht und nahm aus den Augenwinkeln die vagen Umrisse der Bäume wahr, die in der Dunkelheit vorbeisausten. »Wiederhole ihren Namen«, sagte er langsam.

»Alicia. Ihren Familiennamen kenne ich nicht.«

Brocassie stockte der Atem. Vorsichtig verringerte er den Druck auf den Abzugshahn. »In Santiago gab's eine berühmte Hure, die sich Alicia nannte«, log er, und am liebsten hätte er Piedras Antwort nicht gehört. »An . . . an einem ihrer Schneidezähne war ein Stück abgesplittert.«

»Also ist es dasselbe Luder«, lachte Sergio. »Bei den spitzen Titten und dem runden kleinen Hintern hätte man alle Hände voll zu tun.«

Zorn, Erleichterung, Unglaube, Jubel – all diese Gefühle vermischten sich und kreisten wild umeinander. Aber es konnte nicht sein, und sein Geist weigerte sich, den Gedanken zu akzeptieren, daß sie lebte, nachdem er in den letzten zwei Jahren immer wieder ihren Tod durchlitten hatte. Ein Wegweiser wurde von den Scheinwerfern erleuchtet und dann von der Schwärze verschlungen: ANTONIO MACEO – 3 KILOMETROS. »Halt!« rief er.

Verblüfft drückte Sergio das Bremspedal durch, die Bremsen blockierten, der Geruch von verbranntem Gummi und Auspuffgasen durchzog das Fahrerhäuschen.

Brocassie hob die Luger und richtete sie auf Sergios Brust. »Sag die absolute Wahrheit, oder du stirbst in zehn Sekunden. Erzähl mir alles, was du über diese Frau weißt.«

Sergio streckte die Hände aus, als könne er die Kugel abwehren. »Was denn! Ich hab dir doch alles gesagt. Sie hat schwarzes, langes Haar. Und sehr feine, spanische Züge. Einer ihrer Zähne ist abgesplittert, und sie ist kleiner als ich.«

»Und Katzen? Hatte sie Katzen?« brüllte Brocassie.

Sergio begann, in Panik zu geraten. »Katzen? Katzen? Wie, zum

Teufel, soll ich das . . .?« Er senkte die Hände auf das Lenkrad, schwieg und drehte sich wieder Brocassie zu. Schließlich sagte er: »Ja, jetzt erinnere ich mich. Es gab da eine Katze. Die Frau hielt sie auf dem Arm. Ich erinnere mich jetzt, weil sie nur drei Beine hatte.«

Es war, als werde sein Inneres von einem Sturm gebeutelt. Er konnte die automatische Pistole kaum noch festhalten. Sie war am Leben, und er wollte weinen oder schreien, aber er konnte es nicht. Er atmete aus, starrte vor sich hin und senkte die Luger. »Weiter! Fahr nicht so schnell und halt an, wenn du den Rand von Antonio Maceo erreichst. Beschreib, wie der Ort aussieht.«

Sergio legte knirschend einen Gang ein und ließ die Kupplung kommen. Der alte Lastwagen vibrierte und gewann langsam an Fahrt. »Ein Fischerdorf, ein typischer *pueblecito* mit einer einzigen gepflasterten Straße und einem Platz. Holzhütten mit Blechdächern. Ich sollte dich auf dem Platz, neben der Werkstatt, absetzen und dann weiterfahren. Dann, wenn ich in Sicherheit wäre, wollten sie die Suchscheinwerfer einschalten und dich überwältigen.«

»Was ist mit dem Fischerboot, das mich fortbringen sollte?«

Sergio zog die Schultern hoch und antwortete nicht. Sie hatten gerade eine Kurve hinter sich gelassen, und unter ihnen lagen ein paar zerstreute Lichter, die in groben Zügen die Straßen von Antonio Maceo andeuteten. Das Dorf war zwischen hohen Inlandklippen und einem breiten Strand eingeklemmt. Die Brandungslinie war schwach im Licht der Mondsichel zu erkennen. »Fahr rechts ran.«

Sergio bremste und stoppte den Wagen auf dem Kiesbankett.

»Scheinwerfer aus, laß nur die Parkleuchten an!« Wahrscheinlich wartete die DGI noch an der Stelle, wo Sergio die Reifen abholen sollte; Antonio Maceo war nur die zweite Wahl für den Hinterhalt. Piedra und er waren vermutlich ein oder zwei Stunden zu früh eingetroffen; man würde sie schwerlich schon jetzt erwarten. Er versuchte, in dem Dorf unter sich eine Bewegung zu erspähen, aber es war leblos wie eine Bühnendekoration.

Brocassie zog die Reste des Nylonseils aus dem Rucksack und warf sie in Sergios Schoß. »Mach einen Laufknoten, leg das Seil über dein rechtes Handgelenk und zieh es fest.« Sergio gehorchte, hantierte im bleichen Licht des Armaturenbretts. »Gut, Capitán, jetzt verschränk die Hände im Nacken, leg das rechte Handgelenk über das linke.«

Der Kubaner zögerte, und Brocassie sah, daß sich Sergios Lippen kaum merklich verzogen, als fasse er gerade unwillkürlich einen Entschluß. Brocassie ließ das Messer aus der Scheide gleiten und preßte Sergio die Spitze in die Seite. »Laß dir bloß nichts einfallen«, flüsterte er. »Bilde dir nicht ein, daß du auf die Hupe drücken, um Hilfe rufen oder mich fertigmachen kannst. Denn bevor du auch nur piep sagst, hast du einen Kübel Blut verloren, und du kannst dir nicht vorstellen, wie es sich anfühlt, wenn dir ein Messer durchs Gedärm fährt.«

Sergio legte langsam die Handgelenke übereinander. Brocassie schlang das Seil ein paarmal herum und verknotete es straff. Er lehnte sich in den Sitz zurück und spürte das Hämmern seines Herzens im ganzen Körper.

»Sehr gut«, sagte er. »Du hast es fast geschafft, Sergio.« Er hob den Knauf der Luger, zerschmetterte das Deckenlicht und zog seinen Rucksack aus dem Gepäcknetz hinter der Fahrerkabine. Dann nahm er eine Streichholzschachtel aus dem Segeltuch, öffnete sie und holte zwei dünne Silberröhren heraus. »Du weißt, was das ist?« Er hielt sie Sergio vor das Gesicht.

»Zünder.« Sergio atmete schwer durch die Nase.

»Richtig. Kontaktzünder, und sie sind alt – instabil, kapiert?« Brocassie zog den Plastiksprengstoff aus der hinteren Rucksacktasche. Er teilte ihn mit seinem Messer und hielt eines der Stücke hoch. »C-4«, sagte er. »Ungefähr eine Unze.« Dann steckte er einen der Zünder in die Plastikmasse. »Also folgendes, Capitán Sergio Piedra: Wir werden beide aus dem Wagen steigen, und dann lass' ich dich gehen. Du gehst sehr langsam und sehr vorsichtig hinunter zum Platz. Ich schätze, du wirst ungefähr zwanzig Minuten benötigen, und das wird mir etwas Zeit verschaffen, mich abzusetzen.« Er langte hinüber und öffnete die Beifahrertür. »Steig aus.«

Er folgte Sergio durch die Tür und sprang geschmeidig auf den Asphalt. Das Dorf unter ihnen war unnatürlich still. Brocassie merkte, daß nicht einmal das Bellen eines Hundes oder das gelegentliche Geräusch eines Fahrzeugs zu vernehmen war.

»Ich kann fast hören, was du denkst«, flüsterte er Sergio ins Ohr. »Aber schlag's dir aus dem Kopf. Du wirst nicht um Hilfe rufen, und du wirst nicht losrennen, sondern du wirst ruhige, stetige Schritte machen, wie es sich für einen Offizier gehört.« Er lehnte sich zurück ins Fahrerhäuschen, schlitzte die Polsterung mit dem Messer auf und nahm eine Handvoll der Schaumgummifüllung heraus. Danach zog er sein Hemd aus und riß einen langen Streifen ab. »Sag aa«, flüsterte er. Sergio öffnete langsam, widerwillig den Mund, wie ein Kind beim Zahnarzt. Brocassie stopfte Schaumgummi hinein und wickelte Sergio den Stoffstreifen um den Mund.

Er formte den Plastiksprengstoff, drückte ihn flach zusammen und setzte ihn auf Sergios Kopf. »Wie eine Frau, die Wäsche trägt, stimmt's? Halt den Kopf hoch und geh langsam, denn wenn der Sprengstoff auf die Straße fällt, jagst du dir die Eier in die Luft, und zwar von den Zehen an. Also, schön vorsichtig sein. Du bist ein Saftsack, nichts für 'nen Heldentod.« Er drehte Sergio auf das Dorf zu. »Noch eins: Wenn du es schaffst, möchte ich, daß du Comandante Álvarez eine Nachricht überbringst. Wirst du's behalten?«

Sergio gab einen gedämpften Laut von sich; sein Körper war völlig starr. Brocassie sah in dem trüben Licht, wie die Augen des Mannes hervorquollen.

»Sag Álvarez und seiner« – er brachte es nicht über sich, sie eine Hure zu nennen – »und der Frau, daß ich zurückkomme. Sag ihnen, daß ich mein Wort darauf gebe.« Er legte die Hand gegen Sergios Rücken und drückte schwach. »Viel Spaß bei deinem Spaziergang, Piedra.«

Der Kubaner schlurfte vorwärts; er bewegte sich wie ein alter Mann mit einer kranken Prostata, trippelnd und unsicher. Brocassie sah ihm nach, bis er in der Dunkelheit verschwand.

Er nahm den letzten Klumpen C-4, bettete den Kontaktzünder darin ein, öffnete die Motorhaube und legte den Plastiksprengstoff auf den Rand des Luftfilters. Dann stieß er die Messerspitze in den unteren Teil des Kühlers, bis ein dünner Wasserstrahl über sein Handgelenk zu sprühen begann. Fünf, zehn, zwanzig Minuten. Er konnte nicht abschätzen, wann das Wasser abgelaufen sein würde, aber schließlich würde der Motor glühend heiß werden, im Todeskampf wie ein verendendes Tier zu beben beginnen, und der Sprengstoff würde hinunterfallen und den Zünder durch den Aufschlag auslösen. Es war nur ein mäßiges Ablenkungsmanöver, aber wohl das einzige, das ihm blieb.

Brocassie senkte die Haube vorsichtig, hielt inne und schaute wieder zu dem Dorf hinunter. Nichts bewegte sich, nur ein paar Straßenlaternen schwankten im Wind. Dann rannte er die Straße entlang, fort von der Siedlung. Ein gutes Stück vom Lastwagen entfernt, am Rande der Böschung, die zum Strand hin abfiel, blieb er nochmal stehen und warf einen letzten Blick auf das Dorf. Keine Bewegung außer dem Glänzen von poliertem Metall oder dem

Widerschein von Glas. Ein Fernglas? Oder nur das Schimmern eines Isolators auf dem Querträger eines Leitungsmastes?

Behutsam schob er sich die felsige Böschung hinunter, bis seine Füße über Kiesel und Sand knirschten.

Seine Augen hatten sich an die Finsternis gewöhnt, und er konnte nun die Beschaffenheit des Strandes erkennen. Es war ein sichelförmiger Sandstreifen, vielleicht eine halbe Meile lang und höchstens fünfzig Meter breit. Im Westen, zum Dorf hin, sah er einen kleinen Wellenbrecher, der ein halbes Dutzend Fischerboote schützte. Dahinter der zinnfarbene Glanz von Sturzwellen, die an der Küstenlinie ausliefen.

Er lief von der Ortschaft weg und hielt, am Fuß der Böschung entlang, auf den Punkt zu, wo die steilen Klippen direkt ins Meer abfielen.

Einmal hörte er das Knirschen von Sand unter Stiefelsohlen und erstarrte. Die Silhouette eines Mannes, der einen Karabiner über der Schulter hängen hatte, zog zwischen ihm und dem Meer vorbei. Er wartete zwei Minuten und sah, daß die Silhouette sich zum Dorf zurückbewegte. Nur ein Mann, dachte er. Er würde nicht der einzige sein, aber wahrscheinlich waren die anderen auf den Strand verteilt, um Fluchtversuche über das Meer zu verhindern.

Brocassie schätzte, daß fünf Minuten vergangen waren. Er bewegte sich jetzt schneller, rannte geduckt am Grunde der Böschung entlang, spürte, wie Gestrüpp seine Beine peitschte, und nahm den starken Geruch des Meeres wahr. Es war weiter, als er geglaubt hatte, aber allmählich verschmolz die Böschung mit den Klippen, und die Klippen verschmolzen mit dem Meer.

»Manuel . . .?«

Es war ein weithin hörbares Flüstern. Brocassie konnte den Mann nicht sehen, aber er nahm an, daß es sich um den Posten am äußeren Rand der bewachten Zone handelte. Der Mann war wahrscheinlich höchstens Gefreiter, denn er hatte eine der miesesten Aufgaben.

Brocassie antwortete mit normaler Stimme. »Nein, hier ist Capitán Piedra. Das Manöver ist abgeschlossen. Der Mann ist nicht aufgetaucht.«

»Leutnant Ferrer . . .«

»Was ist mit Ferrer?«

»Wo ist er? Ich muß ihm Bericht erstatten.«

Brocassie orientierte sich an der Stimme des Mannes und

näherte sich ihm langsam, aber selbstsicher. »Ferrer bespricht sich mit einem KGB-Leutnant. Die Russen scheinen Interesse an dieser Sache zu haben. Los jetzt.«

Er war jetzt so dicht herangekommen, daß er die vagen Umrisse des Mannes ausmachen konnte. »Haben Sie ein Streichholz?« fragte er. Nun war er keine zwei Meter von dem Mann entfernt und blieb stehen, die Hände auf die Hüften gestützt. »Ich habe gesagt: Haben Sie ein Streichholz?« wiederholte er und legte genau das richtige Maß unbestreitbarer Autorität in seine Stimme.

Der Mann murmelte etwas, schlang sich das Gewehr über die Schulter und stöberte in seinem Drillichanzug.

Brocassie steckte sich eine von Sergios Zigarren in den Mund und ging auf den Posten zu.

Der Mann hatte die Streichhölzer in der Hand, steckte eines an und schützte die Flamme vor dem Wind. Das Licht flackerte kurz auf, und der Mann wollte etwas sagen, als Brocassie ihm den Knauf der Luger an die Schläfe schlug. In dem sekundenschnellen Aufflakkern des Lichtes war ein farbloses Mondgesicht unter einer spitz zulaufenden Feldmütze sichtbar geworden – das Gesicht eines Jungen, der nicht einmal zwanzig Jahre alt war. Die Beine des Burschen gaben nach, und er brach mit einem schwachen Stöhnen zusammen. Brocassie fing ihn auf und ließ ihn sanft in den Sand sinken.

Am liebsten hätte er den Jungen gefesselt, aber dazu hatte er keine Zeit. Brocassie nahm den Karabiner, entfernte das Magazin, überzeugte sich, daß keine Patronen in der Kammer zurückgeblieben waren, und machte sich, vornübergebeugt und leichtfüßig, auf den Weg zum Strand.

Kaum noch Zeit, dachte er. Der Junge würde lange bewußtlos sein, aber Brocassie wußte nicht, wie weit der andere Posten nach Westen vordringen würde. Es wäre nur logisch, wenn sie Kontakt miteinander hielten, und in diesem Fall hatte er überhaupt keine Zeit mehr.

Plötzlich erreichte er feuchten Sand, und Gischt sprudelte über seine Füße. Er warf seine Stiefel zur Seite, ließ die Luger fallen und watete hinaus ins Wasser, bis es ihm an die Brust ging. Er schwamm hundert Züge lang ins Meer hinaus, drehte sich parallel zur Küste und hielt auf den Wellenbrecher zu. Zweimal ruhte er sich aus, legte sich auf den Rücken und trat Wasser, wobei er versuchte, irgendeine Bewegung am Strand oder auf der Straße zu entdecken. Ihm schien, daß die Standlichter des Lastwagens immer noch zu erkennen waren. Hatte der verdammte Motor ausgesetzt, und war der Sprengstoff nicht explodiert? Verflucht. Er benötigte irgendeine Ablenkung, und der Motor mußte längst heißgelaufen sein.

Der Wellenbrecher war nichts als loses Gestein, zu einem Schutthügel aufgehäuft, aber er reichte aus, um die Fischerboote bei normalen Sommerwinden zu schützen. Wassertretend musterte Brocassie den niedrigen Kai dahinter, aber er konnte keine Bewegung entdecken. Wahrscheinlich hatten sie weiter landeinwärts, zwischen dem Dorf und dem Meer, einander überschneidende Patrouillen organisiert.

Er schwamm zwischen die auf- und abhüpfenden Boote. Es waren hauptsächlich Motorschiffe, etwa acht Meter lang und mit einem einzigen kleinen Deckhaus. In diesen Booten konnten ein Mann und sein Gehilfe den Tag auf dem Meer verbringen, sich von der Strömung treiben lassen und mit langen Leinen Tiefseefische fangen.

Brocassie prüfte den Wind. Er wehte von der Küste weg, und die Boote zerrten an ihren Ankertauen; ihre Seitenwände warfen das Geräusch des unregelmäßigen Wellenschlages zurück. Gegen Morgen würde der Wind sich legen, von ein paar Stunden Stille abgelöst werden, und bis zur Mitte des Vormittags würde ein landeinwärts wehender Wind einsetzen. Bis dahin blieben ihm höchstens sechs Stunden mit günstigem Wind, und er wollte sie so gut wie möglich nutzen.

Etwas weiter Richtung Strand fand er, was er gesucht hatte: ein offenes Segelschiff von ungefähr sechs Metern Länge mit einer Rennsegeltakelage und Riemen. Es war eines der traditionellen karibischen Boote, mit doppeltem Bug, tragfähig und seetüchtig, auch unter scheußlichen Bedingungen. Das Ankertau war aus dikkem Nylon und an der Wasserlinie von zähen Algen bedeckt. Brocassie hangelte sich Hand über Hand an dem Tau hinab, bis das Nylon in einer Kausche endete, die an rostigen Kettengliedern befestigt war. Es wäre nur zu leicht gewesen, das Tau mit einem Messer zu kappen, aber Brocassie wollte, daß es so aussah, als habe das Schiff sich von allein oder infolge der Nachlässigkeit des Besitzers losgerissen. Wahrscheinlich würde die DGI zuerst annehmen, er habe sich wieder in die Berge zurückgezogen. Er brauchte so viel Zeit wie möglich, bevor sie begannen, die Küstengewässer abzusuchen. Der Besitzer würde sein Boot am Morgen vermissen, aber die

Ursache würde nicht eindeutig sein. Selbst im besten Falle blieben seine Karten schlecht, aber mit fünf Knoten Fahrt war er in sechs Stunden dreißig Meilen von der Küste entfernt und damit in internationalen Gewässern. Ob sich die DGI darum scheren würde, war eine andere Frage.

Er tauchte zweimal, um den Sicherheitsdraht loszuwickeln, und noch zweimal, um den Gabelkopfbolzen von der Lasche abzuschrauben. Schließlich kam er, nach Luft schnappend, an die Oberfläche und zog sich mit steifen Muskeln über den Schandeckel des Bootes. Er ließ das Ankertau mehrere Male hochschnellen, bevor es sich löste, und stieß sich mit einem der Riemen von dem Wellenbrecher ab. Als er weit genug entfernt war, steckte er beide Riemen in die Dollen, kauerte sich zusammen und ruderte ohne Hast. Er wurde nicht vom Mond beschienen und war fast unsichtbar im Sternenlicht, aber er war nach wie vor im Strahlbereich der Scheinwerfer, falls man beschloß, die Bucht abzusuchen.

Beim Rudern sah er die Lichter von Fahrzeugen, die den Lastwagen anstrahlten, der nun doch endlich ausgebrannt war. Dann entdeckte er weitere Lichter an der Böschung zum Strand, und er wußte, daß sie seine Spuren bald finden würden.

Konnten sie Boote organisieren, um ihn zu verfolgen? Wahrscheinlich . . . zweifellos. Sie würden einige Fischer wecken, und die Verfolgung würde sich verzögern, aber sie würden ihm gewiß nachsetzen. Er hatte, mit dem Wind im Rücken, sechs Stunden bis zum Morgengrauen, und dann würden die Flugzeuge ihre Suche beginnen. Brocassie wußte, daß es knapp werden würde.

Der Wellenbrecher lag jetzt weit hinter ihm, und er stand auf, zog den Mast hoch und setzte Segel.

Brocassie schaute zurück nach Norden, benutzte den Polarstern als Orientierungspunkt und steuerte so, daß sein Licht über dem Kielwasser stand. Es kam Leben ins Schiff, als es den Windschatten des Festlandes allmählich verließ, und die Bugwelle warf phosphoreszierende Streifen. Das Land hinter ihm schwand aus seinem Blickfeld. Jamaika, dachte er. Neunzig Meilen, das heißt fünfzehn bis zwanzig Stunden Entfernung. Er ließ sich, die Ruderpinne unter dem Arm, zitternd auf dem Deck nieder und versuchte, sich an den Gedanken zu gewöhnen, daß Alicia lebte und er zu ihr zurückkehren würde. Er würde zurückkehren, gleichgültig, was sie war und was sie getan hatte.

3.

Sie erwachte langsam im frühen Morgengrauen, geweckt von fernen Hahnenschreien. Ein paar Sekunden lang lag sie still und lauschte dem Klopfen ihres Herzens. Dann musterte Alicia Helvia die Decke und das vertraute Muster von Rissen im Verputz – es war wie eine Karte ihres Lebens, mit unberechenbaren Ausläufern ohne Sinn oder Zweck. Allmählich wurde sie sich der Geräusche und Gerüche bewußt, die von der Küche heraufzogen. Die alte Frau mit der spitzen Zunge, den mächtigen Händen und dem hervorstehenden Bauch bereitete das Frühstück zu. Wahrscheinlich schnitt sie dicke Scheiben Schweineschinken in brutzelndes Fett, schlug Eier auf und briet sie in ausgehöhlten Brotschnitten. Julio hatte Martha, die alte Frau, nach der Revolution bei sich aufgenommen. Ihr Sohn Alberto, ein dürrer Junge unter Julios Kommando, war in den letzten Tagen des Kampfes gegen Batistas Truppen bei einem Überfall auf eine Armeekaserne in Sagua de Tánamo getötet worden. Der Junge hatte die Mauer im letzten Ansturm als einer der ersten überwunden und war von zwei Kugeln in die Brust getroffen worden. Julio zeigte nur selten Emotionen, aber als er Alicia davon erzählte, liefen ihm Tränen über das Gesicht. Er hatte den Kopf abgewandt, weil er sich schämte.

»Es war der Schlußangriff, und er trug die Tornistersprengsätze, mit denen wir das Tor in die Luft jagen wollten. Er war noch ein Kind«, wiederholte Julio immer wieder. »Ein Rotzjunge, der mich für Gott hielt.« Julio hatte die Mutter des Jungen gefunden und ihr seine Haushaltsführung übertragen. Der Gärtner erzählte, daß sie sich nicht viel aus dem Jungen gemacht habe, aber sein Foto stellte sie in der Küche auf den Eisschrank, um Comandante Álvarez ständig daran zu erinnern, weshalb sie hier war. Sie war schlampig und schlechtgelaunt, aber an ihrer Loyalität bestand kein Zweifel.

Gesprächsfetzen und das Klirren von Geschirr verrieten Alicia, daß die Männer ihr Frühstück aufgetischt bekamen. Als Julio gerade nach Moskau abgereist war, hatte die alte Frau verlangt,

Alicia müsse sich ihnen bei den Mahlzeiten anschließen, denn Kuba sei jetzt ein Land, in dem nur Kämpfer für die Revolution Privilegien genössen – nicht aber Leute, die sich ihr widersetzt hätten.

»Für alle, die der Revolution wirklich helfen wollen, gibt es ausgezeichnete Arbeit auf den Zuckerrohrfeldern«, hatte Alicia erwidert. Danach wurde das Thema nicht mehr berührt, und nun herrschte ein unsicherer Burgfrieden: Alicia machte sich ihr Frühstück und ihr Mittagessen selbst und nahm die Abendmahlzeit, die die Frau zubereitete, allein im Eßzimmer zu sich.

Im Grunde hatte sie nichts gegen die Frau und den Gärtner. Aber die drei Wachtposten waren alle aus demselben derben Holz geschnitzt: grobe, rüde Typen, die sie mit Blicken auszogen, wenn Julio nicht in der Nähe war. Sie durfte das Grundstück nicht ohne einen der Posten verlassen, und selbst dann durfte sie höchstens Berraco besuchen, ein kleines Dorf im Küstengebirge, etwa fünfzehn Meilen östlich von Santiago. Wenn Julio da war, fuhr er manchmal mit ihr an der Küste entlang, und im Laufe des letzten Jahres waren sie zweimal in Santiago gewesen. Davon abgesehen, war sie im Haus gefangen.

Alicia stand auf und trat ans Fenster. Der Wind strich durch die Palmen, die das Grundstück umsäumten, und brachte ein krächzendes Geräusch hervor, das erst in der Orkanzeit, in der sich Windstille und Sturm abwechselten, verstummen würde. Die noch immer niedrig stehende Sonne schickte Lichtpfeile über den Rasen aus und ließ im Tau violette, blaue und rote Prismen aufblitzen; zwei Katzen, Mookem-Blüte und ihr Junges, tollten in wildem, spielerischem Kampf durch das feuchte Gras. Es war ein wunderbarer alter Landsitz, der im 19. Jahrhundert von der Familie Bacardi, den Rumherstellern, gebaut worden war, ein versteckter Ort an der Südküste, im spanischen Stil aus den verputzten Felsen eines Steinbruchs errichtet. Hier konnte man träumen und seinen Gedanken nachhängen. Der einzige Nachteil war, daß sie ihn nicht verlassen durfte. Er war wohl besser als ein Gefängnis und unendlich besser als der blutgetränkte Boden der Isla de Pinos, aber trotzdem konnte auch er nicht mehr bieten als einen langsamen, bequemen Tod.

Sie wandte sich vom Fenster ab, zog ihr Nachthemd aus und setzte sich an ihren Frisiertisch. Eine Viertelstunde lang bürstete sie ihr langes Haar, das ihr bis zur Taille reichte. Gewöhnlich vermied sie es, allzu aufmerksam in den Spiegel zu blicken, denn die Narbe war immer noch ein hellroter Striemen, der sich von ihrer linken

Brust bis zu ihrer unteren Rippe zog. Álvarez hatte mit den wenigen kompetenten Ärzten, die es noch in Kuba gab, darüber gesprochen, aber sie verstanden nichts von kosmetischen Operationen. Schließlich hatte Julio erklärt, daß er sie in ein oder zwei Jahren, wenn Raúl Castro die Erlaubnis gab, vielleicht nach Ostdeutschland bringen würde, wo man sich in plastischer Chirurgie auskannte. Aber sie hatte sich an die Narbe gewöhnt und war sich ihrer inzwischen kaum noch bewußt.

Julio war nun schon über einen Monat fort. Er hatte vor seiner Abreise nur erwähnt, daß sieben andere DGI-Offiziere und er zur Ausbildung nach Rußland müßten. Er war Leiter des Kampfverbandes, der die konterrevolutionären Kräfte in Oriente vernichten sollte, hatte aber davon gesprochen, daß er innerhalb von zwei Jahren einen noch verantwortungsvolleren Posten in Havanna erhalten könnte. Einerseits würde sie diesen friedlichen Ort nur ungern verlassen, andererseits mochte Havanna ihr mehr Freiheit bieten. Im Laufe der Zeit würden Erinnerungen verblassen, Akten verlorengehen, und Julios Macht würde wachsen. Er hatte ihr versprochen, daß sie eines Tages nicht mehr in Gefahr sein würde, für ihre Arbeit gegen die Revolution verurteilt zu werden.

Schließlich erhob sie sich, zog einen Nylonslip und eine leichte Baumwollhose an. Sie hatte abgenommen, vor allem deshalb, weil sie nur allein aß. Körperliche Bewegung war auch ein Problem gewesen, bis sie ihre Bewacher durch ein kleines Schmiergeld dazu gebracht hatte, auf einer Rasenfläche neben der Garage eine primitive Bretterwand zu errichten. Hier verbrachte sie täglich eine Stunde damit, Tennisbälle gegen die Holzbarriere zu schmettern. Sie hatte nur noch zwei reichlich schlaffe Bälle, aber Julio hatte ihr versprochen, ein paar neue mitzubringen, wenn er welche finden konnte. Aus Rußland, überlegte sie, wo das Gummiband von Unterhosen ausleiert, wenn es nur ein paarmal in der Wäsche gewesen ist?

Sie zog einen alten Büstenhalter hervor, einen der drei letzten. Er stammte aus Ungarn, war aus grob verarbeiteter Baumwolle und hatte Laschen, die man zum Stillen öffnen konnte – andere Büstenhalter gab es im Laufe des letzten Jahres in Kuba nicht zu kaufen. Den Körbchen nach hatten ungarische Frauen Brüste wie Untertassen: rund und sehr flach. Alicia schlüpfte in das Kleidungsstück und zwängte ihre Brüste in die Stoffkörbchen. Sie würde die beiden anderen, aus Amerika und fünf Jahre alt, aufbewahren, bis er zurückkam. Bis dahin – sie zog die Träger fest – würde der ungarische den Wachtposten wenig Anlaß zu sexuellen Phantasien bieten.

Alicia hüllte sich in ein blaues Männerhemd und verknotete es an der Taille. Julio hatte versprochen, ihr Unterwäsche und ein paar andere Kleidungsstücke mitzubringen, aber sie bezweifelte, daß er sich daran erinnern würde. Statt dessen würde er wahrscheinlich schwer bepackt mit zollfreiem Alkohol, ostdeutschen Hi-Fi-Geräten und schwarzen Spitzenhöschen, die weniger aus Stoff als aus Luft bestehen, zurückkommen. Er war fasziniert von schwarzen Spitzen und sah sie nur zu gern darin, aber sie würde mit Freuden eine Schublade voll dieser flaumigen Nylonsachen gegen drei vernünftige Baumwollhöschen eintauschen. Sie lächelte amüsiert, denn in gewisser Weise war er immer noch ein kleiner Junge, mit einem Hang zum Spielen und zur Träumerei.

Sein Foto stand auf dem Nachttisch, sie nahm es zögernd in die Hand und starrte das dunkle Gesicht und das blitzende Lächeln von Julio Álvarez an. Alicia hatte das Foto im Frühling 1958 aufgenommen, als die Welt noch berechenbar war. Julio saß mit gekreuzten Beinen auf der Haube seines Jaguars, der Körper straff und stolz, selbstgefällig wie ein Monarch beim Hofhalten.

Havanna war sein Königreich, und die schönsten Frauen der Stadt waren seine Untertanen gewesen. Die Väter dieser Frauen verachteten ihn, ihre Mütter rangen die Hände beim Gedanken an gebrochene Herzen und verlorene Jungfernschaften, aber die Töchter liebten seinen Körper, sein Geld, seine Macht.

Alle außer Alicia Helvia. Sie fühlte sich natürlich geschmeichelt, daß Julio sie ausgewählt hatte und einen Sturmangriff auf ihr Herz und ihre vermeintliche Jungfräulichkeit begann. Aber sie hielt ihn auf Distanz, wies nur die einfachsten und billigsten Geschenke nicht zurück und blieb hartnäckig dabei, all seine Einladungen zu Wochenenden auf dem Lande – bei nicht vorhandenen Freunden und auf nicht vorhandenen *fincas* – abzulehnen.

Eine Zeitlang, gegen Ende 1958, begann sie zu glauben, daß sie in Julio verliebt sei. Er wurde langsam ruhiger, ernster und weniger egoistisch, las pflichtbewußt gute Bücher, um ihren weitreichenden Interessen gewachsen zu sein, und sprach sogar davon, ein Strandhaus in Bacuranao zu kaufen. Eine Zeitlang hatte sie ihn sich als Partner vorgestellt, denn sie wußte, daß er ihr schließlich einen Heiratsantrag machen würde, und dann mußte sie sich entschieden haben. Zwar entstammte er keiner der alten, etablierten Familien, aber sein Charme und seine Brillanz gefielen ihr, und seine Zukunft war gesichert. Er gab sich größte Mühe, ihren Vater für sich einzunehmen und sich mit ihren Freunden bekannt zu machen. Schließlich schränkte er seinen Alkoholkonsum auf ein paar Daiquiris pro Tag ein und blieb auf Spaziergängen absichtlich stehen, um spielende Kinder zu bewundern. Während die Tage und Wochen und Monate vergingen, wußte sie, daß sie ihm eine Antwort schuldig war, und sie dachte, daß sie ja sagen würde.

Und dann kam Brocassie.

Sie hatte Julio an einem regnerischen Augustnachmittag in seiner Lieblingsoase, der Floridita Bar an der Avenida Monserrate, getroffen. Sofort merkte sie seine unterdrückte Erregung. Er trank drei Daiquiris, stocherte nur an seinem Hummer Mariposa herum und erging sich weitschweifig über unbedeutende Geschehnisse. Während der Mahlzeit verbrauchte er ein halbes Päckchen Zigaretten und schnippte die Asche, dem eisigen Blick des Besitzers zum Trotz, nervös auf den Fußboden.

»Du hast doch irgend etwas auf dem Herzen«, sagte sie schließlich.

»Mein Bruder kommt nach Kuba. Ich habe ihn eingeladen, ihm die Flugkarten und tausend Dollar geschickt. Heute nachmittag trifft er mit Pan Am ein.«

»Du hast nie erwähnt, daß du einen Bruder hast!«

Álvarez lehnte sich in seinem Stuhl zurück und wich ihrem Blick aus. Er schaute auf seine Uhr und sah Alicia schließlich an. Ihr schien, daß ihm beklommen zumute war, ja daß er fast Angst hatte.

»Er ist nicht mein Bruder«, erwiderte Julio ärgerlich. »Sein Vater und meiner arbeiteten zusammen im Bergwerk. Über fünfzehn Jahre. Als Team. Keiner wollte sich auf einen anderen verlassen. Brocassie . . . mein Bruder . . .« Seine Stimme erstarb. Er knüllte seine Serviette zusammen und warf sie auf den Tisch. »Ich habe einen ganz blöden Fehler gemacht. Ich hätte ihn niemals einladen sollen.«

»Aber du hast ihn doch deinen Bruder genannt.«

»Deshalb, weil die meisten Leute dachten, wir seien Brüder, und auch deshalb, weil wir zusammen aufwuchsen. Seine Mutter war Mexikanerin, illegal eingewandert. Sie starb, als er noch sehr jung war. Also brachte sein Vater ihn im Winter bei meiner Mutter unter, wenn er und mein Vater in den Gruben arbeiteten.« Er schüttelte den Kopf. »Als Brocassie ungefähr dreizehn war – gerade zwei Jahre jünger als ich –, starb sein Vater. Meine Eltern nahmen ihn auf, ohne zu zögern oder über die Kosten nachzudenken, obwohl wir selber nichts auf der Naht hatten. Dann kam mein Vater bei einem Grubeneinsturz um, und meine Mutter zog uns beide auf, bis er die High-School beendet hatte und mit einem Stipendium zur Universität ging.«

Sie schob die Hand über den Tisch und legte sie auf seine. »Erzähl mir von ihm.«

Julio zog unbehaglich seine Hand zurück und orderte noch einen Drink. Er wandte sich wieder Alicia zu. »Was gibt's da zu erzählen? Er ist halb Mexikaner, halb Cree-Indianer, ein *mestizo*. Es war bescheuert von mir, ihn einzuladen. Er wird nicht zu unseren Freunden passen. Zwar spricht er gut Spanisch, aber er hat zwei linke Füße, und statt sich mit dir zu unterhalten macht er den Mund zu und beobachtet deine Augen. Ich bekam immer eine Gänsehaut dabei.«

»Bist du mit Brocassie gut ausgekommen?«

»Es geht so.«

»Das ist nicht besonders aufschlußreich, Julio.«

Álvarez verzog das Gesicht. »Wir wohnten zusammen im selben Haus, wir gingen zusammen in die Schule, klauten zusammen Äpfel, verprügelten zusammen die Gauner in der Nachbarschaft, kletterten zusammen in den Bergen herum, aber wir waren nie ganz vertraut miteinander – oder vielleicht doch. Zwischen uns war ein Zaun, aber es gab ein unverschlossenes Tor, das nur darauf wartete, von einem von uns aufgestoßen zu werden.«

Sie zwang sich zu einem Lächeln. »Das klingt nach der Haßliebe, die die meisten Brüder füreinander empfinden. Absolut normal.«

Er schüttelte den Kopf. »Nein, nicht normal. Irgendwas war mir immer unerklärlich. Ich konnte ihn nicht begreifen, wußte nicht, was ihn antrieb. Er hatte eine ganz verflixte Einstellung – weil er ein halber Indianer ist. Las alte Aufzeichnungen seines Großvaters, rannte ganz allein eine Meile nach der anderen und betete zu Indianergöttern – stell dir das vor, er betete!«

»Du hast ihm die Flugkarten und Geld geschickt. Also mußt du ihn irgendwie lieben.«

Er betrachtete das Tischtuch und zog mit dem Fingernagel Kreise darauf. Lange sagte er kein Wort. Schließlich blickte er auf, und seine Miene war weicher geworden.

»Ja, ich liebte – liebe – ihn. Das ist schwer auszusprechen. Jedenfalls, wenn man ein Mann ist. Doch, ich liebe den Burschen. Er war tapferer, als ich es je war, stark, wenn ich Schwäche zeigte, bereit nachzugeben, wenn ich starrköpfig war. Ich liebe ihn, Kleines, aber ich fürchte ihn auch. Fast alles, was ich im Leben getan habe, sollte beweisen, daß ich würdig bin, sein Bruder zu sein. Es ist ein verdammter Mist, wenn man mit so etwas leben muß – und vielleicht werde ich's nie überwinden. Ich habe ihn eingeladen, weil ich beweisen wollte, daß ich etwas geleistet habe – etwas leiste.«

Alicias Rührung war echt. Sie streckte wieder die Hand aus, nahm die seine und hielt sie fest. In diesem einen Moment hatte er ihr seine Seele geöffnet, und plötzlich war sie von Sympathie für ihn überwältigt. Sie konnte ihre Gefühle nicht ausdrücken, aber sie preßte seine Hand. »Laß uns deinen Bruder abholen, Julio.«

Der Flug war verspätet. Die meisten Passagiere waren längst ausgestiegen, als Brocassie als einer der letzten die Rampe hinunterschlurfte. Er war hochgewachsen, kantig, sein Gesicht war wie aus harten Flächen zusammengesetzt und doch auf seltsame Weise anmutig. Seine Kleidung war billig und saß schlecht; er hatte nur ein einziges Gepäckstück, einen Koffer aus Faserstoff, bei sich. Aber Alicia entdeckte etwas an ihm – eine besondere Würde oder vielleicht sogar eine Art Adel, der ihn über seine Umgebung hinauszuheben schien. Julio hatte sich plötzlich in einen aufgeregten Jungen verwandelt. Er winkte, lachte und stieß laute Rufe aus.

Alle drei trafen einander am Zoll. Julio rief den Chef der Zollbehörde persönlich herüber, verlangte, daß der Koffer bevorzugt abgefertigt werde, und gab dann einem Träger ein Zeichen, indem er eine Handvoll Pesos schwenkte.

Brocassie nahm lächelnd ihre Hand und hielt sie fest, als wolle er ihr in die Seele blicken, und sie spürte eine Schwäche, die sie nicht kannte. Er lächelte immer noch und sagte leise in präzisem, akzentfreiem Spanisch: »Ich habe lange darauf gewartet, Sie kennenzulernen, Alicia.«

Jeder andere hätte etwas Ähnliches gesagt, aber nicht auf diese Art. Es war, als habe er wirklich seit Jahren gewartet und gewußt, daß sie einander kennenlernen würden. Ihre Erziehung, all die Reflexe, die für ihre Herkunft typisch waren, brachen zusammen und ließen sie im Stich. Er hatte eine Art elektromagnetische Kraft an sich, die sie polarisierte. Dies war ihr lebhaftester Eindruck von

Brocassie. Er hatte im gefilterten Sonnenlicht der Empfangshalle gestanden und sie weit überragt; sein Gesicht war kupferbraun und seine gebrochene Nase so groß, daß seine Augen tiefer in den Höhlen zu liegen schienen, aber als ihre Blicke sich trafen und ihre Hände einander berührten, kam es ihr vor, als habe jede Bewegung in ihrer Welt aufgehört.

Es ist so lange her, dachte sie. Vier Jahre und doch ein ganzes Leben. So viele Menschen, an die sie sich erinnerte, waren verschwunden – in anderen Ländern, in den Bergen, in Vermißtenverzeichnisse und in namenlosen Gräbern. Sie alle waren Feinde der Revolution, wie der Máximo Líder sagte.

Vor einem Jahr, im April, hatte Álvarez ihr mitgeteilt, daß Brocassie nach der Invasion in der Schweinebucht am Strand gestorben und in einem Massengrab beigesetzt worden sei. Später seien die Leichen exhumiert worden, Julio habe Brocassie identifiziert und ihn von neuem bestatten lassen. Aber er weigerte sich, ihr zu sagen, wo das Grab lag.

Als Julio ihr von Brocassie erzählte, hatte sie dort drüben auf der Couch gesessen und benommen seinen Worten gelauscht. Sie wußte, daß Julio log, denn an ihrem Finger spürte sie immer noch die Wärme des Ringes, so stark wie am ersten Tag, als sie ihn Brocassie gegeben hatte, und sie zweifelte nicht, daß er ihn sein ganzes Leben lang tragen würde. Schließlich hatte sie sich erhoben und war ruhig aus dem Haus gegangen, ohne zu wissen, wohin und weshalb. Jeder Gedanke hatte sie verlassen. Auch heute konnte sie sich noch nicht an das erinnern, was sie getan hatte, abgesehen davon, daß die Narbe unter ihrer Brust einiges verriet und daß der Doktor mit ihr gesprochen hatte. Alicia war in den Geräteschuppen gegangen, und dort hatte der Gärtner sie gefunden. Sie kniete auf dem Sandboden, weinte hysterisch und versuchte, sich die Heckenschere mit den breiten Klingen ins Herz zu treiben.

Sie hatte drei Tage im Bett gelegen und sich verstört bemüht, die Wärme an ihrem Finger und den Schmerz in ihrer Brust zu erklären. Es war nur eine Fleischwunde, da die Klingen der Gartenschere nicht ihre Rippen durchdrangen, aber sie wußte, der wirkliche Schmerz lag tiefer, tief in ihrem Inneren, und er konnte nicht genäht, mit Sulfonamidpulver bestreut, bandagiert und schließlich geheilt werden. Dieser tiefere Schmerz würde sie nie verlassen.

Am vierten Tag stand sie auf, zog sich an und scheuerte die Fußböden des Hauses. Julio flehte sie an, damit aufzuhören, aber sie ignorierte ihn und sagte am Abend, als sie erschöpft war: »Ich habe ihn geliebt – mehr, als du je begreifen kannst. Er wird immer bei mir sein.« Sie stieg langsam die Treppe empor, legte sich auf das Bett und versuchte wieder zu weinen, konnte es aber nicht. Sie hatte keine Reserven mehr, jede Emotion war von ihr gewichen, und das war wie der Tod, obgleich sie noch lebte.

Julio hatte in jener Nacht sehr viel getrunken, und sie hatte ihn am folgenden Morgen gefunden; er war über dem Küchentisch zusammengesackt, und seine Finger umklammerten immer noch ein Foto aller drei, das 1958 aufgenommen worden war. Sie weckte ihn sanft und half ihm die Treppe hinauf ins Schlafzimmer. In den nächsten drei Tagen sagte er kein Wort zu ihr, lief auf der *finca* herum und brütete abends allein vor sich hin, wobei er noch rauchte und heftig trank. Er erwähnte Brocassies Namen nie wieder, aber er ließ das Foto in Silber einrahmen und stellte es auf den Kamin in der Bibliothek – als Andenken für sie beide, wenn auch aus verschiedenen Gründen.

Nun, ein Jahr später, hatte sie sich endlich mit dem Gedanken abgefunden, daß Brocassie tot war, und sie wußte, daß sie mit ihm einen Teil ihres Lebens verloren hatte. Was sie für Julio fühlte, war eher Duldung als Liebe. Sie war für ihn da – um bei ihm zu sein, wenn er ihre Gesellschaft wollte, und um sich zurückzuziehen, wenn er sie nicht wollte. Er behandelte sie freundlich; wenn er daran dachte, machte ihr kleine Komplimente oder brachte ihr Geschenke mit. Aber meistens hatte sie das Gefühl, eine Art Hätscheltier zu sein, das ihn amüsierte und seinen engen Freunden bei den seltenen Dinnerpartys oder *borracheras* vorgeführt werden konnte, das jedoch im wesentlichen stumm zu bleiben und seine Befehle zu erwarten hatte. Immerhin, ohne seinen Schutz hatte sie keine Überlebenschance, und es hatte keinen Zweck, ihre Rebellion hinauszuschreien. Wenn sie ihn heiratete – und gab es eine Alternative? –, würde sie seine Kinder haben, und das würde ihre Entschädigung sein. Aber sie wußte – Julio mochte sagen, was er wollte –, der erste Sohn würde Brocassie heißen.

Alicia hielt Julios Foto immer noch in der Hand und stellte es behutsam wieder hin, als habe sie Angst, es fallenzulassen. Ihre Hände bebten und dann ihr ganzer Körper; sie sackte, von einem Weinkrampf geschüttelt, auf das Bett, biß sich jedoch auf die Lippe, damit man sie unten in der Küche nicht hörte. Sie weinte lange, hielt erst inne, als sie keine Kraft mehr hatte, und sie haßte sich selbst, weil die Erinnerung sie geschwächt hatte. Brocassie war tot, in der Vergangenheit. Es gab nur die Gegenwart und die Zukunft. Julio Álvarez war ihr Mittel zum Überleben, und sie würde überleben.

Sie stand auf, betrachtete die roten Flecke auf ihrem Gesicht und lächelte zaghaft in den Spiegel. Sie machte das Bett und räumte das Badezimmer auf. Ihr Bikini, der von ihrem gestrigen Bad im Schwimmbecken immer noch feucht war, hing über der Vorhangstange der Dusche. Sie breitete ihn auf dem Fenstersims aus, um ihn in der Morgensonne zu trocknen. Schließlich, wie jeden Morgen, wenn Julio nicht zu Hause war, langte sie – fast ein Ritual – in ihren Kleiderschrank und drückte gegen die Täfelung aus dunklem, trockenem Mahagoni. Eine der hinteren Tafeln gab sofort nach, so daß ihre Finger den staubigen Innenraum erreichen konnten. Das Fach war klein, von der Größe eines schmalen Buches, aber es war groß genug für die 9-mm-Beretta.

Die winzige automatische Pistole war an den Seiten abgeflacht und verchromt; ihre Bohrung war nicht breiter als Alicias kleiner Finger. Drei Monate zuvor hatte sie die Waffe, die zur Reinigung zerlegt worden war, auf der Werkbank in der Garage gesehen. Einem dummen Impuls folgend, hatte sie einen Bolzen und eine kleines rechteckiges Teil, das zum Abzugsmechanismus gehörte, genommen und eingesteckt. Wie ein Kind, das einen Apfel von einem Obststand gestohlen hat, war sie davongeschlendert und hatte darauf gewartet, daß eine Hand ihre Schulter packte, aber nichts war geschehen. Später hatte sie beobachtet, wie Rafael, der älteste der Wachtposten, ganz außer sich auf dem schmutzigen Zement herumkroch. Rafael befragte die beiden anderen Wächter, den Gärtner und den Fahrer ohne Erfolg.

Es war eine Waffe, die Rafael einem toten Batista-Sergeanten abgenommen und ihrer Einzigartigkeit wegen behalten hatte. Aber gerade diese Einzigartigkeit sorgte dafür, daß sich nichts an ihr ersetzen ließ. Die übrigen Teile der Waffe lagen noch eine Woche auf der Werkbank, und schließlich warf Rafael sie in den Abfalleimer. Alicia durchwühlte den Abfalleimer am nächsten Tag und schmuggelte die Teile zurück in ihr Zimmer. Sie war immer fingerfertig gewesen und hatte auch beim Frente eine Waffenausbildung erhalten. Trotzdem hatte sie vier oder fünf Stunden benötigt, um die kleinen Stücke zusammenzufügen.

Munition zu beschaffen war kein Problem gewesen. Julio besaß eine tschechische Lastoy und übte regelmäßig auf dem Pistolenschießstand, den er in dem Gestrüpp hinter dem Geräteschuppen angelegt hatte. Manchmal verbrauchte er drei Kästchen Patronen pro Woche. Sie nahm jeweils nur ein paar, und er schien sie nie zu vermissen. Nun besaß Alicia also eine Waffe. Wozu, wußte sie nicht genau. Sie hatte zu den Guerillas in der Sierra gehört, und wer einmal bei den Guerillas gekämpft hatte, fühlte sich ohne Waffe nackt. Zwar hatte sie keine Ahnung, was sie mit der Pistole anfangen würde, doch bot ihr die Waffe eine Art primitiver Sicherheit. Sie hatte keine gültigen Papiere, keinen Paß, kein Geld und schon gar keine sichere Gelegenheit zur Flucht aus Kuba, aber die Waffe verschaffte ihr den Glauben, nicht ganz machtlos zu sein. Solange Julio sie beschützte, brauchte sie sich keine Sorgen zu machen, aber vielleicht würde sie irgendwann in der Zukunft auf sich allein gestellt sein, und dann würde die Waffe ihr letztlich als Paß dienen müssen.

Das untere Geschoß des Hauses hallte vor Leere, das Schlurfen ihrer Sandalen war das einzige Geräusch in den langen Fluren. Martha war fort, sie würde bis zum Abend auf dem Markt einkaufen. Durch die vorderen Fenster sah Alicia zwei der Wachtposten, die im Schatten einer Palme saßen, lachten, rauchten und Domino spielten. Sie ging in die Küche, fand eine halbe Kanne Kaffee, immer noch warm, auf dem Holzkohleherd, goß sich eine Tasse ein und setzte sich an den langen Tisch. Sie fühlte sich müde, unpäßlich. Ein Stechen im Unterleib schien ihre Periode anzukündigen. Heute oder morgen war damit zu rechnen, was bedeutete, daß sie es hinter sich haben würde, bevor Julio zurückkehrte. Aus irgendeinem Grunde gestand sie sich plötzlich ein, daß sie ihn vermißte.

Fast benommen schenkte sie sich noch eine Tasse Kaffee ein und zündete sich eine Zigarette an. Hinter dem Küchenfenster schien der Tag in weißglühendem Sonnenlicht zu explodieren, Dunst stieg aus dem Garten auf, Wind wiegte die Blumen, und mit einemmal lag alles hinter ihr. Schuld und Schmerz und emotionale Entbehrung waren verschwunden, und sie hatte das Gefühl, wieder Liebe in sich aufnehmen zu müssen, wenn sie weiterleben wollte. Unbewußt berührte sie ihren Ringfinger: Zum erstenmal, seit sie sich erinnern konnte, war die Wärme nicht mehr zu spüren.

Alicia tunkte den Finger in die Untertasse, benetzte die Spitze mit übergeschwapptem Kaffee und zeichnete das Profil eines Kindes auf die Tischplatte. Es war die unfertige Karikatur eines pausbäckigen, runden und lächelnden Gesichts, und Alicia merkte, daß sie sich endgültig damit abgefunden hatte, Julios Kinder zu haben. Dann würde die Vergangenheit zusammen mit den Toten begraben sein. Die Zukunft war in ihrem und Julios Körper, und nun wünschte sie sich sehnsüchtig seine Rückkehr. Er würde ein guter Vater und – nach lateinamerikanischen Begriffen – ein erträglicher Ehemann sein. Ihre Phantasie eilte voraus und zeigte ihr verschwommene Bilder von Kindern in bunter Kleidung, schuf die tröstliche Vorstellung von kleinen Lippen an ihren Brustwarzen und von der Wärme, die Kinder ihrem gegenwärtig so nutzlosen Leben schließlich geben würden.

Herrgott, dachte sie und lachte laut. Julio ist noch nicht einmal wieder zu Hause, und ich bilde mir schon ein, daß ich ihn geheiratet habe, schwanger geworden bin und zwei Kinder besitze! Sie lachte wieder. Nein, wenigstens drei oder vier. Erst einen Jungen, dann zwei Mädchen und noch einen Jungen. Und ich werde einen großen Hund anschaffen, mit dem die Kinder aufwachsen können – einen Hund, der mächtige Tatzen, ein zerzaustes Fell und eine lange Zunge hat, mit der er schmutzige Gesichter ableckt. Der Gedanke ernüchterte sie sofort: Wenn sie einen Ehemann und Kinder hätte, wäre ihr auch der letzte Ausweg verschlossen. Sie würde den Rest ihres Lebens hier auf Kuba verbringen – eine entsetzliche Vorstellung. Aber sie sah ein, daß es leichter war, sein Leben innerhalb des bestehenden Rahmens zu planen als über nicht realisierbare Alternativen nachzusinnen. Irgendwann würde Castro sterben, und dann würde im kubanischen Volk wieder die alte Sehnsucht nach Unabhängigkeit erwachen. Davon war sie überzeugt. Vielleicht würden ihre Söhne für die Unabhängigkeit kämpfen müssen, wie sie es getan hatte.

Sie goß sich eine neue Tasse ein und schritt zu der Gittertür, die auf den Hof hinausführte. Die beiden diensthabenden Posten tranken abwechselnd aus einer Flasche mit weißem Rum und würden so weitermachen, bis sie beide halb betrunken waren – ein Zustand, der sich bis zum späten Nachmittag nicht ändern würde, wenn der dritte Posten die Nachtwache antrat. Bastarde, dachte sie. Faule Bastarde aus Havanna – sie taugten zu nichts anderem als dazu, mit einem Gewehr in der Hand herumzulungern, sich bis zur Bewußtlosigkeit zu besaufen und ihr Leben zu verhuren. Solche Männer waren für jeden da, der sie bezahlen konnte. Sie wußte, daß der eine in Batistas SIM gedient und mühelos den Übergang geschafft hatte, als er sah, daß Castro siegen würde. Warum, in Teufels Namen, hatte das kubanische Volk nie etwas aus seiner Geschichte gelernt? Ein Diktator löste den anderen ab, und immer wurde das Regime von ausländischen Interessen gestützt. Und die Kirche rang feinfühlig die Hände, tröstete die Armen und wurde durch ihren Anteil an der Beute immer reicher.

In den frühen Tagen der Revolution hatte sie dem Kampf in den fernen Bergen keine Aufmerksamkeit geschenkt. Und in jenem Herbst des Jahres 1958 hatte ihr Zusammensein mit Julio und Brocassie alles andere verdrängt.

Die Menschen waren bei jedem Wort auf der Hut, und bei jeder Cocktailparty gab es in der entfernten Zimmerecke eine Gruppe, die sich flüsternd über ihre vermeintliche Verschwörung gegen Batista unterhielt. Die Revolution war in Mode, wie spitze Schuhe und Canasta. Aber die Zeitungen spotteten: Castro sei ein Clown, der gegen Streitkräfte kämpfe, die tausendmal größer als seine eigenen und mit den besten Waffen der Vereinigten Staaten ausgerüstet seien. Castro erschien Alicia damals wie ein Phantom, das sich in den Bergen der Sierra Maestra irgendeinem weltfremden Kreuzzug hingab.

Aber dann begriff sie allmählich, daß sogar ihr eigener Vater in die Vorgänge verwickelt war. Er war während seiner dreißig Jahre in der Politik stets in Intrigen verwickelt gewesen, und nun gab es nächtliche Anrufe, Gelder verschwanden von seinem Konto, und manchmal blieb er ohne Erklärung fort. Eines Morgens stellte sie ihn zur Rede. Er warf die Serviette auf den Tisch, so daß sein Orangensaft überschwappte, und starrte sie ungläubig an. »Wenn du die Prinzipien, für die gekämpft wird, nicht verstehst, dann halt den Mund!« rief er.

Und genau das hatte sie getan. Die vergnüglichen Ereignisse ihres Lebens setzten sich fort, wirbelten um sie herum wie die Farben eines Feuerrades, die Schönheit, Aufregung und Ablenkung hervorbrachten und sich so rasch drehten, daß sie das eine nie von dem anderen unterscheiden konnte. Picknicks mit Julio und Brocassie, ein Ausflug nach Camaguey, ein Nachmittag in einem Segelboot, ein Wohltätigkeitsball . . .

Am ersten Freitag im November 1958, um 16.20 Uhr, hatte das Feuerrad aufgehört, sich zu drehen.

Alicia hatte sich gerade das Haar gewaschen. Sie wickelte sich ein

Handtuch um den Kopf, setzte sich an ihren Frisiertisch und polierte ihre Nägel. Julio sollte sie um acht Uhr abends abholen, und sie würden mit seinem Mark VII Jaguar zum Casino Capri fahren, wo der Black Silk Tie eröffnet wurde, ein exklusiver Spielsaal für vermögende Kunden aus den Staaten. Drei Chartermaschinen schafften das Publikum heran, das an der Eröffnung teilnehmen wollte. Der amerikanische Schauspieler George Raft sollte die Zeremonie vornehmen, auch Johnny Weissmuller würde da sein, ebenso Juan Fangio, der argentinische Rennfahrer. Julio hatte ihr versprochen, daß es ein Gala-Abend mit einer Big Band, zwei weiblichen Stars aus Hollywood und mit genug Champagner sein würde, um ganz Havanna darin zu ertränken. Im Grunde hatte Alicia wenig Lust dazu, aber Julio war der Rechtsanwalt, der die Eigentümer des Casinos vertrat, und er hatte die Einladung nicht abschlagen können. Und sie konnte seine Einladung nicht abschlagen.

Ihre Beziehung hatte sich in letzter Zeit verschlechtert. Julio hatte Andeutungen auf eine Hochzeit im Frühling gemacht und ihr einen Solitär im Schaufenster des Juweliers Preston gezeigt, und sie fand noch nicht die Kraft, ja oder nein zu sagen. Sie wußte, daß es keine Frühlingshochzeit geben würde. Nicht mit Julio Álvarez. Fast jedesmal, wenn sie einander begegneten, kam es nun zum Streit, und immer wieder fiel Brocassies Name.

Alicia wußte, daß sie den schlingernden Kurs der Beziehung nicht ändern konnte. Sie liebte Brocassie, nur Brocassie, und doch gab es irgendeinen Ehrenkodex, an den sie sich halten mußte, wenn sie mit ihm allein war. Zwischen ihnen herrschte unausgesprochenes Einverständnis, einander nicht zu berühren, nicht von der Zukunft zu sprechen, aber sie *wußte*, daß es eine Zukunft geben würde. Mit ihm.

So vieles hatte sich in so kurzer Zeit geändert, und ihre Gefühle waren zersprungen wie die Scherben eines Spiegels, die alle ein anderes Bild reflektieren. Brocassies Geld wurde knapp, und Julio würde ihm nichts leihen. So verrückt ihre Entscheidung auch war, sie war entschlossen, Brocassie in die Vereinigten Staaten zu folgen.

Sie hatte gerade begonnen, sich die Nägel zu lackieren, als das Telefon neben ihrem Bett klingelte.

»*Diga*«, sagte sie gereizt in die Muschel.

»Ich bin's.« Es war Brocassies Stimme; er atmete schwer, als sei er erschöpft. »Ich brauche deine Hilfe.«

»Was . . .?«

»Nicht am Telefon, Alicia. Ich habe nicht viel Zeit. Julio ist angeschossen worden. Er braucht einen Arzt – einen, der den Mund hält, und ich habe keine Ahnung, wo ich einen finden kann.«

»Wo bist du?« Sie schüttelte schon ihr Haar, ließ ihren Bademantel fallen, zog Jeans und einen Pullover aus der Schublade.

»Calle 26 hinter der ESSO-Tankstelle.«

»Bleib wo du bist. Halt ihn warm. Ich bin in fünf Minuten da.« Sie hängte ein, ohne auf seine Antwort zu warten, und wählte dann die Nummer eines Arztes, der eine kleine Privatklinik im Bezirk Puentes Grandes von Havanna hatte. Er bezeichnete sich selbst als Kinderarzt, aber den wohlhabenden Damen von Havanna war er als Arzt bekannt, der sauber und verläßlich illegale Abtreibungen durchführte – natürlich unter der Voraussetzung, daß seiner Klinik für »weitere Forschungen« eine großzügige Summe in bar gestiftet wurde. Der Arzt antwortete beim zweiten Klingeln. Nein, er sei nicht interessiert. Die Nachricht werde schon im Radio durchgegeben. Er kenne Julio und seine Verbindungen und wolle nichts damit zu tun haben.

Alicia erwähnte die Namen von drei Regierungsmitgliedern, deren Frauen in der Klinik des freundlichen Arztes abgetrieben hatten. Die Abtreibungen seien nicht von diesen hochangesehenen Männern bezahlt worden. Könne dies den freundlichen Arzt veranlassen, sich die Sache noch einmal zu überlegen?

Der freundliche Arzt fluchte, bat sie inständig, ihn nicht zu behelligen, und stimmte schließlich wütend zu.

Alicia zog sich schnell an, lief nach unten, öffnete den Safe ihres Vaters und nahm heraus, was sie an Bargeld fand. Innerhalb der nächsten dreißig Sekunden kritzelte sie eine Nachricht auf den Tintenlöscher auf seinem Schreibtisch, setzte sich in ihren MG und schwenkte den Wagen aus der Kiesanfahrt hinaus. Sie schaffte es in weniger als drei Minuten zu der Tankstelle.

Brocassie hatte Julios Jaguar zwischen den Palmen eines überwucherten Grundstücks hinter der Tankstelle versteckt.

Sie setzte ihren MG neben den Jaguar, und Brocassie öffnete den hinteren Schlag des Wagens. Julio lag ausgestreckt auf dem Sitz; er war bewußtlos, und seine Hosenbeine waren blutgetränkt. Brocassie hatte aus einem Gürtel und einem Brieföffner eine Aderpresse hergestellt.

Brocassies Hemd war feucht vor Schweiß. Er lief zu ihrem Wagen und wischte sich das Blut mit einem Lappen von den

Händen. »Sie haben ihn ins Bein geschossen. Er hat eine Menge Blut verloren. Der Besitzer der Tankstelle hat einen Kombiwagen, einen De Soto. Er will ihn uns für fünfzig Dollar vermieten und ihn in zwei Stunden als gestohlen melden.«

»Wieso? Der Jaguar ist schneller.«

»Nein, nach dem suchen sie längst in ganz Havanna. Wir müssen das Auto wechseln. Ich erkläre es dir später.«

Zwei Minuten später steuerten sie nach Osten, auf Puentes Grandes zu. Julio war mit einer alten Plane zugedeckt; er atmete flach und schnell. Zum Glück stießen sie nur auf eine einzige Straßensperre, wo man sie mit einem zackigen Gruß durchwinkte, ohne daß sie anhalten mußten.

»Wie ist es passiert?« fragte Alicia. Sie war wie erstarrt.

Brocassie wischte sich den Schweiß mit dem Handrücken vom Gesicht und sah sie nicht an. »Er hat dir nichts von dem Casino erzählt, nicht wahr?«

»Er hat mir erzählt, daß er gelegentlich mit den juristischen Problemen des Casinos zu tun hat. Schließlich hat er noch andere Mandanten.«

Er schüttelte den Kopf. »Stimmt nicht. Das Syndikat, dem das Casino Capri gehört, hat seinen Sitz in Miami. Es brauchte einen cleveren Anwalt mit lokalen Beziehungen, einen, der Englisch spricht und hier Bescheid weiß – einen Rechtsanwalt, den es kaufen konnte. Es richtete Julios Praxis ein, trennte sie vom Casinobetrieb, so daß sie ehrbar wirkte, und verschaffte ihm dann alle Mandanten, die er sich wünschte. Aber seine Hauptaufgabe war, Mitglieder der Batista-Regierung zu schmieren. Außerdem war er für die gesamte Buchführung verantwortlich. Vor ungefähr einem Jahr fing er an, die Bücher zu frisieren. Er schöpfte die Profite so ab, daß die Steuerprüfer der Regierung nichts merkten. Aber dann ging er noch einen Schritt weiter und wirtschaftete in die eigene Tasche. Immer wieder erzählte er mir, daß er dich heiraten und dir nur das Beste zukommen lassen wollte. Hast du dich nie gefragt, woher all das Geld kam? Nicht einmal etablierte Rechtsanwälte können in Havanna soviel verdienen.«

Sie schlug die Hände vors Gesicht. »Oh, mein Gott. Er hat es meinetwegen getan?« Sie drehte sich zum Rücksitz und berührte Julios Gesicht. »Wie hast du es herausgefunden?«

»Es kam nach und nach im Laufe der letzten beiden Monate heraus. Wenn er betrunken ist, redet er. Wahrscheinlich versuchte er, Eindruck auf mich zu machen, zu rechtfertigen, was er tat. Außerdem wollte er mir klarmachen, daß du zu ihm gehörst und daß nur er richtig für dich sorgen kann.«

»... du hast dich mit ihm gestritten und ihn angeschossen?«

»Um Himmels willen, nein! Heute nachmittag, ich las ein Buch in meinem Zimmer in Julios Wohnung ... die Tür war geschlossen. Ich hörte den Summer, aber Julio war als erster im Flur. Zuerst achtete ich kaum darauf, doch dann schien es Streit zu geben, und ich hörte Kampfgeräusche. Ich öffnete die Tür einen Spaltbreit und sah zwei Schläger, die ihn mit dem Lauf einer Pistole bearbeiteten. Wahrscheinlich hatten sie keine Ahnung, daß ich dort wohnte. Mein Zimmer war durch den Innenhof mit Julios verbunden. Er hatte, noch von Korea her, einen alten 38er im Nachttisch. Ich schnappe ihn mir und stürze ins Wohnzimmer. Der Bursche mit der Pistole zielt auf mich, und ich erschieße ihn. Der andere hält Julio am Hals fest, stößt ihn auf mich zu und feuert zweimal. Mich verfehlt er, aber Julio trifft er ins Bein. Ich hatte freie Schußbahn und erwischte ihn. Innerhalb einer Minute klingelt das Telefon, und die Nachbarn drehten durch. Ich griff mir seine Autoschlüssel, legte ihn mir über die Schulter und rannte wie der Teufel.«

Alicia konnte keinen klaren Gedanken fassen; es gab jetzt nur eine Lösung. »Wir müssen Julio zum Arzt bringen, aber dann mußt du dich stellen. Es war Notwehr.«

Ein Oldsmobile der SIM raste mit kreischender Sirene an ihnen vorbei in die entgegengesetzte Richtung.

Brocassie beobachtete es im Rückspiegel und schüttelte den Kopf. »Unmöglich. Das Syndikat hat zu enge Beziehungen zu Batista. Bestechungen, Käuflichkeit hoher Beamter, Mafia-Einfluß. Sie würden es niemals zu einer Verhandlung kommen lassen. In ihren Augen bin ich ein Mörder, und du bist eine Komplizin. Wir müssen Julio in Sicherheit bringen und dann aus diesem Land abhauen.«

Sie sah ein, daß er recht hatte. Eine Grenze war überschritten. Das Tor hinter ihnen war zu.

Zwanzig Minuten später – ihr Haar war immer noch feucht und ihre Kleidung befleckt von Julios Blut – lag er im Operationszimmer des Arztes. Er würde sich mehrere Wochen lang nicht bewegen können, aber er war in Sicherheit. Sie gab dem Arzt zweitausend Dollar, versprach, daß Julio den Rest bezahlen würde, und verließ die Praxis zusammen mit Brocassie. Sie schafften es unbeobachtet zum Yachtclub von Havanna. Es dauerte drei Stunden. Sie nahmen zwei Busse, ein Taxi und gingen die letzte halbe Stunde zu Fuß. Die ersten Abendausgaben der Zeitungen mit Álvarez' verschwommenem Foto und der Überschrift ASESINO! wurden schon auf den Straßen feilgeboten.

Sie mußten nach Sonnenuntergang zu der Yacht ihres Vaters schwimmen, denn schließlich konnten sie nicht durch die glänzenden Korridore des Yachtclubs schreiten, dem Hausmeister ein Trinkgeld geben und das Boot anfordern. Sie zogen sich an Bord und warteten bis nach Mitternacht, bevor sie losmachten, um sich unter ganz schwachem Wind, der das Großsegel kaum füllte, aus dem Kanal treiben zu lassen.

Zunächst nahmen sie Kurs auf die Florida-Straße, um Key West zu erreichen, aber auf hoher See wurde der Wind stärker und die Wellen überschlugen sich zu Kaskaden weißen Wassers. Die kleine Yacht übernahm zwei gewaltige Sturzwellen nacheinander, senkte den eleganten Bug und reckte ihn nur widerwillig dem nächsten Brecher entgegen. Alicia wußte, daß sie keine weitere Stunde überstehen würden, deshalb ließ sie überholen und segelte parallel zur kubanischen Küste, wich Riffen aus und ließ sich den Regen ins Gesicht peitschen.

Am Morgen waren sie schon weit westlich von Havanna und hielten sich immer noch an die nördliche Küstenlinie Kubas. Er machte Kaffee für sie beide und übernahm dann das Ruder. Der Regen ließ nach, aber der Wind blies von Norden her, war stärker geworden und drängte sie auf die Riffe zu. Nun, da ihre Augen vom Salz brannten und ihr Körper abgekühlt war, hegte Alicia weniger rebellische Gefühle.

»Man wird dich vermissen«, sagte er.

»Ich glaube nicht. Mein Vater wird Verständnis haben. Ich habe ihm eine Nachricht hinterlassen. Wenn man die Yacht als vermißt meldet, wird er erraten, was wir getan haben, und alles leugnen, bis er von mir hört.« Sie gab ihren Worten einen überzeugenden Klang, aber sie war sich durchaus nicht so sicher.

Er nickte, doch sie bemerkte Zweifel in seinen Augen. »An den Riffen und an Kap Guahahacaribes sollten wir noch vorbeifahren. Setz mich dann in der Bucht ab und kehr um. Du kannst in vierundzwanzig Stunden wieder in Havanna sein.«

Sie wußte aus Gerüchten, daß Maroto mit einem Trupp Guerillas im Escambray gegen Batistas Armee kämpfte. Ihr Vater war ein alter Freund Marotos; sie hatte dessen Neffen während des letzten Monats zweimal im Arbeitszimmer ihres Vaters gesehen. Plötzlich wurde ihr klar, wohin ihr Vater sein Geld geschickt hatte. Maroto stand in seiner Schuld und würde gewiß Brocassie bei sich aufnehmen. Es schien Alicia die einzige Möglichkeit zu sein.

»Westlich von Trinidad de Cuba liegt eine kleine Bucht. Mein Vater und ich haben sie manchmal mit dieser Yacht besucht. Es ist einige Jahre her, ich war vielleicht fünfzehn. Ich erinnere mich noch sehr gut daran, wegen eines Traums. Ein wilder, junger Indianer kam zur Yacht geschwommen und kletterte an Bord. In meinem Traum sah ich, wie er sich gegen den Himmel abhob, als er die Luke hinunterstieg. Und dann, naß und nach Meer riechend, kam er in meine Koje und nahm mich.«

Brocassie lächelte zuerst, dann fing er an zu lachen, und sie stimmte ein. Sie wußte, er glaubte ihr nicht, aber sie hatte den Traum wirklich gehabt, und jetzt wurde er wahr. Eines Tages würde sie ihn vielleicht überzeugen, daß sie diesen Traum nicht aus pubertärer Phantasie gesponnen hatte. Doch zunächst genügte es, daß er auf ihren Vorschlag eingegangen war.

Den Rest des Tages arbeiteten sie sich an der Nordküste Kubas vor; das Segel war stahlhart unter dem heftigen Anprall des Windes, aber bis zum Einbruch der Dunkelheit hatten sie das Kap umschifft und hielten nach Osten. Zweimal sahen sie, zwischen dem Festland und der Isla de Pinos, Schiffslichter am Horizont, aber die kleine Holzyacht würde auf Radarschirmen kaum zu erkennen sein, und außerdem waren sie beide so erschöpft, daß es ihnen gleichgültig war.

Alicia wußte genauso wie Brocassie, daß sie nicht bei ihm bleiben konnte. Ihr Vater konnte sich kaum noch fortbewegen, war wie eine Leuchtkugel, die in einem letzten Aufblitzen vergeht: Er weitete seine Anwaltspraxis aus, wetterte im Senat gegen die Korruption Batistas und beteiligte sich heimlich an den Intrigen der Revolution. Der alte Mann hatte Krebs, was sie beide wußten, und ihr blieb nichts anderes übrig, als zurückzukehren und sich um ihn zu kümmern.

Nie war ihr etwas schwerer gefallen, als Brocassie in der stillen Bucht im Windschatten des Escambray zurückzulassen. Aber der Sturz Batistas schien nur eine Frage von ein paar Monaten zu sein, und inzwischen war Brocassie bei Maroto gut aufgehoben. Sie hatte drei Tage gebraucht, die Südküste Kubas hinaufzusegeln und schließlich die letzten hundertzwanzig Meilen gegen den Passat bis Havanna zurückzulegen. In dieser Ewigkeit lernte sie, kurze Schlafpausen von nie mehr als einer halben Stunde einzulegen. Ihre Hände härteten sich ab, und ihre Haut, die sie immer vor der Sonne geschützt hatte, nahm ein tiefes Mahagonibraun an. Sie verlor sieben Pfund und fühlte sich körperlich besser als je zuvor. Als sie die Yacht an der Clubanlegestelle festmachte, merkte sie, daß sie beobachtet wurde. Zuerst hatte sie entsetzliche Angst, daß man sie anzeigen würde, aber dann kam ein dicker kleiner Fernsehschauspieler auf sie zu und küßte ihre Fingerspitzen – sehr sanft, sehr herzlich. »Sie beschämen uns alle«, flüsterte er, gab ihr einen feuchten Kuß auf die Wange und entfernte sich.

Niemand stellte ihr, weder damals noch später, irgendwelche Fragen, und ihr wurde bewußt, daß sie nebenbei und ohne es zu wollen zu einer Heldin der Revolution geworden war. Die blasierten Mitglieder des Yachtclubs verbreiteten, sie sei an der Südküste gewesen und habe Waffen für die Revolutionäre befördert. Und genau das war, wie sie herausfand, die ganz große Mode und viel schicker als alle wirklichen oder vermeintlichen Intrigen.

Sobald sie ein öffentliches Telefon erreichen konnte, rief sie den Arzt an. Seine Stimme klang matt und feindselig. »Ihm geht es gut. Er empfängt keine Besucher. Sie dürfen nicht hierher kommen.« Damit knallte er den Hörer auf die Gabel.

Im letzten Monat des Jahres 1958 wurden sowohl ihr Vater als auch Batista schwächer. Ihr Vater hatte ein unheilbares multiples Myelom. Auch Batista litt an einer tödlichen Krankheit: der Niederlage. Seine Armee verlor einen Stützpunkt nach dem anderen an die Streitkräfte Castros und den Segundo Frente. Aber Batista überlebte ihren Vater. Sie ließ ihn in einer privaten Zeremonie beisetzen, hob die letzten Reste von seinem Bankkonto ab und machte sich nach Süden auf, zum Escambray und zu Brocassie.

Sie trafen sich nicht. Brocassie hatte sich Maroto angeschlossen, aber als der Kampf gegen Batista im Endstadium intensiver wurde, hatten Maroto und sein Stellvertreter Fabricio ihre Kräfte geteilt, um die Ebenen südlich von Sancti Spíritus in einer Zangenbewegung zu nehmen. Die Offensive war fehlgeschlagen, und Fabricios Truppe hatte sich nach Osten, zur Sierra Maestra hin, zurückgezogen. Sie war auf weniger als die Hälfte ihrer ursprünglichen Stärke zusammengeschrumpft.

Im Herbst und Winter 1958 war Alicia als Kurier für Maroto

tätig. Sie fuhr mit ihrem MG zwischen dem Escambray-Bergland und Havanna hin und her, transportierte Waffen, Sprengstoff und Geld. Die Soldaten an Batistas Straßensperren gewöhnten sich an sie und ließen sie nach oberflächlicher Prüfung durch, denn sie trug bewußt ganz enge Blusen und hatte immer einen Kühlbehälter voll Bier – *Cristal Polar* – auf dem Beifahrersitz stehen. Sie teilte an jeder Straßensperre Bier aus und erwähnte im Gespräch beiläufig, daß ein Armeemajor in Trinidad de Cuba äußerst erbost sein würde, wenn sie sich bei ihrem wöchentlichen Besuch verspäten sollte. Ach so . . . Man lächelte wissend, zwinkerte ihr zuweilen zu und winkte sie rasch durch.

Während dieser ganzen Zeit hörte sie nichts von Brocassie oder Álvarez. Maroto hatte den Kontakt zu Fabricio verloren, und die einzigen Nachrichten stammten aus dritter Hand: *bolas*, Gerüchte, Fetzen ohne jede Substanz.

Anfang Januar 1959 flüchtete Batista endlich. Die amerikanische Regierung hatte ihre Unterstützung zurückgezogen und suchte einen annehmbaren Nachfolger. Daraufhin hielt Batista es für ratsam, sich frühzeitig zur Ruhe zu setzen, und verschwand. Die zurückbleibende Rumpfregierung konnte sich nicht länger halten, und Kuba gab sich einer Orgie des Jubels hin. Castros Bewegung des 26. Juli und der Segundo Frente machten Anstalten, die Macht zu übernehmen, aber Castro war viel schneller. Er hatte die ausländische Presse und die Rundfunksender für sich gewonnen, schwelgte in der allgemeinen Bewunderung, schwor jedoch, daß er keine Machtposition wolle. Man etablierte eine gemäßigte, im wesentlichen antikommunistische Regierung, die jedoch innerhalb von vier Wochen wieder aufgelöst wurde. Castro, der besorgte Bürger, trat im Fernsehen auf und deckte das Volk von Kuba mit einem Wortschwall ein.

»Wir brauchen keine Verfassung«, brüllte er in die Mikrofone, »denn unsere Revolution bewegt sich zu schnell voran, und es ist das Volk, das die Zügel in der Hand hält, das Volk, das den Kurs unserer Geschichte bestimmt. Wir wollen mit der früheren Klassenmentalität nichts zu tun haben!«

Castro gab vor, den Willen des Volkes zu verkörpern, fegte die Gesetzgebung beiseite und erklärte, daß alle, die sich ihm widersetzten, konterrevolutionäre Würmer seien. Ein Krieg endete, und ein neuer begann; er war viel blutiger als der erste, doch jenseits der Küsten Kubas schenkte man ihm kaum Beachtung.

Alicia machte zwei letzte Fahrten nach Havanna, um Munition und Geld zu holen. Die Straßensperren waren nicht mehr von den Batistianos besetzt, sondern von den *barbudos*, den Bärtigen. Manche waren nicht älter als dreizehn Jahre, aber viel hartnäckiger als ihre Vorgänger und mißtrauisch jedem gegenüber, der so aussah, als könne er der Oberschicht angehören. Schon verurteilten ›Volksgerichte‹ alle, die über offensichtlichen Wohlstand verfügten, zu Haft im Arbeitslager oder zum Tode – in jenem blinden Streben nach Gerechtigkeit, wie es auch während der Französischen Revolution geherrscht hatte.

An einer Straßensperre, nur acht Meilen nördlich vor der Abkürzung zum Escambray und der Sicherheit von Marotos Außenposten, wurde sie von einem Jungen mit einer Maschinenpistole über der Schulter angehalten. Alicia sah ihn auf sich zukommen. Er würde wie alle anderen sein. Sie öffnete einen weiteren Knopf ihrer Bluse und zog sie straff unter den Gürtel, so daß ihre Brüste stärker hervortraten. Im Kühlbehälter waren noch fünf Flaschen Bier, und sie machte sich keine Sorgen, obwohl sie zwanzig Meter Zündschnur im Kofferraum und einen mit hochexplosiven Granaten gefüllten Koffer auf den Gepäckträger geschnallt hatte.

»Wohin fährst du, Compañera?« fragte er höflich. Sein Gesicht war von Aknenarben bedeckt, und sein Bart war nichts als Flaum. Er trug eine Felduniformmütze und Gummiturnschuhe, und nichts deutete darauf hin, daß er gefährlicher war als der Junge, der sich früher um den Garten ihres Vaters gekümmert hatte. Aber dann blickte sie ihm in die Augen und sah, daß sie kalt und sehr alt waren.

»Zu meinem Onkel in Trinidad«, antwortete sie. »Er gehört zum örtlichen Revolutionsrat.«

Der Junge lächelte. »Das ist wirklich toll, denn mein Bruder ist Vorsitzender des Revolutionsrats.« Er senkte die Maschinenpistole und richtete sie auf ihren Nabel.

Alicia griff in den Kühlbehälter, holte zwei Flaschen Bier heraus, öffnete sie, gab ihm eine und trank selbst aus der anderen.

»Du lügst«, sagte sie mit ruhiger Stimme.

»Genau wie du«, erwiderte der Junge, prostete ihr zu und nahm einen Schluck aus der vor Kälte beschlagenen Flasche. »Du bist Alicia Helvia. Ich habe ein ausgezeichnetes Foto von dir, das die Spionageabwehr verschickt hat. Darunter steht, daß du eine von

Marotos Huren bist und Munition von Havanna zum Escambray schaffst.«

Zum erstenmal in ihrem Leben verspürte sie echte Angst: ein bohrendes Entsetzen, das sich bis zu ihren Eingeweiden fortsetzte. Unwillkürlich entleerte sich ihre Blase, und Alicia riß den Pullover vom Beifahrersitz, warf ihn sich über den Schoß und merkte beschämt, wie die warme Flüssigkeit den Sitz unter ihr durchtränkte.

»Beweg dich nicht, und leg die Hände oben auf das Lenkrad, wo ich sie sehen kann.« Er verschwand hinter ihr, und sie hörte, wie er den Koffer vom Gepäckträger abschnallte. Er legte ihn auf den Boden, griff in den Kofferraum des Wagens und zog die Einkaufstasche mit der Zündschnur hervor.

»Ist das alles, was du bei dir hast?«

Sie nickte schwach. Der Uringestank erfüllte die winzige Kabine ihres MG.

Er kam zurück und hielt die Waffe lässig in der Hand. Der Lauf zeigte knapp über Alicias Kopf hinweg, der Finger war am Abzug. »Ich habe von dir gehört, als du gegen Batista kämpftest. Du warst mal auf der richtigen Seite, aber jetzt ist es die falsche.« Er zuckte die Achseln und lächelte. »Es ist eine Familienfehde unter Männern, verstehst du? Ich würde dir raten, dich nicht einzumischen. Dein Gesicht ist schön, und es sollte schön bleiben.« Er trat zurück, straffte sich und salutierte. »*Adios*, Compañera.«

Sie lächelte mühsam, legte den ersten Gang ein und beschleunigte langsam, ohne sicher zu sein, daß sie nicht in den nächsten Sekunden eine Kugel im Kopf haben würde. Sie schaltete in den zweiten und in den dritten Gang, dann erst blickte sie in den Rückspiegel. Der Junge stand immer noch da und grinste.

Von da an blieb sie bei Marotos Guerilla-Kommandotruppe, die sich gegen die immer wirksameren Schläge von Castros Streitkräften zur Wehr setzte; sie arbeitete als Sanitäterin, lud Granatwerfer in den ständigen Feuergefechten und half, die wenigen Lebensmittel zuzubereiten, die sie kaufen oder sich sonstwie beschaffen konnten. Wie alle anderen machte sie die übliche Ausbildung mit Handfeuerwaffen durch, lernte, Stolperdrähte zu legen, stand Posten und zog weiter. In zwei Jahren des Kampfes schlief sie nie mehr als drei Tage hintereinander am selben Ort. Als der Funker an Wundbrand starb, wurde sie schließlich Marotos Funkerin und Codiererin. Allmählich überblickte sie das Ausmaß des Widerstandes gegen Castro, und ihr wurde klar, daß mindestens 20 000 Guerillas – sämtlich Kubaner, aber mit unterschiedlichen politischen Zielen – gegen Castro, ›das Pferd‹, kämpften. Doch da sie keine einheitliche Front bildeten und keinen Waffennachschub hatten, schrumpfte ihre Zahl zusammen, und einer ihrer Sender nach dem anderen stellte die Arbeit ein.

Damals begegnete sie Willie Morgan, einem amerikanischen Söldner, der sich Marotos Truppe Anfang 1959 angeschlossen hatte. Er war gerade von einem Abstecher aus der Sierra Maestra zurückgekommen und berichtete ihr, daß er Brocassie gesehen habe; er sei am Leben, und es gehe ihm gut. Willie Morgan hatte einen Brief mitgebracht. Alicia riß ihm den zerknitterten Umschlag aus der Hand, und erst als sie schon auf das provisorische Zelt zurannte, das für vierzehn Stunden ihr Zuhause war, fiel ihr ein, daß sie ihm nicht einmal gedankt hatte. Sie wußte indes, er würde dafür Verständnis haben.

Der Brief war kurz, die Tinte von Schweiß oder Regen verschmiert.

Ich habe nur so wenig Zeit, Dir zu sagen, daß ich Dich liebe, daß ich Dich immer lieben werde. Morgan bricht in ein paar Minuten auf, und ich habe jetzt erst erfahren, daß Du bei Maroto bist. Willie wird meine Liebesbotschaft für Dich mitnehmen.

Bleib gesund und unversehrt, und denk daran, daß wir bald zusammen sein werden. Ich trage Deinen Ring an einem alten Schnürsenkel um den Hals; er wartet nur darauf, zu seiner Besitzerin zurückzukehren.

Meine Einladung zum Champagner gilt noch. Auf ewig.

Liebe Grüße, Brocassie.

Sie las den Brief wieder und wieder, das Papier wurde schlaff in ihren schwitzenden Händen, die Tinte verwischte sich unter den Kondensationstropfen, die sich von der Zeltplane lösten und sich mit ihren Tränen der Freude und Erleichterung vermengten. In jener Nacht betrank sie sich mit dem Rum, den sie von der wöchentlichen Ration aufgespart hatte; die Flasche umklammernd, schlief sie ein und träumte, es sei Champagner, den sie auf einem Balkon des Trocadero mit ihm getrunken hatte.

In den nächsten zwei Monaten blieb alles ruhig. Dann erfuhr Maroto, daß Castros FAR einen entscheidenden Vorstoß in den Escambray plante. Dies sollte, nach Absicht des ›Pferdes‹, der letzte

Kampf sein. Er wollte die verdammten Konterrevolutionäre mit einem einzigen gewaltigen Schlag vernichten. Elf Tage lang kämpfte Marotos Truppe, legte Hinterhalte und zog sich zurück, verlor nur einen Mann für jeweils fünf der FAR, aber sie blutete trotzdem aus, denn sie konnte Männer und Waffen nicht ersetzen. Dann kam der Regen, die Berge verwandelten sich in Morast, die Feuchtigkeit zehrte die Körper aus, und beide Seiten wichen erschöpft zurück.

In jenen elf Tagen hatte ein Trupp mit Morgan an der Spitze eine Einheit von fünfzig FAR-Soldaten zurückgeschlagen und dabei eine Wagenladung russischer Granaten, zweitausend Patronen und einen Stoß Papiere erbeutet. Die Papiere waren nicht wichtig, doch unter ihnen war ein neueres Exemplar der FAR-Zeitung *Verde Olivo*. Es war kein Käseblatt, sondern eine elegante, professionelle Zeitung, voll von Propaganda und Aufrufen nach dem Muster *Patria o Muerte* – Vaterland oder Tod! Die Spalten waren gespickt mit Geschichten über die bevorstehende Invasion der Amerikaner, mit Fotos der CIA-Ausbildungsstützpunkte in Guatemala und sogar eines Flugzeugs, das die CIA für den Angriff vorbereitete.

Alicia saß im Schatten dichter Büsche und las die Zeitung. Es war ein stiller Nachmittag, nur das Summen der Moskitos war zu hören. Ein Foto auf der letzten Seite stach ihr ins Auge. Es zeigte Julio, bärtig, viel schlanker, mit einem über die Schulter geschlungenen Karabiner und einer Feldflasche an der Hüfte. Neben ihm stand der *Caballón*, der Máximo Líder. Sie hatten einander die Arme um die Schultern gelegt, und Fidel Castro kaute auf der stets gegenwärtigen unangezündeten Zigarre. Unter dem grobkörnigen Foto stand: *Comandante Julio Álvarez, Chef der DGI-Spionageabwehr in den östlichen Provinzen, mit Fidel, während sie die Verteidigung von Oriente gegen die Invasion der Yankee-Abenteurer planen.* Das war alles, aber nun wußte sie, daß Julio sich irgendwie nach Oriente durchgeschlagen und das letzte, gewalterfüllte Jahr des Kampfes gegen Batista überlebt hatte. Sie hielt sich die Zeitung dichter vor die Augen und versuchte, seine Gesichtszüge zu erkennen, aber sie sah nur eine Menge dunkler Pünktchen. Julio hatte keine Substanz mehr, weder auf dem grob gerasterten Foto noch in ihrer Erinnerung, und trotzdem wünschte sie ihm auf abstrakte Weise nur das Beste. Alicia knüllte die Zeitung zusammen, warf sie in das schwelende Feuer und sah zu, wie sie in Flammen aufging. Seltsam, daß er nun zu ihren Feinden gehörte.

Im Herbst 1960 geriet sie in Gefangenschaft. Sie war mit

fünfzehn anderen Guerillas aus Marotos Truppe in die Vorhügel hinabgestiegen, um beim Transport von Vorräten und Waffen ins Hauptlager zu helfen. Wie schon dreimal zuvor erwarteten sie einen Lastwagen am Ende eines Waldpfades. Die Waffen, bezahlt durch Spenden von Exilkubanern, waren aus Miami gekommen und in den Mangrovensümpfen an der Nordküste bei Carahatas abgeworfen worden. Marotos Cousin Pepe brachte sie nach Süden, jeweils nur ein Drittel pro Fahrt, damit nicht alles verlorenging, falls er in eine Straßensperre geriet. Pepe war sehr dick und hatte immer gescherzt, daß man bei seiner Gefangennahme zwei Zentner Fett, mit Rum immunisiert, durchschneiden müßte, um an die Nerven zu kommen. Offenbar waren die Messer der DGI scharf genug, denn als die Scheinwerfer des Lastwagens in der vereinbarten Abfolge blinkten, traten vier Mitglieder von Alicias Gruppe auf die Lichtung hinaus und wurden sofort im peitschenden Kreuzfeuer automatischer Waffen getötet. Sechs Magnesiumleuchtkugeln stiegen in hohem Bogen auf, zogen Funken hinter sich her und explodierten zu Chrysanthemen aus blitzendem Weiß. Alicia wußte, daß alles vorbei war.

Die kleine Gruppe hielt der FAR noch zwei Stunden stand, aber es war klar, daß man ihr den Fluchtweg nach hinten abgeschnitten hatte. Die FAR-Männer nagelten sie in pausenlosem Feuer fest und warteten auf den Morgen.

Vor dem Morgengrauen machte Marotos Neffe Raúl, der die Gruppe führte, einen Ausbruchsversuch. Von den ursprünglich fünfzehn Guerillas überlebten sechs, die meisten verwundet. In der Morgendämmerung hoben sie ein blutbeflecktes weißes Hemd an einem Stock hoch.

Man brachte Alicia in einen DGI-Keller. Zuerst wurde sie von einer Frau verhört, die ruhig und ohne Unterlaß betonte, daß Fidel der Retter Kubas sei und daß alle Kubaner sich zusammenschließen und ihn unterstützen sollten. Die gegen ihn kämpfenden Guerillaführer seien bezahlte Marionetten der CIA. Alicia nickte gelegentlich und erkundigte sich, wie Fidel diese oder jene Ungerechtigkeit beseitigen würde. Die Frau lächelte, sah in ihrem Buch nach und gab die vorgeschriebene stereotype Antwort, etwa: »Fidel wird wissen, wie dieses Problem zu lösen ist, wenn es soweit ist.« Alicia machte das Spiel zwei Tage lang mit und betete, daß Maroto Zeit haben würde, das Hauptlager zu räumen und sich zu einem höher im Escambray gelegenen Stützpunkt zurückzuziehen.

Schließlich verlor die DGI-Ermittlerin die Geduld und forderte

Alicia auf, Parolen zu nennen, die Route zu Marotos Lager und die Stärke seiner Truppe zu beschreiben.

Auf diesen Moment hatte Alicia gewartet. Sie lächelte süß und sagte: »Ich scheiße auf euch und eure Revolution, und ich scheiße auf Fidel – und zwar dorthin, wo es ihm am wenigsten Spaß macht.« Die Frau, fuchsteufelswild, schlug ihr eine Aktentasche ins Gesicht und trat sie mehrere Male in den Magen. Alicia verlor das Bewußtsein, und als sie wieder zu sich kam, wußte sie, daß sie tot war, obwohl sie noch atmete.

Sie kamen am nächsten Morgen: zwei Männer in Zivil. Zuerst waren sie höflich – die spanische Neigung, Frauen gegenüber Liebenswürdigkeit zu verströmen. Ihre Fragen begannen mit »Wieso, bitte . . .?« Alicia lachte sie aus und belegte sie mit den gröbsten kubanischen Beleidigungen. Sie gingen wutentbrannt hinaus, und innerhalb von Minuten brachte ein alter Sergeant mit geädertem Gesicht und sorgfältig manikürten Fingernägeln sie in eine Zelle im Untergeschoß. Er hatte ein kleines Holzkästchen und erklärte ihr, wie er persönlich einen Zündmagneten aus einem Harley-Davidson-Motorrad montiert und ihn, mit hervorstehender Spindel, in das Kästchen eingebaut habe; dann habe er den Griff eines Autofensters daran befestigt – eines Buick-Kabrioletts, sagte er mit einem jungenhaft scheuen Lächeln auf seinem alten Gesicht. Er zeigte ihr die Drähte mit den Klemmen, die aus dem Kästchen herausführten. Es war eine sehr technische Erklärung, und er schien sehr stolz auf sein Gerät zu sein. Er demonstrierte seine Funktion an einer Glühbirne, indem er sie aufflackern ließ, und Alicia begriff nicht, worauf er hinauswollte. Sie war entsetzt darüber, wie unbeteiligt der Mann war – völlig distanziert von dem, was er tat –, als sei sie eine Art Versuchstier. Er fesselte sie sorgfältig an einen Stuhl, der an den Zementboden geschraubt war, und steckte ihr vorausschauend einen Hartgummiklotz zwischen die Zähne. Dann knöpfte er ihr die Bluse auf und schob den Büstenhalter hoch, rieb sorgfältig Salbe über ihre Brüste und brachte mit kühler Präzision die Alligatorklemmen an ihren Brustwarzen an. Darauf kurbelte er ein paarmal an dem Griff. Ein Blitz durchfuhr ihren Körper, sie biß auf den Gummiklotz, ihr Leib wand sich in Krämpfen, aber irgendwie gelang es ihr, den Schmerz zu unterdrücken. Enttäuscht über sein Scheitern, drehte er den Griff mit aller Macht. Sie konnte den Schrei nicht zurückhalten und fiel in Ohnmacht.

Am Ende, nach zwei Tagen und zweiundzwanzig Stunden,

erzählte sie ihnen alles. Sie konnte nicht auf den Hof gehen, wo die Urteile verkündet wurden, deshalb kam ein DGI-Leutnant in ihre Zelle und ratterte ihr Todesurteil herunter. Er drückte ihr ein Schreibbrett in die Hand und befahl ihr zu unterzeichnen. Sie zögerte, der Leutnant riß das Schreibbrett an sich und schrieb ihren Namen in die vorgesehene Zeile. »Nichts Wichtiges«, sagte er mit gelangweilter Stimme; für ihn war dies alles offensichtlich reine Routine. »Es ist ein Verzicht auf Berufung, aber das Berufungsgericht ist sowieso suspendiert.« Er salutierte nachlässig und ging hinaus.

Álvarez kam am dritten Morgen. Er stand eine Minute lang vor ihrer Zelle und blickte sie wortlos an. Dann verschwand er. Zehn Minuten später kam er mit einer Decke zurück, hüllte sie darin ein und führte sie durch einen Korridor in eine Gasse hinter dem Haus, wo sein Oldsmobile wartete. Er drückte sie vor dem Rücksitz auf den Boden und ging zurück in das Gebäude. Schließlich kam er wieder heraus, setzte sich ans Lenkrad und steuerte mit hoher Geschwindigkeit auf Santiago zu. Er befahl ihr, still zu sein und auf dem Boden liegen zu bleiben. Mit heulender Sirene fuhr er an zwei Kontrollpunkten vorbei und winkte den Milizen lässig mit seinen Papieren zu. Man erkannte den Comandante natürlich, und ein Kontrollpunkt kündigte dem anderen sein Kommen über Funk an, um ihm die Fahrt zu erleichtern.

Dann hatten sie Santiago hinter sich und waren auf der Küstenstraße, nur ein paar Meilen von seiner *finca* entfernt. Julio bremste und brachte den Wagen auf dem Grasstreifen neben der Straße zum Stehen. Er zündete sich mit zitternden Fingern eine Zigarette an, drehte sich zu ihr und sagte: »Für das, was ich getan habe, um dich zu retten, kann ich erschossen werden, Alicia. Ich habe dem Hundesohn von einem Leutnant dreitausend Pesos für einen Austausch bezahlt, und obwohl ich nie an das geglaubt habe, was uns die Priester in unserer Jugend einhämmerten, bin ich verdammt sicher, daß ich in der Hölle braten werde, denn ich bin dafür verantwortlich, daß eine andere Frau an deiner Stelle sterben wird. Sie ist in deinem Alter und von deiner Größe, und ich habe deine Papiere und ein paar deiner persönlichen Sachen gegen ihre ausgetauscht. Es ist eine einfache, unwissende Hure, die in zwei Tagen für dich stirbt. Gott helfe mir.« Er schnippte die Zigarette aus dem Fenster, legte wuchtig einen Gang ein, rollte zurück auf die Straße und raste in östlicher Richtung weiter.

Zwei Tage lang weinte und betete sie abwechselnd. Dann erhielt Álvarez einen Anruf, wandte sich mit bleichem Gesicht zu ihr und sagte: »Es ist vorbei. Wir werden nicht mehr darüber sprechen. Nie wieder.«

Alicia brachte die leere Kaffeetasse in die Küche und spülte sie unter der Handpumpe ab. Dann trat sie an das Küchenfenster und sah in den Garten und auf den dahinterliegenden Hain aus Tupelobäumen. Miguel ging an den Melonenreihen auf und ab und begoß eine Pflanze nach der anderen. Die heiße Morgensonne schien auf seinen gebeugten Rücken.

Seine viel zu weite Hose, mit einem Strick als Gürtel, war an den Knien abgeschnitten. Es war sein einziges Kleidungsstück; sein Rücken war schokoladenbraun und glänzte vor Schweiß, seine nackten Füße hoben sich kaum von dem kakaofarbenen Lehmboden ab.

Er war vor knapp zwei Wochen an der *finca* aufgetaucht und hatte um Nahrung gebettelt. Alicia hatte ihn auf höchstens fünfzehn Jahre geschätzt. Sie beobachtete, wie er auf seinen Magen und dann auf den Garten zeigte, während Martha sich, die Hände in die Hüften gestemmt, wuchtig vor ihm aufbaute. Martha hatte ihn fortgestoßen, zurück zur Straße, als Alicia eingriff.

Es war kein ergiebiges Gespräch. Der Junge war in Lumpen gekleidet und trug einen verbeulten Pappkoffer. Seine Sandalen waren mit einem grob ausgeschnittenen Stück Autoreifen unterlegt. Es schmerzte sie, ihn anzusehen: die schmutzverkrustete Haut, Wundschorf an Gesicht und Nacken, das verfilzte Haar. Sie befahl Martha, in die Küche zu gehen und Reis und Bohnen für den Jungen zuzubereiten. Dann bedeutete sie ihm durch eine Geste, daß er sich auf die Bank unter dem Banyanbaum, wo es kühl war, setzen solle.

»Wie heißt du, *jovencito*?«

Der Junge senkte die Augen und blieb stumm. Er öffnete seinen Koffer und holte einen Notizblock und einen Kohlestift hervor. Dann schrieb er »Miguel« und reichte ihr den Block.

»Kannst du sprechen?« fragte sie und merkte plötzlich, wie sich ihr Herz zusammenkrampfte.

Er schüttelte den Kopf.

»Eltern . . . Verwandte?«

Er schüttelte wieder den Kopf, nahm den Block und schrieb: *Desaparecieron.*

Alicia strich sich das Haar aus der Stirn und wich seinem Blick aus. Seine Eltern waren also verschwunden. *Desaparecieron.* Für wie viele Menschen in Kuba war wohl dieses Wort die Grabinschrift? »Was willst du?« fragte sie schließlich.

Der Junge versuchte zu lächeln, aber es war, als sei er dazu nicht fähig. Er atmete tief ein und aus, nahm wieder den Block und schrieb: »Essen, Bett und Arbeit.« Er zeigte auf den Garten.

Alicia wußte nicht, wie Julio reagieren oder ob er überhaupt etwas bemerken würde. Sie zögerte ihren Entschluß hinaus, während er aß, und beobachtete ihn vom Küchenfenster aus, während er sich das Essen wie ein Tier in den Mund stopfte. Als er fertig war, blickte er sich um und leckte dann den Teller und seine Finger ab. Sie trat vom Fenster zurück, barg das Gesicht in den Händen und weinte.

Martha schwieg mürrisch und weigerte sich, irgend etwas mit der Sache zu tun zu haben. Deshalb wies Alicia den Gärtner an, auf dem Dachboden über der Garage für den Jungen Platz zu schaffen. Er sollte nicht im Haus essen, aber Martha ließ sich herab, ihm zweimal täglich einen kleinen Eimer mit Essen zuzubereiten, den er nach den üblichen Mahlzeiten abholte. Das Essen bestand aus Abfällen und Resten, die Martha mit Reis auffüllte, aber der kleine Blecheimer war immer leer, mit Sand ausgescheuert und glänzend sauber, wenn der Junge ihn wieder auf die Veranda stellte. In weniger als einer Woche begann der Garten zu gedeihen; jede Pflanze war sorgfältig gepflegt, das Unkraut war gezupft und der Boden feucht. Miguel nahm sichtlich zu.

Alicia war nur einmal die Leiter zum Dachboden emporgeklettert, während Miguel im Garten arbeitete. Er hatte sein Feldbett gemacht, den Fußboden gefegt und seine wenigen kümmerlichen Habseligkeiten sorgfältig geordnet. Es gab keine Fotos, keine Briefe, kein Zeichen dafür, daß Miguel je woanders gelebt hatte als im Niemandsland eines Bettlers. Nur eines: Über seiner Pritsche hing ein zerrissener und vergilbter Druck von Martí, dem kubanischen Märtyrer und Dichter, mit der Unterschrift: *No me pongan a lo obscuro a morir como un traidor . . .* Stellt mich nicht in die Finsternis, zu sterben wie ein Verräter. Alicia berührte den Druck mit den Fingerspitzen, als könne er ihre Fragen nach der Vergangenheit des Jungen beantworten, aber es war, wie ihr Vater oft gesagt hatte, so, als wolle man die Sonne berühren, um den Charakter der Hitze zu bestimmen. Es gab keine Antwort, nur eine Frage.

Sie schaute wieder zum Garten hinüber und sah Miguel zu, wie er auf den Knien von Pflanze zu Pflanze rutschte, Insekten entfernte und sie zwischen den Fingerspitzen zerdrückte. Als sie sich abwenden wollte, bemerkte sie das Gleißen von Sonnenlicht auf Metall weiter unten auf der langen Anfahrt, die zur *finca* hinaufführte. Ein blaues Oldsmobile arbeitete sich den Hang empor und zog eine Staubwolke hinter sich her. An der hinteren Stoßstange waren zwei Antennen angebracht, die sich träge hin- und herbogen, und auf dem Dach war ein mächtiger verchromter Suchscheinwerfer montiert. Ihr Herz schlug schneller, ihre Hände klammerten sich an den Fensterrahmen, so daß ihr das Blut aus den Fingern wich.

In dem Auto saßen zwei Männer in Zivil, die beide Sonnenbrillen mit Spiegelgläsern trugen. Der Fahrer blieb im Wagen zurück, während der Mann auf der Beifahrerseite ausstieg und langsam, ein wenig hinkend, auf den Eingang zukam. Er pochte an die Tür, wartete nur einen Moment und pochte ungeduldig noch einmal.

Alicia wartete eine Sekunde darauf, daß Martha die Tür öffnen würde, aber dann fiel ihr ein, daß sie noch nicht von ihrer Einkaufsfahrt zurückgekehrt war. Der Mann kam ihr irgendwie bekannt vor, aber sie konnte ihn nicht einordnen. Er roch nach DGI – soviel war klar, schließlich benutzte er den gleichen Wagen wie Julio. Es hatte keinen Zweck, noch länger zu warten. Wenn man sie verhaften wollte, konnte sie es nicht verhindern, doch wahrscheinlich wollte der Mann Julio sprechen. Sie sammelte sich, hob den Kopf und öffnete die Tür.

Der Mann war schmächtig, hatte pockennarbige Wangen und schütteres Haar. Er trug einen Leinenanzug, der so zerknittert war, als habe er eine lange Fahrt in der Hitze hinter sich. Der Besucher bleckte die Zähne und nahm seine Sonnenbrille im Schatten der Veranda ab. »Señorita Helvia?« Er legte zwei Finger zu einem lässigen Gruß an die Stirn. »Ich bin Capitán Sergio Piedra von der DGI. Ich arbeite mit dem Comandante zusammen. Darf ich eintreten?«

Alicia ging ihm voraus in die Bibliothek. »Kaffee?« fragte sie mit ruhiger Stimme.

Er setzte sich und musterte sie, und sie hatte das Gefühl, daß er durch sie hindurchblickte, daß seine Augen sich auf einen weit entfernten, imaginären Punkt konzentrierten. Dann lächelte er. »Scotch, wenn es Ihnen nichts ausmacht, mit Eis und einem Spritzer Zitrone. Die letzte Nacht war sehr schwierig für mich, und vor mir liegt ein noch längerer Tag.« Er lächelte ihr wieder zu, aber es war ein künstliches Lächeln, das nur einen Moment anhielt und dann ausgeknipst wurde.

Sie ging in die Küche, schenkte ihm einen sehr reichlichen Drink ein, fügte Eis hinzu und nahm sich selbst ein Glas Wein. Vom Küchenfenster aus konnte sie sehen, daß der andere Mann mit den Wachtposten sprach, die jetzt in strammer Habachthaltung dastanden. Alicia ballte die Faust, so daß die Knöchel weiß hervorstanden; sie hatte Angst, wußte aber nicht, weshalb. Genau das will er, sagte sie sich. Du sollst Furcht, Ungewißheit verspüren. Aber ich gehöre zu Álvarez und bin deshalb in Sicherheit. Das hat er mir versprochen. Sie nahm sich zusammen und kehrte in die Bibliothek zurück.

Das Ticken der Kaminuhr war das einzige Geräusch im Zimmer, und sie fragte sich, ob es ihr Herzklopfen übertönen könne.

Piedra nahm das Glas entgegen, hielt es in der Hand und sah sie leidenschaftslos an, als betrachte er ein Stück Fleisch im Schaufenster einer Schlachterei.

»Wir sind uns schon einmal begegnet – gesellschaftlich«, sagte er und legte leichten Nachdruck auf das letzte Wort.

Sie lächelte gezwungen. »Natürlich. Bei einer Dinnerparty Ende . . .«

». . . November«, ergänzte er glatt.

»Ach ja. Es ist freundlich von Ihnen, daß Sie vorbeigekommen sind, doch der Comandante wird noch ein paar Tage fort sein. Aber Sie können natürlich eine Nachricht für ihn hinterlassen.«

Piedra schlürfte geräuschvoll an seinem Scotch. »Die Nachricht stammt nicht von mir, sondern von einem anderen Mann, und ich glaube, daß sie sowohl für Sie wie für den Comandante bestimmt ist.«

Mookem-Blüte die Jüngere stolzierte herein und schwenkte den Schwanz wie zu eleganten Pinselstrichen. Sie drehte auf Piedra zu und rieb sich an seinem Hosenbein. Er blickte hinunter und hob die Katze auf, als packe er einen Koffergriff; seine Hand schloß sich fest um den Leib des Tieres. Die Katze kreischte und schlug mit den Krallen in die Luft. Piedra ließ sie fallen und wischte sich die Hand am Polster des Sessels ab.

»Katzen sind schwierige Tiere, finden Sie nicht?« Wieder das schillernde Lächeln. »Unabhängig, was unter den richtigen Umständen ein bewundernswerter Zug ist, aber es fehlt ihnen an Loyalität. Eine solche Persönlichkeit ist nicht nur bei Tieren, sondern, gegebenenfalls, auch bei ihren Herren schwierig.« Er nippte wieder an seinem Scotch, ohne die Augen von ihr zu wenden.

»Es gibt dringende Angelegenheiten, um die ich mich kümmern muß, Capitán. Haben Sie etwas Bestimmtes auf dem Herzen?«

»Ich bitte um Vergebung. Natürlich will ich Sie nicht lange aufhalten, aber ich habe ein paar Fragen.« Er zog eine Zigarre aus seiner Hemdtasche und schwenkte sie vage durch die Luft. »Sie haben nichts dagegen . . .?« Ohne eine Antwort abzuwarten, steckte er die Zigarre mit einem silbernen Feuerzeug an. Er inhalierte tief und stieß den Rauch als dünnen Faden aus. Der blaue Dunst wirbelte an einem Sonnenstrahl empor.

»Gestern nacht nahm ich einen Mann fest, der ein Staatsfeind ist«, begann er und genoß offensichtlich seine starke Position. »Einen Verbrecher . . .«

Sie nahm einen Schluck von ihrem Wein und verzog keine Miene, aber innerlich hätte sie wegen der wahnsinnigen Spannung aufschreien können, die Piedra herstellte. Zur Hölle mit ihm. Er hatte irgendeinen Anhaltspunkt, aber er ließ sie zappeln, um eine Schwachstelle zu finden.

»Ich bin sicher, daß der Comandante mit Ihrer Arbeit sehr zufrieden sein wird. Er hat immer eine hohe Meinung von Ihnen gehabt, aber ich bezweifle, daß ich Ihnen irgendwie helfen kann.«

»Schwer zu sagen. Dieser Mann war ein Konterrevolutionär, der zusammen mit den anderen Terroristen in der Sierra Maestra operiert hat. Im Verhör sagte er etwas, das mir zu schaffen machte. Er deutete an, daß er Sie und den Comandante kennt. Das ist natürlich unglaubwürdig, aber Sie verstehen, daß ich diesen Dingen nachgehen muß.«

»Sie haben ihn also in Gewahrsam?«

Piedra ließ seine Zigarre in eine Blumenvase fallen und wandte sich wieder Alicia zu. »Nein, ich hatte Männer mit ausdrücklichen Instruktionen über die Endphase des Unternehmens aufgestellt, aber leider verpatzten sie die Sache, und der Mann entkam in einem kleinen Fischerboot. Inzwischen halten mehrere Flugzeuge nach ihm Ausschau. Es kann sich nur noch um Stunden handeln, bis wir ihn finden.«

»Dann werden all ihre Fragen beantwortet werden.« Sie beugte sich nieder, Mookem-Blüte die Jüngere tappte zu ihr und krümmte den Rücken, um sich streicheln zu lassen. Piedra fischt im dunkeln, dachte Alicia, und er hat nicht einmal einen Köder am Haken. Sie merkte, wie die Spannung in ihr nachließ.

Piedra nickte. »Unzweifelhaft. Er kann höchstens zwanzig Meilen entfernt sein, aber vom Meer her ziehen niedrige Wolken auf, was uns behindert. Außerdem ist da immer noch die Frage seiner Bekanntschaft mit Ihnen und dem Comandante.«

»Vielleicht sollten Sie sich besser an den Comandante wenden«, entgegnete Alicia heftig. »Wir beide haben sehr viele gemeinsame Freunde aus vorrevolutionären Zeiten. Nicht alle entschieden sich für den richtigen Weg, wie Sie verstehen werden.«

Piedra zog ein Bündel Papiere aus seiner Jackentasche und zeigte dabei ganz kurz sein Schulterhalfter. »Ja, allerdings. Aber Sie sehen natürlich ein, daß ich als DGI-Offizier diesen Verbindungen bis zu ihrem Ursprung nachgehen muß. Daher, und weil ich wußte, daß der Comandante bestimmt keine Einwände haben würde, nahm ich mir die Freiheit, seinen persönlichen Safe nach entsprechenden Unterlagen zu durchsuchen. Unter den offiziellen Dokumenten war ein Metallkästchen mit seinem Namen. Da ich keinen Schlüssel hatte, habe ich es aufgebrochen.« Er lächelte matt und tippte auf die Papiere. Langsam und bedächtig legte er sie auf seinen Schoß und blickte dann auf, als versuche er, in Alicias Miene zu lesen. »Bisher war mir nichts davon bekannt, Señorita Helvia, aber es scheint, daß Sie Schwierigkeiten hatten. Ich hatte wenig Anhaltspunkte, aber ich habe ein paar Anrufe gemacht, und es scheint sich zu bestätigen, daß Sie einmal eine – äh – Verbindung zu Maroto gehabt haben sollen. Das ist natürlich sehr unwahrscheinlich, aber könnte es irgendeine wahre Grundlage haben?«

»Ich habe Ihnen nichts zu sagen, Capitán. Mir scheint, Sie befassen sich mit Gerüchten, nicht mit Tatsachen.« Ihr Magen rebellierte, und der Geschmack von Galle stieg ihr in den Hals. Sie hielt ihr Weinglas so fest umklammert, daß es zu zersplittern drohte, und mußte sich zwingen, den Griff zu lockern.

Piedra zog die dünnen Augenbrauen hoch; seine Miene schien Respekt und Zerknirschung auszudrücken. »Aber das liegt in der Vergangenheit, und ich bin nur an der Gegenwart und der Zukunft interessiert. Ich glaube, daß der Comandante meine Beförderung zum Major ernsthaft erwägt. Vielleicht, aber ich kann das nur vermuten, überträgt er mir eine viel wichtigere und verantwortungsvollere Position.« Er erhob sich langsam und glättete die

Falten in seiner Hose. »Es war mir sehr angenehm, aber die Arbeit wartet.«

Er trat auf den Kaminsims zu, nahm das silbergerahmte Foto in die Hand und musterte es mit einem versonnenen Lächeln. »Dieser Mann«, sagte er leise und drehte ihr das Bild zu, »sagte mir gestern nacht, daß er nach Kuba zurückkehren würde, nur um Sie wiederzusehen.« Er hob wiederum lächelnd die Augenbrauen. »Welch ein seltsamer Name, finden Sie nicht auch – Brocassie?«

4.

Moskau, 4. September 1962

Sie stammte aus Aguascalientes in Mexiko, und sie war noch keine Frau, aber auch kein Kind mehr. Ihr einundzwanzigjähriger Körper war von einer tropischen Üppigkeit, die nicht ihren Jahren entsprach, und doch hatte ihr Gesicht die Sinnlichkeit einer Heranwachsenden: von herausforderndem Reiz, aber noch unschuldig.

Julio Álvarez beobachtete sie aufmerksam, während sie in der winzigen Küche seiner Wohnung hin und her ging. Das Mädchen summte eine Melodie, die er nicht genau bestimmen konnte. Sie hatte eine gute Stimme, und das Lied war lateinamerikanischer Herkunft – genau wie das Essen, das sie zubereitete. Er füllte sein Glas mit Rum aus Haiti – der Himmel wußte, wie der KGB-Verpflegungsoffizier daran gekommen war – und drehte sich zu dem Fenster um, das auf die Straße hinausblickte.

Es war erst früher September, aber schon jetzt hatte es schwere Schneefälle und Temperaturen unter Null gegeben. Auf den Straßen lagen Haufen aus Eis und Sand, von den Schneepflügen zusammengepreßt und nun so schwer zu bewegen wie Granit. Julio wollte raus aus Rußland, richtige Blumen und feuchte Erde riechen und kubanische Kinder hören, die beim Spielen in raschem Gossenspanisch schnatterten.

Er wandte sich wieder zur Küche um, schaute der Frau zu und dachte plötzlich an Alicia. Aber dann verdrängte er ihr Bild. Alicia gehörte für immer zu seinem Leben, während die gegenwärtige Situation vergänglich war. Er wollte beides nicht miteinander vermengen.

Consuelo Martín war eine von vielen tausend Romantikern, die sich von der Revolution angezogen fühlten, weil sie meinten, durch sie die Sünden verkrusteter Regierungen wiedergutmachen zu können. Die Angehörigen dieser Regierungen waren in jungen Jahren selbst ungestüme Revolutionäre gewesen, bevor sie die Freuden von erlesenem Cognac, riesigen Limousinen und Schweizer Bankkonten kennenlernten.

Moskau war gefällig genug, unter dem Mantel von ›Kulturaustausch‹ und ›Freundschaftsstipendien‹ höhere Diplome in Terrorismus anzubieten. Consuelo war in ihrem zweiten Jahr an der Patrice-Lumumba-Universität; sie studierte im Detail, wie man Molotowcocktails herstellt und illegale Druckerpressen betreibt. Menschen ihres Schlages schienen von Gewalt angezogen zu werden wie Motten vom Licht. Julio wußte aus Erfahrung, daß sie die vollkommene Märtyrerin für die Revolution abgeben würde. Eines Tages würde ein körniges und unscharfes Foto in einer mexikanischen Zeitung erscheinen und ihren grazilen Körper, vom Tode verkrümmt, zeigen; Wochen später würde irgendeine Untergrundbewegung Plakate an die Mauern kleben, und ihr Name käme auf die Ehrenliste jener, die für *la Causa* gestorben waren.

Einige Wochen zuvor hatte Álvarez seinem KGB-Partner gegenüber angedeutet, daß er an einer Damenbekanntschaft interessiert sei. Zwei Tage später hatte der KGB-Major ihre Akte in Álvarez' Wohnung vorbeigebracht. Rubljow, der Major, hatte gesagt, daß sie »gefahrlos umzulegen« sei, was sich vermutlich weniger auf den Zustand ihrer körperlichen Hygiene als auf eine zuverlässige politische Einstellung bezog.

Alles war elegant arrangiert worden: ein kleiner Empfang für spanisch sprechende Besucher im Kulturministerium, der Major machte sie miteinander bekannt, ein paar Drinks, und schon nach einer Dreiviertelstunde hatte sie vorgeschlagen, zurück in seine Wohnung zu fahren. Alles war so glattgegangen, als sei sie einer Gebrauchsanweisung gefolgt. Später erzählte sie ihm, er sei der siebte innerhalb von zwei Jahren, aber sie hatte bei ihrem KGB-Führungsoffizier zur Bedingung gemacht, daß sie sich mit keinem Mann unter dem Rang eines Obersten ›anfreunden‹ wolle und daß ihre ›Freunde‹ Lateinamerikaner sein und, wenn möglich, gut aussehen sollten . . .

Consuelo spürte, daß er sie beobachtete, warf ihm einen Blick zu, trocknete sich die Hände an einem Tuch und nahm ein Glas Wein. Sie war gelöst, ein wenig beschwipst, ging lächelnd auf ihn zu, legte den Kopf unter sein Kinn und küßte ihn auf den Hals. »Wie lange bist du noch in Moskau?« flüsterte sie.

Er zuckte die Achseln. »Eine Woche, vielleicht weniger.« Er hatte sich nicht nach der Reise in die Sowjetunion gedrängt, aber das KGB hatte ihn, zusammen mit sieben anderen Offizieren der DGI, namentlich angefordert. Als Grund hatte man ›spezielle Kontakt- und Gegenspionage-Ausbildung‹ genannt. Aber es war ein besonders kritischer Zeitpunkt für ihn. In Oriente spielte sich allerhand ab, und er fand wenig Gefallen daran, seinen Untergebenen die Säuberung der Sierra Maestra von Konterrevolutionären überlassen zu müssen. Schon gar nicht Capitán Piedra. Wenn Piedra die Sache verpfuschte, würde das auch auf Julio ein schlechtes Licht werfen, und wenn Piedra Erfolg hatte, würde nur er die Lorbeeren einheimsen. Wie es auch ausgehen mochte, für Julio konnte es nur üble Folgen haben.

»Du bist wieder in Gedanken, Comandante«, sagte sie mit leichtem Tadel.

Sie lächelte, entwand sich seinen Armen, ging zum Plattenspieler und setzte den Tonarm auf eine alte 78er Schallplatte, die sie mitgebracht hatte. Die Musik war verschrammt und dünn, aber der Klang des Boleros versetzte ihn aus dem schmutzigen, sterilen Grau aus Moskauer Schnee und Beton auf den weiten Tanzboden des Yachtclubs von Havanna.

Es war eine Gartengesellschaft gewesen, die irgendein noch nicht prominenter, noch nicht mächtiger Handlanger Batistas im Frühling 1957 gab. Hier hatte er Alicia zum erstenmal gesehen und war auf der Stelle von ihrer Schönheit überwältigt gewesen. Man spielte diesen Bolero – primitiv, doch raffiniert, rein, doch ungeheuer sinnlich –, und sie *war* Wesen und Verkörperung des Boleros. Die anderen Frauen waren geschminkt und aufgeputzt, trugen grelle Seidenkleider und kurzgeschnittenes Haar nach der letzten amerikanischen Mode, während Alicias schwarzes Haar wallend über ihren Nacken, ihre Schultern und hinab bis zu ihrer Taille fiel. Sie trug keinen Schmuck außer einer langen Perlenkette. Ihr einfaches, indigoblaues Samtkleid schmiegte sich an ihren Körper und betonte behutsam, aber nicht aufdringlich, ihre üppige und doch straffe Figur.

Álvarez hatte eine Frau am Arm, eine Sängerin aus Kolumbien, die gerade sehr beliebt war, aber er war sich ihrer Gegenwart nicht mehr bewußt.

Während er sie anstarrte, drehte Alicia sich ein wenig, drückte ein Champagnerglas gegen ihre Wange und lachte melodiös. Der Klang durchfuhr Álvarez, ihm wurde heiß und kalt. Er ließ den Arm der Sängerin los, schob ein paar Tänzer zur Seite und ging auf Alicia zu. Sie wurde von einem jungen Armeeleutnant begleitet, aber Álvarez ignorierte die ausgestreckte Hand des Mannes und zog Alicia geschmeidig auf den Tanzboden. Er konnte sich nie wieder an die Einzelheiten jener Nacht erinnern – wie er mit ihr tanzte, welche Worte sie wechselten –, aber als der Tanz vorbei war, zahlte er der Band zweihundert Pesos, damit sie weiterspielte, und die beiden tanzten, bis die Sonne die Federwolken rötlich anhauchte, die wie Popcornschlösser über dem Karibischen Meer östlich von Havanna schwebten.

Er hatte sie an jenem Morgen geküßt, sie festgehalten und ihr gesagt, er liebe sie mit ganzer Seele und werde sie heiraten. Alicia hatte gelacht und seinen Antrag abgelehnt, und doch enthielt ihr Lachen eine Verheißung, die noch jetzt, immer noch, im Klang dieses Boleros mitschwang.

Die Mexikanerin schmiegte sich an ihn; er machte automatische Tanzschritte und begann, die Sinnlichkeit des Rhythmus und den festen Druck ihrer Brüste zu genießen. Aber im Geiste war er mit Alicia zusammen, sie wirbelten gemeinsam an dem gedämpften Licht runder Reispapierlaternen vorbei, und die Gesichter um sie herum verschwammen in einem bleichen Schleier.

»Mit wem tanzt du?« fragte die Mexikanerin leise. Sie begann wieder zu summen, und er spürte die Vibration, während sie sich an ihn preßte.

»Mit einem charmanten und hübschen mexikanischen Mädchen, Consuelo.« Er hielt sie etwas fester, machte einen eleganten Ausfallschritt und beugte ihren Körper zurück wie in einer klassischen Valentino-Pose.

»Welche Grandezza!« Sie kicherte ein wenig. »Und wen liebst du?«

»Dich natürlich.«

Consuelo lachte, aber nicht zynisch, sondern verständnisvoll. Sie schüttelte rasch den Kopf. »Nein, Julio, ich glaube, du liebst die Frau, deren Bild in deinem Koffer ist. Ich habe sie mir angesehen, während du im Badezimmer warst. Aber ich weiß auch, daß du mich liebst oder, besser gesagt, daß du die Liebe mit mir liebst.«

»Das auch.«

Sie drückte ihre Hüften gegen ihn, ließ die Hände an seinem Rücken hinabgleiten und tastete unter der Uniformjacke nach nackter Haut. »Der *arroz con pollo* braucht noch vierzig Minuten«, flüsterte sie. »Vielleicht könntest du mir zeigen, wie sehr du die Liebe mit mir liebst. Wir werden beide so tun, als wäre ich die Frau auf dem Foto.« Sie setzte die Nadel des Tonarms auf die ersten Rillen der Schallplatte und zog Julio dann hinab auf den Teppich.

Als sie ihr Liebesspiel beendeten, hatte die Melodie sich viermal wiederholt.

»Du bist ein sehr guter Liebhaber, Julio«, hauchte sie ihm ins Ohr.

»Und ich habe nie eine aufregendere und begabtere Frau geliebt als dich. Du weißt, wie man liebt.«

Consuelo kicherte und kuschelte sich enger an ihn. »Wie heißt sie?« Sie gab ihm einen Stoß in die Rippen. »Wirklich, ich bin nicht eifersüchtig. Ihr Bild gefällt mir. Sie sieht aus wie eine Frau mit Stil. Eine Frau von Rasse: der spanische Schwung ihrer Wangenknochen, die schmale Nase, die spitzen kleinen Brüste . . .«

Er lächelte. Spitz – ja, klein – nein. Alicia hatte den vollendet proportionierten Körper einer Madonna. Er lag entspannt da, ließ seinen Kopf an Consuelos Körper ruhen und lauschte der kratzenden Melodie.

Sie rieb seine Stirn, straffte seine Haut mit den Fingerspitzen und preßte sie zusammen – wieder und wieder. Er ließ seinen Gedanken freien Lauf.

Consuelo sagte etwas, er riß sich zusammen und versuchte, interessiert zu erscheinen.

». . . jemand hat mir eine Menge Fragen über dich gestellt.«

»Wer hat Fragen gestellt?« Plötzlich wurde ihm kalt, als wehe eisige Luft über ihn hinweg.

»Vor zwei Tagen hat man mich zur Verwaltung zitiert. Eine Frau wartete auf mich – nicht in Uniform, aber sie sah aus, als hätte sie seit ihrer Geburt eine getragen. Du weißt, was ich meine, Julio? Kalte Augen, zu einem Knoten gebundenes Haar und zusammengekniffene Lippen. Sie brachte mich zu einem Wagen ohne Kennzeichen, einer Tschajka-Limousine mit einem Fahrer in Zivil. Ich fragte sie immer wieder, wohin wir fuhren und weshalb, aber sie stellte sich taub. Schließlich kamen wir zu einer Garage, die etwas von der Straße zurückgesetzt war, und fuhren hinein. Von außen hatte es wie eine Garage ausgesehen, aber innen war es leer und sauber wie in einem frisch gescheuerten Operationssaal. Die Frau führte mich zu einem Büro an der Seite und wartete dann im Auto. Julio, ich hatte schreckliche Angst.«

Er war jetzt hellwach. »Weiter! Was geschah?«

»Da war ein Mann, Anfang Fünfzig oder vielleicht älter, aber er hatte fast keine Falten. Sehr langes weißes Haar und ein Gesicht wie ein Engländer, weißt du. Hellblaue Augen hinter den Brillengläsern, ein schmaler Mund und ein Kinn, das praktisch mit seinem Hals verschmolz. Er hätte ein Buchhalter sein können, wenn seine Hände nicht gewesen wären. Ich glaube, mit diesen Händen hätte er Ziegelsteine zermalmen können, und ich starrte sie fasziniert an. Er schwieg sehr lange, betrachtete mich wie einen Zierfisch in einem Aquarium und blätterte dann die Seiten eines Aktenordners durch. Nach ein paar Minuten sah er zu mir auf, als wäre ich gerade eingetreten und als wäre er verlegen, weil er nicht zu meiner Begrüßung aufgestanden war. Er lächelte, nahm ganz vorsichtig meine Hand und hielt sie fest, nicht so, als wolle er sie schütteln oder küssen, sondern so, als versuche er durch den Kontakt mit meiner Haut irgend etwas herauszufinden. Er musterte mich mit diesem Lächeln, und ich wollte meine Hand wegziehen, aber sie war wie von Eis umschlossen. Ich konnte mich nicht bewegen, obwohl er kaum Druck ausübte. Es war nur diese schreckliche, unwiderstehliche Kraft, der ich mich nicht entziehen konnte.«

»Was wollte er?«

»Er fragte mich nach dir. Nach allem: Sex, wie du dich rasierst und welches Essen du gern magst. Es war verrückt, so als wolle er sich mit meiner Hilfe in dich hineinversetzen.«

Der Wind wurde eisiger; die Kälte drang ihm jetzt durch die Haut. »Also, was könnte er gewollt haben?«

Consuelo kniete sich hin und griff nach ihrer Handtasche auf dem Sofa. Sie zog einen Umschlag hervor und reichte ihn Julio. »Er sagte, es sei eine Einladung, kein Befehl, aber er möchte sich mit dir treffen. An demselben Ort, in der Garage. Auf dem Umschlag ist eine Karte aufgemalt, und ich kann dir helfen, wenn du dieses Stadtviertel nicht kennst.«

Er öffnete den Umschlag mit dem Fingernagel und zog den Brief hervor.

Am Freitag, um 13 Uhr, werden Sie einen dunkelgrünen SIL 114 auf dem Parkplatz finden, der für den Stellvertretenden Forschungsbibliothekar der Leihbücherei für ausländische Literatur an der Uljanow-Straße 1 reserviert ist. Das Fahrzeug ist offen, die Schlüssel liegen unter dem Beifahrersitz. Ich lade Sie zum Mittagessen in der Garage ein, deren Adresse auf dem Umschlag steht. Ich freue mich auf eine ausführliche und für beide Seiten ergiebige Unterhaltung.

Eine Unterschrift fehlte.

Consuelo seufzte. »Ich wollte den Brief wegwerfen und dir überhaupt nichts davon erzählen.«

Julio legte den Arm um ihren Hals und zog ihr Gesicht heran. Er nahm den Duft von Furcht und Erregung an ihr wahr. »Laß uns dieses Gespräch vergessen, einverstanden? Wir haben Besseres zu tun.«

Freitag war ein klarer, bitterkalter Tag. Der Himmel war von sprödem Hellblau, und nur vereinzelte Federwolken lagen vor der Sonne. Álvarez zog Zivilkleidung an und ging zu Fuß zur Uljanow-Straße. Unterwegs versuchte er herauszufinden, ob man ihn überwachte, doch er konnte nichts Verdächtiges feststellen.

Das Auto entsprach genau der Beschreibung, der Motor war noch warm. Es trug keine offiziellen Kennzeichen oder Nummernschilder, strahlte aber trotzdem die Sterilität von Staatseigentum aus. Der Aschenbecher war sauber, man hatte die Sitze kurz zuvor mit einem Staubsauber gereinigt, und er konnte auch unter ihnen keine Spur eines menschlichen Besitzers finden: keine Abschnitte von Eintrittskarten, keine Quittungen, nicht einmal ein abgebranntes Streichholz.

Er fuhr auf der Dimitrow-Chaussee, die sich mit der Moskauer Ringstraße überschneidet, nach Norden und dann an Lianosowo vorbei nach Osten und schließlich hinunter nach Iwanowskoje, wo er durch das Straßenlabyrinth auf die Enthusiastenchaussee abbog. Kurz hinter dem Ismajlowo-Erholungspark verringerte er das Tempo, um die Garage zu suchen. Schließlich sah er das Gebäude, das weit nach hinten von einer schneebedeckten Straße abgesetzt war. Er bog ab und hielt vor der automatischen Tür an.

Die Tür hob sich sofort, und er fuhr hinein. Das Innere war, wie Consuelo beschrieben hatte. Klinisch sauber, ohne jede Ölspur auf dem Fußboden. Er stellte den Motor ab und wartete, da er den sicheren Platz im Auto noch nicht verlassen wollte. Niemand war zu sehen, aber er konnte ein Rundfunkgerät hören, das irgendwo in der Tiefe des Gebäudes Strawinskijs *Feuervogel* spielte.

Er wartete noch ein paar Minuten, rauchte eine Zigarette und stieg dann widerwillig aus. Wenn er sich schon auf dieses Spiel einlassen mußte, wollte er dabei wenigstens keine Furcht und kein Zögern zeigen.

»Ich freue mich, daß Sie gekommen sind«, sagte die Stimme in exaktem, akzentfreiem Spanisch. Álvarez blickte auf und sah den Mann, den Consuelo beschrieben hatte. Er beugte sich über das Geländer eines Balkons in der Garage. »Ich habe ein Mittagessen zubereiten lassen. Bitte, kommen Sie herauf.«

Oben an der Treppe folgte ihm Álvarez durch einen schmalen Korridor. Am Ende des Korridors stieß der Mann eine schwere Tür auf, machte einen Schritt zur Seite und forderte Julio durch eine Bewegung zum Eintreten auf.

Der Raum unterschied sich völlig von den anderen Partien des Gebäudes: ein schieferblauer Langhaarteppich von sehr guter Qualität, moderne, mit Schweinsleder überzogene Chrommöbel und ein Kamin, der Hitze in das Zimmer sandte. Die Täfelung bestand aus teurem Hartholz, vielleicht Walnuß.

Der Mann wandte ihm das Gesicht zu und streckte die Hand aus. Sein Lächeln war höflich, aber ohne Wärme. Seine Haut hatte etwas Plastikartiges – sie wirkte zu glatt und zu vollkommen, um echt zu sein. Er hatte wäßrig-blaue Augen, und sein Haar lichtete sich.

Julio nahm seine Hand und spürte die verhaltene Stärke des Mannes. »Normalerweise kenne ich den Namen meines Gastgebers.«

»Nennen Sie mich vorläufig einfach Roy.« Er nahm eine Karaffe mit klarer Flüssigkeit vom Kaminsims und füllte zwei Gläser. »Wodka – eine sehr gute Marke, die wir nicht exportieren. Wir nennen ihn Sweroboj, das heißt ›Tierfänger‹. Eis?«

»Kein Eis bitte.«

»Das habe ich auch nicht angenommen. Er hob sein Glas und berührte den Rand des Glases von Álvarez. »Auf die Freundschaft, Compañero.«

Julio ließ sich vorsichtig in einen Sessel neben dem Kamin nieder und behielt sein Glas in der Hand. KGB, dachte er, oder möglicherweise Innerer Sicherheitsdienst. »Wie wär's mit einer Erklärung?«

Roy lächelte und zeigte sehr gute Zähne; das Zahnfleisch war rosig und fest, der Schmelz fast künstlich weiß. »Ja, ich schulde Ihnen wahrscheinlich eine Erklärung. Aber lassen Sie uns zunächst essen. Dann reden wir, und ich werde Sie nicht länger hinhalten.« Er schritt zu einer Verbindungstür, pochte mit den Knöcheln dagegen und setzte sich dann Álvarez gegenüber auf den anderen Sessel am Feuer.

Zwei Männer kamen herein; der eine trug einen kleinen hölzernen Klapptisch, der andere rollte einen Servierwagen vor sich her.

Sie hielten die Augen auf Hüfthöhe gesenkt und hatten das Zimmer innerhalb von Sekunden wieder verlassen.

Das Essen bestand aus rosigem Roastbeef, gebackenen Kartoffeln mit saurer Sahne und einem grünen Salat.

»Ihre Lieblingsmahlzeit, wie ich höre. Die Salatsauce ist mit so etwas Ähnlichem wie Edelpilzkäse zubereitet – das Original ist in der Sowjetunion leider nicht zu beschaffen. Aber das Roastbeef ist aus England und halbgar, wie Sie es am liebsten mögen. Und zum Nachtisch habe ich polnisches Eis. Nicht so gut wie amerikanisches, aber auch nicht schlecht.«

Álvarez kam der Gedanke, das Essen könnte vergiftet sein. »Sie sollten wissen, Roy, daß ich Ihre Einladung an einem sicheren Ort verwahrt habe.«

Roy durchschnitt die Fleischscheibe, führte einen Bissen zum Mund und lehnte sich kauend gegen das Leder zurück. Er sah Julio direkt an, ohne etwas zu sagen, methodisch kauend, als zähle er, bevor er den Bissen hinunterschluckte.

Er zog ein Stück Papier aus der Jackentasche. »Meine Einladung – zumindest die Einladung, die Sie angeblich bekommen haben – befand sich unter einer Leiste hinter Ihrem Bett. Sehr destruktiv, Julio, die Leisten von Staatseigentum abzustemmen.«

Ich muß ihn zwingen, Farbe zu bekennen, dachte Álvarez. Jetzt oder nie. Er legte das silberne Besteck auf den Teller und stand langsam auf. »Vielen Dank für Ihre Gastfreundschaft – weiß der Teufel, wer Sie sind –, aber ich muß jetzt gehen. Es war sehr unterhaltsam, aber woher weiß ich denn, daß Sie kein Schieber sind oder auf dem Schwarzen Markt mit illegalen Devisen handeln? Ich bin an solchen Sachen nicht interessiert. Wenn Sie nichts dagegen haben, würde ich gerne Ihr Telefon benutzen.«

»Wie unhöflich, Comandante!« Roy lehnte sich zurück. »Und wen wollen Sie anrufen?«

»Die Erste KGB-Hauptverwaltung, elfte Abteilung.«

»Dann setzen Sie sich wieder hin und beenden Sie Ihre Mahlzeit. Ihr Roastbeef wird kalt, wenn Sie es nicht bald essen. General Suslow und ich sind flüchtig miteinander bekannt, und ich glaube, er würde Ihnen meine Gesellschaft empfehlen.« Er hob feierlich sein Glas. »Sie sollten nach dem Essen nicht so hastig davonlaufen, Julio. Kein Wunder, daß ihr Amerikaner so schlechte Mägen habt.«

Álvarez merkte, wie ihm das Blut in den Kopf stieg. Der Lump weiß also Bescheid, dachte er und versuchte, keine Miene zu verziehen.

Roy war völlig entspannt und schwieg den Rest der Mahlzeit hindurch.

Julio aß sorgsam und ohne Hast und bemühte sich, nichts durch seine Körpersprache zu verraten. Er schaute nur einmal auf und sah, daß Roy ihn musterte wie einen exotischen Fisch in einem Aquarium. Genau wie Consuelo es beschrieben hatte.

Als habe er Julios Gedanken gelesen, lehnte Roy sich zurück und lächelte gelöst. »Sie fragen sich natürlich, weshalb Sie hier sind?« Er zog eine Pfeife hervor, stopfte sie, hielt ein Streichholz in den Pfeifenkopf und machte leise Sauggeräusche. Er warf das abgebrannte Streichholz in den Kamin. »Das ist eine kitzlige und sehr vertrauliche Angelegenheit. Hätten Sie feindselig reagiert und der Polizei Meldung gemacht, wären Sie festgenommen und ausgewiesen worden, und es hätte keine Verbindung zu mir gegeben. Ich nehme an, Sie begreifen, wie notwendig diese Sicherheitsmaßnahmen von meinem Standpunkt aus sind.«

Álvarez zuckte die Achseln. »Ich kann's vorläufig akzeptieren, aber weshalb kommen Sie nicht zur Sache?«

Roy hantierte an seiner Pfeife herum. »Und was halten Sie von Ihrer Reise nach Rußland?«

»Ich habe einiges gelernt. Es war ganz hilfreich.«

»Aber natürlich wollen Sie zurück nach Kuba.«

»Die Aussicht scheint mir in der Tat sehr verlockend.«

»Wo und wann geboren?«

Álvarez antwortete nicht.

»In Dillon, Montana, 1926, wenn ich mich nicht irre.« Er lehnte sich zurück, betrachtete die Decke und paffte seine Pfeife. »Jurastudium und Dienstzeit in Korea, glaube ich. Silver Star, wenn das eine Rolle spielt. 1956 in Kuba eingewandert. Aber die Akte, die wir über Ihr Leben angelegt haben, gibt kaum Aufschluß über die Gründe. Also, bitte.«

Julio seufzte. »Zunächst einmal, Fidel weiß über alles Bescheid. Er und zwei andere Männer in Kuba kennen alle Details meiner Biographie. Eine Sache ist allerdings merkwürdig: Nach offiziellen Unterlagen wurde ich 1925 geboren. Ich machte einfach einen Fehler, als ich den Fragebogen für die Einbürgerung in Kuba ausfüllte. Wie kommt es, daß Sie mein wirkliches Geburtsjahr kennen?«

»Sie sollten lieber auf meine Fragen antworten. Sie sind doch wohl nicht so dumm, anzunehmen, daß wir unsere Hausaufgaben nicht machen.«

»Mein Jura-Examen legte ich an der Universität von Montana ab, aber eigentlich bin ich spanischer Herkunft – einen ›schmierigen Hispano‹ nennen das manche in den Staaten. Jedenfalls entsprach ich nicht der Vorstellung, die man sich in einer durchschnittlichen Praxis von einem Mitarbeiter, geschweige denn von einem Partner macht. Die wollen da blütenweiße Angelsachsen, die kein Kruzifix unter dem T-Shirt tragen. Verstehen Sie?«

»Nicht im Rahmen unserer klassenlosen Sowjetgesellschaft, aber sprechen Sie weiter.« Sein Lächeln war eher ein Grinsen.

Julio achtete nicht darauf. »Also übernahm ich die Vertretung einiger eingewanderter Mexikaner, aber das war nichts anderes als Wohltätigkeitsarbeit, denn sie konnten nicht zahlen und ich von ihrem Dank allein nicht leben. Eine Möglichkeit stand mir noch offen, wenn ich als Anwalt praktizieren wollte. Mein Vater war nämlich Kubaner. Er war gegen 1905 illegal eingewandert, um in den Silberbergwerken zu arbeiten. Also emigrierte ich nach Kuba, wo mein Vater Verwandte hatte – es ging ihnen gut, sie betrieben eine Spedition und versorgten die verschiedenen Armeestützpunkte mit Lebensmitteln. Meine Verwandten hatten die kleinen Handlanger Batistas, auf die es ankam, tüchtig geschmiert und waren so an das Geschäft gekommen. Ich ging zu ihnen, arbeitete für Sie, belegte zusätzliche Kurse an der Universität von Havanna und machte dort mein kubanisches Jura-Examen. Zu Ihrer Information, ich bin jetzt kubanischer Bürger.«

». . . und dann?«

»Im Herbst 58 schloß ich mich Castros Bewegung des 26. Juli an und kämpfte mit ihm zusammen in der Sierra Maestra, bis wir Batista besiegt hatten.«

»Aber Sie haben den interessantesten Teil ausgelassen, Julio: die Zeit zwischen ihrem Eintreffen in Kuba und Ihrem Beitritt zu Castros Bewegung. Korrigieren Sie mich, wenn ich etwas vergessen sollte.« Er klopfte die Asche aus seiner Pfeife, steckte sie wieder in den Mund und saugte daran. Er blätterte in einem dicken Ordner, fuhr mit dem Finger die getippten Zeilen hinunter und blickte auf. »Sie spielten ein wenig im alten Casino Capri, das von einem sizilianischen Syndikat in Miami betrieben wurde. Schließlich freundeten Sie sich mit einigen dieser Männer an, die Ihnen anboten, für sie zu arbeiten. Warum?«

»Batista hatte seine eigenen Steuerprüfer. Sie kontrollierten die

Bücher und wurden am Gesamtumsatz beteiligt. Mangionni, der Chef des Casinos, hatte versucht, den Hauptsteuerprüfer zu schmieren, doch der machte nicht mit. Aber ich kannte ihn persönlich. Wir fuhren gelegentlich zum Tiefseefischen, tranken einen zusammen und so. Also meinte Mangionni, daß ich am ehesten etwas ausrichten könnte.«

»Und es scheint, daß Sie erfolgreich waren.«

»Klar, denn ich wußte etwas über den Steuerprüfer, wovon Mangionni keine Ahnung hatte. Dieser armselige kleine Sack von einem Buchhalter schlief mit der Geliebten eines Generals aus Batistas Armee. Er war so stolz darauf, daß er es nicht für sich behalten konnte und mir im Umkleideraum von seinen sexuellen Großtaten vorschwärmte. Dadurch hatte ich ihn in der Hand. Es lief darauf hinaus, daß Mangionni einen geringeren Umsatz meldete, und er nichts dagegen unternahm, da er verhindern wollte, daß man ihm mit einem stumpfen Bajonett die Eier abschnitt.«

»Und Mangionni beschäftigte Sie weiter als Nothelfer?«

»Zuerst nur für juristische Routinearbeiten. Aber dann begann ich auch, auf anderen Gebieten für ihn zu vermitteln: Entschädigungen für Regierungsangehörige, Bestechungsgelder für die Polizei. Später richtete Mangionni zwei Freudenhäuser ein und brauchte jemanden mit den richtigen Verbindungen, um die entsprechenden Leute zu schmieren.«

Roy erhob sich und füllte die Gläser wieder mit Wodka. »Mittlerweile hatten Sie angefangen, Profite abzuschöpfen – ›absahnen‹ ist wohl das richtige Wort, wie den Rahm von der Milch, stimmt's?«

Álvarez wurde der Sache überdrüssig. »Hören Sie, Roy, was soll das alles? Es scheint, Sie wissen doch ganz genau, was los war.«

Der andere schwenkte den Wodka in seinem Glas, trank mit merkwürdigen kleinen Schlucken und rülpste verhalten. »Schriftliche Berichte geben den Sinn oft nicht richtig wieder, wissen Sie. Also seien Sie geduldig mit mir, Julio.«

»In Ordnung. Zuerst schöpfte ich tausend, manchmal zweitausend in der Woche ab. Ich kaufte mir einen Jaguar, eine Wohnung, alles, was den Status hebt. Aber die Umstände machten mir zu schaffen. Wenn Sie einen wirklichen Grund wissen wollen: Es war eine Frau namens Jacinta. Wendepunkte im Leben sind manchmal nur kleine Scharniere, an denen die Türen in die Zukunft entweder zuschlagen oder sich öffnen. Jacinta war ein solches Scharnier für mich.«

»Erklären Sie.«

»Mangionni hatte Schwierigkeiten mit einigen der Huren im Roten Hahn, einem Bordell in der Altstadt. Nichts Ernstes – nur, daß sie um Trinkgelder baten und dadurch die Kunden belästigten. Und die US-Marine hatte sich beklagt, daß da ein paar Seeleuten auf Landurlaub die Brieftaschen geleert wurden, während sie ihren Rausch ausschliefen. Ich sollte hingehen und ein paar der Mädchen zusammenstauchen. Es gefiel mir nicht, aber mir blieb nichts anderes übrig. Ich trat einer oder zwei in den Hintern, und es gab keine Probleme, bis ich auf Jacinta stieß. Als ich in ihr Zimmer kam, entdeckte ich, daß sie drei Kinder in einem Schrank versteckt hatte – eines gehörte ihr, aber die beiden anderen waren Neugeborene, die man in der Gasse ausgesetzt hatte. Jacinta hatte sie zu sich genommen. Sie ernährte nicht nur ihre sechsköpfige Familie, sondern auch diese Kinder – keines älter als sieben Monate –, und dabei bekam sie nicht mehr als umgerechnet vierzig Cent für jeden Kunden. Ich überprüfte ihre Liste und fand heraus, daß sie pro Tag zwanzig oder dreißig Kunden hatte, nur um ihre Familie und ihre Kinder durchzubringen. Sie hatte so ziemlich alle Geschlechtskrankheiten, die Sie sich vorstellen können, und sie blutete dauernd – so wie Sie oder ich blutende Hände hätten, wenn wir zehn Stunden pro Tag Schwerarbeit verrichten müßten. Ich hörte ihr zu in jener Nacht, begann zu verstehen, welche Qual sie und Menschen wie sie durchmachten und wie es unter Batista in Kuba wirklich zuging. Irgendwann mußte – und würde – diesem Mann Einhalt geboten werden. Castro war damals schon oben in der Sierra Maestra, ebenso wie Maroto, und einige andere Gruppen kämpften im Escambray. Ich begann, einiges von dem Geld, das ich abzweigte, durch Kuriere an die Revolution weiterzuleiten.«

Roy lächelte süßlich. »Sie haben also das Herz des wahren Sozialreformers, des wahren Revolutionärs?«

Álvarez zog die Schultern hoch und schwieg ein paar Sekunden lang. »Das war einer der Gründe«, sagte er schließlich. »Wenn man mit Korruption von solchem Ausmaß konfrontiert ist, muß man einfach Änderungen herbeisehnen. Aber ich will Ihnen nichts vormachen. Es gab noch einen anderen, sehr guten Grund: Batista würde stürzen. Vielleicht in ein, zwei oder sogar drei Jahren, aber die Strichmädchen erzählten mir, daß sogar die Soldaten, die sie als Kunden hatten, immer wieder sagten, sie würden sich auf die Seite der Revolution schlagen, wenn es soweit wäre. Der Umsturz lag in der Luft. Mir schien es angeraten, auf der Seite der Sieger zu sein, wenn ich meine Position in Kuba behaupten wollte. Die neue Regierung – mit Castro, Maroto oder sonstwem an der Spitze – würde sich wahrscheinlich all jenen erkenntlich zeigen, die sie mit Geld unterstützt hatten. Und ich war Rechtsanwalt. Man könnte sagen, daß ich einfach Versicherungsprämien bezahlte, um meinen Arbeitsplatz nicht zu gefährden.«

Roy knurrte befriedigt. »Sehr aufrichtig.« Er stand auf, ging zum Fenster und blickte hinaus. Dann drehte er sich um. »Und Ihre . . . Meinungsverschiedenheiten mit dem Syndikat?«

»Das haben Sie in Ihren Akten.«

»Nur zum Teil.« Er zog die Brauen zusammen. »In Ihren eigenen Worten, was passierte?«

»Mangionni fand irgendwie heraus, daß ich Geld abschöpfte. Er schickte zwei seiner Schläger, um mich in die Mangel zu nehmen. Vielleicht sollten Sie mich sogar umbringen, ich habe das nie genau rausgekriegt. Beide waren Amateure. Sie machten erst ihre Spielchen, und ich konnte einen Revolver in die Hand bekommen, den ich unter einem Sesselpolster versteckt hatte. Ich tötete sie beide, wurde aber bei dem Schußwechsel ins Bein getroffen. Zum Glück konnte ich mich noch zu einem befreundeten Arzt durchschlagen. Er hatte eine Klinik am Rande von Havanna.« Es kommt der Wahrheit ziemlich nahe, dachte Álvarez. Wenn Brocassie die Sache nicht versaut hätte, wäre ich nicht einmal verletzt worden. Er erinnerte sich, wie Brocassie einen entscheidenden Sekundenbruchteil gezögert hatte, als wolle er den Gangstern die Möglichkeit zur Kapitulation geben. Alles verdammte Amateure!

Roy nickte ohne Kommentar. Er schien im Geist eine neue Seite aufzuschlagen. »Also schlossen Sie sich letzten Endes Castro an? Wieso nicht Maroto?«

»Als mein Bein ausgeheilt war, hatte sich die Situation beruhigt. Der Sohn des Arztes fuhr mich nach Santiago de Cuba. Praktisch jeder in der Stadt war für Castro. Ich schloß mich seinen Streitkräften an, weil es so aussah, daß seine Fraktion die Oberhand behalten würde. Die ausländische Presse behandelte ihn schon als den kommenden Mann. Wie gesagt, ich bin am liebsten auf der Seite des Gewinners.«

»Und es scheint, daß Sie die richtige Wahl getroffen haben, Julio. Sie haben in den letzten drei Jahren ja einiges erreicht.«

Roy klopfte mit seiner Pfeife gegen die Kaminziegel, als beabsichtige er, diesen Teil des Gespräches abzuschließen.

»Es geht«, erwiderte Álvarez. Und ob, dachte er.

»Sie sind zu bescheiden, Julio. Wie ich höre, hält Fidel sehr viel von Ihnen. Aber meine Informationen besagen auch, daß Sie wahrscheinlich nicht viel höher aufsteigen werden – jedenfalls nicht zu einer Position in Havanna.«

Julio merkte, wie sich sein Magen zusammenzog und sein Atem plötzlich schneller wurde, aber er zwang sich, ruhig zu bleiben und eine ausdruckslose Miene aufzusetzen. »Ich habe ein Jahr lang mit Fidel in der Sierra gekämpft. Ich bin der fähigste Comandante, den er in der Spionageabwehr hat.«

»Kein Zweifel. Aber Sie sind Ausländer, dazu noch Amerikaner. Einige von Fidels Beratern bezweifeln, daß man Ihnen je völliges Vertrauen schenken kann. In Oriente haben Sie nichts anderes zu tun, als Konterrevolutionäre zu beseitigen, und die Ergebnisse lassen sich an der Zahl der Leichen messen. Aber in Havanna gäbe es mehr Spielraum für Intrigen. Sehen Sie, sogar Che Guevara wird von Fidel langsam abgeschoben. Und Che kämpfte von Beginn der Revolution an auf Fidels Seite. Aber er ist nun einmal Argentinier und kann deshalb nicht zum innersten Kreis zugelassen werden.«

»Dessen sind Sie sich sicher?«

»Absolut sicher. Es gibt da die Tonbandaufzeichnung eines Telefongesprächs, die ich Ihnen vielleicht später einmal vorspielen werde – vorausgesetzt natürlich, daß wir unsere Zielsetzung gegenseitig zu würdigen wissen.«

»Was halten Sie davon, diese Ziele zu definieren?«

Roy schürzte die Lippen, betrachtete sein Glas und überlegte. Er schien zu einem Schluß zu kommen und blickte auf. »Einverstanden, allerdings mit Einschränkungen. Aber zuerst möchte ich auf einen offensichtlichen Punkt eingehen. Was wir heute hier besprechen werden, bleibt ganz unter uns. Es betrifft eine sehr heikle politische Angelegenheit, die in der Sowjetunion nur wenigen, wenngleich äußerst einflußreichen Personen bekannt ist. Ich will Sie nicht kränken, indem ich Ihnen die Strafmaßnahmen beschreibe, die wir ergreifen müßten, falls Sie so indiskret sein sollten, mit irgend jemandem von dieser Begegnung zu sprechen.«

»Consuelo weiß davon.«

»Consuelo wird kein Wort davon sagen. Sie dürfen nie wieder mit ihr Kontakt aufnehmen, aus welchem Grunde auch immer. Und auch sie wird sich nicht mit Ihnen in Verbindung setzen. Verstanden?«

Álvarez nickte. Er spürte, wie Schweiß sein Hemd unter den Achseln durchtränkte. Die Sache war zu weit gegangen. »Eine Frage: Wollen Sie sagen, daß ich jetzt nur zur Tür hinauszugehen und den Mund zu halten brauche, und dann wäre alles vergessen?«

Roy wedelte beruhigend mit den Händen. »Natürlich. Schließlich ist nichts von Bedeutung gesagt worden. Aber wenn Sie meine Interessen vertreten, dann ließe sich annehmen, daß Sie innerhalb von drei Jahren Stellvertretender Verteidigungsminister von Kuba wären. Außerdem würde Ihnen eine beliebige Summe in der Währung und auf der Bank Ihrer Wahl zur Verfügung stehen. Meine Freunde, die sich in solchen Dingen auskennen, empfehlen Deutsche Mark in Liechtenstein.«

»Und der Pferdefuß?«

Roy runzelte etwas verblüfft die Stirn und lächelte dann. »Sehr ausdrucksvoll.« Er legte die Hände zusammen und bildete mit den Fingern einen Turm. »Den Pferdefuß würden Sie zu spüren kriegen, wenn Fidel herausfände, daß Sie für uns arbeiten. Er könnte verärgert sein, aber es ist Ihnen ja klar, daß eine solche Situation weitaus nachteiliger für die Sowjetunion wäre als für Sie. Sie würde man bloß erschießen, während wir Milliarden Rubel verlören, die wir in unseren einzigen Stützpunkt in der westlichen Hemisphäre investiert haben.« Er lächelte ironisch. »Ich rede natürlich von den eher historischen Dimensionen. Aber ich versichere Ihnen eines: Wenn wir erfahren, daß Fidel mißtrauisch wird, holen wir Sie nach Rußland und bieten Ihnen unsere Staatsbürgerschaft, ein sehr komfortables Leben und, wenn Sie wollen, interessante Arbeit bei der Firma, die mein Gehalt bezahlt.«

»Dem KGB?«

Der Russe zog eine Ausweiskarte aus Plastik hervor und reichte sie Julio. Ein etwas jüngerer Mann mit dichterem Haar, aber demselben stechenden Blick und derselben glatten Haut blickte ihn an. Das Foto zeigte Oberst Dmitrij Michajlowitsch Roytschenko, Erste Hauptverwaltung, Technischer Dienst.

Álvarez gab ihm den Ausweis zurück. »Roytschenko? Ihr Name ist in Kuba erwähnt worden.«

»Das ist zu vermuten. Ich bin für die Sicherheit und die Operationen aller sowjetischen Einrichtungen in Kuba verantwortlich, besonders für unser Projekt in Oriente.«

»Für den unterirdischen Komplex? Den Gerüchten nach ist es irgendeine Art von Nachrichtenzentrum. Nicht einmal ich werde durch den Zaun gelassen.«

Roytschenko stand auf, wuchtete einen neuen Holzklotz ins Feuer und wandte sich wieder Álvarez zu. »Es steht Ihnen frei zu gehen. Sie haben die Wahl. Aber ich würde Ihnen empfehlen, gründlich darüber nachzudenken. Heute wird noch nichts entschieden. Es wird noch einige Zeit dauern, bis ich Ihre Fähigkeiten eingeschätzt und Sie ihre eigenen Vorteile abgewägt haben. Aber letzten Endes müssen Sie die Entscheidung treffen.«

»Ich bleibe noch für eine Runde im Spiel.«

»Ah, wie beim Poker. Ich kenne das Spiel, ich hatte während des Zweiten Weltkriegs einmal einen Posten in England. Ein prächtiges Land und großzügige Menschen, wenn auch ein wenig zu vertrauensselig.« Er lehnte sich zurück. »Lassen Sie mich ein paar Karten austeilen, damit Sie sie sich ansehen können. In der Sowjetunion gibt es zur Zeit zwei Machtströmungen: die einen bestimmen die gegenwärtige Politik, und die anderen würden lieber einen aggressiveren Kurs einschlagen. Die neue Politik, die wir betreiben möchten, wird die NATO und vor allem die USA langsam wirtschaftlich ausbluten lassen. Ihre Energie und ihre Glaubwürdigkeit als Verfechter der Freiheit werden sie verlieren. Dieser Prozeß wird zehn, fünfzehn oder noch mehr Jahre in Anspruch nehmen, aber er wird Erfolg haben.«

»Reden Sie von Berlin?«

»Es geht um Konfliktsituationen wie in Berlin, aber in größerem Maßstab. Wir haben uns zwei Länder, Ozeane voneinander entfernt, ausgesucht, um diesen Konflikt einzuleiten. Vietnam in Asien und Kuba in der westlichen Hemisphäre.«

»Mein Gott! Das klappt nie. Kuba liegt direkt vor der Haustür der Vereinigten Staaten. In der Schweinebucht führten wir Defensivaktionen durch, aber wir könnten nie einen Offensivkrieg beginnen. Sie würden uns zermalmen.«

Roytschenko schüttelte den Kopf und sprach weiter. »Nein, Sie werden nicht auf kubanischem Boden gegen die Amerikaner Krieg führen. Wir wissen, daß Sie keine Chance hätten, und bei einer amerikanischen Invasion könnten wir Ihnen nicht helfen. Das ginge schon aus logistischen Gründen nicht! Nein. Aber wir haben andere Pläne, die dieselbe Wirkung zeitigen werden. Ich glaube nicht, daß ich die sowjetische Politik noch deutlicher erläutern muß. Unser weiteres Gespräch wird, in allgemeinen Zügen, das betreffen, was wir von Ihnen erwarten würden.« Er tat so, als mische er ein Kartenspiel. »Vielleicht möchten Sie noch drei Karten sehen? Vorher müssen Sie natürlich den Einsatz erhöhen.«

Álvarez wußte, daß es am besten gewesen wäre, den Spieltisch zu verlassen, aber die Einsätze waren hoch, und er wollte nicht passen. »Ich bin noch dabei, Roytschenko.«

»Die erste Karte: Wir haben einen unterirdischen Komplex in Kuba, dessen vollständigen Zweck nicht einmal Fidel kennt. Dieses Wissen muß ihm noch einige Monate vorenthalten werden, und das läßt sich nur bewerkstelligen, wenn ihm ein Offizier in einer Vertrauensstellung, Sie zum Beispiel, genau das erzählt, was wir für richtig erachten. Um unsere Kooperationsbereitschaft zu demonstrieren, werden wir Fidel vorschlagen, gewisse Aspekte der Sicherheitsvorkehrungen bei diesem Projekt an einen zuverlässigen Vertreter zu übertragen. Durch Ihre Vertrautheit mit der Provinz Oriente und der Spionageabwehr würde seine – und unsere – Wahl logischerweise auf Sie fallen. Noch eine Karte?«

Er zögerte kurz und nickte dann. »Ja.«

»Die zweite Karte: Wir wollen alles wissen, was in Kuba vorgeht. Ein Verbündeter ist jemand, dem wir zu achtzig Prozent vertrauen können. Zu zwanzig Prozent müssen wir uns auf unsere Aufklärung verlassen. Sie erhalten eine hohe Position und werden alles hören, was uns nicht zu Ohren kommt. Sie sind also die zwanzig Prozent.«

»Und die letzte Karte?«

Roytschenko warf einen Blick auf seine Uhr. »Die letzte Karte zeige ich Ihnen später, wenn Sie beschlossen haben, die beiden ersten aufzunehmen und in Ihr Blatt zu stecken. Ich glaube, daß wir beide über den Einsatz nachdenken müssen, und vielleicht werden Sie oder ich passen.« Er stand auf, bot Julio aber nicht die Hand. »Ein Chauffeur bringt Sie zur Bücherei zurück. Ich melde mich innerhalb von achtundvierzig Stunden, um Ihre Entscheidung zu erfahren.« Er wandte sich um und ging durch die Hintertür hinaus. Álvarez blieb noch lange sitzen und starrte ins Feuer, während sich seine Gedanken überschlugen.

5.

Kapustin Jar, UdSSR, *4. September 1962*

Einen Tag nach dem Treffen rief Roytschenko um Mitternacht an.

»Haben Sie sich mein Angebot überlegt, Julio?« Er nannte seinen Namen nicht, aber Álvarez wußte sofort, wer er war.

»Ich habe darüber nachgedacht.« Ihm war kaum etwas anderes in den Sinn gekommen, während er über die Risiken und die möglichen Vorteile nachgegrübelt hatte. Der Einsatz war zu hoch, als daß er das Spiel noch aufgeben konnte. »Ich habe beschlossen, daß ich die letzte Karte sehen möchte.«

Ein paar Sekunden lang blieb der Telefonhörer stumm, dann sagte Roytschenko: »Sie wissen, daß Sie nicht mehr aussteigen können, wenn Sie Ihren Einsatz auf den Tisch gelegt haben?«

»Das sind genau die Regeln, die auch bei uns gelten.«

In der Leitung ertönte ein Klicken. Eine weitere Pause. »Ein Auto wird an der Bücherei auf Sie warten, an derselben Stelle wie beim letztenmal. Fahren Sie zur Garage, und wir treffen uns dort. Ich empfehle Ihnen dringend, dafür zu sorgen, daß unsere Begegnung unter uns bleibt. Tragen Sie Ihre Ausgehuniform, legen Sie Ihre Orden an und bringen Sie mit, was Sie für eine zweitägige Reise brauchen.« Er legte auf.

Zwei Stunden später ging Álvarez an Bord einer Antonow 12 PB ohne Kennzeichen. Sie war mit üppiger Lederpolsterung, weiten Zwischenräumen zwischen den Sitzen und einer Bar ausgestattet. Ein VIP-Expreß, dachte Álvarez. Roytschenko war wenig mitteilsam und hatte sich in ein Privatabteil zurückgezogen. Es gab keine anderen Passagiere, nur zwei Stewards in Zivil. Sie machten keine Anstalten, ihm etwas anzubieten, und er fiel in unruhigen Schlaf.

Das Flugzeug hielt südöstlichen Kurs durch Gewitterstürme hindurch und erreichte erst kurz vor dem Morgen klaren Himmel.

Um 5.30 Uhr rüttelte Roytschenko ihn an der Schulter und reichte ihm eine Tasse Kaffee. »Wir landen in zehn Minuten in Kapustin Jar, unserem Kosmodrom. Als hoher kubanischer Offizier sind Sie auf einer offiziellen Inspektionsreise. Sie werden Jurij Gagarin begegnen, dem ersten Menschen im All. Er ist auch

Vorsitzender der Gesellschaft für sowjetisch-kubanische Freundschaft. Man wird Filmaufnahmen machen. Schütteln Sie Gagarin die Hand und machen Sie ein paar geistreiche Bemerkungen. Das ist alles, was nötig ist.«

»Wozu das Ganze?«

»Ein Ablenkungsmanöver. Es gibt zu viele Menschen in Moskau, die sich dafür interessieren, was wir hier tun. Sie müssen wissen, daß im Moment zwei Hauptfraktionen in der Sowjetunion um die Führung kämpfen. Einige wichtige Leute befassen sich mit Ihrer Beteiligung, und sie meinen, daß es unter Sicherheitsaspekten viel günstiger wäre, wenn die Anlage in Kuba ausschließlich von der Roten Armee kontrolliert würde. Chruschtschow hat immer noch seine Gefolgsleute, und er ist nicht ohne Macht.«

Wegen eines Wackelkontaktes im Mikrofon mußte Álvarez seine Rede für die Kameras zweimal halten. Gagarin, der gelächelt hatte, solange gefilmt wurde, verschwand nach der Prozedur, ohne auch nur einen Blick zurückzuwerfen. Und eben war ich noch für ihn ›mein kubanischer Freund, der mit den sozialistischen Völkern der Welt in politischer Bruderschaft vereint ist‹, dachte Álvarez.

Der Hubschrauber landete. Ein KGB-Hauptmann salutierte und führte sie zu einem Sicherheitskontrollpunkt.

Roytschenko half ihm bei den Formalitäten: Fotos, Fingerabdrücke und Unterschriften in den Kontrollbüchern. Zwei KGB-Leutnants eskortierten sie durch einen Eingang und einen Korridor hinunter, wo sie von einem weiteren Wachposten kontrolliert wurden.

Sie eilten durch einen Flur mit Teppichboden in ein Konferenzzimmer. Die Leutnants salutierten und schlossen die Tür hinter den beiden.

Álvarez spürte, daß sich trotz der Klima-Anlage eine dünne Schweißschicht auf seinem Rücken bildete. Roytschenko war nun viel förmlicher, die Tünche der Leutseligkeit war weggewischt.

Sein Begleiter bedeutete ihm durch eine Bewegung, sich zu setzen, blieb jedoch selbst stehen. »Wir haben einen langen Weg hinter uns, Comandante. Von nun an werden sich die Dinge sehr schnell entwickeln, aber zuerst brauche ich Ihre endgültige Entscheidung.« Seine blauen Augen sahen ihn durchdringend an.

»Nein, zuerst ein paar Fragen und Bedingungen«, sagte Álvarez mit bewußt ruhiger Stimme.

Roytschenko zog die Augenbrauen ein wenig hoch. »Und die wären?«

»Erstens will ich keine Bezahlung, keine geheimen Nummernkonten.«

Er lächelte wieder und nickte. »Diese Möglichkeit bleibt weiterhin offen, wenn Sie Ihre Meinung ändern sollten. Was noch?«

»Ihre Zusicherung, daß das, was ich für die Sowjetunion und speziell für das KGB tun werde, die kubanische Revolution nicht in Gefahr bringen wird.«

»Lobenswert. Ja, das kann ich Ihnen zusichern. Mehr noch, ich kann Ihnen garantieren, daß unsere Arbeit Ihre Revolution festigen wird. Und . . . ?«

»Ich bin mit den Grundzügen Ihrer Konzeption einverstanden, das heißt damit, Fidel Informationen über die sowjetischen Aktivitäten in Kuba vorzuenthalten und das KGB von Ereignissen in Kuba zu unterrichten, die Ihnen entgehen könnten, aber ich ziehe da die Grenze, wo Mordpläne gegen Fidel geschmiedet werden. Mit solchen Plänen will ich nichts zu tun haben, und ich will nichts von ihnen wissen. Und schließlich« – er unterbrach sich, während er versuchte, seine Vision in Worte zu kleiden –, »wenn Fidel abtritt, wird es einen höllischen Machtkampf geben, und vielleicht wird die Sowjetunion auf das Ergebnis einwirken müssen. Dann werde ich Ihre Unterstützung brauchen, damit ich die Führung übernehmen kann – entweder durch Raúl oder direkt, das spielt keine Rolle. Als Gegenleistung werde ich die Wünsche der Sowjetunion erfüllen, aber ich verlange das nötige Maß an Autonomie, damit ich das Land auf meine Weise führen kann, und Wirtschaftshilfe zur Realisierung meiner Pläne.«

Roytschenko klatschte leicht in die Hände, als spende er einem Streichquartett höflichen Applaus. »Ausgezeichnet, Julio. Wirklich ausgezeichnet. Genau das hatte ich im Sinn: Ehrgeiz um seiner selbst willen, Loyalität der Sowjetunion gegenüber und doch ein gewisses Ehrgefühl. Ich glaube, wir haben Sie richtig eingeschätzt.« Er setzte sich auf einen Tisch, lehnte sich zurück und verschränkte die Hände vor den Knien. »Alle Bedingungen sind angenommen. Aber bevor wir fortfahren, habe auch ich eine einzige Bedingung, die Sie akzeptieren müssen.«

»Und zwar?«

»Absolute, bedingungslose Loyalität der Sowjetunion gegenüber, was die Durchsetzung unserer Politik betrifft. Sie müssen sich klarmachen, daß Sie eine Schwelle überschreiten und daß es danach kein Zurück gibt. Schwören Sie also Loyalität?«

»Einverstanden. Wenn das, wozu Sie mich auffordern, im Rahmen der Grenzen bleibt, die ich beschrieben habe, dann können Sie sicher sein, daß ich Ihre Befehle ausführen werde.«

Roytschenko nickte, stand auf und trat an ein Fernsehgerät. Er schaltete es ein und wartete auf das Bild. »Eines unserer Wunder, Álvarez. Was wir sehen werden, ist ein Fernsehbild aus Moskau – genauer gesagt, aus dem Lubjanka-Gefängnis. Es wird nicht durch Kabel, sondern durch einen unserer Satelliten übermittelt. Sie werden sehen, die Bildqualität ist ausgezeichnet.«

Das Bild wuchs vertikal aus einem Lichtstreifen hervor, bis es den Schirm füllte. Es zeigte einen sterilen Raum ohne Möbel, abgesehen von einer Holzbank. Der Fußboden schien aus Beton zu sein und hatte in der Mitte einen Abfluß. Neben der Tür stand eine bewaffnete Aufseherin; am faden Köperstoff ihrer Uniform sah man, daß sie zum Inneren Sicherheitsdienst des KGB gehörte. Sie war massig, aber nicht dick. Eine Kraftmaschine, dachte Álvarez. Sie sieht aus, als würde sie in ihrer Freizeit zum Spaß mit Klavieren jonglieren. In dem Raum war noch eine Frau. Sie saß auf der Bank und hatte ein Bündel mit Habseligkeiten neben sich auf dem Fußboden liegen. Álvarez konnte ihr Gesicht nicht sehen, nur ihren Rücken, aber sie ließ die Schultern hängen, als sei ihr Wille gebrochen. Das Schauspiel hatte etwas Unwirkliches, das Álvarez nicht sofort ergründen konnte. Es war, als blicke er in das Fenster eines Kaufhauses mit Gipsfiguren, die in künstlichen und statischen Posen erstarrt waren. »Eindrucksvoll«, sagte er.

Roytschenko nahm einen Zeigestock, klopfte gegen den Bildschirm und deutete auf die sitzende Frau. »Was Sie jetzt sehen werden, ist nicht angenehm, Álvarez, aber es ist notwendig. Die Frau, die Sie hier sehen, ist keine Staatsfeindin. Es ist doppelt bedauerlich, weil sie sogar eine treue Kommunistin ist. Ihr einziges Verbrechen besteht darin, daß sie zu viel weiß.«

Álvarez spürte, wie sich sein Unterleib vor Schmerz verkrampfte, als er das Profil der Frau erkannte. Er sah Roytschenko an und konnte seine Gesichtszüge kaum unter Kontrolle halten. »Was hat dies alles mit unserem Gespräch zu tun?«

»Eine ganze Menge«, erwiderte Roytschenko und betrachtete das Fernsehbild. »Wirklich eine ganze Menge. Die Frau stellt eine Bedrohung für die Sowjetunion und für Sie dar. Sie weiß von unseren Kontakten, und wenn sie irgend jemanden davon unterrichten sollte, wäre unsere Beziehung gefährdet. Und Sie müssen zugeben, Comandante, daß die Situation Ihre Treue zu uns auf die Probe stellen wird.«

»Was werden Sie tun?«

»Die Frage ist nicht, was ich, sondern was *Sie* tun werden.« Roytschenko spießte das Leuchtschirmbild Consuelos mit seinem Zeigestock auf. »In zwei Minuten wird sie die Erlaubnis haben, den Raum zu verlassen, durch einen Sicherheitskontrollpunkt zu gehen und auf den Dsershinskij-Platz zu treten. Ihr Ausreisevisum ist abgestempelt, und sie hat eine Flugkarte nach Mexico City. Es steht ihr frei, die Union der Sozialistischen Sowjetrepubliken zu verlassen, wann es ihr beliebt.«

»Aber es gibt ein Wenn . . .?«

Der russische Oberst neigte zustimmend den Kopf. »Wenn sie es tut, dann könnte unsere Operation gefährdet oder – schlimmer noch – aufgedeckt werden. Das wäre riskant für Sie und unhaltbar für meine Partner. Also müssen Sie innerhalb der nächsten zwei Minuten eine Entscheidung treffen. Es ist an Ihnen, den Befehl zu geben.«

Die Säure fraß an seinen Magenwänden, und die Schmerzen wurden jetzt fast unerträglich. »Was soll ich entscheiden?«

»Ob sie den Raum verläßt oder ob sie jetzt sofort stirbt. Wenn Sie so lange zögern, daß sie den Raum verlassen kann, ist unsere Beziehung beendet.« Er blickte auf seine Uhr. »Noch eine Minute und fünfzig Sekunden, Julio.«

»Und was soll ich tun?«

Roytschenko streckte die Hand aus und legte einen Schalter um. Ein rotes Licht glühte über dem Monitor, und Álvarez merkte, daß Roytschenko eine kleine Fernsehkamera, die an der Decke hing, eingeschaltet hatte. Während er zusah, rotierte das Objektiv und stellte sich auf ihn ein. »Sprechen Sie mit der Frau. Sagen Sie ihr, sie soll vor den Monitor treten, damit sie einander ins Gesicht sehen können. Dann teilen Sie ihr mit, daß sie hingerichtet werden muß, weil sie ein Sicherheitsrisiko für den Staat ist. Danach befehlen Sie der Wärterin, das Urteil zu vollstrecken. Die Wärterin wird sie säuberlich mit einem Kopfschuß hinrichten, sie wird keinen Schmerz verspüren.«

»Herr im Himmel!«

»Ich bezweifle, daß der eingreifen kann, Julio. Noch eine Minute und zwanzig Sekunden.«

Die Zeit schien zusammenzuschrumpfen und sich dann auszuweiten. Ihm wurde übel. »Consuelo . . .?« hörte er sich rufen.

Die Frau auf der Bank drehte sich verblüfft um, erhob sich langsam und nahm ihr klägliches Bündel auf. Ihre Augen waren von Blutergüssen entstellt, und ihr Gesicht wirkte abgemagert, aber es war unzweifelhaft Consuelo.

»J-ja?«

»Geh rüber zu dem Fernsehapparat.«

Sie machte zögernde Schritte und zog ihre Sachen hinter sich her. Das Geräusch des Bündels, das über den Betonfußboden schleifte, war deutlich zu hören. Als sie näher gekommen war, weiteten sich ihre Augen. »Julio . . .? Wo bist du?«

»Fünfzig Sekunden«, flüsterte Roytschenko.

Er wußte, daß er es nicht tun konnte. Im Hintergrund schob sich die Wärterin auf die Kamera zu. Ihre Hand glitt an ihre Hüfte und knüpfte die Halfterlasche auf. Routiniert zog sie eine kleine automatische Pistole hervor und hielt sie schräg nach oben, so daß der Lauf zur Decke zeigte.

»Julio, wo bist du? Mein Flug geht morgen früh um drei Uhr. Wir könnten noch ein paar Stunden zusammen sein.« Sie verzerrte das Gesicht zu einem Lächeln, und Álvarez sah plötzlich, daß zwei ihrer Schneidezähne fehlten.

»Vierzig Sekunden, Julio.« Roytschenkos Stimme klang distanziert und mechanisch. Die Wärterin stand jetzt dicht hinter Consuelo. Ihre Brillengläser blitzten im Licht der Neonlampen an der Decke.

Sein Herz hämmerte, das Blut pochte in seinem Hirn, sein ganzer Körper war von einer Hitze erfaßt, die sich von seiner Magengrube auszubreiten schien. Er räusperte sich und flüsterte: »Du bist ein Sicherheitsrisiko für . . .« Sein Mund und seine Zunge waren trocken geworden. Er wirbelte zu Roytschenko herum. »Du sadistisches Schwein. Steck sie in eine Zelle! Es gibt keinen Grund, sie umzubringen, verdammt noch mal!«

Roytschenko schaute auf seine Uhr, hob andeutungsweise die Schultern und ließ sie wieder fallen. »Es gibt nur zwei Möglichkeiten, Julio. Wählen Sie eine. Noch achtzehn Sekunden.«

Er drehte sich wieder dem Fernsehschirm zu. Plötzlich hatte sie begriffen, daß sie nicht wirklich frei war. Er sah es ihren Augen an. Sie sank auf die Knie und fiel zur Seite, als sei alle Kraft aus ihrem Körper gewichen, aber ihre Augen, ohne Tränen und weit aufgerissen vor Entsetzen, starrten immer noch zu ihm empor.

»Neun Sekunden, Julio. Denken Sie nach. Was ist wichtiger: das Leben einer Schlampe oder Ihre und Kubas Zukunft?«

Álvarez war benommen, schriller Lärm schien seinen ganzen Körper zu erfüllen. Er atmete ein paarmal tief ein und aus und flüsterte dann: »Consuelo . . . Consuelo . . . es . . . Herrgott . . . es tut mir leid.« Er befahl der Wärterin: »Töten Sie sie.« Julio wandte sich nicht ab, sondern zwang sich, weiter zuzusehen.

Sie hatte den Kopf auf den Betonfußboden gelegt und die Augen geschlossen. Ihre Arme waren über der Brust gekreuzt, als ob ihr fröstelte, und ihr Körper bebte. Die Wärterin legte die Pistole an Consuelos Stirn und blickte zur Kamera auf.

»Sie wartet«, sagte Roytschenko ruhig. »Die Wärterin hat Sie nicht gehört.«

»Los!« schrie Julio.

Die Wärterin nickte mit nüchterner Miene, überzeugte sich, daß die Mündung an der richtigen Stelle saß, und drückte den Abzug durch. Das Klicken des Schlagbolzens, der eine leere Kammer traf, hallte elektronisch über 1200 Meilen hinweg wider.

Er taumelte zurück, bis er an einen Tisch stieß. Seine Beine gaben nach, und er sank hinunter auf das kühle Linoleum. Seine Hände zitterten, und sein ganzer Körper begann ebenfalls zu vibrieren. Er schaute zum Bildschirm auf und sah, wie Consuelo sich lächelnd von dem Betonfußboden erhob. Sie steckte den Finger in den Mund und zog eine kleine schwarze Platte heraus. Plötzlich waren alle ihre Zähne wieder da, sie lachte und warf ihm kunstvoll eine Kußhand zu. »Das war ein beschissener Trick, Julio«, sagte sie, entfernte ein paar Spangen und schüttelte ihr Haar, das nun nicht mehr zu einem Knoten gestrafft war, sondern wie schwarzer Samt über ihre Schultern fiel. »Aber wir arbeiten beide für die Weltrevolution. Jeder auf seine Weise.« Sie warf ihm noch eine Kußhand zu. »Bis zum nächstenmal, Liebling. Dann sorgen wir dafür, daß es ein paar Tage dauert.«

Roytschenko streckte die Hand aus und schaltete das Gerät ab. Er ging in die entfernte Zimmerecke, holte eine Flasche aus einem Schränkchen, kehrte zurück und stellte sie neben Álvarez' Hand. »Sehr guter alter Brandy«, sagte er leise und packte Julios Schulter mit schmerzhaftem Druck. »Sie verstehen, daß wir feststellen mußten, ob Sie wirklich loyal sind?« Er drehte sich um, schwieg und blickte zurück. »Ich bin gleich wieder da. Vielleicht möchten Sie eine Minute allein sein.« Er schritt zur Tür, öffnete sie und zog sie hinter sich zu. Álvarez saß auf dem Boden, ohne die Flasche anzurühren, starrte den leeren Fernsehschirm an und sah darin sein Gesicht als verzerrtes Spiegelbild, mondförmig und einfältig.

Keine zehn Minuten später kehrte Roytschenko mit einem anderen Mann zurück.

Der Mann ging mit leichten Schritten in den vorderen Teil des Konferenzzimmers. Er war tief gebräunt, hatte vorspringende Wangenknochen, und seine Augen standen weit auseinander. Seine KGB-Uniform war mit Generalsepauletten versehen, und seine Brust war von Orden übersät. Álvarez wollte strammstehen, aber der General bedeutete ihm, sitzen zu bleiben.

Der General stand Álvarez lange gegenüber und betrachtete ihn unverwandt. Dann sagte er: »Ich heiße Anatolij Iwanowitsch Lasarew, gehöre zur Ersten Hauptverwaltung und bin Chef der Abteilung für besondere Aufgaben. Man hat mir die Verantwortung für Ihre Arbeit übertragen, aber Oberst Roytschenko bleibt als Leitoffizier für Sie zuständig.« Er griff in seine Uniformjacke, holte eine Brille hervor, schwieg und las in einer Akte. Dann musterte er Álvarez über den Rand seiner Brille hinweg. »Oberst Roytschenko ist überzeugt, daß Sie uns gute Dienste leisten werden. Ich habe gründlich über Ihre Aufgaben nachgedacht. Es wäre nur allzu natürlich, Ihnen lediglich einen beschränkten Einblick in unsere Pläne zu geben und Sie ganz einfach bestimmte Aufgaben ausführen zu lassen. Ihr bisheriges Leben in Kuba, Ihre Arbeit für das Casino und Ihre Verbindung mit Fidel lassen darauf schließen, daß Sie die Psyche eines Söldners haben. Nicht Ideologie motiviert Sie, sondern Macht.« Er zog die Augenbrauen hoch. »Korrekt?«

»Mehr oder weniger«, erwiderte Álvarez. Und genau das motiviert auch dich und Roytschenko, dachte er.

»Professor Lunz, ein berühmter Psychologe, der für uns arbeitet, hat Ihre Unterlagen geprüft und fand eine Eigenart Ihrer Persönlichkeit, die mir sowohl nützlich wie beunruhigend vorkommt: einen Hang zur Gefahr.«

»Ich gehe gern aufs Ganze.«

»Manche würden das als Todeswunsch bezeichnen.«

»Und andere würden von einem kalkulierten Risiko sprechen. Wenn die Vorteile dem Risiko angemessen sind, nehme ich es auf mich.« Álvarez lehnte sich zurück. Seine Nerven waren gespannt, und er wußte, daß Lasarew versuchen würde, ihn aus dem Gleichgewicht zu bringen. Aber er war darauf vorbereitet.

Lasarew wandte sich an Roytschenko und flüsterte ihm etwas zu. Roytschenko nickte, stand auf und verließ das Zimmer. Lasarew erhob sich und schloß die Tür ab. Er drehte sich zu Álvarez um.

»Wir bereiten eine kleine Demonstration vor, die unserer Meinung nach nützlich für Sie sein wird, aber zunächst möchte ich unter vier Augen mit Ihnen über ein paar Dinge sprechen. Die Informationen, die ich Ihnen geben werde, sind nur ein paar Männern bekannt, und die meisten von ihnen kennen nur Bruchstücke – nicht genug, als daß sie sich ein vollständiges Bild machen könnten.«

Álvarez begegnete Lasarews Blick. Lasarews Augen hielten seinen Blick gefangen, und pulsierende Spannung lag zwischen den beiden Männern.

»Nikita Chruschtschow ist am Ende«, sagte Lasarew leise. »Er ist ein Bauer. Seine Reformpolitik und seine Überbewertung der Konsumgüterindustrie haben die Entwicklung der globalen militärischen Schlagkraft beeinträchtigt, die wir anstreben. Deshalb hat man beschlossen, ihn abzulösen.«

»Durch wen?«

»Durch Leonid Iljitsch Breschnew. Er ist Vollmitglied des Politbüros und viel aufgeschlossener für die Bedürfnisse der sowjetischen Streitkräfte als Chruschtschow, unser ukrainischer Clown. Bedeutsam ist vielleicht, daß Genosse Breschnew die Entwicklung des sowjetischen Raketenprogramms leitet.«

Breschnews Name war Álvarez kaum bekannt: ein Gesicht auf der Brüstung der Kremlmauer, eingefangen von einem Teleobjektiv. »Wann wird Breschnew die Macht übernehmen?«

»Innerhalb eines Jahres, wenn alles nach Plan abläuft. Chruschtschow wird im Frühjahr 1963 die Wahl haben, entweder mit Anstand zurückzutreten oder gewaltsam aus der Führung entfernt zu werden. Wenn er auf das Spiel eingeht, das sich einige Männer in der KGB-Spitze und im Politbüro für ihn ausgedacht haben, kann er seine Memoiren schreiben, in einer komfortablen Datscha wohnen und ein oder zwei Jahre lang ein geruhsames Leben führen. Dann, wenn die Welt ihn vergessen hat, wird er eines schmerzlosen Todes sterben. Er hat schon jetzt Leberkrebs, und er wird die Erleichterung begrüßen, die man ihm bieten wird. Aber wenn er sich entschließt, uns Widerstand zu leisten, wird er sehr viel früher an einer sehr schmerzhaften, noch nicht spezifizierten Krankheit sterben. Wir nennen sie ›tödlichen Ärger‹.«

Álvarez spürte, wie seine Spannung wuchs. Lasarews Worte waren brisant und gefährlich, und Álvarez hätte auf diese Informationen gern verzichtet.

»Warum erzählen Sie mir das alles?«

»Damit Ihnen klar wird, daß Ihre Arbeit in Kuba sich keineswegs darauf beschränkt, mit uns über die inneren Vorgänge in Fidels Regierung zu plaudern. Sie haben eine sehr spezifische Aufgabe, Comandante, eine Aufgabe, die von der zukünftigen Führung der Sowjetunion als sehr wichtig eingeschätzt wird. Und durch diese heiklen Informationen soll Ihnen vor allem bewußt gemacht werden, daß Sie nicht für die jetzige Sowjetregierung oder für Nikita Chruschtschow arbeiten.« Lasarew tippte sich an die Brust. »Sie arbeiten für mich, Álvarez. Und ich arbeite für Jurij Andropow, den KGB-Chef, und *er* arbeitet für Leonid Iljitsch Breschnew. In einer kritischen Situation könnten Sie Befehle aus Moskau erhalten, die den meinen widersprechen. Damit kein Mißverständnis aufkommt: Sie werden *meine* Befehle befolgen.«

Álvarez merkte, daß sein Hemd auf dem Rücken und unter den Achseln schweißnaß war. Irgendwie war er in das Schußfeld eines Machtkampfes geraten. »Auf welcher Seite steht Roytschenko?«

»Natürlich auf meiner. Dies ist nicht der schwächliche Versuch einer Palastrevolution. Zu uns gehören die oberen Ränge der Roten Armee, der strategischen Raketentruppen, der Kriegsmarine, das KGB und vier Mitglieder des Politbüros. Aber Sie, Álvarez, stehen seltsamerweise im Mittelpunkt. Sie sind nicht der wichtigste, aber doch ein kritischer Bestandteil des Planes. Ich bin der Abzugmechanismus, Andropow ist der Lauf, und Breschnew entscheidet, wann wir feuern müssen.«

»Einzelheiten . . .?«

»Jetzt noch nicht, Álvarez. Erst einmal möchte ich wissen, ob Sie unsere Arbeitsbedingungen akzeptieren können.«

Lasarew sprach, als gäbe es Alternativen, doch das war längst nicht mehr der Fall. Sobald Julio zögerte, war er ein toter Mann, weil er zuviel wußte. Der General betrachtete ihn mit zusammengekniffenen Augen, als versuche er, seine Haut zu durchdringen und seine Gedanken zu lesen.

»Meine Beteiligung wirft keine Probleme auf. Das hatte ich

Ihnen und Roytschenko doch schon zugesichert«, sagte Julio und ließ seine Stimme gelassen und selbstbewußt klingen. Zeige dich jetzt mit allem einverstanden, dachte er, aber entscheide später. Er hielt Lasarews Blick stand; schließlich lockerten sich die Züge des Russen, und er nickte vor sich hin.

»Ja, ich glaube, Sie werden loyal sein. Ich spreche nicht gern Drohungen aus, deshalb werde ich es auch jetzt nicht tun. Aber Sie begreifen natürlich, daß Sie – genauso wie ich – entbehrlich sind, wenn die Sache schiefgeht.« Plötzlich lehnte er sich zurück, reckte die Arme, beugte die Finger und lächelte. »Schwerarbeit, nicht wahr? Die Planung von Regierungsumstürzen, die Sicherheit der Nation.« Er neigte sich wieder vor. »Sagen Sie mir ganz ehrlich, wie Sie den russischen Bären einschätzen.«

»Er ist mächtig . . .«

»Aber so mächtig auch wieder nicht. Seien Sie ehrlich, mein Freund.«

Mein Freund – welch ein Quatsch, dachte Julio, aber er hob nur leicht die Schultern. »Mächtig, aber so mächtig auch wieder nicht – da haben Sie recht. Ein bißchen schwerfällig. Eine Nation, mit der man im Westen zu rechnen hat, die man aber noch nicht wirklich fürchten braucht.«

»Und was halten Sie von den sowjetischen Raketen?«

Álvarez schwieg etwas zu lange, sah den Ausdruck in Lasarews Augen und erwiderte: »Ich wollte sie wieder eine ›mächtige‹ Waffe nennen, aber wir beide wissen es besser. Veraltet, plump, unzuverlässig.«

Lasarew nickte lächelnd. »Und welche Meinung haben Sie von der internationalen Stellung der Sowjetunion?«

Das bringt uns nicht weiter, dachte Álvarez, höchstens in eine Sackgasse. Er zuckte die Achseln. »Sie haben Ihre osteuropäischen Verbündeten und vielleicht auch etwas Einfluß im Nahen Osten. Es gibt ›Befreiungskriege‹ in verschiedenen südostasiatischen Ländern, aber, insgesamt gesehen, sind all Ihre Bemühungen für den Westen nicht mehr als ein erträgliches Ärgernis.«

»Eine erfrischende Ansicht, Álvarez«, sagte Lasarew lächelnd und mit sanfter Stimme. »Nur sehr wenige meiner Altersgenossen hätten den Mut, eine solche Meinung zu äußern, obwohl wir alle wissen, daß sie zutrifft. Wir sind eine zweitklassige Macht ohne festen Kurs, aber das wird sich ändern.« Er schmetterte unvermittelt die Fäuste auf den Tisch, daß es durch den Raum hallte. »Wir werden es ändern, Comandante, aber es wird seine Zeit brauchen. Die Sowjetunion hat eine ganz besondere Aufgabe, und dafür rüsten wir. Wir brauchen die Männer, das Geld und das Pflichtgefühl einer ganzen Generation, und in der Zwischenzeit muß der Westen durch eine Serie kleinerer Kriege ausbluten. Nicht an einer oder zwei, sondern an vielen Fronten: Südostasien, Lateinamerika, der Nahe Osten, das südliche Afrika. Irgendwann wird der Westen die endlosen Kämpfe satt haben, die, ob gewonnen oder verloren, politisch nichts einbringen. Die Steuerzahler werden aufbegehren, und die Soldaten werden rebellieren. Letzten Endes werden die westlichen Nationen müde und zerstritten sein und weit hinter uns zurückbleiben, sowohl was die Rüstung als auch, was die politische Energie angeht.«

»Und was wird die Sowjetunion dann unternehmen?«

»Das, was Lenin versprach. Wir werden eine letzte große Schlacht schlagen, und wir werden siegen. Der ganze Planet wird schließlich unter sowjetischer Herrschaft stehen: eine Fahne, eine Sprache, eine völlig integrierte Wirtschaft mit einem gemeinsamen Ziel.«

Mein Gott, dachte Álvarez, das klingt wie die Wiederholung einer Wochenschau aus den dreißiger Jahren. Allerdings war Lasarew kein verrückter kleiner Spinner aus Österreich, und seine Worte beschrieben das, was die obersten Ränge der sowjetischen Streitkräfte planten.

Er sprach mit ausdrucksloser Stimme. »Welche Rolle spielt Kuba, welche Rolle spiele ich?«

Lasarew hatte sich beruhigt, zog eine Pfeife hervor und zündete ein Streichholz an.

»Kuba ist unser wichtigstes Projekt, denn es ist der erste marxistische Staat in der westlichen Hemisphäre. Dort stehen wir direkt vor der Haustür der Amerikaner. Und von Kuba aus können wir ganz Lateinamerika aufrollen. Kuba wird zu einer Festung werden, uneinnehmbar und mit den besten Waffen ausgerüstet, die die Sowjetunion bauen kann. Wir werden Ihnen alles Nötige liefern, damit Sie die Kriege führen können, die wir für erforderlich halten.«

»Und was springt für Kuba dabei heraus?«

»Wenn die Sowjetunion die Welt unter einer einzigen Herrschaft vereint hat, wird es eine kleine, erlesene Gruppe von bevorzugten Nationen, darunter auch Kuba, geben. Kuba wäre der Regierungssitz der westlichen Hemisphäre, natürlich, wie sich versteht, unter Moskauer Kontrolle.«

Julio vermochte seinen Ohren kaum zu trauen. »Sie machen Witze!«

Lasarew schüttelte den Kopf. »Durchaus nicht. Kuba liegt geographisch genau im Zentrum der beiden amerikanischen Halbkontinente. Es ist eine Insel und deshalb immun gegen Bürgerunruhen in den Ländern, die es verwalten würde – wenn Sie wollen, vergleichbar mit England zur Zeit des Empires.«

Álvarez neigte sich zurück. »Es dürfte verdammt lange dauern, bis die Sowjetunion die nötige Überlegenheit erringt.«

»Richtig. Ein Vierteljahrhundert. Natürlich kann es Abweichungen geben, es könnte ein Jahr früher oder später werden, was hauptsächlich von der Fähigkeit des Westens abhängt, unserem Anspruch auf Globalherrschaft zu begegnen, aber letzten Endes werden wir siegen – nicht durch politische Macht, sondern durch militärische Stärke. Zu diesem Zweck wird die Sowjetunion im nächsten Vierteljahrhundert durchschnittlich 22 Prozent ihres Bruttosozialproduktes aufwenden, beginnend mit dem Tag, an dem Leonid Iljitsch Breschnew die Führung des Politbüros übernimmt.«

Schweigen breitete sich aus, nur das Summen der Klima-Anlage war im Hintergrund zu hören. Gütiger Himmel, dachte Álvarez, ein Fünftel des Volksvermögens fließt in einen Militärapparat, der erst in einem Vierteljahrhundert zum Einsatz kommen soll! Die Russen stellten Autos her, die nicht einmal so gut waren wie die amerikanischen Wagen der dreißiger Jahre, und er hatte Uhren aus staatlicher Produktion gesehen, die pro Stunde drei Minuten vorgingen, weil durch einen technischen Fehler die Zahl der Zahnradecken nicht stimmte. Wenn man die gegenwärtige sowjetische Technologie betrachtete, schien es unglaublich, daß die zentrale Planung einer derartigen Aufgabe gewachsen sein könnte.

Lasarew brach das Schweigen. »Sie glauben nicht, daß wir es schaffen können? Eine rückständige Nation, erst vierzig Jahre alt, mit einer Führung aus Bauern und einem erheblichen Mangel an technologischen Fertigkeiten . . .«

»Der Gedanke drängt sich auf.«

Der General lächelte und neigte zustimmend den Kopf. »Verständlicherweise, aber das alles wird sich ändern – es ändert sich schon jetzt. Die heutige Demonstration wird Ihnen die Überlegenheit der sowjetischen Wissenschaft beweisen.«

»Und was für eine Demonstration ist das?«

Lasarew ignorierte die Frage. Er klopfte die Pfeife am Absatz seines Stiefels aus und stopfte sie von neuem. Dann führte er ein Streichholz um den Tabak herum, damit er gleichmäßig brannte. Schließlich lehnte er sich befriedigt auf seinem Stuhl zurück. »Glauben Sie, daß Kennedy Kuba überfallen wird?«

»Das ist fast unvermeidlich. Die Invasion in der Schweinebucht hat ihm politisch geschadet, und er steht durch die Wahlen im November unter starkem Druck. Im Moment trifft er Vorbereitungen, aber mit sowjetischer Anleitung und genug sowjetischen Waffen können wir die Amerikaner zurückschlagen. Wir benötigen Küstenabwehrgeschütze, Boden-Luft-Raketen und Abfangjäger. Die Schweinebucht hat uns gelehrt, daß man den Himmel über der Küste kontrollieren muß, wenn man die Invasoren ins Meer zurücktreiben will.«

Von Florida aus nach Kuba sind es neunzig Meilen, von russischen Häfen achttausend. Wie soll die Sowjetunion ihre Lieferungen in einem längeren Krieg durchhalten, noch dazu, ohne in den Kampf einbezogen zu werden?«

Álvarez zog eine Zigarette aus einem verdrückten Päckchen in seiner Jackentasche und zündete sie an. »Wenn Sie uns nicht unterstützen, ist Kuba innerhalb von drei Monaten am Ende.«

»Innerhalb von drei Wochen«, korrigierte Lasarew. »Maximal. Länger hält Kuba nach unserer Meinung ohne direkte sowjetische Intervention nicht durch, und eine solche Intervention müssen wir vermeiden, mein Freund. Nach Schätzungen unseres Geheimdienstes dürfte es in einigen Monaten zu einer amerikanischen Invasion kommen, und ich bezweifle, daß Kennedy diesmal eine zusammengewürfelte Armee von Exilkubanern verwenden wird. Er wird fünf Divisionen Marine-Infanteristen, eine komplette Invasionsflotte und die gesamte Schlagkraft der amerikanischen Luftwaffe einsetzen.«

Julio schnippte die Zigarettenasche auf den Fußboden. Er beobachtete Lasarews Augen, die Bewegungen seiner Hände, die subtile Körpersprache und versuchte, die Gedanken des Mannes zu ergründen. Schließlich begegnete Lasarew seinem Blick, und in seinen Augen war eine Art unterdrückter Belustigung. Was der Mund nicht ausdrückt, das verraten oft die Augen, dachte Álvarez. »Sie scheinen andeuten zu wollen, daß die Sowjetunion irgendwie in der Lage sein wird, der Gefahr einer amerikanischen Invasion vorzubeugen oder sie sogar auszuschalten. Und ich spiele eine Rolle in diesem Plan. Deshalb bin ich hier – im Zusammenhang mit dem spezifischen Projekt, das Sie erwähnt haben.«

»Wir haben einen eleganten Plan ausgearbeitet, und der sieht das wirksamste Mittel zur Verteidigung Kubas vor: In Kuba werden Nuklearraketen stationiert, besetzt mit sowjetischen Mannschaften und ausgerichtet auf die Vereinigten Staaten.«

Eine entsetzliche Idee, dachte Álvarez, und Panik durchfuhr ihn. Es wäre eine direkte Herausforderung der Monroe-Doktrin. Kennedys Invasion würde sich dadurch nur beschleunigen. »Er wird Kuba dem Erdboden gleichmachen!«

Lasarew zupfte gelassen einen Essensrest zwischen den Schneidezähnen hervor, musterte ihn angewidert und schnippte ihn fort. »Das glauben wir nicht. Eisenhower vielleicht, Truman bestimmt, aber nicht dieser Mann. Er sieht sich als Diplomat, nicht als Krieger. Er wird verhandeln. Wir haben die Männer in seiner Umgebung sehr gründlich studiert: Schlesinger, Stevenson, McNamara, Rusk und den Bruder des Präsidenten. Sie werden natürlich Druck ausüben, aber langsam und dosiert. Es geht ihnen um eine Verhandlungslösung.«

»Aber die Raketen . . .?«

»Sechzig Exemplare eines älteren Typs namens SS-4 Sandal. Sie sind in strategischer Hinsicht nicht sehr bedrohlich, da ihre Reichweite nur rund 1800 Kilometer beträgt, etwas mehr als 1000 Meilen. Das genügt nicht einmal, um Washington oder Chicago zu gefährden. Die Sandals werden mit flüssigem Brennstoff betrieben und von Raketenwerfern abgefeuert, die wir in offenem Gelände an der kubanischen Nordwestküste aufstellen werden. Wenn wir wirklich versuchten, sie abzufeuern, würden die Vorbereitungen fast zwei Stunden in Anspruch nehmen. Die Amerikaner werden sie durch Satelliten, Aufklärungsflugzeuge, Unterseeboote und Kubaner im Sold der CIA beobachten lassen. Die Geschosse stellen keine echte Bedrohung dar, dafür sind sie viel zu exponiert und klobig, aber allein die Tatsache, daß sie sich in Kuba befinden, macht sie zu wertvollen Verhandlungsobjekten. Denn sie *sehen aus* wie eine Bedrohung, und das hat politische Auswirkungen, über die sich Kennedy Gedanken machen muß. Die Entscheidung, Kuba anzugreifen, wäre sowohl innen- wie außenpolitisch sehr abträglich für ihn. Aber dies gilt seltsamerweise auch für die Entscheidung, nicht anzugreifen. Viele Amerikaner haben die Peinlichkeit des Fiaskos in der Schweinebucht noch nicht verwunden.«

»Möglich«, räumte Álvarez ein. »Aber Kennedy braucht keine

Invasion einzuleiten. Kampfbomber könnten von Stützpunkten in Südflorida starten und die Raketen zerschmettern, bevor sie aufgestellt, geschweige denn abgefeuert sind. Diese Raketen sind nur eine leere Drohung.«

»Aber darum geht es ja gerade«, entgegnete Lasarew. »Die Sandals sind eine vermeintliche, keine wirkliche Bedrohung. Weil sie so verletzlich sind, braucht Kennedy nichts zu überstürzen und kann in aller Ruhe verhandeln. Die Raketen werden von russischen Soldaten gewartet. Die Zerstörung der Sandals würde also viele russische Opfer kosten, und *darauf* wird Kennedy sich nicht einlassen, weil wir gezwungen wären zurückzuschlagen.« Er stand auf und legte einen Schalter um. Eine Projektionswand glitt von einer Halterung an der Decke herab. Er knipste fast alle Lichter aus und legte mit dem Daumen einen in den Schreibtisch eingelassenen Fernbedienungsschalter um. Ein greller Lichtstrahl, ein Klicken, und dann füllte eine Karte Europas die Projektionswand.

»Dies sind die Dinge, die Kennedy uns für den Abzug der Sandal-Raketen aus Kuba geben wird. Erstens: Abbau der amerikanischen Thor- und Jupiter-Raketen in Europa«, dozierte Lasarew. Er tippte mit dem Zeigestock an die Projektionswand. »Sechzig in England, dreißig in Italien und fünfzehn in der Türkei – alle mit einer Reichweite von 1500 Meilen und jede mit einem nuklearen Sprengkopf von einer Megatonne.« Er legte ein neues Dia ein. »Zweitens: Berlin«, sagte er mit harter Stimme. »Wir wollen Berlin haben, und wir werden es durch einen separaten Friedensvertrag mit den Ostdeutschen bekommen. Kennedy wird uns eine geheime Zusicherung geben müssen, daß die Vereinigten Staaten jede Intervention unterlassen werden.« Er drehte sich zu Álvarez um, und sein Körper wurde vom Projektorstrahl erhellt. »Und drittens: Wir werden uns von Kennedy garantieren lassen, daß es niemals zu einer amerikanischen Invasion in Kuba kommt und daß endlich Schluß ist mit der CIA-Hilfe für konterrevolutionäre Guerillas, also mit ›Operation Mongoose‹ und dergleichen.«

»Aber warum sollte Kennedy sich auf eine so einseitige Vereinbarung einlassen?«

Lasarew steckte die Hand in die Tasche und klirrte mit Schlüsseln. »Weil er ein cleverer Politiker ist und von der größten Mehrheit in der amerikanischen Geschichte wiedergewählt werden will.« Er nickte langsam. »Natürlich wird er zunächst irgendeine Sanktion gegen Kuba verhängen, eine Blockade vielleicht, und er wird die nuklearen Streitkräfte, ebenso wie wir, bestimmt in Alarmbereitschaft versetzen. Der ganzen Welt wird sehr rasch klar werden, daß sie kurz vor einem Atomkrieg steht, aber im geheimen wird man weiter über eine gerechte Regelung verhandeln. Was bleibt Kennedy schließlich anderes übrig? Soll er die Welt wegen eines kleinen Fleckchens Erde in der Karibik in einen Atomkrieg stürzen? Unsere Raketen in Kuba stellen genau die gleiche Bedrohung für die Vereinigten Staaten dar wie die amerikanischen Raketen in Europa für die Sowjetunion. Und der positive Aspekt: Wir werden ihm versichern, daß der Ministerratsvorsitzende Chruschtschow, falls Kennedy unsere Bedingungen akzeptiert, sich sofort über Radio Moskau vor der Welt erniedrigen und erklären wird, daß die Stationierung von Raketen auf Kuba auf seinen persönlichen Irrtum, nicht auf einen Fehler der Sowjetunion zurückgeht und daß man diese Waffen unverzüglich abbauen wird. In den Augen der Welt wird Kennedy einen Atomkrieg durch Festigkeit und reife Zurückhaltung verhindert haben. Das gleiche wird für seine Nichtangriffsgarantie Kuba gegenüber gelten. Die Sieger, Álvarez, können sich immer leisten, großmütig zu sein. Aber diese scheinbar zweitrangigen Punkte werden ohnehin in der Euphorie einer Welt vergessen werden, die von einem gutaussehenden jungen Präsidenten gerettet wurde.«

»Und Chruschtschow?«

»Wir werden vertrauliche Gespräche mit den Amerikanern führen und ihnen darin zustimmen, daß Chruschtschow unbedingt von einer verantwortungsbewußteren Führung abgelöst werden muß.« Er lächelte. »Was halten Sie von unserem kleinen Plan?«

Mein Gott, dachte Julio, der Plan ist brillant, aber ungeheuer anfällig – so viel hängt ab von der Persönlichkeit eines einzigen Mannes, John Fitzgerald Kennedy. »Es könnte klappen, aber es ist ein gewaltiges Risiko. Die eigentliche Frage ist, was geschieht, wenn es nicht klappt?«

Lasarew runzelte die Stirn. »Diese Möglichkeit haben wir nicht übersehen. Kennedy könnte irrational reagieren. Es ist nicht ausgeschlossen, daß das amerikanische Militär seinerseits eine Krisensituation herbeiführt und Kennedy zum Angriff auf Kuba zwingt. Für diesen Fall haben wir einen Ausweichplan vorbereitet.«

Álvarez' Herz schlug schneller. »Mit welchem Ziel?«

»Mit dem Ziel, den dann ausbrechenden Atomkrieg zu gewinnen, natürlich.« Er zog die Dias aus dem Projektor und ließ sie in seine Aktentasche fallen. »Und Sie sind auch ein Teil dieses Plans, Álvarez.«

Die Sandal-Rakete ruhte auf der Lafette des Transportfahrzeugs. Sie war fast siebenundzwanzig Meter lang und hatte einen Durchmesser von über eineinhalb Metern; ihre Oberfläche war glatt und mit stumpfer schwarzer Farbe gestrichen. Die drei Männer standen gemeinsam unter dem grellen Flutlicht der Raketenmontagehalle.

Roytschenko spielte den Fremdenführer. »Dies ist eine der letzten fünfzehn Raketen, an denen noch gearbeitet wird. Fünfundvierzig weitere Sandals sind schon auf dem Weg nach Mariel in Kuba.« Er berührte das Geschoß und fuhr beinahe liebevoll mit der Hand über die glatte Oberfläche.

Lasarew nickte, ohne zu antworten. Auch er berührte das Gehäuse und klopfte leicht mit der Faust dagegen. Das Geräusch überraschte Álvarez, denn anstelle des hohlen Dröhnens von Metallblech ertönte ein dumpfer Laut.

»Sie sind doch aus rostfreiem Stahl?« fragte Álvarez. »Wie amerikanische Raketen.«

Roytschenko lächelte breit und wirkte wie eine Katze, die gerade das erste Rotkehlchen des Frühlings verschlungen hat. »Nein, nicht aus Stahl. Aus Fiberglas. Man könnte sagen, daß dies stark modifizierte Sandal-Raketen sind.«

»Mit größerer Reichweite?« Álvarez schnippte mit den Fingerspitzen gegen das Geschoß.

»Nein«, erwiderte Roytschenko, »die Reichweite ist kürzer, viel kürzer.« Er nahm Álvarez' Ellbogen und führte ihn an der Zündstufe der Sandal vorbei auf einen abgeteilten Bereich des Gebäudes zu. Ein KGB-Leutnant und zwei sowjetische Marine-Infanteristen hielten sie am Eingang an und kontrollierten ihre Papiere. Hinter dem Eingang sahen sie eine weitere Rakete auf einer Lafette, viel kürzer als die Sandal und von geringerem Durchmesser. »Unser neuestes U-Boot-gestütztes Raketensystem: die SS-N-5 Serb. Die Tests wurden vor acht Monaten abgeschlossen. Wir haben jetzt die Serienproduktion aufgenommen, um die Serb an Bord von Atom-U-Booten der Hotelklasse einzusetzen. Leider können wir Raketen viel schneller bauen als Unterseeboote. Folglich haben wir einen großen Überschuß an Serbs.«

Álvarez ging langsam um die Rakete herum und zählte seine Schritte. Vierzehn Meter. Die Serb war nicht einfach ein Metallzylinder mit einem Sprengkopf wie die Sandal, sondern glich eher einer sich nach oben hin verjüngenden Sportgewehrpatrone.

»Recht elegant, nicht wahr?« sagte Roytschenko hinter ihm. »Ohne Sprengkopf ist sie nicht halb so lang wie die Sandal, von kleinerem Durchmesser, übertrifft aber durch ihren Feststoffantrieb und ihr Lenksystem die Sandal in Reichweite und Präzision bei weitem. Sie kann aus dem Rohr eines U-Bootes oder aus einem Silo abgefeuert werden. Außerdem kommt sie ohne die lästige Bodenausrüstung der Sandal aus, ist völlig unabhängig und . . .« – er lächelte – »viel zuverlässiger.«

»Ich weiß nicht, worauf Sie hinauswollen.«

»Bald wird Ihnen alles klarer werden«, sagte Lasarew leise. Er führte sie aus dem abgeteilten Bereich hinaus und ging durch die Raketenmontagehalle auf einen offenen Fahrkorb zu. Der elektrische Motor summte, und der Aufzug stieg langsam empor, bis er mit einem jähen Rasseln anhielt. Lasarew schob die Tür auf, führte sie über eine kurze Laufplanke, durch eine Tür und auf das Dach hinaus.

Es war inzwischen dunkel geworden, die Lichter von Kapustin Jar verteilten sich um erhellte Abschußrampen. Scheinwerfer bewegten sich ruckweise hin und her, und ihre Strahlen strichen über die Wüste. Zwei Hubschrauber mit Suchscheinwerfern patrouillierten den Umgrenzungszaun.

Lasarew schwieg ein paar Minuten lang, starrte in die Nacht hinaus und drehte sich schließlich Álvarez zu. »Ich nehme an, daß Sie sich ein Bild von unseren Risiken machen können. Die Stationierung von Nuklearraketen in Kuba könnte uns einen leichten Sieg verschaffen oder einen Krieg auslösen. Unsere Strategieplaner veranschlagen die Wahrscheinlichkeit, daß wir uns auf einen Atomkrieg einlassen müssen, auf weniger als dreißig Prozent, aber es bleibt ein bedeutendes Risiko, und wir müssen uns auf den Notfall vorbereiten.« Er wandte sich an Roytschenko: »Wie ist die gegenwärtige Kräfteverteilung?«

»Die Amerikaner haben siebenundsechzig ballistische Interkontinentalrakten, die im Westen der Vereinigten Staaten stationiert sind, und einhunderfünf Mittelstreckenraketen in Europa.«

»Und die Stärke unserer Raketenstreitmacht?«

»Dreiundsiebzig Interkontinentalraketen sind einsatzbereit, weitere sechs innerhalb eines Monats. Und wir haben über zweihundert Raketen von kürzerer Reichweite, die auf Europa ausgerichtet sind.«

Álvarez verglich die Zahlen und begriff plötzlich, daß die Sowjets einen entscheidenden Vorteil hatten.

Lasarew schüttelte den Kopf, als habe er hellseherische Fähigkeiten. »Die Zahlen allein sind nicht ausschlaggebend, Álvarez. Die amerikanischen Raketen in Europa können mühelos sowjetisches Territorium erreichen, nördlich bis Moskau und östlich bis Kujbyschew. Deshalb bedrohen *alle* ihre Raketen sowjetisches Territorium, während unsere Mittelstreckenraketen im Ural nur auf europäischem Boden explodieren können, was für das amerikanische Militär natürlich von nicht allzu großem Interesse ist. Im Grunde ist das Verhältnis etwa zwei zu eins zugunsten der Amerikaner.«

Plötzlich paßte alles zusammen. »Wenn Sie sechzig Sandals in Kuba stationieren, stimmt das Gleichgewicht wieder.«

»Das genügt nicht«, antwortete Lasarew, »nicht annähernd. Und wie ich schon hervorgehoben habe, können die Sandals bei ihrer Reichweite nur einen kleinen Teil der amerikanischen Nuklearraketen zerstören. Die weitaus meisten sind in den westlichen Bundesstaaten konzentriert.« Er schüttelte den Kopf. »Nein, wir würden doppelt so viele Raketen benötigen, von größerer Treffsicherheit und mit einer Reichweite von mehr als zweitausend Meilen. Sie müßten durch Tiefensilos geschützt werden und Sekunden nach dem Einsatzbefehl startbereit sein. Aber gehen wir einmal von der Hypothese aus, daß wir mehr als hundert dieser hochentwickelten Raketen in Kuba stationieren könnten. Dann wären wir gegebenenfalls in der Lage, fast die gesamten strategischen Streitkräfte der USA innerhalb von acht bis zwölf Minuten zu vernichten. Die Kräfteverteilung würde sich völlig zu unseren Gunsten verändern. Die Amerikaner würden den größten Teil ihrer strategischen Bomber und ihrer Tankerflotte, alle Interkontinentalraketen, ihre Nachrichtenverbindungen und alle in den Häfen liegenden Atom-U-Boote verlieren.« Er klopfte mit der Pfeife gegen das Dachsims. »Das Unglaubliche ist, daß die Amerikaner ihrer eigenen Dummheit wegen erst in dem Moment, wo unsere Sprengköpfe schon ihre Ziele treffen, wissen würden, daß sie angegriffen werden, denn ihr gepriesenes Dew-Line-Frühwarnsystem ist nur nach Norden zum Polarkreis, nicht nach Süden auf Kuba hin ausgerichtet. Wir hätten zwar auch Verluste, aber unsere Interkontinentalraketen und unsere Bomberverbände blieben unversehrt. Wenn es zu einem Krieg käme, könnten wir also unter akzeptablen Verlusten siegen.«

»Aber der Zweck dieser verdammten Übung bestand doch darin,

einen Krieg zu verhindern und Kuba trotzdem zu einem sowjetischen Stützpunkt zu machen!«

»Es gibt Fraktionen innerhalb der Fraktionen«, erwiderte Lasarew heftig. »Die militärische und politische Herrschaft ist das von uns allen anerkannte Ziel. Breschnew hofft, dieses Ziel innerhalb eines Vierteljahrhunderts zu erreichen, aber andere, auch ich, glauben, daß unser Plan sich in viel kürzerer Zeit realisieren läßt.« Er unterbrach sich, blickte über die Ebene von Kapustin Jar hinweg und sah Álvarez schließlich wieder an. »Machen Sie nicht den Fehler anzunehmen, daß wir Militärs ohne Grund einen präventiven Atomkrieg auslösen würden! Nur nach meiner persönlichen Analyse ist die Wahrscheinlichkeit, daß dieses Abenteuer zu einem Krieg führt, sehr hoch, wahrscheinlich höher als sechzig Prozent. Wenn wir Militärs eine Verschlechterung der politischen Lage wahrnehmen, die unserer Meinung nach einen Atomschlag der Amerikaner verursachen könnte, dann werden wir zuerst handeln. Und wir werden siegen.«

Plötzlich wurde Álvarez bewußt, daß Lasarew nicht von einem Krieg sprach, der nur mit einer Wahrscheinlichkeit von eins zu drei stattfinden würde. Im Gegenteil, er hatte das erläutert, was als Hauptereignis vorgesehen war. Lasarew wollte einen Krieg auslösen – einen Krieg, den er und Andropow planten. Er spürte die intensive Nähe der beiden Männer, die ihn einrahmten. Sie warteten auf seine Reaktion, um sein Engagement abschätzen zu können. Es wäre wahnsinnig, den Eventualplan, so wie Lasarew ihn dargelegt hatte, blindlings zu akzeptieren. Aber wenn er zu heftige Einwände erhob, so unterzeichnete er damit sein eigenes Todesurteil. Also entschied er sich für den mittleren Weg, um Zeit zu gewinnen. »Sie könnten die Serbs nicht nach Kuba schaffen, ohne daß die Amerikaner es herausfinden würden.«

Überraschenderweise lachte Lasarew. »Sie haben natürlich recht. Die Amerikaner beobachten unsere Schiffe, sobald sie aus Murmansk auslaufen. Sie machen Luftaufnahmen von allem, was in Mariel gelöscht wird, und innerhalb Kubas gibt es Tausende von Leuten, die von der CIA dafür bezahlt werden, daß sie über alles berichten, was zu militärischen Sperrgebieten im Inneren transportiert wird. Wir könnten es nicht riskieren, aber lassen Sie uns einmal theoretisch annehmen, wir wären tatsächlich in der Lage, die Serbs ohne Wissen der Amerikaner einzuschmuggeln. Was dann?«

Álvarez wußte, daß man ihn in die Enge treiben wollte, und er überlegte, wie er so antworten könnte, daß er genau das richtige Maß zwischen Zustimmung und Ablehnung traf. Er blickte Lasarew an. »Dann hätten wir die Voraussetzungen für einen Sieg, wenn ein Krieg ausbrechen sollte.«

Lasarew schwieg lange Zeit und sog an seiner erkalteten Pfeife. »Natürlich«, sagte er, und seine Stimme duldete keinen Widerspruch. »Wir müssen die Voraussetzungen für einen Sieg schaffen – oder es wenigstens versuchen.« Er ließ die Pfeife in seine Tasche gleiten und blickte wieder über die Ebene hinweg. »Sie verstehen, daß ich den Advocatus diaboli spiele. Ich bin von Breschnew mit der Alternativplanung betraut, falls sich die Dinge nicht nach dem Wunsch der Politiker entwickeln.« Er wandte sich an Roytschenko. »Ich muß gehen, mein Freund. Wie spät ist es?«

Roytschenko schob den Ärmel seiner Jacke zurück. »21.33 Uhr.«

Lasarew nickte. »Also sagen wir, in fünf Minuten. Um 21.38 Uhr.«

Der Oberst nickte, umarmte Lasarew, klopfte ihm auf den Rücken und gab ihm einen trockenen Bruderkuß auf beide Wangen. »Wir werden Sie nicht enttäuschen, Anatolij Iwanowitsch.«

Lasarew gab Álvarez die Hand. »Bis . . .« Ohne auf eine Antwort zu warten, ging er langsam über das Dach und verschwand durch die Tür. Sekunden später hörte Álvarez das Rasseln der Aufzugtür und das Surren des Motors.

»Unzweifelhaft ein brillanter Mann«, sagte Roytschenko. »Seine Ideen sprengen den Rahmen des Üblichen.« Er seufzte und wandte sich Álvarez zu. »Sie hatten sich vorhin nach Einzelheiten erkundigt?«

»Es wäre hilfreich.«

»Chruschtschow und Castro haben ein geheimes Abkommen über die Stationierung der Sandals in Kuba unterzeichnet. Sie sollen unter gemeinsamem kubanisch-sowjetischem Kommando stehen. Natürlich möchte Castro das letzte Wort haben, was den Einsatz der Raketen betrifft. Anders ausgedrückt, ein Moskauer Befehl zum Abschuß der Raketen muß von Castro bestätigt werden.«

»Aber wie könnte er denn verhindern, daß sie abgefeuert werden?«

»Durch das ›Doppelcode-System‹. Ich bekomme einen neunstelligen Code von Moskau, und Castro gibt Ihnen einen neunstelligen Code seiner eigenen Wahl. Theoretisch kennt keiner von uns beiden den Code des anderen. Für den Fall eines Feuerbefehls, dem sowohl

Moskau wie Havanna zustimmen, erhalten wir separate Bestätigungen. Sie programmieren Ihre neun Ziffern ein, und ich tue das gleiche. Dadurch wird das Schaltsystem zur Abfeuerung in Gang gesetzt.«

»General Lasarew sagte, die Sandals werden an der Nordwestküste Kubas stationiert. Kontrollieren wir die Arbeit also aus Havanna oder Pinar del Rio?«

»Nein, nicht aus Havanna. Wir kontrollieren die Raketen aus dem Calvario-Komplex im Tal nördlich der Sierra Maestra.«

Álvarez wußte seit einiger Zeit von dem Komplex. Es war eine dieser sowjetischen Anlagen, gebaut von russischen Pionierbataillonen, bewacht vom KGB, bemannt von Angehörigen der Roten Armee. Raúl Castro hatte ihn darüber informiert, daß es sich um eine Nachrichtenanlage handelte, die die Sowjets für ihre im Atlantik und im Karibischen Meer operierenden Unterseeboote benötigten. Kubanern war der Zugang verboten.

»Weshalb gerade dort?«

»Weil ich es sage«, erwiderte Roytschenko abweisend und mit klangloser Stimme. Er tippte auf seine Uhr. »Noch eine Viertelminute.« Dann zeigte er nach Südwesten.

Die Sekunden verstrichen. Ein gleißender Feuerball erhellte den Nachthimmel, Rauchwolken wurden von innen her erleuchtet und wirbelten in die Höhe. In einem Streifen weißglänzenden Lichtes stieg eine Rakete empor, zuerst langsam, dann immer schneller, bis sie eine ebenmäßige Parabel beschrieb. Die Flammen zogen sich zu einem winzigen Punkt intensiven Lichts zusammen, der Álvarez blendete, und doch konnte er die Augen nicht abwenden. Die Rakete wurde von einer Wolkenschicht eingehüllt, tauchte, blauweiß glühend, wieder auf und beschleunigte mit unglaublicher Geschwindigkeit. Er beobachtete sie wie hypnotisiert, bis sie hinter der Erdkrümmung verschwunden war.

»In neun Minuten wird der Übungssprengkopf zweitausend Meilen von hier, auf den Ebenen von Transbaikalien, mit einer Abweichung von weniger als einer Viertelmeile aufschlagen.« Roytschenkos Stimme war ausdruckslos.

Álvarez fingerte nervös eine Zigarette aus seinem Päckchen und steckte sie an. »Das war die Sandal.« Es war keine Frage, sondern eine Feststellung.

»Nein«, erwiderte Roytschenko. »Das war eine Serb.«

Der Rückflug nach Moskau war unglaublich ruhig. Roytschenko war schon vor dem Start eingedöst, aber Julio konnte nicht schlafen, hielt den Kopf an das kühle Plexiglas und sah zu, wie vereinzelte Lichter zurückwichen und in den riesigen Weiten des russischen Landes erloschen.

Er begriff, daß er in das Unternehmen einbezogen war, und es gab keinen Ausweg. Aber das Endergebnis war Macht, verlockend und des offensichtlichen Risikos wert. Der Einsatz hatte sich viel schneller erhöht, als Julio erwartet hatte, aber er wußte, daß er das Blatt nicht mehr hinwerfen konnte. Bei einem anderen Spiel hätte es geheißen: Die Würfel sind gefallen . . .

Plötzlich merkte er, daß Roytschenko wach war und ihn musterte. Er wandte den Kopf. »Sie schlafen den Schlaf des Unschuldigen.«

Roytschenko achtete nicht auf die Stichelei. Er gähnte, reckte die Arme und warf einen Blick auf seine Uhr. »Wir landen in dreißig Minuten. Sie haben morgen und übermorgen noch Zeit, Ihre Ausbildung pro forma abzuschließen. Übermorgen abend fliegen wir mit Aeroflot nach Havanna.« Seine Stimme war träge und eintönig. Er drehte sich zur Seite und schlief, durch den Mund atmend, schon wieder ein.

Álvarez blickte in die Nacht hinaus. Sterne versanken am Horizont, als die Maschine sich sanft nach Norden in die Kurve legte. Vor ihm wuchsen vereinzelte Lichter zu Ketten zusammen, die nach Norden zur pulsierenden Beleuchtung von Rjasan und schließlich von Moskau führten.

Noch zwei Tage in diesem verfluchten, unfreundlichen Land und dann nach Hause. Alicia, dachte er. Wie er sich nach ihrem glatten Körper sehnte, nach dem Gefühl ihres Haares zwischen seinen Fingerspitzen, dem Duft ihrer Schenkel und dem Geschmack von Salz auf ihrer Haut! Unwillkürlich spürte er eine Erektion, er brauchte unbedingt eine Frau.

Álvarez tippte an Roytschenkos Arm.

»Was ist los?«

»Haben Sie etwas dagegen, wenn ich Consuelo nach der Landung treffe?«

Roytschenko richtete sich auf und rollte die Schultern, um sich aufzulockern. Er atmete langsam ein und blies die Luft durch die Nase aus, als sei er gereizt. »Ich dachte, Sie wüßten Bescheid, Julio. Das ist unmöglich.«

»Wieso denn . . .«

Der Russe unterbrach ihn. »Sie ist *tot*, Julio. Ein Lastwagen überfuhr sie, als sie den Dsershinskij-Platz überquerte – nur wenige Minuten nachdem Sie mit ihr gesprochen hatten.« Er seufzte. »Aber vielleicht ist es so am besten, meinen Sie nicht? Frauen reden zuviel, nicht wahr?«

6.

Jay Royce Steen jr., Oberst i. R. der US-Armee, empfing Hagger an der Tür des Landhauses aus massivem Beton, das in einem der älteren, verfallenen Bezirke von Coral Gables lag. Steen hatte die Farbe einer gut abgehangenen Rinderseite, seine Augen waren rot gerändert und spiegelten den Zustand eines Mannes wider, der beinahe Mitte Sechzig ist, aber das Leben eines Dreißigjährigen führt. Er bedachte Hagger mit einem zermalmenden Händedruck, tappte ins Wohnzimmer zurück und hinterließ nasse Fußspuren auf dem Terrazzoboden.

Das Haus stammte aus der Zeit der ersten Besiedlung Floridas. Billigmöbel aus einem Diskontgeschäft standen herum. Das Haus glich den Leuten, für die es wahrscheinlich gebaut und eingerichtet worden war: den anonymen Personen, die es wie De Soto auf der Suche nach Reichtum und Unsterblichkeit kurzfristig nach Florida verschlug. Hagger hatte sich oft gedacht, daß kaum jemand das erste Ziel und niemand das zweite erreichte.

Hagger folgte Steens Fußstapfen in das Wohnzimmer, vor dem eine kleine abgeschirmte Veranda lag: eine Art Wintergarten, der jedem Haus in Florida aufgepfropft zu sein schien. Dahinter, in der Mitte des eingezäunten Rasens aus verdorrtem Fingergras, lag ein Swimmingpool. Das Wasser hatte die Farbe von Erbsenbrei.

»Sie brauchen etwas Chlor für das Ding«, sagte Hagger und wuchtete sich in einen Bambussessel mit hellrot geblümten Kissen.

»Nicht aus meiner eigenen Tasche«, knurrte Steen, der sich abtrocknete. »Die Agentur mietet diese Mistbuden, rückt aber nie Betriebskosten raus. Kein Wunder, daß wir ein beschissenes Image haben.« Er deutete auf eine Bar mit mehreren Flaschen und einem Eiskübel. »Bedienen Sie sich. Ich dusche mich eben ab.« Er verschwand in Richtung Schlafzimmer und zog kleine Wasserpfützen hinter sich her.

Hagger goß sich einen Canadian Club mit Ingwer ein, blieb an den Stufen stehen, die zum Swimmingpool hinabführten, und nippte langsam an seinem Drink.

Steen ist ein Typ aus den Gründerjahren der Agentur, dachte

Hagger. Herangezogen in der wilden Schule des Weltkrieges, er behielt den Rang eines Obersten, arbeitete jedoch längst ausschließlich für die Agentur und stand auch hier dicht vor der Pensionierung. Die Agentur ändert sich, dachte Hagger. Nichts als intelligente, junge, aufgeweckte College-Absolventen mit Diplomen in exotischen Sprachen. Sie trugen Krawatten, putzten ihre Schuhe und spickten ihren Wortschatz mit Begriffen wie ›Taxierung‹, ›Parameter‹ und ›Makroökonometrie‹. Alles blieb wunderbar unbestimmt, wurde von einer Bürokratie koordiniert, die haufenweise Papier produzierte, und war so angelegt, daß keiner verantwortlich war, wenn irgendwas zum Himmel stank. Es ging nicht mehr darum, sich deutlich auszudrücken und mit seinem eigenen Namen für seine Aktionen geradezustehen. Herrgott, dachte er, ich werde alt – zu alt für diesen Laden.

Hagger nahm einen großen Schluck von seinem Drink. Er freute sich nicht auf die Bettelei, die ihm bevorstand, und er war sich durchaus nicht sicher, daß Steen sich erweichen lassen würde. Manch einer hat kurz vor der Pensionierung plötzlich seltsame Vorstellungen von dem, was er zu tun hat.

Steen kehrte zurück. Er trug jetzt einen flauschigen weißen Bademantel, sein Haar war nach hinten über den Schädel geklatscht, und sein Gesicht war nach der Dusche noch stärker gerötet als sonst. »Sie überschreiten Ihre Kompetenzen, Hagger«, sagte Steen. »JM Wave läßt sich nicht mit Operation Mongoose ein. Kümmern Sie sich um Ihren eigenen Zirkus, nicht um meinen.«

»Ein etwas ungewöhnliches Problem«, antwortete Hagger. Er nahm einen weiteren Schluck und hoffte gegen alle Vernunft, der Alkohol würde seiner Zungenfertigkeit guttun. »Wir haben einen Mann aufgegriffen, der erst vor drei Tagen aus Kuba kam. Er hatte eine Filmrolle bei sich.«

»Schweini-i-sche Bi-ilder, Señor Hagger?«

Hagger biß sich auf die Lippen. Ihm war klar, daß er solche Bemerkungen von Steen einstecken mußte. Das gehörte zu Steens Spiel, und sie beide wußten, wer die besseren Karten hatte.

»So etwas Ähnliches. Der Mann wurde an der Nordküste von Jamaika von örtlichen Verteidigungskräften entdeckt. Einer unserer Leute bekam Wind davon und räumte alle Zweifel der Jamaikaner aus, indem er dem Chef der Einwanderungsbehörden ein paar Scheinchen über den Schreibtisch flattern ließ. Der Mann ist Amerikaner, die letzten drei Jahre war er in Kuba. Er hat dort für

Fabricio gearbeitet und gehörte in letzter Zeit zu Marotos Truppe. Kennt die Sierra Maestra wie seine Hosentasche.«

Steen ging zur Bar hinüber, goß etwas Gin in sein Glas und füllte es dann mit Tonic auf. »Wenn man nicht von dem Zeug abhängig werden will, Hagger, muß man darauf achten, daß der erste Drink gut verdünnt ist. Dann füllt sich der Magen mit Kohlensäure, und man kann die harten Sachen in der zweiten Runde nachschütten. Genau das gleiche, wie wenn man sich ein Sandwich reinhaut, bevor man in den Supermarkt geht . . . Um nicht all den süßen Kram zu kaufen, der dort in den Regalen rumliegt. Kapiert?« Er wartete nicht auf eine Antwort. »Also, was ist mit dem Film?«

Hagger kratzte ein paar Hitzepickel an seinem Hals. »Vor neun Monaten ungefähr haben wir von Fabricio die Nachricht aufgefangen, daß sowjetische Baubrigaden in der Sierra Maestra an einem verdammt großen unterirdischen Komplex bauen. Wir haben zwei U-2-Luftaufnahmen, aber darauf ist nichts zu sehen, weil die Bauarbeiten offenbar nur nachts oder bei dichter Bewölkung ausgeführt werden. Wir ließen Fabricio also wie üblich über See Nachschub zukommen, legten aber eine Nikon, zwei Teleobjektive und einen Infrarotfilm dazu – was man eben so braucht. Einer von Fabricios Männern war früher Berufsfotograf, und der machte die Sache. Bei dem Luftangriff auf Fabricios Truppe ging der Fotograf drauf, aber der Film blieb unversehrt. Mein Kontaktmann hat verdammt viel durchgemacht, um ihn rauszubringen.«

»Fotos wovon?«

Das ist der entscheidende Moment, dachte Hagger. Entweder beißt er aus Neugier an, oder er schickt mich zum Teufel. Er trank sein Glas aus und blickte verstohlen zu Steen hinüber, um dessen Stimmung zu ergründen, aber er konnte nichts aus seiner Miene ablesen. Hagger versuchte, seine Antwort rätselhaft klingen zu lassen, um Steen einen Anreiz zu bieten. »Von Dingen, die wir noch nie außerhalb der Sowjetunion installiert gesehen haben . . .«

Immer noch keine Reaktion von Steen. Er stand einfach nur da, ließ die Eiswürfel in seinem Glas klirren, musterte den Boden und ging schließlich voran zum Swimmingpool. Er schnaufte und setzte sich am seichten Ende auf die Stufen. Hagger hockte sich neben ihn, zog Schuhe und Socken aus und ließ die Füße im Wasser baumeln.

Steen stieß einen Seufzer aus, als habe er dies alles schon einmal gehört. »Was ist denn nun auf dem Film drauf, Hagger, alter Knabe?«

»Er zeigt vor allem, daß die Bautruppen einwandfrei zur Roten Armee gehören: Pionierbataillon, Zweites Bautechnikerkorps. Das letzte größere Projekt, mit dem sie zu tun hatten, war in Plesetek in der Umgebung von Leningrad. Irgendein Raketenstützpunkt. Die Kennzeichen auf ihren Lastwagen entsprechen unseren Informationen, und zwei ihrer Kräne haben Nummern, die bei einem U-2-Überflug im November 57 fotografiert wurden.«

Steen blies die Luft durch die Lippen wie ein erschöpftes Pferd. »Und was soll an dem Scheiß so bedrohlich sein, Hagger?«

»Keine Ahnung«, sagte Hagger müde und vielleicht ein wenig defensiv. »Genau das will ich herausfinden. Die Fotos, die mein Kontaktmann mitgebracht hat, zeigen irgendwelche Arbeitsschuppen: verzinkte Dächer auf Pfosten, aber die Seiten sind offen. Unter dem Dach ist eine Art Loch. Anscheinend entfernen die Russen die Dächer nur nachts oder wenn es bewölkt ist, und dann fangen sie an zu buddeln. Bei klarem Himmel ziehen sie die Dächer wieder hoch und verschwinden von der Baustelle, so daß sie aus der Luft so ausgestorben aussieht wie das Death Valley. Das Gebiet, von dem die Rede ist, liegt in einem Nickelgrubenbezirk in der Sierra. In diesen Hügeln gibt's überall Werkzeugschuppen. Wir haben die Bilder mit früheren Luftaufnahmen verglichen, aber es gibt so viele alte Schuppen, daß man die neuen niemals bemerken würde, wenn man nicht ausdrücklich nach ihnen sucht.«

Steen stand auf, schritt um den Swimmingpool herum und blickte in die undurchsichtigen Tiefen. »Chlor, was?« Er drehte sich um und schritt auf Plattfüßen an die Bar. Dann schenkte er sich ein halbes Glas Tonic ein, nahm einen Schluck, schüttete es in den Ausguß und füllte das Glas zur Hälfte mit purem Gin. »Sie graben also diese Löcher in den Boden, und was machen sie dann?«

»Die Fotos, die Fabricios Mann gemacht hat, zeigen, daß sie die Löcher mit ineinandergreifenden Stahlmanschetten auslegen, und zwar von genau 53 Zoll Innendurchmesser und vielleicht bis zu einer Tiefe von fünfzig Fuß. Das sind ganz präzise Schätzungen, die sich auf die Größe bekannter Gegenstände stützen, zum Beispiel Lastwagenreifen, Baumaterial und so weiter.«

Steen legte die Finger an die Nase wie ein erwartungsvoller Heiliger. »Überraschen Sie mich, Hagger. Was bauen die Schweine?«

»Vielleicht Benzintanks. So ein Gerücht geht in Kuba um, aber das nehme ich keinem ab.«

»Sagen Sie mir, was Sie glauben.«

Hagger lächelte innerlich. Steen begann, nach dem Lockmittel zu schnappen. Er gab etwas mehr Leine und ließ den Köder hin und her hüpfen. »Ich glaube, daß sie Silos bauen.« Hagger rührte mit dem Zeh im Wasser und zog ihn zurück. »Chlor bringt's bestimmt. Gießen Sie fünf Liter rein, warten Sie eine Nacht, und Sie haben einen Swimmingpool, der so durchsichtig ist wie der Colorado River.«

»Der Colorado ist flüssiger Schlamm.«

»Ich meine das – Scheiße –, wie heißt das noch?«

» . . . metaphorisch.«

Hagger zuckte die Achseln. »Gut möglich.«

»Also, Schluß jetzt mit dem Quatsch, Max! Was sollen sie in Ihren sogenannten Silos lagern? Romeo-y-Julieta-Zigarren für den Export?«

»Raketen.«

»Raketen!? Sie haben 'ne Meise.«

»Ich rede nicht von Interkontinentalraketen, nicht einmal von solchen mit mittlerer Reichweite. Ich meine Dinger mit einer Reichweite von vielleicht fünfzig bis achtzig Meilen.«

Steen betrachtete die Kacheln, mit denen sein Swimmingpool ausgelegt war. Er schlug die Beine übereinander und begann, einen Fuß im Takt einer imaginären Trommelmelodie zu bewegen. »Weiter«, sagte er.

»Es ist das einzige, was stichhaltig ist: sowjetische Baumannschaften und vielleicht zweihundert KGB-Leute, die das Gelände sichern; kubanische DGI, die alles außerhalb des Zaunes und die Zufahrtsstraßen in der Umgebung überwacht; DGI- und FAR-Truppen, die die Berge nach Guerillas durchkämmen – also sind es nicht bloß Treibstofftanks. Boden-Luft-Raketen können wir vergessen. Die schießt man nicht aus fünfzig Fuß tiefen Löchern ab. Nukleare Langstreckenraketen? Wäre interessant, aber ich glaube, nicht mal die Sowjets hätten den Nerv, so etwas den Vereinigten Staaten direkt vor die Nase zu setzen. Außerdem haben sie meines Wissens nichts mit so kleinem Durchmesser. Also müssen es Boden-Boden-Raketen von geringer Reichweite sein.«

Steen schnaubte ein wenig, stemmte sich hoch und bedeutete Hagger durch einen Wink, ihm zu folgen. »Gehen wir in meine Höhle. Das Gelände hier ist zu offen. Es laufen zwar ein paar Wächter rum, die versuchen, wie Gärtner auszusehen, aber hier ist's nicht ungefährlich.« Er trommelte sich mit beiden Fäusten an die Brust wie ein verfetteter Tarzan. »Ich bin dreiundsechzig, Hagger, und ich fühle mich keinen Tag älter als Achtzig. Nehmen Sie den Gin mit, und ich hole etwas mehr Eis aus der Küche. Hinteres Schlafzimmer, zweite Tür rechts, wenn Sie durch den Flur gehen.«

Hagger nahm die Ginflasche auf und schritt durch einen schmalen Gang, der mit falschem Stuck und ein paar billigen Drucken von faden, rehäugigen, langhälsigen Kindern verziert war. Er fand das Zimmer und setzte sich auf einen mit Segeltuch überzogenen Klappstuhl.

Steen kam nach; er trug eine mit Eis gefüllte Salatschüssel und zwei Gläser. Er setzte sich ebenfalls, goß sich und Hagger Gin ein und hob sein Glas. »Auf zwei ausgebrannte Schreibtischhengste.« Er schluckte geräuschvoll, setzte das Glas ab und lehnte sich zurück. »Machen Sie mir ein Angebot.«

»Hören Sie, Jay«, sagte Hagger leise. Er wußte, daß Steen nach dem Köder geschnappt, aber noch nicht angebissen hatte. »Ich arbeite für Sie. Mongoose ist eine Unterabteilung von JM Wave. Ich brauche und erwarte Ihre Hilfe. Ich möchte ein Team nach Kuba schicken, um genau herauszufinden, wofür diese Silos benutzt werden sollen. Vielleicht kann ich sie auch durch meine eigenen Männer und Marotos Leute zerstören lassen.«

»Dann gehen Sie doch zu Bobby Kennedy. Daß Sie für mich arbeiten, steht nur auf den Organisationsplänen. Und falls Sie's vergessen haben: Es gibt eine Weisung des Präsidenten, die uns allen ausdrücklich verbietet, uns in was einzulassen, was das Leben dieser kostbaren kleinen Sowjetbürger gefährden könnte.«

»Ich kann nicht zu Kennedy gehen«, antwortete Hagger. »Dienstweg, Sie wissen ja. Es läuft nur über Fredericks, und ich habe schon bei ihm vorgefühlt. Er hat rundweg nein gesagt. Meine einzige Möglichkeit ist nun, die Sache illegal zu machen und mich auf Sie zu verlassen, was die nötige Ausrüstung betrifft.«

»Warum denn die ganze Aufregung?« fragte Steen gähnend. »Es gibt also ein paar Löcher im Boden der Provinz Oriente, und Sie wollen die Löcher noch größer machen. Nehmen Sie doch Ihre eigenen Leute oder schnappen Sie sich ein paar Exilkubaner von Alfa 66 oder irgendeiner anderen vertrottelten Organisation. Die hocken haufenweise in West Flagler herum. Aber lassen Sie mich in Ruhe.«

»Jay«, sagte Hagger beschwörend, »wir beide wissen doch, was in den letzten zehn Jahren passiert ist. Alles wird von gesichtslosen, namenlosen Ausschüssen erledigt und von Unterausschüssen des Kongresses geprüft. Jeden zweiten Geheimbericht kann man am nächsten Tag in der Zeitung lesen. Das Sicherheitsrisiko ist umgekehrt proportional zur Menge der beteiligten Personen, dafür war die Schweinebuchtinvasion ein typisches Beispiel. Sie wissen doch ganz genau, wenn eine Situation kritisch wird, finden diese Verwaltungsbeamten immer eine faule Entschuldigung und lassen unsere Leute im Regen stehen. Die Sowjets schicken zwei, machmal drei Frachter pro Tag nach Kuba. Sie stopfen Kuba voll mit Boden-Luft-Raketen, Panzern und Artillerie – alles erstklassige Qualität. Das sind keine normalen Lieferungen an einen Verbündeten. Sie bauen Kuba zu einer Festung um, und von dieser Festung aus werden die Sowjets einen Feldzug zur Eroberung Zentral- und Südamerikas starten. Man hört Gerüchte, daß der Generalstab Kennedy in den Ohren liegt, Kuba auszuschalten, bevor Castro zu gut gerüstet ist. Die Sache ist etwas ernster, als wenn es nur um Panzer und Artillerie ginge. Es heißt, daß Castro IL-28-Bomber bekommt, was bedeutet, daß seine Piloten auf einem Einwegflug an der Ostküste bis nach Washington und westlich bis nach Dallas vordringen könnten.«

»Dann wollen wir hoffen, daß sie sich für Washington entscheiden«, sagte Steen. »Das würde die Stauungen auf den Autobahnen beheben, und das Pentagon könnte endlich einmal seine Existenzberechtigung beweisen.« Er seufzte und ließ sich wieder schlaff in den Stuhl zurückfallen. »Ich weiß immer noch nicht, warum ich, zum Teufel, wegen ein paar Löchern im Boden meinen Hals riskieren soll.«

Hagger fuhr mit den Fingernägeln über die Hitzepickel. Laß ihn den Haken schlucken und hol die Leine ein, dachte er. Was hatte er schließlich zu verlieren? Alles. »Sehen Sie, Kennedy wird letzten Endes eine Invasion starten müssen. Die Umstände werden ihn dazu zwingen – der politische Druck oder weil das Pentagon keine Ruhe gibt. Aber statt mühsame Vorbereitungen zu treffen – genug Leute auf kubanischen Boden zu bringen, Schlüsselanlagen in die Luft zu jagen und überhaupt all das zu tun, was für die Landung in der Normandie getan wurde –, wird er bis zur letzten Sekunde herumtrödeln und dann alles, was wir aufbieten können, an die kubanischen Küsten werfen. Wir beide wissen, daß monatelange Vorbereitungen nötig sind, wenn eine Invasion klappen soll, und wenn die Arbeit nicht richtig gemacht wird, kann die Invasion ein Reinfall werden. Wenn das noch einmal passiert, haben die Vereinigten Staaten ungefähr so viel militärische Glaubwürdigkeit wie Island.«

Wieder kratzte er nervös seine Hitzepickel. Es lief nicht gut; so sehr er Steen auch gedrängt hatte, es genügte noch nicht. »Also schön, mehr weiß ich selbst nicht: Die Silos sind wahrscheinlich für FROGs bestimmt.«

»FROG – was ist das denn, verdammt noch mal?«

»Eine Kurzstreckenrakete. Reichweite vielleicht fünfzig bis achtzig Meilen, normalerweise mit konventionellem Sprengkopf, aber ein Nuklearsprengkopf ist möglich. Hat ein hochentwickeltes Lenksystem, Infrarot- oder Radar-Zielpeilung. Die Sowjets und die Kubaner brauchen eine Waffe gegen Schiffe, die von den Küstengeschützen der Marine nicht erreicht werden können. Außerdem könnten sie von der Sierra aus die Rollbahnen von Guantánamo beschießen. Die Anlage wird in einem tiefen Tal gebaut, und wenn sie erst einmal mit Boden-Luft-Raketen ausgerüstet ist, wird es so gut wie unmöglich für uns sein, einen erfolgversprechenden Luftangriff zu starten.«

Steen stand auf, reckte sich und krümmte die Finger. »Vielleicht bin ich bescheuert, aber ich kümmere mich um die Baseballamateure, Hagger«, sagte er. »In einer Viertelstunde muß ich nach Fort Lauderdale, das sind vierzig Minuten Fahrt. Muß dort Schiedsrichter spielen. Sie wollen mich in eine improvisierte Operation reinziehen, die nicht vom Direktor abgesegnet ist und bei der vielleicht sowjetische Staatsbürger umkommen. Darauf kann ich mich nicht einlassen, Max.«

»Herrgott noch mal, Steen«, schrie Hagger, »alle – in der Agentur, im Pentagon und im Weißen Haus – haben die Hosen voll, wenn sie irgendwas unternehmen sollen, wobei ein paar Russen draufgehen könnten! Diese Schlappschwänze im Pentagon werden nutzlose Strategiepapiere produzieren, und alle werden die Augen zumachen, bis es zu spät ist. Das, was jetzt in der Sierra gebaut wird, muß vernichtet werden. Sofort! Was es auch ist, sie werden es letzten Endes durch Boden-Luft-Raketen schützen, und dann kommt nichts mehr durch. Aber mit einem Team von zwei oder drei Leuten könnte ich jetzt noch was ausrichten.«

»Also angenommen – rein theoretisch –, daß ich einen Fallschirmabsprung für Sie arrangieren könnte?«

»Die Männer würden nicht durchkommen. Die Kubaner haben Flächenradar und MIGs, außerdem radargelenkte Flugabwehrgeschütze. Die Maschine würde nicht mal bis auf fünfzehn Meilen an Kuba rankommen. Davon abgesehen, will ich nicht nur ein Team von zwei Männern, sondern auch rund fünfhundert Pfund Waffen und Ausrüstung heil runterkriegen. Das Zielgelände ist in den Bergen, und die Sache muß bei Nacht ablaufen. Fallschirmabsprünge können wir vergessen.«

Steen seufzte schwer. »Keine Versprechungen, aber erklären Sie mir Ihren Plan in kurzen Zügen.«

»Ich möchte zwei Ihrer Helio-Kurierflugzeuge mit Turbokompressor ausborgen, dazu Piloten, Wartungs-, Sicherheits- und Nachschubpersonal. Ich möchte den Stützpunkt in Jamaika benutzen, ich brauche die komischen kleinen Flugzeuge, die Sie in Utah versteckt haben, und ich brauche Porto.«

»Und Sie glauben, daß ich das alles so ohne weiteres rausrücken werde? Ich habe meine eigenen Operationen, Hagger. Und meinen Sie wirklich, daß ich Ihnen Porto gebe? Was, zum Teufel, soll ich ihm sagen: Daß er und irgendein anderer Trottel mal eben mitten in der Nacht in die Berge von Kuba fliegen, eine gut geschützte Anlage in die Luft jagen und dann zurückkommen sollen? Das ist völliger Schwachsinn, das wissen Sie selbst.« Er kippte den größten Teil seines Gins hinunter und knallte das Glas auf den Tisch.

»Wir beide haben schon Schwachsinnigeres unternommen, Jay. Ich brauche Porto, weil er entsprechend ausgebildet ist, sich mit dem Flugzeug auskennt und die richtige Visage hat. Seine lateinamerikanische Abstammung ist unbezahlbar. Was auch passiert, entweder gewinnen wir, oder wir machen wenigstens keine Verluste. Wenn sie es schaffen, um so besser. Wenn man sie schnappt, bringen wir Washington nicht in Verlegenheit, denn unsere Leute sehen aus wie reine Kubaner und haben keine Verbindung zur Agentur. Aber sogar wenn sie den Komplex nicht wegblasen, können wir zufrieden sein, falls sie herausfinden, was für Waffen eingeschleust werden und wie man sie anwenden will. Dann können wir auf Unterstützung für einen umfassenden Vorstoß rechnen. Es wäre eine großartige Leistung zum Ende Ihrer Karriere, Jay.«

Steen runzelte die Stirn. »Sie schlagen vor, diese beiden Männer in die Scheiße zu werfen, und dann hoffen wir, daß sie schwimmen können. Porto ist einer meiner besten Leute, und ich schulde ihm etwas mehr als so was.«

»Porto ist der einzige, der genau ins Bild paßt«, erwiderte Hagger heftig. »Die Alternative wäre, nichts zu tun und zuzugukken, wie die Invasionsflotte in der ersten halben Stunde fertiggemacht wird.« Er sah Unentschlossenheit in Steens Augen, lehnte sich zurück und hielt den Mund.

Nach fünf Minuten und zwei Zigaretten beugte Steen sich schließlich vor und nickte. »Sie wissen natürlich, daß diese Operation in den Büchern nicht auftaucht. Keine Papiere, keine Unterschriften. Als Ihr Vorgesetzter wiederhole ich eine Weisung des Präsidenten, die besagt, daß jede Aktion, die zu möglichen Zusammenstößen mit nichtkubanischen Ausländern führen kann, absolut ausgeschlossen ist.« Er unterbrach sich und spielte mit den Fingerspitzen eine schwungvolle Melodie auf seiner Stuhllehne.

»Sie wissen auch, daß ich als Ihr Vorgesetzter zuerst gefeuert werde, wenn etwas schiefgeht. Sie fühlen sich noch rotzjung, aber bei mir ist das vorbei. Ein Jahr, vier Monate und ein paar Abschiedsfeiern, und ich bin weg. Ihnen kommt's vielleicht spießig vor, aber ich muß Kinder, eine Hausfrau und einen stinkfaulen Airedale-Terrier mit Blähungen ernähren. Sie können Porto sagen, daß ich einverstanden bin, daß er sich aber selbst entscheiden muß. Ich rate Ihnen, ihm ein dickes Angebot aus Ihrem Schmiergelderfonds zu machen. Er kann das Geld brauchen.«

Steens Rücken war schweißnaß, obwohl es im Zimmer kühl war. Hagger atmete zweimal tief durch. »Ich bin Ihnen sehr dankbar, Jay. Die Sache ist einen Versuch wert.«

Steen nickte. »Wenn ich mich nicht irre, sagte General George Armstrong Custer genau das gleiche, bevor ihn die Sioux erwischten.«

Brocassie war den ganzen Nachmittag lang über den weißen Sandstrand von Hammerhead Key gerannt. Es war kaum mehr als eine spitze Landzunge in den Florida Keys, um deren Besitz sich niemand reißen würde, der bei klarem Verstand war. Hagger hatte ihm erzählt, daß in den vierziger Jahren ein Ehepaar versucht hatte, hier ein Ferienlager für Angler zu bauen, und nach zwei Jahren pleite gegangen war. In den nächsten fünfzehn Jahren hatten die Moskitos, die Ratten und die Krebse das Gelände zurückerobert.

Dem äußeren Anschein nach war Hammerhead Key immer noch unbewohnt, wenn man nicht wußte, daß das Bootshaus drei moderne Schnellboote enthielt, die in weniger als vier Stunden über die Florida-Straße hinweg kubanische Gewässer erreichen konnten. Der größte Bungalow, nun Haggers Büro, war ein schlampig zusammengezimmertes weitläufiges Gebäude, dessen Schindeln sich in der Sonne verzogen hatten und über dem ein Hauch von Verfall lag. Aber im Inneren war es mit einer Klima-Anlage, einem Fernschreiber, zwei Hochfrequenzsendern und anderem elektronischen Spielzeug ausgerüstet, das die Agentur für ihren unerklärten Krieg gegen Kuba installiert hatte.

An der Westseite der Insel stand ein kleines Lagerhaus, das mit Minen, Sprengstoff und Selbstladewaffen vollgestopft war. Den östlichen Strand umsäumten sechs verfaulende »Gästehäuser« für Stammpersonal und Besucher. Und in einem Hain von Krüppelpinien war Brocassie auf einen Friedhof gestoßen. Alle Kreuze trugen Nummern. Er war für diejenigen, die von Vorstößen nach Kuba zurückgekehrt waren, aber ihre Verletzungen nicht überlebt hatten.

Brocassie sprintete die letzte Viertelmeile. Die Verkrampfung seines Körpers löste sich, und er spürte die salzige Luft in seinen Lungen. Krebse flitzten ihm mit seitlichen Trippelbewegungen aus dem Weg. Möwen, die den Strand nach Beute absuchten, kreischten, erhoben sich in die Luft, beschrieben einen Bogen über dem Meer, kehrten zurück, schraubten sich im dunstigen Sonnenlicht in die Höhe und zeterten auf den einsamen Störenfried los. Brocassie rannte abwechselnd über den festen Sand und durch die Brandungsausläufer; er verschwendete Energie, als sei sie nur dafür da, verbraucht, nicht für spätere Zeiten gespeichert zu werden.

Ausgiebiges Essen, ungestörter Schlaf in einem sauberen Bett, medizinische Versorgung und Training hatten seinen Körper wieder in Form gebracht, aber es kam ihm vor, als sei sein Inneres tot. Die Maschinerie seines Körpers war wiederhergestellt und funktionierte, aber im Inneren fehlte ein Lenksystem. Der perfekte Automat, dachte er bitter.

Er senkte das Tempo bis zu einem Trott, blieb stehen, schnappte heftig nach Luft und ließ sich in den Sand fallen, damit sein Körper langsam im Wind des Spätnachmittags abkühlen konnte. Er schöpfte Sand und ließ sich die Körner durch die Finger rieseln, bis sie einen Kegel bildeten. So ist mein ganzes Leben, dachte er, dazu bestimmt, in einem kurzen Augenblick von Flut und Wind weggetragen zu werden.

Was für ein Blödsinn die Universalitätsidee der Cree war! Generationen seiner Vorfahren hatten damit gelebt. Harmonie von Mensch und Natur, wie sein Vater sagte. Brocassie hatte an diesem

Glauben festgehalten, solange sein Vater lebte, hatte sich verzweifelt an ihn geklammert, während er bei der Familie Álvarez wohnte, und Julios Spott ignoriert, aber dann mußte er erleben, wie sein Glaube in Korea schwach zu werden begann. Die letzte Nacht in Kuba war das Ende. Nun blieb ihm nur noch das mechanische Ritual, ein leeres Glaubensbekenntnis ohne jede Überzeugungskraft. Er hatte nicht nach dieser Wahrheit gelebt, und dadurch war sie zu einer Lüge geworden. Es war Quatsch. Welche Universalität? Welche Harmonie?

Korea wie Kuba waren Mordgebiete gewesen, und er gehörte zu den Mördern. Wer würde einen Stern nach ihm benennen, weil er ein großer Krieger gewesen war? Krieger hatten Ehre, doch wie ehrenvoll war es, 60-mm-Granaten auf einen Lastwagenkonvoi abzuschießen, mit Hilfe eines Zielfernrohrs den Feind hinterrücks abzuknallen oder einen alten Mann in der Sierra mit einem Brocken Plastiksprengstoff in die Luft zu jagen? Mit welchem Recht berief er sich auf irgendeine eingebildete innere Geistesstärke, wenn er sich doch nur an sein eigenes angeknackstes Ego gehalten hatte und an den Glauben, für die Ideale eines geliebten Menschen zu kämpfen. Und am Ende hatten ihn beide verraten, sein Ego und die Frau, die er liebte.

Er hatte sich vorgemacht, für ein freies Kuba zu kämpfen – für ein Kuba, dem sie ihr Leben geopfert hatte. Für eine freie Nation wollte er kämpfen, wie seine Vorfahren einst für ihr Land gekämpft hatten. Welch ein gottverdammter Hohn! Er fragte sich, ob sie lachen würde, wenn Sergio Piedra die Botschaft überbrachte.

»Scheiße, Scheiße, Scheiße«, fluchte er, und zum erstenmal, seit er von ihrem Tod erfahren hatte, liefen ihm Tränen über das Gesicht. Er beugte sich mit verschwommenen Augen vor und sah zu, wie die Tropfen winzige Krater in den Sand trieben. Seine Tränen benetzten den Sand und versiegten fast unvermittelt. Der Wind, der über den Strand rauschte, füllte die Krater und hinterließ nichts, was Brocassies Verzweiflung verraten hätte.

Bloß weg von hier, dachte er. Bring alles hinter dich: Kuba, Álvarez, Hagger und vor allem Alicia.

Weit entfernt, zu seiner Rechten, kreischten die Seemöwen am Strand auf und schwangen sich in die Luft. Brocassie drehte sich um. Die Frau spazierte über den Sand. Es war Dr. Miller in einer Art Kaftan; der Wind packte die Kapuze des Kleidungsstückes und blies sie gegen ihren Hinterkopf. Haarsträhnen wehten vor ihr her.

Sie ist sehr schön, dachte Brocassie. Und vielleicht mehr als das, denn sie war nicht aufdringlich gewesen, obwohl sie, wie er wußte, als Psychologin von der Agentur bezahlt wurde, um herauszufinden, welche Ursachen der innere Druck hatte, unter dem er stand. In einer Welt voller Feinde braucht man keine Freunde, dachte er. Da genügt es schon, wenn jemand unvoreingenommen ist.

Inzwischen war sie nur noch ein paar Schritte entfernt, und sie hob die Hand zum Zeichen des Friedens. »Störe ich?«

»Ja.«

»Haben Sie sich abreagiert?«

»Ich versuche nur, die Krebsbevölkerung nicht zu groß werden zu lassen«, erwiderte er und wich ihren Augen aus.

»Ein schöner Nachmittag . . .«

»Ist das eine persönliche oder eine professionelle Meinung?«

Sie ließ sich neben ihm nieder. »Beides.« Sie zögerte. »Nein, eine persönliche. Ich habe mir den Nachmittag freigenommen.«

Kalter Zorn ergriff von Brocassie Besitz, aber er unterdrückte ihn. Sie war also doch nicht anders als Hagger – nur subtiler. Er schob den Sandkegel zur Seite, ebnete ihn mit den Fingern ein und wischte darüber hinweg, bis er nur noch ein Teil der schrägen Strandfläche war. »Sagen Sie Hagger, daß ich nicht für ihn arbeite. Dafür, daß ich den Film aus Kuba rausgebracht habe, will ich nur eine Busfahrkarte nach Utah haben. Aber seien Sie so freundlich, ihn daran zu erinnern, daß eine Menge Leute gestorben sind, bevor der Film auf seinem Schreibtisch landen konnte.«

Sie nickte, ihre Augen waren gesenkt. »Bitte glauben Sie mir, daß ich Ihre Wut verstehe, auch wenn ich nicht viel darüber weiß. Wir haben uns drei Tage unterhalten, und Sie haben mir nicht geholfen, Ihnen zu helfen.«

»Versuchen Sie nicht, mich zu analysieren.«

Es war, als habe sie ihn nicht gehört. Sie stützte die Hände hinter sich in den Sand, beugte sich zurück und drehte ihr Gesicht dem Sonnenuntergang zu. Das Licht hob die feinen goldenen Härchen auf ihren Wangen hervor, und Brocassie konnte nicht anders, er mußte den Blick abwenden. Es war nicht dieselbe Frau, nicht dieselbe Zeit und nicht derselbe Ort. Er mochte es mit keiner anderen Frau teilen: am Strand zu sitzen, den Duft der Küste zu riechen und die weißen Schaumkronen zu beobachten, die das Meer sprenkelten.

»Es tut mir leid«, sagte er behutsam. »Wir beide haben nichts mehr zu besprechen. Ich respektiere Sie, und ich begreife, daß man Druck auf Sie ausübt, damit Sie mich zur Rückkehr nach Kuba überreden, aber hören wir jetzt auf.«

Eine Welle, höher als die anderen, kräuselte und brach sich, die prismatische Wirkung der Gischt legte einen Schein von Regenbogenfarben über den Kamm der Welle. Die erschöpfte Brandung rollte den Strand hinauf, berührte sie fast, zog sich zurück und nahm Muscheln und Algen mit, so daß der Sand hinter ihr leer blieb.

»Genau das wollen Sie, nicht wahr?« sagte sie schließlich, »daß alles wie vom Meer weggeschwemmt wird. Keine Erinnerungen, keine Tragödie, keine Schuld – nichts, was Ihre Zukunft belasten könnte. Aber in Kuba ist irgend etwas geschehen, wovon Sie weder Hagger noch mir etwas erzählt haben«, fuhr sie leise fort. »Es zehrt an Ihnen.« Sie senkte den Kopf und sah ihn ruhig an. »Wollen Sie es wirklich nicht loswerden, ein für allemal?«

»Sie interpretieren zuviel in die Sache hinein ... Ich bin ein Laufbursche, ein Kurier. Ich habe einen Film herausgebracht und Hagger alles gesagt, was ich weiß und was nützlich für ihn ist. Warum kann man sich denn nicht damit zufriedengeben und mich nach Hause gehen lassen?«

»Wo ist Ihr Zuhause?«

Zuerst dachte er, in Utah, aber das lag schon ein Jahrzehnt zurück. Es schien Lichtjahre entfernt und wurde vom Bild Kubas überlagert. Kinder, die singend durch die Straßen liefen, und die wilden Berge, die nie bezähmt oder von Spekulanten eingeebnet würden. Ein blinder Mann, der auf seiner Gitarre klimperte und der einen am Geräusch der Schritte erkannte, oder der Geruch von Brot, das in einer groben Blechform über einem Feuer aus Kokosnußschalen gebacken wurde. Mein Gott, er erinnerte sich, und die Gerüche Kubas überwältigten ihn. Der Geruch von Regen und der Geruch des Dschungels. Der süße Hauch von Havanna in den frühen Morgenstunden und der Duft Alicias. Sein Zuhause? Keines von beiden schien wirklich sein Zuhause zu sein.

»Ich habe kein Zuhause«, antwortete er schließlich. »Was ich in diesem Land mein Zuhause nennen könnte, wurde vor über achtzig Jahren von der US-Kavallerie ›befreit‹ und von den Politikern aufgeteilt. Sehr großmütig gaben sie dem Rest unserer Nation ein schmutziges, ausgetrocknetes Stück Erde. Wahrscheinlich kann ich dorthin fahren und mir vom Amt für Indianerangelegenheiten eine monatliche Unterstützung auszahlen lassen. Wie gesagt, ich brauche nur eine Busfahrkarte.«

Sie musterte ihn mit einem harten Blick. »Armer kleiner Krieger. Wie erschöpft du bist. Dein Pony ist tot, und du hast keine Pfeile mehr im Köcher. Also geh nach Hause, saug an der Brust deiner Mutter und heule den Mond an.« Ihre Züge wurden weicher, sie schlug die Augen nieder, zeichnete mit dem Finger Figuren in den Sand und wischte sie fort. »Entschuldigen Sie. Das war unangebracht.« Sie raffte den Kaftan enger um ihren Körper. »Es wird kalt«, sagte sie und stand auf. »Ich könnte wirklich eine Dusche und saubere Kleidung gebrauchen.«

Zur Hölle, dachte Brocassie. Er brauchte weder sie noch Hagger, aber er wünschte sich trotzdem, daß sie seinen Schmerz begriff. »Was wollen Sie wirklich?« brüllte er sie an.

Sie machte zwei Schritte zurück, Zorn spiegelte sich in ihrem Gesicht. »Vielleicht etwas Gefälligkeit. Vielleicht Ihr Vertrauen. Ein bißchen Zuversicht, daß meine Bemühungen Ihnen helfen können, sich selbst besser zu verstehen. Und, was wichtiger ist, Ihre Bereitschaft einzusehen, daß das, was sich in Kuba abspielt, mehr ist als nur eine Familienstreitigkeit. Sie haben dort Menschen zurückgelassen – Menschen, die sterben werden, weil Sie zu . . . zu verflucht egoistisch sind, zu sehr von sich selbst in Anspruch genommen, als daß Sie ihnen helfen wollten.«

Am liebsten hätte er ihr ins Gesicht geschlagen, und plötzlich schrie er sie an: »Es ist vorbei! Dort gibt es nichts mehr für mich. Vorbei!«

»Wirklich, Brocassie? Ganz bestimmt? Wenn Sie Geld oder einen neuen vergoldeteten Cadillac wollen, reden Sie mit Hagger. Wenn Sie so viel Angst vor der Rückkehr nach Kuba haben, daß Sie sich in die Hosen machen, dann vergessen Sie die ganze Sache. Aber wenn Sie klug genug sind zu erkennen, daß Ihr Problem und seine Lösung in Kuba liegt, dann lassen Sie uns darüber reden, denn ich bin für angeknackste Gemüter zuständig, und ich weiß genau, daß ich Ihnen helfen kann. Aber fassen Sie endlich einen Entschluß, Sie verstockter Kerl.« Sie holte eine Sonnenbrille aus der Tasche ihres Kaftans und setzte sie sich fest auf die Nase. Dann machte sie nicht gerade majestätisch kehrt, stolperte ein bißchen und marschierte, kleine Sandschleier aufwirbelnd, auf Hagger und den großen Bungalow zu.

Brocassie beobachtete sie ein wenig benommen. Sie blickte sich nicht um, und ihm wurde plötzlich klar, daß er die Dämonen austreiben mußte, wenn er nicht für immer verfolgt werden wollte.

»Bleiben Sie stehen«, rief er hinter ihr her. Sie wurde langsamer, zögerte und drehte sich schließlich zu ihm um. Er schloß, immer noch unsicher, zu ihr auf.

Sie saßen zusammen auf der abgeschirmten Veranda seines Häuschens und lauschten einer alten Aufnahme des Modern Jazz Quartet, das *No Sun in Venice* spielte. Die schwachen, verschlungenen Klavierakkorde vibrierten und ergossen sich in die Molltöne beredter Trostlosigkeit. Als es vorbei war, stand er auf, setzte die Nadel wieder in dieselbe Spur und hörte dem Beginn der Melodie von neuem zu.

»Das ist wunderschön, fast herzzerreißend«, flüsterte sie kaum hörbar. »Es hat eine besondere Bedeutung für Sie, nicht wahr?«

»Eine Frau, die ich kenne . . . kannte, spielte es an einem Abend wie heute: ein warmer Wind, die Laute von Insekten und das Geräusch des Meeres, das sich über einen verlassenen Strand wälzt. Sie sagte, daß alles, was man je über Liebe geäußert hat, über ihre Freude und ihre Traurigkeit, von dieser Melodie ausgedrückt wird.« Plötzlich kam er sich albern vor.

Sie schüttelte den Kopf. »Es kommt darauf an, was es einem bedeutet hat. Weshalb soll man sich einer Sache schämen, die großartig war, selbst wenn sie sich irgendwie geändert hat?« Sie unterbrach sich. »Die Frau, die Sie gestern erwähnten: Alicia – sprechen Sie von ihr?«

»Ja.« Er bot ihr keine Erklärung und bestärkte sie nicht, seinen Gedanken nachzugehen.

Sie drückte die Flasche Bier gegen ihre Wange, konzentrierte sich auf einen Punkt hinter ihm und sagte: »Eine entscheidende Frage: Hagger möchte – nein, er will es unbedingt –, daß Sie ein Team zurück nach Kuba führen. Ich werde bei dieser Entscheidung keine Rolle spielen. Das müssen Sie unter sich ausmachen. Ich bin nur hier, um Ihnen zu helfen, und was wir beide miteinander reden, bleibt unter uns. Aber ich muß wissen, ob Sie mir völlig vertrauen können.«

Brocassie machte sich keine Illusionen über ihre Motive, aber er mußte es hinter sich bringen. »In Ordnung, ich werde nichts verschweigen, aber unter der Bedingung, daß Sie meine Entscheidung, wie sie auch ausfallen mag, akzeptieren. Sie versprechen, daß all der Aktenkram, der über mich angelegt ist, verbrannt wird, wenn ich beschließe, nicht nach Kuba zurückzukehren. Nichts, was mir später schaden könnte, keine Speicherung in einem Computer – nur eine Busfahrkarte und ein Auf Wiedersehen. Einverstanden?«

Sie strich ihr Haar mit den Händen zurück, glättete es und nickte. »Sie haben mein Wort.« Sie nahm einen weiteren Schluck von ihrem Bier und blies über den Flaschenhals hinweg, so daß ein mißtönendes Pfeifen erklang. »Wenn Sie also endlich Vertrauen zu mir haben, dann erzählen Sie mir jetzt mehr von ihr und von Julio Álvarez.«

Er begann, zögernd zunächst, aber dann gab er seine Zurückhaltung doch allmählich auf. »Früher einmal waren wir alle auf derselben Seite. Und dann ergab es sich, daß wir auf entgegengesetzten Seiten waren. Es ist schwer, einen Bürgerkrieg zu verstehen, wenn man ihn nicht selbst durchgemacht hat. Der Feind stammt nicht aus einem anderen Land, hat keine unterschiedliche Hautfarbe und spricht keine andere Sprache. Es ist dein Vater oder dein Cousin oder ein Mann, der ein paar Häuser weiter wohnt. Und manchmal ist es dein eigener Bruder oder die Frau, die du geliebt hast. Wem du heute vertraust, der kann dich morgen schon umbringen. Ein Bürgerkrieg höhlt das Land und die Menschen aus, die ihn führen: Freunde und Feinde, Sieger und Besiegte.«

»Sie bezeichnen Julio als Ihren Bruder, aber er war es nicht. Oder vielleicht doch. Eigentlich beginnt alles mit der Beziehung zwischen Ihnen beiden.«

Er beugte sich vor und betrachtete sein Glas, hob es auf und stellte es wieder hin, so daß die Kondensationsringe sich überlappten und ineinander übergingen. So war es immer mit seinem und Álvarez' Leben gewesen; ihre Schicksale gingen ineinander über, ohne je ganz übereinzustimmen. Er tippte mit dem Finger an den Kreuzungspunkt der beiden Ringe und verschmierte den schwachen Feuchtigkeitsschleier.

»Álvarez ist so kompliziert, daß man ihn nie ganz versteht. Brillant, aggressiv, ein Lügner und Betrüger – und plötzlich, von einer Sekunde zur anderen, scheint er sich geändert zu haben und erzählt dir irgendeinen Blödsinn, der dir honigsüß runtergeht, und du bist *absolut* überzeugt, daß er der großartigste Mensch ist, dem du je begegnet bist. Sogar als wir noch Kinder waren, konnte ich mir nie über ihn klar werden. Wir waren fast wie wirkliche Brüder, aber Julio hielt etwas in sich verschlossen, das er nie preisgab. Und man wußte nie, wie er zu einem stand und was man von ihm zu halten hatte. Liebe, Haß, Wut, Bewunderung, Verwirrung, Eifersucht – all das war wie zu einem unordentlichen Bündel verschnürt.«

»Zum Beispiel?« fragte sie.

Es war im Herbst 1954. Brocassie war im Sommer aus Korea zurücktransportiert worden und hatte sich wieder an der Bergwerksakademie in Colorado eingeschrieben. Seine Noten waren nicht schlecht, wenn auch nicht außergewöhnlich, und er wußte, daß er sein Studium erfolgreich beenden würde. Aber er hatte irgend etwas verloren, er konnte nicht sagen, was es war – seine Begeisterungsfähigkeit, seine Unschuld, seinen Ehrgeiz. Sein indianisches Bewußtsein hatte ihn verlassen, aber er versuchte, es zurückzugewinnen; er kehrte in die Hochgebirgstäler zurück und lauschte, um wie früher sein Inneres zu hören.

An diesem Freitag hatte er seine Übungen geschwänzt und war mit seinem alten Ford-Lieferwagen zum St.-Mary-Gletscher hinaufgefahren. Er hatte sein Lager am Fuße des Gletschers aufgeschlagen und, wie früher so oft, versucht, Gold aus den Gebirgsbächen auszuwaschen.

Brocassie hatte nur dünnes Staubgold zutage gefördert, aber die Isolation und die Arbeit erfüllten ihn. Er arbeitete ohne Pause den Nachmittag hindurch und schwitzte in der Herbstsonne, seine nackten Füße im eisigen Wasser.

Kurz vor Sonnenuntergang sah er, wie eine Staubfahne, aufgewirbelt von einem hellroten Cabrio, den Cañon heraufkroch. Seine Hände ballten sich. Er hatte den Zauber des Gletschers und der Berge ringsum für sich allein haben wollen.

Brocassie knackte den Verschluß einer Flasche Coors, ließ sich gegen einen Felsen sinken und wartete.

Es war Julio, sonnengebräunt und hager. Er knallte die Wagentür zu, zog einen Rucksack vom hinteren Sitz und stapfte den Hang hinauf.

Julio streckte die Hand aus, sein Gesicht war zu einem Grinsen verzogen. »Lange nicht gesehen, Rothaut.«

Brocassie packte Julios Hand und merkte zu seiner Überraschung, daß Wärme seinen Körper durchrieselte. Er verstärkte den Druck. »Lange nicht gesehen, Kanake.« Sie umarmten einander, und Brocassie kam es nach all diesen Jahren der Trennung so vor, als seien sie immer zusammen gewesen.

Álvarez hatte Steaks mitgebracht. Sie grillten das Fleisch über einem offenen Feuer und ließen eine Flasche Southern Comfort hin und her gehen. Sie waren hoch oben in den Rockies, und der Himmel glänzte von Sternen. Hin und wieder zog ein Meteor einen grüngoldenen Streifen über den südlichen Himmel.

Julio schürte das Feuer mit einem Stock. Funken sprühten in dem heißen Luftzug. »Ich bin erst seit drei Wochen aus Korea zurück. Sie flogen mich nach Hause. Ich habe eine Beförderung wegen Tapferkeit vor dem Feind und den Silver Star bekommen.« Er nahm einen Schluck von der bernsteinfarbenen Flüssigkeit und reichte Brocassie die Flasche. »Habe mich von San Francisco nach Reno durchgebumst, meine Abfindung ist beim Würfeln draufgegangen, und hier bin ich. Soll mich in einer Anwaltspraxis in Denver vorstellen. Bis dahin reicht mein Geld gerade noch.«

»Woher wußtest du, daß ich hier oben bin?«

Álvarez lächelte geheimnisvoll. »Du würdest mir doch glauben, daß ich es einfach gewußt habe?«

Brocassie schüttelte den Kopf. »Wahrscheinlich nicht.« Und er glaubte es doch.

Julio zuckte die Achseln, beugte sich vor und zündete eine Zigarette mit einem brennenden Pinienzweig an. »Wir sind schon mal hier gewesen, im Sommer nach deinem ersten Jahr im College. Ich weiß, daß es dir hier gefällt. All die Legenden über den geweihten Boden und die donnernden Trommeln. Dein Wohnungsnachbar meinte, du seist in die Berge gefahren. Ich hielt am Blackhawk Hotel an, um ein Bier zu trinken, und die alte Frau, der die Bar gehört, sagte, sie sah dich heute morgen durchfahren. Also konnte ich mir ausrechnen, daß du hier oben sein würdest.«

»Ich bin vor vier Monaten aus der Wohnung ausgezogen, Julio. Ich habe jetzt einen Wohnwagen, und ich bin diesmal nicht durch Blackhawk gefahren.«

Álvarez' Gesicht wurde vom Feuer beleuchtet. Er wandte sich Brocassie zu, so daß seine Miene in Schatten gehüllt war. »Gut, ich habe gelogen. Ich bin direkt aus Nevada gekommen. Wußte einfach, daß du hier sein würdest. Irgendwie. Verstehst du?«

Brocassie lächelte in der Finsternis. Wahr oder falsch, Schwindel oder Realität – was sagte das schon? »Ich verstehe«, antwortete er, aber es stimmte nicht.

Er erwachte im ersten Morgenlicht – eine Gewohnheit aus Korea, wo die Chinesen immer morgens angegriffen hatten. Signalhörner kündigten sie an, dann das Geräusch von Turnschuhen auf gefrorenem Schlamm und schließlich das Krachen von Schüssen. Brocassie war eine Sekunde lang ohne Orientierung, seine Hand griff nach einem nicht vorhandenen Karabiner, und dann verlangsamte sich sein Herzschlag. Er drehte sich zu Julio um, der den Kopf auf den Ellenbogen gestützt hatte, eine unangezündete Zigarette im Mund. »Ein Wunder, daß du lebendig zurückgekommen bist, Brocassie.« Er kroch rückwärts aus dem Zelt, begann, leise zu pfeifen, und klapperte mit Geschirr, während er das Frühstück zubereitete: gebratene Eier und Würste und einen Topf heißen Kaffee. Sie aßen ohne ein Wort.

Brocassie wusch die Töpfe im Bach und scheuerte sie mit Sand aus. Ihm war unbehaglich zumute, denn er spürte, daß Julio irgend etwas wollte, und er hatte nicht die geringste Ahnung, was es sein könnte. Als er zum Zelt zurückkehrte, hatte Julio seine Bergstiefel geschnürt und schnallte sich Steigeisen an.

»Wohin willst du?«

Julio zog die Riemen fester und blickte auf. »Nach oben.« Er deutete zur Spitze des Gletschers. »Mit dir zusammen.«

Brocassie schüttelte den Kopf. »Keine gute Idee. Das Eis ist unsicher und brüchig. Wir könnten in Estes klettern . . .«

Irgend etwas – vielleicht Zorn oder Ungeduld – verdüsterte Álvarez' Miene, aber er unterdrückte es rasch, und seine Lippen verzogen sich zu einem Grinsen. »Ich habe nicht viel Zeit. Nur noch heute. Ich will klettern, und zwar da hinauf.« Er nickte wieder in Richtung der Gletscherspitze. »Kommst du mit, Bruder?«

Der untere Hang war kein Problem; er bestand aus körnigem, mit Eis gemischtem Schnee. Tiefe Schmelzrinnen durchfurchten den Gletscher. Julio kletterte mühelos und sparte Energie – er war ein guter Partner. Brocassie begann, sich zu beruhigen.

Am Mittag übernahmen sie, einer an den anderen geseilt, abwechselnd die Führung und hackten Stufen ins blanke Eis. Der Hang war steiler, der Wind verstärkte sich, und der Himmel wurde dunkel. Brocassie kannte die Berge: Es würde noch vor Beginn der Abenddämmerung schneien.

»Es wird Zeit umzukehren«, sagte er, als sie sich ausruhten und auf einem kleinen Spirituskocher Tee brauten. Über ihnen wurde der Gletscher von einer schrägen Felswand aus schwarzem, von Glimmer durchsetztem Trümmergestein durchbrochen. Sie glänzte vor Eis.

Álvarez lachte. »Das war erst das Vorprogramm. Ich will mir den Hauptfilm angucken.«

»Ich kehre um.« Er würde zwei Stunden für den Abstieg benötigen, und es war höchstens noch drei Stunden hell.

»Und ich bleibe. Ich klettere weiter, Brocassie. Mit dir oder ohne dich.«

»Das ist Schwachsinn, Julio! Was willst du mir oder dir selbst beweisen? Ich werde nicht . . .«

Álvarez ließ seinen Karabinerhaken aufschnappen und löste sich von dem Nylonseil. Er hob seinen Eispickel auf und nahm eine Handvoll Kletterhaken aus seinem Rucksack. »Wie gesagt, Brocassie, ich klettere weiter. Hast du den Schneid mitzukommen, oder hast du schon die Hosen voll?«

Eine Stunde später lag das Tal schon im Schatten, und der heftige Wind peitschte Brocassie die ersten Schneeflocken ins Gesicht. Sie hatten mehr als die Hälfte der Felswand hinter sich. Jeder Zentimeter mußte mit Kletterhaken erobert werden, während ihre Stiefelsohlen vergeblich auf Ritzen Halt suchten und das Sicherungsseil zwischen ihnen stets gespannt war. Julio war über Brocassie und sicherte ihn.

Der kleine Vorsprung, an dem er sich vorarbeitete, verjüngte sich langsam und verschwand schließlich ganz. Seitlich, fünf Fuß von ihm entfernt, war ein stabiler, breiter Sims, aber dazwischen lag ein gebogener Felserker, der aus der Wand hervorstach. Brocassie hatte gesehen, wie Julio den Erker geschickt gepackt und sich auf den Sims geschwungen hatte, aber das war vor über einer halben Stunde, und inzwischen war der Erker feucht von geschmolzenem Schnee und der Sims war von glattem, schwarz schimmerndem Eis bedeckt.

Julios Stimme hallte von oben wider. »Treib 'nen Haken ein, Brocassie. Das ist die Rentnermethode, aber es ist sicher.« Seine Worte endeten in einem glucksenden Lachen.

Zum Teufel damit, dachte Brocassie. Es war die alte Geschichte, albern genug, aber er wußte, daß er immer noch mit Julio konkurrierte. Er nahm einen tiefen Atemzug, balancierte auf den Zehenspitzen und versuchte überzugreifen. Seine Stiefel scharrten haltsuchend über den Erker, und dann spürte er bis ins Mark, wie sie abrutschten. Er hing ganz kurz in der Luft, ruderte verzweifelt mit den Armen, um einen Halt zu finden, und stürzte ab. Die Felswand rauschte vorbei, seine Knie, seine Ellbogen und sein Kopf prallten vom Granit ab, und dann kam endlich der Ruck des Seils, das ihn auffing und ihm die Luft aus den Lungen preßte.

Brocassie hüpfte auf und ab wie ein Ball an einem Gummiband; das Seil vibrierte wie eine gespannte Sehne und kam langsam zur Ruhe. Er streckte die Hand aus und berührte den Felsen, er konnte kaum glauben, daß er noch am Leben war. Dann wurde ihm schwarz vor Augen.

Die Zeit hatte einen Sprung gemacht. Eine Sekunde war verstrichen, oder war es eine Minute oder länger? Brocassie öffnete die Augen. Das Licht war fast verschwunden, und das Fell an seiner Kapuze war von Schnee verklebt. Er merkte, daß er sich unwillkürlich in die Hose gepißt hatte.

Das Seil schnürte seine Brust zusammen. Er stieß zwei schwache Hilferufe aus, dann noch einen. Nichts. Die Kälte drang ihm bis auf die Knochen, seine Glieder waren starr. Er rief noch einmal gegen den Wind an, aber niemand antwortete. Dann übermannte ihn die Bewußtlosigkeit von neuem.

Es war fast dunkel. Julio war neben ihm; er hatte sich an einem zweiten Seil heruntergelassen. Geschickt befestigte Julio Brocassies Gurte mit Karabinerhaken an seinen eigenen. Er arbeitete mit einer Hand und summte. Er summte! Der Hundesohn summte!

Der Abstieg an der Felsenwand war ein Alptraum. Der Fels war schneebedeckt, und der Wind blies heftig, so daß sie hin und her schwangen wie Gewichte an einem Pendel.

Die Fasern des Nylonseils, das ihre gemeinsame Last tragen mußte, verdrehten sich unter dem Gewicht. Und Julio summte immer noch.

Nachdem sie den Gletscher erreicht hatten, übernahm Julio die Führung und brachte sie, vorsichtig ihrer alten Spur folgend, den Hang hinunter.

Sie kamen nach neun Uhr abends am Gletschersee an und stapften an seinem Rand entlang zum Lagerplatz. Julio stellte aus Büchsenhackfleisch ein Abendessen her und zauberte eine zweite Flasche Southern Comfort hervor.

»Prost«, sagte er. Sein Gesicht war vom Schein des Feuers gerötet.

Der Schneefall war schwächer geworden und hatte schließlich ganz aufgehört. Sterne funkelten in der schwarzen Stahlschüssel über ihnen.

»Warum . . .?« fragte Brocassie nach einiger Zeit. Er konnte es nicht über sich bringen, Álvarez zu danken, konnte sich nicht damit abfinden, wie nahe er dem Tode gewesen war.

Álvarez stocherte im Feuer herum, schwieg eine Weile und erwiderte dann: »Ich wollte herausfinden, ob ich's immer noch bringe, ob ich noch Mumm habe.«

»Nach Korea?« Brocassie war fassungslos.

Julio warf den Stock wütend ins Feuer. »Da brauchte man keinen Mumm, da ging es nur darum, in einem Schlamassel zu überleben, auf den man keinen Einfluß hatte. Aber das hier war etwas anderes. Es war meine eigene Entscheidung, die Felswand raufzuklettern, um mich selbst – und dich – auf die Probe zu stellen.«

Brocassie schleuderte die Flasche mit zitternden Fingern auf seinen Bruder. Beide hörten, wie sie in der Dunkelheit zerschellte. »Du Arschloch«, schrie er, »wir hätten uns die Eier abfrieren können.«

Julio faßte sich zwischen die Beine und grinste. »Meine sind noch da, wärmer geht's nicht.« Er stand auf, hustete, spuckte in die Nacht und drehte sich wieder zu seinem Bruder um. »Aber wenn einer kein Mann ist, Brocassie, dann hat er natürlich nichts zu verlieren.« Er warf sich seinen Rucksack über und verschwand in der Finsternis.

Der Motor mahlte knirschend und sprang schließlich an. Brocassie blickte den schwachen Rücklichtern nach, während sie die Cañon-Straße hinunterglitten.

Sie schüttelte traurig den Kopf. »Haben Sie nichts Stärkeres?«

»Haggers Lakaien haben Humor. Im Kühlschrank sind russischer Wodka, kubanischer Rum und amerikanischer Cocktail. Ob das wohl eine Art Loyalitätstest sein soll?«

»Bacardi?«

Er füllte zwei Gläser mit Rum und reichte ihr das eine.

Sie musterte lange ihr Glas. »Sie sind seltsam, Brocassie. Wie ein Mann, der nicht ins Jahrhundert paßt. Sie wünschen sich Liebe und Treue, aber gleichzeitig haben Sie Angst vor Ihrer eigenen Verletzlichkeit. Ihnen geht einfach alles unter die Haut.« Sie erhob sich, holte etwas Eis und ließ sorgfältig einen Würfel nach dem anderen in ihren Drink fallen. »Nicht, daß Sie im Unrecht wären, Brocassie, aber Sie stehen nicht im Einklang mit dem, was alle anderen bereit sind als normales menschliches Verhalten hinzunehmen.«

Sie stand auf und preßte die Stirn gegen den Türrahmen. »Warum sind Sie so lange in Kuba geblieben? Sie hätten doch jederzeit abhauen können.«

Er wußte, daß sie recht hatte, und nickte. »Ich bin nicht sicher«, antwortete er schließlich. »Ich hatte die bescheuerte Idee, daß einzelne die Welt zum Besseren ändern können, und außerdem . . .« Er sprach nicht zu Ende.

»Sie blieben ihr zu Ehren dort, als Sie glaubten, daß sie tot war – um ihrem Tod einen Sinn zu geben. War das nicht der eigentliche Grund? Seien Sie ehrlich zu mir, Brocassie. Und vor allem, seien Sie ehrlich sich selbst gegenüber.«

»Sie war ein Teil davon.«

»Alicia?«

Er nickte.

»Es fällt Ihnen schwer, ihren Namen zu sagen, nicht wahr?«

Brocassie zögerte. Er wollte ihren Namen aussprechen, aber es ging nicht.

»Sie lebt jetzt mit ihm zusammen. Können Sie damit fertig werden?«

Er packte eine Hand mit der anderen und drückte zu, bis der Schmerz ihre Gegenwart verdrängte. Verschwinde, befahl er sich in Gedanken.

Beide schwiegen lange, und dann sagte sie: »Das ist etwas, dem Sie sich stellen müssen.« Sie preßte die Hand gegen das Fliegengitter in der Tür. An der Außenseite hatten sich Falter gesammelt und schlugen wie rasend mit den Flügeln. »Wollen Sie so sein wie diese Tiere?« fragte sie ruhig und fuhr mit den Fingernägeln am Netz hinunter, so daß die Insekten außer sich gerieten. Ein großer brauner Schwammspinner schleuderte seinen Körper gegen das Netz und versuchte, die undurchdringliche Schranke zu überwinden, die ihn von Hitze und Licht trennte.

Brocassie streckte die Hand nach dem Griff der Schirmtür aus, doch ihre Hand legte sich auf seine und hielt sie fest.

»Ich kann Sie nicht hindern zu gehen, aber hören Sie mich erst an. Bevor ich anfing, mich mit Psychologie und anderer Schwarzer Magie zu beschäftigen, studierte ich Musik. Es war übel, Brocassie. Nein, nicht nur übel, sondern fürchterlich, obwohl ich eine Menge über Kompositionen lernte. Und da ist etwas, was ich nicht vergessen habe, weil es einen Bereich der Psychologie berührt, den die Bücher außer acht lassen. Es heißt Dissonanzauflösung und bezieht sich auf eine Reihe von Akkorden, die vollendet werden müssen, damit die Komposition zu einem Ganzen wird. Ich habe immer den Eindruck gehabt, daß das gleiche für Menschen gilt, die von etwas besessen sind. Sie müssen diese letzte, unvollendete Tonreihe immer wieder spielen und schließlich die richtige Struktur finden, um die Komposition abzuschließen.«

»Sie meinen also, daß ich zurückkehren sollte – um herauszufinden, weshalb sie mich verraten hat.«

»Ja. Zum Teufel, Brocassie, Sie sind den Tönen so nahe, daß Sie die Auflösung nicht sehen können.«

»Sie werden dafür bezahlt, so etwas zu sagen.«

Sie verringerte den Druck und zog ihre Hand zurück. »Ich sage es nicht aus diesem Grunde. Sie müssen mit ihr reden, damit Sie erfahren, weshalb sie Sie und Ihre gemeinsamen Ideale verraten hat. Und Sie müssen sich Álvarez stellen, weil auch das unvollendet ist und Sie die Sache überwinden müssen. Außerdem – und das ist vielleicht nicht ganz so eindeutig – müssen Sie begreifen, was Kuba für alle drei von Ihnen bedeutet. Tun Sie es, Brocassie, oder Sie werden Ihr ganzes Leben lang nach diesen letzten Tönen suchen und sie niemals hören.«

Sie stand auf, ein wenig unsicher. »Ich habe schon fünfhundert Dollar von dem Schmiergeldfonds abgehoben, Brocassie. Hagger weiß nichts davon, und Sie haben mein Wort, daß Sie von hier verschwinden können und nie wieder etwas von uns hören werden.« Sie zog einen Umschlag aus ihrer Handtasche und legte ihn auf den Tisch. »Das Versorgungsboot fährt morgen früh um halb sechs zum Festland. Ich habe Ihnen einen Platz reserviert, und man wird keine Fragen stellen. Um 7.20 Uhr geht ein Bus von Marathon nach Miami. Er wird anhalten, wenn Sie dem Fahrer ein Zeichen geben.« Sie beugte sich vor, berührte sein Gesicht mit den Lippen, öffnete die Schirmtür und trat hinaus. Er hörte ihre Absätze auf dem Kies, bis das Geräusch von der Nacht verschluckt wurde.

Brocassie goß sich einen letzten Drink ein, setzte den Tonarm auf die MJQ-Platte und hörte sich immer wieder dasselbe Stück an, um die Auflösung zu finden.

Hagger schaukelte nach vorn, pflanzte die Ellbogen auf den Schreibtisch und stützte sein Kinn. »Lassen Sie uns mit den Sperenzchen aufhören, Brocassie. Machen Sie als Teamführer mit, und was ist Ihr Preis?«

»Was hat Dr. Miller Ihnen erzählt?«

»Nichts.«

Unglaublich, daß sie Pflicht und Land hinter ihre Ehre gestellt hatte. Wahrscheinlich würde man ihr die Hölle heiß machen, weil sie sich nicht an die Prioritäten hielt. »Was sollen wir in Kuba für Sie tun?«

Hagger seufzte, öffnete seine Schreibtischschublade, stöberte darin herum und zog schließlich eine Zigarette hervor. Er ließ ein zerbeultes Feuerzeug aufflammen und beugte sich vor, um die Zigarette anzuzünden. Dann blies er den Rauch zur Decke, wo er Schichten von blauem Nebel bildete. Hagger sprach so wie ein Kind, das dem Weihnachtsmann in einem Warenhaus seine Wunschliste mitteilte.

»Es ist keine Riesenoperation: Sie werden zu zweit in der Sierra landen, mit Maroto zusammentreffen und sich dann die Hügel hinunter zum Komplex vorarbeiten. Auf jeden Fall möchte ich wissen, was für Geräte die Sowjets dort installieren. Ich brauche Fotos von dem Zeug, das sie unter die Erde schaffen, und, an Ort und Stelle, Informationen aus erster Hand. Ich möchte, daß Sie mir schnell Berichte schicken, innerhalb von zehn Tagen nach der Landung. Und wenn die Russen das installieren, was ich vermute, dann möchte ich, daß Sie und Marotos Leute den Komplex sprengen.«

Im Zimmer war es still; nur aus einem anderen Büro, ein ganzes Stück weiter den Flur hinunter, war das hartnäckige Klingeln eines Telefons zu hören. Hagger konnte Brocassies Blick nicht standhalten.

»Ich werde es versuchen«, sagte Brocassie schließlich. »Aber ich kann nichts garantieren. Vielleicht ist Maroto überhaupt nicht bereit, uns zu helfen – was ich durchaus verständlich finden würde. Ich werde es auf einen Versuch ankommen lassen, und wenn ich es innerhalb von zehn Tagen nach meiner Landung auf Kuba nicht schaffen kann, dann ist die Sache gestorben. Danach können Sie Marine-Infanteristen oder Pfadfinderinnen losschicken – das ist mir egal.«

Hagger nickte. »Sie brauchen eine vierwöchige Spezialausbildung, bevor Sie starten. Es geht in vierunddreißig Tagen los, von heute an gerechnet. Als freier Mitarbeiter bekommen sie tausend pro Woche während der Ausbildung und dreitausend pro Woche, während Sie in Kuba sind. Das ist ziemlich großzügig, finden Sie nicht auch?«

»Was halten Sie von einem vergoldeten Cadillac? Ich könnte damit durch das Reservat fahren.«

Hagger, dessen Hand mit einem Bleistift über einem Notizblock verharrte, verzog das Gesicht. »Was?«

»Schon gut, Max. Nur ein kleiner Scherz.« Er zog ein Stück Papier aus der Tasche und schob es über den Schreibtisch. »Das ist die Beschreibung eines Gebietes in Utah. Ich möchte alles zwischen den beiden Strömen, nördlich bis zum Wald und südlich bis zur Landstraße. Es ist jetzt Staatseigentum, ungefähr fünfzehnhundert Morgen. Ich möchte, daß es – ohne jede Belastung – an die Nation der Cree überschrieben wird.«

»Ich kann doch nicht . . .«

»Doch, das können Sie, Max. Lassen Sie Ihren Einfluß spielen. Ich möchte eine Besitzurkunde sehen, vorschriftsmäßig eingetragen und ohne Bedingungen; außerdem eine Grunddienstbarkeit über den Zugang. Und ich will alles haben, bevor ich nach Kuba aufbreche.«

»Ich könnte versuchen . . .«

»Die Einzelheiten interessieren mich nicht, Max. Veranlassen Sie alles Nötige. Und noch eins . . .«

Hagger sah ihn wütend an und wartete mit erhobenem Bleistift. »Reden Sie.«

»Wenn ich so weit bin, daß ich Kuba verlassen kann, möchte ich, das alles auf meine Weise erledigt wird.«

»Was bedeutet?«

»Keine Abschlußbesprechung, kein Kontakt mit der Agentur. Sie kriegen einen schriftlichen Bericht und die Aufnahmen, die ich machen kann, das ist alles. Geben Sie mir Ihr Wort.«

Hagger schien erleichtert. Er krakelte mit dem Bleistift über den Notizblock und blickte auf. »Kein Problem.«

Brocassie langte schnell über Haggers Schreibtisch nach dem Block und drehte ihn um. Hagger hatte eine Reihe von Friedhofskreuzen gekritzelt. Brocassie knüllte das Blatt zusammen und warf es auf den Schreibtisch. Die Schwierigkeit bei Vertragsabschlüssen mit dem Teufel besteht darin, daß es kein Schiedsgericht gibt, welches im Zweifelsfall vermittelt.

Hagger schaute mit unschuldiger Miene zu ihm auf und hob die Schultern. »Ich habe gehört, was Sie gesagt haben, Brocassie, und ich halte mein Wort.« Er streckte langsam die Hand aus. »Also abgemacht?«

»Wenn Sie bedenken, lieber Hagger, daß ich eher sterben wollte als Sie zu verschaukeln, dann bedenken Sie am besten gleich mit, daß das umgekehrt auch für Sie gilt. Leute wie ich reagieren sehr sauer, wenn ein Vertrag gebrochen wird.« Er ging hinaus und schlug die Tür hinter sich zu.

7.

St. George, Utah, 10. September 1962

Die Morgenröte erreichte die Hochebene und versengte den östlichen Horizont. Brocassie saß auf einem Steinhaufen, atmete die immer noch kühle Luft tief ein und genoß den Duft der Mesquitbäume. Ein Tier bewegte sich im Unterholz und suchte Zuflucht in der Sicherheit seiner Höhle. Brocassie beugte sich nur einen kurzen Moment lang nieder, berührte den Boden mit der Stirn und sagte das alte Gebet, eher aus Gewohnheit als aus Überzeugung. Dann stand er auf und schlurfte durch den Staub auf seinen Wohnwagen zu.

Der Glaube der Cree war in ihm erloschen, und er wußte, daß er ihn wahrscheinlich nie wiedergewinnen würde. Demnach sprach er in der Morgendämmerung weiterhin das Gebet, weil es ihm wie früher den vertrauten Frieden gab. Er lächelte vor sich hin. Was würde Dr. Miller dazu sagen? Opium für das Volk? Oder würde sie ihn verstehen? Er bezweifelte es, denn er sah ein, daß sie ihn manipuliert hatte, wenn auch sehr geschickt. Andererseits wußte er, daß er seine eigene Entscheidung getroffen hatte, daß er seine eigene Art der Auflösung finden mußte.

Die Luft im Wohnwagen war schal. Das Aluminium dehnte sich in der Hitze aus und begann schon zu knistern und zu knirschen. Er machte sich Kaffee und trat wieder ins Freie.

Es war ein sauberes, karges Land, und er merkte, wie die Weite sein Inneres erfüllte. Ein Land, das sich änderte und doch unveränderlich war, geformt von Wind und Hitze und Wasser – so riesig, daß der Mensch es nie wirklich ändern konnte.

Zweihundert Meilen südlich, wo das Hochland sich zur Wüste hinabsenkte, lag Las Vegas: Kitsch, Chrom und Neon. Hagger hatte es ihm gezeigt, aus mehr als 20 000 Fuß Höhe, als sie darüber hinwegflogen. Es war nur ein geometrischer Glitzerfleck auf dem Wüstenboden, aber Brocassie hatte die Augen vom Fenster abwenden müssen. Las Vegas war eine Vergewaltigung des Landes, die er keinem Menschen mit weißer Haut erklären konnte.

Er blickte nach Norden und sah die schneebedeckten Gipfel der Wasatch Mountains in der Morgensonne glänzen. Im Osten und

Westen lag die große amerikanische Wüste. Ein gutes Land, dachte er. Trocken, einsam und weit. Aber es ernährte Jäger wie Gejagte – groß und reich genug, um dreißig Nationen von Prärie-Indianern über Tausende von Jahren hinweg zu erhalten. Und es ist das Land, das das Erbe meiner Väter war, dachte er.

Brocassie wandte sich um und trat zurück in den Wohnwagen. Er zog sich aus, machte fünfzig Rumpfbeugen, duschte sich und versuchte, an nichts zu denken. Aber es gelang ihm nicht; das Gespräch mit Hagger in der Lear fiel ihm wieder ein.

Die Lear hatte sie ohne Unterbrechung aus Opa Laka, Florida, hierhergebracht. Er und Hagger waren die einzigen Passagiere. Hagger hatte fast während des ganzen Fluges mit ausgestreckten Beinen und offenem Mund geschlafen. Als er erwachte, hatten sie gerade den Mississippi überquert. Er holte sich ein Bier aus dem Kühlschrank in der Bordküche und unterhielt sich ein paar Minuten lang mit der Besatzung. Dann kam er nach hinten und setzte sich Brocassie gegenüber.

»In dreißig Tagen, kurz bevor Sie nach Kuba aufbrechen, gebe ich Ihnen Ihre Anweisungen. Sie sind der Teamführer, aber Porto hat das Kommando während der Flugoperationen.«

Brocassie nickte und hörte Hagger nur mit halbem Ohr zu, bis der Name »Alicia« fiel.

»Was haben Sie da gesagt?« Plötzlich war Brocassie hellwach.

»Alicia Helvia – ich habe aus Langeley noch etwas mehr über sie erfahren, heute morgen vor dem Start. Es gibt da zwei separate Aussagen von Augenzeugen, die sie kannten. Die eine Aussage, von Anfang 1960, wurde von einem Mann namens Jesús Cordona gemacht, einem Zivilisten, der für die DGI Autos reparierte. Er arbeitete in . . .« Hagger schob ein paar Papiere hin und her und fuhr mit dem Finger eine Seite hinunter. ». . . in Sancti Spiritus und lag gerade unter einem Wagen, bei dem irgendwas am Getriebe kaputt war. Ein großer Lastwagen traf ein, und die DGI-Posten scheuchten alle Zivilmechaniker vom Gelände, außer diesen Cordona. Er wurde wahrscheinlich übersehen. Wie auch immer, sie hatten 'ne Menge Leute in dem Wagen; die meisten waren angeschossen. Cordona identifizierte zwei von ihnen – Bekannte aus Havanna, vor der Revolution.« Er zeigte Brocassie das Blatt und deutete auf Alicias Namen. »Cordona sagt, daß alle Gefangenen, die das Verhör überlebten, ungefähr eine Woche später weggebracht und hingerichtet wurden.«

»Wie kann er so sicher sein?«

»Ziemlich sicher, aber nicht hundertprozentig. Die Gefangenen waren in einem eigenen Zellentrakt untergebracht. Cordona kannte den Mann von der DGI, der die Zellen mit einem Schlauch und heißem Wasser säubern mußte, nachdem man die Gefangenen weggekarrt hatte. Kein einziger war übrig, Brocassie.«

Er spürte, wie ihm prickelnder Schweiß über den Rücken lief; seine Kehle war ausgedörrt wie altes Leder. »Und der andere Bericht?«

»Der hat mehr Substanz. Ein Bild, Ende 61 in Santiago de Cuba von einem Straßenfotografen aufgenommen, der uns früher einiges von seinem Zeug verkaufte.« Hagger drehte das Foto um und reichte es Brocassie. Álvarez saß im Schatten und hatte ein Getränk vor sich. Er trug ein Sporthemd, eines, das Brocassie kannte. Man hatte Julios Namen über das Foto getippt und eine Aktennummer hinzugefügt. Aber links von Álvarez saß Alicia, von der Sonne im Hintergrund beleuchtet, und sog an einem Strohhalm. Sogar auf diesem minderwertigen Foto war sie nicht zu verkennen. Brocassie wollte es Hagger zurückgeben, aber er konnte seine Augen nicht von dem Bild losreißen. Sie trug ein helles Kleid mit tiefem Ausschnitt, und er sah die Andeutung eines Lächelns, als sei Álvarez dabei, ihr etwas Amüsantes zu erzählen.

»Ist sie das, ganz bestimmt?«

Brocassie konnte kein Wort hervorbringen und nickte.

Nach einer langen Pause sagte Hagger: »Sind Sie sicher, daß Sie die Sache übernehmen wollen? Wenn Sie irgendeinen Zweifel haben, möchte ich es jetzt wissen.«

»Nicht den geringsten, Hagger«, antwortete er leise.

Hagger beugte sich vor. »Was murmeln Sie da vor sich hin? Was haben Sie gesagt?«

»Ich habe gesagt, daß ich nicht den geringsten Zweifel habe, Hagger!« Er wandte sich ab, legte die Wange an das kalte Plexiglas des Fensters und sah zu, wie die grüne Prärie von brauner Wüste verdrängt wurde und wie sich von Kristall überzogene Berge glasscherbengleich am fernen westlichen Horizont erhoben. Keinen Zweifel, wiederholte er im Innern. Jetzt nicht mehr.

Sie gingen rasch über der Wüste nieder. Vor sich sah Brocassie einen kegelförmigen Tafelberg nach dem anderen aus dem Wüstenboden aufsteigen. Utah, dachte er. Es war, als komme er nach Hause. Wenn es für ihn so etwas gab.

»St. George ist da drüben.« Hagger deutete nach links. »Besteht hauptsächlich aus Hamburger-Buden und Tankstellen. Die Stadt wird von Mormonen verwaltet, und sie schnüffeln nicht herum.« Er zeigte nach rechts auf ein flaches Hochplateau, das an den Rändern stark abgetragen war und auf ganzer Länge von einem einzelnen Streifen aus schwarzem Asphalt durchzogen wurde. Neben dem Landestreifen standen ein paar heruntergekommene Hangars und Schuppen, aber die Gegend wirkte verlassen. Als er genauer hinsah, entdeckte Brocassie eine Erdstraße, die sich vom Talboden zum Plateau emporschlängelte, und einen Kettengliedzaun, der die Peripherie des Tafelberges umgab.

»Ein altes Hilfsfeld«, erklärte Hagger, während sie zur Landung ansetzten. »Wurde im Zweiten Weltkrieg als Behelfsrollbahn für Kadetten-Ausbildungsflüge vom Luftwaffenstützpunkt Nellis her benutzt. Ich bezweifle, daß Zivilisten es in den letzten zwanzig Jahren benutzt haben. Es ist immer noch Regierungsland, und wir können den Zugang überwachen.«

»Was hat es mit meinem Training auf sich?«

Hagger lächelte. Die Turbinen der Lear waren jetzt gedrosselt und die Landeklappen ausgefahren. Das Fahrwerk senkte sich polternd aus dem Rumpf, die Reifen der Lear setzten quietschend in der Mitte der Landebahn auf, und die Maschine rollte mühelos aus.

»Keine Zeit für Erklärungen«, antwortete er. »Sie werden morgen früh von Ihrem Ausbilder instruiert. Er heißt José Martínez Porto. Ein guter Mann. Seine Mutter war eine Irin, die um die Jahrhundertwende als Haushaltshilfe rüberkam, und sein Vater war Kubaner – einer dieser Trampschiffkapitäne, die glauben, Navigation sei so etwas wie Schwarze Magie oder ein religiöser Akt. Leider praktizierte er keins von beiden, als er während der Prohibitionsjahre auf eine Sandbank in den Florida Keys auflief. Danach ließ er sich in Kuba nieder. Er konnte sein Kapitänspatent nicht zurückkriegen, und so verbrachte er den Rest seines Lebens mit dem Versuch, seinen Rum-Konsum mengenmäßig dem Ausstoß der Bacardi-Brennerei anzugleichen. Porto übernahm 1960 ein paar Aufträge für die Agentur. Geheimflüge nach Kuba. Es gab Schwierigkeiten. Seine Maschine wurde abgeknallt, und ein paar Leute da unten kümmerten sich um ihn, aber sie wurden von einem Spitzel verpfiffen und gingen hops.«

Die Turbinen kreischten im Leerlauf, und der Kopilot drängte sich an ihnen vorbei zur Kabinentür.

»Ist Porto ein regulärer Angestellter der Agentur, oder hat er einen Vertrag wie ich?«

»Er arbeitet nur auf Vertragsbasis für uns und wird, je nach Aufgabe, unterschiedlich bezahlt. Aber er kennt sich aus, Sie können Vertrauen zu ihm haben.« Hagger streckte die Hand aus. »Wir haben eine Abmachung, Brocassie. Halten Sie Ihren Teil ein, und ich kümmere mich um meinen.«

Er begleitete Brocassie zur Tür. »Weiter komme ich nicht mit. Man wird Sie mit einem Jeep zu Ihrem Quartier bringen.« Er deutete auf eine Staubfahne, die sich ihnen im Gelände näherte. »Porto holt Sie in aller Frühe ab. Sie müssen in drei Wochen eine Menge lernen, aber ich glaube, Sie schaffen es schon.« Etwas verlegen streckte er wieder die Hand aus, und Brocassie schüttelte sie.

»*Adiós*!« sagte Hagger und zog sich in die klimatisierte Kabine der Lear zurück.

Brocassie blieb neben der Rollbahn stehen und beobachtete das Glitzern der Sonne auf der Aluminiumhaut der Lear, bis sie sich in der Ferne verlor. Du hast mich an der Gurgel, Hagger, dachte er, und das weißt du ganz genau. Er entdeckte die ersten schwachen Kondensstreifen, die sich schneeweiß gegen das tiefe Blau des Himmels abhoben, wuchtete sich seinen Kleidersack auf die Schulter und stapfte auf den wartenden Jeep zu.

Um halb sieben sah Brocassie einen Jeep auf seinen Wohnwagen zusteuern. Das Auto schaukelte auf dem holprigen Untergrund hin und her.

Er konnte das Gesicht des Mannes nicht erkennen, da sich die Sonne als blitzender Feuerball auf der Windschutzscheibe spiegelte. Der Jeep tauchte zum letztenmal in eine Senke, schwebte kurz durch die Luft und donnerte auf die Sandfläche vor Brocassies Wohnwagen. Der Fahrer wirbelte das Lenkrad herum, so daß die Räder des Jeeps blockierten und über den Sand rutschten. Als der Wagen zum Stehen gekommen war, zwängte der Mann sich hinter dem Lenkrad hervor, schwang sich über den Rand der Fahrerkabine, stand in der Sonne und streckte sich. Er war stämmig, einen Kopf kleiner als Brocassie, aber viel breiter in den Schultern. Sein Haar war ein dichter schwarzer Filz, ungekämmt und ohne Rücksicht auf Äußerlichkeiten kurz geschoren. Sonnenfältchen zogen sich strahlenförmig von den Augen her durch sein Gesicht. Die weißen Furchen bildeten einen seltsamen Gegensatz zu seiner gebräunten Haut. Seine Nase sah aus, als habe sie eine kosmische Hand in letzter Sekunde noch zusammengegipst und ihm etwas schräg ins Gesicht gesteckt. Unterhalb der Nase balancierte ein schwarzer Schnurrbart wie eine buschige Fledermaus auf den hervorstehenden Lippen.

Porto hielt ihm eine mächtige Hand hin. »Sie sind Brocassie?«

Brocassie nahm die Hand und drückte sie. Es war, als massiere er warmen Beton, rauh wie Schmirgelpapier, fest und unnachgiebig. Sie schüttelten einander mechanisch die Hände.

»Kaffee?« Brocassie wandte sich zum Wohnwagen um.

»Eine Tasse, wenn er schon fertig ist. Wir haben einen langen Tag vor uns.«

Brocassie stieß die Schirmtür auf und ging voran in den dunklen Wohnwagen. Er goß zwei Becher voll, stellte sie auf den Tisch der Eßnische und quetschte sich Porto gegenüber auf die Sitzbank.

»Die Konterrevolution sorgt für seltsame Bettgefährten, was?« sagte Porto. Er trank einen Schluck, verzog das Gesicht und nahm noch einen.

»Hagger hat mir nicht gesagt, um was für ein Training es geht.«

Porto lächelte. »Keine Andeutungen?«

Brocassie ließ den Kaffee im Becher hin- und herschwappen und sah zu, wie der Satz aufwirbelte und die Flüssigkeit trübe werden ließ. »Wir werden mit Fallschirmen landen, nehme ich an.«

Portos Lippen öffneten sich zu einem Lächeln und zeigten kräftige, unregelmäßige Zähne. »Keine Fallschirme, Drachenflieger oder ähnlicher Kram. Ich bringe Ihnen das Fliegen bei.« Er stand auf und stellte seinen Becher in den Ausguß. »Also setzen Sie Ihren zarten Hintern in Bewegung. Wenn der Tag vorbei ist, werden Sie ihn mit beiden Händen hinter sich herziehen.«

Sie standen im kühlen Inneren des Hangars. Es war ein Schuppen aus dem Zweiten Weltkrieg. Die äußeren Bretter und Leisten waren morsch, und er war leicht geneigt, als würde er beim ersten Windstoß umkippen. Aber im Inneren hatte man einen neuen Betonfußboden gegossen, die Wände mit Stahlträgern abgestützt und die hölzernen Seitenwandungen mit Isoliermaterial vollgestopft. Geschickt gemacht, dachte Brocassie. Jeder Pilot, der das Feld überflog, würde nur eine weitere verlassene Rollbahn wahrnehmen, ohne jedes Anzeichen, daß sich hier irgend etwas tat.

»Ganz praktisch«, kommentierte Porto. »Dies ist Steens Basis, er hat sie Hagger ausgeliehen. Viel Geld wurde nicht investiert, aber hier hat man seine Ruhe. Hier kümmert sich keiner um uns.« Er ging weiter ins Innere, auf einen in Segeltuch gehüllten Gegenstand zu.

»Sehen wir uns das Ding mal an«, sagte er und zog das Segeltuch zurück.

Das Flugzeug schien aus den dreißiger Jahren zu stammen: ein Hochdecker mit einem primitiven, doppelsitzigen Cockpit. Es war grob und häßlich – nicht gerade eine Schöpfung, die von Anmut gesegnet war. Und es hatte keinen Motor.

Brocassie behielt seine Gedanken für sich, trat an den Rumpf heran und betastete die Oberfläche. Sie gab unter seiner Berührung nach.

»Sperrholz und Stoff«, sagte Porto. »Die einzigen Metallteile an diesem Ding sind ein paar Steuerzüge und Regelstäbe, die Radachse und die Messingschrauben. Kaum zwanzig Pfund Metall.«

»Was, zum Teufel, ist das?« Brocassie ging an der Tragfläche entlang, befühlte das glatte Sperrholz, die Flügelspannen und den Stoffbezug.

»Eine Slingsby vom Typ 42 Eagle. Wurde zuerst in den Fünfzigern in England als Schulungsmaschine für fortgeschrittene Gleitflugzeugpiloten gebaut. Nicht gerade ein Kunstwerk, aber für unsere Zwecke genau das Richtige. Wir werden zwei davon benutzen – ich die eine, Sie die andere. Auf den Rücksitz kommen Sprengstoff und Nachschubgerät, 250 Pfund pro Flugzeug. Und, wie gesagt« – er unterbrach sich und drehte sich Brocassie zu –, »Sie werden eine der beiden fliegen.«

»Ich lasse mich nicht in dieses Bruchgestell stecken. Wieso nehmen wir keine DC-3? Damit hat man in den letzten drei Jahren Nachschub nach Kuba gebracht.«

»Es gibt eine Menge Gründe, Brocassie. Hagger will, daß Sie – wir – die Berge mit etwa fünfhundert Pfund Ausrüstung erreichen, und zwar unbemerkt. Vor einem Jahr hätte man mit einem Transportflugzeug über Kuba wegkutschieren können, ohne daß es jemand gesehen hätte. Aber nun hat Castro eine Menge MIG-17 und tschechische Piloten, SAM-3 Boden-Luft-Raketen und ein integriertes Radarsystem.«

»Und weshalb sollten die Kubaner diese Dinger nicht entdecken?«

»Aus drei Gründen. Zwei liegen auf der Hand. Ohne Motor

gibt's keine Hitze, und ohne Hitze keine Infrarotstrahlung. Also ist mit Infrarot-Ortung nichts zu entdecken. Außerdem machen wir ohne Motoren keinen Lärm. Und damit man uns nicht sieht, werden die beiden Segler mit glanzloser schwarzer Farbe angestrichen.« Er lehnte sich gegen die Flügelkante und prüfte sie mit den Fingerspitzen. »Weniger offensichtlich ist die Tatsache, daß diese Kiste langsam fliegt und keine harten Metalloberflächen hat, die Radarstrahlen reflektieren könnten. Wir haben es ausprobiert. Eine gute Radarstation kann dieses Ding nicht mal aus drei Meilen Entfernung auf die Schirme kriegen, sogar wenn man genau weiß, wo es ist. Wir haben die Flugroute nach Kuba so geplant, daß wir nie näher als zwanzig Meilen an irgendeine größere Radarstation herankommen.«

»Sie reden davon, daß wir bei Nacht in einer dieser Kisten in die Berge fliegen sollen?«

»Genau«, antwortete Porto, ohne eine Miene zu verziehen. »Nennen wir es eine kontrollierte Bruchlandung. Wir werden eine Landegeschwindigkeit von ungefähr vierzig Knoten haben. Ziehen wir einen Gegenwind von vielleicht fünfzehn Knoten ab, dann landen wir mit etwa fünfundzwanzig Knoten. Der Plan besagt einfach, daß Sie mir folgen. Ich werde ein paar Rundfunkstationen in Kuba zum Navigieren benutzen. Wenn alles klargeht, bringe ich uns bis auf drei Meilen an einen Landestreifen heran, den Marotos Leute in den Busch hacken werden. Während der letzten zehn Meilen haben wir Funkkontakt mit ihm. Kurz vor unserem Anflug wird Maroto jeweils einen Mann mit einem Scheinwerfer an beiden Enden des Streifens postieren. Sie brauchen nur die beiden Lichter aufeinander auszurichten und zu landen. Kurz nach dem ersten Licht setzen Sie auf, sorgen dafür, daß Sie vor dem zweiten anhalten, und die Sache ist gelaufen.«

»Und Sie?«

»Ich setze ab, das heißt, ich lande etwa dreißig Sekunden später seitlich von Ihnen. Wenn Sie den Landestreifen gut ausnutzen, bleibt mir jede Menge Platz.«

»Und wenn nicht . . .?«

»Scheiße, Brocassie, Sie haben die Phantasie eines alten Weibes. Wenn ich mit nicht mal fünfundzwanzig Knoten auf Sie pralle, blutet ihnen vielleicht die Nase, wenn's hochkommt.«

Idiotisch, dachte Brocassie. Nein, wahnsinnig. Mitten in der Nacht auf einem Streifen zu landen, der in einen Berghang hineingehackt wird! Er schüttelte unbewußt den Kopf.

Porto hatte sich auf dem Beton niedergelassen. Er verzog angewidert den Mund. »Ich habe Hagger gesagt, daß ich nicht mit irgendeinem Schlappschwanz zusammenarbeite und schon gar nicht mit ihm nach Kuba fliege. Wollen Sie's versuchen oder nicht, Kumpel?«

»Sie und Hagger sind verrückt geworden!« brach es aus Brocassie heraus. »Diese Berge bestehen aus steilen Klippen, manche Abgründe sind über fünfhundert Fuß tief. Ich bin da oben gewesen, und ich habe Winde erlebt, die aus jeder Himmelsrichtung mit Hurrikanstärke blasen. Wenn Sie dieses Ding in so eine Turbulenz hineinfliegen, dann gehen die Flügel dabei drauf.« Er wandte sich zu dem Gleitflugzeug um. »Holz und Stoff, Porto! Nicht einmal ein Motor. Und was passiert, wenn Maroto und seine fröhlichen Gesellen nicht da sind? Hängen wir uns dann einfach an eine Wolke und lassen uns nach Jamaika treiben?« Er drosch mit der Faust gegen die Flügelkante, so daß das ganze Flugzeug wackelte.

Portos Gesicht lag im Schatten, und er sprach sehr leise. »Hagger hat mich aufgefordert, eine Methode zu finden, wie wir beide und verschiedener Kram von fünfhundert Pfund Gewicht heil nach Kuba kommen, und dies ist der einzige Weg, den ich für möglich halte. Wenn ich eine bessere Methode wüßte, hätte ich sie längst erläutert. Die CIA schafft mit abgewrackten Seglern wie diesem seit mehr als drei Jahren Nachschub nach Laos. Mir kommt's so vor, Brocassie, als ob Sie ganz einfach Schiß haben.«

Brocassie stürzte auf ihn zu und holte von der Schulter her zum Schlag aus. Porto sprang auf, tauchte blitzschnell unter dem Schwinger weg, ihre Körper stießen zusammen, und dann wirbelte Brocassie kopfüber durch die Luft und landete auf dem harten Beton. Porto kniete auf ihm, preßte ihm die Daumen in den Nacken und hielt seinen Kopf nieder.

»Schluß damit, Brocassie!« zischte er. »Wenn Sie wirklich nach Kuba wollen, kaufen Sie sich ein Ticket bei der Cubana Air, oder Sie machen's auf meine Weise und halten den Mund.«

Porto erhob sich langsam und wich zurück, ohne Brocassie aus den Augen zu lassen. »Denken Sie darüber nach, Sportsfreund. Wenn Sie keine Lust mehr haben, rufen Sie Hagger an, aber wenn Sie den Mumm haben, es wenigstens zu versuchen, dann will ich, daß Sie sich in einer Stunde wieder in diesem Hangar blicken lassen.« Er öffnete die Tür, so daß der heiße Wind der Wüste hereinblies, und schlug sie von außen zu.

Dieses Schwein, dachte Brocassie. Ich scheiße auf Hagger, und ich scheiße auf José Martínez Porto. Sollen sie ihre blöden Spionagespiele doch allein machen. Seine Schulter schmerzte von Portos Schlag; er rieb die Stelle mit der Hand und rappelte sich langsam auf. Sein Hemd war geöffnet, und ihr Ring, der an der Lederschnur baumelte, streifte seine Hand. Fast automatisch umschlossen seine Finger den Ring und fühlten seine Wärme. Er blieb lange in dem verdunkelten Hangar stehen, drehte den Ring in der Hand, lauschte dem Wind, der unter den Dachkanten vorbeipfiff, und das hohle Geräusch – hohl wie ihr Lächeln auf dem Foto – schien ihn zu verhöhnen. In Ordnung, Porto, dachte er. Ich kann mir nicht leisten, wählerisch zu sein. Jedenfalls jetzt noch nicht.

Kurz nach vierzehn Uhr begann Brocassie seinen ersten Flug. Er war in das vordere Cockpit eingekeilt, die Kabinenwände berührten seine Schultern. Porto hatte ihn schon mit Bauchgurt und Schulterriemen angeschnallt. Brocassie berührte prüfend den Steuerknüppel und versuchte zu erahnen, welche Kräfte in der Maschine steckten. Aber der Knüppel kam ihm nicht lebendiger vor als ein Besenstiel.

Porto hatte keinen Kommentar abgegeben, als Brocassie um dreizehn Uhr aufgetaucht war, aber in seinen Augen lag ein schelmischer Ausdruck, und hinter seinem gewaltigen Schnurrbart verbarg sich die Andeutung eines Grinsens. Er hatte wortlos die Abflugprobe gemacht, Brocassie vor sich hergeschoben und ihm die Lage der Arretierbolzen gezeigt, die Leitwerkbelastung getestet und mit den Fingern gegen die Stoffhaut des Flugzeugs geklopft, als schlage er auf eine Kesselpauke ein.

Nun pfiff Porto eine Melodie, die wohl aus der *Dreigroschenoper* stammen sollte. Er drehte sich zu Brocassie um, wackelte mit dem Schnurrbart und hob die Daumen. Dann wandte er sich der Rampe zu, winkte, und eine L-19 – ein Typ, den Brocassie aus Korea als Beobachtungsflugzeug kannte – rollte etwa fünfzehn Meter vor den Slingsby-Seglern in Position. Porto befestigte eine dünne Schleppleine, die von einer Fassung an der L-19 herunterhing, an einem Haken unter der Slingsby. Dann kletterte er hastig auf den Rücksitz, schnallte sich an und schlug das Kabinendach zu.

Das Schleppflugzeug wirbelte Staub auf und rollte geradeaus, bis sich die Schleppleine spannte. Der Segler ruckte ein wenig.

»Ich starte und mache die Schlepparbeit«, sagte Porto. »Legen Sie die Hand ganz leicht auf den Knüppel und die Füße vorsichtig auf die Seitenruder. Passen Sie einfach auf und versuchen Sie zu spüren, was geschieht. Fragen beantworte ich später.«

Kies und roter Staub wurden vom Luftstrudel der Propeller zurückgeschleudert, während die L-19 beschleunigte und den Segler hinter sich herzog. Zuerst war die Steuerung tot, die Instrumente bewegten sich nicht, aber dann wurde der Segler plötzlich lebendig und ansprechbar. Porto zog ihn einen halben Meter hoch und hielt ihn in der Luft, direkt hinter der L-19.

»Wir heben vor ihm ab«, schrie er. »Müssen warten, bis er in der Luft ist, dann steigen wir etwas über seine Flugbahn, um den Luftstrudel zu vermeiden.« Er summte wieder, unterbrach sich jedoch und rief: »Immer noch Zeit, einen Rückzieher zu machen, *hombre*!«

Brocassie zuckte die Achseln und sah zu, wie die Nadeln der Instrumente im unteren Bereich zu zittern begannen und dann im Uhrzeigersinn kletterten.

Die Landebahn huschte unter der Tragfläche vorbei, und sie ließen das Plateau hinter sich. Das Schleppflugzeug legte sich in eine flache Kurve, und Porto folgte ihm, bis beide Maschinen sich in einer durchsichtigen Spirale in das gleißende Sonnenlicht schraubten. Die Höhenmesseranzeige schob sich langsam auf 12 000 Fuß vor.

»Hier koppeln wir uns ab«, schrie Porto. Ein mechanisches Klicken, und Brocassie sah, wie die nun von der Slingsby gelöste Schleppleine auf die L-19 zuschnellte. Porto zog den Segler nach rechts hoch, und das Schleppflugzeug tauchte nach links weg.

Plötzlich war es still. Sie hörten nur das sanfte Rauschen des Windes am Rumpf und an den Tragflächen.

Brocassie reckte den Hals und ließ den Blick über den Horizont gleiten. Im Süden die Wüste. Sie erstreckte sich dunstig, undeutlich und doch riesig bis an den trüben Rand seines Gesichtskreises. Eine dünne Asphaltschnur schien auf den Horizont zuzurasen und verschwand im Schleier der Ferne. Im Norden und Osten ragten die unregelmäßigen Kuppen zerfressener Bergketten ins dünne Sonnenlicht. Er lehnte sich zurück, schloß die Augen und versuchte, diesen Eindruck für immer festzuhalten.

Porto wackelte mit dem Steuerknüppel. »Übernehmen, Rothaut. Halten Sie ihn fest wie 'nen entzündeten Pimmel – ganz leicht und behutsam. Nicht zu fest. Nur schwache Bewegungen in alle Richtungen, damit Sie das Gefühl kriegen.«

»Was ist mit den Seitenrudern?«

»Nur zu. Knüppel nach links, linkes Ruder, und versuchen Sie, die Reaktionen zu spüren. Sie lernen es leichter durch das Gefühl, als wenn ich es Ihnen erzähle.«

Brocassie spürte, wie leicht das Flugzeug reagierte, und versuchte, Knüppel und Ruder aufeinander abzustimmen. Er experimentierte, schob den Knüppel vor und beobachtete, wie der Bug sich senkte und die Geschwindigkeit zunahm.

»Knüppel langsam zurück«, instruierte Porto. Brocassie gehorchte, sah, wie der Horizont versank und Sonnenlicht das Cockpit erfüllte, als er die Maschine abfing, höher stieg und sie wieder in Horizontallage brachte. Es war eine großartige Energiegleichung: Sie tauschten Höhe gegen Geschwindigkeit ein und kurvten durch weiche Luftpolster, und ihre Quer- und Seitenruder gaben die Richtung an. Es ist schön, dachte er, mehr als das, überwältigend, ein wunderbares Erlebnis.

»Porto«, sagte Brocassie und drehte sich zum Achtercockpit um, »das im Hangar war dumm von mir. Sie waren nicht der eigentliche Grund für meine Wut. Da ist etwas anderes, und das ist wohl noch nicht ganz ausgestanden.«

Porto bleckte die Zähne, bot ihm aber nicht die Hand. »Nur locker bleiben, Brocassie. Wir werden sehen, wie sich's entwickelt.« Er zog jäh in eine steile Kurve, rollte nach links, bis die Tragfläche vertikal war, hielt eine Sekunde am Höhepunkt des Bogens inne und tauchte in die Tiefe. Brocassie merkte, wie die Schwerkraft seine Eingeweide zusammenklumpte und seine Gesichtshaut verzog. Porto fing den Segler ab und trimmte ihn geschickt wieder aus, so daß das Flugzeug fast ohne Bedienung weiterfliegen konnte.

»So, Schluß mit dem Schnickschnack. Ich bilde Sie nur für eine einzige Sache aus: daß Sie ungefähr hundert Fuß hinter mir bleiben und mir in einer schwarzen Nacht bis auf den Boden folgen können. Heute abend fangen wir noch mal an, dann aber ernsthaft. Dies ist der letzte Vergnügungsflug. Jetzt passen Sie ganz genau auf.« Er deutete über Brocassies Schulter hinweg nach vorn. »Dort ist St. George. Sehen Sie's? Nein, weiter nach links. Und fast direkt vor uns ist unser Plateau. Sehen Sie den schwarzen Asphalt? Ja?«

Brocassie kniff die Augen zusammen und entdeckte den schwarzen Streifen auf dem rötlichen Braun des Tafelberges.

»Ich hab's.«

»Ist ja toll«, lachte Porto. »Gut, mein Freund, zuerst bringen wir den Kasten auf die beste Gleitzahl, das heißt auf fünfundvierzig Knoten. Bei dieser Geschwindigkeit verlieren wir einen Fuß Höhe auf jeweils dreißig Fuß Strecke. Halten Sie die Geschwindigkeit genau ein und steuern Sie auf den Streifen zu. Wenn Sie nach links oder rechts abtreiben, müssen Sie beim Ausgleichen des Kurses etwas überkompensieren.«

»Und was . . .«

»Keine Fragerei. Einfach ran. Sie werden's schon kapieren.«

Brocassie schwebte gleichsam einen langen, durchsichtigen Hang hinunter und verlor fünftausend Fuß an Höhe, bis der Streifen vom Bug der Slingsby verdeckt wurde.

»Wir sind zweitausend Fuß über der Piste«, sagte Porto. Er nahm den Knüppel und schüttelte ihn leicht. »Ich übernehme. Passen Sie auf.«

Er kurvte nach links in eine Spirale, sauste hinunter, bis die Landebahn in gerader Linie vor ihm lag und weniger als hundert Meter entfernt war.

»Schön«, sagte Porto. »Nun die Scheunentore.« Ein mechanisches Dröhnen, und das Flugzeug wurde langsamer und verlor rasch an Höhe.

»Gucken Sie raus zu den Tragflächen.«

Brocassie musterte die linke und die rechte Tragfläche. Über sechs Fuß lange Tafeln ragten in die Windströmung hinaus.

»Störklappen«, knurrte Porto. »An beiden Flügeln, oben und unten. Verringert den Auftrieb über den Tragflächen. Ich kann sie völlig oder ein bißchen ein- oder ausfahren. Dadurch kommt man schnell runter, ohne daß sich die Geschwindigkeit vergrößert. Jetzt passen Sie genau auf. Sie müssen dies mitkriegen, damit's später klappt.«

Das Segelflugzeug verlor immer noch rasch an Höhe, und das Plateau stieg ihnen entgegen. Es sah aus, als würde Porto ein paar hundert Fuß vor dem Landestreifen aufsetzen, aber kaum zwanzig Fuß über dem Boden fing er die Maschine ab. Die Störklappen wurden langsam eingefahren, der Bug hob sich geschmeidig, und die Geschwindigkeit verringerte sich. Für eine Sekunde schien die Maschine fast in der Luft zu hängen, dann gingen sie hinunter, und die Räder bekamen direkt am vorderen Ende der Landebahn Bodenkontakt. Porto stieg auf die Bremsen, und das Flugzeug holperte noch vielleicht fünfzig Fuß über die Piste und blieb dann stehen.

Wie vom zwanghaften Wahn eines Klaustrophobikers besessen, riß Brocassie das Kabinendach auf, und die heiße Wüstenluft traf sein Gesicht wie der Strahl eines Hochofens.

»Dem Tod mal wieder von der Schippe gesprungen«, lachte Porto und löste die Gurte. Er zog sich hoch, schwang sich über den Kanzelrand und ließ sich auf den Asphalt fallen. »Wir müssen dieses Scheißding zurück in den Hangar schieben. Und dann können wir ein paar Bierchen trinken.« Er schwieg einen Moment lang. »Verstehen Sie, was diese Art zu fliegen für mich bedeutet, Kumpel?«

Brocassie merkte, daß seine Hände zitterten und daß sein ganzer Körper vom Ansturm des Adrenalin erhitzt war. Sein Fluganzug war schweißgetränkt, und er spürte immer noch die Furcht vor der Landung in der Magengrube. Aber da war noch etwas anderes: freudige Erregung.

Schwärze. Die Sterne waren verschwunden, verhüllt von der hohen, dünnen Wolkendecke, die sich gegen Abend über den Himmel gelegt hatte. Zehntausend Fuß unter ihm zwinkerten Lichtpunkte in der sich abkühlenden Wüstenluft, aber er konnte sie nicht beobachten. Keine Zeit.

Kälte. Kälte, die in das Cockpit einsickerte und seinen Fluganzug, die doppelte Garnitur Thermo-Unterwäsche, die mit Schaffell gefütterten Flugstiefel und die schweren Handschuhe durchdrang. Kälte, die sich in seinen Körper fraß und die Blutzufuhr zu Herz und Gehirn verlangsamte. Kälte, die die Furcht nährte.

An den meisten Abenden hatten sie zwei Flüge gemacht, heute gab es nur einen: kein Abschlußexamen, eher eine Zwischenprüfung. Wenn er abstürzte und starb, war er durchgefallen; wenn er überlebte, hatte er bestanden.

Backbord voraus sah Brocassie die beiden winzigen Lichter, die in die oberen Paneele von Portos Flügelspitzen eingesetzt waren. Sie waren unsichtbar vom Boden aus und kaum sichtbar von oben. Er wartete geduldig, bis die Lichter näherrückten und sich seiner Flugbahn anpaßten.

Zu schnell, dachte er, ich komme ihm zu nahe. Er verlangsamte den Segler, indem er die Seitenruder ausschwenkte, kleine Kurven flog und versuchte, die Entfernung beizubehalten. Die Distanz zwischen den beiden Flugzeugen stabilisierte sich, und Brocassie schob den Knüppel nach vorn, verlor etwas an Höhe, wurde schneller und brachte die Maschine wieder in Horizontallage. Porto schwebte unerschütterlich und mit präzise fünfundvierzig Knoten genau unterhalb seiner linken Flügelspitze. Brocassie drückte auf den Knopf an seinem Steuerknüppel und sagte: »In Position.« Das zweifache Klicken von Portos Mikrofon hallte in seinem Ohr wider.

Portos Slingsby legte sich in eine lange, bedächtige Kurve und ging wieder auf nördlichen Kurs. Brocassie folgte ihm und hielt die hintere Position. Die beiden Segler, hundert Fuß voneinander entfernt, begannen den langsamen Sinkflug auf die Erde zu. Dies war Brocassies zwölfter Flug, seine dritte Sololandung im Gefolge Portos. Die Hälfte der Ausbildungszeit war vorüber, und Porto räumte ein, daß Brocassie nach fünf oder sechs weiteren Flügen bereit sein würde – vorausgesetzt natürlich, daß er sich nicht den Hals brach oder den Arsch aufriß. Porto verstand es, mit Worten umzugehen.

Heute flogen sie nicht zu ihrem Ausgangspunkt zurück, sondern zu einem Erdstreifen, den ein Bulldozer im Hügelgebiet ins Gehölz getrieben hatte. Porto hatte ihm nicht gesagt, wo ihr Ziel war – nur, daß die Piste eine Länge von dreihundert Fuß hatte, mit Bäumen zu beiden Seiten. Zwei Männer, jeder an einem Ende, würden mit abgeschirmten Scheinwerfern warten. Brocassie sollte Porto beim Anflug folgen und, wenn die Scheinwerfer in gerader Linie ausgerichtet waren, mit der Slingsby aufsetzen. Porto würde inzwischen eine 360-Grad-Schleife fliegen und dann ebenfalls landen. Ganz einfach. Jedenfalls theoretisch, wenn es mit Kreide auf der Wandtafel in Portos klimatisiertem Wohnwagen dargestellt wurde. Jetzt ist es nicht mehr so einfach, dachte Brocassie.

Er spürte seine Angst, aber er hatte sie unter Kontrolle. Er zwang sich, die Muskeln zu entspannen, und versuchte zu pfeifen, aber es gelang ihm nicht. In ein paar Minuten ist es vorbei, sagte er sich. Dann sind wir sicher gelandet, trinken einen aus Portos Brandyflasche und lachen uns kaputt.

Sie waren jetzt unter siebentausend. Wärmer, wenn Wärme sich in verringerter Kälte messen läßt. Brocassie wackelte mit den Zehen. Sie waren gefühllos, als seien sie amputiert. Er zog den Handschuh von seiner linken Hand und steckte die kalten Finger unter die Achselgrube. Aber dort war keine Wärme. Er zog den Handschuh wieder an und schlug die Hand gegen das Knie, um seinen Blutkreislauf wieder in Gang zu bringen.

Er sank an 6800 Fuß vorbei, und die Hügel im Nordwesten von St. George stiegen ihm entgegen.

Porto beschrieb eine flache Rechtskurve, stabilisierte und legte sich nach links. Brocassie folgte ihm ungelenk, verkürzte die Winkel und kam Porto zu nahe. Trotz der Kälte begann er zu schwitzen. Er entdeckte keine Bodenlichter, aber jetzt merkte er, daß an beiden Seiten Berge waren. Ein zerklüftetes Profil, schwärzer als die Leere des Nachthimmels, erhob sich neben ihm. Sie waren in einem breiten, verlassenen Tal. Er hatte so viele von ihnen aus der Luft gesehen, gesprenkelt mit Findlingen von Scheunengröße, mit ausgewaschenen Flußbetten und Glimmerpartikeln, die in der Sonne funkelten. Aber jetzt, dachte er, sind es gefährliche Sackgassen, in denen der Tod in Gestalt eines verkrüppelten Baumes oder einer Felszacke lauert. Nicht daran denken, sagte er sich. Nur fliegen.

Nun war es wärmer. Sein Blut begann wieder zu zirkulieren, es drang prickelnd bis in seine Fingerspitzen vor. Fast hätte er übersehen, daß Porto eine Kurve begann, doch er folgte ihm, bemühte sich, den Kreis auszugleichen, und versuchte, so Position zu halten, daß er mit gespreizten Fingern und auf Armeslänge die Lichter von Portos Segler gerade noch mit der Spanne seiner Hand erfassen konnte. Ein primitiver, aber wirkungsvoller Entfernungsmesser.

Die Kurve nahm kein Ende, und Brocassie wurde klar, daß Porto über dem Landestreifen kreiste, langsam niederging und den Anflug vorbereitete. Er riskierte einen Blick nach unten, sah jedoch nichts. »Die wichtigste Regel des Formationsfluges besteht darin, den Führer zu beobachten«, hatte Porto ständig wiederholt. »Man folgt ihm und achtet auf nichts anderes. Wenn man nur eine Sekunde den Blick abwendet, geht alles zum Teufel . . .« Aber Brocassie konnte dem Drang nicht widerstehen, noch einmal nach unten zu schauen. Nun, da ihm der Boden entgegenkam, spürte er die Zerbrechlichkeit des kümmerlichen Gehäuses aus Holz und Stoff, in dem er saß.

Brocassie blickte auf, um seinen Kurs auszugleichen, und sah nichts als Schwärze. Er schloß die Augen, öffnete sie wieder und starrte mit weitaufgerissenen Lidern nach vorn, als könne er dadurch besser in der Finsternis sehen. Nichts. Er ging steiler in die Kurve. Dort, links unten, waren Portos Flügellichter. Schwitzend und mit zitternden Knien erweiterte Brocassie die Kurve, geriet heftig ins Schlingern und konnte das Flugzeug gerade noch abfangen. Der Abstand zu Porto hatte zugenommen – die Doppellichter waren so weit entfernt, daß sie fast zu einem verschmolzen. Porto drehte weiter seine Kurven. Eine enge Runde und noch eine. Porto würde fuchsteufelswild sein; er riskierte seinen Hals, damit Brocassie zu ihm aufschließen konnte.

Ein Klicken ertönte in Brocassies Kopfhörer, dann hörte er Portos barsche Stimme: *Bin ich in Sicht?*

Ja.

Meine Höhe reicht nicht mehr aus. Ich muß runter. Ich lande links. Versuchen Sie, nicht in mich reinzuknallen.

Portos Flugbahn begradigte sich, und er sank der Erde entgegen, die immer noch ein schwarzes, unsichtbares Nichts war.

Mit Portos Lichtern hatte Brocassie auch seine Orientierung verloren. Er hielt blind seinen Kurs, suchte nach den Bodenlichtern und hoffte, daß jemand genug Verstand haben würde, Autoscheinwerfer einzuschalten.

Nichts. Nur dunkle Nacht. Versuchsweise kurvte er erst in die eine, dann in die andere Richtung. Weit entfernt, zur Linken, blinzelte ein Licht. Brocassie hielt darauf zu, und ihm war klar, daß seine Flughöhe unmöglich ausreichen konnte. Er zog sacht am Knüppel und hielt ihn mit leichter Hand, als wolle er das Segelflugzeug erweichen, noch eine weitere Viertelmeile in der Luft zu bleiben. Sekunden vergingen, dunkle Gestalten jagten unter ihm vorbei, dann kamen ein hellerer Fleck und schließlich die Schatten von Felsen oder Bäumen unter der Tragfläche. Nun – dort – ein zweites Licht, aber nicht direkt hinter dem ersten. Er versuchte eine Kurve, um seine Flugbahn anzugleichen. Das Tempo war gefährlich gering, und die Steuerung reagierte schwammig. Das Rauschen des Windes über den Tragflächen war nur ein leises Flüstern. Wie ein Traum, dachte er. Ich werde ewig fliegen, gleiten . . . Das peitschende Knirschen von Ästen, die an der Unterseite des Rumpfes entlangschlitzten, eine Pause und dann ein mahlendes Geräusch. Die Slingsby senkte sich, prallte auf die Erde, erhob sich für eine weitere Sekunde in die Luft und krachte von neuem zu Boden; sie drehte sich horizontal, begleitet von der langsamen, qualvollen Kakophonie splitternden Holzes und reißenden Stoffes. Er wurde im Cockpit herumgeschleudert, und die Gurte schnitten ihm ins Fleisch. Irgend etwas in der Finsternis vor ihm füllte die Windschutzscheibe aus, und dann wurde er nach vorn gegen das Instrumentenbrett geworfen, während das Flugzeug aufschlug.

Porto hatte sich das T-Shirt ausgezogen und lag ausgestreckt, die Füße auf dem Tisch. Es war später Nachmittag, und die Klima-Anlage, die die trockene Wüstenhitze vor Sonnenuntergang nicht bewältigen konnte, rauschte mühsam. Eine schwarze Katze, räudig und mit großen kahlen Stellen, hatte sich auf Portos Schoß niedergelassen und wusch methodisch die kümmerlichen Überreste ihres Fells. Porto streichelte sie und schlürfte dazwischen sein Bier. Er hatte gerade eine Büchse ausgetrunken, zerdrückte sie mit der Hand und riß den Verschluß der nächsten ab. Schweiß lief ihm über das Gesicht und tropfte von den Haaren seines Schnurrbarts.

Er hatte auch einen Wohnwagen, aber im Gegensatz zu Brocassie besaß er eine primitive abgeschirmte Veranda, eine Klima-Anlage und einen offenbar unerschöpflichen Vorrat an Bier.

»Was macht die Lippe, Rothaut?« fragte er.

Brocassie fuhr sich mit der Zunge über den Riß an der Innenseite seiner Lippe und spürte die Naht. Sieben Stiche. Dazu ein blaues Auge und ein angeschlagenes Ego.

»Sie funktioniert noch.« Er versuchte zu lächeln, aber es tat höllisch weh, und außerdem hatte er seit der Bruchlandung am Abend zuvor ständig Kopfschmerzen. »Wie sieht mein Flugzeug aus?«

»Was für ein Flugzeug?« Porto lachte. »Das Ding taugte nur noch als Brennholz. Ich bin heute morgen mit dem Hubschrauber dagewesen und hab's verbrannt.«

»Verbrannt?«

»Mußte sein. Das verdammte Ding war an einem Dutzend Stellen gebrochen. Wenn eine Verkehrsmaschine darüberfliegt und das Wrack entdeckt, dauert's nicht lange, bis uns Reporter, Bullen, die Luftfahrtaufsichtsbehörde und was noch für Spinner auf die Pelle rücken. Die Agentur führt hier alle möglichen Arten von Training durch und besteht darauf, daß wir die Nase im Dreck lassen und uns nicht bemerkbar machen.«

»Wie lange dauert es, eine neue Slingsby aus England anzuliefern?«

»Länger, als wir warten können. Die Mistdinger werden nicht mehr hergestellt. Das Modell, das ihr hier in den Staaten am nächsten kommt, hat Metallflügel und ein Stahlrohrgestell. Die Kubaner würden es mit Radar meilenweit entdecken.«

Das ist also das Ende, dachte Brocassie. Und Dr. Miller wird recht behalten. Die Suche nach der Auflösung, nach den verdammten letzten Tönen, wird mir mein ganzes Leben lang zu schaffen machen.

Er blickte zu Porto hinüber und merkte, daß der Pilot lächelte und ihn aufmerksam musterte.

»Eine entscheidende Frage, Brocassie: Können Sie noch mal fliegen? Oder haben Sie Schiß?«

Brocassie nahm ein Bier aus dem Kühlschrank und trank langsam. Die entscheidende Frage. Kann ich noch einmal fliegen? Er hatte Angst, aber da war auch der ekstatische, sanfte Zauber des Fluges, und er konnte diese beiden Gefühle in Einklang bringen. Der wirkliche Grund dafür, daß er es konnte, bestand darin, daß ihm keine andere Wahl blieb. Er wandte Porto den Kopf zu. »Schön, Holzsegler werden also nicht mehr hergestellt. Dann besorgen Sie mir einen amerikanischen.«

»Ich sage Ihnen doch, daß die für unsere Zwecke nicht taugen, Brocassie. Sie wären schon aus dreißig Meilen Entfernung auf den Radarschirmen zu sehen.«

»Das ist mein Problem, oder? Besorgen Sie mir den amerikanischen Segler und bringen Sie mir bei, was ich für einen einzigen Flug über Navigation wissen muß. Ich mach's allein. Wenn ich es schaffe, gebe ich Ihnen über Funk Nachricht, und Sie können in der folgenden Nacht nachkommen.«

»Ich höre wohl nicht recht. Sie wollen es allein versuchen?«

»Ich kehre nach Kuba zurück, Porto. Mit Ihnen oder ohne Sie. Mit oder ohne Haggers Genehmigung.«

Porto zog die Augenbrauen hoch. Er lachte – es war ein polterndes Geräusch wie das einer anspringenden Dieselraupe. »Haben Sie das wirklich geglaubt, Brocassie?« Er knallte die Bierdose auf den Tisch, daß es spritzte und der Schaum hochstieg. »Herrgott im Himmel, Rothaut! Wir haben noch sechs Slingsbys, verpackt in Containern. Überschuß von der Operation in Laos. Wir packen morgen früh eine für Sie aus. Ich war mir sicher, Sie machen vor dem Ende der Ausbildung mindestens zwei zu Bruch. Also haben Sie noch fünfzig Prozent gut. Die Landung – nicht toll, aber Sie sind runtergekommen, und zwar heil. Sie und die Fracht hätten überlebt.« Er kippte einen Schluck Bier hinunter, goß dann etwas in seine gewölbte Hand und bot es der Katze an, die es gierig aufschlürfte. Dann wandte er sich wieder Brocassie zu. »Wir brauchen nicht zimperlich zu sein. Wenn Sie gut aufpassen und tun, was ich Ihnen sage, wird nicht mal Ihr Schamhaar aus der Fasson geraten.

Bleiben Sie einfach so weit hinter mir, daß die Lichter den richtigen Abstand haben, dann werden wir beide lange genug leben, um unsere Memoiren zu schreiben.«

Er hob die Katze auf und warf sie auf die Wand zu. Das Tier krümmte sich elegant, landete auf dem Bett, rollte sich auf den Rücken und kehrte auf Portos Schoß zurück, um zu einem neuen Flug zu starten.

»Ich hab' die beste Kunstflugkatze in Utah«, lachte Porto und rieb seine gewaltige Nase am Gesicht der Katze. »Sie sind kein übler Pilot, Brocassie. Morgen fangen wir wieder an. Dasselbe Programm bis zum Ende: nur ein Flug pro Nacht zu einem Landestreifen in den Bergen, jedesmal zu einem anderen. Die meisten sind aufwärts geneigt – daran müssen Sie sich also gewöhnen. Fangen Sie die Slingsby viel stärker ab, nachdem Sie das erste Blinkfeuer hinter sich haben, und machen Sie sich auf eine harte Landung gefaßt. Wenn noch eine Maschine draufgeht, macht's auch nichts.« Er hob wieder die Augenbrauen. »Aber strengen Sie sich höllisch an, damit's nicht passiert.«

»Sie wußten, daß ich nicht aufgeben würde, stimmt's?«

»Ich hab's mir gedacht, Kumpel, aber ich war nicht sicher. Jetzt bin ich sicher, also reden wir nicht mehr davon.« Er räkelte sich auf seinem Stuhl und schleuderte die Katze beidhändig auf Brocassie zu. Sie legte die Beine zusammen, vollführte einen perfekten Salto, stieß sich von Brocassies Schulter ab und landete federleicht auf dem Fenstersims.

»Lernen Sie so gut fliegen, Brocassie«, lachte Porto, »und ich hab' nichts mehr zu meckern.«

Zwei Uhr morgens. Eine Galaxis von Sternen. Porto saß neben ihm auf den Stufen des Wohnwagens, beobachtete Sternschnuppen, die am Horizont entlangfegten, und gab jeder von ihnen eine Nummer und ein Ziel.

»Hui«, sagte Porto. Er hörte sich an wie eine betrunkene Eule. »Nummer neun. Großer grüner Bursche, was, 'n richtiger Meteor. Hoffe, daß er Los Angeles erwischt hat.« Er klatschte in die Hände. »Platsch. Santa Monica ist weggeblasen! Haben die irischen Schufte nicht anders verdient.« Er hatte die Beine auf dem Gras ausgestreckt, und sein Bauch zitterte vor Lachen.

Bin völlig besoffen, dachte Brocassie, zog die Flasche zwischen Portos Beinen hervor und nahm einen langen Schluck. Das Zeug brennt mir Löcher ins Gedärm und in den Schädel. Der Hals der Flasche entglitt ihm, und sie fiel ihm vor die Füße in den Staub.

Porto schnappte sie sich, leckte die Öffnung ab und nahm noch einen Zug. »Blöder Sack. Ist Gold wert. Acht Dollar die Flasche, Brocassie!«

»Mir – reicht's – jetzt«, sagte Brocassie langsam; er hatte Mühe, die Worte in die richtige Reihenfolge zu bringen. Es reichte, aber er besaß weder die Kraft noch den Willen aufzustehen. Er dachte wieder an die Frau. Es war schwer, ihren Namen zu sagen. Er setzte die Buchstaben im Geiste zusammen, als stünden sie an einer Tafel. Kein Problem . . . Alicia. Alicia im Wunderland. Er erinnerte sich an sie, an all ihre Eigenheiten, an jeden Moment mit ihr – es waren nur einzelne, aber lebendige Bilder. Wie wenn man eine Münze in den Schlitz steckt, an der Kurbel dreht und die Bilder vorbeiflitzen sieht, so daß sie sich zu bewegen scheinen. Er legte sich mit dem Rücken gegen die Stufen, verschränkte die Hände im Nacken und starrte ausdruckslos zum Himmel empor.

»Müde Arschgeige . . .« gähnte Porto und atmete den Geruch von dunklem Rum aus.

»Was meinst du?«

»Dich mein' ich. Müde Arschgeige. Was für'n Matschgesicht, Brocassie. Überhaupt kein Humor, nicht die Bohne.«

»Brauch' ich etwa Humor?«

»Klar!« Porto rülpste und schluckte geräuschvoll. »Klar. Hab 'n bißchen Spaß am Leben. Lach. Zahl dir 'nen Vierteldollar für jeden Lacher.« Er kramte in seiner Tasche und ließ Münzen in den Staub fallen. »Lach, Rothautkumpelpilot. Arschloch. Ist gut für dich.«

Brocassie rappelte sich auf, blieb unsicher stehen und merkte, wie sein Kopf blutleer wurde. »Bis dann, Porto. Amüsier dich.« Er machte einen vorsichtigen Schritt, aber Porto erwischte ihn am Gürtel und zog ihn hinunter auf die Stufen.

»Ich mein's doch nicht so«, lallte er. »Mach dich nicht naß.« Er unterbrach sich und lachte. ». . . meine, mach dich doch naß.« Er hielt Brocassie die Flasche vors Gesicht. »Die letzte Chance, mein Freund. Ab morgen wird nicht mehr gesoffen, kapiert? *Mañana* arbeiten wir für Eh-h-re, Pflicht und Yankee-Dollars.« Er nahm die Flasche, hob sie zum Nachthimmel empor und schüttelte sie. Plötzlich klang seine Stimme nüchtern. »Auf unsere Haxen und darauf, wie wir sie uns brechen werden.« Er begann ein unmelodisches Lied zu singen.

»Warum, zum Teufel, machst du mit, Porto?«

»Aha! Das wichtigste Wort in der Anglo-Sprache ist ›warum‹. Das zweitwichtigste ist ›Geld‹. Ein Haufen Geld, Brocassie. Hab' Schulden, die ich abzahlen muß, verstanden? Und du? Bescheuert, nach Kuba zu fliegen, Brocassie. Läßt dir die *cojones* abschießen – und wofür?«

»Ich muß zurück. Muß ein paar Leute treffen, um was ins Lot zu bringen. Wegen früher.«

Porto setzte sich mühsam auf, indem er sich mit den Armen abstützte. Aber er war so betrunken, daß seine Hände immer wieder im Sand abrutschten. Schließlich gab er es auf, ließ sich wieder flach auf den Rücken fallen und kicherte. »Wegen früher? Du bist blöder, als ich gedacht habe, Cassie. Willst dich ›wegen früher‹ umbringen lassen?«

Er erhob sich taumelnd, zog den Korken aus der Flasche, trank den Rest des Rums aus und schleuderte die Flasche in die Finsternis. Dann drehte er sich um und stolperte die Stufen seines Wohnwagens hinauf.

Zum Henker, zum verdammten Henker mit ›früher‹, oder auch nicht, dachte Brocassie, und dann verlor er sanft das Bewußtsein, lag auf dem Boden, und der ganze große Sternenhimmel war seine Bettdecke.

8.

Havanna, Kuba, 12. September 1962

Sie landeten kurz nach Einbruch der Dunkelheit bei stürmischem Regen. Álvarez hatte erwartet, bei seiner Rückkehr nach Kuba freudige Erregung zu empfinden, aber er spürte nichts dergleichen. Es war, als kehre ein Erwachsener in die Stadt seiner Kindheit zurück, nur um zu entdecken, daß die Häuser kleiner und schäbiger, das Gras weniger grün und die Bäume, die er als Kind bestiegen hatte, kleine, verkümmerte Gewächse waren. Ihm schien, daß er etwas verloren und etwas gewonnen hatte. Vielleicht hatte er Unschuld gegen Realismus eingetauscht. Aber noch war nicht abzuschätzen, ob das ein guter Tausch war.

Er stupste Roytschenko an, um ihn zu wecken, und holte sein Gepäck. Ein beflissener Aeroflot-Steward führte sie zum Ausgang.

Die Regentropfen glichen großen Silberkugeln, die kurz in das Flutlicht des Flugplatzgebäudes tauchten und dann wie flüssige Schrapnelle auf dem Asphalt explodierten. Am Fuß der Gangway warteten eine SIL-Limousine und zwei Männer in grauen Uniformen ohne Rangabzeichen mit Schirmen in der Hand. Álvarez folgte Roytschenko, ignorierte, wie er, die Schirme und die Männer, die sie hielten, und nahm rasch auf dem Rücksitz Platz.

Die Männer stiegen vorn ein, und der eine reichte Roytschenko einen versiegelten Umschlag.

»Mit dem Vermerk ›Dringend‹ für Sie, aus der Zentrale, Genosse Oberst.« Der Mann zeigte die Zähne in der automatenhaften Parodie eines Lächelns. »Wohin wünschen Sie gefahren zu werden?«

»Ganz kurz zur Bücherei auf La Quinta Avenida. Ich muß dies zuerst lesen und dann möglicherweise ein paar Telegramme aufgeben. Sie warten auf mich. Dann zum Hafen von Mariel, falls die *Omsk* schon gelöscht wird.«

Der Mann auf dem rechten Vordersitz nickte, bevor Roytschenko den Satz beendet hatte. »Sie traf heute acht Stunden zu früh ein, kurz nach Mittag. Die Entladung begann um siebzehn Uhr.«

Roytschenko bedeutete dem Fahrer zu starten und drückte auf den Knopf, der die Trennscheibe hochsteigen ließ. Er lehnte sich gähnend zurück. »Julio, ist Ihnen je aufgefallen, daß die Idee einer klassenlosen Gesellschaft paradox ist? Die Arbeiter fühlen sich nämlich unbehaglich, wenn sie nicht wissen, vor wem sie zu Kreuze kriechen sollen.« Er knurrte geringschätzig und schloß die Augen.

Die Limousine fuhr durch verlassene, regengepeitschte Straßen. Álvarez nahm Männer wahr, die in Hauseingängen herumlungerten, und bemerkte Frauen, die furchtsam durch halbgeschlossene Fensterläden spähten. Jede zweite Straßenlaterne war ausgeschaltet, wahrscheinlich um Elektrizität zu sparen. Es gab keine Neonreklamen und kein funkelndes Lichtermeer. Havanna war eine Stadt gewesen, die erst nach Sonnenuntergang wirklich zum Leben erwachte. Nun war es nur noch ein ärmlicher tropischer Vorort von Moskau.

»Sie sehen geistesabwesend aus, Comandante. Kein Jubel für den heimgekehrten Krieger?«

»Müde. Ich werde am Miramar aussteigen und morgen nach Santiago weiterfliegen.«

Roytschenko legte die Hand auf Álvarez' Arm. Er übte kaum Druck aus, und doch hatte sein Griff die Kraft eines Schraubstocks. Álvarez hätte die Hand am liebsten zur Seite geschleudert, wandte sich jedoch mit unbewegtem Gesicht Roytschenko zu. »Bitte, entfernen Sie Ihre Hand«, sagte er ruhig.

Der Russe zog die Schultern hoch und ließ Julio los. »Tut mir leid, Comandante«, erklärte er mit übertrieben deutlicher Aussprache. »Ich muß mich für meine schlechten Manieren entschuldigen, aber Sie scheinen zu glauben, daß sich unsere Beziehung irgendwie geändert hat, seit wir auf kubanischem Boden sind. Unser Tagespensum ist noch nicht beendet. Ich möchte, daß Sie mit mir nach Mariel kommen. Wir müssen die Weiterleitung von Fracht arrangieren, für die Sie verantwortlich sein werden.«

»Was für eine Fracht?« Julio war durch den Flug noch wie benommen. Er benötigte ein, zwei Drinks, und dann wollte er sich ausschlafen. Morgen würde er Alicia sehen. Mein Gott, wie er sie brauchte.

»Die Fracht, die von Kapustin Jar hertransportiert wurde, Álvarez.« Roytschenkos Stimme klang ungeduldig, nervös. »Die ersten fünfzehn werden morgen nacht mit der Bahn nach Oriente befördert. Sie kümmern sich um die Bewachung.«

Álvarez' Herz schlug schneller, seine Mattigkeit war verschwunden. Roytschenko meinte die Mittelstreckenraketen, die an der

Nordküste Kubas in San Cristóbal, Guanajay und Sagua la Grande installiert werden sollten. Oriente lag im Osten, vierhundert Meilen entfernt. Er blickte auf die geschlossene Trennscheibe, die verhinderte, daß sie von den Männern auf den Vordersitzen gehört werden konnten. Ein Auto raste in entgegengesetzter Richtung an ihnen vorbei, und der blendende Glanz seiner Scheinwerfer überflutete Roytschenkos Gesicht und hob seine Züge scharf hervor.

Roytschenko nickte, als habe er Álvarez' Gedanken gelesen. »Wir können unbesorgt sprechen. Sie können nichts hören, und wenn sie es täten und etwas weitertratschten, wären sie nur noch als Chorknaben zu gebrauchen.«

»Wenn ich immer noch die Rolle eines DGI-Comandante spielen soll, der von einem Ausbildungskursus zurückkehrt, kann ich nicht einfach meinen eigenen Tagesablauf bestimmen. Ich muß mich zurückmelden, einen Bericht über die Ausbildung zu den Akten geben und mich über die neuesten Entwicklungen informieren lassen. Fidel will bestimmt, daß ich ausführlich auf die Geräte eingehe, die das KGB liefern wird. Außerdem wird er mir den neunstelligen Code geben wollen. Ich muß . . .«

Roytschenko unterbrach ihn. »Castro weiß über den Transport Bescheid. Sie sind sein Sicherheitsbeauftragter. Ich habe die Sache durch die Moskauer Zentrale klären lassen, die Fidels Genehmigung einholte, bevor wir aus der Sowjetunion abflogen. Ihre Arbeit für uns beginnt jetzt sofort, heute abend.«

Julio lehnte den Rücken gegen den Ledersitz. »Weshalb werden die Raketen nach Santiago gebracht?«

»Nicht nach Santiago«, erwiderte Roytschenko, »sondern zu der Anlage in der Sierra, dem Calvario-Komplex. Wir haben einen Speicher am Hafen von Mariel gebaut. Ursprünglich sollten darin die Raketen ausgepackt und überprüft werden, bis die Abschußvorrichtungen fertig sind. Leider haben die Architekten und Ingenieure in Moskau sich in den Planungsdaten geirrt, und die Dachbalken sind den Winden nicht gewachsen, die wir während der Hurrikanzeit erlebt haben. Deshalb mußten wir unsere Pläne ändern. Der Komplex in der Sierra hat sehr umfangreiche unterirdische Instandsetzungseinrichtungen. Also müssen wir die ausgeladenen Raketen dorthin transportieren, sie überprüfen und dann auf Halde legen, bis die Abschußanlagen hier oben an der Westküste fertig sind.«

»Bis dorthin liegt verdammt viel offenes Land vor uns. Jeder an der Bahnlinie wird sehen, was wir transportieren!«

Roytschenko zündete seine Pfeife an und öffnete das Fenster einen Spaltbreit, damit der Rauch hinausziehen konnte. »Etwas mehr als vierhundert Meilen. Wir packen die Raketen in Kisten und decken sie mit Segeltuch zu. Der Zug wird nur nachts fahren und tagsüber auf Nebengleisen abgestellt werden – für den Fall, daß die Amerikaner Erkundungsflüge machen. Ich glaube, daß wir uns nicht allzusehr den Kopf zerbrechen sollten. Fidel ist schon von der Änderung unterrichtet und hat nichts dagegen. Die Raketen sind schließlich Eigentum der Sowjetunion. Was er über den Umgang mit den Waffen zu sagen hat, ist unwesentlich, aber wir wollen ihm natürlich das Gefühl geben, daß er am Entscheidungsprozeß beteiligt ist.« Roytschenko ließ sich nach hinten sacken, stieß eine Fußbank mit dem Zeh zur Seite und streckte sich aus. »Er vertraut Ihnen, Julio. Da *sein* Vertreter für die Sicherheit verantwortlich ist, hat er das Gefühl, bei den Aktionen seiner sowjetischen Verbündeten die Hand im Spiel zu haben.«

Eine Gruppe von Geschäften raste in der Dunkelheit vorbei, das Schaufensterglas hinter Gittermustern. Álvarez erkannte den Bezirk und hielt nach dem Kino Ausschau, wo er zusammen mit Alicia *Ein Amerikaner in Paris* gesehen hatte. Mit Leslie Caron und – wie hieß er noch, ein irischer Name – ja, Gene Kelly. Er war mit Alicia in das Kino gegangen, weil sie Caron so sehr ähnelte. Auch sie war schelmisch impulsiv und sich ihrer eigenen Sexualität überhaupt nicht bewußt. Sie hatte während der Liebesszenen seine Hand gehalten, und er tanzte im Geiste mit ihr über dunstige Pariser Brücken, an Springbrunnen vorbei, auf Tischplatten. Das war, bevor Brocassie nach Kuba gekommen war.

»Es war also ein Konstruktionsfehler, was das Dach des Raketenspeichers betrifft?« hörte er sich sagen.

Roytschenko lachte mechanisch. »Ingenieure haben eine Schwäche, Julio: sie glauben nur an Zahlen. Aber Sie haben auch eine Schwäche, und zwar die, daß Sie ein Zyniker sind. Sie sind voller Argwohn, meinen, daß Russen stets krumme Wege gehen, aber in Wirklichkeit handelt es sich einfach um eine Reihe bürokratischer Irrtümer. Sie müssen begreifen, daß sogar in der Sowjetunion Fehler gemacht werden.« Er legte die Hand auf Álvarez' Knie und drückte es leicht, als prüfe er eine reifende Frucht. »Geduld. Bis Sonnenaufgang sind die Raketen auf Tiefladern untergebracht und morgen nacht geht's weiter nach Osten. Sie können unterwegs bis nach Guayos schlafen. Übermorgen abend sind wir in der Sierra, und Sie können nach Hause zu Ihrer Frau.« Er kramte in seiner Manteltasche und zog einen Gegenstand hervor, der im Schein der vorüberfliegenden Laternen matt silbern blitzte. »Für Sie«, sagte er und schob Álvarez den kühlen Metallgegenstand in die Hand, »von einem Freund, der Ihnen Erfolg wünscht.«

Es war eine massive Schweizer Präzisionsuhr mit Leuchtzifferblatt. Roytschenko schaltete die Innenbeleuchtung ein. »Lesen Sie die Gravur auf der Rückseite.»

Julio hob die Uhr, bis die eingravierten Buchstaben vom Licht erfaßt wurden. »Von L.I.B. mit besten Wünschen.«

»Von Breschnew«, sagte Roytschenko ganz leise.

Die Bücherei trug früher ihren Namen zu Recht: ein elegantes Steingebäude, das dem Wissen und der Gelehrsamkeit diente. Jetzt waren hier das KGB und der kubanische Abwehrdienst DGI untergebracht.

Roytschenko war ins Magazin gegangen, einem nach hinten gelegenen Raum, der nur vom KGB benutzt wurde. Er hatte gemeint, daß er wohl nicht länger als eine halbe Stunde brauchen würde. Álvarez wartete zehn Minuten, dann betrat er den DGI-Teil des Gebäudes und ließ den diensthabenden Offizier einen kurzen Blick auf seinen Ausweis werfen.

»Ich brauche ein Telefon«, sagte Álvarez. »Eine sichere Landleitung, die nicht abgehört wird.«

»Meine . . .«, antwortete der Leutnant. Er schob das Telefon über den Schreibtisch und lächelte einschmeichelnd.

»Wie heißen Sie?«

»Méndez«, entgegnete der Leutnant.

»Scheren Sie sich weg, Méndez. Ich will ungestört sein.«

Sie antwortete nach dem siebten Klingeln; ihre Stimme klang schlaftrunken. »Acht eins zwei.«

»Alicia?«

»Wer . . .?«

»Hier ist Julio. Ich bin in Havanna.«

Die Leitung war still, abgesehen von einem schwachen Summen.

»Kannst du mich hören?«

»Ja.« Eine Pause. »Entschuldige, es ist nach Mitternacht.«

Nun war sie wach geworden, und ihre Stimme klang seidenweich. Er spürte, wie ein Schauer seine Hände durchfuhr. »Ich werde in zwei, vielleicht drei Tagen zurück sein. Ich habe dich vermißt, Alicia, und ich wollte dir sagen, daß – daß ich . . .« Er unterbrach sich gereizt. Méndez stand in dem Flur, der zum Einsatzraum führte, und Álvarez wedelte mit der Hand, um den Trottel dorthin zu scheuchen. Er hielt sich die Muschel enger an den Mund. »Ich mußte dich einfach anrufen. Ich habe dich vermißt. Verstehst du, was ich sage?«

Wieder Stille. »Ich bin froh, daß du gesund und munter bist«, antwortete sie zögernd. ». . . und zu Hause.«

Ihm fiel nichts mehr ein. Er hatte während des langen Überseefluges im Geiste so viel zu ihr gesagt, aber nun hatte er es vergessen. »Geht es dir gut?« brachte er schließlich hervor.

»Ja«, antwortete sie. »Hat . . .?« Sie zögerte wieder.

»Ich kann dich nicht verstehen.«

»Capitán Piedra. Es scheint Schwierigkeiten zu geben. Hast du schon von ihm gehört?«

Zum Teufel mit dem ehrgeizigen kleinen Schuft. Was hatte Piedra vor? Er gehörte zu den paar Leuten unter seinem Kommando, die Álvarez so schnell wie möglich loswerden wollte. Am liebsten hätte er ihn zum Krebsezählen auf die Isla de Pinos geschickt. »Nein«, gab er nach einer Weile zurück. »Ich habe noch nichts von Piedra gehört. Bin gerade aus Moskau eingetroffen.«

»Julio – ich dachte, daß du es erfahren hättest. Er war hier, auf der *finca,* vor fast zwei Wochen. Irgendwie hat er deinen Bürosafe geöffnet und deine persönlichen Akten durchgestöbert. Er weiß über mich Bescheid. Und da ist noch etwas, aber ich kann am Telefon nicht darüber sprechen.«

»So ein Mist«, fluchte er leise. »Ich hänge den kleinen Sack eigenhändig an einem Fleischerhaken auf . . .« Alicia sagte etwas, doch er vernahm nur ein heiseres Flüstern. Russische Stimmen tönten durch den Flur, und er hörte Schritte. Roytschenko kam rasch auf ihn zu.

»Ich muß weiter«, sagte Julio. »Ich rufe an, sobald ich kann. Mach dir keine Sorgen.«

Roytschenko blieb vor dem Schreibtisch stehen. Seine Augen waren heller als sonst und glänzten wie blaue Murmeln. Er deutete ungeduldig mit dem Kopf zur Tür.

»Mach dir keine Sorgen«, wiederholte Julio, aber die Leitung war tot. Er legte den Hörer gemächlich auf und folgte Roytschenko. Wie ein Hund, der hinter seinem Herrn herläuft, dachte er.

Der Regen war zu einem Nieseln geworden. Roytschenko blieb

während der Fahrt nach Mariel stumm und verschlossen. Er hatte das Gesicht dem Seitenfenster zugedreht und betrachtete den Straßenrand, der hinter der nassen Scheibe verschwamm.

In Mariel waren ungewöhnliche Sicherheitsmaßnahmen getroffen worden. Am Eingangstor standen KGB-Leute in kubanischen Uniformen, die außer Kragenspiegeln keine Rangabzeichen trugen. Ungeachtet der offensichtlichen Bedeutung der Passagiere überprüfte der diensthabende Sergeant die Identität jedes einzelnen.

»Comandante Álvarez?« Der KGB-Sergeant beleuchtete den Rücksitz mit seiner Taschenlampe. Sein Spanisch war entsetzlich, das *C* klang rauh und guttural.

Roytschenko schob die Taschenlampe zur Seite. »Er gehört zu mir, Sergeant. Wir haben's eilig.«

Der Posten zögerte, trat dann zwei Schritte vom Auto zurück, salutierte steif und winkte sie an der Schranke vorbei.

»Wenn Sie am Südkai sind, halten Sie hinter den Kränen an«, befahl Roytschenko dem Fahrer. Der SIL schlängelte sich durch die Werft, vorbei an riesigen Speichern mit klaffenden Türen und vollgestapelt mit Kisten. Schließlich erweiterte sich der Weg zu einer langen Betonstraße, die den Docks gegenüberlag. Der Fahrer ließ den SIL in den Schatten rollen und hielt an. Fünfzig Meter vor ihnen, jenseits des feuchten Zementdocks, lag die *Omsk* im Quecksilberflutlicht. Sie hatte Roststreifen, und ihre Metallplatten sahen verbeult aus, aber ihre Erscheinung insgesamt war eindrucksvoll. Wie eine mächtige Stahlwand ragte sie über die Docks hinweg.

»Lassen Sie uns einen Spaziergang machen, Julio«, sagte Roytschenko und öffnete den Schlag der Limousine. Er führte Álvarez am Heck des Schiffes vorbei und in die dahinterliegende Dunkelheit. Der Geruch von Teer, Maschinenöl und feuchtem Beton vermischte sich mit dem Ammoniakgestank verfaulenden Seetangs. Roytschenko blieb am Rande des Kais vor der schwarzen Wasserfläche stehen. Er zog ein Taschentuch hervor, schnupfte sich aus und drehte sich zu Álvarez um. »Wir haben – oder lassen Sie es mich anders formulieren – *Sie* haben ein ernstes Sicherheitsproblem.«

»Was . . .?« Julio zog sich der Magen zusammen. Hatte Roytschenko seinen Anruf abhören lassen!

»Capitán Siergo Piedra. Was halten Sie von ihm?«

Plötzlich kam ihm die kühle Feuchtigkeit der Nacht erdrückend vor. »Mittelmaß«, antwortete er unverbindlich. »Ein ehrgeiziger Bürohengst mit ein paar politischen Beziehungen. Wieso?«

»Vor zwölf Nächten kam es zu einem Zwischenfall. Piedra behauptet in seinem Bericht, daß er seit über einem Jahr ein U-Boot in Marotos Truppe hat – ohne Ihr Wissen. Mit Piedras Worten, ›auf seine eigene Initiative hin‹. Er erfuhr von seinem Agenten, daß es Maroto gelungen war, einige wichtige Aufnahmen vom Calvario-Komplex machen zu lassen. Was genau auf dem Film ist, wissen wir nicht, aber es könnte sehr nachteilig für die sowjetischen Interessen in Kuba sein. Piedra organisierte eine Abfangaktion mit vierzig DGI- und KGB-Leuten.«

»Wo wird der Mann verhört?«

»Höchstwahrscheinlich in Miami«, antwortete Roytschenko. »Piedra verpfuschte die ganze Sache, und Marotos Mann konnte fliehen.«

»Dieser unfähige Idiot! So etwas ohne mein Wissen zu unternehmen, richtet sich gegen bestehende Befehle.«

Roytschenko lächelte im Halbdunkel. »Das geht mich nichts an. Was mich etwas angeht, ist die Tatsache, daß die CIA nun an dem Komplex sehr interessiert sein könnte.« Er hatte die Hände tief in den Taschen seines Regenmantels vergraben und sich vornüber gebeugt, um sich vor dem Wind und dem Nieselregen zu schützen.

»Sie haben wahrscheinlich bemerkt, Álvarez, daß Russen wie Schachspieler denken.« Er wandte das Gesicht in die Dunkelheit, so daß seine Miene verborgen blieb. »Sie spielen nicht selbst, oder?«

»Ich kenne mich mit den Zügen aus.«

»Dann wissen Sie, daß Bauern in den Anfangsphasen des Spiels geopfert werden, damit die stärkeren Figuren vorrücken oder Position beziehen können?«

»Ich bin mit der Strategie vertraut.«

Roytschenko nickte, betrachtete die *Omsk* und drehte sich um. »In diesen Laderäumen ist die Hälfte der insgesamt sechzig Sandal-Raketen. Wenn die U-2s diese Raketen und das Zusatzgerät entdekken, werden die Amerikaner ihre Eröffnungszüge machen, und das Spiel beginnt. Während des Spiels werden beide Seiten Figuren opfern, um sich für den Sieg in Position zu bringen. Betrachten Sie diese Raketen als Bauern, Julio. Wir lassen sie über das Brett vorrücken, um sie zu opfern und dadurch andere, wertvollere Figuren zu schützen.«

»Wenn Sie sie vorrücken wollen, um die Amerikaner zu einem vorhersehbaren Gegenzug zu zwingen, wo ist dann das Problem?«

»Das Problem ist der Komplex in der Sierra. *Das* ist eine der wertvolleren Figuren, die ich meine. Es ist unvermeidlich, daß die Amerikaner von seiner Existenz erfahren, aber sie dürfen die Anlage auf keinen Fall mit der sowjetischen Raketenschlagkraft in Kuba in Verbindung bringen. Wir müssen die Amerikaner irgendwie zu dem Glauben veranlassen, daß der Komplex eine sowjetische Fernmelde-Einrichtung ist, deren Ausrüstung nur auf ihren Selbstschutz abzielt. *Wenn* sie das glauben, dann werden sie ihn in Ruhe lassen – genau wie wir ihre Stationen in Japan, der Türkei und im Iran akzeptieren.«

Álvarez nickte; er begriff nicht ganz, worauf Roytschenko hinauswollte. »Ich bin müde, Roytschenko. Was wollen Sie von mir?«

»*Wenn* auf den Fotos, die aus Kuba hinausgeschmuggelt wurden, Einzelheiten der Geräte im Komplex und der oberirdischen Bauarbeiten zu erkennen sind, wird die CIA wohl versuchen, ein Einsatzteam hinzuschicken, das die Anlage zerstören oder wenigstens ihre wahre Funktion herausfinden soll. Ich glaube nicht, daß es ein großes Einsatzteam sein würde – wahrscheinlich nur etwa sechs bis zwölf Männer, die mit dem Fallschirm abspringen und Kontakt mit diesem Maroto aufnehmen, den Sie offenbar noch nicht ausschalten konnten. Sie sind für die Gegenspionage in der Provinz und für die Sicherheit des Komplexes verantwortlich. Was würden Sie in einer solchen Situation tun?«

Álvarez wandte sich von Roytschenko ab und schritt langsam über den nassen Beton des Kais. Ihm war plötzlich klar geworden, daß sich Roytschenkos Aufmerksamkeit nicht auf die Sandal-Raketen, sondern auf den Komplex konzentrierte. »Was befindet sich in dem Komplex, Oberst, außer den Fernmelde-Einrichtungen?«

Roytschenko erstarrte und sah Julio prüfend in die Augen. »Ihre Neugier geht manchmal über die Grenzen vernünftiger Diskretion hinaus, Comandante. Über dieses Thema werden wir bei anderer Gelegenheit sprechen – wenn ich es für richtig halte. Aber lassen Sie uns annehmen, daß es sich um eine Einrichtung handelt, die für die UdSSR von entscheidender Bedeutung ist. Es geht mir also nicht nur darum, das Einsatzteam zurückzuschlagen, sondern vor allem darum, jedes weitere Interesse der CIA zu zerstreuen.«

Álvarez rieb sich das Gesicht. Er war müde, so müde, aber die Idee nahm deutliche Umrisse an. »Schön«, sagte er schließlich. »Es ließe sich machen, aber es hängt davon ab, daß wir den Code brechen, mit dem Maroto und die CIA sich verständigen. Meine

Experten in der DGI versuchen seit zwei Jahren erfolglos, diesen verdammten Code zu entschlüsseln, deshalb habe ich alle Botschaften, die wir abgefangen haben, zur Computeranalyse an die Moskauer Zentrale weitergegeben. Wenn Ihre Leute fähig sind, den Code zu brechen, werden wir wissen, wo und wann das Einsatzteam landet. Ein oder zwei Tage vor der geplanten Landung stören wir Marotos Sender, schicken der CIA eine Botschaft auf derselben Frequenz in Marotos Code und ändern den Landeplatz. Dort warten wir und schnappen uns das Einsatzteam, und den echten Landeplatz umstellen wir mit DGI und Miliz. Wenn Maroto mit seinen Leuten kommt, lassen wir sie hopsgehen. Dann verhören wir das Einsatzteam, um zu erfahren, was seine Mission war, was die CIA vermutete und, vor allem, wie der Bericht des Teams aus Kuba hinausgebracht werden soll. Wenn wir diese Informationen aus ihnen herausholen können, entwerfen wir unsere eigene Botschaft – also genau das, was die CIA glauben soll – und senden sie. Danach erschießen wir das Einsatzteam, setzen die Leichen am Strand ab, fotografieren sie und lassen die Miliz verbreiten, daß sie in einen Schußwechsel mit CIA-Saboteuren geriet, die versuchten, sich aus Kuba abzusetzen. Das kubanische Außenministerium könnte sogar Protest bei den Vereinten Nationen einlegen. Ihre Leute könnten ein paar Meldungen in den von Ihnen kontrollierten europäischen Zeitungen bringen und dann nicht weiter auf die Sache eingehen, als sei es nur eine von vielen verpfuschten Einzelattacken gewesen, die die CIA in den letzten zwei Jahren veranlaßt hat. Wir geben noch einige gefälschte Nachrichten von ›Maroto‹ durch, und dann stellt sein Sender den Betrieb für immer ein. Die CIA wird wahrscheinlich annehmen, daß die Operation ein Erfolg war, obwohl der Patient starb. Damit wäre das amerikanische Interesse an dem Komplex beendet.«

Roytschenko nickte. »Gut. Viel besser, als ich erwartet hatte. Bis auf eine Einschränkung. Die Achte Hauptverwaltung des KGB hat die Codes zwar analysiert, aber wir können sie nicht brechen, weil es Buchcodes sind. Wie Sie wissen, werden dabei die Seite, die Zeile und die Wortziffer einem bestimmten Buch entnommen. Solange man das Buch nicht kennt, das Maroto und die CIA benutzen, gibt es keine Möglichkeit, den Code zu knacken.«

»Vielleicht kann Piedra es durch seinen Maulwurf in Marotos Truppe herausfinden. Vorausgesetzt, daß dieser Maulwurf existiert.«

»Er existiert, Julio«, antwortete Roytschenko. »Davon bin ich überzeugt. Aber es versteht sich, daß Maroto das Codebuch ständig unter Verschluß hält. Die Nachrichten codiert ausschließlich Maroto selbst oder sein Funker. Es ist klar, daß Piedra einerseits versucht, Ihre Autorität auszuhöhlen, und andererseits seinen eigenen Spionagecoup landen will – ein gefährlicher Gegner, Julio, und ein gerissener. Nun, Piedra gibt zu verstehen, daß er vor kurzem erfahren hat, wo sich einer von Marotos früheren Funkern in Kuba aufhält. Diese Person kennt den Buchcode, den Maroto damals benutzte und vielleicht immer noch benutzt. Lasarew meint, daß es einen Versuch wert ist, obwohl Sie dabei übergangen werden.«

Es war, als sei Julio von einem Schlag in den Magen getroffen worden. Wenn Piedra auf seinen Platz rücken sollte, egal ob auf Fidels Befehl oder auf den des KGB, wäre er mit seiner Karriere am Ende und, da er überaus geheimes Material kannte, wahrscheinlich ein toter Mann. »Und wenn ich Piedra zuvorkomme?«

Roytschenko schnaubte leise. »Ich würde sagen, daß es reichlich spät ist, um ein Comeback zu starten. Piedra verspricht, daß er in zehn Tagen soweit ist.«

»Geben Sie mir sieben.«

Der Oberst nickte. »Eine Woche, Comandante. Wir sind zwar nicht gerade Freunde, aber wir sind auch keine Feinde. Meine Zukunft hängt an der Ihren, und Sie müssen einsehen, daß ich Maßnahmen treffen muß, um meine eigene Karriere zu schützen, wenn sich herausstellen sollte, daß Sie es nicht schaffen.« Er schritt langsam auf die *Omsk* zu, als sei jetzt alles besprochen. Aber dann blieb er, immer noch im Schatten, stehen. »Der Mann, den Piedra abfing, war Amerikaner. Ich habe den Bericht heute abend gelesen, und Piedra glaubt, daß dieser Mann logischerweise auch das Einsatzteam führen wird. Piedra besitzt ein Foto von ihm, das vor Jahren gemacht wurde, und hat ihn positiv identifiziert.«

»Woher hat er es? Aus dem Archiv?«

Roytschenko seufzte, als habe er in einem Disput zwischen zwei engen Freunden zu schlichten. »Nein, Julio, von Ihrem Kaminsims.«

Alicia zog die beiden Schildpattkämme heraus, löste den Knoten und ließ ihr Haar über den Rücken fallen. Sie nahm eine Bürste vom Frisiertisch und zog mit kräftigen Strichen die Borsten durch das Haar.

Álvarez lag nackt auf dem Bett, einen Aschenbecher auf dem Bauch, und schaute ihr zu. Ihr Busen wippte bei jedem Strich mit der Bürste. Sie trug ein kurzes Nachthemd, das er auf dem Schwarzmarkt von Masilowo in Moskau erstanden hatte. Es war hauchdünn, von goldener Aprikosenfarbe, die sich von ihrer Haut abhob, und so durchsichtig, daß er die dunklere Schattierung ihrer Brustwarzen und das Dreieck ihrer Scham erkennen konnte. *Made in Sweden*, stand auf dem Etikett, und es gefiel ihr wirklich. Sagte sie.

Er hatte kaum noch Zeit. Drei Tage von Roytschenkos Gnadenfrist waren schon verstrichen, vier blieben ihm noch. Aber er war nur noch zwei Tage mit ihr allein, bevor er wieder nach Mariel aufbrechen mußte, wo die zweite Ladung Sandals gelöscht und umgeladen werden sollte. Er begann, den Druck zu spüren, denn Piedra wartete schon in der Kulisse, bereit, die Hauptrolle zu übernehmen. Álvarez wußte, daß er sie nicht zwingen konnte, den Buchcode zu verraten, nicht einmal um den Preis seiner eigenen Karriere und vielleicht sogar seines Lebens. Irgendwie, auf irgendeine Weise, die ihm noch nicht klar war, würde sie sich selbst verraten müssen, und er hatte es im Gefühl, daß ihr Verrat mit Brocassie zu tun haben mußte.

Er seufzte. Sie war nur ein paar Armlängen von ihm entfernt und doch fast unerreichbar.

Julio stützte sich im Bett auf und zündete sich eine Zigarre an. Er blies den Rauch zur Decke empor und sah zu, wie er ausfächerte und sich in Schichten legte. Es war windstill; die Passatwinde hatten am Mittag nur noch sanft gesäuselt und sich bis zum Sonnenuntergang völlig gelegt. Die Nacht war ein gewaltiges, schwarzes kauerndes Wesen.

»Hast du mich vermißt?« fragte er leise, halb im Ernst, halb spottend.

»Ich war einsam«, antwortete sie. Julio sah, daß ihre Augen im Spiegel auf ihn gerichtet waren. Er hielt ihre Antwort für eine Ausflucht, und das war sie auch.

»Danach habe ich nicht gefragt, Alicia.«

»Ich habe dich vermißt«, sagte sie. »Das habe ich gemeint. Aber . . .«

Er inhalierte den Rauch der Zigarre. ›Das Pferd‹ hatte ihm ein Kistchen davon zur Begrüßung geschenkt. Ein Blatt lag dabei mit den gekritzelten Worten »Wir sind stolz auf deine Sorgfalt«, was immer das bedeuten mochte.

»Aber . . .?« wiederholte er ermunternd.

»Es *war* Brocassie, stimmt's?«

»Die Beschreibung paßt genau, aber er ist sich nicht sicher, trotz des Fotos.«

Es klang wenig überzeugend.

»Aber Piedra behauptet, daß der Mann sagte, er sei Brocassie. Was hätte er davon gehabt, wenn es nicht stimmte?«

Gereizt drückte er die Zigarre aus. War es Brocassie gewesen? In der Hitze von über vierzig Grad waren die Leichen der Angreifer in der Schweinebucht rasch verwest. Fidel und sein Gefolge waren umhergestapft, hatten Witze gerissen, und Álvarez hatte ihren Triumph geteilt. Die Erfassungsstelle hatte die persönlichen Habseligkeiten und die Waffen der nicht identifizierten Invasoren für die Presse ausbreiten lassen, und ganz durch Zufall war Julio die 38er zwischen den ›Hundemarken‹, den blutbefleckten Briefen und den billigen Kruzifixen aufgefallen.

War es Brocassie gewesen? Auch damals war er nicht absolut sicher. Man schob schon die Leichen mit einem Bulldozer in ein Massengrab, aber Álvarez suchte immer noch fieberhaft herum. Einem Mann war das Gesicht weggeschossen worden, aber er hatte die richtige Größe und trug derbe Stiefel von der gleichen Art, wie Brocassie sie nach Kuba mitgebracht hatte. Doch das Entscheidende war die 38er. Álvarez hatte sie dem Marine-Infanteriekorps gestohlen, als er ausgemustert wurde, und er hatte sie tausendmal in der Hand gehabt. Die Kerben am Griff waren die gleichen, auch die Fabrikationsnummer stimmte. Es ist die 38er, mit der mir Brocassie das Leben gerettet hat, dachte er.

Er hatte den Revolver aufgehoben, ihn betastet und immer wieder in den Händen umgedreht, und ein seltsames Gefühl war in ihm aufgestiegen – eine Mischung aus Kummer und Erleichterung darüber, daß er nie wieder mit Brocassie konkurrieren mußte.

Fidels persönliche Genehmigung war erforderlich gewesen, aber Julio hatte es geschafft, die Leiche exhumieren zu lassen. Er hatte sie in ein Grab gelegt, von dem man nach Trinidad und auf das Meer dahinter hinausblickte. Der Körper war nach Osten gewandt, in Richtung des Sonnenaufgangs, denn Julio wußte, daß Brocassie sich gewünscht hätte, so beerdigt zu werden. Er hatte geweint, aber innerlich hatte er nur zu gern eine Tür in die Vergangenheit geschlossen. Aber jetzt gab es das, was Rechtsanwälte ›begründeten Zweifel‹ nannten.

»Ich weiß es nicht«, sagte er schließlich. »Du mußt mir glauben, daß ich Brocassie für tot hielt. Ich habe dich nicht belogen. An der Melincino-Straße nördlich von Trinidad ist ein Grab, in dem ich ihn beerdigt habe.«

Sie saß da und starrte den Spiegel an, als verberge sich etwas in ihm, das nur sie sehen konnte. Der Daumen und Mittelfinger ihrer rechten Hand bewegten sich kreisförmig um ihren linken Ringfinger.

»Er hatte einen Goldring an einer Lederschnur um den Hals?« Es war eher eine Feststellung als eine Frage.

Also das ist aus ihm geworden, dachte Julio. In Havanna hatte sie immer einen Ring getragen, ein altes Familienerbstück. »Nein«, erwiderte er. »Aber so etwas könnte leicht verlorengehen.«

Sie drehte sich um. Langsam bildeten sich Tränen in ihren Augenwinkeln und rannen über ihr Gesicht. Es war, als wisse sie nicht, daß sie weinte, oder als sei es ihr gleichgültig. »Du mußt ihn warnen, Julio. Er darf nicht zurückkommen, denn wenn er es tut, wird er sterben. Und du wirst für die Kugel verantwortlich sein, die ihn tötet.«

Wie konnte das Weibsstück so etwas sagen, nachdem sie beide seinen Tod seit mehr als einem Jahr akzeptiert hatten? Sie waren sich beide einig gewesen – jeder um seiner eigenen geheimen Leidenschaften willen –, nicht mehr daran zu denken, seinen Tod zu vergessen, und nun, nach all der Zeit . . . Wütend schleuderte er den Aschenbecher gegen die Wand, stürmte aus dem Zimmer und polterte die Treppe hinunter. Er schlug die Tür zu seinem Arbeitszimmer zu, schloß sie ab, nahm eine Flasche Scotch aus dem Schrank und ließ sich auf die Couch fallen. Er zitterte am ganzen Körper.

Du kannst mich mal, du Luder, fluchte er. Weshalb hatte er Kopf und Kragen riskiert, um sie aus dem gottverdammten Gefängnis zu holen? Die Hure wußte nicht, was Loyalität oder Ehre, geschweige denn Liebe war. Es kam ihr einzig und allein darauf an, daß er wieder den Hals für ihren Liebhaber riskierte, für ein Hirngespinst.

Er kippte einen großen Schluck hinunter, spürte, wie das Zeug heiß durch seine Kehle rann und sich im Magen ausbreitete. Dann beruhigte er sich allmählich und trank langsamer. Er hörte, wie sie sich im Stockwerk über ihm bewegte. Dielen knarrten, die Toilettenspülung rauschte. Dann hörte er ihre Schritte auf der Treppe.

Nein, dachte er, nie wieder. Brocassie, wenn du es wagst, dann hast du Pech gehabt, alter Knabe. Ich blase dir den Bauch weg, und zwar mit Vergnügen. Er nahm wieder einen Schluck aus der Flasche. Zwei Jahre zusammen mit ihr. Er hatte ihr Zuflucht gewährt, und wofür? Für diesen Zirkus? Welcher Irrsinn hatte ihn veranlaßt, für sie alles zu riskieren, was er sich in Kuba aufgebaut hatte?

Sie klopfte leise an die Tür.

Julio ignorierte das Klopfen. Er war immer noch nackt und spürte jetzt, wie die klamme Nacht seine Körperwärme aufsog.

»Julio?« flüsterte sie. Ihre Stimme wurde von der Tür gedämpft.

»Hau ab!«

»Laß mich rein. Ich gehe nicht weg, bis ich mit dir gesprochen habe.«

Zuerst kümmerte er sich nicht um sie und schlürfte weiter seinen Johnnie Walker. Aber dann überlegte er es sich anders. Sie zwang ihm die Entscheidung auf. Wenn sie Brocassie wollte, konnte sie ihn haben. Auf einem Servierteller. Und Roytschenko lieferte das Tranchiermesser.

Sie klopfte wieder, etwas lauter. »Mach auf, Julio.«

Er hatte seinen Entschluß gefaßt, und plötzlich nahm alles Gestalt an. Roytschenko hatte aus Piedras Bericht von Alicias Verbindung mit Maroto erfahren; er wußte, daß sie seine Funkerin gewesen war und Zugang zu den Codebüchern gehabt haben mußte. So verdammt subtil, aber andererseits so subtil wie ein Schmiedehammer. Roytschenko hatte ihm Daumenschrauben angelegt und verlangt, daß er aus der Not eine Tugend machte, und mit einemmal fügten sich all die Bruchstücke zu einem eleganten Muster zusammen. Er war fasziniert von der Idee und nahm noch einen Schluck Scotch.

Sie klopfte von neuem, und er dachte: Warum nicht, zum Teufel? Aus der Not eine Tugend. Er stand langsam auf und wünschte sich fast, daß sie fortgehen möge, denn einen kurzen Moment lang war er erbittert darüber, daß Alicia sie beide zum Verrat verleitete. Aber sie pochte noch einmal, hartnäckiger. Er ließ sie ein. Alicia setzte sich hin und sah ihn an.

»Einen Drink?« schlug er vor. »Einen Toast auf die Auferstehung meines Bruders – deines Liebhabers?« Er konnte die Bitterkeit nicht aus seiner Stimme verbannen, obwohl er schon in seine Rolle geschlüpft war.

Sie war gefaßt und sprach präzise. »Vor deiner Rückkehr habe ich lange nachgedacht. Möchtest du immer noch, daß ich deine Frau werde?«

Er wich ihren Augen aus. »Vielleicht«, sagte er mit unbeteiligter Stimme, aber er wußte, daß sie seine Antwort als offenkundige Lüge durchschauen würde. Es war nicht zu ändern: Er wollte sie, nun mehr denn je.

Alicia lehnte sich zurück und schloß die Augen. Nach langer Zeit beugte sie sich wieder vor. »Dann mußt du Brocassie irgendwie eine Botschaft übermitteln. Du hast ja deine Methoden. Halte ihn davon ab, nach Kuba zurückzukehren. Das ist meine einzige Bedingung.«

»Dann schicke ich am besten ein Telegramm nach Miami, zur Kenntnisnahme von Operation Mongoose: ›Brocassie wird Genehmigung zur Einreise nach Kuba verweigert. Unterschrift Álvarez.‹« Er schüttelte den Kopf. »Es gibt keine Möglichkeit, Alicia. Keine Möglichkeit.« Er trank. »Komischerweise möchte auch ich nicht, daß Brocassie hier irgendwo mit dem Fallschirm landet. Das hat nichts mit Blutsbanden zu tun, denn es gibt keine zwischen uns. Ich will den Bastard einfach nur loswerden, aber ich möchte nicht, daß er getötet wird.«

»Es gibt eine Möglichkeit«, sagte sie. »Ich weiß eine, aber ich muß darüber nachdenken.« Sie erhob sich, und der Schleier ihres Nachthemdes ließ ein schmerzhaftes Verlangen in ihm wach werden, als er sie zur Tür schreiten sah. Sie blieb stehen und wandte sich ganz kurz zu ihm um. »Allerdings weiß ich nicht, ob ich dir trauen kann.«

Alicia schloß die Tür hinter sich, und dann lauschte er ihren Schritten auf der Treppe.

Vorsichtig, dachte er, ganz vorsichtig.

Álvarez dachte stundenlang nach, wägte eines gegen das andere ab. Die Whiskyflasche war leer, er war zweimal in die Küche gegangen, um sich Kaffee zu machen, und hatte acht weitere Zigarren gequalmt. Sein Mund war ausgedörrt, Säure ätzte an seinem Magen, aber sein Verstand arbeitete unentwegt.

Schließlich blieb er eine Stunde oder länger auf der Veranda stehen, lauschte den Geräuschen der Nacht und wartete auf die Dämmerung, denn er wußte, daß der Geist dann am empfänglichsten ist. Ein dichter schwarzer Wolkenbrei im Osten nahm langsam Mandelfarbe an, und erst jetzt stieg Julio, wieder völlig nüchtern, die Stufen zu ihrem Schlafzimmer empor.

Er legte sich neben sie, seine Hand auf ihrer Hüfte, und streichelte ihren Nacken. Sie fuhr zusammen, schien sich dann aber unter seiner Berührung zu lockern. Er war verblüfft, wie kalt ihre Haut war. »Bist du wach?«

Sie nickte, ohne ihm das Gesicht zuzuwenden.

»Angenommen, daß ich deinen Bedingungen zustimme, angenommen, daß ich bereit bin, Brocassie zu warnen – trotzdem ist es fast unmöglich. Wenn ich eine unverschlüsselte Botschaft schicke, ist das Verrat, und Piedra erfährt es innerhalb von zehn Minuten.«

Alicia rollte sich herum, so daß sie ihn ansehen konnte, und strich sich das Haar aus dem Gesicht. »Aber dir ist etwas eingefallen?«

»Kann sein. Am einfachsten wäre es, wenn du Maroto eine Botschaft schicktest, die er weiterleiten soll. Du mußt immer noch Leute im Segundo Frente kennen, die Maroto die Nachricht überbringen würden. Er könnte sie dann nach Florida weitersenden.«

Sie runzelte mißtrauisch die Stirn. »Das würde Tage dauern, vielleicht eine Woche, und wie kann ich mich darauf verlassen, daß du den Boten nicht verfolgen läßt?« Sie schüttelte den Kopf. »Tut mir leid, Julio, aber das kommt nicht in Frage. Diese Leute waren meine Freunde, und ich würde lieber sterben, als sie zu verraten.«

Es war etwas, wonach er sich nie erkundigt und worüber sie nie freiwillig gesprochen hatte. Ihre Arbeit für Maroto und den Segundo Frente war eine Tabuzone, und dies war in ihrem unausgesprochenen Abkommen festgelegt. Er lächelte innerlich, denn er hatte diese Reaktion erwartet, die nur noch eine einzige Möglichkeit offenließ.

»Es gibt noch einen anderen Weg. Einen einzigen.« Ihr duftendes Haar verdeckte das Kissen. Er nahm eine Strähne in die Hand, zog sie behutsam durch die Finger und wartete aufmerksam auf ihre Antwort.

Er blickte ihr ins Gesicht und sah, daß ihre Augen ihn musterten. »Was für einen, Julio?« fragte sie, aber in ihrer Stimme schwang Mißtrauen mit.

Und genau auf dieses Mißtrauen hatte er sich verlassen, denn letzten Endes würde sie sich selbst verraten. »Wir haben nie darüber gesprochen«, begann er zögernd, »aber ich weiß, daß du als Funkerin für Maroto gearbeitet hast. Wahrscheinlich kanntest du sein Codesystem, und sogar wenn es veraltet ist, würde die CIA es noch heute erkennen. Wir entwerfen zusammen eine Botschaft und codieren sie. Als DGI-Chef von Oriente muß ich pro Tag zwanzig oder dreißig Nachrichten an unsere Agenten in Jamaika, Puerto Rico, Mexiko und Florida genehmigen. Alle sind verschlüsselt. Ich könnte eine Nachricht an Brocassie mit einer falschen Akten- und Prioritätsziffer versehen und sie in den Telegrammstapel stecken. Niemand würde davon Notiz nehmen.«

Sie schüttelte langsam den Kopf. »Der Code, den Maroto benutzt, könnte immer noch derselbe sein. Aber es ist wieder das gleiche: Ich kann dir nicht trauen, Julio.«

Er legte den Kopf zurück aufs Kissen und schaute an die Decke. »Dann bleibt uns nichts anderes übrig, als zu warten, bis er nach Kuba kommt.« Er drehte ihr ruckartig den Kopf zu. »Und wenn das geschieht, kann ich das Unvermeidliche beim besten Willen nicht mehr verhindern.«

Eine Zeitlang sagte keiner von ihnen ein Wort; die Geräusche des Hauses und des wieder auffrischenden Windes verstärkten sich und schienen unnatürlich laut.

Dann brach sie das Schweigen. »Wir überlegen uns eine Nachricht. Ich werde sie codieren, aber ich gebe dir den Codeschlüssel nicht. Ist das klar?«

Julio legte das Gesicht gegen ihren Rücken und nickte, um seine Bereitschaft zu signalisieren, ohne ihr ein Versprechen geben zu müssen.

Er legte die Hand um ihre Hüfte und schob sie zu ihrer Brust empor. Er drückte sie sanft, und seine Fingerspitzen spielten mit der Brustwarze. »Mach das Licht aus.«

Sie löste sich von ihm und blies über den Lampenzylinder hinweg. Das Zimmer wurde dunkel, das orangefarbene Glühen auf seiner Netzhaut verschwamm allmählich in Schwärze und wurde schließlich vom vagen, schwachen Licht der Dämmerung abgelöst.

Julio lauschte ihrem regelmäßigen Atem, aber er wußte, daß sie noch nicht einschlafen würde. Sie wägte alle Umstände ab und versuchte, zu einem Entschluß zu kommen. Laß ihr Zeit, dachte er. Am Ende wird sie reden. Er zog sie enger an sich, versuchte, behutsam zu sein, aber ihre Zurückhaltung erregte ihn, und er spürte, wie sein Glied steif wurde und von seinem Körper zu ihrem drängte. Er umschloß sie fester, doch sie nahm seine Hand von ihrem Busen und schob sie weg.

»Es ist noch nicht entschieden, Julio«, sagte sie. »Ich brauche Zeit.«

Am Morgen ergoß sich ein Platzregen über die Palmen, und ausgefranste Wolken, die von der niedrigen Wolkendecke abgerissen waren, schienen das kümmerliche Licht aufzusaugen, so daß die Südküste Kubas in ödem Halbdunkel lag. Alles im Haus wirkte feucht. Die Fenster klapperten, vom Wind gepeitscht, in ihren Rahmen.

Julio saß Alicia gegenüber, trank Kaffee und schwieg. Er konnte Marthas wimmernde Stimme hören, die in ihrem Zimmer zu den Blechtönen einer Schallplatte sang. Die Katzen, beide feucht von einem Morgenspaziergang, lagen wie nasse Lappen auf dem Fenstersims und beobachteten einander mißtrauisch.

Álvarez stand auf, schloß die Küchentür zu den Dienstbotenzimmern und nahm wieder Alicia gegenüber Platz. »Es fällt mir schwer, dies zu sagen, Alicia, denn ich bin nun mal nicht der zahme Liebhaber und geborene Ehemann, aber ich habe dich immer geliebt, und ich begehre dich jetzt sogar mehr als je zuvor. Ich möchte Kinder, und ich möchte, daß du meine Frau wirst. Alles, was die Vergangenheit betrifft, ob es mit dem Segundo Frente oder deiner Beziehung zu Brocassie zu tun hat, möchte – und werde – ich vergessen. Obwohl Brocassie dein« – er zögerte eine Sekunde lang – »Geliebter war, ist er immer noch mein Bruder. Er hat mir einmal das Leben gerettet, und ich will nicht, daß er umkommt, weil er für etwas kämpft, das ihn nichts angeht.«

Ihre Miene war ausdruckslos, aber er konnte an ihren Augen ablesen, daß sie zwischen Hoffnung und Furcht, zwischen der Vergangenheit und der Zukunft schwankte.

Schließlich antwortete sie: »Ich werde dir die codierte Nachricht geben, aber nicht den Code.«

Er schüttelte den Kopf. »Nein, das genügt nicht. Ich brauche den Code, die Frequenzen, die Maroto benutzen würde – seine ganze Operationsweise.«

Alicia schloß die Augen, legte die Hände an die Schläfen und drückte so fest zu, daß er sah, wie die Haut unter ihren Nägeln weiß wurde. »Du würdest Maroto eine Falle stellen«, flüsterte sie heiser.

Nur keine Lügen, dachte er. Bloß Halbwahrheiten, die sie hinnehmen würde, weil sie daran glauben *mußte*. »Maroto ist eine dreckige Schmeißfliege. Er fällt der Revolution schon lange genug auf die Nerven. Er ist ein Bandit, kein Patriot. Du kannst darauf wetten, daß ich den Code benutzen werde, um ihn aus der Sierra zu scheuchen. Wir werden ihn, wenn möglich, gefangennehmen, einen

Schauprozeß veranstalten und ihn dann an die Amerikaner austauschen. In einem Jahr wird Maroto seinen mageren Hintern in Miami sonnen und das Geld zählen, das ihm die CIA zugeschanzt hat. Auch ohne den Code werde ich ihn früher oder später kriegen, weil mir nichts anderes übrigbleibt, und dann wird's kein Spaß für ihn. Es ist meine Arbeit, und man setzt mir von allen Seiten zu, damit ich ihn erwische. Welche Methode ist dir lieber?«

»Bei ihm sind noch andere Männer, Männer, die für etwas kämpfen, an das sie glauben – an das auch du einmal geglaubt hast, Julio: an ein Kuba, das von ausländischen Einflüssen unabhängig ist. Und was hast du jetzt?« Sie fuhr ihn an. »Marx statt United Fruit, Lenin anstelle von Esso?«

Sie schien der Hysterie nahe, und er stellte fest, daß sie die Barriere überwunden hatte. Es war nun keine Frage des Wenn mehr, sondern des Wie. Was konnte er ihr sagen? Am besten das, was sie glauben wollte oder schon wußte. »›Ein freies Kuba‹«, begann er leise, als wolle er nicht belauscht werden, »dieses hirnverbrannte Schlagwort hat doch jeder Möchtegerndiktator in diesem Land benutzt! Was haben diese Männer je geleistet, außer denen nachzulaufen, die ihre Schweizer Konten füllten? Ich behaupte doch gar nicht, daß Kuba durch die Revolution plötzlich zum vollkommenen Staat Platons geworden ist, aber Fidel wird uns etwas geben, das besser ist als alles, was wir je hatten. Nicht perfekt, aber besser. Und er ist nicht nachtragend, Alicia. Das weißt du selbst. Man wird Maroto und seine Leute eine Weile festhalten und sie dann emigrieren lassen. Wir brauchen lebendige Menschen, um die Grundlagen der Revolution zu bauen. Tote können nur zu leicht zu Märtyrern werden.«

Alicia antwortete nicht sofort. Sie stand auf, schenkte sich noch etwas Kaffee ein, setzte sich auf einen Stuhl, von dem sie in den Garten hinausblicken konnte, und streichelte eine der Katzen. Das Tier rollte sich auf den Rücken, miaute und fuhr mit den Pfoten durch die Luft.

Endlich sagte sie: »Gibst du mir dein Wort, daß Maroto und seinen Leuten nichts zustoßen wird?«

»Das ließe sich arrangieren.« Er zögerte. »Ja, meine persönliche Garantie.«

». . . und Brocassie? Wie kannst du sicher sein, daß er die Nachricht bekommen hat – und ihr Glauben schenkt?« Sie erhob sich, stellte sich hinter ihn und legte ihm die Hände auf die

Schultern. »Julio, ich möchte dir so gern glauben. Er hat nichts mehr mit uns beiden zu tun. So soll es bleiben. Ich kann ihn vergessen, wenn du es kannst, und ich werde meinen Teil des Abkommens halten.« Sie drückte so stark auf seine Schulterblätter, daß es schmerzte.

Julio stand auf, trat ans Fenster und wandte das Gesicht von ihr ab, denn er konnte seine Freude kaum unterdrücken. Es muß beim erstenmal klappen, dachte er. Dann schaute er sie wieder an, lehnte sich gegen das Fenstersims und streichelte eine der Katzen.

»Wir einigen uns über die Botschaft, und du verschlüsselst sie. Ich weise ihr eine falsche Akten- und Prioritätsziffer zu und schiebe sie in den Stapel der abgehenden Telegramme.«

»Irgend jemand wird Verdacht schöpfen!«

»Niemand wird Verdacht schöpfen«, antwortete er, »niemand, denn die vielen hundert Telegramme, die wöchentlich aus Oriente abgehen, kommen zur Genehmigung auf meinen Schreibtisch. Vorher werden sie nicht gesendet. Die Funker wissen nicht, was die Nachrichten enthalten; sie kennen nur die Frequenz, die Sendezeit und den codierten Text. Viele Botschaften werden blind gesendet. Es würde keine Schwierigkeiten geben.«

»Wie kannst du sicher sein, daß sie Brocassie erreicht?«

»Ich kann es nicht. Wenn die CIA will, daß Brocassie nach Kuba zurückkehrt, könnte sie ihm die Nachricht vorenthalten oder sie sogar benutzen, um mich zu ruinieren. Du kannst dir Fidels Reaktion vorstellen, wenn er erfährt, daß ich direkt mit Mongoose Verbindung aufgenommen habe.« Er seufzte schwer, um seine eigene Verletzlichkeit zu unterstreichen. »Ich würde erschossen, Alicia, und dann würde Piedra meinen Posten übernehmen. Wir wissen beide, was das für deine Zukunft bedeuten würde.«

»Aber wie würdest du erfahren, ob er die Nachricht erhalten hat, ganz zu schweigen davon, ob er bereit ist, auf die Rückkehr nach Kuba zu verzichten?«

Julio lächelte schwach. Es war schwer, die Schauspielerei nicht zu übertreiben. »Ich habe darüber nachgedacht, und ich glaube, mir ist eine Lösung eingefallen. Wenn er die Botschaft erhält und wenn er überhaupt gewillt ist, uns zu antworten, kann er im *Miami Herald* eine Anzeige unter ›Persönliches‹ aufgeben. Zum Beweis dafür, daß er es wirklich ist, wird er in der Anzeige einen Namen erwähnen, den nur wir drei kennen.«

Er zündete eine weitere Zigarre an und schüttelte das Streichholz aus. »Hat Maroto in seinen codierten Sendungen ein Kennungssignal benutzt? Eine Buchstabenkombination beispielsweise?«

»Fünf Buchstaben«, erwiderte sie. »Der erste Buchstabe identifiziert das Buch, mit dem der Text entschlüsselt wird, der zweite Buchstabe kennzeichnet den Urheber der Botschaft, und der dritte steht für eine Zahl, die der codierten Seitenzahl hinzugefügt oder von ihr abgezogen werden muß.«

»Und die beiden letzten Buchstaben?«

Sie zögerte und schlug die Augen nieder. »Ich glaube, sie dienten dazu, die Nachricht innerhalb der CIA weiterzuleiten. Ich bin ziemlich sicher, daß die Sache so funktionierte.« Sie machte eine hilflose Handbewegung. »Ich nehme an, die beiden letzten Buchstaben sorgten dafür, daß die Nachricht direkt an Marotos Führungsoffizier weitergeleitet wurde – an einen Mann namens Hagger, glaube ich.«

Alicia sprach mit gleichgültiger, fast zu gleichgültiger Stimme. Er beobachtete ihre Augen, ihre Hände, ihre Körpersprache, die auf eine Lüge hindeuten konnten, aber er war sich nicht sicher. »Und du warst tatsächlich diejenige, die den Text morste?«

Sie nickte.

»Hast du dich selbst irgendwie identifiziert, zum Beispiel durch Buchstaben am Ende der Nachricht?«

Sie schüttelte den Kopf. »Nein, nie. Dazu gab es keinen Grund.« Plötzlich runzelte sie die Stirn. »Es spielt doch keine Rolle, oder? Ich werde dir die fünf Buchstaben nennen. Was sie bedeuten, braucht dich nicht zu interessieren.«

Julio nickte. Sein Körper war entspannt, aber innerlich wurde er von einem Gefühl des Sieges überwältigt. »Du hast natürlich recht. Wir brauchen nur eine einzige Botschaft zu senden, solange du sicher bist, daß sie richtig entschlüsselt wird. Zwar haben wir keine Garantie, daß sie ihm den Text geben werden, aber ich glaube, daß der Inhalt für sich selbst sprechen wird.« Sie stand immer noch hinter ihm, und er konnte ein Lächeln nicht unterdrücken. Wenn irgend etwas dazwischenkommen sollte – durch reinen Zufall natürlich –, dann würde sie ihn nicht dafür verantwortlich machen können.

»Ich möchte sehen, was du sendest, und ich möchte dein Wort, Julio, daß der Text genauso abgeht. Keine Änderungen, keine Zusätze.«

Er stand auf. »Ich brauche etwas Zeit, um die Sache zu formulieren«, sagte er und ging in die Bibliothek. Obwohl ihm die Botschaft schon vorschwebte, verbrachte er eine halbe Stunde mit immer neuen Entwürfen, bis ihm der Text gefiel.

»Ich glaube, so geht's«, rief er ihr zu.

Sie las den Text über seine Schulter hinweg.

ERSTER TEIL

SERGIO PIEDRA UEBERZEUGT DASS DU NACH KUBA ZURUECKKEHREN WILLST UND DGI IST GEWARNT STOP JULIO KANN NICHT EINSCHREITEN WENN DU GEFANGEN WIRST STOP WIR BEIDE BITTEN DICH UM UNSERER FRUEHEREN FREUNDSCHAFT WILLEN RUECKKEHR NICHT ZU VERSUCHEN STOP

ZWEITER TEIL

JULIO UND ICH SEIT SIEBEN MONATEN VERHEIRATET ERWARTE EIN KIND IM DEZEMBER STOP HOFFE WIR KOENNEN UNS IN ZUKUNFT WIEDER IN FRIEDEN TREFFEN WENN BEZIEHUNGEN ZWISCHEN BEIDEN LAENDERN NORMALISIERT SIND STOP JULIO SENDET DIESE NACHRICHT UNTER GROSSEM PERSOENLICHEM RISIKO STOP BITTE BRINGE IHN NICHT IN GEFAHR UND LASSE NICHT ZU DASS DIESE INFORMATION DGI WIEDER ZUGESPIELT WIRD STOP

DRITTER TEIL

BITTE BESTÄTIGE ERHALT DIESER BOTSCHAFT DURCH PERSOENLICHE ANZEIGE IM NAECHSTEN MIAMI HERALD STOP UNTERZEICHNE MIT NAMEN DES BESITZERS VON CANTINA DER MIR MOOKEM BLUETE SCHENKTE STOP BIS DAHIN WUENSCHEN WIR DIR ALLES GUTE UND GOTTES SEGEN STOP UNTERSCHRIFT SENORA ALICIA RUTH HELVIA DE ALVAREZ STOP ENDE

Alicia starrte die Botschaft lange an. »Ist es nötig, daß wir ihm vorlügen, wir seien verheiratet und erwarteten ein Kind?«

Er ließ die Frage eine Weile im Raum stehen und antwortete schließlich: »Er muß überzeugt sein, daß es sinnlos wäre zurückzukommen. Meinst du wirklich, er will zurückkehren, um gegen Castro zu kämpfen? Bestimmt nicht, Alicia, er kommt deinetwegen.«

Sie trat an den Kaminsims, betrachtete das Foto, auf dem sie alle drei abgebildet waren und fuhr mit dem Finger über den Silberrahmen. Als sie sich umdrehte, standen ihr Tränen in den Augen. »Ich werde den Text codieren, Julio. Aber er muß genauso gesendet werden, wie ich ihn dir gebe.«

Er nickte. »Darüber hatten wir uns schon geeinigt. Und ich brauche den Titel des Buches, das für den Code benutzt wird, und den genauen Aufbau des Kennungssignals. Das war die Abmachung.«

Ihre Stimme klang hartnäckig. »Erst, wenn du mir seine gedruckte Antwort aus dem *Miami Herald* bringst. Nicht vorher, Julio.«

Álvarez deutete ein Lächeln an und setzte ihr nicht weiter zu. Es war im Grunde völlig egal, aber sie erwartete natürlich, daß er versuchen würde, den Code und den Aufbau des Kennungssignals aus ihr herauszuholen. Dadurch wurde der Betrug um so glaubwürdiger.

Er hob die Hand und legte sie sanft auf ihren Arm. »Nein, ich bin einverstanden. Meine Neugier ist beruflich bedingt. Du codierst die Nachricht, und ich werde sie unverändert senden.« Er hielt inne. »Hast du das Codebuch?«

Sie warf ihm einen vernichtenden Blick zu. »Du kannst es wohl nicht lassen? Natürlich habe ich es nicht. Ich fahre morgen früh mit dem Bus nach Santiago, und ich will nicht, daß mir jemand folgt. Wenn du dich einmischst, Julio, kehre ich nie wieder zurück, ohne Rücksicht auf die Folgen.«

»Du hast keine Papiere, falls man dich kontrolliert. Ich könnte dich nicht schützen . . .«

»Das Risiko müssen wir eben auf uns nehmen.«

Er hob, wie zur Kapitulation, die Hände. »Ich werde mich nicht einmischen. Ich will nicht für Brocassies Tod verantwortlich sein, und ich will, daß du bei mir bleibst – sehr sogar.« Beides stimmte, aber es gab noch andere Faktoren, zum Beispiel Piedra und Roytschenko und seine eigene Zukunft, die Zukunft von Comandante Julio Álvarez. Und wie immer gab es Prioritäten.

Sie sagte nichts, sondern betrachtete ihn nur für einen Moment, wandte sich dann ab und ging unsicheren Schrittes in die Küche.

Julio überflog den Text noch einmal. Er mußte rasch vorgehen. Zwei Frauen könnten sie abwechselnd beschatten, sobald sie in Santiago war, aber wahrscheinlich würde Alicia in der Altstadt untertauchen und sie abschütteln. Außerdem würde die ganze Angelegenheit auffliegen, wenn sie Verdacht schöpfte. Nein, dachte er, das Luder soll sich frei bewegen. Er würde vier Buchläden und die Bibliothek der Universidad de Oriente überwachen lassen. Höchstwahrscheinlich würde sie einen dieser Orte aufsuchen. Wenn nicht, war es auch nicht tragisch, denn Roytschenkos Codebrecher und ihre Computer würden nur den exakten Text und die sich daraus ergebende verschlüsselte Botschaft benötigen. Hunderttausende von Büchern elektronisch abzutasten, mochte zu umständlich sein, aber jetzt wüßten sie schließlich die genaue Korrelation. Es wäre nur eine Frage der Zeit.

Und dann würde er eine codierte Botschaft an Rivas in Fort Lauderdale senden und die Anzeige in den *Miami Herald* einrücken lassen. Aber das konnte noch ein, zwei Tage warten.

Julio räkelte sich. Er wollte nicht grinsen, aber es fiel ihm schwer, es nicht zu tun.

9.

St. Ann's Bay, Jamaika, 13. Oktober 1962

Baumfrösche quakten im Busch. Ihre schrillen, monotonen Stimmen gingen ihm auf die Nerven, so daß er sich kaum konzentrieren konnte. Brocassie stand in der Tür der kleinen Baracke und blickte in die Nacht hinaus. Unbewußt ballte er ein paarmal die Faust. Ein unruhiger Wind blies in kurzen Böen, im Westen grollte ein Unwetter, und Blitze erhellten die geschlossenen Sturmwolken über Montego Bay. Er drehte sich um, ließ sich Porto gegenüber auf einen Stuhl fallen und versuchte, seine Gedanken nicht mit Hoffnung oder Verzweiflung, Mutmaßungen oder Ungewißheit zu belasten.

Porto spießte die Überreste eines schrumpeligen Fleischbrockens auf, schob sie sich in den Mund, schloß die Kiefer und zog die Gabel heraus.

»Willst du noch?« nuschelte er mit vollem Mund und zeigte auf den Servierteller, auf dem das restliche Fleisch lag.

»Bedien dich«, antwortete Brocassie und lehnte sich auf dem Klappstuhl zurück. »Ich weiß nicht, was das für ein Zeug ist, aber ich möchte wetten, daß der Tierschutzverein daran interessiert wäre.« Er machte es sich auf dem Segeltuchbezug bequem und verschränkte die Hände hinter dem Kopf. Das Warten und die Frustration zermürbten ihn. Seit fünf Tagen hofften sie, daß sich das tropische Tief nach Norden verlagern würde, aber das Ungeheuer hockte unbeweglich im Antillenstrom und pißte auf die Großen Antillen wie eine Kuh auf eine Felsplatte.

Es hatte andere Verzögerungen gegeben – manche banal, manche unerträglich. Eine C-47 mit sonnengebleichtem Anstrich und dem obskuren Erbsenemblem irgendeiner Fluggesellschaft auf den Bahamas (zweifellos noch ein ›Großflugunternehmen‹ der CIA) hatte drei Slingsby-Segelflugzeuge herangeschafft; Tragflächen und Leitwerk waren entfernt und sorgfältig in Kisten verpackt worden. Unter Portos Aufsicht hatten Brocassie und zwei Mechaniker die Flugzeuge montiert, nur um schließlich zu merken, daß die präzisionsgefederten Verschlußbolzen fehlten. Hastige Anrufe in Miami, bei denen Porto die Maßangaben durchgab. Von Miami aus Anrufe in England, und dann zwei weitere Tage, bis die Bolzen mit BOAC eintrafen. Und noch einen Tag lang Streitigkeiten mit dem jamaikanischen Zoll, um die Bolzen ohne Importpapiere in die Hand zu bekommen.

Die Sandrollbahn lag auf einer alten Plantage an der Nordküste Jamaikas. Ein Engländer mit fleckigem Gesicht verwaltete sie.

Brocassie hatte sich bei Porto erkundigt, ob die Plantage ebenfalls CIA-Eigentum sei.

»Steen pachtet sie über eine angebliche Evangelistenorganisation, die die Agentur für Aufgaben in der Karibik und in Südamerika gegründet hat. Wir sind Missionare, die sich unbedingt für einen Ausflug in den brasilianischen Busch ausbilden lassen wollen. Die C-47-Transportmaschine, die Lebensmittelkisten, heruntergekommene Typen wie wir – all das läßt sich also erklären, falls irgend jemand in diesem Teil der Insel sich dafür interessiert. Was ich im übrigen bezweifle. Die Touristen hocken fast nur in ihren Hotels, und die Regierung mischt sich nicht ein – schließlich liegt Kuba nur neunzig Meilen nördlich von hier.«

Das Flugfeld war kaum mehr als ein roter Erdstreifen, der dem Hochlandwald mit Nitroglyzerin und Bulldozern entrissen worden war. Es war knapp tausend Meter lang, zu beiden Seiten von Bäumen umschlossen und gerade noch für Landungen der C-47 Gooney Bird geeignet. Neben der Piste, unter Mahagonibäumen, standen ein großer Hangar aus Holz, ein Montageschuppen und ein paar Arbeiterbaracken mit Ratten, Kakerlaken und Sandfußböden.

»Noch Kaffee, Cassie?«

»Ich verzichte. Ist schon schwer genug, beim Quaken dieser verdammten Baumfrösche zu schlafen.« In Wirklichkeit waren es die Alpträume, die ihn nie länger als jeweils ein paar Minuten am Stück schlafen ließen. Alicia war unweigerlich darin aufgetaucht, in einem weißen Kleid, das langsam schwarz wurde, und mit Gesichtszügen, die wie schmelzendes Wachs zerliefen. Auch andere waren in den Träumen vorgekommen: sein Vater, der vor seinen Augen zusammenschrumpfte, und Julio, lachend, mit verschwommen verzerrter Miene. Brocassie wachte immer wieder schweißüberströmt in dem feuchten Bett auf, und sein Herz pochte wie ein Dampfhammer.

Porto zog Grimassen, während er den Rest des verbrannten Fleisches in sich hineinschaufelte. »Hagger ist morgen fällig«, sagte er. »Das National Hurricane Center sagt voraus, daß sich das Tief morgen wieder in Bewegung setzt, und in drei Tagen soll es ›unfreundlich, aber klar‹ sein. Man rechnet mit leichten Ostwinden und guter Sicht bis nach Kuba. Der Mond soll am sechzehnten gegen drei Uhr aufgehen. Wenn Hagger keine neuen Probleme mitbringt, machen wir uns dann auf die Socken.«

Draußen wurde der Wind stärker und rüttelte an dem Dach aus verzinktem Blech und an den Fensterrahmen. Brocassie fühlte sich bekümmert und bedrückt. »In zwei Tagen?«

Porto nickte. »Bist du mit allem einverstanden?«

»Ich werde tun, was ich versprochen habe. Aber sobald die Arbeit getan ist, habe ich persönliche Dinge zu erledigen. Ehrlich gesagt, der Komplex ist mir scheißegal. Er ist nur der Preis, den ich Hagger für die Reise nach Kuba und vor allem für die Rückkehr bezahlen muß. Kapiert, Porto?« Er merkte daß er die letzten beiden Worte hinausgeschrien hatte.

Porto hob die Hände wie zur Kapitulation. »Schon gut – schon gut! Die Cree-Kämpfer sind heute abend wohl etwas unruhig?«

Brocassie wurde rot. »Ich werde mein Bestes geben, Porto. Das weißt du. Aber Hagger erwartet etwas, was praktisch unmöglich ist. Er hat keinen echten Plan oder auch nur eine Idee von dem, was in dem Tal verborgen sein könnte. Und trotzdem erwartet er, daß wir Maroto und die Reste seiner Truppe für einen Kamikaze-Angriff auf den Komplex anwerben. ›Benutzen Sie Ihre Phantasie‹, sagt er! Mein Gott, was für ein Blödsinn!«

Er musterte Portos Gesicht, um Zustimmung zu finden, aber der andere verzog keine Miene. »Und was ist mit dir – keine Bedenken?«

Porto drehte den Docht der Petroleumlampe herunter, so daß sein Gesicht in tiefem Schatten lag.

»Ich habe nie etwas anderes als Bedenken bei der Sache gehabt, Brocassie«, sagte er mit müder Stimme.»Weshalb, meinst du, setzt Hagger gerade uns ein? Weil wir seine besten Leute sind? Quatsch! Hagger schiebt uns vor, weil wir entbehrlich sind. Er will herausfinden, was dort los ist, und er ist scharf auf den großen Knall. Es ist so, wie wenn man mit einem Ast in einem Ameisenhaufen wühlt, um zu sehen, was herauskommt.«

»Aber wenn das Ganze so verdammt wichtig für ihn ist, weshalb schickt er dann gerade uns vor?«

Porto goß sich noch eine Tasse Kaffee ein und setzte sich wieder hin. »Sieh in den Spiegel, Brocassie. Was siehst du? Ein halb lateinamerikanisches, halb indianisches Gesicht – einen *mestizo*, wie die meisten Einwohner Kubas. Und ich – kubanischer geht's nicht. Keiner von uns beiden hat irgendeinen Vertrag mit Hagger. Wir werden bar bezahlt. Und du kannst sicher sein, daß es irgendwo Akten gibt, die beweisen, daß wir beide kubanische Staatsangehörige sind – ich, weil mein Alter Kubaner war, und du . . .« Er wischte sich über das Gesicht. »Hör zu, Brocassie. Du hast zusammen mit Kubanern gegen Batista und gegen Castro gekämpft. Dadurch hast du, technisch gesehen, deine amerikanische Staatsbürgerschaft verloren, denn man setzt voraus, daß du einem anderen Land deinen Treueid geschworen hast. Sonnenklar, Brocassie, wir sind auf uns allein gestellt. Wenn die DGI uns in Kuba festnagelt, wird sich keiner im State Department ein Bein ausreißen, um uns rauszuholen.«

Brocassie war überrascht darüber, daß Porto seine Meinung so unverblümt sagte.

»Und weshalb machst du dann mit?« fragte er leise.

»Aus demselben Grund, aus dem fünfundneunzig Prozent der Menschen auf diesem Planeten fiese, widerliche Arbeiten machen: Geld. *Muchísimo dinero*, Brocassie.« Er rieb die Finger zusammen. »Ich brauche eine Menge davon, und zwar schnell.«

»Wofür?« Er beobachtete Portos Augen, um ihn bei einer Lüge oder einer Ausflucht zu ertappen, aber er konnte nichts als den Widerschein der Lampe erkennen.

Porto seufzte und rückte weiter auf seinem Stuhl zurück.

»Du würdest es mir doch nicht glauben, Brocassie, und außerdem, was geht es dich an? Gib dich damit zufrieden, daß ich keine Wahl habe, ebensowenig wie du – wenn auch jeder aus seinen eigenen, privaten Gründen.«

Porto beugte sich jetzt über den Tisch, so daß sich sein Profil vor der Hintergrundbeleuchtung der Lampe abhob und sein Schatten an der Wand einer grotesken Faschingsmaske glich.

»Die einzige Hilfe, die wir beide kriegen, ist unsere eigene, Brocassie. Wir sind durch die Umstände zusammengekommen, und wir müssen selbst dafür sorgen, daß alles gutgeht. Wir landen gemeinsam, wir machen unsere Arbeit so gut wie möglich, und dann hauen wir zusammen ab. Wenn Hagger versucht, uns zu bescheißen, wird wenigstens einer von uns überleben und ihm den fetten Wanst aufschlitzen.« Er streckte eine schwielige Hand aus. »Wir tun unser Bestes – zusammen oder gar nicht. Abgemacht?«

Brocassie zögerte, nahm dann aber die Hand und drückte sie. »Abgemacht«, wiederholte er. Er spürte, daß Porto versuchte, ihn anzufeuern, ihn aufzumöbeln wie ein Trainer in der Halbzeitpause, wenn Chancen und Zeit knapp werden.

Das Gewitter war näher gekommen. Ein paar Regenspritzer trafen die Baracke, verstummten einen Moment lang und gingen dann in das Trommeln eines Wolkenbruchs über. In den Cree-Legenden, die sein Vater ihm erzählt hatte, waren Regentropfen die Tränen von Müttern um ihre toten Söhne, die in einem aussichtslosen Kampf gefallen waren.

Porto wischte mit einer Scheibe Brot über seinen Teller und spülte die Brocken mit einem Schluck Kaffee hinunter. Er lehnte sich zufrieden zurück. Beide schwiegen lange und lauschten dem Regen.

Das Geräusch schien Brocassie irgendeine Botschaft einhämmern zu wollen, als sei sie schwer verständlich und müsse dauernd wiederholt werden. Schließlich stand er auf; er wollte allein sein.

»Wir alle haben Gründe für das, was wir tun, aber diese Gründe liegen selten auf der Hand«, sagte Porto ruhig. Seine Stimme klang sanft, fast herzlich. »Niemand, der bei Sinnen ist, ist je aus reinem Vergnügen in die Schlacht gegangen, und jeder, der es für Fahne und Vaterland tut, muß bescheuert sein. Man tut es aus Liebe oder Angst, aus Stolz oder zum persönlichen Vorteil oder einfach deshalb, weil man zufällig da ist und kein anderer für einen einspringt. Bei uns spielen all diese Motive eine Rolle, Cassie. Aber wir halten zusammen, und das allein ist unser Trost und unsere Stärke. Wenn wir die Arbeit am Komplex beendet haben, komme ich mit dir. Wir landen als Team, wir arbeiten dort als Team, und wir kommen als Team zurück. Wir beide müssen begreifen, daß es nicht anders geht, weil wir nur so Erfolg haben können.«

Er tauchte den Finger in seine Kaffeetasse und schüttelte ihn feierlich, als segne er Brocassie mit Weihwasser. »Und wenn du göttlichen Ratschlag auf deiner Suche begehrst, steht Bruder Porto bereit, sich für dich zu verwenden, sei es mit Kugeln, Seligpreisungen oder mit der Letzten Ölung. Also *pax tecum*, Brocassie.« Er stand auf, rülpste und trat aus der Baracke hinaus in den Regen. »Schlaf gut«, sagte er über die Schulter hinweg und schlug die Schirmtür hinter sich zu.

Brocassie blieb noch lange sitzen und starrte geistesabwesend in die flackernde Flamme der Lampe. Warum will Porto bei mir bleiben, wenn unsere Arbeit im Komplex getan ist? Es könnte Haggers Einfall sein, aber das ist unwahrscheinlich. Wenn wir es schaffen und die Informationen rausbringen, bin ich für Hagger abgeschrieben. Vielleicht hatte Porto doch mehr zu bieten als die Rolle, die er so gern spielte – die des biersaufenden, großsprecherischen, vulgären Glücksjägers. Brocassie mußte zugeben, daß sie etwas verband, daß sie auf irgendeine unklare Weise zusammengehörten. Er gestand sich verblüfft ein, daß er den Mann tatsächlich gern hatte, weil er so unglaublich, so unberechenbar war. Und das Wichtigste: Er vertraute ihm. Vielleicht war etwas dran an dem Spruch, daß Männer nur durch geteilte Gefahr zu Brüdern werden können.

Er blies die Lampe aus, trat vor seine Hütte und schaute in die Nacht. »Auch dir eine gute Nacht, Bruder Porto«, sagte er, und seine Lippen schmeckten den süßen Regen.

Am nächsten Morgen um 10.23 Uhr rauschte Hagger wie mit einem widrigen Wind herein. Brocassie stand neben Porto im Schatten der Bäume, sah zu, wie die Aztec in den Parkbereich rollte, und verspürte ein Unbehagen, das sich wie eine Krankheit in seinem Körper ausbreitete. Er hätte kein Symptom nennen können, und doch hatte er das Gefühl, daß irgend etwas verdammt faul war.

Die Luke öffnete sich. Vier junge Männer mit Bürstenhaarschnitt und einheitlich in strenge weiße Hemdjacken, Popelinehosen und Schnürstiefel gekleidet, stiegen aus und drängten sich in der Hitze wie eine erwartungsvolle Schafherde. Hagger folgte ihnen die Stufen hinunter. Er trug ein geblümtes Hemd und Bermudashorts, sein Gesicht war schweißüberströmt.

Brocassie war sofort klar, daß Hagger Angst hatte. Er schüttelte ihnen flüchtig die Hand, eilte davon, um sich zu duschen und umzuziehen, und ließ Porto und Brocassie zurück, die sich fragten, was passiert sein mochte.

»Unser ehrwürdiger Vater sieht beunruhigt aus«, sagte Porto, faltete die Hände und neigte ehrfurchtsvoll das Haupt.

»Eines Tages wird dich ein Blitz aus heiterem Himmel aufs Kreuz legen, Porto, und dann möchte ich wenigstens eine halbe Meile von dir entfernt sein.« Brocassie hatte scherzen wollen, doch seine Stimme hatte einen harten Tonfall angenommen. Er streckte die Hand aus und drückte Portos Schulter. »Entschuldige. Liegt nur daran, daß ich Unheil wittere. Wir haben einiges zusammen durchgemacht, und ich möchte nicht, daß jetzt alles kaputtgeht.«

»Laß uns zur Kirche zurückkehren«, sagte Porto leise. »Dort werden wir, wenn die Gestirne richtig stehen, die Wahrheit aus dem Munde von Vater Hagger vernehmen.« Er schlurfte auf das Einsatzgebäude zu und hatte die Hände immer noch wie zum Gebet gefaltet.

Sie gingen durch die brütende Hitze, ohne ein Wort zu sprechen. Der Boden unter Brocassies Füßen brannte durch seine dünnen Gummilatschen hindurch. Nicht sehr vielversprechend, dachte er. Hagger hatte so viel Selbstbewußtsein ausgestrahlt wie ein verängstigtes Kind an seinem ersten Schultag, und Brocassie begriff, daß das ganze Unternehmen kurz vor dem Zusammenbruch stehen konnte. Die Operation wird zu kompliziert, dachte er. Je mehr Leute einbezogen werden, desto mehr Fehlerquellen. Hagger hatte versprochen, auf jeden Ballast zu verzichten, aber die Plantage wimmelte schon von Mongoose-Agenten. Neben Porto und Brocassie gab es zwei Mechaniker und zwei Piloten für die Schleppflugzeuge, einen Koch und Hausmeister und einen Fernmelde-Experten, der sich an einer Batterie von Funkgeräten und einem Fernschreiber zu schaffen machte. Dazu noch Hagger und die vier ›Missionare‹, deren Aufgaben noch unbekannt waren. Die Einheit nahm allmählich die Ausmaße eines kleinen Bataillons an.

Das Wetter klarte nach sieben Tagen Regen und Bewölkung auf. Risse in der Wolkenschicht gaben den Blick auf blaue Farbflecke frei, und der Wind wehte wieder nach Osten – ein gutes Zeichen. Brocassie betrat das Gebäude, setzte sich auf einen Klappstuhl, zündete sich eine Zigarette an und wartete beklommen auf Haggers Instruktionen. Er versuchte, keine Vermutungen anzustellen, aber er wußte, daß Furcht vor dem Versagen eine ansteckende Krankheit ist. »Wie's so schön heißt, es gibt eine schlechte und eine gute Nachricht«, sagte Hagger. Er nickte einem der ›Missionare‹ zu, die mit ihm eingeflogen waren. »Montgomery, informieren Sie die Männer.«

Montgomery war noch ein halbes Kind, mager, mit einem roten Haarschopf und Sommersprossen, die sein Gesicht übersäten, als sei er versehentlich am aktiven Ende einer auf Kleiediät gesetzten, furzenden Kuh vorbeigegangen. Er trug jetzt eine rasiermesserscharf gebügelte Khakihose und ein Sporthemd und verströmte den faden Stallgeruch von Elite-Universitäten und erlesenen Picknicks.

Er bestätigte den Eindruck in seinem ersten Satz durch einen präzisen, gedehnten Harvard-Akzent. »Vor acht Tagen, am Sechsten, sendete unsere Station in Key West eine Nachricht an Maroto, um ihm mitzuteilen, daß er einen Landeplatz am Südhang des Pico Turquino vorbereiten und in der Nacht vom Fünfzehnten auf den Sechszehnten zwei Flugzeuge dort erwarten soll. Wir gaben ihm alle nötigen Einzelheiten durch und baten um Bestätigung. Ungefähr fünfzig Minuten später sendete er eine codierte Antwort, in der er erklärte, daß er unseren Wunsch erfüllen könne, und in der er eine Liste verschiedener Nachschubartikel durchgab, die eingeflogen werden sollen. Wir bestätigten den Empfang, und er beendete die Sendung.«

Montgomery steckte die Hände in die Hosentaschen, als prüfe er, ob seine Hoden noch da waren. »Maroto und unsere Station benutzten einen Buchcode. *Los De Abajo* von Mariano Azuela, und zwar die erste, vom Fondo De Cultura Económica in Mexiko veröffentlichte Paperbackausgabe.« Er sprach die Worte so aus, als enthülle er das lebendige Evangelium.

Hagger unterbrach: »Dieser spezielle Buchcode – das möchte ich unterstreichen – ist noch keine drei Monate alt.« Er nickte Montgomery wieder zu.

»Dann, am Achten«, fuhr Montgomery fort, »begannen wir, eine Art Mischmasch auf Marotos Frequenz zu empfangen – so etwas wie ein atmosphärisches Rauschen. Es ist mal stärker und mal schwächer, aber es hört nie ganz auf. Maroto hat ein batteriegetriebenes Funkgerät, das für den Einsatz im Feld nicht schlecht geeignet ist, aber seine Leistung ist nicht allzu hoch und der Empfänger ist ziemlich schwach. Wir haben den Mischmasch analysiert und sind verdammt sicher, daß Maroto unsere Sendungen nicht empfangen kann. Wir selbst kriegen nicht viel von dem mit, was er übermittelt – nur kleine Bruchstücke, aber es ist immer wieder dieselbe Botschaft.«

»Wird dieser Mischmasch, wie Sie ihn nennen, von Menschen verursacht?« fragte Porto.

Montgomery lächelte spöttisch, als handele es sich um eine ganz dumme Frage. »Natürlich wird er von Menschen verursacht. Wir glauben, daß Marotos Sender gestört wird.«

Schweigen legte sich über den Raum. Brocassie hatte das Gefühl, daß die Temperatur um zehn Grad gestiegen war. »Können Sie den Standort des Senders bestimmen?«

Montgomery nickte, als freue er sich, eine schlechte Nachricht zu überbringen. »Santiago, plus oder minus zehn Meilen. Die DGI ist verantwortlich.«

Hagger stand auf, zog ein Blatt Papier aus seinem Aktenkoffer und heftete es mit Reißnägeln an die Wand. Es war ein vielfach vergrößertes Nachrichtenformular. »Schön, das war die schlechte Nachricht, aber jetzt kommt die gute.« Hagger zeigte mit seinem dicken Finger auf das Nachrichtenformular. »Das Rauschen ist, wie Montgomery sagt, sehr stark, aber er hat die Botschaft trotzdem empfangen können. Sie wurde immer wieder gemorst, genau siebenmal in zwei Tagen. Montgomery und seine Spezialisten haben elektronisch so viele Buchstaben wie möglich aus jeder Botschaft herausgefiltert und sie dann überlagert, um den kompletten Text zu bekommen. Das ist er.«

Folgende Nachricht wurde zwischen dem 9. und dem 12. Oktober siebenmal empfangen. Jedes Wort ist mindestens dreimal verifiziert. Text verschlüsselt nach früher gültigem Buchcode Mike Oscar, der planmäßig im Dezember 1960 durch Buchcode Mike Papa und zuletzt durch den gegenwärtig gültigen Buchcode Mike Quebec ersetzt wurde.

Dechiffrierung:

Felix Montgomery

Fernmeldeabteilung, JM WAVE (Unterschrift)

Text lautet:

FMCBR:

GUELTIGER ARBEITSCODE VERMUTLICH GEBROCHEN DA ERNESTO FRÍAS UND ZWEI ANDERE MAENNER BEI ANGRIFF AUF PALMA SORIANO GEFANGENGENOMMEN WURDEN STOP FRÍAS ARBEITETE ALS CODIERER FUER MICH UND KANNTE BUCH AUF DEM GEGENWAERTIGER CODE BASIERT STOP HALTE FUER UNABDINGBAR LAUFENDEN CODE ZWISCHENZEITLICH DURCH HIER VERWENDETEN ZU ERSETZEN BIS NEUE CODEAUSGABE VORLIEGT.

FRÍAS KANNTE AUCH LANDEPLATZ STOP DESHALB VERLEGUNG NACH SOLARIO ESSENTIELL STOP BITTE BESTAETIGUNG MIT DIESEM CODE AUF VIER EINS ZWEI FUENF KILOHERZ ZWEI TAGE VOR OPERATIONSBEGINN STOP UNTERSCHRIFT MAROTO STOP ENDE

Brocassie las den Text zweimal durch und drehte sich dann zu Hagger um. Dessen Gesicht war ausdruckslos. »Was meinen Sie?« fragte er.

»Solario ist eine verlassene Bananenplantage, die Maroto und Fabricio gegen Ende 1960 benutzten. Man kann dort mit dem Fallschirm abspringen, aber niemals mit einem Flugzeug landen.« Er warf Porto einen Blick zu. »Kennst du die Stelle?«

Porto nickte. »Ja, und Ché Guevara kannte sie auch. Er benutzte Solario früher sogar als Munitionslager, als er gegen Batista kämpfte. Ist wie 'ne Mausefalle, Klippen auf der einen Seite und auf der anderen Mangrovensümpfe. Ich würde mich um keinen Preis dahin wagen.«

»Noch etwas«, fuhr Brocassie fort, »Maroto ist nicht ungebildet, und sein Englisch ist gut und nicht so verdammt bürokratisch. Maroto ist kein Schreibtischhengst. Ich glaube keine Sekunde lang, daß er Wörter wie ›essentiell‹ und ›unabdingbar‹ verwenden würde.«

Hagger kratzte an einem Insektenstich, bis die Stelle zu bluten begann. Er betrachtete den Fleck an seiner Hand und wischte ihn an seiner Hose ab. »Gut, mir leuchtet ein, was Sie sagen, Brocassie.« Er drehte sich Porto zu, der an der Wand lehnte und ein Red-Stripe-Bier trank. »Möchten Sie Ihren Senf auch hinzugeben?«

»Es gibt nur eine einzige Erklärung«, antwortete Porto mit spröder Stimme. »Die DGI hat die Nachricht geschickt und hofft, daß wir glauben, sie sei von Maroto. Also wissen sie, daß wir kommen.« Er kippte das restliche Bier hinunter und warf die leere Flasche in einen Papierkorb. »Irgendein Schwein muß ihnen den alten Buchcode gegeben haben, und Sie können Ihren Kopf wetten, daß die FAR schon ihre Flakgeschütze reinigt.«

Hagger nickte langsam, wie ein mechanischer Pinguin. Er rollte einen Bleistift zwischen den Handflächen hin und her, sagte nichts und ließ die Spannung anwachsen. Schließlich blickte er mit zusammengekniffenen Augen zu Porto auf. »Ist einer von Ihnen vielleicht darauf gekommen, daß dies so ungefähr das Beste ist, was hätte geschehen können?« Porto wollte etwas einwerfen, aber Hagger hob die Hand, wehrte die Frage ab und fuhr mit seiner Erklärung fort. »Schön, die DGI hat einen alten Code, aber diese gefälschten Botschaften zeigen uns, daß sie offensichtlich nicht weiß, wie oder wo oder wann Sie beide einfliegen werden. Sie tappt im Dunkeln und versucht, irgendeine Reaktion aus uns herauszuholen. Ich glaube, daß der jetzige Arbeitscode sicher ist – weshalb würde die DGI sonst versuchen, uns mit einem veralteten Code reinzulegen? Maroto hat Zeit und Ort der Landung schon bestätigt. Dabei bleiben wir, wenn wir auch keine Verbindung mit ihm aufnehmen können. In Wirklichkeit ist die schlechte Nachricht eine gute. Sie werden, wie ursprünglich geplant, in der Nacht zum Sechszehnten einfliegen.«

Irgend etwas ging Brocassie im Kopf herum, eine Erinnerung, die er nicht genau bestimmen konnte. Er las die Botschaft noch einmal, um seinem Gedächtnis auf die Sprünge zu helfen. Porto war schon von seinem Stuhl aufgestanden und ging auf die Tür zu, und Hagger begann, die Reißnägel aus dem vergrößerten Nachrichtenformular zu ziehen.

»Moment, Hagger«, fuhr Brocassie ihn an. »Die ersten fünf Buchstaben – was bedeuten sie?«

Hagger hielt inne und wandte sich mit gleichgültiger Miene an Montgomery. »Felix, beantworten Sie die Frage.«

Montgomery wischte sich das Gesicht mit einem Taschentuch ab und schien gereizt. »Die ersten fünf Buchstaben sind das, was wir als ›Kennungssignal‹ bezeichnen.«

Nun fiel es ihm wieder ein. Fabricio hatte nur einmal davon gesprochen, aber Brocassie vermutete, daß das Verfahren für alle Agenten in Kuba einheitlich war. Er erhob sich und tippte mit dem Finger auf den ersten Buchstaben der Gruppe. »Dieser Buchstabe steht für den Buchtitel und die verwendete Ausgabe, nicht wahr?«

Montgomery nickte.

»Der zweite Buchstabe.« Brocassie zeigte auf das *M*. »Er identifiziert Maroto als Urheber der Botschaft, richtig?«

Ein weiteres Nicken. Hagger war starr geworden und beobachtete sie.

»Der dritte Buchstabe. Er besagt, daß eine bestimmte Zahl von allen anderen Zahlen im codierten Text subtrahiert oder zu ihnen addiert wird.«

»Das sind Informationen, für die man eine Geheimhaltungsstufe braucht, Sir. Mit Hilfe des Kennungssignals soll sichergestellt werden, daß nur der Urheber und der Empfänger der Botschaft ihre Echtheit beweisen können. Wir wissen natürlich ganz genau, daß manchmal die Funker den Text codieren, obwohl sie es nicht dürfen. Aber nur Leute wie Maroto oder Fabricio werden spezifisch darüber instruiert, wie die ersten fünf Buchstaben, die dem eigentlichen Text vorhergehen, zustande kommen.«

Hagger begann, nervös zu werden. Er ließ die Schnappschlösser seiner Aktentasche auf- und zuklicken, um seine Hände zu beschäftigen. »Es ist, wie Felix sagt, Brocassie, die ersten fünf Buchstaben brauchen Sie nicht zu beschäftigen. Die Nachricht ist sowieso gefälscht.«

Plötzlich kristallisierte sich alles heraus. Brocassie wäre am liebsten hinausgegangen, er wollte es nicht wissen, aber es ließ ihm keine Ruhe. »Die beiden letzten Buchstaben. Das sind die Code-Initialen des Funkers. Wie können sie dazu beitragen, die Echtheit der Botschaft zu beweisen?«

Montgomery sah Hagger fragend an, dunkle Schweißflecken unter den Hemdachseln.

»Sagen Sie es ihm«, befahl Hagger matt. »Es spielt keine Rolle.«

Montgomery sog einen Moment lang an seiner Lippe und hob die Schultern. »Die beiden letzten Buchstaben *sind* die Code-Initalen des Funkers, der die Botschaft durchgibt. Jeder Funker hat einen identifizierbaren Rhythmus beim Morsen. Wir nennen ihn die ›Faust‹. Für den erfahrenen Zuhörer ist die ›Faust‹ eines Funkers so leicht zu erkennen wie eine Unterschrift oder der Klang seiner Stimme. Wir haben Codebänder von allen Funkern in der Karibik-Abteilung, so daß wir die ›Faust‹ des Funkers, der die Botschaft absetzt, mit den Initialen vergleichen können, die der Urheber der Nachricht in der Buchstabenkombination untergebracht hat.«

»Würde der Funker darüber Bescheid wissen?«

Montgomery schüttelte den Kopf. »Normalerweise nicht. Jedenfalls sollte er oder sie es nicht wissen, aber es kann natürlich sein. Wie auch immer, wenn die ›Faust‹ des Funkers dem im Kennungssignal angegebenen Codenamen entspricht, haben wir ein völlig unabhängiges Mittel, um die Sendung zu verifizieren.«

»Wer also war der Funker, und stimmten die Codebänder mit der ›Faust‹ überein?«

Hagger und Montgomery tauschten einen Blick aus. »Nein«, erwiderte Hagger schließlich. »Sie stimmten nicht überein. Wie gesagt, die Botschaft ist eine Fälschung.« Er riß die Vergrößerung ab und stopfte sie in seine Aktentasche.

Dann ließ er die Schlösser der Aktentasche zuschnappen – diesmal signalisierte das Klicken, daß die Einsatzbesprechung beendet war. »Essen fassen, Brocassie«, sagte er mit einem Bürokratenlächeln. »Wir haben Steaks aus Kansas mitgebracht, von Maismastrindern. Zwei Zoll dick. Spendiert von unseren dankbaren und vertrauensvollen Steuerzahlern.« Er ließ die Schultern sinken, als beginne er erst jetzt, sich zu lockern. Dann legte er die Hand auf Brocassies Arm und steuerte ihn zur Tür.

»Sagen Sie Montgomery, er soll sich rausscheren«, knurrte Brocassie. »Wir sind noch nicht fertig.«

Hagger ließ die Hand fallen und trat mit zusammengekniffenen Lippen zurück. Er überlegte und nickte Montgomery nach einer Weile zu. »Warten Sie draußen. Sie auch, Porto«, sagte er und machte eine Kopfbewegung.

Brocassie ließ Montgomery an sich vorbei, wich aber bewußt nicht von der Stelle, so daß der rothaarige Bursche sich seitlich an ihm vorbeidrücken mußte, um Körperkontakt zu vermeiden. Er legte den Riegel der Schirmtür vor, zog die Holztür zu und schloß sie ab. In der Baracke regte sich kein Luftzug mehr, und die Temperatur schien rasch zu steigen.

Hagger war jetzt in der Defensive; er saß hinter dem Tisch und hielt sich verkrampft an seinem Aktenkoffer fest. »Was wollen Sie?« fragte er mit gepreßter Stimme.

»Wer war ›BR‹, Hagger?«

»Das ist geheim.«

Brocassies Hand schoß vor, er packte Haggers Hemdbrust und zog ihn über den Tisch. Hagger keuchte, und die Aktentasche polterte auf den Boden.

»Nehmen Sie die Hände weg!« japste er. Sein Atem roch nach Pfefferminz und Furcht.

Brocassie verstärkte den Griff und verdrehte das Hemd zu einem Knoten, so daß Hagger kaum noch Luft bekam. Ein Knopf sprang ab, fiel auf den Tisch, rollte weiter und klapperte auf den Boden. In der Enge des Raumes wirkte das Geräusch ungeheuer laut. Brocassie zog Hagger dichter an sich heran.

»Wer?« brüllte er, und sein Speichel spritzte Hagger ins Gesicht.

Haggers Haut war fahl und lief langsam purpurn an. Schweiß und Speichel verliehen ihr einen öligen Glanz.

»Babe Ruth«, stöhnte Hagger, und seine Hand betatschte Brocassies Körper.

»Und wer, zum Teufel, ist ›Babe Ruth‹?«

Der andere starrte Brocassie an und schüttelte heftig den Kopf. Er hatte die Zähne zusammengebissen, als wolle er sich selbst am

Sprechen hindern. Brocassie rammte ihm den Arm gegen die Brust, so daß er gegen die Wand geschleudert wurde. Hagger stockte der Atem, er sackte zusammen, seine Füße rutschten über die Holzbretter, und seine Hände suchten nach einem Halt. Seine Finger packten den Tischrand, doch der Tisch gab nach und kippte nach vorn auf Haggers Körper. Der Aufprall auf seine Rippen ließ Hagger grunzen.

Jemand klopfte an die Tür, zuerst höflich, dann lauter, beharrlich, und Brocassie konnte hören, wie Montgomery draußen um Hilfe rief.

Brocassie hob den Aktenkoffer auf und ließ die Schlösser aufspringen. Aus dem Augenwinkel sah er, wie Haggers Hand sich bewegte, und im Reflex stampfte er mit dem Stiefel auf Haggers Finger. Ein 45er Colt wirbelte über die Bretter, und Hagger starrte zu ihm empor. Seine Augen waren vor Entsetzen weit aufgerissen, sein Mund öffnete und schloß sich, ohne ein Geräusch hervorzubringen.

Brocassie packte den Colt und lud durch. Er blickte über die Kimme hinweg auf Haggers Kopf. »Schick Montgomery weg«, sagte er und zielte zwischen Haggers Augen.

Der Mund öffnete und schloß sich immer noch, ohne daß ein Laut zu hören war.

Er preßte die Waffe in Haggers Bauch, und sein Finger begann unwillkürlich, sich zu krümmen. »Schick deinen beschissenen Schuljungen weg, Hagger. Sofort!« flüsterte er.

Haggers Augen waren groß wie Untertassen; das Weiße war eher von trübem Gelb, wie ranzige Butter. »Hauen Sie ab, Montgomery!« schrie er mit gepreßter Falsettstimme. Jemand murmelte etwas vor der Tür, man hörte Schritte, eine andere Stimme, die Fragen stellte, eine Tür fiel ins Schloß, und dann war es still . . .

Beide atmeten schwer und lauschten, ohne sich aus den Augen zu lassen. Brocassie senkte den Lauf bis zu Haggers Unterleib. »Wenn ich abdrücke, wirst du nicht sterben, Max«, flüsterte er. »Aber du wirst dir wünschen, daß du gestorben wärest.« Er stieß den Lauf des Colts hart in die nachgiebige Fleischmasse. »Also, Max, wer ist ›Babe Ruth‹?«

Hagger kapitulierte. Brocassie erkannte es an der Erweiterung seiner Pupillen.

»Alicia Ruth Helvia. Es hat nichts zu bedeuten, Brocassie«, sagte er mit schriller Stimme.

»Du wußtest Bescheid, was, Max? Aber du wolltest nicht, daß ich etwas erfahre, weil du sicher warst, daß ich von dem hinterlistigen kleinen Weibsstück die Schnauze voll hätte. Und das wäre das Ende deines Projekts in der Sierra, oder?«

Hagger saß da, an die Wand gelehnt, und entspannte sich langsam. Jeder Kampfeswille hatte ihn verlassen.

»Ja«, wisperte er. »Aber wie kann ich sicher sein – oder wie können Sie sicher sein –, daß sie es war, die der DGI den Code und die Kennung verraten hat? Maroto hatte in den letzten vier Jahren sechs verschiedene Funker. Drei von Ihnen sind bei Luftangriffen umgekommen, einer starb an einer Lungenentzündung, und die beiden anderen wurden gefangengenommen oder sind vermißt. Die DGI ist nicht dumm. Wahrscheinlich wußte sie nicht, welche Initialen zu welchem Funker gehören. Deshalb versuchte sie, den Zusammenhang mit Hilfe früherer Ausstrahlungen zu erraten. Es war ein Zufall, Sie Blödmann.« Er schob den Colt mit zitternder Hand beiseite und rappelte sich auf. In der drückenden Schwüle des Raumes glich er einem schwankenden, niedergeschlagenen, unsicheren alten Mann.

Sie starrten einander lange an, und dann schob Hagger sich an Brocassie vorbei. »Sie sind ein armes, bescheuertes Rindvieh, Brocassie. Hier geht's, weiß der Teufel, um viel mehr als darum, Ihr beschissenes Ego zu befriedigen. Wenn Sie nicht den Nerv haben, werfen Sie bloß das Handtuch.«

Er lag auf dem roten Sand Jamaikas, den Kopf auf die Hände gestützt, und versuchte, zu verdrängen und nur auf ihre Stimme zu hören, aber sie war nicht da. Warum wolltest du mir das antun? flüsterte er. Konntest du nicht einfach still und passiv sein und etwas sterben lassen, das ich schon für tot gehalten habe? Was willst du von mir?

Er horchte noch ein letztes Mal, doch er hörte ihre Stimme nicht, sondern nur das Geräusch seines eigenen Atems. Erschöpft rollte er sich auf den Rücken, schloß die Augen und überließ sich der Nacht.

Porto ließ sich auf dem Gras neben ihm nieder, lehnte sich, auf die Arme gestützt, zurück und blickte zum Himmel empor. »Das ist etwas, was mich immer wieder verblüfft«, sagte er mit kaum vernehmbarer Stimme. »Der Himmel. Durchsichtig und gewichtslos, nichts, was man je fühlen oder berühren könnte, aber er trägt einen Vogel oder ein Insekt oder ein Flugzeug. Ich habe die verdammten physikalischen Begründungen nie ganz verstanden, wahrscheinlich brauche ich es auch nicht.« Er zündete sich eine Zigarette an und schnippte das Streichholz hinaus in die Dunkelheit. »Du hast deine Furcht endlich überwunden, nicht wahr?«

Brocassie nickte. »Beinahe. Nicht völlig. Ich habe immer noch Angst, aber das, was du meinst, wiegt schwerer.«

»Nur Autopiloten machen sich nicht in die Hosen, Brocassie. Jeder Pilot, der sich seine Angst nie selbst eingestanden hat, ist ein ausgemachter Blödmann, und er ist dazu bestimmt, eines Tages ein großes, qualmendes Loch in die Erde zu bohren.« Er zerdrückte die frisch angezündete Zigarette ganz langsam und bedächtig im Gras. »Für dich ist's also vorbei?«

Brocassie spürte einen bitteren Geschmack in der Kehle. »Mhm, es wird Zeit, alles hinzuschmeißen. Wenigstens für mich.« Er drehte sich auf den Bauch, sog an einem Grashalm und blickte nach Norden, wo neunzig Meilen jenseits des Horizonts Kuba lag. »Ihr findet einen anderen Trottel.«

»Die Zeit reicht nicht, Brocassie, und außerdem habe ich dir gesagt, daß wir entweder zusammen starten oder überhaupt nicht. Ich hätte das Geld brauchen können, aber zur Not vergifte ich eben Reisfelder in Mississippi und später die Obstplantagen weiter nördlich. Wer weiß, vielleicht fällt Hagger irgendein anderer Job für mich ein, und ich kann mein Arbeitslosengeld aufstocken. Ich schlag' mich schon durch, Kumpel.«

Irgend etwas kreischte im Busch – wahrscheinlich ein Tier –, und die danach folgende Stille war intensiver als das Geräusch selbst. Brocassie hatte das Gefühl, daß das gleiche für Porto und ihn galt – die Pausen des Schweigens waren niederschmetternder als die Worte.

Lange Minuten verstrichen, in denen keiner ein Wort sagte. Dann meinte Porto: »Hagger hat mir ein bißchen von dir erzählt, Brocassie. Sei nicht sauer. Ich möchte die Sache verstehen – es von dir hören, so, wie es wirklich war.«

Brocassie lag auf der feuchten Erde, und der Geruch des endlosen tropischen Sommers stieg ihm honigsüß in die Nase. Herrgott, er hatte genug von der Sache, genug von ihr, genug von Kuba. Er hatte nie viel von ihr gesprochen, nicht einmal mit Dr. Miller, aber irgendwie schuldete er es Porto, obwohl ihm kein vernünftiger Grund dafür einfiel.

Er begann widerstrebend, nach Worten suchend, denn er hatte

das, was er für sie fühlte, nie laut ausgesprochen. Und er erzählte von Álvarez, der auch ein Teil des Ganzen war. Er verschwieg nichts, beschrieb ganz genau seine früheren und seine jetzigen Gefühle, und er war dankbar dafür, daß in der Dunkelheit keiner von ihnen das Gesicht des anderen sehen konnte.

Seine weitschweifigen, unzusammenhängenden Erinnerungen zogen sich länger als eine Stunde hin, aber während er redete, merkte er, daß sich in seinem Innern noch eine andere, distanziertere Person zu verbergen schien, die sorgfältig jedes Wort analysierte und einen weniger offensichtlichen Schluß zog. Er versuchte, nicht auf diese Stimme zu achten, aber sie sprach in leisem, doch beharrlichem Ton und sagte Dinge, die er noch nicht – nein, nie – hören wollte.

Als er ausgesprochen hatte, schwieg Porto lange, rollte Grashalme zwischen seinen Handflächen zu Kugeln und warf sie ziellos in die Dunkelheit.

»Du glaubst doch ebensowenig wie ich, daß sie dich verraten hat. Und was hattest du dir überhaupt gedacht? Wolltest du auf deinem Schecken in das Lager des Feindes galoppieren und sie zu dir in den Sattel reißen?«

»So ungefähr. Ich wollte mit ihr reden, um zu verstehen, was geschehen ist, weshalb sich alles so entwickelt hat. Schließlich gibt man das einzige, was dem Leben je Sinn verliehen hat, nicht so leicht auf.«

»Und was ist mit Álvarez?«

»Ich weiß nicht«, antwortete er nach einer Weile. »Was kann man über jemanden sagen, den man gleichzeitig liebt und haßt? Er ist mein Bruder. Wahrscheinlich . . .« Er zögerte. »Ich glaube, daß ich mich einfach von ihm verabschieden wollte, so unsinnig es klingt. Ich habe nichts gegen ihn persönlich. Wir sind eben verschiedene Wege gegangen.«

Porto setzte sich auf und wandte sich Brocassie zu. »Du hast zu wenig Abstand von allem, Brocassie. Deine persönlichen Sorgen machen dir zu sehr zu schaffen, und du siehst den Wald vor lauter Bäumen nicht. Genau wie Hagger. Er glaubt an etwas anderes, irgendeine beknackte Vision von Patriotismus oder Gerechtigkeit oder Globalstrategie oder weiß der Himmel was, aber es vernebelt ihm den Blick.«

»Du willst mich überreden, daß wir trotz allem fliegen sollten!«

»Nein, denk nicht an so was. Die Aztec fliegt morgen früh nach

Miami zurück, und wenn du mitwillst, werden weder Hagger noch ich dich aufhalten, aber ich möchte, daß du begreifst, was passiert ist – oder wenigstens meine Version der Ereignisse. Willst du's hören?«

»Wenn du meinst, meinetwegen«, entgegnete Brocassie.

»Die Botschaft ist gefälscht – das wissen wir beide. Und ich habe mit Montgomery gesprochen, besser gesagt, ich habe ihm ein paar Tritte gegeben. Das Buch, nach dem die gefälschte Botschaft codiert wurde, war *Guerra Del Tiempo*. Maroto benutzte es, als Alicia seine Funkerin war. Immer wenn ein Funker abgelöst wurde, verwendete man ein neues Codebuch. Als man Alicia gefangengenommen hatte, änderte Maroto den Buchcode vorschriftsgemäß. Ich vermute, daß die DGI diese Nachricht senden konnte, weil Alicia die Information entweder freiwillig an Álvarez weitergab oder dazu gezwungen wurde.«

»Das ist möglich.« Mehr als nur möglich.

»Nehmen wir an«, fuhr Porto fort, »Alicia wurde gezwungen, den Code preiszugeben. Ich habe keine Ahnung, wie oder weshalb, aber alles deutet darauf hin, daß sie es tat. Aber warum, zum Teufel, sollte sie ihre eigenen Initialen in das Kennungssignal einfügen?« Er ließ die Frage in der Luft hängen wie eine vollkommene Frucht, die in der Sonne reift, bevor sie gepflückt werden kann.

Brocassie zögerte und streckte dann die Hand nach der Frucht aus. »Vielleicht kannte sie den Zweck des Kennungssignals nicht«, antwortete er, unsicher geworden.

»Das gibt keinen Sinn« widersprach Porto. »Die ersten drei Buchstaben waren korrekt. Und deshalb glaube ich, daß sie wußte, wie die Kennung funktioniert. Jemand wie Montgomery denkt vielleicht, daß man sich im Feld haarklein an alle Vorschriften hält, aber ich glaube, daß Maroto ihr alles erklärt hätte, wenn er ihr vertraut hat –, wovon ich überzeugt bin. Sie wußte es! Und sie benutzte ihr Wissen. Meiner ganz untertänigen Meinung nach hat sie die DGI reingelegt, was die Bedeutung der letzten beiden Buchstaben betrifft.«

»Ist es dann nicht seltsam, daß ihre Botschaft uns in eine Falle locken soll?«

Porto war jetzt aufgestanden und schlenderte in der Dunkelheit hin und her. »Du bist genauso blind wie Hagger, Brocassie. Vergiß den Text der Nachricht. Álvarez oder irgendein anderer Mistkerl hat ihn abgefaßt. Das liegt auf der Hand, weil es nicht Marotos Stil ist und weil sich das Grundstück in Solario nicht für eine Flugzeuglandung eignet. Es ist ein plumper Versuch, aber das Entscheidende ist, daß sie auf Alicia angewiesen waren, um das Kennungssignal zu kriegen. Allerdings wußten sie nicht, daß die Initialen ihres Codenamens darin eingebettet sind. *Das* war die Botschaft, du Schwachkopf. Sie wollte dich warnen, Brocassie.«

Gott, wenn du recht hast, dachte Brocassie. Das würde alles ändern. Aber wenn du dich irrst . . . Er wußte, daß er sich nicht mit dem Problem auseinandersetzen konnte, während Porto herumlungerte und auf seine Reaktion wartete.

Brocassie stand auf. »Warte hier auf mich«, sagte er und schritt hinaus in die Finsternis.

Er lief ziellos durch die Nacht, vorbei an Reihen von Kaffeebäumen. Er atmete den üppigen Geruch ein, blieb ab und zu stehen, pflückte ein Blatt, zerrieb es zwischen den Fingern und kostete das Aroma. Ob es Haggers Idee war? War Hagger verzweifelt genug, um eine so üble Nummer zu spielen, und würde Porto sich zu so etwas hergeben? Brocassie mußte es herausfinden.

Alles übrige schien auf rätselhafte Weise logisch – und doch auch wieder nicht. Einmal blieb er stehen und schloß die Faust um den Ring. Er fühlte sich an wie trockenes Eis oder geschmolzenes Metall, aber Brocassie konnte sich für keines von beiden entscheiden.

Er tauchte leise hinter Porto auf, legte ihm die Hand auf die Schulter und drehte ihn herum. Ihre Augen waren nur Zentimeter voneinander entfernt. »War dies deine Idee oder Haggers?«

Porto hielt Brocassies Blick stand. »Meine. Ganz allein meine, Rothaut. Ich habe dir gesagt, was ich von der Sache halte.«

»Und Hagger will immer noch, daß ich's mache?«

Porto nickte. »Wenn nicht, ist er ein Idiot. Es steht zuviel auf dem Spiel, als daß er jetzt einen Rückzieher machen könnte.«

»Dann komme ich mit. Sag ihm das.«

»Du glaubst also . . .?«

Er schüttelte den Kopf. »Ich kann nichts mehr glauben. Ich muß es einfach selbst herausfinden.«

10.

Oriente, Kuba, 15. Oktober 1962

Es hatte den ganzen Nachmittag hindurch und bis in den Abend hinein genieselt, aber nun hatte es aufgehört, genau wie vorhergesagt. Der Regen hatte einen dichten Bodennebel zurückgelassen, der die harten Silhouetten des Rangierbahnhofes von Bayamo verschwimmen ließ.

Álvarez stand im verdunkelten Verbindungsgang eines Eisenbahnwaggons und sah zu, wie die Umrisse der Rangiertürme, der Werkstätten und der zusammengewürfelten Lagergebäude langsam vorbeiglitten, während der Zug seine Geschwindigkeit steigerte. Die Wellblechplattform unter seinen Füßen zitterte und schwankte, und der Rhythmus der Räder bildete eine fast hypnotische Untermalung zum gedämpften Klang der Lokomotivglocke.

Dies war die dritte und letzte Reise nach Süden zum Komplex, der letzte Transport von Sandal-Raketen. Álvarez war müde, und dabei würde die Fahrt noch lange dauern: südlich über die Ebenen hinweg, der langsame Anstieg nach Guisa und dann im Schneckentempo hinauf zu der Steilschlucht, die im Schatten der Sierra Maestra lag. Erst kurz vor dem Morgen würden sie die unterirdischen Gleise im Calvario-Komplex erreicht haben.

Sieben Tage waren vergangen, seit er Alicia übers Ohr gehauen und ihr den Buchcode abgeschwindelt hatte, und bis jetzt war alles gutgegangen. Sie war mit dem Bus nach Santiago gefahren und, wie er erwartet hatte, in den Seitenstraßen der Altstadt untergetaucht, wo sie die beiden Frauen, die sie beschatteten, mühelos abschüttelte. Er hatte nur ein schwaches Unbehagen verspürt, doch dieses Unbehagen wuchs sich zur Sorge und dann zu Panik aus, als der Tag verstrich und Alicia von keinem der acht anderen DGI-Leute entdeckt wurde, die die Bibliothek und die verschiedenen Buchläden in Santiago und in den Vororten observierten. Dann, kurz nach drei, war sie in der Zentralbibliothek der Universidad de Oriente aufgetaucht. Álvarez hatte dort zwei junge DGI-Sekretäre postiert. Beide waren wie Studenten angezogen und sollten beobachten, welche Teile des Kartenkatalogs Alicia benutzte und an welchen Buchregalen sie sich zu schaffen machte. Alicia war durch zahlreiche Gänge der Literaturabteilung geschlendert, hatte hier und da ein Buch herausgezogen, darin geblättert und es wieder zurückgestellt. Dann, als schon das Leihschlußsignal ertönte, war sie zurückgeblieben, hatte gewartet, bis sich der riesige Saal geleert hatte, und war in letzter Sekunde rasch den Gang zwischen *A* und *C* hinuntergelaufen, hatte sich einen Band aus einem der unteren Regale geschnappt und ihn in ihre Handtasche geschoben. Der DGI-Sekretär, der ihr am nächsten war, konnte nicht genau sehen, um welches Regal es sich handelte, aber die Auswahl sank damit von über drei Millionen Möglichkeiten auf weniger als 1100 Bücher.

Statt um neunzehn Uhr wieder zu öffnen, war die Bibliothek ›wegen Reparaturarbeiten‹ geschlossen worden. Drei Männer, die Roytschenko aus Havanna einfliegen ließ, hatten Bord um Bord, Regal um Regal, die fehlenden Bände mit den Katalogkarten der vorschriftsmäßig ausgeliehenen Bücher verglichen. Am Ende kamen nur noch achtzehn gestohlene oder vermißte Bücher in Frage. Álvarez gab der DGI in Havanna die Liste der Titel durch, und am folgenden Morgen waren die betreffenden Exemplare auf seinem Schreibtisch aufgestapelt.

Spätabends war Alicia, wie sie versprochen hatte, mit der codierten Botschaft an Brocassie zur *finca* zurückgekehrt. Er hatte die Botschaft und den unverschlüsselten Text zum Komplex gebracht und Roytschenkos Männern übergeben. Innerhalb von drei Stunden hatten sie den Code gebrochen.

Mit der Störung von Marotos Frequenz war schon begonnen worden. Nun stellten sie mit Hilfe des Codes aus *Guerra Del Tiempo* von Alejo Carpentier langsam eine fingierte Nachricht von Maroto an Hagger her. Am selben Abend wurde die Nachricht immer wieder gesendet, als versuche Maroto, die Störung zu überwinden. Roytschenko hatte gestrahlt und Julio auf den Rücken geklopft. »General Lasarew wird mehr als zufrieden sein.« Álvarez machte sich immer noch Sorgen um das Kennungssignal, aber er enthielt Roytschenko seine Zweifel vor. In drei oder vier Tagen sollten sie wissen, ob ein Einsatzteam starten würde.

Alicia würde wohl nie verstehen, daß er sie durch seinen Verrat gerettet, Piedra ausgeschaltet, ihre Zukunft abgesichert und seine eigene Position unangreifbar gemacht hatte.

Er schaute wieder in die Nacht hinaus und genoß den Geruch von feuchter Erde und Mahagoni. Was er für ein bißchen Schlaf geben würde, bevor sich der Zug den Paß bei Guisa hinaufquälte!

Der Segundo Frente würde sich einen Platz wie den Paß zum Angriff aussuchen, wenn er wußte, was der Zug geladen hatte.

Julio fuhr sich mit der Hand durchs Haar. Er war erschöpft; seit zwei Tagen hatte er nur ein paar kurze Nickerchen machen können. Aber bis jetzt war alles glattgegangen. Roytschenko hatte alle Hebel in Bewegung gesetzt und Fidel mit Vorhaltungen, Drohungen und Liebesbriefen aus der sowjetischen Botschaft in Havanna bombardieren lassen, damit Álvarez alles bekam, was er benötigte, um den Transport zu sichern. Dreißig ballistische Sandal-Raketen bildeten die Hauptfracht. Jeweils zwei lagen auf der Plattform eines Güterwagens, verpackt in Kisten, auf denen in fehlerhaftem Spanisch die Aufschrift ›Landwirtschaftliches Gerät‹ stand. Hinter jedem Güterwagen war ein Kohlewagen mit Stahlwänden eingereiht, in dem reguläre FAR-Truppen hockten. Sie waren mit ZSU 23-mm-Viererflakgeschützen ausgerüstet und hatten die Mündungen der Geschütze nach unten ausgerichtet, so daß sie beide Seiten der Gleise abdecken konnten. Álvarez hatte acht Personenzugwagen requiriert und sie mit DGI-Truppen aus anderen Provinzen besetzt. Sie waren in Kampfbereitschaft, falls es zu einem Guerilla-Angriff kommen sollte. Aber das Sicherheitsrisiko, das Álvarez am meisten zu schaffen machte, betraf die vier Waggons, die Roytschenko in der Mitte des Zuges untergebracht hatte. Zwei davon waren für Passagiere, voll von Männern mit automatischen Waffen. Die Männer trugen zwar kubanische Uniformen ohne Truppenembleme oder Rangabzeichen, waren jedoch ausschließlich slawischer Herkunft, überwiegend blauäugige Russen. »Eine KGB-Elite-Einheit«, hatte Roytschenko kommentiert. »Sie tragen den Spitznamen ›harte Burschen‹.« Álvarez hatte die ausdruckslosen Gesichter dieser Männer betrachtet, während sie den Zug bestiegen, und war zu dem Schluß gekommen, daß der Name paßte.

Zwischen die KGB-Wagen waren zwei geschlossene Waggons mit Stahlabdeckung eingeschoben. Álvarez hatte zugesehen, wie man sie mit speziellen Frachtschlingen aus der *Omsk* auslud; die Sicherheitsmaßnahmen waren so strikt gewesen, daß man sogar das Flutlicht ausgeschaltet hatte. Die Waggons standen nicht auf der Frachtliste. Roytschenko beantwortete seine Fragen mit der knappen Auskunft: »In diesen beiden Waggons sind nukleare Sprengköpfe. Jeder ist über eine Megatonne stark.«

Álvarez hatte zu dem im abgeschirmten Scheinwerferlicht baumelnden Waggon aufgeblickt, und ein Frösteln war durch seinen

Körper gegangen. Der Waggon wurde sanft auf das Rangiergleis gesenkt und vom Sowjetpersonal hin und her manövriert, bis er, vorerst ungefährdet, zur Ruhe kam. Julio merkte, daß er den Atem angehalten hatte.

So endet also das Märchen von den Konstruktionsfehlern in Raketenmontagegebäuden und von den in letzter Sekunde getroffenen Vorkehrungen, sechzig Raketen auf eine hundertachtzig Meilen lange Hin- und Rückreise zu schicken, nur um sie zu überprüfen. Der Calvario-Komplex als bloße Instandsetzungsanlage . . . Daß ich nicht lache, dachte Julio. Aber er wußte, daß Fidel sich damit abfinden würde, weil er diese Raketen wollte. Sie waren die phallischen Ersatzsymbole einer Revolution, die einen vorzeitigen Orgasmus erlitten hatte und nun abschlaffte. Fidel würde sich ganz einfach mit allem zufriedengeben, was ihm die Sowjets vorsetzten, weil ihm nichts anderes übrigblieb.

Álvarez lehnte sich gegen die Wand des Waggons und spürte, wie sich die Vibrationen auf seinen Kopf übertrugen. Ich könnte im Stehen schlafen, wie ein Pferd, dachte er. Dreißig Minuten wären genug. Alicia würde bald aufwachen, und der Moschusgeruch ihres Körpers würde sich mit dem Duft der Erde vermischen, den der Morgenwind durch die geöffneten Schlafzimmerfenster hereintrug. Er liebte diese Momente zwischen Schlaf und Erwachen, wenn er ihr warmes Fleisch berühren, sie an sich ziehen konnte und sie sich wie eine Katze an seinen Körper schmiegte. Er schüttelte sich, um wach zu werden, trat auf die Plattform zwischen den Waggons, blickte in die Nacht hinaus und hoffte, daß die vorbeifegende Luft ihn wachrütteln würde.

Dann ahnte er, daß jemand hinter ihm stand, obwohl er nichts gehört hatte.

»Ein gefährlicher Platz, wo sie stehen«, sagte Piedra. »Sehr riskant in der Dunkelheit. Man könnte stürzen und unter die Räder kommen.« Er schob sich an Julio vorbei auf die Plattform zu, legte eine Hand leicht auf das Eisengeländer, lehnte sich vor und steckte den Kopf hinaus in die vorbeirasende Nacht.

Du blöder Hund, dachte Julio und lächelte. Du glaubst, ich habe Angst vor dir, weil du Alicias Vergangenheit kennst, und jetzt kannst du's mir geben, ohne daß du eins zwischen die Rippen kriegst – wie ein kleines Kind, das seinen älteren Bruder bei etwas Verbotenem ertappt hat und jetzt mal sehen will, wieweit er sich erpressen läßt. Er entspannte sich und drückte den Rücken gegen das vibrierende Stahlschott des Durchgangs. Du wirst eine Razzia gegen Konterrevolutionäre in der Sierra leiten, Piedra, dachte er. An der Spitze der unfähigsten Männer, die ich auftreiben kann. Maroto wird mir den Gefallen tun, dir eine Kugel zu verpassen oder dir eine Granate unter den Arsch zu jubeln. Es war, als könnte Álvarez einen käuflichen Killer beauftragen, ohne ihn bezahlen zu müssen.

»Machen Sie mir Meldung, Capitán«, sagte er.

Piedra trat in den Verbindungsgang, knipste eine Taschenlampe an und ließ den Blick über ein Blatt Papier gleiten, das an sein Schreibbrett geheftet war.

»Nur ein paar Probleme. Von zweiundsechzig Männern waren neunundfünfzig wach und auf Station. Diese beiden hier haben gegen die Vorschriften verstoßen.« Er ließ seine Lampe auf die Namen von zwei DGI-Männern scheinen, deren Gesichter Álvarez nicht sofort gegenwärtig waren. »Ich schlage sechzig Tage Zwangsarbeit vor.«

Álvarez riß das Blatt vom Schreibbrett, knüllte es zusammen und warf es hinaus in die Nacht. »Sie sind ein Esel, Piedra. Diese beiden Männer haben seit zwei Tagen nicht geschlafen. Seit Mariel stehen sie schon Wache, tagsüber an Rangiergleisen und nachts im Zug.«

»Diese Leute sind der Abschaum«, widersprach Piedra. »Bauern, saudumm und ohne einen Schimmer von Pflicht und Disziplin.«

»Und was sind Sie, Capitán? Etwas Besseres? Offiziere führen, sie treiben die Leute nicht an, als wären sie Vieh.«

Piedra sog die Luft mit hörbarem Zischen durch die zusammengepreßten Zähne. »Daß Sie den Code bekommen haben, bedeutet noch lange nicht, daß wir beide miteinander fertig sind, Comandante. Immerhin muß noch über die Zukunft Ihrer kleinen *puta* nachgedacht werden.«

Álvarez versuchte, sich zu einem Lachen zu zwingen, aber es blieb ihm im Hals stecken, während sein Zorn anschwoll. »Fidel weiß über sie Bescheid – schon seit über einem Jahr. Roytschenko natürlich auch. Und wer sonst soll sich Ihre Geschichten anhören?«

Piedra machte einen Schritt zurück. Er war für einen Moment aus der Fassung geraten, aber dann sagte er: »Wenn die Tatsachen diskret einem Volksgericht unterbreitet würden, könnte Fidel sich nicht einmischen, oder? Ein Amerikaner, der sich als Kubaner ausgibt und eine hohe Stellung in der DGI hat, nimmt eine verurteilte Konterrevolutionärin bei sich auf. Vielleicht gibt das der Sache einen etwas anderen Anstrich?«

Julio merkte, wie sich sein Magen zusammenzog; trotz der Kühle der Nacht lief ihm plötzlich der Schweiß über den Nacken. Das kleine Schwein hatte sich alles ganz genau überlegt! Dabei hätte Álvarez ihm nie den Mumm zu einer solchen Handlung zugetraut. Piedra hatte wahrscheinlich recht. Fidel könnte und würde ihn nicht schützen, wenn es zu einer offenen Untersuchung käme. Álvarez wußte, daß er in politischer Hinsicht entbehrlich war wie jeder andere auch. Ohne zu überlegen trat er zur Seite, schnitt Piedra den Weg zur Waggontür ab und stieß ihn zurück, auf die Öffnung zu.

Piedra war überrascht, kam ins Stolpern, gewann jedoch das Gleichgewicht zurück, packte das Geländer mit der einen Hand und zerrte mit der anderen an der Lasche seines Halfters.

»Bleiben Sie stehen, Álvarez!« brüllte er. Er hatte seine Lastoy herausgerissen, und sie lag, ein schwarzer Brocken geölten Metalls, in seiner Hand. »Die Papiere, die ich aus Ihrem Safe genommen habe, werden von einem Freund verwahrt!« Er zog den Hammer mit dem Daumen zurück, und seine Stimme wurde selbstbewußter. »Er weiß, was er damit zu tun hat, wenn ich – wenn mir etwas zustößt.«

Die Szene hätte aus einem James-Cagney-Film stammen können. Die Absurdität der Situation und seine Erschöpfung ließen Julio unwillkürlich lachen. »Du . . .« Er lachte so sehr, daß er die Worte nicht hervorbringen konnte.

»Was ist so verdammt witzig!« Piedra war außer sich.

»Du bist eine Hure, die so tut, als sei sie die Puffmutter«, keuchte Álvarez mit Mühe. »Du glaubst, du kannst dich verkaufen, ohne daß du die Beine breit machen mußt und ohne daß die Laken schmutzig werden. Aber eines Tages, Piedra, wirst du von einem Experten aufs Kreuz gelegt – von mir . . .« Er wich zur Abteiltür zurück, ohne die Augen von Piedras Gesicht zu wenden. »Noch etwas. Wenn Sie eine Lastoy rausholen, Capitán, achten Sie darauf, den Schlitten zurückzuziehen, damit eine Patrone in die Kammer kommt.«

Der Hammer der Lastoy fiel auf eine leere Kammer. Das Geräusch war sogar im Lärm des Verbindungsganges deutlich zu hören.

Álvarez fühlte, wie sein Herz pochte. Der Moment hatte sich für immer in seine Erinnerung eingegraben. »Das war ein Fehler, Piedra«, sagte er leise. »Du wirst noch eine Weile atmen, aber du bist ein toter Mann.«

Er trank Rum aus einer Feldflasche und zog an seiner letzten Zigarre, als der Zug durch die Kaffeeplantage rumpelte. Nun waren sie nur noch eine halbe Meile vom Eingang des Tunnels in den Komplex entfernt. Das Tal lag, kurz nach Tagesanbruch, immer noch im Schatten, doch die Gipfel der Sierra glänzten in der Morgensonne. Er schaute nach Süden, wo die Sierra Maestra mehr als fünfzehnhundert Meter zu einer drohenden Felsenfestung aufstieg; gezackte Zinnen ragten aus den Flanken des Massivs hervor, unterbrochen von Geröllströmen und ausgewaschenen Schluchten. Es war vortreffliches Guerillagebiet, einst für Fidels Revolutionäre, und nun eine Zuflucht für Marotos Gruppe. Die Berge kümmern sich nicht um Politik. Aber die Sierra war immer noch eine wirksame Barriere. Er wußte aus eigener Erfahrung, daß ein einziger Mann mit einem Zielfernrohrgewehr eine Patrouille von zwanzig Gegnern auf fast unbegrenzte Zeit festnageln konnte. Es war ein Gelände, das Brocassie, wenn er käme – nein, korrigierte er sich, wenn er kommt –, optimal ausnutzen würde. Er blickte am Hang des Berges empor und ließ den Blick höher zu den Gipfeln schweifen. Der blöde Hund. Er wollte nicht, daß Brocassie getötet wurde, aber er wußte auch, daß es keinen Ausweg gab.

Der Zug wurde langsamer, Kupplungen knallten zusammen, Luftdruckbremsen zischten. Dies war der Übergabepunkt, an dem alle DGI-Soldaten müde aussteigen würden. Nur die ›harten Burschen‹ des KGB würden auch während der letzten Viertelmeile, die in die Tiefen des Komplexes führte, im Zug bleiben.

Der Komplex war hervorragend angelegt und aus der Luft kaum zu erkennen. Die Kaffeeplantage hatte man als Eingang zum Calvario-Komplex gewählt, weil an ihrer Nordgrenze große Gruppen Mahagonibäume standen. Von dort stieg das Land über eine Viertelmeile hinweg zu einer Ebene an. Die russischen Ingenieure hatten Tunnel in die Seite des Abhangs getrieben und so einen riesigen unterirdischen Komplex aus vier Etagen geschaffen, dessen Silos über ein verzweigtes Stollennetz gewartet werden konnten.

Das Innere war kreuzförmig angelegt. Roytschenko hatte den Komplex »das Kreuz von Golgatha« genannt, während er mit dem Finger auf einem Bauplan entlangfuhr. Er hatte sich amüsiert zu Álvarez umgedreht. »Damit kreuzigen wir die Amerikaner, wenn wir die Nägel einsatzbereit haben. Und dabei werden wir sie nicht einmal zwingen, es auf dem Rücken zu tragen, Julio.« Für Álvarez' Geschmack hatte die Metapher etwas zuviel Wahrheitsgehalt. Denn wenn es eine Kreuzigung geben würde, wer würde dann der Judas sein, wenn nicht er selbst?

Hinter ihm klopfte jemand an das Glasfenster. Leutnant Gómez schob die Abteiltür auf, salutierte und überreichte Álvarez ein Bündel Papiere.

»Alles bereit«, meldete er und ließ die Hand fallen. Seine Augen waren vom Schlafmangel gerötet, und zwei Tage alte Bartstoppeln bedeckten sein Kinn, aber er lächelte. Ein guter Mann, dachte Álvarez. Im Gegensatz zu Piedra, der während der Revolution sicher in einer Rechtsanwaltskanzlei in Havanna saß, hatte Gómez drei lange Jahre hindurch im Escambray zusammen mit Ché gekämpft. Er hatte von tropischen Infektionen immer noch Narbenlöcher, die nie ganz ausheilten, und zwei seiner Vorderzähne waren an den Wurzeln abgebrochen. Doch er war durch und durch Soldat.

Álvarez kritzelte seine Unterschrift. »In Ordnung, Gómez. Lassen sie die Männer aussteigen. Sie sollen am Fluß in der Plantage Zelte aufschlagen, aber sie müssen tagsüber unter den Bäumen in Deckung bleiben, verstanden?«

Gómez nickte. »Und wann werden sie zu ihren Einheiten zurückverlegt?«

Er bot Gómez seine Feldflasche mit Rum an. Gómez schnüffelte und nahm zwei höfliche Schlucke. »Sie können nicht zurück – noch nicht«, sagte Álvarez und unterdrückte ein Gähnen. »Lassen Sie sie zwei Tage ausruhen. Keine besonderen Aufgaben außer allgemeinem Putzdienst. Schicken Sie einen Lastwagen runter nach Santiago, und lassen Sie Bier, zweihundert Hühner, Rindfleisch, frisches Brot und Gemüse holen.«

Gómez gab die Feldflasche zurück, zögerte, als warte er darauf wegzutreten, lächelte verlegen und zeigte seine zerbrochenen Zähne. »Die Männer werden wissen wollen, wann sie zu ihren Einheiten zurückkehren.«

»Zunächst nicht«, sagte Álvarez. »In ein paar Tagen werden sie frische Bergluft genießen können. Bei einer Großwildjagd, Gómez.«

Der Leutnant zog die Augenbrauen hoch. »Was für Großwild, Comandante?«

»Eine Spielart des amerikanischen Schweins«, antwortete Álvarez.

Ein leichter Ostwind blies über die Rollbahn und rührte an den Hosenbeinen seines Drillichanzugs. Es roch nach Kaffeebäumen,

Bougainvillea, rotem Jasmin und Schweiß. Die beiden Segelflugzeuge standen ein wenig seitlich versetzt hintereinander in Position. Brocassies Flugzeug ruhte auf dem einzelnen Hauptrad und der Spornkufe, die Steuerbordtragfläche berührte den Sand. Wie ein erschöpfter Albatros, dachte er, der nur noch zu einem letzten Flug fähig ist.

Brocassie trat ungeduldig von einem Fuß auf den anderen, blickte auf seine Uhr und wartete. Achtzehn Minuten nach Mitternacht. Porto prüfte zum letztenmal das Wetter über Kuba, aber auch ohne Isobaren, Temperaturgradienten und Luftdruckverhältnisse zu ermitteln, wußte Brocassie, daß das Wetter gut sein würde. Klarer Himmel und ein leichter Wind. Oberhalb der Baumlinie im Osten war es immer noch dunkel, denn der Mond würde erst nach drei aufsteigen. Er drehte sich um und öffnete noch einmal das Verdeck, um die Leinen im Achtercockpit zu kontrollieren. Dreißig Pfund C-4-Plastiksprengstoff, Granaten, ein Miniatursender, Reservebatterien und ein Schlafsack waren mit einem leichten Nylonseil am Boden des Cockpits festgezurrt. Dazu kamen Nahrungsmittelkonzentrate für zehn Tage, eine M-3-Maschinenpistole, eine Nikon-Kamera, ein 2000-mm-Teleobjektiv, Polarisationsfilter und ein Halterungsstativ für das Teleskop, das Porto in seiner Maschine hatte. Unter einem Schutznetz, das an den Holzspanten und Rumpfholmen des Flugzeugs festgeschnürt war, lagen ein Gebirgszelt, ein Messer, eine Überlebensausrüstung, zusätzliche Socken und ein leichtes Fernglas. Er hatte alles gewogen: 261 Pfund.

Brocassie lief ein Schauer über den Rücken, nicht wegen der Kälte der Nacht, sondern aus – was war es? Furcht, Erwartung? Er vergrub die Hände in den Taschen, zog einen Schokoriegel hervor, riß das Silberpapier ab und aß ihn mit zwei Bissen. Am liebsten wären ihm eine Zigarette oder eine Tasse Kaffee gewesen, damit seine Hände etwas zu tun bekamen. Es juckte ihm in den Fingern.

Er zerrte an den Riemen und schob das Schulterhalfter mit dem kurzläufigen Colt zurecht. Dann tastete er in den Taschen wieder nach Reservepatronen, Schokolade für den Flug, der Scheide mit dem feststehenden Messer und nach den gefälschten kubanischen Papieren. Zum drittenmal.

Brocassie versuchte sich immer noch von dem Gedanken abzulenken, der ihn seit Haggers Einsatzbesprechung quälte. Wem hatte sie den Code gegeben und warum? Wollte sie ihn nach Kuba locken oder ihn warnen? Verbarg sich in der Botschaft vielleicht noch ein versteckter Hinweis? Er hatte den Text wieder und wieder gelesen, aber keinen Anhaltspunkt gefunden. Und Álvarez? Welche Rolle spielte er? Hatte er sie gezwungen, ihm den Code zu geben, oder hatte er irgendeine Gegenleistung erbracht? Brocassie ballte die Fäuste, so daß die Fingernägel sich in sein Fleisch bohrten. Verdammt. Er fühlte sich wie ein Tier, das ausgepeitscht wird, aber zu dumm ist, den Grund dafür zu begreifen.

Hinter ihm knirschte Kies. Er hörte Portos Stimme: »Hast du den Arsch zusammengepreßt?«

»Ich hab' mir 'nen Korken reingeklemmt, wenn du das wissen willst.«

Porto prustete. »Wem geht's anders?« Er schob den Ärmel seiner Jacke zurück und blickte auf die Leuchtzeiger seiner Uhr. »Noch ein paar Minuten«, sagte er beiläufig, als warteten sie beide am Bahnsteig auf einen Zug. Er seufzte. »Hör zu, Brocassie. Du bist gut genug für diesen Flug, wenn er überhaupt möglich ist, aber bevor wir starten, möchte ich, daß du weißt, wie dürftig unsere Chancen sind. Wenn ich ein bißchen Verstand hätte, würde ich Hagger sagen, er solle sich das Ganze sonstwohin stecken. Ich würde nach Alabama zurückkehren und etwas Vernünftiges anfangen, zum Beispiel Karottenfelder besprühen oder ein erstklassiger Alkoholiker werden.« Er trieb seinen Stiefelabsatz in den Sand, machte eine kleine Grube, schob die lockere Erde mit der Seite seines Stiefels zurück und stampfte sie wieder fest.

»Worauf willst du hinaus?«

»Ich hab nie davon gesprochen, Brocassie«, antwortete Porto zögernd und mit leiser Stimme, »aber ich möchte unbedingt, daß du weißt, warum ich mich auf diesen ganzen Mist eingelassen habe. Anfang der Fünfziger arbeitete ich als Pilot für Cubana Air, aber ich wurde gefeuert, weil ich zuviel trank. Nichts Sensationelles, aber manchmal verwelkten alle Pflanzen in der Einsatzbaracke, sobald ich auftauchte. Die Leitung tat mir den Gefallen, es nicht in die Papiere zu schreiben.« Er schaute auf den Boden und blickte dann zum Himmel empor, als suche er nach Worten. »Später – 57 – schob ich 'ne ruhige Kugel. Flog Zweimotorige für eine kleine Pendelfluggesellschaft in Georgia, die sich wie wild vergrößerte. Gutes Geld – nicht überragend, aber genug, um über die Runden zu kommen, und nicht nur das. Die Aussichten waren nicht schlecht, doch ich machte Bruch und stieß mir den Schädel an. Nichts Ernstes, aber sie schickten mich zu einem Quacksalber zur Untersuchung. Der

Unfallbericht des Arztes zeigte, daß ich getrunken hatte, und damit war's vorbei. Die Bundespolizei nahm mir die Lizenz ab.« Er knurrte. Es war ein Geräusch zwischen Lachen und Weinen. »Du weißt ja, Brocassie, daß drei oder vier Bier am Vormittag für 'nen alten Knaben wie mich eine Kleinigkeit sind, aber die waren eben anderer Meinung. Ein alter Freund rief mich an, nachdem man mich rausgeschmissen hatte, und so traf ich Hagger. Hagger scherte sich nicht um Lizenzen. Er brauchte Piloten, die allen möglichen Mist nach Kuba flogen – so oft wie möglich und für dreitausend Dollar pro Hin- und Rückflug. Damals war das kein Problem – ein Kinderspiel.«

Brocassie sog die Luft tief in seine Lunge und atmete langsam aus. Er wartete schweigend.

»Im Februar 60«, fuhr Porto fort, »flog ich eine Ladung Lebensmittel und Munition nach Uvero, einem winzigen Nest in den Hügeln westlich von Santiago. Es war eine Nachtlandung, und ich machte Ringelpiez – der Propeller und das Fahrgestell waren hin. Damals war Cardona der Lieblingskonterrevolutionär der Agentur. Er versteckte mich bei einer Verwandten in Santiago, bis ich mit dem nächsten Flug nach Florida zurückkehren konnte. Ich schlüpfte also bei dieser Witwe und ihrem Kind unter. Es war komisch, Brocassie. Ich habe mich mein ganzes Leben lang herumgetrieben, mein Gesicht sieht aus wie 'n kaputter Eimer, und die Frauen haben mich nie für 'ne Gottesgabe gehalten, aber dieser war das scheißegal. Sie sah etwas Wertvolles in mir, von dem ich selbst nichts wußte.« Er rieb die Hände aneinander, als friere er, aber Brocassie begriff, wie schwer es Porto fiel, diese Worte zu sagen und dem weichen Kern unter seiner rauhen Schale zu enthüllen.

»Du willst also zurück, um sie rauszuholen?«

»Sie ist tot«, antwortete Porto mit tonloser Stimme. »Kaum zwei Stunden nachdem ich aus Kuba abgehauen war, nahm die DGI sie mit, und das war das Ende. Es waren Leute wie dein Kumpel Álvarez. Sie wurde in einem Feld gefunden, mit einer Kapuze über dem Kopf, und ihr Körper war zu Brei geschlagen. Ein abschreckendes Beispiel für alle, die die Konterrevolution unterstützten.« Er knallte sich die Faust in die Handfläche, und es war wie eine Explosion von Schmerz und Wut. »Herr im Himmel! Sie kümmerte sich um mich, ohne eine Frage zu stellen. Das war alles, Brocassie. Die Politik war ihr völlig schnuppe.«

Ein Flugzeugmotor sprang an und zerriß die Stille der Nacht mit rauhem, mechanischem Bellen. Inzwischen würde man die Segelflugzeuge überprüfen. Nicht mehr lange, dachte Brocassie. »Warum willst du dann noch zurück?«

»Die Frau hatte einen Jungen, er war ungefähr zwölf Jahre alt. Ein zäher kleiner Bursche, aber im Grunde lieb und freundlich. Er ahmte mich nach, war völlig fasziniert von dem Quatsch, den ich ihm erzählte, und zog sogar los, um Zigarren für mich zu klauen. Der Junge nannte mich ›Onkel‹, Brocassie. Er liebte mich, und ich liebte ihn auch, obwohl ich es ihm nie sagte. Wie einen Sohn, den ich nie haben werde. Weißt du, was er eines Nachts tat? Ich hatte mich auf dem Küchenboden aufs Ohr gelegt, und der Junge kam rein und sagte: ›Meine Mutter ist sehr einsam, und sie braucht dich. Bitte, geh zu ihr.‹ Das war alles – keine Erklärungen –, und dann trollte er sich in sein Schlafzimmer im Dachgeschoß. Ich blieb noch lange liegen und setzte meine grauen Zellen in Bewegung, um seine Gründe herauszukriegen. Und schließlich wurde mir klar, daß der Junge uns beide liebte, und es machte ihm nichts aus, die Liebe seiner Mutter mit einem anderen zu teilen, der sie liebte und respektierte, obwohl es keine gemeinsame Zukunft für uns geben konnte. Scheiße, Cassie, ich heulte zum erstenmal seit fünfzehn Jahren. Dann ging ich schließlich zu ihr ins Schlafzimmer, und – ob du's glaubst oder nicht – der Junge hatte einen riesigen Strauß Feldblumen vor ihre Tür gelegt, den ich ihr geben sollte.«

»Und jetzt willst du ihn rausholen?«

Porto nickte. »Als letztes habe ich erfahren, daß er außerhalb Santiagos, an der Siboney-Straße, in eine staatliche Schule geht. Mehr weiß ich nicht, aber ich werde ihn finden und dafür sorgen, daß er Kuba verlassen kann. Es ist immer noch so, daß man nur die richtigen Leute zu schmieren braucht. Für fünfzehntausend kann eine Schweizerin, die Hagger kennt, ihn über Mexiko in die Staaten bringen. Ich habe eine Cousine in Orlando, die den Jungen aufnehmen will, und vielleicht kann ich eines Tages mit ihm zusammen sein. Ich würde im Herbst mit ihm auf Entenjagd gehen, ihm die Ohren langziehen, wenn er schlechte Zensuren kriegt – eben all den Blödsinn, den Eltern so machen. Er soll etwas werden – viel mehr als ich, Brocassie.«

Er verschränkte die Arme, so daß er herausfordernd und entschlossen wirkte. »Offen gesagt, Brocassie, ich möchte mit dem Jungen zusammen sein, ihm meine Liebe zeigen und ihm geben, was ich selbst nie hatte. Und das will ich mit Haggers Geld kaufen.«

»Und was passiert, wenn du nicht aus Kuba rauskommst?« Brocassie verspürte tief im Inneren ein Unbehagen, das stärker als eine Vorahnung war, und er wünschte, er hätte die Frage nicht gestellt.

»Die Agentur zahlt zwanzigtausend zusätzlich an einen von mir genannten Erben, Brocassie. Der Junge kommt also auf seine Kosten, wie es auch ausgeht.« Er zog seine Flugjacke fester um sich und machte den Reißverschluß zu. »Wenn ich nicht zurückkomme und du es schaffst, verlasse ich mich darauf, daß du die Versicherungssumme aus Hagger herauskitzelst. Ich habe Namen und Adresse meiner Cousine, zusammen mit Haggers Garantieschreiben, in einen Umschlag gesteckt und ihn postlagernd nach Provo, Utah, geschickt. Der Brief ist an dich adressiert.« Er seufzte, ließ die Arme sinken und blickte auf die dunkle Startbahn. »Noch eins, mein Freund. Ich möchte das Grab der Frau sehen. Es gehört zu unserer Route, einverstanden?«

Brocassie nickte. In uns allen ist ein komplizierter Mechanismus, der uns auf Trab hält, dachte er. Der unser Getriebe ölt. Aber die meisten von uns sehen diesen Mechanismus nicht, sondern achten nur auf die Außenhaut, und da sehen sie nichts als leere, ausdruckslose Gesichter. »Einverstanden«, sagte er. Ein zweiter Flugzeugmotor erwachte bellend zum Leben: mit blauen Auspuffflammen, die wie Federn aus Feuer aussahen.

Er legte die Hände leicht auf Portos Schultern. Ein ganz schwacher Schauder der Spannung durchfuhr Portos Körper, und dann war nichts mehr zu spüren, als sei er ein Felsen, der ein Jahrtausend überdauern würde.

Die beiden standen unbeweglich in der Nacht, bis Brocassie schließlich die Arme zurückzog. Fast widerstrebend drückte Porto seine Hand. »Es wird Zeit.« Porto drehte sich um und ging auf sein Flugzeug zu.

Ein Ruck am Schleppseil, und die Slingsby taumelte ungefähr einen halben Meter nach vorn. Brocassie sah das zerfranste Blau der Auspuffflammen und die verschwommene Silhouette der Helio Courier, die sich gegen den Himmel abzeichnete. Er trug nun eine Daunenjacke und wattierte Hosen. Die Wärme ließ ihn schwitzen, aber er wußte, daß diese Kleidung in mehr als zehntausend Fuß Höhe sein einziger Schutz gegen die beißende Kälte sein würde.

Höhenmesser eingestellt

Gyroskop eingestellt
Navigationskompaß auf 123,5
Ruder frei
Störklappen eingerastet
Sauerstoff auf hundert Prozent, Verdünnungsmechanismus auf Automatik . . .

Er nickte vor sich hin, legte die Riemen seiner Sauerstoffmaske an und wackelte mit der Taschenlampe, um der dunklen Gestalt eines Mannes, der neben einer Flügelspitze stand, ein Signal zu geben. Der Mann hob die Flügelspitze in die Horizontale und leuchtete seinerseits mit einer Taschenlampe in Richtung der Helio Courier.

Eine Sekunde lang geschah nichts, dann wieder ein Ruck, und die Helio Courier setzte sich in Bewegung. Lärm und Wind des Luftschraubenstrahls hüllten Brocassie ein. Der Mann machte zuerst normale Schritte, begann dann zu laufen und rannte schließlich. Er hielt die Flügelspitze horizontal, bis Brocassies Tempo so hoch war, daß er Kontrolle über die Querruder gewinnen konnte. Der Mann blieb zurück, Brocassie rollte dahin und übte nur ganz leichten Druck auf die Ruder aus. Die Slingsby durchlief den kurzen Moment zwischen Bodenhaftung und Flug. Dann hob sie ab.

Er stieg auf. Die Lichtpunkte auf den Tragflächen der Courier waren sein einziger Bezugshorizont. Er hatte keine Zeit, auf den Boden unter sich, auf den Himmel oder die Instrumente zu blicken. Das Schleppflugzeug keinen Moment aus den Augen zu lassen, das hatte er gelernt.

Höher. Auf achttausend Fuß. Er kreiste langsam und wartete darauf, daß Portos Segler und das andere Schleppflugzeug auftauchten. Zwei weitere Kurven, und Brocassie konzentrierte sich immer noch auf die Lichter der Courier und wartete.

Er ging die Kontrolliste durch, die ihm in den letzten drei Tagen eingepaukt worden war. Bei 8000 Fuß warten, bis Porto und sein Schleppflugzeug zwischen 0130 und 0135 zu ihm aufschlossen. Dann, ein Schleppflugzeug hinter dem anderen, in langen, gemächlichen Zirkeln auf 28 000 Fuß steigen, immer noch achtzig Seemeilen südlich von Kuba. Die beiden Couriers würden dann Seite an Seite fliegen, so daß Porto und Brocassie Sichtkontakt hatten.

Nun hatte er seine Entscheidung getroffen – wie ein Junge auf einem Schlitten, der einen Hügel hinunterdonnert. Es war das, was Dr. Miller die ›Dissonanzauflösung‹ genannt hatte. Er flüsterte

Alicias Namen in der Dunkelheit und hoffte, daß sie ihn irgendwo über die Meilen von Meer und Finsternis hinweg hören würde . . . und verstehen würde, weshalb er gestartet war, obwohl er es nicht einmal selbst wußte.

Álvarez stand gegenüber der Funktionstafel und rieb sich nervös die Finger. Er wirkte irritiert. Erst war einer, dann waren zwei Blips auf der Tafel aufgetaucht, die alle Annäherungen an Kuba von Süden her zeigte. Die Blips waren jetzt über der jamaikanischen Nordküste, aber ihr Kurs schien ziellos: zuerst östlich an der Küste entlang und dann wieder nach Westen, ohne eindeutige Richtung.

Roytschenko, der sich neben einen sowjetischen Fernmelde-Offizier über einen Schreibtisch gebeugt hatte, richtete sich auf, nickte und kehrte zu Álvarez zurück.

»Interessant«, sagte er. »Kein Flugplan auf dem internationalen Fernschreiber, aber Radarsignale aus einer solchen Entfernung bedeuten, wie Hauptmann Sorge meint, daß die beiden Flugzeuge über vierzehntausend Fuß hoch sein müssen und wahrscheinlich immer noch höher steigen.«

»Hat er eine Vorstellung von ihrer Größe?« Álvarez blickte wieder auf die Funktionstafel. Die beiden Blips beschrieben kleine Kreise, wie Fische in einem Gartenteich.

Roytschenko schüttelte den Kopf und ließ sich in einen Sessel sinken. »Nichts Konkretes. Ihre Geschwindigkeit und die Intensität der Radarsignale zeigen, daß es sich um kleine einmotorige Maschinen handelt. Viel zu klein, um ein Einsatzteam abzusetzen.« Er stand auf, als habe er seine Entscheidung schon getroffen, reckte sich und deutete auf den Flur. »Lassen Sie uns in mein Privatquartier gehen. Man wird uns ein paar Sandwiches schicken, und wenn etwas passiert, ruft Sorge mich an.«

Er ging voran und führte Álvarez durch einen Flur mit Teppichboden zum Aufzug. Sie fuhren zwei Etagen hinunter und traten auf einen anderen Korridor hinaus. Roytschenko schob eine Plastikkarte in einen Schlitz, und die Tür öffnete sich.

Der Wohnbereich war karg, aber annehmbar eingerichtet.

»Mein Heim, wenn man es so nennen will«, sagte Roytschenko. Er schenkte zwei Gläser Scotch ein und reichte Álvarez eines. »Auf die Freundschaft«, erklärte er lächelnd. Sie stießen an und tranken.

Álvarez lehnte sich gegen das weiche Leder und spürte, wie die Wärme des Alkohols in sein Blut überging. Roytschenkos Worte hallten in seinen Gedanken wider. *Auf die Freundschaft.* Er trank das Glas aus und hob es, um sich von neuem eingießen zu lassen. Roytschenko zog die Augenbrauen hoch, füllte jedoch ein Drittel des Glases.

»Sie sollten darauf achten, daß Sie nicht zuviel trinken, Julio«, sagte er mit genau dem richtigen Maß an Fürsorge – so vorsichtig abgestuft, daß es noch nicht ganz als Herablassung zu bezeichnen war.

»Ich habe in den letzten drei Tagen vier Stunden geschlafen«, gab Julio heftig zurück. »Zweiundvierzig Sandals sind auf den unterirdischen Rangiergleisen und achtzehn oben in der Wartungshalle, heil und unversehrt. Was wollen Sie denn noch?«

Roytschenko lächelte, hob wie zur Gratulation das Glas und nahm einen Schluck. »Stimmt«, erwiderte er. »Natürlich sind Sie müde. Sie brauchen etwas Urlaub. Vielleicht ein paar Nächte mit Ihrer Freundin.« Er hustete höflich. Es war die billige Imitation eines Lachens. »Ja, ein paar Nächte mit Ihrer Freundin. Aber dann möchte ich, daß Sie sie mit hierher bringen. Sie werden in eines der Häuser auf der Plantage vor dem Komplex ziehen.«

»Was hat das zu bedeuten?«

Roytschenko ließ sich auf einen Polsterstuhl nieder, schlug die Beine übereinander und lehnte sich zurück. »Ihre Aufgaben binden Sie an den Komplex. Ich möchte, daß Sie in der Nähe sind, und ich kann mir vorstellen, daß Sie Ihre Frau in der Nähe haben wollen. Wir beide benötigen ihre Dienste.« Seine Hände streichelten das Glas – gewaltige, kräftige Hände, die viel zu groß wirkten. Álvarez konnte die Augen nicht von ihnen losreißen.

»Was für Dienste?« fragte er beinahe flüsternd.

Der Russe schwenkte den Whiskey in seinem Glas hin und her und hielt es ans Licht. »Es geht um das Hebelprinzip, Julio. *Wenn* Operation Mongoose uns die Nachricht abnimmt, die wir gesendet haben, *wenn* Ihr Bruder mit dem Einsatzteam abspringt, *wenn* wir ihn lebendig fangen können, dann werden wir darauf angewiesen sein, daß er mit uns kooperiert. Die Gegenwart der Frau wäre ein starker Hebel.«

»Ich will nicht . . .«

Roytschenko schnitt ihm das Wort ab. »Was *ich* will, ist Ihre Loyalität und Ihr Gehorsam.« Seine Stimme wurde etwas leiser, aber immer noch schwang ein harter Unterton mit. »Ich glaube, es sollte zwischen uns keine Unstimmigkeiten geben.« Er zog fragend die Augenbrauen hoch. »Und Sie?«

Julio ließ sich zurücksinken; er konnte Roytschenkos Blick nicht standhalten. Ihm war schwindlig, seine Gehirnzellen versagten, und er war so verdammt müde, daß ihm nichts auf der Welt wünschenswerter schien, als einfach die Augen zu schließen.

Ein Telefon summte. Roytschenko nahm den Hörer ab, murmelte etwas, lauschte und ließ den Hörer dann auf die Gabel fallen.

»Das war Sorge. Die Radarsignale sind über der Küste von Jamaika verschwunden. Wahrscheinlich ein falscher Alarm. Außerdem patrouillieren drei Kampfhubschrauber an der Küste.« Er deutete zu dem winzigen Schlafzimmer hinüber. »Ruhen Sie sich etwas aus. Morgen früh stelle ich einen Hubschrauber bereit. Fliegen Sie für ein paar Tage auf Ihre *finca.*« Er wuchtete sich hoch und ging zur Tür. Seine Hand lag schon auf dem Griff, aber er zögerte und drehte sich um. »Ich möchte, daß Sie in zwei Tagen wieder hier sind. Mit der Frau.«

Wie hatte er Piedra im Zug genannt? Eine Hure, die sich als Puffmutter ausgibt. Dabei hatte er selbst das gleiche Spiel gespielt; er hatte sich seine Dienste bezahlen lassen und damit gerechnet, nie angefaßt zu werden. Aber nun wurde er plötzlich gezwungen, sich vornüber zu beugen und die Beine zu spreizen. Er lachte unwillkürlich.

». . . keine Unstimmigkeiten«, wiederholte er. Er hatte die Augen schon fast geschlossen und blickte zum letztenmal zu dem Russen auf. Es war, als beobachtete er einen Mann durch ein Fernglas über vor Hitze flimmerndem Boden; das Bild schwankte und verzerrte sich in der Widerspiegelung des Hitzedunstes. ». . . keine Unstimmigkeiten«, wiederholte er noch einmal und schlief ein.

Sie hatten zueinander aufgeschlossen, und dann begann die Karussellfahrt, zunächst auf zehn- und dann auf zwölftausend Fuß hinauf. Das Sauerstoffsystem war auf hundert Prozent gestellt, das Funkgerät rauschte in seinen Kopfhörern. Noch hatte Porto keine Nachricht gesendet, und Brocassie hatte keine erwartet. Die Funkgeräte waren mit einem Hebel ausgerüstet, der die Ausgangsleistung von zehn Watt auf einen Bruchteil davon reduzierte, so daß sie innerhalb einer halben Meile miteinander sprechen konnten. Jede Station, die ihre Frequenz außerhalb dieser Reichweite überwachte, würde nur schwache, verstümmelte Signale aufschnappen. Aber Porto war ohnehin nicht zum Plaudern aufgelegt, und Brocassie folgte seinem Beispiel.

Fünfzehntausend, dann achtzehntausend. Der Turbokompressor der Helio Courier sog die Luft an, und sie stiegen hoch wie in einem Fahrstuhl.

Zweiundzwanzigtausend, dann fünfundzwanzigtausend. Schwache Eisspuren zogen sich über das Verdeck. Brocassie rieb mit einem glyzeringetränkten Lappen darüber, wie Porto ihm geraten hatte. Er kontrollierte die Sauerstoffzufuhr und beobachtete den Durchflußblinker, der im Indikatorgehäuse pulsierte. Die Helio Courier kletterte immer langsamer, die Luft bestand jetzt nur noch aus vereinzelten Molekülen, aber sie gewannen immer noch an Höhe.

Das Plexiglas des Kabinendaches über ihm war jetzt voller Eisblumen. Die Kälte drang durch die Daunenjacke bis in seine Knochen. Er schaute auf die Instrumente, überzeugte sich, daß alle Nadeln normale Werte anzeigten, und warf dann einen Blick zurück über die Schulter auf die Küstenlinie von Jamaika, die im Süden zurückwich. Ein Lichterband, verschwommen durch Entfernung und Höhe, bildete einen silbernen Schein um Ocho Rios und verlief sich dann zu einer dünnen Kette von Leuchtperlen am Strand.

Achtundzwanzigtausend. Die Nadel des Höhenmessers wurde langsamer und blieb plötzlich stehen. Er sah, wie sich die andere Helio Courier, Portos Schleppflugzeug, heranschob. Die war nur an ihrem schwärzeren Profil vor dem Nachthimmel zu erkennen.

Ausklinken in zwei Minuten, sagte die Stimme, körperlos und mechanisch, in seinem Kopfhörer. *Wie steht's mit deinem Sauerstoff?*

Brocassie drückte auf den Mikrofonschalter und merkte, daß sein Mund, vom Sauerstoff ausgedörrt, trocken wie Wüstensand war. »Alles in Ordnung. Achtzehnhundert.«

Roger, achtzehnhundert, antwortete Porto. *Warte auf meinen Countdown, von fünf an. Klinke auf mein Signal hin aus. Meine Flügellichter gehen* Jetzt *an. Siehst du sie?*

Zwei Lichtpunkte blinkten auf. Sie markierten die äußerste Spitze von Portos Tragflächen und waren in Fiberglasgehäusen untergebracht, so daß man sie nur von der Seite oder von oben erkennen konnte.

»Lichter an«, erwiderte Brocassie. Mein Gott, dachte er, sind die trübe. Er schaltete das Mikrofon wieder ein. »Hast du den Rheostaten hochgedreht?«

Auf Maximalstärke. Batterie – äh – ist voll aufgeladen. Wahrscheinlich kommen sie dir düster vor, bis du genau hinter mir bist. OK?

Brocassie spürte, wie die Kondensation in seiner Maske seine Wangen benetzte, und der salzige Schweiß ließ seine Haut jucken. Seine Kehle war trocken, und seine Zunge fühlte sich an wie ein Schwamm. Er hatte einen Metallgeschmack im Mund. Es war nicht OK. »OK«, sprach er ins Mikrofon, weil er seiner Stimme nicht mehr zutraute.

Der Verband ging auf nördlichen Kurs, auf Kuba zu, zwei Helio Courier, Flügelspitze an Flügelspitze, mit zwei Segelflugzeugen an dreihundert Fuß langen Leinen. Gleich fängt's an, dachte er. Der lange Gleitflug in die Sierra.

Fünf ...

Portos Stimme klang in seinem Ohr wie eine alte Grammophonaufnahme.

Vier ... drei ... zwei ... eins ... LOS!

Brocassie hatte die Hand auf den Plastikknauf gelegt und ihn fast bis zum Druckpunkt zurückgenommen; dann zog er und kniff die Augen zusammen, um zu sehen, ob der Haken ausgeklinkt war. Nichts war zu erkennen, aber die Slingsby begann, langsamer zu werden. Um sicherzugehen, zerrte er noch einmal an dem Knauf und sah zu, wie die Schleppflugzeuge verschwanden. Sie senkten sich in Spiralen, wärmerer Luft und Jamaika entgegen. Portos Maschine, etwa fünfzig Fuß niedriger, schob sich auf ihn zu. Kurz die Störklappen ausfahren und dann auf fünfundvierzig Knoten trimmen. Portos Segler kam näher und stabilisierte seinen Kurs. Störklappen, Geschwindigkeit zurücknehmen, und die beiden Flugzeuge waren am Nachthimmel vermählt. Sie hielten stabilen Kurs und schwebten still über das schwarze, formlose Meer hinweg.

Wie fühlst du dich, Bruder Brocassie?

»Wie ein Fisch im Wasser.« Aber wie ein Fisch, der an der Angel hängt. Gott, ist es schwarz hier draußen. Ein kurzer Blick auf Sauerstoff und Geschwindigkeit. Er trieb weiter von Porto weg, beschrieb eine Achtelkurve nach vorn und sah, wie sich das Tempo um einen Knoten erhöhte. Porto hatte vorausgesagt, daß die Atmosphäre über sechstausend Fuß frei von Turbulenzen sein würde. Aber geringfügige Unterschiede in der Verspannung der Slingsbys würden eine Feinabstimmung nötig machen. »Ich bleibe zurück«, sendete Brocassie. »Um Zentimeter.«

Porto hatte einen Sack Bleischrot in seinem Cockpit, um seine Maschine absichtlich schwerer als Brocassies zu machen. Wenn er eine Handvoll Bleischrot nach der anderen abwarf, konnte er das Gewicht seines Flugzeugs allmählich verringern, so daß sich die Geschwindigkeiten einander anpaßten.

Kein Problem. Schmeiße jetzt Schrot ab.

Eine Minute verging. Brocassie berührte die Trimmung nicht und ließ die Finger leicht auf dem Steuerknüppel ruhen. Er blieb immer noch zurück.

»Wirf noch mehr ab.«

Das war alles. Wenn ich zu schwer bin, kann ich ja immer noch aus dem Fenster scheißen.

Er wäre dazu imstande, dachte Brocassie und lächelte. Aber nach zwei Minuten stimmten ihre Geschwindigkeiten überein. Portos Segler war zu weit vor ihm, aber er trieb nicht mehr davon und war auch nicht in Gefahr, überholt zu werden. »Perfekt.«

Eine Pause, und dann ertönte, etwas schwach und verzerrt, das Zischen in seinen Kopfhörern. *Wie weit bist du zurück?*

Er schätzte die Entfernung. »Ungefähr hundert Meter.«

Gut. Und jetzt zur Feinabstimmung. Porto hatte eine primitive Bremse unter dem Rumpf seines Segelflugzeugs angebracht: nicht mehr als ein umschlaggroßes Stück Sperrholz, das mit einer Angelschnur aus Nylon bewegt wurde. Aber sein Luftwiderstand genügte, um die Geschwindigkeit geringfügig zu regulieren, ohne die Ruder oder die Trimmung einsetzen zu müssen. Brocassie bemerkte keinen Geschwindigkeitsunterschied, aber allmählich wichen Portos Flügellichter weiter auseinander und kamen näher.

»Das genügt«, sagte Brocassie.

Er hörte nichts als das hohle Zischen einer atmosphärischen Störung. Portos Slingsby schob sich näher und näher heran – zu nahe.

»Das genügt«, wiederholte Brocassie mit lauterer Stimme. Er befürchtete, daß sein Funkgerät nicht funktionierte.

Kann das verdammte Brett nicht zurückziehen, knurrte Porto ins Mikrofon. *Die Scheißschnur hat sich irgendwo verhakt. Wenn ich noch stärker ziehe, wird sie wahrscheinlich reißen!*

In seiner Stimme lag beherrschte Verzweiflung. Brocassie blickte zur Küste von Jamaika zurück. Sie war nur noch ein fahler Lichtschimmer, aber nahe genug. Nicht jetzt, betete er. Nicht, nachdem wir soweit gekommen sind, nachdem wir uns soviel Mühe gegeben haben. »Was passiert nun?«

Porto schwieg von neuem. Brocassie fuhr die Störklappen aus, bremste ein wenig und drückte die Geschwindigkeit, bis er in Position war. Das könnte ich auf dem ganzen Flug bis Kuba machen, dachte er, aber die Höhe bot ihm nicht genug Spielraum. Geschwindigkeit und Höhe waren alles, was sie besaßen. Und die Gleichung von Luftwiderstand gegen Auftrieb würde letzten Endes ihre Reichweite festlegen.

Endlich meldete sich Porto wieder. *Das Drecksding klemmt. Ich ziehe weiter an der Schnur, bis sie zerreißt. Vielleicht schiebt sich das Brett so weit zurück, daß der Widerstand annehmbar wird. Ich habe jetzt eine Sinkgeschwindigkeit von zweihundertdreißig. Wenn ich es so weit zurückziehen kann, daß die Sinkgeschwindigkeit auf zweihundert fällt, läuft die Sache.*

Brocassie blickte auf seine Uhr. Noch zehn oder elf Minuten, und ihnen würde keine Wahl mehr bleiben: Sie würden so weit entfernt sein, daß sie es nicht mehr bis zur Küste von Jamaika schaffen, vielleicht aber auch nicht bis zur Sierra gleiten konnten. Doch Porto hatte das letzte Wort.

»Laß mich wissen, wie sich's entwickelt.« Es war nicht sarkastisch gemeint gewesen, aber irgendwie hatte es sich so angehört.

Porto antwortete nicht.

Fünf Minuten vergingen. Zweimal war Brocassie versucht, das Mikrofon einzuschalten, aber dann hielt er sich zurück und wartete.

Die Schnur ist zerrissen, sagte Porto leise ins Mikrofon. *Aber ich glaube, daß das Brett wenigstens zum Teil eingezogen ist. Meine Sinkgeschwindigkeit ist ganz knapp über zweihundert Fuß pro Minute. Wie sieht's bei dir aus?*

Etwas mehr, dachte Brocassie. Eher zweihundertzehn. Um Portos Maschine nicht zu überholen, fuhr er die Störklappen jede Minute ein und aus, stieg ein wenig an, um die Geschwindigkeit zu senken, und ließ sich dann wieder in die alte Position zurückfallen.

»Etwas mehr als zweihundert«, gab er schließlich zu. »Fällt mir schwer, dir nicht hinten reinzurammen. Was sollen wir machen?«

Warte, erwiderte Porto. Er würde sich jetzt mit der Taschenlampe zwischen den Zähnen über seinen Rechner beugen und eine neue Gleichung von Zeit, Tempo, Sinkgeschwindigkeit und Entfernung ausarbeiten. Die Minuten verstrichen, und die Küste von

Jamaika war nur noch ein Hauch von Licht jenseits des Horizonts. Acht Minuten vergingen, dann zehn. Elf.

Es wird knapp. Ich kann nicht viel Höhe zusetzen, wahrscheinlich weniger als tausend Fuß. Er zögerte, doch sein Mikrofon war immer noch eingeschaltet. *Dein Kurs zum Flugfeld zurück ist eins fünfundneunzig nach Magnetpol. Schalte dein Funkgerät auf höhere Leistung, wenn du über der Küste bist, und sag Hagger, er soll auf der Piste die Landebeleuchtung anmachen lassen. Kein Problem.*

»Und wohin, zum Teufel, fliegst du?«

Sekunden tickten dahin, Meter um Meter, die auf dem Rückflug wieder überwunden werden mußten. Portos Stimme war ruhig, gelassen. *Ohne Arbeit gibt's keine Kohle, Kumpel. So sieht's aus. Es wird haarig, aber ich will's versuchen. Ich fliege nach Kuba, und du mußt dafür sorgen, daß Hagger den Scheck abschickt, wenn du nichts von mir hörst.*

Brocassie kniff die Lippen zusammen. Eine Sekunde. Jede brachte ihn 84 Fuß weiter nach Norden. Noch eine. 168 Fuß mehr, wenn er zur roten Erde Jamaikas zurück wollte. Zur Hölle mit Porto! Der Schweiß an seinen Händen tränkte seine Flughandschuhe, sickerte hindurch und bildete eine Leitung für die Kälte im Cockpit. Seine Kopfhaut prickelte unter der Flugmütze, und er konnte sich nicht mehr konzentrieren. Seine Augen glitten ziellos über die Armaturen, aber er war am Rande der Panik und konnte nichts mehr begreifen.

Die alte Angst. Das Flugzeug stürzt ab, die Tragflächen falten sich nach innen, Spanten knirschen, Stoff zerreißt, und dann löst sich dein eigener Körper vom Flugzeug und saust immer schneller auf die Erde zu. Er hatte davon geträumt: Die Erde kam näher, zuerst nur als undeutlicher Schimmer von Grün auf Braun, dann erkannte er einzelne Bäume und Felder, die immer größer wurden und während des Sturzes an seinem Blickfeld vorbeiwirbelten. Dann der Aufprall – ein langer reißender Schmerz, der nie aufhörte, bevor er erwachte, kerzengerade im Bett sitzend, schweißüberströmt und mit hämmerndem Herzen.

Eins fünfundneunzig Grad, brüllte Porto. *Dreh jetzt um. Das ist ein Befehl.*

Brocassie wußte, daß es nur Einbildung war, aber der Ring an der Schnur um seinen Hals strahlte Hitze aus und vertrieb das Kältegefühl aus seinem Körper. Seine Fingerspitzen und dann sein Gesicht prickelten, und er merkte, wie ihn Wärme überflutete.

Er warf einen und dann noch einen Blick auf seine Uhr. Es gab kein Zurück mehr. Er lächelte, und seine Wangen berührten die feuchte Innenseite der Sauerstoffmaske. Zum erstenmal seit langer Zeit fühlte er sich wirklich lebendig und glücklich. Er schaltete das Mikrofon ein, fand keine Worte und lachte nur.

Stille, eine lange Minute hindurch nichts als Rauschen in seinem Kopfhörer, und dann die Worte: *Du bist ein Rindvieh, Brocassie*, gemildert durch Portos eigenes Gelächter.

Auftrieb, Gewicht, Geschwindigkeit und Luftwiderstand. Er berührte wieder die Störklappen und verlangsamte die Slingsby. Portos Flügellichter glitten wieder in die richtige Entfernung, rückten weiter auseinander und stabilisierten sich schließlich.

Er riskierte einen schnellen Blick auf seine Uhr: 2:37 – eine halbe Stunde bis zum Mondaufgang, noch fünfunddreißig Minuten bis zur Küste und weitere zwanzig bis zum Landeplatz. Er und Porto waren mehr als zweitausend Fuß niedriger als vorgesehen und dreizehn Minuten verspätet. Sie hatten ihre Reserven erschöpft.

Vor ihm begann Porto eine langsame Linkskurve, und er folgte ihm durch zehn, dann durch fünfzehn Grad. Brocassie schaltete das Mikrofon ein. »Ebb Tide One, hier ist Ebb Tide Two. Schwierigkeiten?«

Das ferne Grollen atmosphärischer Störungen und das vertraute Zischen eines leeren Kanals. *Ich ändere unseren Flugplan. Warte.*

Ein Blick auf den Höhenmesser. Sie waren auf 14 500 Fuß gesunken, 210 Fuß pro Minute, bezogen auf eine Flugstunde. Brocassie stemmte sich unbewußt gegen die Fallschirmgurte, als könne er das verdammte Segelflugzeug zum Steigen zwingen, aber als die Gurte sich in seine Schultern gruben, wurde ihm klar, daß er sich entspannen mußte. Schwerkraft war Schwerkraft. Kinderbälle, Steine, sogar Flugzeuge stiegen auf, aber letzten Endes fielen sie wieder zu Boden. Er befahl sich, ruhiger zu werden. Porto wußte, was er tat, und schlimmstenfalls würden sie an der Küste Kubas landen und weiter in die Berge marschieren. Das wäre 'ne feine Sache, höhnte eine ungläubige Stimme in seinem Inneren.

Ein Klicken, und Portos heisere Stimme ertönte: *Wir nehmen eine entscheidende Kursänderung vor. Jetzt können wir nicht mehr auf Nummer Sicher gehen. Wir müssen einen direkten Anflug auf Marotos Landeplatz versuchen. Das ist die einzige Möglichkeit, nicht in den Bach zu fallen, und selbst dann müssen wir abwarten.*

Damit ist die Navigation versaut, dachte Brocassie. Alles hatte darauf beruht, daß sie den Richtstrahl der Funkbarke von Santiago de Cuba empfangen, ihn mit einer Peilung der Marineflugstation von Guantánamo Bay kreuzen und das Ergebnis als Navigationshilfe benutzen würden, um nach Westen abzudrehen und parallel zur Küste am Kamm der Sierra entlangzufliegen, damit sie die beiden Lichtpunkte des Landestreifens entdecken konnten, den Maroto ins Gehölz hacken ließ. Nun mußten sie blind auf die Küste zufliegen und hoffen, daß sie beim Überflug nicht mehr als eine Viertelmeile vom Kurs abweichen würden, und das bei unbekannten, unsteten Winden.

Er blickte in die leere, nasse Finsternis hinunter und wußte, daß sie sein grüner, feuchter Tod sein konnte. ›Das rotzgrüne Meer. Das hodenzusammenziehende Meer‹, hatte James Joyce es genannt. Er merkte, wie ihm ein Schauer über den Rücken lief. »Womit willst du denn navigieren? Wir brauchen irgendwas. Wenn wir erst in der Sierra sind, können wir unsere Position nicht mehr bestimmen.«

Vor uns, erwiderte Porto. *Sieh zum Horizont, ungefähr Position elf dreißig.*

Brocassie war Portos Lichtern als seinem einzigen Orientierungspunkt gefolgt, aber nun starrte er an Portos Gleiter vorbei und tastete den Horizont ab. Er entdeckte eine Gruppe flackernder Lichter.

Porto beantwortete seine Frage, bevor er sie stellen konnte. *Ein Kutter der Küstenwache, die Bibb. Hagger hat sie hier postiert, falls wir notlanden müssen.*

»Du kennst ihren genauen Standort?«

Zögern. *Nicht genau. Ich werde danach fragen, um eine genaue Peilung zu kriegen, aber das heißt, daß ich den Sender auf Hochleistung stellen muß.*

Was er nicht gesagt hatte: elektronische Ohren in Kuba würden mithören. Es war riskant, aber Brocassie wußte, daß Porto alle Möglichkeiten abgewägt hatte und daß dies die beste, vielleicht die einzige war.

»Sag ihnen, daß sie den Kakao warmhalten sollen.«

Porto schnaufte.

Die Lichter von Portos Slingsby neigten sich ein wenig nach Backbord, und Brocassie folgte ihm durch die Kurve. Die Lichter des Schiffes waren jetzt deutlich zu sehen und begannen schon, unter dem Bug seines Flugzeugs vorbeizugleiten.

Portos Stimme dröhnte ihm ins Ohr, und er langte hinunter und drehte die Lautstärke zurück.

Rusty, hier ist Ebb Tide One – bitte kommen!

Nichts.

Rusty, Rusty, Rusty – Ebb Tide! Portos Stimme war drängender geworden.

Das Schiff war nun fast genau unter ihnen, aber es tat sich noch immer nichts.

Scheiße! Portos Frustation zeigte sich daran, daß er unbewußt das Mikrofon eingeschaltet hatte.

Ebb Tide. Hier ist Rusty. Kommen. Ein tiefer Südstaatenakzent, wie mit Schrot unterlegt.

Brocassie seufzte erleichtert.

Porto antwortete, und nun war seine Stimme so gelassen, als plaudere er mit einem Trinkgenossen über den Gartenzaun hinweg. *Genau über Ihrem Standort auf – äh – zwei dreiundvierzig. Bitte geben Sie mir Ihre Position.*

Moment, Ebb Tide. Muß erst meinen Bleistift anspitzen, bevor ich das tun kann.

Sekunden. Dann Minuten. Brocassie riskierte einen Blick über die Schulter durch das Achterverdeck. Der Kutter war jetzt hinter ihm und glitt davon.

Eine andere Stimme. Ein mittelatlantischer Akzent mit einem Hauch von Chesapeake. *Ebb Tide Air, hier ist Motorfischerboot Rusty. Können Sie uns empfangen?*

Brocassie verzog erleichtert das Gesicht und lachte. Die Improvisationsgabe hatte sich durchgesetzt. Dort unten in der Nacht war irgendein Junge, vielleicht ein Maat oder Leutnant, der mehr Grips hatte als die meisten Admirale.

Sehr gut, Rusty, antwortete Porto.

Die *Bibb* rasselte Breitengrade und Längengrade herunter, wiederholte sie und beendete dann die Sendung mit: *Können wir irgendwas für Sie tun, Kamerad?*

Negativ. Wir haben niedrigen Öldruck auf Triebwerk Nummer drei und ändern Kurs auf Haiti. Wollte nur unsere Position bestätigen. Wenn wir irgendwelche Probleme haben, kommen wir zu Ihnen zurück. Heißen Dank, Rusty. Haltet die Ohren steif. Dies ist Ebb Tide. Ende.

Die *Bibb* meldete sich doch noch einmal: *Guten Flug, Ebb Tide, aber noch eine Warnung. Ein Gespenst auf Kurs Null eins fünf nach*

Magnetpol, Entfernung sechzehn Meilen. Wahrscheinlich Kaffeemühle der Küstenwache.

Porto ließ das Mikrofon zur Antwort zweimal klicken und schaltete dann auf niedrigere Leistung. *Cassie – hörst du mich?*

»Ich höre.«

Paß auf – schreib's dir auf, denn wir haben nicht viel Zeit, bis der Bastard in Reichweite ist. Der Kurs auf den Landeplatz ist drei fünf sieben. An der Südseite der Bergkette. Du kennst die Übung.

»Ich folge dir.«

Nein, das tust du nicht! Da draußen, im Norden, ist ein Hubschrauber. Wir sind immer noch über internationalen Gewässern, aber wenn er uns entdeckt, wird er uns bis zur Küste verfolgen. Du kannst nicht hinter mir bleiben. Halte den Kurs, den ich dir gegeben habe. Wenn er Radar hat, wird er nicht viel auf den Schirm kriegen, aber aus ganz kurzer Entfernung könnte er uns ausmachen, wenn wir im Verband fliegen. Ich weiche nach Westen aus, und wenn er vorbei ist, kehre ich auf deinen Kurs zurück. Versuch, mich bei niedriger Leistung zu erreichen, wenn du an der Küste bist, und wenn ich mich nicht melde, nimm Kontakt mit Maroto auf. Sein Rufzeichen ist Montaña. Verstanden?

Die Wände des Cockpits schienen zusammenzurücken, die Hitze des Fluganzugs wurde immer drückender, und die Sauerstoffmaske erstickte ihn beinahe. Vor ihm, im Norden, lag die Schwärze Kubas. Er nickte unbewußt. »Ja, verstanden.«

OK, Kumpel, mach dir keine Sorgen. Folge dem Kurs. In vierzig Minuten essen wir kubanische Mangos. Ende.

Brocassie wollte etwas sagen, doch er brachte nichts als ein »Viel Glück« hervor. Im stillen fügte er hinzu: Halt dich wacker, du verrückter Kerl.

Unter ihm glitt Portos Flugzeug langsam nach Westen, und die Lichter erloschen. Nichts als Schwärze, und Brocassie war eine Sekunde lang ohne Orientierung. Er warf einen Blick auf das Gyroskop, den Kompaß, den Fahrtmesser: 357 Grad.

Bis jetzt hatte er die Augen nicht von den Flügellichtern an Portos Slingsby losgerissen, aber nun konnte er seine Aufmerksamkeit teilen und abwechselnd die Instrumente und den Horizont studieren. Weit vor sich sah er das Profil der Sierra Maestra, das dort, wo der Mond hinter ihm aufstieg, wie mit Chrom umrandet war. Steuerbord voraus lag ein verschwommener gelber Fleck: Santiago de Cuba. Alicia mußte irgendwo östlich von Santiago sein, und er wurde fast unbewußt dort hingezogen, wie Stahl zu einem Magneten. »Ich bin zurückgekommen, Alicia Ruth Helvia«, flüsterte er in die Sauerstoffmaske hinein. »Weil ich es mußte. Kannst du mich nicht hören?«

Das Flugzeug bebte leicht, das Geräusch der Luft, die über die Stoffoberfläche strömte, wurde schwächer, und die Steuerung reagierte nur noch träge.

Mangelnde Konzentration ist für einen Piloten tödlich. Das war Portos Maxime. Brocassie kippte den Bug ein wenig nach vorn, erhöhte die Geschwindigkeit und stellte das Gleichgewicht wieder her. Er war mehr als dreißig Grad vom Kurs abgekommen, riß den Segler heftig nach links und zwang ihn auf drei fünf sieben. OK, Herr Lehrer, dachte er. Was sein muß, muß sein. Er begann seine Suche, indem er den Horizont in kleine Abschnitte aufteilte und einen Bogen nach dem anderen betrachtete.

Zuerst war es nur ein Funkeln, so undeutlich, daß er nicht sicher war, ob er es wirklich bemerkt hatte, und von neuem suchen mußte. Dann sah er es: weniger ein direktes Leuchten als einen Widerschein. Es war links unter ihm, die Entfernung ließ sich nicht abschätzen, aber es kam rasch auf ihn zu. Wieder ein Leuchten, und jetzt begriff er, daß es ein Drehscheinwerfer an der Unterseite eines Flugzeugs war. Die reflektierten Strahlen erhellten den Rumpf nur für Sekundenbruchteile.

Brocassies Muskeln zogen sich zusammen, sein Körper straffte sich. Der kubanische Hubschrauber. Er war zu weit von der Küstenlinie entfernt und befand sich über internationalen Gewässern, aber das würde der Besatzung nichts ausmachen. Was, zum Teufel, hatte sie von der Küste fortgelockt? Er fühlte sich nackt und verletzlich, und all die Gespräche darüber, daß das Segelflugzeug vom Radar nicht entdeckt werden konnte, schienen nun reine Theorie. Er kannte diese MIL-Hubschrauber von früher. Er hatte sie über der Sierra gesehen und wußte, daß sie schwerbewaffnet waren. Mit automatischen Kanonen hatten sie damals über eine Gebirgslichtung hinweggemäht und vier Packpferde und zwei Männer aus Marotos Truppe in unkenntliche Haufen blutenden roten Fleisches verwandelt.

Der Hubschrauber flog unter ihm vorbei. Brocassie konnte die Entfernung nicht abschätzen, aber er war so nahe, daß er das typische Dröhnen der Rotorblätter hören konnte.

Panik überwältigte ihn, und er rang unter der Maske keuchend nach Sauerstoff. Er riß sich die Maske vom Gesicht und schnappte wild nach Luft. Himmel, dachte er. Haben sie mich gesehen? Es war zu verdammt nahe gewesen, als daß es reiner Zufall hätte sein können. Er wußte, die Geschützgranaten würden die Slingsby durchbohren, ohne auch nur an Geschwindigkeit zu verlieren. Leuchtspurgranaten! Jedes fünfte Geschoß eine Phosphor-Leuchtspurgranate. Holz und Stoff würden Feuer fangen, und dann würde er abstürzen, eingesperrt in das brennende Wrack. Aber plötzlich fiel ihm ein, daß er überhaupt nichts spüren würde, denn kaum einen Meter hinter ihm befanden sich dreißig Pfund hochexplosiven Sprengstoffs. Er würde in Sekundenschnelle in Atome zerlegt sein, Teil eines schönen, sich ausweitenden Feuerballs, der wie ein sterbender Meteor am Nachthimmel erschien.

Der Gedanke beruhigte ihn irgendwie. Nicht das Entsetzen seiner Alpträume stand ihm bevor – nur ein sofortiger, schmerzloser Tod. Er kämpfte gegen die Panik an und gewann die Beherrschung zurück. Wieviel Zeit war vergangen? Sekunden, Minuten? Brocassie sah sich um und versuchte, durch das Achterverdeck hinauszuspähen. Er ließ die Ruder ausschlagen, beschrieb eine S-Kurve nach links und dann nach rechts. Zuerst konnte er nichts erkennen, aber dann, weiter oben, sah er das flackernde Licht, das jetzt nicht mehr vom Rumpf des Hubschraubers verdeckt wurde. Also hatten die Kubaner die Suche nicht aufgegeben und stiegen höher.

Geschwindigkeit! Er brauchte Geschwindigkeit, um sich davonzumachen. Brocassie schob den Knüppel nach vorn und sah zu, wie die Nadel schwankend von fünfzig auf sechzig und dann auf siebzig Knoten stieg. Er verbrauchte Höhe, opferte die kleine Reserve, die er hatte, aber es gab keinen anderen Ausweg als diese letzte verzweifelte Fluchtaktion.

Lautes Rattern, und dann flog ein Feuerstrom unter ihm vorbei, beschrieb einen Bogen in die Tiefe und teilte sich in glänzende Farbstreifen, die verglühten, während sie auf das Meer zustürzten. Brocassie starrte fasziniert hinunter, seine Hände auf der Steuerung waren leblos geworden, und dann wurde ihm die Bedeutung plötzlich klar. Er hatte keine Zeit nachzudenken, konnte mit niemandem verhandeln. Heftig rammte er den Knüppel noch weiter nach vorn, sein Körper stemmte sich gegen die Gurte, Schmutz und Abfall und Kies klirrten gegen das Verdeck des Seglers, als sich die Schwerkraft umkehrte. Er stürzte auf das Meer zu. Das Tempo erhöhte sich, jetzt vibrierte das Flugzeug, der Stoff dröhnte rhythmisch, und die Spanten knirschten. Noch eine Explosion – schön und fern – erglühte über ihm; wie aus einem Wasserschlauch sprühten glänzende Tropfen von Rot und Scharlachrot und flüssigem Gold, von unglaublich hellem Grün und Safrangelb. Die Zeit wurde zu einer Ewigkeit, die sich auf Mikrosekunden konzentrierte.

Der Hubschrauber mußte ganz in der Nähe sein. Brocassie fühlte sich wie auf dem Präsentierteller – die nächste Explosion würde ihn töten. Er konnte nicht wenden, und er wußte, daß er keinen Zentimeter Höhe mehr verschenken durfte. Es gab nur eine einzige Möglichkeit, und er riskierte alles.

Porto hatte ihm eines Nachmittags, vor mehr als einem Monat, bei ein, zwei Bier träge erklärt, wie's gemacht wurde. Es hatte einfach ausgesehen, während Porto die Hände bewegte und den Flug eines Seglers nachahmte. Jetzt war es weniger einfach – bei Nacht, ohne Horizont, ohne jede Möglichkeit abzuschätzen, ob die Maschine es aushalten würde. Er schaute auf die Armaturen: Geschwindigkeit über 94 Knoten und Höhe schon bei 8400; sie schmolz dahin wie Eis in der Sonne. Brocassie zog den Knüppel vorsichtig, dann kraftvoller zurück, sein Körper wurde in den Sitz gepreßt. Er kletterte steil nach oben, und der Schweredruck wurde immer stärker. Eine Flammenwand zog unter seiner Tragfläche vorbei. Die Explosion war so nahe, daß sie das Cockpit mit loderndem roten Licht erhellte, und er spürte, wie die Druckwellen das Flugzeug durchfuhren.

Das Geräusch der detonierenden Geschützgranaten vermischte sich mit dem Dröhnen der Rotoren, und der Hubschrauber jagte nur wenige Fuß unter ihm vorbei. Er war über den Höhepunkt der Schleife hinaus, die Schwerkraft hatte sich umgekehrt, und er hing völlig verwirrt in den Gurten, ohne zu wissen, wo der Himmel und wo das Meer war. Die Instrumente waren nichts als ein Chaos, die Skalen bewegten sich so schnell, daß er sie nicht zueinander in Beziehung setzen konnte, und plötzlich war er außer sich, kämpfte gegen die Steuerung und konnte sich nicht mehr an das erinnern, was nun zu tun war. Er trat erst das eine Seitenruderpedal und dann das andere bis zum Anschlag durch. Keine Wirkung. Dann drückte er den Knüppel nach vorn, doch das Flugzeug wurde nur langsamer, zitterte und hing hilflos im Raum wie eine in Bernstein gefangene Fliege. Vibrationen, ein schriller Knall nach dem anderen, Schmutz vom Boden rieselte ihm über das Gesicht, die an ihrem Gurt hängende Sauerstoffmaske klatschte ihm gegen die Stirn, und dann knirschte der Segler, begann seitwärts zu kippen und über die eine Tragfläche abzurollen. Das Flugzeug war überzogen, trudelte abwärts, und die Zentrifugalkräfte drückten Brocassie gegen die Seite des Cockpits. Sterne rotierten über das Verdeck hinweg, das in einem wahnsinnigen Winkel geneigt war, und der Lärm, das Trommeln von Stoff und gebrochenem Holz, klang wie ein letztes Todesröcheln.

Durch Portos Ausbildung war es in seine Reflexe übergegangen: Knüppel nach vorn, Seitenruder entgegengesetzt zur Trudelrichtung. Die Sterne drehten sich langsamer und hielten an. Ruder auf Null und hochziehen. *Ruhig, du Trottel,* schrie Porto in seinem Unterbewußtsein. *Ruhig! Wenn du zu schnell hochziehst, reißt du die Tragflächen ab!*

Die Sterne rotierten nicht mehr, und als er den Knüppel behutsam zurückzog, neigten sie sich und trieben langsam unter dem Rahmen des Verdecks vorbei. Geschwindigkeit! Runter auf achtzig, dann fünfundsechzig, dann fünfundfünfzig. Er stellte den Knüppel auf Null und sackte zurück. Sein Körper bebte, seine zitternden Hände waren naß, und der Gestank seiner eigenen Furcht stieg ihm in die Nase.

Himmel, er hatte einen Looping geflogen! Nicht ganz. Er hatte die Maschine bis zum Höhepunkt der Schleife gebracht und war dann, Gott weiß warum, kopfüber durchgesackt. Der Rest war ein Gemisch von Geräuschen und Gefühlen, die er niemals in logischer Folge würde beschreiben können.

Aber es war noch nicht vorbei. Da draußen, hinter ihm, war der Drehscheinwerfer des Hubschraubers, dessen Strahl nach Westen schweifte und dann zurückglitt. Brocassie wußte, daß es nur eine Frage der Zeit war. Er blickte hinunter: Höhenmesser 6800 Fuß, Kurs 025. Er legte sich leicht in die Kurve, so daß die Kompaßnadel träge wieder auf 357 drehte, und ließ seinen Körper tief in den Sitz sinken. Es gab die Möglichkeit, zur *Bibb* zurückzufliegen, aber er zog sie nicht ernsthaft in Erwägung. Er würde auf die Küste zuhalten. Der Hubschrauber konnte ihn in jedem Fall erwischen, und er wollte wenigstens den Versuch gemacht haben.

Der Drehscheinwerfer, weiter unten und zu seiner Linken, war nun heller geworden und kam näher, wenn auch nicht ganz auf Kollisionskurs. Brocassie behielt die Richtung bei, versuchte, alle Mutmaßungen zu unterdrücken, aber es gelang ihm nicht. Der Tod ist gar nicht so schlimm, redete er sich verzweifelt ein. Nur die Erwartung des Todes ist unerträglich.

Plötzlich schoß ein Lichtstrahl aus dem Hubschrauber hervor und durchschnitt den Himmel.

Brocassie sah ihn, wußte, was dieser Strahl war und was er bedeutete. Der Hubschrauber war eine knappe Meile von ihm entfernt, stieg auf und schwenkte auf seine Flugbahn zu. Der Lichtstahl überflutete die Nacht vor dem Hubschrauber und drang mehr als eine Meile weit vor.

Ein überraschendes Geräusch dröhnte in seinen Kopfhörern.

Rusty? Hier ist Ebb Tide. Bin getroffen. Stürze ab.

Keine Antwort, aber plötzlich das Aufblitzen einer Explosion im Westen, ganz niedrig am Horizont, und dann noch eine und noch eine.

Schließlich meldete sich die *Bibb: Ebb Tide, hier ist Rusty . . .*

Keine Reaktion, Schweigen, höhnisches Schweigen.

Der Scheinwerfer erlosch, und dann bewegte sich das Schimmern auf Santiago zu. Es entfernte sich von seinem Flugzeug wie ein immer kleiner werdender Leuchtkäfer, bis er es nicht mehr sehen konnte.

Portos Flugzeug war abgeschossen worden! Sekunden nach den Blitzen hatte er die gedämpften Schockwellen verspürt und gewußt, daß er allein war. Sein ganzes Leben war er allein gewesen, und es hatte nie eine Rolle gespielt, aber nun begriff er die wahre Bedeutung des Wortes. Allein – ein hohles Gefühl in der Magengrube, Trockenheit in der Kehle, eine unermeßliche Schwermut.

6300 Fuß. Er blickte wieder auf den Kompaß. Nur ein paar Grad daneben, aber es war unmöglich festzustellen, ob er noch auf der ursprünglichen Flugbahn war. Er würde den Kurs halten, Maroto rufen, während er die Küste überflog, und hoffen, daß seine Höhe ausreichte, um es bis zum Landeplatz zu schaffen.

Er blickte auf das Variometer und sah, daß seine Sinkgeschwindigkeit sich auf hundertachtzig Fuß pro Minute verringert hatte. Dadurch würde er noch zehn, zwölf, vielleicht sogar dreizehn Minuten haben, bis er die Höhe des Landeplatzes erreichte. Aber das Problem bestand darin, daß er nicht wußte, wohin er sich wenden sollte, wenn er die Küste überflog. Nach Osten oder nach Westen. Fifty-fifty. Er entschied sich für Westen – einfach deshalb, weil das Gelände dort spärlicher besiedelt und weiter von Santiago entfernt war.

Er war jetzt auf 6100 Fuß, der Höhe der größten Berge, und sank langsam weiter. Unter ihm lagen vereinzelte Lichter der Küstenstraße, aber seine Navigationskenntnisse reichten nicht aus, um ein kleines Dorf vom anderen zu unterscheiden. Die Lichter wurden schwächer und verschwanden unter ihm.

Brocassie beleuchtete das Funkgerät mit seiner Taschenlampe, um sich zu überzeugen, daß es auf Frequenz 123,5 und auf niedrige Ausgangsleistung eingestellt war. Dann schaltete er das Mikrofon ein.

»*Montaña, Montaña.* Hier ist *Ebb Tide Two.*«

Nur ein leeres Zischen auf der Frequenz. Er versuchte es noch einmal und erhielt wiederum keine Antwort. Die Berge, die sich so rasch vom Meer her erhoben, kamen näher. Er beschrieb eine sanfte Linkskurve nach Westen und machte noch einen Versuch.

»*Montaña, Montaña,* hier ist *Ebb Tide Two.* Hören Sie?«

Ebb Tide Two, hier ist One. Wie ist deine Position?

Es war, als habe er einen Finger in eine Steckdose geschoben. Der Schock durchfuhr seinen Körper, und seine Nerven zuckten.

Two, hier One. Keine Zeit mehr, Ich bin runter auf einundfünfzighundert. Siehst du meine Lichter?

Brocassie beugte sich vor, suchte den Raum unter sich ab und sah nichts als Finsternis. »Negativ.«

Wie ist dein Kurs?

»Westlich!«

Achte auf den Blitz. Wenn du ihn nicht siehst, dreh dich um eins achtzig und gehe auf östlichen Kurs. Kapiert?

Blitz? Und dann begriff er. Irgendwie war es Porto gelungen, das Netz hinter sich zu durchschneiden, die Granaten herauszuholen und drei von ihnen aus dem Seitenfenster zu werfen, so daß sie weit unten über dem Karibischen Meer explodierten. Himmel, welches Risiko er mit den Dreisekundenzündern eingegangen war.

Kapiert?

»Ja, verdammt, kapiert!«

Brocassie suchte den Horizont ab und wagte nicht einmal zu blinzeln. Er zählte die Sekunden: »Eintausendeins, eintausendzwei, eintausenddrei, eintau . . .« Weit unten entdeckte er die Detonation, ein helles Flackern wie das eines Blitzes am fernen Horizont. »Ich hab's gesehen!«

Komm näher. Portos Stimme ratterte in seinen Kopfhörern. *Ich habe Montañas Lichter in Sicht, aber es wird knapp.*

Brocassie konzentrierte sich, schaltete alles andere aus, und zum erstenmal fühlte er sich mit dem Flugzeug verwachsen. Seine Finger ahnten das schwache Flüstern des Windes, der über das Leitwerk strich. Er fühlte das leichte Flattern in den Seitenruderpedalen, das er noch nie vorher gespürt hatte. Der Flug wurde nicht länger durch eine mechanische Formel bestimmt, die man mit Kreide an eine Tafel schreiben konnte. Er *war* der Flug. Turbulenz. Noch nicht schlimm, aber sie verstärkte sich im Windschatten des Berges, wie Porto ihm vorausgesagt hatte. Er schob sich auf den Hang zu, tastete nach ruhigerer Luft, und die dunkle Oberfläche der Berge rückte näher. Verschwommene Klippen, Felsenhänge und Bäume tauchten aus der Schwärze auf. Brocassie ging leicht in die Kurve, so daß er, nur eine Flügelspanne entfernt, parallel zu ihnen flog. Er folgte dem Hang nach unten, an der Neigung des Berges entlang, und seine Höhe schmolz dahin.

Wie weit noch? Zwei Meilen, drei, fünf? Brocassie war dem Hang so nahe, daß er keinen Blick auf den Höhenmesser zu riskieren wagte. Er begann plötzlich zu übersteuern und gegen den Knüppel zu kämpfen. Er schwitzte, und der Fluganzug, den er als Schutz gegen die Höhenkälte getragen hatte, war nun eine erstikkende Hülle. Das Verdeck war beschlagen, die warme Luft im Inneren kondensierte auf dem immer noch kühlen Plexiglas. Verzweifelt wischte er mit der Hand über den Feuchtigkeitsschleier. Verflucht! Ausgleichen! Er atmete dreimal tief durch und wurde ruhiger. Es war nur eine Gleichung von Zeit und Entfernung.

Sekunden vergingen, Minuten, eine Lebensspanne.

Siehst du die Lichter?

»Negativ!«

Ich bin über dem Feld, Brocassie. Montañas Funkgerät ist im Eimer – gestört. Hier ist die letzte Granate – Stift raus – sie fällt!

Ein Blitz, viel näher, fast auf der Höhe seines Horizonts. Er prägte ihn seinem Gedächtnis ein, änderte den Kurs minimal und stabilisierte.

Nun waren die Bäume unter ihm, schienen nach ihm zu greifen. Er roch starken Pinienduft. Vor ihm wurde ein starker Scheinwerfer wie wahnsinnig geschwenkt, der zweite folgte, aber sie waren nicht genau hintereinander. Er hatte keinen Platz für eine Landung aus dem Lehrbuch. Sein Herz hämmerte, er atmete heftig und bereitete sich schon auf den Aufprall vor. Er wußte, daß es vorbei war und ihm nichts anderes übrigblieb, als die Sache zu Ende zu bringen – wie ein Mann, der weit vom Strand entfernt und völlig erschöpft ist, aber immer noch weiterschwimmt, obwohl er weiß, daß er es nie schaffen wird. Brocassie zog den Knüppel langsam zurück, versuchte, Zentimeter an Höhe zu gewinnen, und beschwor das verdammte Ding zu schweben. Ein Gemisch hüpfender Lichter, Männer sprangen zur Seite, die Lichter verschwanden hinter zerfaserten Fichtensilhouetten, und ihm wurde übel, als er merkte, daß er überzogen hatte, daß der Segler sank und das Leitwerk rüttelte. Ein Knall, ein Beben und dann schließlich ein peitschender Aufprall. Er wurde nach vorn gegen die Armaturen geschleudert, spürte einen Schlag, aber keinen Schmerz – Momentaufnahmen von Geräuschen und Bildern. Vibrationen, Knirschen, Reißen, Splittern von Plexiglas. Einen Moment lang hing das Flugzeug wippend in den Ästen – Hörst du, mein Kindchen, Rascheln im Baum –, und dann zerbrach der Tragflächenholm, knickte wie in Zeitlupe nach oben und fiel schließlich taumelnd zu Boden. Die Worte des Kinderliedes zuckten ihm mit gewaltigen, seltsamerweise hellrot gedruckten Großbuchstaben durch den Kopf.

. . . Wiege und Kind purzeln runter vom Baum . . .

11.

Sierra Maestra, Kuba, 17. Oktober 1962

Er erwachte, Zwielicht und Schatten fielen ihm über das Gesicht, sein Drillichanzug war von Schweiß durchtränkt. Er war an eine Tragbahre geschnallt, versuchte, den Kopf zu heben, aber er konnte es nicht. Schmerz durchzuckte seinen Körper.

Über sich konnte er nur Zweige von Bäumen und einen fahlen Himmel erkennen, der von Ranken weißen Nebels bedeckt war. Es war kalt, Kondensationstropfen fielen von den Blättern und bespritzten sein Gesicht.

»Porto . . .«

Der vordere Mann verlangsamte den Schritt und wandte den Kopf. »Porto wird bald zurück sein. Er hilft Maroto, den Sprengstoff und die Waffen so schnell wie möglich hoch oben in die Berge zu bringen, solange wir noch Zeit haben. Die Hubschrauber der Drecksrussen suchen die Sierra und die Küste ab. Maroto glaubt, daß sie die Segler bald finden werden. Und du bist eine zerbrechliche Last. Dich müssen wir vorsichtig transportieren wie 'ne Ladung Eier, und das braucht Zeit. Man hat mir gesagt, daß mir wichtige Teile abgeschnitten werden, wenn ich anders mit dir umgehe.«

»Hast du Wasser?«

Der Junge, kaum fünfzehn Jahre alt, mit einem spitzen Gesicht und einem Körpergeruch, der eine Lokomotive umgehauen hätte, kniete sich neben ihn und hob seinen Kopf, damit er aus einer Tasse trinken konnte. Brocassie verspürte plötzlich den unwiderstehlichen Drang zu urinieren, und er tat es. Die feuchte Wärme breitete sich über seine Schenkel aus.

Der Junge schaute etwas verlegen hinunter. »Mach dir nichts draus«, sagte er. »Du hast noch keine Kontrolle über deinen Körper. Wir werden dich abwischen, dir den Hintern pudern und dich ins Bett packen. Etwas weiter oben ist ein Felsvorsprung, unter dem wir übernachten werden. Höchstens noch zwei Meilen.«

Der Junge öffnete die Lasche eines Ranzens und nahm eine schwarze Pappschachtel heraus. Aus der Schachtel zog er eine Injektionsspritze und eine Ampulle mit honigfarbener Flüssigkeit.

»Das ist jetzt fällig.« Fachmännisch stieß er die Nadel durch den

Gummiverschluß und füllte den Zylinder der Spritze mit Flüssigkeit.

»Mit Porto ist alles klar?«

Der Junge spritzte ein paar Tropfen heraus, um alle Luft aus dem Zylinder zu pumpen. »Er ist zwei oder drei Minuten vor dir gelandet. Das einzige, worüber er sich beschwerte, war ein angeknackster Zahn.«

Ein Stechen, und Brocassie fühlte, daß die Wärme seinen Körper wie eine goldene Welle überflutete, den Schmerz wegschwemmte und sein Blickfeld verengte, bis das Licht verschwunden war.

»Träume süß«, sagte der Junge, ein Universum entfernt.

Brocassie glitt durch Morphiumträume. Der Schmerz, manchmal stechend, manchmal gedämpft, verließ ihn nie. Er hörte Stimmen, spürte die Berührung einer Hand, nahm den Geruch von Männern wahr, und dann wurde all das von wirbelnden Farben und einander übertönenden Stimmen überdeckt. Gesichter, Namen, Orte, Ereignisse – alles verschmolz miteinander. Er versuchte, sie auseinanderzuhalten, aber je stärker er sich bemühte, desto rascher bewegten sich die Bilder.

Er schwamm zurück durch die Zeit. Alicia war neben ihm, ihr Gesicht zu nahe an seinem, unscharf, ihre Worte waren nicht zu entschlüsseln. Auch Julio war da; er lachte und streckte die Hand nach ihm aus. Weshalb? Bruchstückhafte Bilder aus Korea – der Eindruck von Schlamm und Dreck, gefrorenen Leichen, pockennarbigen Hügeln. Ein Eishockeyspiel während seiner Schulzeit: ein kalter, schneidender Wind, der sein Gesicht peitschte, das Zusammenprallen von Körpern, das Knirschen von Kufen auf dem Eis, das Pfeifen von Hockeyschlägern. Eine Straßenszene: Julio lief vor ihm her, durch eine Gasse, sein Körper knallte gegen umgeworfene Abfalleimer, der Gestank von Fäulnis stieg ihm in die Nase, und jemand lief brüllend, mit jedem Schritt aufholend, hinter ihm her.

Die Bilder wurden langsamer, jedes flackerte länger, deutlicher vor seinem inneren Auge auf. Er roch den süßen Duft von Gras, spürte die Kälte des nächtlichen Hochlandwindes im Gesicht. Und er hörte die Stimme seines Vaters.

Der alte Mann, körperlich viel älter, als er hätte sein sollen, saß auf seiner Matte und rauchte die Pfeife. Es war eine der beiden letzten aus dem Pfeifenstein von Canumpa O'ke, das im Süden des Coteau des Prairies lag, südlich des großen Winnipeg-Sees. Die

Pfeife war heilig; vier Generationen hatte sie überdauert. Brocassie war zwar erst zwölf Sommer alt, aber er wußte um diese Dinge, wie er auch den Fluß der Lügen und die Legenden von Sanfter Taube und Ee-kto-mee kannte, denn dies alles war ein Teil seiner Erziehung und seines Erbes.

Sein Vater war kaum fünfzig Jahre alt, aber seine Haut glich verwittertem Leder, das unter der Sonnenhitze gesprungen war und vor Alter knarrte. Jetzt hielt er die Pfeife vorsichtig in beiden Händen. Er sog den Rauch in die Lunge ein, warf die Schultern zurück und wandte das Gesicht zum Nachthimmel empor.

Im Sternenschein wirkte der alte Mann kräftiger und größer als bei gewöhnlichem Tageslicht. Nun keuchte und hustete er nicht, und seine Bewegungen waren beherrscht und würdevoll. Die Ringe unter seinen Augen wurden von der Dunkelheit verwischt, und sein Profil war fest.

Jenseits der Berge, im Osten, überzog sich der Horizont mit Silber. Brocassie sah, wie ein Stern aufstieg; zuerst war er gelb und prall wie ein Pfirsich während der ersten Reife, dann wurde er glühend-weiß. Sein Vater nannte den Stern Hanhepiwakan, aber Brocassie hatte in der Regierungsschule gelernt, daß es ein Planet war, der Venus hieß. Kurz darauf, als der Planet noch keine Zweifingerspanne über dem Horizont stand, ging die Mondsichel auf. Brocassie wartete geduldig.

Der Gesang war ihm nicht vertraut, doch er kannte viele der Wörter und begriff allmählich, daß es eine Dankeshymne, ein Sühneversprechen und ein Gebet um Erlösung war. Der alte Mann beendete den Gesang mit einem schönen, klagenden Laut, der in der Stille verklang und Sekunden später wie zur Antwort von den Felswänden widerhallte.

Der alte Mann lauschte schweigend noch viele Minuten, tief atmend, als sei er von der langen Anstrengung erschöpft, dann stand er auf, legte seine Matte zusammen und stapfte zur Hütte zurück. Seine Hand lag auf der Schulter seines Sohnes. Bevor er eintrat, blieb er stehen und wandte sich Brocassie zu.

»Ich bin mit mir selbst und meinen Göttern versöhnt«, sagte er schlicht, ohne jede Einleitung. »Ich möchte, daß du das weißt, was auch geschehen mag. Mein *feenin* ist stark und ungestört.« Er zog Brocassie an sich, berührte dessen Wangen mit seiner und drückte ihn an seine Brust. »Du mußt jetzt packen, denn morgen wirst du fortgehen und bei Álvarez, dem Spanischen Mann, wohnen.«

»Kommst du mit mir?« fragte Brocassie. Er stand kerzengerade, so daß er fast so groß wie sein Vater war.

»Diesmal nicht«, sagte der alte Mann, »diesmal nicht.« Er nahm den Arm seines Sohnes. »Diesmal nehmen wir Abschied. Wir sind beide erwachsen, und wir wissen, was es bedeutet, ein Mann der Cree-Nation zu sein. Ich hätte mir gewünscht, daß du durch die althergebrachte Weihe vom Jungen zum Mann wirst, aber das kann nicht sein. Du bist auch jetzt schon fast ein Mann, und die Götter werden dich annehmen.«

Brocassies Kehle schnürte sich zusammen, ihm war beklommen zumute. »Im Frühjahr werden wir wieder zusammen sein. Wenn du mit dem Spanischen Mann zurückkommst – wie jeden Sommer.«

Der alte Mann trat hinter seinen Sohn und hielt dessen Schulter fest. »Wir werden nicht mehr darüber sprechen«, sagte er leise. »Ich weiß, was geschehen wird, und unsere Wünsche haben darauf keinen Einfluß. Wenn das Korn reif ist, gibt es seine Frucht ab und stirbt. Du bist mein Sohn und meine Frucht. Es ist ein Teil des ewigen Kreislaufes.« Er drückte so kräftig zu, daß Brocassies Schulter schmerzte.

Sein Vater starb während der Nacht, ohne einen Laut von sich zu geben. Auf dem Tisch der Hütte lag eine Jacke aus gebeiztem Hirschleder; sie war mit Tiersehnen zusammengenäht und mit Federbüscheln und kleinen Haarlocken geschmückt, die von getrocknetem Eichhörnchendarm zusammengehalten wurden. Neben ihr lagen ein Messer, handgeschmiedet, mit Silber ziseliert und mit einem Elchhorngriff, und vier goldene Zehndollarstücke. Ein flacher Gegenstand, eingewickelt in rissiges Hirschleder und mit einer geteerten Schnur zusammengehalten, vervollständigte die Habseligkeiten seines Vaters.

Er hatte einen mit ungeschickten Druckbuchstaben geschrieben Brief dazugelegt.

Ich hinterlasse Dir nur eine kleine Erbschaft. Diese Dinge gehörten Deinen Vorvätern und mir. Bewahre sie für Deine Söhne auf. Meine Liebe für Dich ist stark gewesen, und sie wird stark bleiben. Folge unseren Wegen, denn sie sind die Wahrheit. Aber lerne ihre Wege, um zu überleben. Die Götter und ich werden immer bei Dir sein.

Brocassie reinigte den Körper seinen Vaters mit feuchten Espenblättern, bedeckte ihn mit wildem Salbei und hüllte ihn in eine Felldecke. Er kannte den Totengesang nicht, aber er betete stumm. Bei Sonnenuntergang begrub er seinen Vater an einem Berghang, der sich nach Westen neigte.

Porto stand über Brocassie gebeugt und fühlte ihm den Puls. Es war nach 5 Uhr morgens, und ein kalter, feuchter Wind beulte die Nylonwände des Zeltes aus. Porto öffnete Brocassies Lid und beleuchtete die Pupille mit dem Strahl einer Taschenlampe. Er nickte, ließ das Lid los und richtete sich so weit auf, wie es unter dem niedrigen Zeltdach möglich war.

»Ich glaube, daß es ihm nicht schlecht geht«, sagte er zu Maroto.

»Es war sehr dumm, was ihr beide da versucht habt, Pilot«, antwortete Maroto und kratzte sich am Hals – ein alter Mann, des Krieges und des Drillichs und der schmutzigen Kleidung überdrüssig. Er nickte zu dem betäubten Körper hin. »Er hatte schon immer einen harten Schädel. Aber als er mit diesem komischen Apparat in den Bäumen landete, glaubte ich, daß seine Tage gezählt waren.«

Porto setzte sich auf den Rand der Pritsche und nahm einen Schluck aus einer Flasche Bier, die vom Flußwasser immer noch feucht war. »Stimmt – es war saudumm, aber du kennst ja Hagger. Bei ihm heißt's immer: ›Augen zu und drauf‹, aber du mußt auch zugeben, Alter, daß es so ziemlich die einzige Methode war, schnell mit einer großen Ladung anzurücken.« Er schaute auf Brocassie hinunter und schüttelte den Kopf. »Ich wußte, es würde gefährlich, und ich gab Brocassie jede Möglichkeit auszusteigen, aber er wollte einfach nicht aufgeben. Er hat Glück, daß seine Knochen noch heil sind. Ich selbst zähle längst nicht mehr nach, welches meiner neun Leben dran war.«

»Wann kommt er wieder auf die Beine?«

Porto zuckte die Schultern und nahm einen letzten Schluck aus der Flasche. »Er braucht noch mindestens einen Tag auf der Tragbahre. Vielleicht hat er 'ne Gehirnerschütterung, und ich will nicht, daß er wieder anfängt zu bluten. Er hat mindestens einen Liter Blut verloren, aber er ist ein zäher Hund. In zwei Tagen, würde ich sagen.« Er blickte wieder Brocassie an. »Mist – diese Nähte sehen aus, als wären sie mit einem Fleischerhaken gezogen worden. Die Stirnwunde wird heilen, aber seine Nase sollte neu gebrochen und gerichtet werden. Es sieht so aus, als hätte er versucht, eine ganze Lawine mit dem Gesicht anzuhalten.«

Maroto reichte ihm eine Zigarre, gab ihm Feuer, und steckte sich selbst eine an. Ein Tier, wahrscheinlich ein Wildschwein, trampelte schwer durch das Unterholz, grunzte und wühlte in der Nacht.

»Hast du den Verräter gefunden?« fragte Porto nach einer Weile.

»Vielleicht ist es Enrico. Er stieß gerade vor sechs Monaten zu uns und schwor, daß er gegen Fidel kämpfen wollte, aber ich weiß jetzt, daß er ein gewöhnlicher Verbrecher war und von der Polizei gesucht wurde. Er gibt offen zu, daß er oft wegen Diebstahls und zweimal wegen Vergewaltigung verurteilt wurde. Enrico ist ein Schuft, aber ein guter Kämpfer. Nur er und zwei andere Männer haben das Lager in den beiden Tagen, nachdem Brocassie mit dem Film aufgebrochen war, verlassen. Nur diese drei hätten Gelegenheit gehabt, Kontakt mit der DGI aufzunehmen. Von den beiden anderen ist einer seit zwanzig Jahren mein treuer Freund, und der zweite ist mein Neffe.«

»Na und? Dadurch wird der Junge doch nicht automatisch vertrauenswürdig.«

»Stimmt«, erwiderte Maroto, »wenn der Vater des Jungen nicht von der DGI wegen Konterrevolution gefoltert und hingerichtet worden wäre. Damals kam Luis zu uns. Er haßt die Fidelistas leidenschaftlicher als alle anderen Männer in meiner Truppe.« Der alte Mann spuckte auf den Sandboden und wischte sich den Mund mit dem Ärmel ab. »Nein, Pilot«, fuhr er fort, »ich glaube, daß wir Enrico im Auge behalten müssen.«

»Was soll der Quatsch! Weshalb bindest du dem Kerl nicht einfach einen Sack Steine um den Hals?«

Die Spitze von Marotos Zigarre glühte, während er inhalierte. Er nahm die Zigarre aus dem Mund und tippte nichtvorhandene Asche auf seine Stiefelsohle. »Weil er gut gekämpft hat. Ich habe selbst gesehen, wie er Milizsoldaten niedermachte, und deshalb kann ich nicht sicher sein. Im Moment kann ich nur aufpassen, und erst wenn ich sicher bin, werde ich handeln.«

»Er ist unter Beobachtung?«

Maroto nickte. »Enrico hilft mit, die Vorräte aus euren Flugzeugen zu der Höhle an der anderen Seite des Kammes zu bringen. Vier meiner erfahrensten Leute – Männer, die schon seit über drei Jahren bei mir sind – achten sorgfältig auf ihn.« Er seufzte. »Es ist natürlich Pech, was das Funkgerät betrifft . . .«

»Was für ein Funkgerät?«

»Bevor du heute nacht sagtest, daß Brocassie von jemandem in meiner Truppe verraten wurde, half Enrico mit, Brocassies Segler zu entladen. Er meldete mir, daß das prächtige Funkgerät, das in Brocassies Flugzeug war, beim Absturz schwer beschädigt wurde.«

»Oder hat er es kaputtgemacht?«

Maroto zog an der Zigarre und lehnte sich zurück. Er zuckte die Achseln. »Wie kann ich sicher sein? Luis kümmerte sich um die Packmulis und band die Ladungen mit fest. Er hat mir gesagt, daß er das Funkgerät aus Enricos Händen fallen sah. Luis meint, es war Absicht, aber würdest du einen Mann töten, wenn du so wenig Beweise hast?« Er ließ die Frage in der Luft hängen.

»Verdammt – dann verhöre Enrico!«

»Und wenn er alles leugnet, soll ich ihn dann umbringen? Ihn verstümmeln? Ihn fesseln und den Ameisen überlassen? Dazu habe ich keine Lust, Pilot. Mir scheint, mit etwas Geduld werden wir mehr erfahren. Wenn er aktiv wird, kann er nicht weit kommen, und dann haben wir unseren Beweis. Bis dahin lasse ich ihn aufmerksam überwachen, damit er nicht noch mehr Unheil anrichten kann. Und wir haben den Vorteil, daß wir eure Ladung mit einem Mann mehr über den Kamm der Sierra schleppen können.« Er lächelte. »Du siehst, ich bin nicht ungeduldig. Diese Dinge kommen irgendwann ans Tageslicht, und wenn er sich durch seine Aktionen selbst verrät, werde ich ihm ohne jede Reue und mit gutem Gewissen den Bauch aufschlitzen.« Der alte Mann stand geduckt auf. »Schlaf ein bißchen, Pilot. Morgen gibt's viel Arbeit. Ich will, daß wir dem Kamm vor Sonnenuntergang acht Meilen näher sind.« Er schob die Zeltklappe zur Seite und verschwand in der Nacht.

Porto drehte sich zu Brocassie um. Atmung stetig, Puls kräftig. Du bist ein lausiger Pilot, dachte er, aber an Mut fehlt's dir nicht. Er beugte sich vor und scheuchte eine Fliege von der Wunde weg. *»Hasta luego, hermano«*, flüsterte er.

Sie lagen auf einer Decke, blickten von einer hohen Düne aus über das Meer und ließen sich in der Sonne braten. Es war nahezu windstill, und nur hin und wieder verwandelte ein Lufthauch die glatte Oberfläche des Karibischen Meeres in gekräuselten Taft. Seetang in hellgelben Klumpen dümpelte langsam in der Dünung, und man hätte glauben können, daß es jenseits der blauen Biegung des Meereshorizontes kein Land gab.

Alicia lag auf dem Bauch, den Badeanzug an den Trägern geöffnet, und ihre weißen Brüste waren gerade noch zu erkennen. Sie wandte ihm das Gesicht zu, das vor Schweiß leicht glänzte. Sie wischte sich den Schweiß mit dem Handrücken von der Oberlippe und lächelte.

»Heiß, nicht? Aber ich mag das Gefühl von Sonne auf der Haut. Ist noch Eis da?«

Brocassie schüttelte den Kühlbehälter. »Ein bißchen.«

»Herrlich. Könntest du mir eine Cola mit Rum machen? Ich teile sie mit dir, wenn du willst.«

Brocassie lächelte unsicher. Er wußte nicht, wie er reagieren sollte. Sie war Julios Mädchen, und Julio hatte immer die richtige Antwort parat – ganz im Gegensatz zu Brocassie. Er zog die Flaschen aus einem Strandbeutel, warf ihr einen Blick zu und merkte, daß sie ihn musterte. Er errötete wie ein Schuljunge, wandte sich ab und machte sich an dem Kühlbehälter zu schaffen. Sie war so schön, wie eine Skulptur in einem Museum, die durch eine rote Seilsperre vor der Menge geschützt wird – etwas, das man unbedingt berühren will, aber nicht erreichen kann. Er öffnete tolpatschig den Behälter, fischte vier Eiswürfel hervor, goß den Rum in ihr Glas und fügte etwas von dem Rest der warmen Cola hinzu. Als sie die Hand nach dem Glas ausstreckte, löste sich ihr Badeanzug ein wenig von ihrer Brust, und die weiche, weiße Haut mit der dunkleren Aureole, die von der Rundung des Netzstoffes kaum verhüllt wurde, zog seinen Blick auf sich, aber er sah bewußt zur Seite und betrachtete den leeren Horizont.

»Es ist noch ein bißchen warm«, entschuldigte er sich. »Laß es erst abkühlen.«

Sie hielt sich das Glas an die Wange, und er spürte, daß ihre Augen auf ihm ruhten.

»Du bist seltsam, aber nicht so, wie ich erwartet hatte. ›Brocassie‹ – ist das dein Familienname?«

»Es ist indianisch, der Name meines Großvaters, weder Vor- noch Familienname. Regierungen und Bürokratie begreifen das nicht, deshalb nahm ich den Vornamen ›George‹ an, um die Leute mit ihren Akten nicht zu verwirren. Aber Brocassie ist mein Name.«

»Julio hat gesagt, daß du gemischter Herkunft bist.«

Die weißen Männer in den Straßen von Montana hatten ihn, während er heranwuchs, »Halbblut« oder »roter Nigger« genannt, während die gesellschaftliche Elite hier in Kuba ihn als *mestizo* bezeichnete. Aber sie hatte es nicht gesagt, um ihn herabzusetzen. In ihrer Stimme war Neugier, aber ohne jeden Anflug von Bigotterie. Er sah sie an. Ein eigenartiger Hunger nagte an ihm.

»Meine Mutter war eine mexikanische Einwanderin ohne Papiere und ohne Eheurkunde. Ich kann mich kaum an sie erinnern; sie war eine gütige, wunderbare Frau mit brauner Haut, die mich schaukelte, wenn ich mir weh getan hatte, und mir Geschichten zuflüsterte, wenn ich einschlief. Aber ich weiß noch genau, wie sie dauernd Bilder auf eine Schiefertafel zeichnete, mir spanische Namen der Gegenstände sagte und ihre Geräusche nachahmte. Das Knarren eines Schaukelstuhls, das Muhen einer Kuh, das Pfeifen des Windes. Sie starb an Lungenentzündung, als ich sechs Jahre alt war.«

Ihre Augen wurden sanft. »Das tut mir leid.« Sie machte die Andeutung einer Geste, wie um ihn zu berühren, zog dann jedoch die Hand zurück. »Julio hat mir erzählt, daß du damals zu seiner Familie gezogen bist. Deshalb sprichst du wohl spanisch mit kubanischem Dialekt?«

Er nickte. »Nach ihrem Tod brachte mein Vater mich im Winter bei Julios Familie unter und holte mich ab, wenn er und Julios Vater im Frühjahr aus den Bergwerken zurückkamen. Ich wohnte im Sommer bei meinem Vater in seinem Lager in Utah, bis er starb, als ich zwölf war. Danach lebte ich ständig bei Julios Familie in Montana. Wir sprachen nur kubanisches Spanisch, außer wenn Julio und ich allein waren.« Er mußte beim Gedanken an Jacinta Álvarez lächeln. »Seine Mutter glaubte, alle Übel der Welt verkörperten sich im Protestantismus, der lästerlichen englischen Sprache und einer Ernährung ohne grünen Paprika.«

Sie lachte und wickelte sich eine Haarsträhne um die Fingerspitzen. Dann wurde ihre Stimme ernst. »Julio spricht nie von seiner Kindheit. Was für Menschen waren seine Eltern?«

Der ›Spanische Mann‹, wie sein Vater Carlos Álvarez immer genannt wurde, war ein Kerl wie ein Baum, die Hälfte der Zeit betrunken und während der anderen Hälfte betrübt, weil er nicht betrunken war. Er sprach nie mit normaler Stimme, sondern brüllte oder flüsterte nur, je nachdem, wieviel Whiskey er im Bauch hatte und wie reumütig er sich infolgedessen fühlte. Aber er war ihnen beiden – Sohn und Beinahesohn – ein Vater. Er stieß unparteiisch ihre Köpfe zusammen, wenn sie sich prügelten, klopfte ihnen wuchtig auf den Rücken, wenn ihre Zensuren brauchbar waren, und liebte sie beide mit der Hingabe eines Mannes, der die Bedeutung des Wortes kennt und sich nicht schämt, seine Liebe zu zeigen.

Seine Erinnerung an Jacinta Álvarez war verschwommen, wie diese modernen Fotos einer sich bewegenden Person, aufgenommen mit Mehrfachbelichtung. Sie scheuerte, sie wusch, sie kochte, sie spaltete Holz, sie strickte Socken und Pullover, sie machte sauber, als versuche sie, die Sühne des Fegefeuers im voraus abzuarbeiten. Sie ging täglich zur Messe, sonntags sogar zweimal. Jacinta paukte ihren Söhnen die Heilige Schrift ein, und nach ihrer Vorstellung war die Hölle eine öde Gebirgslandschaft, wo immer Schnee fiel und der Wind so stark blies, daß er einem das Fleisch von den Knochen riß. Vom Himmel redete sie seltener, aber wenn sie es tat, beschrieb sie ihn als ein Land voller Wärme und Freude, in dem jeder sich das Obst von den Bäumen pflücken konnte, ein Land mit üppigem Gras und fließenden Strömen, dessen Küste an blaue Gewässer stieß.

In Brocassies letztem Jahr in der High School war der Spanische Mann bei einem Einsturz in Leadville umgekommen, und acht Monate später folgte ihm Jacinta ohne ein Zeichen von Krankheit oder Schmerz. Sie starb ganz einfach. Brocassie war im ersten Jahr an der Colorado School of Mines und Julio im dritten Jahr seines Jurastudiums, und sie kamen beide in den Weihnachtsferien nach Hause. Jacinta hatte bis zu ihrer Ankunft ausgeharrt.

Auf ihren Betten lagen für jeden ein neuer handgestrickter Pullover und eine Taschenbibel. Eine Frau von Jacintas Kirche war dort, um den Haushalt zu machen und das Essen zu kochen. Sie rief die beiden in jener Nacht und bat sie, in Jacintas Zimmer zu gehen.

Brocassie erinnerte sich, wie Jacinta seine und Julios Hand gehalten hatte, als wolle sie ihre Söhne durch den Geist des eigenen Körpers verbinden. »Nun müßt ihr füreinander sorgen«, sagte sie, »denn ich muß nach Kuba zurückgehen.« Sie lächelte, schloß die Augen und war tot.

Sie bestatteten sie auf einem Friedhof neben ihrem Mann, auf dem Gipfel eines Hügels, der Ausblick auf die Rockies im Westen und die Prärien im Süden gewährte. Es war das einzige Mal, daß Brocassie seinen Bruder hatte weinen sehen.

Er nahm den Rum, goß ein wenig in einen Pappbecher und

trank. »Sie waren gute Menschen«, antwortete er schließlich. »Sie liebten uns beide, jeder auf seine Weise.«

»Und Julio Álvarez, Seine Eminenz – möchtest du so wie er sein? Er scheint Erfolg zu haben, und er ist sehr reich«, neckte sie.

Brocassie merkte, daß sie sich über ihn lustig machte. »Ich habe weder Erfolg noch Geld«, antwortete er. Weshalb entschuldigte er sich bei ihr? Sie gehörte Julio, und alles andere spielte keine Rolle. Er nahm einen Schluck aus dem Becher. Der Rum war heiß und hatte einen salzigen Beigeschmack – wie ein Wind, der in der Sommerhitze vom Meer hereinweht. Automatisch blickte er nach Westen, an der gedehnten Landzunge entlang, die Varadero genannt wurde, und hielt nach Álvarez Ausschau. Die schmale, sandige Halbinsel erstreckte sich in der Einsamkeit von Dünen und Riedgras für weitere zehn Meilen nach Nordosten, ins Karibische Meer hinein, bis sie an den Klippen von Cabo Hicacos endete und steil über quer durcheinanderliegende Felsen und Sand hinweg in die Bahía de Cárdenas abfiel.

Zehn Minuten zuvor hatte Julio verkündet, daß er die ganze Insel Kuba in weniger als einer Stunde umrunden werde. Das sei natürlich ein olympischer Rekord, aber es solle der geifernden Presse gegenüber nicht erwähnt werden, und er mache sich auch nichts aus einer Goldmedaille. Der Applaus seines Bruders und seiner Lieblingsdame reiche aus, *por favor.* Er war aufgesprungen, auf die Brandung zugerannt, hatte sich auf die Brust getrommelt und tarzanartige Schreie ausgestoßen, bevor er im Westen über den Sand davonlief. Er war fit, kräftig und zäh. Und er wollte Alicia imponieren. Brocassie verstand.

»Immerhin, er ist dein Bruder«, sagte sie. »Du mußt ihn gut kennen.«

»Manchmal kommt es mir so vor, meistens aber nicht. Und ich glaube, daß er auch wenig von mir weiß. Mangel an Verständnis beruht im allgemeinen auf Gegenseitigkeit.« Er schämte sich unwillkürlich, als habe er Julio verraten. »Wir leben zusammen«, setzte er hinzu. »Manchmal ist es schwierig, so eng zusammen zu sein, wenn man nichts gemeinsam hat.«

»Ich habe gehört, daß es dazu kommen kann, aber vielleicht muß man einfach an die Gemeinsamkeit glauben.« Alicia rollte sich auf den Rücken und ließ sich die Sonne ins Gesicht scheinen. Mit der einen Hand hielt sie das Oberteil ihres Badeanzuges, mit der anderen das Glas. Ihre Nase war elegant geschwungen und warf einen Schatten über ihre Wange. Brocassie spürte den Drang, ihr näherzurücken, als gebe es eine physikalische Anziehung zwischen ihren Körpern. Er schob sich dichter an sie heran und schaufelte Sand beiseite, als wolle er eine Schranke einreißen.

»Er hat einen weichen Kern«, fuhr sie fort. »Manchmal ist er schwierig, ein wenig distanziert, aber meistens sehr aufmerksam. In vieler Hinsicht ein guter Kerl. Er denkt an kleine Dinge, zum Beispiel an Blumen und Geburtstagsgeschenke für die Kinder der Frau, die für meinen Vater kocht. Er ruft mich morgens an, wenn ich schlechter Laune bin und muntert mich durch seine dummen Witze auf.«

Sonnenstrahlen lagen auf ihrem Gesicht, und sie öffnete die Augen – tief und grün, mit gelben Tupfern, wie der See am Fuße eines Gletschers, der das sonnige Bild von Herbstbäumen widerspiegelt. Brocassie merkte plötzlich, daß er sie anstarrte, und riß die Augen von ihr los. Er nippte wieder an dem Rum. Fregattenvögel flogen im Verband zur Küste hinunter, umkreisten die Dünen und schwebten dann hinaus aufs Meer.

Ihre Beschreibung traf nicht auf den Álvarez zu, den Brocassie kannte. Blumen und Geschenke für Kinder? Aufmerksame Telefonanrufe? Das war nur eine Seite seiner Persönlichkeit – die Seite, die er zuerst zeigte. Der Julio Álvarez, den er kannte, streichelte mit der einen und drückte dann mit der anderen Hand zu. Die Unberechenbarkeit seiner Launen ließ niemanden in seiner Umgebung je zur Ruhe kommen. Es war eine Art Selbstverteidigungsmechanismus, aber Julio benutzte ihn wie eine Keule, ohne je Vertrauen zu schenken, ohne je einen Zoll nachzugeben.

Sie hatte etwas gesagt, und er wandte sich zu ihr.

». . . in Kuba tun?«

»Entschuldige, ich habe geträumt.«

Sie nahm es ihm nicht übel und lächelte. »Ich habe gesagt, was willst du in Kuba tun?«

»Nichts«, hörte er sich antworten. »Nichts – außer hier mit dir zu sitzen, Rum zu trinken und das Meer anzusehen. Ich habe nicht mehr viel Geld, und wahrscheinlich möchte Julio, daß ich bald in die Staaten zurückkehre. Er bezahlt meine Rechnungen.«

»Er sagte, daß du Bergbauingenieur bist?«

»Zu sein versuche. Jetzt, während der Depression, gibt es nicht viel Arbeit in den Bergwerken.«

»Wir haben Bergwerke hier in Kuba. Die amerikanischen Firmen zahlen gut, besonders wenn man beide Sprachen spricht. Mein Vater hat einflußreiche Freunde . . .«

Brocassie spürte, wie es ihn übermannte, und er hatte keine Kraft, es abzuwenden. Er streckte die Hände nach ihr aus, nahm sie in die Arme und küßte sie stürmisch, ohne jedes Geschick. Etwas wie der Begriff »Ehre« schoß ihm durch den Kopf, aber er verdrängte ihn gleich wieder, als sie sich an ihn schmiegte. Sie verschüttete ihren Drink, das Oberteil ihres Badeanzugs löste sich, und ihre Brust preßte sich an seinen Leib. Er roch ihre Haut, fühlte ihren Körper an seinem – ihre Zunge berührte seine zuerst furchtsam und dann fordernd, als wäre Alicia die Angreiferin. Seine Hand fand ihre Brust, und die Knospe wuchs unter seinen Fingerspitzen, als habe sie ihre eigene Leidenschaft zu befriedigen.

Sie fielen, miteinander verschränkt, zurück in den Sand, und er öffnete zum erstenmal die Augen und blickte in ihre.

»Nein«, flüsterte sie. Und doch lagen ihre Arme um seinen Nacken und zogen ihn hinunter.

»Alicia«, sagte er heiser. Er spürte das Drängen ihrer Hüften, dann die Andeutung eines Zögerns, und gerade dadurch wurde sein Begehren noch unwiderstehlicher.

»Nein, bitte . . .« Sie wandte das Gesicht ab, Tränen in den Augen. »Ich kann nicht. Wir müssen aufhören. So eine Frau bin ich nicht – und du bist nicht so ein Mann.«

Brocassie schob sich zur Seite und ließ das Gesicht in den Sand fallen. Er mußte fort von hier, von Álvarez, von Kuba.

Ihre Hand, dann ihre Wange legte sich auf seine Schulter. Sie zog sein Gesicht auf ihres zu.

»Du weißt nicht, wie sehr ich dich haben möchte, Brocassie. Es gibt keine Logik, keinen Grund, den ich begreifen kann. Ich habe es von Anfang an gewußt. Aber er ist dein Bruder, und ich bin seine Freundin. Vielleicht wird unsere Zeit kommen – jetzt noch nicht, aber eines Tages.« Sie nahm seine Hand, preßte sie auf ihre nackte Brust, neigte sich zu ihm und küßte ihn sanft. »Und dann wirst du mir gehören und ich dir«, versprach sie, »wenn du willst.«

»Ich will es«, antwortete er. Und er wußte zum erstenmal, daß er es ernst meinte.

Sie lagen nebeneinander und plauderten und lachten und waren ernst. Alicia goß warmen Rum und Cola ein, und sie tranken. Dann legten sie sich wieder hin, Seite an Seite, und nur ihre Hände berührten einander. Langsam wurde er vom dumpfen Dröhnen der Wellen eingelullt und fiel in leichten Schlaf.

Sie hatte nur noch einmal zu ihm gesprochen, während sie dalagen. »Nichts an dir ist so, wie es sein sollte, aber ich weiß, daß alles genau richtig ist. Meine Mutter hat mir gesagt, daß so etwas nur einmal im Leben geschieht. Ich möchte nicht, daß wir diese einzige Chance verlieren.«

Er konnte nicht antworten, fand keine Worte, konnte nur ihre Hand drücken.

Minuten oder Stunden später fühlte er ein Frösteln. Er öffnete die Augen und sah, daß Álvarez über ihnen stand und die Sonne verdeckte. Nichts wurde gesagt, nichts erklärt, und doch wußte jeder von ihnen, was geschehen war. Als seien ein Geheimvertrag unterzeichnet, alte Bündnisse gebrochen und neue geschlossen worden. Und danach war es zwischen ihm und Julio nie wieder so wie früher gewesen.

Brocassie wachte auf und hatte das Gefühl, von einem Insekt gestochen zu werden. Er öffnete die Augen und sah jemanden über sich stehen.

»Schlaf weiter, Rothaut«, sagte Porto leise. »Dein Schädel ist angeknackst, du hast ein paar Beulen, aber dein Pinsel ist noch ganz.« Brocassie versuchte, sich aufzusetzen, aber Porto schob ihn sanft auf das Bett zurück. »Spar dir das für morgen auf. Heute hast du frei.«

Er schloß wieder die Augen, hörte die Geräusche von Männern, die bei der Arbeit scherzten, von Wind, der durch die Pinien wehte, von Wasser in einem nahegelegenen Fluß. Brocassie lächelte und ließ sich wieder in den weichen, schwarzen, vertrauten Tunnel der Dunkelheit fallen.

Álvarez saß auf einem Schreibtisch, schlürfte Kaffee und beobachtete die Farce, die sich zwischen den beiden Männern abspielte. Er beneidete Hauptmann Valentin Dmitrijewitsch Makschejew nicht.

»Ist es dieser Typ?« wollte Roytschenko von dem Piloten wissen.

Hauptmann Makschejew schüttelte den Kopf.

Roytschenko blätterte eine Seite um. »Dieser?«

Makschejew musterte das Foto mit finsterer Miene. »Nein,

Genosse Oberst. So ähnlich, aber nicht ganz genau der gleiche. Ich hatte weniger als eine Sekunde, um . . .«

»Aber Sie sind sicher, daß es ein Segelflugzeug war?«

»Gestatten Sie, Genosse Oberst?« Makschejew schwitzte, seine Stirn war feucht. Er zog ein Päckchen Zigaretten aus seiner Jackentasche. Roytschenko nickte, und der junge russische Pilot steckte sich eine Zigarette an.

»Es *war* ein Segelflugzeug. Wir hatten solche Typen in der Ausbildung für Junge Pioniere: hohe Tragflächen, nicht spitz zulaufend, blasenförmiges Verdeck und das ganze war aus Holz gebaut und mit Stoff überzogen.«

»Sie meinen, daß Sie ihn mit ihren Kanonen abgeschossen haben?«

»Ja, kein Zweifel. Ich sah die Explosionen, als er abstürzte.«

Roytschenko wandte sich an Álvarez. »Informieren Sie unseren Freund über die Ergebnisse der Suche.«

Du armes Schwein, dachte Álvarez, warf Makschejew einen Blick zu und überflog das Meldeformular. »Keine Wrackteile innerhalb der fünf Meilen um den Ort des Geschehens. Sechs MIL-Kampfhubschrauber von der Küstenwache beteiligten sich von null sechs bis zehn Uhr an der Suche.«

Roytschenko drehte sich wieder Makschejew zu. »Holz und Stoff würden auf dem Radarschirm nicht sichtbar werden, richtig?«

Der Kapitän nickte. »Gar nicht oder nur sehr schwach, Genosse Oberst.«

»Aber Holz und Stoff würden auf dem Wasser treiben, oder nicht?«

»Ich würde sagen, daß . . .« Makschejew wurde klar, daß er in der Falle saß. »Ja, Genosse Oberst, sie würden auf dem Wasser treiben.«

Roytschenko stolzierte über den Vinylfußboden des Kommandopostens, maß vier Schritte ab, schwenkte herum und kam wieder zurück. »Hauptmann, Sie entdeckten das Flugzeug und nahmen die Verfolgung auf. Sie feuerten Ihre Geschütze ab, aber danach sahen Sie, Ihrem eigenen Bericht zufolge, daß das Flugzeug unbeschädigt war und höher stieg. Richtig?«

Makschejew nickte schwach.

»Also wendeten Sie zum zweiten Angriff, plötzlich sahen Sie, meilenweit entfernt, zwei Explosionen.«

»Drei Explosionen, Genosse Oberst.«

». . . also vermuteten Sie automatisch, daß es das Flugzeug war, auf das Sie gefeuert hatten und gaben die Verfolgung auf?«

Der Pilot nickte. »Ich nahm an . . .«

Roytschenko baute sich vor Makschejew auf und sagte: »Ich bin fertig mit Ihnen, Hauptmann.«

In Makschejew zeichnete sich Erleichterung ab. Er stand auf und salutierte. »Vielen Dank, Genosse Oberst.«

Roytschenko schüttelte den Kopf. »Ich meine *fertig,* Hauptmann. Melden Sie sich bei Ihrem Kommandeur. Ihr Flugdienst ist ab sofort beendet. Wir werden angemessene Aufgaben für Ihre Talente finden.«

»Genosse Oberst, ich . . .«

»Es waren zwei Flugzeuge, vielleicht sogar drei oder vier. Haben Sie das immer noch nicht begriffen, Hauptmann?« brüllte Roytschenko. Er machte einen Schritt auf den Piloten zu, so daß ihre Gesichter nur Zentimeter voneinander entfernt waren, und senkte die Stimme, aber jedes Wort war von beißender Schärfe. »Sie haben geglaubt, was Sie glauben wollten, Sie Idiot. Sie hatten den ausdrücklichen Befehl, jedes Flugzeug, das in den kubanischen Luftraum eindrang, zu *beschatten* und es, falls Sie nicht zuerst beschossen werden, auf keinen Fall zu zerstören. Höchstwahrscheinlich haben Sie eine Operation scheitern lassen, die die Sowjetunion sehr viel Geld und Mühe gekostet hat.« Er machte einen Schritt zurück. »Wegtreten, Hauptmann!«

Die Tür schloß sich, und Roytschenko ließ sich mit ausdruckslosem Gesicht auf seinen Stuhl fallen. Er goß sich Tee aus der Prozellankanne ein, gab Zitrone dazu, lehnte sich zurück und nahm einen Schluck. »Makschejew war unverzeihlich dumm. Jetzt müssen wir mit der neuen Situation fertig werden. Unser Ziel ist immer noch, das Einsatzteam gefangenzunehmen, nicht, es zu töten. Vorschläge . . .?«

»Wissen Sie, wo sie gelandet sind – oder ob die Landungen überhaupt erfolgreich waren?«

»Nein«, erwiderte Roytschenko. »Aber wenn wir die Höhe berücksichtigen, in der Makschejew auf sie schoß, dann können sie nicht auf der Inlandseite der Sierra gelandet sein. Ich glaube, daß wir den Landestreifen innerhalb von ein oder zwei Tagen am Südhang der Sierra finden werden. Das Einsatzteam wird die Gebirgskette überqueren und sich dann bis hierher vorarbeiten müssen.«

»Und dazu brauchen sie zwei, höchstens drei Tage. Wir sollten also zuerst Truppen zum Gebirgskamm transportieren, ihnen den Fluchtweg zur Küste abschneiden und sie dann hinunter ins Tal treiben.«

Roytschenko schüttelte den Kopf. »Wir würden das Risiko eingehen, das Einsatzteam in ein Feuergefecht zu verwickeln. Und sogar wenn wir einen von ihnen lebend erwischen, könnte jeder Überlebende aus Marotos Truppe, den wir nicht gefangennehmen, die CIA benachrichtigen. Dadurch wäre jede Botschaft, die wir über den Charakter des Komplexes senden könnten, eine offensichtliche Fälschung.« Er legte die Hände um seine Teetasse und studierte den Inhalt, als versuche er, die Zukunft aus den Teeblättern an den Seiten der Tasse zu lesen. Dann hatte er seine Entscheidung getroffen und blickte auf. »Also gut, Julio. Schneiden Sie den Fluchtweg ab und schicken Sie Patrouillen in die Sierra, aber befehlen Sie ihnen, nicht zu sorgfältig zu suchen. Sagen Sie ihnen, daß das Einsatzteam an unseren Patrouillen vorbeikommen soll. Wenn wir das Team lebendig fangen wollen, besteht unsere einzige Hoffnung darin, sie von Marotos Männern zu isolieren und in eine Falle zu locken.«

Álvarez seufzte innerlich. Wie sollte er das diesen ungebildeten Männern klarmachen, die einen Hang schon dann mit dem Maschinengewehrfeuer überzogen, wenn nur eine Eidechse ein paar Blätter rascheln ließ! Roytschenko verlangte Unmögliches. Wie, zum Teufel, sollte man das Einsatzteam aus Marotos Truppe herauslösen? »Es wird schwierig werden, diese Männer lebend zu schnappen.«

»Aber das ist Ihre Aufgabe, oder?« fuhr Roytschenko ihn an. »Das Team kam zwei Tage früher, als wir in unserem Telegramm vorgeschlagen hatten. Es liegt auf der Hand, daß Ihre Frau mißtrauisch geworden ist und sie irgendwie gewarnt hat. Vermutlich hat sie es mit Hilfe des Kennungssignals geschafft, trotz Ihrer Versicherungen, daß sie Ihnen vollauf vertraut. All das läßt Ihre Position nach unserer Meinung ziemlich unsicher werden.«

Julios Gesicht wurde plötzlich heiß, und seine Kopfhaut prikkelte. »Ich schaffe es schon«, erwiderte er. »Ich habe nur gesagt, daß es schwierig sein wird.«

»Mehr als schwierig, würde ich sagen«, erwiderte Roytschenko sanft. »Denn wenn es Ihnen nicht gelingt, das Einsatzteam gefangenzunehmen, werden Sie genauso eingestuft werden wie Hauptmann Makschejew: als Versager, der abgelöst werden muß. Und Ihr Freund Piedra scheint ein sehr entschlossener Ersatzmann zu sein.«

»Piedra wäre nicht in der Lage, eine Operation wie diese zu leiten«, sagte Julio langsam und eindringlich.

»Vielleicht benötigt er keine ganze Armee«, antwortete Roytschenko. »Vielleicht benötigt er nur einen einzigen Mann – den richtigen.« Er hob den Fuß auf die Sitzfläche des Stuhls und massierte seine Wade. » . . . und der richtige Mann ist der Maulwurf, den Piedra seit über einem Jahr in Marotos Truppen hat.«

Álvarez schüttelte ungläubig den Kopf. »Das habe ich ihm nie abgenommen. Wenn Piedra diesen Maulwurf in der Hand hat, wieso konnte er uns dann nicht mitteilen, daß aus der Landung in Solario nichts werden würde?«

Die dicken Hände massierten weiter, jetzt oberhalb des Knies. »Die verdammte Feuchtigkeit in diesem Land wirkt sich auf eine Verletzung aus, die ich mir in der Ukraine geholt habe«, sagte Roytschenko. Er verzog das Gesicht und knetete seine Beinmuskeln gründlich durch. »Es ist eine Unannehmlichkeit, für die mich der billige vergoldete Orden, den ich dafür bekam, nie ganz entschädigt hat.« Er setzte den Fuß nieder, verlagerte das Gewicht auf seinem Stuhl und drehte sich um, um Alvarez zu mustern. Seine Augen schielten über das Brillengestell hinweg. »Das war auch meine Frage, Julio. Ich habe mich bei Capitán Piedra erkundigt, und die Erklärung ist, daß der Maulwurf keinen Zugang zu einem Funkgerät hat. Er übermittelt Piedra seine Nachrichten auf eine recht altmodische Art: durch handschriftliche Mitteilungen, die er in einer Blechdose am Rande der Sierra-Straße hinterlegt.« Er lehnte sich zurück und strich sich über das Haar. »Ich konnte nicht anders, ich mußte einfach lachen, als er mir das erzählte. In meiner Schulzeit schickte ich einem Mädchen, das ich leidenschaftlich liebte, auf genau die gleiche Art Briefe.« Roytschenko seufzte. »Offenbar war der Maulwurf erfolgreicher als ich. Maroto verlegt sein Lager jetzt öfter und hält seine Männer stärker zusammen. Piedra und der Maulwurf haben keine Gelegenheit, eine lebhafte Korrespondenz zu unterhalten, aber er glaubt, daß sein Mann klug genug ist, einen Vorwand zum Verlassen des Lagers zu finden und zur Übergabestelle zu kommen.«

»Was bedeutet . . .?« Besorgnis schwang in Julios Stimme.

»Was bedeutet, daß ich Piedra schon instruiert habe, einen Versuch zur Kontaktaufnahme zu machen. Piedra wird seinen

Maulwurf anweisen, sich freiwillig als Führer für den ersten Spähtrupp des Einsatzteams zu melden. Ich vermute, daß sie zuerst den Komplex beobachten wollen, bevor sie sich für eine Angriffsmethode entscheiden. Wenn wir wissen, wo die Vorhut der Angreifer ihren Beobachtungsposten einrichtet, dann haben wir die Möglichkeit, sie unversehrt gefangenzunehmen, ohne daß wir uns um Marotos Truppe kümmern müssen.« Roytschenko unterbrach sich, betrachtete seine Hände und schnippte mit dem Daumen über die Enden der Fingernägel. Er sah wieder zu Álvarez auf. »Aufgrund meines Berichtes über die Ereignisse, an denen ich leider nichts ändern kann, wird General Lasarew mich kritisieren, weil Sie es nicht geschafft haben, den vollständigen Code und das richtige Kennungssignal von Ihrer Frau zu erfahren. Und nun muß ich mir die Frage stellen, ob ich die Verantwortung für ein weiteres Versagen übernehmen kann.«

Ein harter Knoten setzte sich in Julios Magengrube fest. Alicia hatte ihn irgendwie verraten – genauso wie er versucht hatte, sie zu verraten. Es war witzig, so verdammt witzig, daß sie seine eigene Waffe gegen ihn gerichtet hatte.

»Es gibt allerdings einen Trostpreis«, räumte Roytschenko mit einem milden Lächeln ein. »Wir haben einen Mann in Jamaika, einen jungen Revolutionär der hausgemachten Art. Er arbeitet bei der Zollbehörde. Vor einigen Tagen kamen zwei Männer, um ein Paket mit der Aufschrift ›Flugzeugersatzteile‹ abzuholen. Es gelang ihm, sie hinzuhalten und für den nächsten Tag zu bestellen. Während sie mit einem anderen Zollbeamten um die notwendigen Papiere feilschten, machte unser junge Revolutionär ein Foto mit Teleobjektiv. Der Film wurde noch am selben Abend per Luftpost nach Mexiko gesandt. Die Fotos sind schlecht, aber ich glaube, daß kein Zweifel an der Identität bestehen kann.«

Er zog einen Stapel körniger Aufnahmen aus einer Schreibtischschublade und breitete sie aus wie ein nicht zu schlagendes Pokerblatt. Es waren sechs verschiedene Bilder von zwei Männern, die über einen Tresen gebeugt waren und sich offensichtlich mit einer verschwommenen Gestalt im Vordergrund stritten. Einer der Männer war ein Bursche mit klotzigem Gesicht, von spanischer Abstammung – ein Typ, wie er sich millionenfach in jedem Land des südamerikanischen Kontinents finden ließ. Aber der andere Mann war Brocassie. Kein Zweifel. Die Adlernase, die tief in den Höhlen sitzenden Augen, die hohen Wangenknochen und der schwarze, nach hinten gekämmte Haarschopf. Also war er wirklich nach Kuba zurückgekommen. Du Scheißkerl, fluchte Julio insgeheim. Du konntest sie wohl einfach nicht in Ruhe lassen?

»Er ist es«, bestätigte Álvarez. »Es ist Brocassie.«

»Das weiß ich«, erwiderte Roytschenko sarkastisch. »Piedra erkannte ihn sofort. Der andere dürfte ein Exilkubaner namens Porto sein, ein Söldnerpilot, der vor einiger Zeit Nachschub nach Kuba einflog. Wir werden wahrscheinlich herausfinden, daß es nur zwei Flugzeuge gab und daß sie die beiden Piloten waren. Brocassie ist derjenige, den wir am dringendsten benötigen. Wenn wir ihn in die Hand bekommen, wird er reden, denn wir haben Alicia Helvia als Druckmittel.«

»Ich habe Ihnen schon einmal gesagt, Roytschenko, daß sie nicht in die Sache hineingezogen werden soll!«

Roytschenko lächelte mit ironischer Miene. »Julio, Sie gefallen mir, und wir arbeiten gut zusammen. Aber dies ist von entscheidender Bedeutung. Es geht nicht bloß um Ihre Karriere oder meine. Das ganze Projekt und die Zukunft der Sowjetunion stehen auf dem Spiel. Wenn sie eingesetzt werden muß, dann werden *wir* sie einsetzen. Sie kennen beide, und Sie müssen wissen, welche Methoden am erfolgreichsten sind, ohne daß man Gewalt anzuwenden braucht. Ein gelungenes Verhör würde bedeuten, daß Sie ihren Fehler in Lasarews und in meinen Augen wiedergutgemacht hätten.« Roytschenko hob die Hand zu einer freundschaftlichen Geste. »Lohnt es sich, meine Befehle zu mißachten, Julio? Ich bitte Sie um Ihre Loyalität.«

Julio hatte das Gefühl, als sei ihm alles Blut ausgesogen worden, so daß er zwar noch aufrecht dastand, aber in Wirklichkeit nicht mehr am Leben war. Roytschenko machte es sich auf seinem Stuhl bequem und wartete mit einem neugierigen Lächeln auf eine Reaktion.

»Sie haben natürlich recht«, stimmte Álvarez zu. Nun wußte er, was es bedeutete, ein Diener des Staates zu sein.

12.

Oriente, Kuba, 18. Oktober 1962

Alicia kniete im Garten auf der fruchtbaren schwarzen Erde und zupfte Unkraut. Die Sonne brannte ihr heiß auf den Rücken. Die Gurken und Tomaten waren reif zum Pflücken und Einmachen, und eigentlich brauchte das Unkraut nicht ausgerissen zu werden, aber es beruhigte sie: dieses simple körperliche Vergnügen, der Duft wachsender Pflanzen und die Hitze eines Sterns, der Millionen Meilen entfernt war.

Zur Rechten, fünf Reihen weiter, arbeitete Miguel. Seine Bewegungen waren bedächtig, doch rationell, und er summte vor sich hin. Sie lauschte aufmerksam: Es war die Melodie eines Kinderliedes, das seine Mutter ihm vor einem Jahrzehnt beigebracht haben mußte. Plötzlich wurde sie von Trauer überwältigt. Er war so sehr wie der Sohn, den sie sich selbst wünschte – ein Junge, der bestimmt Schmutzspuren auf sauberen Fußböden hinterlassen und magisch von jedem Schabernack angezogen würde, aber auch jemand, den sie lieben und der ihre Liebe erwidern würde. Alicia wußte, daß Miguel zu solchen Gefühlen fähig war. Sie sah es an seinen Augen und an der Sanftheit, die er im Spiel mit den Katzen zeigte; und die Tiere – ganz im Gegensatz zu ihrem normalen reservierten Benehmen – liefen sogar hinter ihm her.

Früh am Nachmittag hatte sie ein Glas Tee verschüttet, war über ihre eigene Ungeschicklichkeit verärgert gewesen, hatte den Vorfall jedoch sofort vergessen. Nur Minuten später hatte Miguel ihr ein frisches Glas mit Eiswürfeln und etwas Minze gebracht. Die Andeutung eines verlegenen Lächelns spielte um seine Lippen. Sie küßte ihn lachend auf die Stirn, um ihm zu danken, aber er ergriff ihre Hand und drückte sie mit aller Kraft. Was er nicht sagen konnte, vermochte er auf andere Weise auszudrücken.

Sie beobachtete ihn lange, und es zog ihr das Herz zusammen. Miguel war immer noch zurückhaltend und unfähig zu sprechen. Manchmal, wenn Alicia zu ihm sprach und er konzentriert zuhörte, war es ihr so vorgekommen, als sei er im Begriff, etwas zu sagen. Aber jedesmal hatte er den Mund geöffnet, um Wörter zu bilden, und doch nur kehlige Geräusche hervorgebracht. Seine Enttäuschung hatte sich in seiner gequälten Miene widergespiegelt, und letzten Endes war er immer beschämt davongelaufen.

Miguel schien zu spüren, daß sie ihn beobachtete; er wandte sich ihr zu, lächelte zögernd und nahm dann wieder seine Arbeit auf. Lieber Gott, dachte sie, was kann ich tun, um ihm zu helfen? Sie wußte, daß es keine bequeme Lösung gab – vielleicht waren Zeit und Vertrauen die einzigen Mittel.

Ab und zu warf sie einen Blick zur Sonne empor. Sie hatte noch im Südosten gestanden, als Julio mit dem khakifarbenen Hubschrauber eingetroffen war. Alicia hatte ihn seit mehr als einer Woche nicht mehr gesehen. Er war abgezehrt, seine Augen waren dunkel vor Erschöpfung, und er hatte nichts zu ihr gesagt, sie nur einmal geküßt und war in die Bibliothek gegangen. Er hatte die Tür hinter sich abgeschlossen, eine halbe Stunde lang gearbeitet, und dann hörte sie, wie er tief im Schlaf durch die Nase atmete.

Alicia wies Martha an, eine Kürbissuppe und einen Salat aus Reis, Bohnen und Tomaten zuzubereiten. Drei Flaschen Bier wurden in den Kühlschrank gestellt. Sie kehrte in den Garten zurück und wartete.

Nun war die Sonne im Südwesten; sie hing im Dunst wie ein riesiger orangefarbener Ballon. Die Schatten waren länger geworden, und der Wind hatte sich gelegt, wie so oft gegen Sonnenuntergang. Alicia stand mit schmerzenden Gliedern auf und blickte zum Haupthaus hinüber. Sonnenlicht spiegelte sich in den Glasscheiben, und sie wußte, daß es nach fünf sein mußte. Sie sammelte ihre Sachen ein, warf sie in einen Korb und ging langsam auf das Haus zu.

Sie badete zunächst, um die Hitze und den groben Sand von ihrer Haut zu entfernen, und wusch sich das Haar mit dem kleinen Rest der finnischen Seife, die Julio ihr aus Rußland mitgebracht hatte. Die Seife war nicht gut, aber sie erfüllte ihren Zweck, und der fruchtige Geruch gefiel Alicia. Schließlich kämmte sie sich das nasse Haar, zog einen weißen Frotteemantel an und schritt ruhig die Stufen zur Bibliothekstür hinab.

Die Tür war immer noch abgeschlossen. Alicia legte das Ohr an die dünne Täfelung, konnte hören, wie er sich bewegte, wie ein Streichholz angesteckt und ein Blatt Papier zusammengeknüllt wurde. Sie zögerte, hielt den Atem an und klopfte.

Zuerst kam keine Reaktion, aber dann war das Geräusch von

Schritten zu hören. Sie legte die Lippen dicht an die Tür und rief seinen Namen: »Julio, ich bin's.«

»Einen Moment.« Das Rascheln von Papieren, Schritte, dann öffnete er langsam die Tür und ließ sie ein. Jetzt sah er sogar noch schlechter aus. Sein Haar war vom Schlaf zerzaust, sein Gesicht aufgedunsen. Er schien während der letzten Woche um zehn Jahre gealtert zu sein.

»Du hast geschlafen?« fragte sie.

Er fuhr sich mit der Hand über die einen Tag alten Bartstoppeln. »Ein bißchen.«

»Martha hat einen Imbiß für dich zurechtgemacht, oder möchtest du lieber ein Abendessen? Wir haben frisches Schweinefleisch, und ich kann dir einen Salat machen.«

Er lächelte mechanisch. »Später vielleicht. Ich habe seit fünf Tagen nichts als Trockenrationen gegessen, und ich könnte eine richtige Mahlzeit gebrauchen, aber zuerst möchte ich etwas mit dir besprechen.« Er ging zum Fenster und blickte über den Rasen. Die Sonne war fast hinter dem Horizont verschwunden; ihre letzten Strahlen züngelten leuchtend rot wie Flammen hinter den schwankenden Palmenwedeln. »Brocassie hat die Nachricht gekriegt. Gestern war eine Anzeige im *Miami Herald*. Sie traf gestern abend mit einem Kurier ein.«

Er trat an den Wandsafe, den er vor einem Jahr hatte einbauen lassen, holte einen Schlüssel hervor, der an seiner Kette um seinen Hals hing, und steckte ihn in das Schloß. Zwischen einem Stapel von Papieren und gebundenen Dienstvorschriften zog er eine ganze Zeitungsseite hervor und reichte sie ihr.

Das Datum und die stilisierten Drucktypen des Impressums standen ganz oben auf dem Blatt, darunter die Sparten mit Kleinanzeigen. Eine, unter ›Persönliches‹, war mit rotem Filzstift eingekreist:

An Alicia und Julio. Botschaft erhalten. Verspätete Glückwünsche zur Hochzeit. Unzweifelhaft füreinander geschaffen. Überrascht über das Kind. Wußte nicht, daß Julio dazu fähig ist.

Schade, daß Besuch unpasssend wäre. Werde Reisepläne deshalb aufschieben. Kann jedoch nicht das gleiche von Freunden sagen, die längeren Besuch planen.

Zur Bestätigung: Mann, der Miezekätzchen verschenkte, hieß Ernesto. Adios, Brocassie.

Sie las die Anzeige immer wieder und starrte jedes Wort an, als könnten die Buchstaben plötzlich eine ganz andere Bedeutung annehmen. Etwas stimmte nicht mit der Ausdrucksweise. Sie paßte nicht ganz zu Brocassie. Zu salopp, zu kalt. Sie las den Text noch einmal, weil ihr eine andere Ungereimtheit zu schaffen machte. Ernesto . . .

Julio hatte die Botschaft für Brocassie entworfen, und sie hatte nichts geändert. Brocassie sollte auf Julios Vorschlag hin die Echtheit seiner Antwort dadurch beweisen, daß er den Namen des *cantina*-Besitzers nannte, der Alicia die Katze Mookem-Blüte geschenkt hatte. Es sollte etwas sein, das Julio, Brocassie und sie rein zufällig kannten, etwas zu Unwichtiges, als daß andere es hätten wissen oder sich darum kümmern können. Eine gute Wahl, hatte sie gedacht, nachdem sie Julios Entwurf zum erstenmal gelesen hatte. Beinahe hätte sie ihm gesagt, wie Brocassies Antwort lauten würde, denn Julio hatte nur von dem Mann gewußt, ihn jedoch nicht gekannt. Sein Name war tatsächlich Ernesto – das heißt, wenn man nur ein gelegentlicher Besucher und nicht ein Freund war. Oder wenn man den Namen aus den Polizeiakten hatte.

Ihr Vater hatte sie zum erstenmal an ihrem achten Geburtstag dorthin mitgenommen. Und sie war jedes Jahr, bis zur Revolution, treulich an ihrem Geburtstag zurückgekehrt, oder immer dann, wenn sie nicht mehr als zwanzig Meilen von dem kleinen heruntergekommenen *barcito* entfernt war, in dem die besten Garnelen in Kuba serviert wurden.

Julio war nie dort gewesen, obwohl sie ihn darum gebeten hatte, Es war ihm, wie er sich ausdrückte, »zu schmutzig, zu vulgär«. Er zog die vornehmen Cafés in Santiago oder Havanna vor, wo die Tischdecken sauber waren und wo der Besitzer bedeutende Männer an der Tür mit großem Trara empfing.

Aber Brocassie war mit ihr zum *Corral* gefahren – dreimal, wenn sie sich richtig erinnerte – und war ihretwegen von Ernesto als Freund akzeptiert worden.

Ernesto liebte Gary Cooper, ahmte seinen Gang, seine schleppende Sprechweise und seine Gesten nach. Er ließ sich einen Cowboyanzug machen, trug dazu geprägte Stiefel und sogar ein Gurt mit Halfter, in das er eine Kinderpistole steckte. Ernesto hatte alle von Coopers Filmen zehn-, zwölf- und einige sogar mehr als zwanzigmal gesehen. Ein Einheitsfoto mit Unterschrift, wie sie an Fans verschickt wurden, stand eingerahmt in Ernestos Büro. Er entwickelte Coopers abgehackten, staubtrockenen Tonfall bis zur Vollkommenheit. Und er wünschte sich, das seine Freunde ihn Coop nannten, was sie ihm zum Gefallen auch taten. Er war ein harmloser alter Mann, dessen Bauch über einen metallverzierten Gürtel quoll, der Gary-Cooper-Filme und streunende Katzen liebte und gute Freunde hatte, die nicht über seine Marotten kicherten.

Während seine Kunden ihn als Ernesto kannten (und er gab zu, daß dieser Name für einen Mann von Besitz eine gewisse Würde enthielt), wurde er in dem Hinterzimmer, das ausschließlich seinen Freunden vorbehalten war, nur Coop genannt. Brocassie wußte es, aber Julio nicht, denn sie hatte es ihm nie erzählt, weil er sich über den Mann und seine simplen Eigenarten lustig gemacht hätte.

Alicia nahm an seinem Schreibtisch Platz. Ihre Hände zitterten ein wenig, und sie versteckte sie in ihrem Schoß.

»Dies ist wirklich aus Miami gekommen?« fragte sie.

»Das habe ich doch gesagt«, antwortete er gereizt. »Gestern abend. Ich ließ es durch einen Kurier einfliegen, und es durfte nur mir ausgehändigt werden.« Er stand hinter ihr, und sie spürte, wie er die Finger auf ihre Stuhllehne stützte. »Es ist von ihm. Der Name stimmt doch?« Ein Hauch von Zweifel schwang in seiner Stimme mit.

Sie las die Anzeige noch einmal. Gedruckt in Miami, gefälscht in Havanna – kam es darauf an? Es war eine Fälschung, und Julio war ein Verräter. »Ja«, erwiderte sie, »sein Name ist Ernesto.« Es war eine Halbwahrheit. Sie stand auf und drehte sich zu ihm um. »Sei ganz ehrlich, Julio, lüg nicht. Dies stammt von Brocassie?«

Julio nickte, und in dem trüben Licht konnte sie nichts an seinen Augen ablesen.

Beide schwiegen lange. Alicia trat ans Fenster, blickte hinaus in die sich ausbreitende Dunkelheit, sah aber nur ihr eigenes verschwommenes Spiegelbild. Er kam von hinten auf sie zu und legte den Arm um ihre Hüfte.

»Damit ist alles vorbei«, sagte er ruhig. «Brocassie hat nichts mehr mit unserem Leben oder mit Kuba zu tun. Es ist vorbei, ein für allemal.«

Sie zuckte die Achseln. »Wahrscheinlich.«

Er ließ die Hand sinken, trat an den Schreibtisch zurück, überflog die Botschaft noch einmal, knüllte dann das Blatt zusammen und warf es in den Papierkorb. Er sah sie wieder an. »Du bist so still«, sagte er. »Zerbrichst du dir über irgend etwas den Kopf?«

Alicia zwang sich zu einem Lächeln. »Kann sein. Schließlich hatten wir doch beide mit ihm zu tun.« Sie lächelte mechanisch weiter, als sie auf ihn zuging und ihm die Arme auf die Schultern legte. »Wir werden unser eigenes Leben führen, Julio. Ohne Bedauern, ohne Probleme aus der Vergangenheit.« Sie zog ihn enger an sich, und seine Arme umschlangen ihren Körper. Du gemeines Schwein, dachte sie. Du Dreckskerl. Sie bot ihm das Gesicht zum Kuß. Seine Lippen waren trocken, und sein Atem stank. Alicia wich zurück. »Würdest du mir etwas holen – etwas Starkes, vielleicht einen Punsch? Marta hat eine Flasche im Kühlschrank.« Sie preßte sich wieder an ihn und spürte, wie sie ihn erregte.

Er zog sie enger an sich, die Hände auf ihren Hüften und drückte sie an sein Becken. Er tastete über ihren Bauch.

Sie widerstand einem weiteren Kuß, täuschte ein wohliges Schaudern vor und legte die Hand auf seine Brust. »Zwei Rumpunsch – *especialidad de la casa* –, einen für dich und einen für mich. Laß uns auf die Vergangenheit und auf die Zukunft trinken.«

Sein Gesicht war gerötet, seine Augen glänzten. »Ja, fangen wir damit an.« Er drehte sich um und ging in die Küche.

Alicia wußte, daß sie keine zwei Minuten zur Verfügung hatte. Sie riß die Tür des immer noch unverschlossenen Safes auf und begann, die Stapel von Papieren und Ordnern durchzublättern.

Der russische Text der beiden oberen Meldeformulare kam ihr wie Kauderwelsch vor. Das dritte Blatt war der Durchschlag eines Lieferauftrags in spanischer Sprache, eine unverständliche Liste von chiffrierten Artikeln; Julio hatte etwas darübergekritzelt und einige Punkte ausgestrichen.

Ihr Herz pochte, ihre Nerven waren in Aufruhr. Sie konnte hören, wie er in der Küche pfiff und wie sich der Riegel des Kühlschranks mit einem Klicken öffnete.

Als nächstes kamen zwei dünne Ordner in durchsichtigen Plastikhüllen. Rote Streifen zogen sich diagonal über die Einbände, versehen mit der Aufschrift *De Sumo Secreto* und nicht zu entziffernden russischen Buchstaben. Streng geheim. Sie zog einen Ordner heraus und blätterte ihn rasch durch. Nichts, was sie hätte verstehen können: technische Zeichnungen, lange zylindrische Objekte mit Ziffern und Querverweisen auf Detailzeichnungen; endlose Tabellen und Aufschlüsselungen von Einzelteilen. Aber ein Schema, auf Seite 19, fiel ihr ins Auge. Was es auch sein mochte, es war wichtig. Sie zwängte den Ordner wieder zwischen die Papiere und zog den nächsten heraus. Er enthielt drei zusammengeheftete Blätter.

Das erste, in seiner Handschrift, war der ursprüngliche Text, der an Brocassie geschickt werden sollte. Darunter lag die codierte Botschaft in ihrer eigenen Handschrift. Und darunter war eine weitere codierte Nachricht, in Julios Handschrift, aber mit demselben Kennungssignal, das Alicia benutzt hatte.

Das Klirren einer Flasche, die ein Glas berührte, das Gluckern von Flüssigkeit und dann das Geräusch der zufallenden Kühlschranktür.

Nur noch Sekunden. Alicia stopfte die Seiten in den Safe zurück und berührte dabei einen harten Gegenstand. Sie griff in die Vertiefung hinein, tastete ihn ab und zog ihn dann heraus: *Guerra Del Tiempo* von Alejo Carpentier. Es war ein Exemplar derselben Auflage, doch nicht abgegriffen wie das Buch, das sie gestohlen hatte, um die Botschaft an Brocassie zu codieren, und das sie in eine Plastiktüte eingewickelt und in dem Hohlraum unter der Garage versteckt hatte. Nein, dieses Exemplar war fast unberührt. Keine Zeit mehr. Sie schob das Buch in den Safe zurück, schlug die Tür zu, wirbelte herum und machte zwei Schritte auf den Schreibtisch zu. Sie ließ sich auf einen Stuhl fallen, stützte den Kopf auf die Hände und wartete.

Alicia spürte die Spannung sofort, denn er hatte aufgehört zu pfeifen und war in der Tür stehengeblieben. Es war so still im Zimmer, daß sie seinen Atem hören konnte.

»Was hast du gemacht?« fragte er.

Sie öffnete die Augen und sah ihn an. »Ich habe mir überlegt, wie wir unseren Erstgeborenen nennen sollen. Mit gefällt der Name Enrique, und dir? Nach meinem Vater, Julio.«

»Nicht Brocassie?«

Sie runzelte die Stirn. »Nein, ich habe dir doch gesagt, daß wir die Vergangenheit begraben, nicht verewigen wollen.«

Julios Augen bewegten sich zum Safe hinüber und dann zurück zu ihr. »Enrique wäre ein guter Name«, sagte er schließlich. Langsam begann die Spannung aus seinem Körper zu weichen. Er stellte ihren Drink auf den Schreibtisch und berührte dann ihre Wange mit der Hand, die sein eigenes Glas hielt. »Also auf uns.« Sie fühlte, wie er ihr mit der anderen Hand durchs Haar fuhr und es dann losließ, wie ein Mann, der die Mähne seines Lieblingspferdes streichelt. »Und auf meinen ersten Sohn.«

Sie nickte, holte ihr Glas und nahm einen Schluck. »Auf unseren Sohn.« Sie küßte ihn sanft auf die Brust, stand auf und ging auf die Tür zu. »Hast du noch zu tun?«

Er nickte. »Noch ungefähr eine Stunde. Ich habe eine Menge Schreibkram nachzuholen.«

»Dann fange ich mit dem Essen an«, sagte sie. »Schweinerippchen, damit du wieder Fleisch auf die Knochen kriegst, und vielleicht etwas Besonderes, was dich kräftigt.«

Er zog spöttisch die Augenbrauen hoch. »Kräftigt?«

Sie lächelte und spitzte die Lippen. »Ich schicke Miguel hinunter ins Dorf. Die Fischer müßten inzwischen zurück sein. Ich dachte, daß du vielleicht ein paar frische Austern mit Zitronensaft möchtest.«

Er brach in Gelächter aus. »*Dafür* habe ich genug Kraft. Du glaubst doch wohl nicht an den Blödsinn, daß Austern einen Mann potenter machen?«

»Heute nacht ist ein guter Zeitpunkt, um es auszuprobieren«, antwortete sie. »Die alten Leute schwören darauf, und ich möchte, daß mein Sohn stark wird wie sein Vater.«

Julio schüttelte ungläubig den Kopf, aber er grinste genießerisch. »In Ordnung, laß ihn ein Dutzend holen. Nein, sagen wir zwei Dutzend. Dann kannst du die Hälfte essen und wir verdoppeln unsere Chancen. Aber gib mir nicht die Schuld, wenn du eine ganze Álvarez-Fußballmannschaft zur Welt bringst.«

Alicia wandte sich ab, da sie ihre Miene nicht mehr beherrschen konnte. Sie hörte ihn von neuem lachen, und das Geräusch hallte durch den Flur. Saukerl, fluchte sie bei sich.

Sie ging rasch zu Marthas Unterkunft und wies sie an, mit den Vorbereitungen für das Essen zu beginnen. Martha bedachte sie mit einem mürrischen Blick. »Für den Comandante«, sagte Alicia wütend. »Heb deinen fetten Hintern aus dem Sessel und verdien dir deinen Unterhalt!« Sie schlug die Tür zu, kehrte in die Küche zurück, warf einen Blick in den Flur und eilte zur Garage.

Miguel war in der Werkstatt und schärfte seine Machete. Er blickte überrascht auf, legte die Klinge nieder und erhob sich respektvoll.

»Ich möchte, daß du mir hilfst, Miguel«, flüsterte Alicia. Sie schaute sich um. Sánchez, einer der Wächter, hatte sich auf dem Rasen in einen Stuhl gelümmelt und trank eine Flasche Bier. »Wo sind die beiden anderen?«

Miguel deutete auf die Arbeiterbaracke und legte den Kopf auf die Hände, um Schlaf darzustellen.

»Gut«, murmelte sie. »Ich möchte, daß du mir hilfst, etwas sehr, sehr Wichtiges zu tun. Es ist gefährlich, und es tut mir leid, dich darum zu bitten, aber ich haben niemand anderen . . .«

Er griff impulsiv nach ihrer Hand, und seine Augen zeigten seine Bereitschaft, alles zu tun, worum sie ihn bitten mochte.

O Gott, dachte sie. Die Zeitungsanzeige war eine Fälschung – davon war sie überzeugt, aber ihr rasch ausgedachter Plan beruhte auf reiner Theorie, während der Junge, der vor ihr stand, aus Fleisch und Blut war. Er ist so jung, er hat schon soviel durchgemacht, aber sein ganzes Leben liegt noch vor ihm, und wenn sie ihn fangen, wird er erschossen. Nein, sie konnte ihn einfach nicht darum bitten. Alicia versuchte ein Lächeln, legte sich die Hand unter das Kinn und sagte: »Miguel, es geht nicht. Ich hatte nicht genug Zeit, darüber nachzudenken.«

Miguel machte ein gequältes Gesicht. Er zitterte, sein Mund öffnete und schloß sich wie der eines gestrandeten Fisches, und gutturale Laute bildeten sich in seiner Kehle.

Sie zog den Jungen an sich, umarmte ihn und wiegte ihn langsam hin und her. »Ich liebe dich, Miguel«, flüsterte sie ihm ins Ohr. »Als wärst du mein eigenes Kind. Es war wirklich nicht wichtig. Nur eine alberne Idee, *mi amor.*«

Miguel legte die Arme um sie, überraschend stark und ungestüm. Er vergrub den Kopf an ihrer Brust, und seine Tränen benetzten ihre Haut, aber plötzlich merkte sie, daß er Wörter hervorbrachte – gedämpft und verzerrt, aber verständlich. Er preßte ein Wort nach dem anderen hervor und schnappte in den Pausen nach Luft.

»Ich werde – werde es versuchen! Für dich. Versuchen! Laß mich versuchen!«

Sie hielt ihn erstaunt auf Armeslänge und schaute ihm ins Gesicht. »O Miguel, o Heilige Mutter Gottes!«

Die Augen des Jungen waren weit aufgerissen, und er öffnete verblüfft den Mund. Tränen überströmten sein verstaubtes Gesicht, sein Mund bewegte sich, und dann lag er wieder in ihren Armen. Sein Körper wurde von Gefühlswallungen geschüttelt, er schluchzte und lachte abwechselnd.

Sie führte ihn hinauf in sein Zimmer, hielt ihn lange fest, streichelte sein Haar und seinen Rücken, wiegte ihn und flüsterte ihm Ermutigungen zu. Langsam, ganz langsam beruhigte er sich unter ihrer Berührung, wischte sich die Augen und blickte mit entschlossenem Gesicht zu ihr auf. »Ich . . . will . . . es versuchen«, sagte er zögernd, aber deutlich. »Du . . . darfst es . . . mir nicht . . . verbieten.«

Alicia konnte ihn nicht ansehen. Sie hatte Angst, die Beherrschung zu verlieren. Sie wußte, daß er recht hatte, denn es gab keinen anderen Ausweg, und es würde ihn niederschmettern, wenn sie ihm nicht gestattete, ihr zu helfen. Noch einmal überlegte sie sich jede Einzelheit, und schließlich nickte sie. »Miguel, das, worum ich dich bitte, ist gefährlich, aber es muß sein, weil das Leben so vieler anderer auf dem Spiel steht. Du darfst mir helfen, aber du mußt versprechen, ihnen zu sagen, daß ich es dir befohlen habe, falls sie dich erwischen. Das ist meine Bedingung. Gibst du mir dein Ehrenwort?«

Er straffte die Schultern und strich sein dichtes schwarzes Haar zurück. »Was es auch . . .« Er schluckte und begann von neuem. »Ich werde es tun. Für dich.«

Sie hielt sein Gesicht zwischen den Händen. »Heute nacht, vor dem Mondaufgang . . .«

Betrunken hatte er ihr Handgelenk gepackt, sie ins Schlafzimmer gezogen und aufs Bett geworfen. Es war eine Mischung aus grober Spielerei und Vergewaltigung, so als konzentrierten sich all seine Frustration, seine Hoffnung, seine Freude und sein Haß auf diesen einzigen physischen Akt. Er war heftig, fast gewaltsam in ihren Körper eingedrungen, doch als es vorbei war, hatte er sanft ihr Gesicht, ihre Stirn und ihre Schläfen gestreichelt. Ihr Herzschlag war schließlich so schwach, daß sie glaubte, er würde anhalten. Sie lag erschöpft da, spürte die Berührung seiner Hände und lauschte seinem schweren Atem, der dann langsam in ein leises Schnarchen überging.

Alicias Inneres war wund, und sie erinnerte sich an den Schmerz und seinen stinkenden Atem, während er in sie eindrang, sich aufbäumte und im Orgasmus stöhnte. Sie wußte, daß sie wahrscheinlich fruchtbar war, und als er endlich schlief, war sie ins Badezimmer gegangen und hatte sich zweimal mit Essig und Wasser ausgespült, aber sie war nicht sehr zuversichtlich. Es gab Millionen von Frauen, die an die empfängnisverhütende Wirkung von Essig glaubten und erst eines Besseren belehrt wurden, wenn ihr Bauch anschwoll. Aber sie hatte kein anderes Mittel, und sie betete, daß es sie schützen möge.

Zweimal zog sie an der Toilettenspülung, um zu prüfen, wie tief er schlief. Schließlich schlurfte sie zurück ins Schlafzimmer und setzte sich schwer auf das Bett, so daß die Sprungfedern knarrten.

Seine Stimme war träge vor Erschöpfung. »Was ist los?«

»Ich konnte nicht schlafen.« Sie legte sich hin und schob sich an seinen Körper. Ihre Finger glitten über das dichte Haar auf seiner Brust, berührten kurz die Kette und den Schlüssel, tasteten sich zu seinem Bauch hinunter und spielten mit dem drahtigen Dickicht seiner Schamhaare. Sanft, aufreizend fuhr sie mit den Nägeln über seinen Penis. »Haben die Austern dir Kraft gegeben, Julio? Vielleicht bist du zu erschöpft?« Sie streichelte lockend über den Schaft, legte die Hand unter seine Hoden und drückte sie behutsam, aber beharrlich.

Er stöhnte.

Alicia biß ihm in die Lippen. Sie mußte ihn unbedingt ermüden. Zum erstenmal in ihrem Leben haßte sie ihren Körper, den sexuellen Akt, den Schweiß und den Geruch der Paarung, aber es war die einzige Waffe, und ihr Körper gehorchte ihr noch einmal, während sie versuchte, an etwas anderes zu denken. Sie dachte an Wellen, die sich am Strand brachen, die Brandung um ihren Körper, den Wind, der ihre feuchte Haut abkühlte. Ihre Finger bewegten sich geschickt, schmeichlerisch und immer selbstsicherer. Dann spürte sie, wie er reagierte. Als sie sicher war, kniete sie sich hin wie eine läufige Hündin. »So kommst du tiefer hinein«, versprach sie, und dann spürte sie sein Gewicht auf ihrem Rücken.

Die Leuchtzeiger des Weckers schoben sich an 2 Uhr vorbei. Julio lag mit geöffnetem Mund auf dem Rücken und atmete schwer. Sie berührte seine Brust, streichelte seine Haut zunächst nur und kniff sie dann leicht zwischen den Fingernägeln zusammen. Er grunzte einmal und drehte sich auf die Seite. Behutsam, mit äußerster Vorsicht, hob sie die Kette und den Schlüssel an. Ihre Finger zitterten, als sie den Verschluß mit den Nägeln öffnete, den Schlüssel abzog und durch einen anderen ersetzte, den sie unter ihrem Kissen versteckt hatte. Wie Julios Safeschlüssel war er aus verchromtem Messing, aber kleiner; er gehörte zu dem Vorhängeschloß, das Alicia am Getränkeschrank angebracht hatte, damit Marta nichts von dem Schwarzmarkt-Whiskey stehlen konnte.

Sanft, ganz sanft senkte sie den Schlüssel auf seine Brust. Er grunzte noch einmal und rollte sich auf den Bauch.

Alicia wartete in der Dunkelheit und zählte langsam bis fünfzig. Julio bewegte sich wieder, diesmal von ihr weg. Die Uhr tickte Sekunde um Sekunde, es war das einzige Geräusch in dem stillen Haus.

Schließlich schob sie sich vorsichtig aus dem Bett, tappte auf Zehenspitzen ins Badezimmer und schloß die Tür so leise wie möglich. Sie holte eine Spule Nähgarn hinter der Toilettenschüssel hervor, knotete das Garn am Schlüssel fest, machte das Fenster auf und ließ ihn hinunter. Ein leises, metallisches Geräusch war zu hören, als er auf das Zinkblechdach der Veranda prallte. Sie spulte mehr Garn ab und lauschte dem leisen Kratzen, mit dem der Schlüssel an dem Wellblech hinabglitt. Dann wurde es still. Er war den Rand hinabgerutscht und hing jetzt in der Luft. Zuversichtlicher geworden, ließ sie ihn langsam weitersinken und versuchte zu schätzen, wieviel Fuß sich von der Spule abwickelten. Vielleicht drei Fuß, dann fünf, dann sieben. Nicht genug, dachte sie, und gab noch ein Stück hinzu. Sekundenlang, die ihr wie Minuten vorkamen, geschah gar nichts. Sie ließ das Garn wippen. Nichts.

War Miguel an Ort und Stelle? Hatte er sie verstanden? Sie dachte daran zu pfeifen, verwarf den Einfall jedoch wieder. Einer der patrouillierenden Posten könnte sie in der Stille hören.

Alicia war verzweifelt. Irgendwie mußte sie Miguels Aufmerksamkeit erregen, ohne daß der Wächter etwas merkte.

Sie schluckte zweimal, ihre Kehle war trocken, ihre Handfläche feucht und ihr Körper starr vor Angst. Nachdem sie sich überzeugt hatte, daß die Tür völlig geschlossen war, knipste sie die Lichter des Badezimmers an. Unten auf dem Rasen zeichnete sich das goldene Trapez des Lichtes ab. Wieder ließ sie den Schlüssel hüpfen. Wieder keine Antwort. Niedergeschlagen suchte sie nach einer Möglichkeit, Miguel auf sich aufmerksam zu machen. Sie hatte ihn gebeten, sich nach Mitternacht in den Büschen zu verstecken, die die Veranda umsäumten, aber er war offensichtlich nicht dort.

Nun blieb ihr nichts anderes übrig, als es selbst zu tun: Sie mußte das Schlafzimmer durchqueren, die Treppe hinunter in die Bibliothek gehen, den Safe öffnen, die Schriftstücke herausholen, jedes einzelne kopieren und die Originale in der richtigen Reihenfolge zurücklegen. Wenn Julio aufwachte und sie nicht vorfand, würde er das Schlimmste vermuten. Und er würde sich auf die

Suche nach ihr machen, zuerst voll Verwirrung und Sorge, doch dann in der Überzeugung, daß sie etwas gegen ihn vorhatte.

Plötzlich sah sie den Widerschein eines aufflammenden Streichholzes unter sich, hörte ein Husten, das Scharren eines Stuhls auf der Veranda, das Geräusch eines Menschen, der sich räusperte und ausspuckte. Schritte auf den Holzbrettern der Veranda, eine Pause und weitere Schritte. Eine Taschenlampe wurde angeknipst, und ihr Strahl schwenkte über das Gras. Dann schob sich das Licht über die freien Flächen und hin zum Rasen; ihr wurde klar, daß der Wächter auf einem Verandastuhl gedöst hatte und von dem Schaben des Schlüssels über das Wellblechdach der Veranda geweckt worden war.

Ganz unvermittelt schien ihre Blase explodieren zu wollen. Alicia raffte ihr Nachthemd hoch, setzte sich auf die Toilette und entleerte sich in einem plötzlichen Schwall. Sie streckte die Hand nach dem Papier aus, als leise an die Tür geklopft wurde.

Seine Stimme war schlaftrunken: » . . . alles in Ordnung?«

Ihr Herz hämmerte. »Nicht . . . « Jemand zog an dem Garn. Sie spulte noch mehr Garn ab, spürte zweimal ein leichtes Rucken und schließlich eine gleichmäßige Spannung. Sie griff hinter sich und spülte die Toilette. »Es müssen die Austern gewesen sein«, sagte sie mit schwacher Stimme.

Julio gab vor der Tür ein Knurren von sich. Sie hörte seine Schritte auf dem Fußboden, das Knarren der Matratze, und dann war es still.

Zum erstenmal seit fünf Jahren bekreuzigte sie sich. Sie stand mit zitternden Beinen auf, wusch sich die Hände und knipste die Lichter aus. Dann öffnete sie die Tür, kehrte ins Schlafzimmer zurück und ließ sich auf die Matratze sinken. Seine Hände tasteten nach ihr und zogen sie an sich. »Die Austern haben auf mich eine andere Wirkung«, hauchte er ihr ins Ohr, und während er sie an sich drückte, spürte sie die glühende Hitze seines Körpers.

Als sie aufwachte, schien ihr die Sonne ins Gesicht. Sie faßte neben sich und geriet in Panik, als ihre Hand nichts als nachlassende Wärme entdeckte. Vor Erschöpfung konnte sie sich kaum konzentrieren.

Die Badezimmertür war abgeschlossen, und die Dusche prasselte.

Seine Uhr und die Kette mit dem Schlüssel lagen auf seinem Nachttisch. Alicia ließ die Kette aufschnappen, nahm den Schlüssel des Getränkeschranks und schob ihn unter die Matratze. Nur noch Sekunden – höchstens. Sie rannte zur Badezimmertür. Das Innere glich einem Dampfbad. Julio summte etwas, und sein Körper war nur eine verschwommene Silhouette hinter der halbgeschlossenen Glastür der Duschkabine.

Alicia schlug die Tür zu.

»He!«

»Die Austern!« sagte sie kraftlos. »Eine von meinen muß verdorben gewesen sein.«

Er stieß die Tür wieder auf. Wasser strömte von seinem Körper, und seine Haut war rosig von der Hitze.

»Bitte!« schrie Alicia, zog ihr Nachthemd hoch, warf die Tür mit dem Fuß zu und ließ sich auf die Toilette sinken.

Julio lachte hinter der Glastür. »Es war deine Idee, *mi corazón*!« Er begann wieder zu summen, öffnete noch einmal die Tür und steckte den nassen Kopf hinaus, Seife im Haar und im Gesicht, und die Augen fest geschlossen.

»Die alten Leute scheinen etwas von der Wirkung der *ostras* zu verstehen.« Er lachte. Seine Stimme wurde tief und heiser. »Noch einmal, Alicia. Hier – in der Dusche?« Er brüllte vor Lachen. Sie warf die Rolle Toilettenpapier nach ihm, er duckte sich und zog die Tür wieder zu.

Julio machte blubbernde Geräusche, er gab sich lustvoll den Strahlen der Dusche hin und blökte ein obszönes Marschlied.

Alicia zog verzweifelt und verängstigt an dem Garn. Es ließ sich zuerst mühelos einholen, und dann stieß sie plötzlich auf Widerstand. *Que coño!* fluchte sie lautlos. Der Schlüssel war da, aber er hatte sich am Vorsprung des Wellblechdaches verfangen.

Sie ließ etwas Garn nach, schwenkte es hin und her und zog von neuem.

Das Geräusch der Dusche änderte sich; ein Wasserhahn wurde quietschend abgedreht. Julio nahm Wasser in den Mund, gurgelte und spuckte es aus. Nur noch Sekunden.

Sie ließ drei oder vier Fuß nach, ruckte dreimal, damit der Schlüssel hin und her schwang, und zog mit aller Kraft. Chrom blitzte, flog in hohem Bogen über den Rand und landete auf dem Wellblech der Veranda. Sie knüllte das Garn in den Händen zusammen, holte es rasch ein und spürte endlich die kühle Metalloberfläche des Schlüssels.

»Handtuch!« verlangte er und steckte den Kopf mit zusammengekniffenen Augen vor. Seine Hände tasteten durch die Luft.

Alicia griff ein Handtuch vom Halter, stieß es ihm ins Gesicht, ballte die Faust um das Garn und den Schlüssel, rannte durch die Tür und schlug sie hinter sich zu.

Es dauerte quälende Sekunden, bis sie den Schlüssel von dem Garnknoten befreit und ihn wieder an Julios Kette angebracht hatte, dann Sekundenbruchteile, um den meterlangen Faden zusammenzuraffen und unter das Bett zu schieben. Die Tür wurde aufgestoßen: Julio stand nackt da und trocknete sich den Rücken.

Seine Augen folgten ihren nassen Fußspuren auf dem Boden, und die Belustigung wich aus seinem Gesicht. Sein Blick glitt zwischen ihr und dem Nachttisch hin und her, dann schritt er hinüber und streckte die Hand nach der Kette aus.

Julio hielt sie vorsichtig in die Höhe, sah zu, wie der Schlüssel sich im Sonnenlicht drehte und über die getünchten Wände Reflexe warf. Wassertropfen. Er wischte mit dem Finger über die Metalloberfläche des Schlüssels. Seine Stimme war plötzlich hart. »Du rührst ihn nie wieder an – verstanden?«

Sie senkte den Kopf. »Ich wollte ihn dir bringen.«

Er kniff die Lippen zusammen, beruhigte sich dann langsam und lächelte. »Kaffee«, sagte er. »Mach mir Kaffee und bring ihn mir ins Arbeitszimmer. Und ein paar Eier.«

Alicia zog den Morgenmantel über ihr Nachthemd, drückte sich an ihm vorbei und öffnete die Tür zum Flur.

Seine Stimme erklang hinter ihr, grob und gebieterisch und doch mit einem Anflug von Humor: »Und sag dem Jungen, daß er mir noch ein Dutzend Austern bringen soll. Vor dem Mittag!« Sein Lachen folgte ihr die Treppe hinunter.

Sie zitterte benommen und mußte die Hand auf das Geländer stützen. Aber insgeheim spürte sie ein warmes, helles Siegesgefühl.

Alicia hatte Martha aus ihrem Zimmer gescheucht und ihr befohlen, Kaffee, Spiegeleier und Landschinken zuzubereiten. Danach ging sie über den Rasen zur Garage.

Zuerst konnte sie Miguel in der Dunkelheit der Werkstatt nicht sehen. Dann trat er aus dem Schatten hervor.

Er lächelte. »Ich hab's getan«, sagte er leise. Seine Stimme war ein wenig mechanisch, als müsse er nach jedem einzelnen Ausdruck suchen, aber die Worte waren klar.

Sie zog ihn impulsiv an sich und küßte ihn auf die Stirn, »Und wenn das deine letzte Tat ist, bleibst du trotzdem auf ewig ein Held, Miguel.«

Er blickte an ihrer Schulter vorbei, erstarrte plötzlich und entzog sich ihren Armen. »Sánchez, einer der Wächter . . .« zischte er. Er trat an eine Werkbank, nahm einen Spatel und einen Eimer und schob sich an ihr vorbei in die grelle Morgensonne.

Ein Schuh knarrte auf dem Zement hinter ihr. Alicia drehte sich um und zog den Morgenmantel fester um ihren Körper.

»Gibt's Probleme?« fragte Sánchez. Eine Zigarette baumelte zwischen den Lippen, und er hatte sich die AK-47 nachlässig über die Schulter geschlungen.

»Ein sehr großes Problem, Sánchez«, antwortete sie. »Ich habe den Jungen nach einem silbernen Armband gefragt, das ich gestern verloren habe. Vielleicht haben Sie es gefunden. Es war ein Geschenk des Comandante.«

Sánchez rieb nervös einen Stiefel gegen den anderen und trat einen Schritt zurück. »Ich habe kein Armband gesehen. Wenn Sie wollen, kann ich die anderen Männer fragen.«

Alicia spürte, daß sie den Mann einschüchtern konnte, und bewegte sich auf ihn zu. Wie zu erwarten, trat er noch einen Schritt zurück. »Es war ein teures Armband, Sánchez. Man könnte es für gutes Geld verkaufen. Sie sind sicher, daß Sie es nicht gesehen haben? Vielleicht sollten wir mit dem Comandante darüber sprechen. Er ist sehr verärgert.«

Sánchez schüttelte den Kopf und wich weiter zurück. »Ich weiß von nichts.« Er versuchte ein Lächeln, doch ihm gelang nur eine gekünstelte Grimasse. »Ich werde die anderen danach fragen – mein Ehrenwort, Señorita Helvia.«

Sie beobachtete ihn, während er über den Rasen auf die Unterkunft der Wächter zuschritt. Ihr Atmen ging rasch, und ein Bleigewicht schien ihr im Magen zu liegen, aber langsam beruhigte sie sich. Sánchez würde nicht zurückkommen, ebensowenig wie die anderen. Sie waren alle kleine Diebe, und sie würden zunächst nichts mit ihr zu tun haben wollen. Sie beobachtete die Wachbaracke noch ein paar Minuten lang. Dann, als sie sicher war, daß niemand sie stören würde, kletterte sie die Leiter zu Miguels Zimmer über der Werkstatt hoch.

Alicia fand die Bögen Pauspapier, die Miguel benutzt hatte, sorgfältig zwischen zwei Pappdeckel gepreßt unter seiner Strohmatratze. Dazu die kleine Taschenlampe, den Kugelschreiber und ihr eigenes gestohlenes Exemplar von *Guerra Del Tiempo,* immer noch in seiner wasserdichten Plastikhülle mit feuchten Schmutzflecken. Sie setzte sich auf Miguels Bett und blätterte die Kopien durch. Die erste war die Abschrift einer Buchcodenachricht, die nur aus Ziffern bestand, aber Alicias früheres Kennungssignal – FMCBR – aufwies. Diese Botschaft war viel länger als ihre eigene. In der unteren rechten Ecke sah sie die unsichere Wiedergabe von zwei konzentrischen Ovalen, die eine Zeit- und Datumsangabe enthielten. Zweifellos handelte es sich um den Stempel des Funkoffiziers mit dem Zeitpunkt der Sendung: mehr als vierundzwanzig Stunden, nachdem sie Julio die codierte Botschaft gegeben hatte.

Die zweite Kopie stammte von Seite 19 des Ordners; sie war sorgfältig und mit großer Präzision ausgeführt. Alicia konnte sich vorstellen, wie Miguel, mit der Taschenlampe zwischen den Zähnen, unter Julios Schreibtisch lag und mit schweißglatten Fingern auf dem Pauspapier sorgsam jede Linie nachzeichnete, obwohl er wußte, daß die Tür zur Bibliothek jederzeit aufgestoßen werden konnte und daß ihn dann starke Hände am Hals packen, ihn hochreißen und bewußtlos schlagen würden. Es hatte Mut erfordert – großen Mut und mehr Mut, als die meisten Männer aufgebracht hätten.

Wieviel Zeit mochte vergangen sein? Julio würde auf sein Frühstück warten, aber sie mußte ihren Verdacht bestätigt wissen.

Es dauerte fast eine Dreiviertelstunde. Jede Gruppe enthielt drei Zahlen mit Bindestrichen dazwischen. Die erste bezeichnete die Seite, die zweite die Nummer der Zeile und die dritte das Wort. Das Kennungssignal gab eine Zahl an, die entweder subtrahiert oder addiert werden mußte. Der Code war kompliziert und deshalb kaum zu knacken, aber Julio hatte es irgendwie geschafft. Er war ein Lump, aber nicht dumm.

Nun erst merkte sie, wie hinterhältig Julio sie ausgenutzt hatte. Um einen Buchcode zu knacken, braucht man den unverschlüsselten Text und die entsprechende codierte Botschaft. Irgendwie hatten sie herausgefunden, welches Buch Alicia gestohlen hatte. Hatte man sie in der Bibliothek beobachtet? Dabei war sie so vorsichtig gewesen, aber sie war allein und eine Amateurin, während Julio Hunderte von Profis zur Verfügung hatte. Sie war so dumm gewesen, ihm Brocassie, Maroto und dessen Männer ans Messer zu liefern. Schon beim Anblick der Anzeige im *Miami Herald* hatte sie eine erste Ahnung gehabt, aber sie war nicht absolut sicher gewesen. Jetzt hatte sie den Beweis.

Der Schaden war angerichtet, es war nicht mehr zu ändern. Langsam legte sie sich hin und vergrub das Gesicht in den Kissen. Ihre Energie war verbraucht, es gab keinen Ausweg mehr. Brocassie würde innerhalb von zwei oder höchstens drei Tagen mit dem Fallschirm abspringen. Nylonfallschirme in der Nacht, hilflos wie Motten im Scheinwerferlicht. Was Julio dann tun würde . . .

Sie sagte sich, daß es nicht ihre Schuld war, und dennoch, tief in ihrem Innern lastete etwas auf ihr und drückte ihr das Herz zusammen.

Es gab nur noch eines, was sie tun konnte. Sie mußte Maroto informieren – durch das alte Nachrichtennetz oder das, was noch von ihm übriggeblieben war. Und es gab nur eine einzige Person, die die Aufgabe übernehmen konnte: Miguel.

Sie hörte, wie ihr Name aus der Ferne gerufen wurde, erhob sich und blickte durch die schmale Öffnung des Fensterladens über den Hof hinweg. Julio stand auf der Veranda, die Hände gewölbt am Mund, und brüllte: »Alicia?«

Sie kletterte hastig die Leiter hinunter in die Werkstatt, und dort fand er sie.

»Was, zum Teufel, hast du hier verloren?« fragte Julio. Er trug seine Uniform, mit gestärkten Bügelfalten und glänzenden Stiefeln.

»Nichts«, antwortete sie und gab ihrer Stimme einen weichen, gefügigen Klang. »Ich habe nur ein paar Rettichsamen für den Garten gesucht.«

»Verdammt noch mal!« fluchte er. »Du bist immer noch im Nachthemd. Was glaubst du denn, was sich die Scheißwächter vorstellen? Geh schleunigst rein und zieh dich an. Pack genug Sachen für eine Woche. In knapp einer Stunde holt uns ein Hubschrauber ab.«

Sie war erschrocken. »Wohin sollen . . .?«

»Pack deine Sachen«, befahl er. »Es sollte eine Überraschung sein. Du kommst mit mir. Ich habe verlangt, daß Roytschenko mir ein Haus in der Nähe des Komplexes in der Sierra gibt, wo ich arbeite. Das ist besser für uns. Ich kann an den meisten Abenden zu Hause sein. Wenn wir länger bleiben sollten, kann ich noch mehr von deinem Zeug nachkommen lassen.«

»Ich will hier bleiben!« Sie war verblüfft über ihren trotzigen Tonfall, und sie merkte sofort, daß es ein Fehler gewesen war.

Er sprach sehr langsam, sehr deutlich: »Packen, habe ich gesagt.« Dann stieß er hervor: »Sofort!«

Alicia warf verschiedene Sachen in einen Koffer, nahm noch eine Spülung mit Essig vor, duschte sich und bürstete ihr Haar. Schließlich setzte sie sich auf ihr Bett. Jedes Gefühl war aus ihrem Körper gewichen. Sie stand auf, öffnete den Kleiderschrank, schob die Tür des Geheimfachs beiseite und holte die Beretta hervor. Etwas Kühles, Einladendes und Tröstliches ging von der Waffe aus, wie von der Berührung eines alten Freundes. Sie roch vorsichtig am Lauf und spürte das scharfe Aroma des geölten Metalls. Alles wird so schnell vorbei sein, dachte sie. Wie müde sie war, und das Metallstück in ihrer Hand schien ihr Frieden zu bieten. Sie zog den Verschluß zurück und sah, wie eine glänzende Messingpatrone aus dem Magazin in die Kammer glitt.

Ein winziger Druck, dachte sie, nur ein winziger Druck auf den Abzug, und alles wäre vorbei. Sie hob den Lauf an den Mund und legte ihn gegen die Zähne. War dies die richtige Methode? Der Lauf schmeckte nach Öl und bitterer Kälte wie ein heftiger Winterwind.

Stimmen im unteren Flur, Schritte auf der Treppe. Sie wußte genau, wenn es Julio war, würde sie ihn töten. Wie hatte er so was tun können? Ihre Augen waren feucht. Sie hob die Pistole, hielt sie mit beiden Händen und zielte auf die Tür, die Finger am Abzug.

Schritte im Flur, aber es war nicht das Poltern von Armeestiefeln. Sie legte den Sicherungshebel um und schob die Waffe rasch unter das Kopfkissen. Jemand klopfte leise an die Tür.

Alicia öffnete: Miguel stand draußen. Er runzelte nervös die Stirn. »Ich soll dein Gepäck holen«, flüsterte er. »Der Comandante hat mich geschickt. Er hat Marta gesagt, daß du mit ihm gehst. Warum . . .«

Sie zog ihn ins Zimmer und schloß die Tür hinter sich.

»Wir haben keine Zeit mehr, Miguel. Weißt du, wie du nach Santiago kommst?«

Er zögerte und nickte schließlich. »Ich könnte . . . kann mich durchschlagen.«

Alicia fühlte sich unfähig, eine Entscheidung zu treffen, aber sie hatte keine Wahl. Zuviel stand auf dem Spiel, und es blieb kaum noch Zeit. Es gab nur eine einzige Möglichkeit. »Geh zu der Bäckerei auf der Libertad in der Altstadt. Dort arbeitet eine Frau; sie heißt Felicia. Bring ihr die Kopien, die du gemacht hast, und die Nachricht, die ich geschrieben hatte. Es liegt alles unter deiner Matratze. Außerdem gibst du ihr diesen Zettel.« Sie kramte in einer Schublade und kritzelte schließlich ein paar Zeilen auf ein Blatt Papier. »Erzähl dieser Frau alles und beantworte ihre Fragen – über mich, über dich, was auch immer –, aber verlange unbedingt von ihr, daß ein Mann namens Maroto diese Informationen bekommt. Er muß gewarnt werden, daß Solario eine Falle ist. Wenn er die Informationen rechtzeitig erhält, kann er einen Ausweg finden.« Einfach wahnsinnig, dachte sie. Es war schon fast zu spät, und wer würde der phantastischen Geschichte eines Jungen zuhören?

Miguel stand auf, Entschlossenheit im Gesicht. »Ich werde es tun. Das verspreche ich.«

Sie stöberte in ihrer Handtasche, fand aber nur siebenunddreißig Pesos. Sie drückte ihm die Scheine in die Hand. »Es ist alles, was ich habe. Kannst du dich an die Botschaft erinnern?«

Er bat sie, den Auftrag langsam zu wiederholen, und gab ihn Wort für Wort wieder. Dann berührte er seine Stirn. »Es ist hier – für immer.«

Alicia beugte sich vor und berührte seine Schläfe mit den Lippen. »Bring zuerst mein Gepäck runter und fahr nach Santiago. Nimm den Küstenbus.« Sie küßte ihn noch einmal, zerzauste sein Haar mit der Hand und drückte die Wange an seinen Kopf. »Beeil dich, Miguel. Davon hängt sehr viel ab. Alles ist in deiner Hand.« Es klang zu förmlich, zu gestelzt, aber wie wollte man Liebe, Hoffnung, Haß, Furcht und Verrat innerhalb von zwei Minuten erklären?

Er nahm ihren Koffer, blieb an der Tür stehen und lächelte strahlend. »Danke, daß ich dies für dich tun darf«, sagte er schlicht und im Tonfall eines Erwachsenen. »Danke für alles.« Er drehte sich um und schleppte den Koffer durch den Korridor.

Sie setzte sich für ein paar Minuten hin, um ihre Fassung wiederzugewinnen. Der Hubschrauber dröhnte, und die Halme des Rasens neigten sich unter dem Luftdruck.

»Beeil dich, Miguel«, sagte sie unhörbar.

13.

Sierra Maestra, 19. Oktober 1962

Der Wind war unbeständig; er stürmte eine Minute lang und flaute in der nächsten wieder ab. Es nieselte dauernd, und der Nebel hüllte sie ein wie ein feuchtes, graues Tuch.

Die vier mühten sich den Berghang hinauf, auf den Kamm der Sierra Maestra zu. Brocassie war kaum fähig, Bäume zu erkennen, sobald sie mehr als ein paar Fuß von ihm entfernt waren. Die Luft war vom Gestank verwesender Pflanzen und dem hartnäckigen Geräusch des Regens und der hackenden Macheten erfüllt.

Brocassie merkte die Erschöpfung in seinen Knochen, spürte, wie sie durch seine Muskeln sickerte und auch die letzten Reste seiner Kraft aufsog. Er zählte die Schritte zwischen den Ruhepausen, obwohl es immer weniger wurden. Den ganzen Morgen hindurch hatten sie gehört, wie Hubschrauber über den Kamm hinwegbrausten, aber vor denen waren sie sicher. Die Hubschrauber konnten nur oberhalb der Wolkendecke fliegen, die über der Sierra lag. Außerdem schienen sie immer noch am Südhang zu suchen, den die vier längst hinter sich hatten.

»Schaffst du's noch?« fragte Porto müde; seine Brust hob und senkte sich vor Anstrengung. Seine Bartstoppeln waren jetzt schmierig, und seinen Augen sah man den Schlafmangel an. Er winkte mit der Hand, und die beiden kubanischen Jungen hielten an und ließen sich sofort zu Boden gleiten. Einer von ihnen steckte sich eine Zigarette an, und der andere zog einen Streifen gedörrtes Rindfleisch hervor. Beide trugen sie Packgestelle mit über fünfzig Pfund Ausrüstung, dazu noch ihre M-2-Karabiner. Die Gewehre hatten sie mit schwarzen Plastiksäcken umwickelt, um sie vor der Nässe zu schützen. Einer von ihnen hatte drei abgestoßene und schlammbeschmierte russische Handgranaten am Gürtel hängen. Brocassie vermutete, daß die verdammten Dinger sofort explodieren würden, wenn man sie entsicherte. Verrückte Burschen, aber eisenhart.

Einer drehte sich zu ihm um, verzog das Gesicht und machte eine obszöne Geste. Brocassie lächelte unwillkürlich und erwiderte sie. Sind in Ordnung, die kleinen Lümmel, dachte er. Schließlich können wir alle Krieg spielen. Für den Tod gibt's kein Mindestalter. Er grinste und dachte an die jungen Schläger auf den Straßen von Denver: Wie würden die wohl damit fertig werden, durch Schlamm und Nebel zu klettern und dabei zu wissen, daß sie in den nächsten dreißig Sekunden vielleicht statt zu atmen Blut spucken würden, wenn jemand 'ne Runde Granaten ausgab? Wahrscheinlich wären diese beiden Jungs fähig, um zwei Uhr morgens seelenruhig die Larimer Street hinunterzuschlendern und eine Spur verstümmelter Strauchdiebe hinter sich zu lassen, ohne daß man ihnen selbst ein Haar krümmen würde.

Porto setzte sich mit dem Rücken gegen einen Baum und steckte eine Zigarre an. »Mein verfluchtes Königreich für ein Bier«, stöhnte er. »Im Schlamm zu klettern ist Scheiße, was?« Er versuchte zu lachen. »Buchstäblich, meine ich.« Ihre Stiefel sahen aus wie mit Schokolade überzogen.

»Wie weit noch bis zum Kamm?«

Porto zuckte die Achseln. »Wir werden's merken, wenn wir nicht mehr bergauf, sondern bergab marschieren. Bei diesem Tempo vielleicht in einer Stunde. Aber ich meine, wir sollten für heute Schluß machen. Du hast ungefähr vier Meilen hinter dir, und den größten Teil davon steil nach oben. Ich weiß gar nicht, was dich so antreibt.« Er zog eine Augenbraue hoch. »Laß dir Zeit, Junge. Du machst mich mürbe.«

Brocassie beugte sich vor, nahm die Zigarre, zog daran und gab sie zurück. Der Tabak schmeckte schal, und er hatte das Gefühl, die Abgase eines Dieselmotors einzuatmen. Er hustete und spuckte Schleim aus. »Laß uns weitermachen – jedenfalls bis zum Kamm. Die Russen haben da oben bestimmt drei oder vier Kaffeemühlen im Einsatz. Die Wolkenschicht ist ein Glücksfall. Wir klettern bis zum Kamm, ruhen uns aus, bis die Sonne untergeht, und marschieren dann runter zu Marotos Lager. Können wir's bis Sonnenaufgang schaffen?«

Porto lehnte sich mit dem Kopf gegen den Baumstamm, das Gesicht im Nieselregen. Er hielt die Zigarre unter den Schirm seiner Drillichmütze und sah ein wenig lächerlich aus: ein kalter Krieger, aber man hätte ihn für einen nassen Landstreicher halten können, der am Rande eines Rangierbahnhofs lagert und einen geschnorrten Stummel raucht.

»Du bringst mich noch unter die Erde«, sagte Porto mit gespieltem Groll. »Woher hast du bloß die Kraft? Jetzt könnte *ich* eine

Tragbahre gebrauchen.« Er sog mehrere Male geräuschvoll an der Zigarre, inhalierte und blies unregelmäßige Rauchringe in die Luft. Dann nickte er. »Gut, du hast recht. Wir marschieren jeweils zehn Minuten und ruhen uns zehn Minuten aus. Auf diese Weise erreichen wir den Kamm immer noch bis zum frühen Nachmittag. Wenn wir irgendeinen Unterschlupf finden können, hauen wir uns hin und biegen dann am frühen Abend nach Süden ab, bis wir zu der Nachschubstraße kommen, die die Russen über den Paß gebaut haben. Laut Marotos Skizze orientieren wir uns an der Straße bis Kilometerstein 41 und biegen wieder nach Norden ab. Seine Wachtposten werden uns ungefähr drei Meilen später erwarten – vorausgesetzt, daß sie nicht zu sehr damit beschäftigt sind, Gebirgsziegen zu bumsen.«

Brocassie stützte sich auf die Knie und zog sich an einem jungen Baum hoch. Er hatte den überwältigenden Wunsch, sich einfach in den Schlamm fallen zu lassen und zu schlafen. Unsicher, schwankend und ein wenig benommen betrachtete er seinen Kompaß. Genau nach Norden und unverändert bergan. »Also, weiter. Wie es in dem Lied heißt: Milch und Honig fließen auf der anderen Seite.« Er begann, sich den Hang emporzuarbeiten. Porto war hinter ihm, und die beiden Jungen, deren Macheten auf das Gestrüpp eindroschen, übernahmen die Führung.

Sie setzten langsam einen Fuß vor den anderen, um nicht auf den schlüpfrigen Felsen und dem schmierigen roten Schlamm abzurutschen, und hielten sich fest, wo sie nur konnten.

Sie machten noch viermal halt, bevor es Mittag wurde. Hernando, der jüngere der beiden Burschen, hatte Durchfall bekommen, und dies verletzte seinen Stolz. Er versuchte, sich über sein Pech lustig zu machen, aber sein Gesicht war bleich und das steigende Fieber sorgte dafür, daß er wie im Schüttelfrost zitterte.

Porto hatte zu Brocassie aufgeschlossen. Er atmete schwer und hinkte. »Wir sehen fast so aus wie der Nachschub eines Altersheims. Ich habe leichte Schwierigkeiten mit meinem rechten Fuß. Wie fühlst du dich?«

»Kaputt«, erwiderte Brocassie. Ihm war schwindelig, er konnte seine Bewegungen kaum noch kontrollieren. Er kapitulierte und setzte sich auf einen Felsvorsprung. »Zehn Minuten.«

Luis und Hernando ließen sich ein paar Schritte vor ihm zu Boden sacken, zogen sich ihre Ponchos über den Kopf und benutzten ihre Karabiner als Stützen, so daß sie wie in Zelten dasaßen.

Porto plumpste neben Brocassie nieder, öffnete die Schnürsenkel seines rechten Kampfstiefels und zog den Fuß aus dem schlammgetränkten Leder. Seine Socke war feucht vor Blut, mit dunklen geronnenen Flecken. Er streifte die Socke ab und wackelte im Regen mit den Zehen. »Gottogott. Ein Gefühl, wie wenn's einem in einer Telefonzelle auf der Flagler Street mit der Hand gemacht wird. Nur besser.« Er massierte den Fuß, schnallte die Laschen seines Rucksacks auf und kramte nach dem Erste-Hilfe-Kasten.

Brocassie saß da und starrte geistesabwesend in den Nebel. Es schien unmöglich, weiterzumarschieren. Wie rasch die Muskeln schlaff wurden. Krankheit war ein Vorgeschmack des Todes. Jetzt waren sie zwei, fast drei Tage hinter ihrem Zeitplan zurück. »Hast du's geschafft, das Funkgerät zu reparieren, das wir mitgebracht haben?«

»Nein, es ist im Eimer. Zwei der Vakuumröhren sind kaputt, und außerdem ist so ein klebriges Zeug über das ganze Schaltbild ausgelaufen.«

»Wie steht's mit Marotos Gerät?«

»Zwecklos. Der Empfänger arbeitet einwandfrei, aber die Störungen gehen weiter. Der Sender scheint in Ordnung zu sein, aber er ist ungefähr so stark wie 'ne Kinderflöte. Wir sind abgeschnitten, Kumpel.«

»Und wenn wir Hagger einen Situationsbericht schicken müssen?«

»Per Hand, nehme ich an. Oder wir nehmen den Bericht auf Band auf, legen die Filme dazu und einer von Marotos Leuten kann dann alles mit einem Fischerboot rausbefördern.«

»Was ist mit diesem Hall, du weißt schon, der Bursche an der Bucht von Guantánamo, den Hagger erwähnt hat?« fragte Brocassie. »Das ist nur sechzig Meilen östlich von hier.«

»Eine von Haggers glänzenden Ideen, die sich nicht durchführen lassen. Hab' mich bei Maroto erkundigt. Castro hat dort überall Minenfelder legen lassen, und das Gelände ist dauernd von zwanzigtausend Soldaten umringt. Da kommen wir nie durch.« Er schüttelte den Kopf und machte sich mit einem Messer an seinem mit Blasen bedeckten Fuß zu schaffen. »Uns bleibt nichts anderes übrig, als den Bericht per Hand überbringen zu lassen.«

»Wie viele Tage würde das dauern?«

Porto schüttelte den Kopf und konzentrierte sich darauf, das rohe Fleisch zu säubern. »Vielleicht sechs, wenn alles klappt. Zehn Tage oder länger, wenn was dazwischen kommt.« Er zuckte zusammen, als das Jod auftropfte. »Ahhh! Scheiße!« Er biß die Zähne zusammen und schlenkerte mit dem Fuß.

»Jetzt sind wir zwei Tage hinter dem Plan zurück. Wir brauchen noch zwei oder drei, bis Maroto alles organisiert hat und wir die Lage erkunden können. Vier Tage für die Erkundung selbst und dann wahrscheinlich noch acht, um Hagger die Informationen zukommen zu lassen. Findest du die ganze Sache nicht auch bescheuert? Ein Haufen alter Männer, ein paar Jungs und wir.«

Porto wickelte einen Verband um sein wundes Fleisch und schüttelte den Kopf. »Du bist genau wie ich, Brocassie. Ein ausgemachter Zyniker. Was erwartet Hagger denn deiner Meinung nach – Wunder? Nein, nein, Meister. Er ist realistisch. Hagger weiß, daß in dem Komplex irgendwas Wichtiges vorgeht. Wenn es eine ausschließlich sowjetische Operation ist, wird's riskant. Es gibt eine Anweisung des Präsidenten, daß sich das amerikanische Militär oder die CIA auf keinen Fall auf etwas einlassen sollen, was sowjetische Opfer kosten könnte. Hagger kriegt also keinen Rückhalt für eine rein militärische Aktion.« Er wedelte mit den Händen wie ein Dirigent, der einen Tusch einleitet. »Täterä, Hagger schickt zwei entbehrliche Kubanerimitationen aus, zwei Strolche ohne Familie, ohne Adressen und ohne Steuererklärungen, und alles, was er erwartet, ist ein bißchen Action, jedenfalls genug, um Aufsehen zu erregen. Wahrscheinliches Ergebnis: ein paar tote Russen, ein Loch, das in irgendeinen Acker gesprengt wurde, ein, zwei Fotos – also keine große Sache. *Aber* er motzt sie auf, bis sie appetitlich wirkt, und dann geht er zu den großen Bossen der CIA und sagt: ›He, Leute, in Kuba hat irgendeine unautorisierte Aktion stattgefunden – natürlich ohne Wissen oder Billigung der Agentur –, aber seht mal, was dabei rausgekommen ist. Findet ihr nicht, daß wir was unternehmen sollten? Zum Beispiel könnten wir zusammen mit einer der kubanischen Gruppen in Miami eine hundert Mann starke Einsatztruppe organisieren oder, besser noch, die 82. Luftlandedivision losjagen und Nägel mit Köpfen machen.‹« Porto wiegte den Kopf. »Wir sind nur die Strohmänner, Kumpel. Entbehrliche Strohmänner.«

»Willst du darauf hinaus, daß es am besten ist, die Sache zu vergessen? Sollen wir Hagger hängenlassen?«

Porto bewegte die Zehen und fuhr zusammen. »Nicht ganz, aber wir sind nur für den Vorkampf zuständig. Der Hauptkampf kommt später.« Er lehnte sich zurück, bewunderte seine Arbeit und zog den Stiefel wieder an. »Ich stelle mir das so vor. Wir tun eben, was wir können. Wir können Fotos machen, das Bewachungssystem, den Routinedienst der Patrouillen, die Stärken und Schwächen ihrer Sicherheitsmaßnahmen auskundschaften. Wenn wir wirklich auf die Pauke hauen wollen, schmeißen wir ein, zwei Granaten, jagen ein paar Zäune in die Luft und verduften so schnell wie möglich. Glaubst du wirklich, daß Hagger erwartet, wir könnten in den Scheißkomplex eindringen?«

Brocassie starrte zu Boden. Er wußte, daß Porto recht hatte. »Und wie weit sollen wir gehen?«

Porto stand auf und knetete seine steif gewordenen Beine. Er warf seinen Karabiner über. »Wenn wir meinen, daß wir unsere Möglichkeiten erschöpft haben, schicken wir Hagger einen Bericht auf Band und alle Bilder, die wir aufnehmen können. Dann ziehen wir weiter nach Osten, nach Santiago. Alles andere ist unsere Sache.«

Alles andere ist unsere Sache. Und es ist fast genauso verrückt wie das, was wir jetzt versuchen. Brocassie zuckte die Schultern und antwortete nicht. Er schaute vor sich hin, und die Bilder vor seinem inneren Auge bewegten sich wie in einem vertrauten Film. Ihre dunkelgrünen, schwarzen, haselnußfarbenen, von goldenen Tupfern übersäten Augen. Haar, das über ihre Schultern und ihren Rücken strömt wie das Frühlingsschmelzwasser eines Gletschers. Das kleine Muttermal im Nacken, das sie berührte, wenn sie nervös war; dadurch hob sich unwillkürlich ihre Brust und zog seinen Blick auf sich. Wie sie die Lippen zu einer schelmischen Grimasse spitzte, bevor sie eine Orange aß; wie sie die Katze am Bauch packte, sich das Tier vors Gesicht hielt und seinen Schnurrbart anhauchte – die Katze genoß es und schlug nur träge mit den Pfoten durch die Luft. Die Erinnerung an sie überwältigte seine Sinne, und keines der Bilder wollte sich mit ihrem Verrat vereinbaren lassen. Aber er wußte nicht, was geschehen war, und um der einzigen Bindung willen, die er je im Leben eingegangen war, mußte er es herausfinden.

»Ja«, gab er schließlich zurück. »Danach sind wir dran.« Er stemmte sich hoch, und seine Füße fühlten sich an wie in der Erde verwurzelte Baumstümpfe. »Aber erst mal müssen wir sehen, daß Hagger auf seine Kosten kommt.«

Porto warf ihm einen neugierigen Blick zu, zuckte die Achseln und rappelte sich auf. »Es ist deine Beerdigung, Kumpel. Hauptsache, es wird nicht auch meine. Denk daran, daß ich kein solcher Draufgänger wie John Wayne bin.« Er schob die Arme durch die Gurte seines Rucksacks.

Die vier stiegen höher. Kurz nach fünfzehn Uhr erreichten sie den Kamm der Sierra.

Das Geröll auf dem Kamm bot den Füßen kaum sicheren Halt. Kein Baum, nur kümmerliches, windgebeuteltes Gestrüpp. Riesige Felsbrocken ragten am Gipfel hervor, unregelmäßig wie die Zähne eines alten Mannes. Brocassie dachte, daß es der ödeste Ort sei, den er je gesehen hatte.

Die vier schöpften keuchend Atem und machten sich dann an den Abstieg. Sie seilten sich an, sicherten einander der Reihe nach und tasteten sich langsam das steile Gefälle hinab. Der Nebel riß auf, man sah blauen Himmel zwischen den Wolkenfetzen, und die Sonne schien trübe hinter dem Musselinschleier.

Porto hinkte schwer, Schmerz zerfurchte sein Gesicht. Und Hernando hatte nicht einmal mehr die Kraft, seine Hose fallen zu lassen. Sein Hosenboden war verfärbt.

Sie fanden eine Felsplatte, die abgebrochen war und einen seitlich offenen Windbruch gegen den Berghang bildete. Die Platte bot einigen Schutz vor dem Wind und würde sie, was wichtiger war, vor den Hubschraubern verbergen, wenn sich der Nebel aufgelöst hatte.

Sie kochten Kaffee und aßen Dosenbohnen, die sie auf einem Campingkocher angewärmt hatten. Hernando zitterte und konnte nichts bei sich behalten. Er hüllte sich in seine Zeltbahn und scharrte fahrig über den Boden – wie ein verwundetes Tier, das nach Wärme und Sicherheit wühlt.

»Ihm geht's schlecht«, sagte Porto leise. »Außer Lomotil habe ich nichts im Erste-Hilfe-Kasten, was ich ihm geben könnte, und das spuckt der arme Kerl sofort wieder aus.«

Luis schien kaum beeindruckt. Er fischte seine Bohnen mit den Fingern aus der Dose, aß sie auf und schob die leere Dose tiefer unter den Felsen. »Das passiert ihm oft. Er stirbt nicht daran, aber er kann sich kaum bewegen.« Er drehte sich fachmännisch eine Zigarette, hielt einen Zweig in die blaue Flamme des Kochers, zündete die Zigarette an und lehnte sich zurück. »Wir müssen unseren Plan ändern«, sagte er nüchtern.

»Und wie . . .«, knurrte Porto.

»Marotos Lager ist schwer zu finden.« Er kratzte mit dem verkohlten Zweig über den Felsen und zeigte die Route auf. »Aber zwei Meilen hinter Kilometerstein 41 sind im Landesinneren mehrere große Felsvorsprünge – die ›Nadeln‹ heißen sie. Wenn ich sie heute nachmittag finde, könnte ich bis zum Abend wieder raufkommen. Und am Morgen könnten wir direkt auf Marotos Lager zuhalten. Wir würden sieben, vielleicht acht Stunden Fußmarsch sparen. Außerdem könnten wir den Patrouillen ausweichen, denn sie bleiben möglichst dicht an der Straße, um von unseren Scharfschützen keine Kugel in den Kopf zu kriegen. Sie kontrollieren die Straße, aber wir kontrollieren die Sierra.« Seine Stimme hatte einen scharfen Beiklang von Stolz – keine bloße Prahlerei, dachte Brocassie.

»Was meinst du?« fragte Porto, an Brocassie gewandt.

Er warf einen Blick auf Hernandos gekrümmte Gestalt. Der Junge schlief jetzt erschöpft. Und Porto hatte sich so wenig wie möglich anmerken lassen, aber sein Fuß war in einem schlimmen Zustand. Man konnte den Gestank der Fäulnis riechen, sogar in dem zugigen Windbruch. Die Sache war nicht ohne Risiko, aber Luis kannte sich aus. Er war wie eine Gemse mit einem starken Territorialinstinkt und einem noch stärkeren Überlebenswillen. Brocassie nickte. »Er soll's versuchen.«

Luis nahm einen kleinen Rucksack mit Lebensmitteln, Streichhölzern, Wasser und Munition und das immer noch in den Plastikbeutel eingehüllte Gewehr mit. Er stieg den Hang hinunter und war nach zwanzig Schritten im Nebel verschwunden.

»Was glaubst du wirklich?« fragte Porto. »Maroto hat doch gesagt, drei Männer könnten Verräter sein. Luis gehört dazu.«

»Aber Maroto hält Enrico für den Verräter, stimmt's?«

Porto nickte. »Ja, ich habe den Kerl gesehen, und ich würde ihn auch für den Schuldigen halten: ein richtiges Arschloch. Trotzdem . . .«

»Das habe ich mir auch durch den Kopf gehen lassen, aber Luis hat keine Möglichkeit, mit irgend jemandem Verbindung aufzunehmen. Wenn er es ehrlich meint, dann können wir den Marsch gewaltig abkürzen. Wenn er bis zum frühen Abend zurück ist und die Abkürzung gefunden hat, können wir ihm vertrauen. Aber wenn er plötzlich mit einer DGI-Einheit auftaucht, dann müssen wir uns eben durchschlagen. Schließlich haben wir den Höhenvorteil. Sie würden niemals den Hang raufkommen. Wenn wir sie abwehren und am Hang entlang nach Osten marschieren, stoßen wir tiefer in Marotos Gebiet vor und können früher oder später mit Hilfe rechnen.«

»Also stellen wir einen Posten auf.« Porto setzte sich mühsam auf und griff nach seiner M-3.

»Nein.« Brocassie schüttelte den Kopf. »Ich bin hellwach. Laß mich die Wache bis zum Anbruch der Dunkelheit übernehmen, dann wecke ich dich. Muß über einiges nachdenken.«

»Dein einziger Fehler, Kumpel: Du grübelst zu viel.« Porto kratzte sich am Kopf, fuhr mit den Fingern durch den Bart, legte sich zurück und verschränkte die Hände auf der Brust. Dreißig Sekunden später schnarchte er.

Brocassie hockte am Eingang des Felsüberhangs und hielt Wache. Hinter ihm schnarchte Porto, und Hernando klapperte im Schlaf vor Kälte und Fieber mit den Zähnen. Brocassie verbannte jeden Gedanken und konzentrierte sich nur auf den Hang unter ihnen. Er suchte ihn durch das Fernglas ab und fixierte die Punkte, wo Männer, die ihr Lager stürmen wollten, Deckung finden würden. Es gab verdammt wenig Deckung, und der Anstiegswinkel lag bei dreißig Prozent. Eine einzige Schlucht, aber sie war weit zur Linken, vielleicht mehr als zweihundert Meter entfernt. Schließlich lächelte er und zündete sich eine Zigarette an. Es war leicht zu begreifen, weshalb Castro diese Berge in der Anfangsphase der Revolution benutzt hatte – und weshalb Maroto sie jetzt benutzte. Sie konnten kaum eingenommen werden.

Er entspannte sich langsam und lehnte sich gegen den Felsen. Fliegen summten um seinen Kopf und ließen ihn schläfrig werden. Eine Ameise kroch über sein Hosenbein, dann eine zweite und eine dritte; sie untersuchten Brotkrumen. Zwei Eidechsen huschten an dem Felsen neben seinem Kopf hinauf, wandten ihm ihre hellen Augen zu; ihre Farben schillerten zwischen Grün und Braun. Er beobachtete sie und versuchte zu erraten, welche die Spitze des Felsens erreichen würde. Dann schlief er ein.

Er erwachte kurz vor Sonnenuntergang. Der Nebel war verschwunden, und mit ihm die Feuchtigkeit. Die Luft im Tal war glänzend und klar wie ein Kristallglas. Nur im Nordwesten, fast am Horizont, ballte sich eine Masse schwarzer, dickbauchiger Wolken zusammen. Morgen würde der Himmel regenverhangen und von Windböen gepeitscht sein, und der Schlamm würde noch tiefer, noch gefährlicher sein, denn er würde ihre Fußspuren festhalten.

Aber das war erst morgen. Die heutige Nacht war eine Zeit des Friedens.

Brocassie stand im Schutze des überhängenden Felsens auf und blickte über das Tal hinweg. Die zurückweichenden Wolken am westlichen Horizont ließen orange Streifen von Sonnenlicht über das Tal fluten, und die von Glimmer übersäten Felsen auf der Hügelkette der Sierra de Micaro, die auf der anderen Seite des Tales lag, warfen die Strahlen glitzernd zurück. Unter ihm, schon in Dunkelheit gehüllt, war der Talboden. Bleiche grüne Lichter bildeten Ringe innerhalb von Ringen, die einen gewaltigen Bereich einschlossen. Die Begrenzungslichter des Komplexes, dachte er. Innerhalb des Komplexes waren noch ein paar verstreute, zumeist bewegliche Lichter zu erkennen. Vielleicht Patrouillen. Oder Oberflächentransportmittel für die Techniker. Alles andere befand sich unter der Erdoberfläche.

Sein Körper war steif und spröde wie ein feuchtes Stück Leder, das man zum Trocknen in die Sonne gelegt hat. Die Nähte an seiner Stirn spannten, und er spürte den fast unwiderstehlichen Drang, sich zu kratzen. Aber es gab keine Probleme. Die Wunde war sauber und verheilte ohne Komplikationen. Doch im Inneren der grauen Zellen ist es etwas anderes, dachte er. Er hatte immer noch ständige, pochende Kopfschmerzen, und mit dem linken Auge konnte er nur verschwommen sehen. Essen und Schlaf. Saubere Laken und ein schönes Bad mit einer Flasche Whiskey als Gefährtin. All das war so fern wie Eiscreme in der Wüste Gobi.

Er trat vor den Unterschlupf, setzte sich auf einen Felsen und massierte seine verkrampften Wadenmuskeln. Was wohl mein Vater davon gehalten hätte, daß ich für Hagger und die übrigen Fischbäuche arbeite, um die Segnungen des amerikanischen Lebensstils über den Erdball zu verbreiten? Der alte Mann hätte ihm wahrscheinlich gesagt, daß es eine ehrlose Arbeit sei – fast konnte er seine Worte hören. Männer hätten ihre eigenen Kämpfe auszutragen, nicht für andere und nicht zum persönlichen Vorteil. Und schon gar nicht für die Liebe einer Frau. Jeder Dummkopf wisse, daß es viele Frauen gibt, die nur auf einen Mann warten. Vielleicht, dachte Brocassie, aber der alte Mann hatte diese Frau eben nie gekannt.

Aus dem Augenwinkel bemerkte er unter sich im Halbdunkel eine undeutliche Bewegung. Er packte die M-3, ließ eine Patrone in die Kammer gleiten und richtete das Visier auf die näherkommende

Gestalt. Noch fünfzig, dann noch dreißig Meter. Der Junge. Er legte den Sicherungshebel um und wartete.

Luis kam von Nordwesten und stapfte den Hang empor. Er blickte auf, grinste, hob die Hand und kletterte weiter. Aus der Nähe sah Brocassie, daß seine Haut vor Anstrengung gerötet war. Er keuchte wie ein Hund im Hochsommer, ließ seinen Rucksack und sein Gewehr neben Brocassie fallen und hockte sich hin.

»Wie ist's gelaufen?«

Der Junge schüttelte den Kopf, griff in seinen Rucksack, zog ein Stück Wurst hervor, biß hinein und spülte das Fleisch mit Wasser aus seiner Feldflasche hinunter. Er legte sich zurück und war immer noch außer Atem. Als er etwas zur Ruhe gekommen war, setzte er sich auf und nahm noch einen Schluck aus der Feldflasche. »Schweinisch. Der Berg ist schweinisch.« Er schnupfte sich mit den Fingerspitzen aus und wischte sich die Nase am Ärmel. »Aber ich habe die Felsen, die ›Nadeln‹, gefunden.«

»Hast du eine Kompaßpeilung?«

Der Junge starrte ihn an, als sei Brocassie wahnsinnig. »Was glaubst du denn, was ich getan habe, während ihr auf eurem Hintern gesessen habt? Natürlich. Null zwei drei nach Magnetpol. Ungefähr drei Meilen bergab und nach Nordosten. Dann östlich an der Höhenlinie entlang. Damit holen wir Meilen raus.«

»Ausgezeichnete Arbeit. Das erspart uns verdammt viel Schwierigkeiten.«

Luis nickte zustimmend, ein selbstzufriedenes Lächeln lag auf seinem Gesicht. »Ja, ausgezeichnete Arbeit, das muß ich selbst zugeben. Aber unser Gerede kann Hernando und deinen Freund auch nicht in Marotos Lager bringen. Wenn wir bis morgen früh warten, wird es regnen. Mit dem Fuß deines Freundes sieht es übel aus. Der Hang ist steil und sehr gefährlich. Wir sollten heute nacht starten. Da regnet es noch nicht, und um die Flugzeuge oder die Patrouillen brauchen wir uns auch keine Sorgen zu machen.« Er zog den Rest der Wurst hervor, biß kleine Stücke ab wie ein Nagetier und zog die Pelle behutsam mit den Zähnen zurück. Er ließ den Blick über das Tal schweifen, und seine Augen schienen alles in Besitz zu nehmen. Der König der Berge, dachte Brocassie, ihm gehört alles.

Der Junge hatte nicht unrecht, aber Brocassie konnte sich nicht vorstellen, daß Hernando in völliger Dunkelheit drei Meilen schwieriges Gefälle durchstehen würde. Es war besser, einen ganzen Tag abzuwarten und es morgen nacht zu versuchen. »Nein«, sagte er. »Wir bleiben vorläufig hier.«

Der Junge stocherte zwischen seinen Zähnen herum und schwieg eine Weile. »Ich habe gehört, worüber ihr vorhin gesprochen habt, als wir in der Nähe des Kamms waren. Könnt ihr euren Zeitplan nicht einhalten? Ihr müßt zuerst den russischen Stützpunkt da unten beobachten, stimmt's? Bevor angegriffen werden kann.«

»Wir sind hinter Informationen her. Porto sagt, daß Maroto nicht an einem Angriff interessiert ist.«

Der Junge nickte. »Das habe ich mir gedacht. Maroto ist ein alter Mann, und er hat keinen Mumm mehr. Bei einem Angriff würde er, glaube ich, nicht mithelfen. Er will nur durchhalten, bis die Amerikaner einmarschieren, und dann wird er ein Held sein. Er träumt davon, Chef jener Regierung zu werden, die die Amerikaner einsetzen. Maroto ist – wie soll ich sagen – sehr politisch eingestellt. Wir anderen wollen nur überleben.«

Er warf einen Blick über die Schulter zu Porto und Hernando, die immer noch schliefen. Dann drehte er sich wieder Brocassie zu und flüsterte: »Du weißt, was mit dem Fuß deines Freundes los ist?«

»Eine üble Blase . . .«

»Nein, nicht nur eine Blase. Sein Fuß ist stark infiziert. Er hat die Blase heute morgen, bevor wir aufbrachen, mit einem erhitzten Messer aufgestochen. Eine Menge Eiter kam raus, und die Adern an seinem Bein färben sich langsam rot. Ich hab's mit eigenen Augen gesehen.«

»In seinem Erste-Hilfe-Kasten sind Antibiotika . . .«

Luis schüttelte langsam den Kopf – wie ein alter Mann, der Todesanzeigen liest. »Nein, wir haben die meisten für dich verbraucht. Und er hat heute morgen die letzten eingenommen. Nur Maroto hat noch mehr.« Er stopfte die Hände in seine Taschen. »Dein Freund muß so schnell wie möglich Marotos Lager erreichen, und Hernando auch.«

»Zum Teufel, genau das versuchen wir doch!«

»Lo que usted quiera«, antwortete Luis. Seine Worte waren so glatt wie aus dem Ärmel gezogene Seidentücher. »Ich habe einen Vorschlag, wie wir in kurzer Zeit 'ne Menge erreichen können. Es würde uns allen helfen.«

»Laß hören . . .«

»Wir alle steigen heute nacht bis zu den ›Nadeln‹ runter. Morgen, bei Tagesanbruch, können dein Freund und Hernando am

Hang entlang nach Osten weitergehen. Bis um neun werden Marotos Posten sie aufgreifen, und spätestens um elf haben sie heißes Essen und Medikamente im Bauch. Von den ›Nadeln‹ aus kennt Hernando den Weg genauso gut wie ich.«

»Und was fangen wir beide an, Luis, verdammt noch mal?« Der Junge war zu ungeduldig, zu selbstbewußt. Die ganze Darbietung war etwas zu glatt.

»Ich habe dich heute beobachtet. Du bist noch nicht ganz bei Kräften, aber es geht dir schon besser. Auf jeden Fall brauchst du noch meine Hilfe.«

»Wozu?«

»Im Morgengrauen machen wir uns von den ›Nadeln‹ auf und steigen ins Tal. Da unten gibt's alte Nickelminen, die seit Jahren verlassen sind. Die Eingänge sind zugenagelt und total überwachsen. Kein Mensch kann sie finden, nicht einmal, wenn er so dicht dran ist, daß er hineinpinkeln könnte. Man muß schon ganz genau wissen, wo sie sind. Keine Milizpatrouille würde uns entdecken, und von dort aus könntest du mit deinem großen Teleobjektiv die Öffnung am Hang neben dem russischen Lager sehen, wo die unterirdischen Anlagen beginnen. Ich habe dort Lastwagen reinfahren sehen, sogar Güterwagen. Du kannst die Posten beobachten, ihren Zeitplan aufschreiben – all das, worüber du heute morgen mit deinem Freund gesprochen hast.«

Er versuchte, in der Miene des Jungen zu lesen, doch in der Dunkelheit konnte er nur den Widerschein der glänzenden Augen erkennen, und sie verrieten nichts.

»Warum schlägst du das vor?«

Luis zog die Schultern hoch. »Das würdest du nicht verstehen. Es hat mit meinem Vater zu tun, und ich möchte nicht darüber sprechen. Die einzige Frage ist, ob du mitmachen oder ob du einen Tag nach dem anderen verschwenden willst, während du darauf wartest, daß der Fuß deines Freundes gesund wird, und während Maroto dir Märchen darüber erzählt, wie viele Fidelistas er getötet hat.«

Es klang einleuchtend, sehr einleuchtend. Vielleicht könnte Brocassie all das, was er und Porto sich vorgenommen hatten, innerhalb von nur vier oder fünf Tagen schaffen. »Wie weit sind diese Minen vom Komplex entfernt?«

»Die Mine, an die ich denke, liegt auf einer kleinen Klippe an der anderen Seite des Flusses, der Öffnung am Berg genau gegenüber. Vielleicht sechs- oder siebenhundert Meter weit weg.«

Mit einem Teleobjektiv und einem Stativ könnte er einen Film machen, der auch das kleinste Detail wiedergeben würde.

»Ich weiß nicht«, wich er aus. »Ich muß mit Porto darüber reden.«

Der Junge zuckte die Achseln. »Es ist deine Entscheidung, nicht meine.«

Als Brocassie aufstand, blickte ihn der Junge noch kurz an, um dann in sich gekehrt in das dunkel gewordene Tal zu starren. Er stocherte in seinen Zähnen nach Wurstresten und spuckte sie aus.

»Gefällt mir nicht.« Porto zog totes Fleisch mit der Klinge seines Messers ab, als häute er einen Katzenfisch. Der Gestank war kaum zu ertragen.

Brocassie schluckte geräuschvoll; sein Magen begann zu rebellieren. »Es ist unsere einzige Chance.«

»Quatsch nicht, Brocassie! Ist das vielleicht dein Stil? Wir haben's bis jetzt gemeinsam geschafft, aber nun willst du auf eigene Faust losziehen. Ich sage dir, mein Fuß ist in zwei, höchstens drei Tagen wieder okay.« Er zuckte zusammen, während er das rohe Fleisch mit einem jodgetränkten Mullknäuel betupfte.

»Hör auf, Porto. Dein Fuß braucht mindestens vier oder fünf Tage, bis er ausgeheilt ist, und wenn du nicht bald Antibiotika kriegst, wirst du noch auf 'nem Holzbein nach Miami humpeln. Ich kann dich nicht tragen, und du mußt heute nacht aufbrechen, bevor die Wunde sich verschlimmert. Solange du dich bei Maroto ausruhst, kann ich mit Luis in der Mine warten und unseren Auftrag zum größten Teil erledigen.«

»Er hat irgendwas an sich . . . Ich traue dem kleinen Sack nicht.«

»Wahrscheinlich traut er uns auch nicht. Wir sollten die Sache so schnell wie möglich hinter uns bringen. Wenn die DGI erst einmal die Segelflugzeuge gefunden hat, durchkämmen sie die Sierra. Kannst dich drauf verlassen. Rein und raus, und zwar verdammt schnell. Das waren deine eigenen Worte.«

Porto wandte sich ihm zu. »Vielleicht hast du recht. Ich habe die ersten Symptome einer Blutvergiftung – nicht zu glauben, von einer gottverdammten Blase. Wie viele Tage?«

»Einen für den Abstieg, einen für den Rückweg und fünf an Ort und Stelle. Gib mir eine Woche.«

»In Ordnung. Eine Woche. Egal, ob du genug Material hast

oder nicht, du kehrst in spätestens sechs Tagen um. Einverstanden?«

»Einverstanden.«

»Und ich möchte, daß du Luis Mitte der Woche mit einem Bericht in Marotos Lager zurückschickst. Nimm das Tonbandgerät mit und kennzeichne das Band genauso, wie Hagger es uns gezeigt hat. Das sind meine Bedingungen.«

»Du traust ihm also wirklich nicht?«

»Es gibt nur zwei Menschen auf der Welt, denen ich vertraue, Kumpel. Und das sind wir beide.«

Brocassie zögerte und nickte schließlich. Für ihn galt das gleiche. Sie gaben sich über der züngelnden Flamme des Kochers die Hand.

Kurz nach zweiundzwanzig Uhr brachen sie auf. Der Himmel war immer noch klar, und die Sterne schimmerten gespenstisch bleich. Porto stützte sich auf Brocassies Schulter, Hernando zerrte als schwere Last am Seil unter ihnen, und Luis sicherte. Sie schoben sich Schritt für Schritt über das Geröll nach unten.

Um fünf Uhr, in dem verwaschenen Licht der kaum beginnenden Dämmerung, blickten sie über ein Feld aus spitzen Monolithen, die ›Nadeln‹.

Luis führte sie seitwärts über den Hang. Nun tauchte Gras auf, und der Boden unter ihnen war fest. Ungefähr alle zwanzig Schritte blieb Luis stehen, und die vier lauschten. Nichts, dachte Brocassie, nur die Geräusche der Nacht: Wind in den Bäumen, ein Ast, der sich an dem anderen reibt, die uralten Laute des Waldes. Er warf einen Blick auf sein Handgelenk. Halb sechs. Nur noch eine halbe Stunde bis zum Morgengrauen.

Brocassie schob sich an Porto vorbei und ging auf Luis zu. »Wir müssen uns beeilen. Es ist nicht mehr lange dunkel.«

Der Junge zog die Schultern hoch, er war offensichtlich gereizt. »Wir nehmen uns Zeit, oder wir können gleich einpacken. Es müßte sicher sein, aber ich habe hier schon Zigarettenstummel und ausgebrannte Kochstellen gefunden. Manchmal dringen die Patrouillen so weit vor. Wir sind an der Grenze zwischen unserem Bereich und dem der Fidelistas. Also machen wir langsam. Am besten, wir gehen um den Ostrand der ›Nadeln‹ herum, und dann marschieren wir beide nach Norden und Hernando und Porto nach Osten.«

Die Dämmerung glänzte bereits wie trübes Zinn am östlichen Himmel, als sie eine Klippe oberhalb der ›Nadeln‹ erreichten. Der

Geruch von Regen lag in der Luft, und die Blätter streckten dem aufkommenden Wind ihre Unterseiten entgegen.

»Hier trennen wir uns«, sagte Luis. Er packte Hernandos Arm. »Halte dich an die Höhenlinie und geh nach Osten, Richtung Sonne.«

Hernando nickte. »Es wird Maroto nicht gefallen«, sagte er. »Du weißt, daß er nichts von eigenständigen Aktionen hält.«

»Maroto ist ein alter Mann. Er denkt wie ein alter Mann, und er handelt wie ein alter Mann. Das kannst du ihm von mir ausrichten.« Er klopfte Hernando auf die Schulter. »Zwei Meilen, vielleicht ein bißchen mehr.« Luis kramte in seiner Hosentasche, zog einen kleinen Holzgegenstand hervor und reichte ihn Porto. »Eine Vogelstimme. Du mußt sie so drehen.« Er wirbelte den Pflock herum, so daß ein Zwitschern zu hören war. »Zwei Meilen an der Höhenlinie entlang. Dann müßt ihr jede Viertelmeile anhalten und dieses Ding benutzen. Wenn ihr ein Rascheln im Unterholz hört, müßt ihr die Waffen auf den Boden werfen und die Hände über den Kopf legen. Marotos Posten fackeln nicht lange.«

Porto humpelte auf Brocassie zu. »Sieben Tage, Kumpel. Wie abgesprochen.« Er schüttelte ihm feierlich die Hand. »Ich meine es ernst.«

»Ich auch.« Er erwiderte Portos Händedruck. »Bist du sicher, daß du die letzten zwei Meilen noch schaffst?«

»'Ne Kleinigkeit, Brocassie. Paß auf dich auf und laß den Jungen nicht aus den Augen. Er ist mir unheimlich, wie ein Fünfzigjähriger in der Haut eines Fünfzehnjährigen.«

Sie trennten sich. Brocassie sah zu, wie Porto und Hernando sich nach Osten entfernten, dann folgte er Luis, der nach Norden, ins Tal hinunter, abstieg.

Luis bewegte sich flink, aber fast geräuschlos. Da ihre Rucksäcke leichter waren und sie bergab kletterten, kamen sie rasch voran.

Seltsamerweise hörten sie keine Hubschrauber, keine Suchflugzeuge. Zuweilen konnte Brocassie weit entfernt zur Linken das Band der Sierra-Straße erkennen. Kein Fahrzeug weit und breit.

Kurz nach Mittag rasteten sie im Schatten eines Pinienhains. Brocassie holte den Feldstecher aus dem Futteral und ließ den Blick über das Tal und über den sichtbaren Teil der Sierra-Straße schweifen. Er reichte Luis das Fernglas. »Was meinst du?«

Der Junge musterte das Gelände flüchtig und gab ihm den Feldstecher zurück. »Nichts zu sehen.«

»Das ist es ja. Gestern waren Hubschrauber über dem ganzen Kamm. Und nun – nichts mehr.«

Luis zuckte die Achseln. »Vielleicht ist heute irgendein religiöser Feiertag.« Er lachte verächtlich. »Möglicherweise wissen sie nicht mal, daß jemand hier in der Sierra gelandet ist.«

Das glaubst du selbst nicht, dachte Brocassie. Keine Sekunde lang.

Im Laufe des Nachmittags bewegten sie sich stetig weiter nach unten. Die Pinien waren Mahagonibeständen und Gruppen von Bäumen gewichen, die stachelige Blätter hatten und von winzigen roten Beeren übersät waren. Luis schlüpfte fast mühelos, wie ein Waldtier, durch das Dickicht. Alle Achtung, dachte Brocassie. Der Junge war in seinem Element – ein Guerilla mit Köpfchen.

Dann wurde die Vegetation karger, bestand hauptsächlich aus Riedgras und ein paar Krüppelbäumen. Hier und da erhoben sich Hügel aus Erzrückständen, und halbverfaulte Schwellen waren über den Hang verstreut, wo einst Gleise zu den Minen geführt hatten. In den Hang getriebene Straßen waren nun weggeschwemmt und überwachsen.

Luis hielt am späten Nachmittag am Ufer eines Flüßchens an. Sie füllten ihr Feldflaschen auf und besprühten ihre Gesichter mit dem eisigen Wasser. »Nicht mehr weit«, sagte Luis, und ließ Wasser über sein verfilztes Haar schwappen. Er schüttelte den Kopf wie ein nasser Hund. »Eine Meile, vielleicht ein bißchen mehr. Die Schweine« – er nickte zum Talboden hinüber – »patrouillieren hier oben. Meist in Gruppen von sechs Männern, zweimal am Tag. Bis kurz vor Sonnenuntergang brauchen wir uns keine Sorgen zu machen. Sie schicken in der größten Tageshitze keine Patrouillen aus, nur am frühen Abend und in der Abenddämmerung. Niemals nachts.«

»Überprüfen sie die Minenschächte nicht?«

»Diese Minen sind sehr alt. Einige von ihnen wurden schon in den achtziger Jahren des vorigen Jahrhunderts angelegt, von kleinen Privatfirmen, nicht von großen Gesellschaften. Die reichen Erzadern waren nämlich schnell erschöpft, und dann war es mit dem Gewinn vorbei. Deshalb gab man die meisten Minen einfach auf, und schließlich brachen fast alle Eingänge zusammen. Diejenigen, die immer noch offen waren, wurden von der Regierung in den Fünfzigern gesprengt, weil zwei Männer vor ungefähr acht Jahren in eine Mine eindrangen und die Decke über ihnen zusammenstürzte.« Er grinste. »Es waren englische Reiseschriftsteller. Wenn es Kubaner gewesen wären, hätte sich keiner darum gekümmert.«

»Woher weißt du so viel über diese Gegend? Ich habe Maroto oder Fabricio nie viel darüber erzählen hören.«

»Ich wurde ganz in der Nähe geboren, keinen Tagesmarsch von hier, und bin in der Gegend aufgewachsen. Mein Vater war Unteroffizier in Batistas Armee. Wir wohnten in Ciguani, wo mein Vater stationiert war. Das ist ein beschissenes Nest, ungefähr zwanzig Meilen von hier. Als ich kleiner war, bin ich im Sommer durch all diese Hügel gewandert. Damals war kein Mensch hier oben.« Er beugte sich nieder, um einen letzten Schluck Wasser zu nehmen, und blickte danach auf. »Ich kenne dieses Land wie die meisten Männer die Pickel auf ihrem Schwanz.«

Bezaubernd, dachte Brocassie.

Sie zogen weiter, Luis voran, und erhöhten das Tempo, als die Hänge sanft in das Talbecken übergingen.

Sie überquerten mehrere Bäche, wateten durch ein Sumpfdikkicht voller stachliger Rohrkolben und drangen über Wiesen mit üppigem, hüfthohem Gras immer weiter nach Nordwesten ins Tal vor.

Kurz nach vier – das Licht war jetzt hart und glanzlos – blieb Luis unter den Ästen eines abgestorbenen Dividivi-Baumes stehen.

»Nicht mehr weit«, sagte er.

»Das hast du schon vor einer Stunde gesagt.«

Der Junge zog eine halb spöttische, halb herausfordernde Grimasse. »Wir könnten hier bleiben, wenn deine Beine zu schwach sind. Das Gras ist hoch genug, und der Baum bietet etwas Deckung. Wir können hier rasten und dann nach Sonnenuntergang wieder aufbrechen.«

Brocassie blickte sich um und überlegte. Nicht allzuviel Dekkung. Der Baum war kahl, seine Äste morsch, das Gras spärlich. Ein paar Sträucher krallten sich an Sandflecken zwischen dem Geröll eines Abhangs fest, aber es war eine gefährlich dürftige Deckung. »Nicht allzu gut. Wir sollten weitergehen.«

Luis warf ihm einen verächtlichen Blick zu und kletterte die Böschung hinauf. Er schob die Zweige der Sträucher zurück, rückte einen Stein beiseite und wandte sich zu Brocassie um. »Willkommen in meiner Höhle«, sagte er grinsend und schlängelte sich gewandt durch die kleine Öffnung.

Der Eingang war von einem wirren Steinhaufen blockiert, der bis zum Scheitel der Tunnelöffnung reichte. Es war kein Wunder, daß der Tunnel von außen nicht zu sehen war, und selbst wenn der Stein nicht den Eingang versperrte, war die Öffnung von den Zweigen des Strauchs verdeckt. Nicht zu übertreffen. Der Junge kannte sich aus.

Brocassie knipste seine Taschenlampe an und tastete sich weiter in den Tunnel vor. Nach dreißig Schritten erreichte der Grubenschacht ein jähes Ende; ein Abgrund, der grob mit faulenden Brettern zugenagelt war, klaffte im Boden. Brocassie richtete die Taschenlampe nach oben auf die Leitrolle mit den rostenden Kabeln, die in den Schacht hinunterbaumelten. Das Licht drang nicht sehr weit vor, wenn man in den Abgrund leuchtete. Er stieß mit dem Fuß einen Stein über den Rand und hörte ihn mehrmals gegen die Seiten des Schachtes prallen – dann Stille, und schließlich der dumpfe Widerhall eines fernen Plätscherns. Kein Ort für Schlafwandler, dachte er.

Er ging vorsichtig zurück und fuhr mit der Hand über die Deckenbalken. Er verstand etwas von Minen und wußte, diese war eine Todesfalle. Es klang dumpf, als er an die Stützen klopfte. Termiten und Fäule, vermutete er. Die Deckenbalken bogen sich unter enormem Druck und waren zum Teil angeknickt. Er schob sich behutsam zum Eingang zurück.

Luis hatte sich schon häuslich eingerichtet. Wasser brodelte auf dem Campingkocher, sein Schlafsack war ausgebreitet, Lebensmittel und Ausrüstung waren säuberlich an der Tunnelwand aufgestapelt.

Er blickte auf und wirkte wie eine Katze, die Sahne genascht hat. »Zufrieden?«

»Nicht übel«, erwiderte Brocassie, »solange keiner hustet.«

Brocassie wurde von Kaffeegeruch geweckt, rollte sich auf die Seite und sah auf seine Uhr. Es war zehn. Er hatte sechzehn Stunden geschlafen. Zwar fühlte er sich steif, aber zum erstenmal seit vier Tagen hatte er keine Kopfschmerzen, und sein Sehvermögen war unbeeinträchtigt. Die Nähte juckten teuflisch.

Luis hatte zwei Büchsen geöffnet und mischte Eipulver und Schinken in einer Bratpfanne. Er hatte eine kleine Kerosinlampe angemacht, obwohl ein schwacher Lichtstrahl durch den Steinhaufen am Eingang drang. Jetzt stellte er das Gemisch aufs Feuer. Brocassie ließ sich zurück in seinen Schlafsack sinken. Er wurde langsam wach, streckte die Arme, genoß den Duft des heißen Essens und erstarrte plötzlich.

»Himmel«, flüsterte er, »nimm den Schinken und die Eier vom Feuer! Die Patrouillen werden die Höhle wahrscheinlich nicht sehen, aber man riecht uns meilenweit.«

Luis rührte unbeeindruckt die Eier um. »Sie sind kurz nach Sonnenaufgang hier vorbeigekommen, keine dreißig Meter von uns entfernt. Vor der Abenddämmerung schicken sie keine Patrouille mehr. Darüber brauchen wir uns keine Sorgen zu machen.«

Brocassie kroch vorsichtig über den Steinhaufen zum Eingang. Es regnete und wehte heftig. Nichts bewegte sich außer den Zweigen der Bäume, dem schlammigen Fluß, der das Tal durchschnitt, und einem kleinen Vogel, der, keine zwei Meter vor der Öffnung, seine feuchten Federn auf einem schwankenden Ast des Dividivi-Baums spreizte.

Er blickte mit zusammengekniffenen Augen in das fahle Licht hinaus und versuchte, Einzelheiten zu erkennen. Unter ihm senkte sich das Geröllfeld zum Yara hinab. Jenseits des breiten, schlammigen Flusses lagen unter Bäumen die Ruinen eines Plantagengebäudes. Luis hatte von einem Tunneleingang in den Komplex gesprochen, aber er sah nichts als die dichte Vegetation am Ostrand der Plantage, die sanft zu einer flachen, von Gebüsch und Gras bedeckten Ebene anstieg. Er glaubte, die verschwommenen Umrisse eines Kettengliedzaunes ausmachen zu können, aber das Licht war schlecht und die Entfernung zu groß.

Dann kroch er zurück nach unten und frühstückte. Es spielte keine Rolle, daß das Essen aus der Büchse kam. Die Trockennahrung erschien ihm wie Nektar und Ambrosia. »Bist ein guter Mann«, sagte er, nachdem er seine Portion aufgegessen hatte. Der Junge blickte eine Sekunde lang zu ihm auf, verlegen und ein wenig verwirrt.

»Du hältst mich für einen Mann?« Seine Miene drückte Argwohn aus.

»Muy hombre«, erwiderte Brocassie mit ernster Stimme. »Du und Hernando, ihr habt mich getragen, mir den Hintern abgewischt und mich warm gehalten, und du hast die Abkürzung gefunden. Das hat wahrscheinlich Portos Bein gerettet. Und dann hast du deinen Hals riskiert, um mich hierher zu bringen.« Ihm war klar, wie sehr jeder Junge als Mann akzeptiert werden will, und Luis war ein ganzer Kerl. »Du bist ein richtiger Mann, Luis, und ein guter Freund. Besser geht's nicht.«

Luis schwieg und aß mechanisch weiter. Schließlich lehnte er sich zurück und stocherte mit einem Fingernagel zwischen den Zähnen.

»Was würden sie mit dir anstellen, wenn sie dich schnappen?« fragte er.

»Du meinst, was würden sie mit *uns* anstellen. Das brauche ich dir wohl nicht auszumalen.«

Der Junge schüttelte den Kopf. »Ich meine, sie wollen dich unbedingt haben, nicht?«

Brocassie hatte einen Frosch im Hals und ein seltsames Gefühl im Magen, das er nicht ganz bestimmen konnte. Er stellte seinen Kaffee ab. »Sie wissen nicht, daß ich in Kuba bin, Luis. Weshalb glaubst du, daß sie es wissen?«

Der Junge erwiderte seinen Blick mit ausdrucksloser Miene, dann senkte er die Augen. »Ich habe nur geraten, daß sie es wissen, Brocassie.« Er stand auf, kratzte die Bratpfanne aus und scheuerte das Eßgeschirr mit Sand. »Ich glaube, es wäre gut zu verschwinden. Ich habe das Gefühl, daß wir hier nicht sicher sind.«

»Was für ein Gefühl?«

»Ein Gefühl eben«, antwortete Luis leise. Seine Augen waren jetzt abgewandt. »Es war falsch von mir, dich hierher zu bringen.«

Brocassie richtete sich auf. Er versetzte dem Jungen einen leichten Stoß gegen die Schulter. »Zerbrich dir nicht den Kopf, Luis. In fünf Tagen machen wir uns auf die Socken. Wenn ich den Eingang nicht aus zwei Metern Entfernung sehen konnte, dann werden die Patrouillen ihn nicht aus dreißig Metern sehen. Wir verhalten uns einfach vorsichtig und beobachten den Komplex. Wir kochen morgens, wenn die Patrouillen vorbeigekommen sind, und dann erst nach Einbruch der Dunkelheit. Kein Grund zur Unruhe.«

Der Junge nickte, ohne zu antworten. Er streckte sich in seinem Schlafsack aus und wandte das Gesicht vom Schein der Laterne ab. Ein eigenartiger Bursche, dachte Brocassie. Launisch, arrogant, stolz und dann plötzlich eingeschüchtert. Ein Junge, der zum Mann wurde, und der Prozeß war, wie in Brocassies eigenem Leben, abrupt und schmerzhaft.

Er packte die Nikon, das Stativ und das 1000-mm-Teleobjektiv aus und kroch vorsichtig zurück zum Eingang. Das Loch war kaum breiter als seine Schultern. Die Zweige des Strauches vor der Öffnung behinderten seine Sicht. Er verwandte ein paar Minuten darauf, sie mit einem Nylonfaden zusammenzubinden, so daß er einen klaren Blick über das Tal hatte. Dann setzte er die Nikon mit dem Teleobjektiv auf das Stativ.

Blende, Entfernung, Scharfeinstellung – das Bild im Sucher wurde langsam deutlicher, bis die Einzelheiten in seinem Blickfeld messerscharf zu erkennen waren. Zuerst kümmerte er sich um die Plantage und konzentrierte sich auf das alte, ausgebrannte Hauptgebäude. Die Dachbalken waren ins Innere gestürzt, und die Fenster waren von Feuer und Ruß geschwärzt.

Er schob das Objektiv ein wenig nach rechts. Hütten. Eine neben der anderen. Wahrscheinlich die Unterkünfte für die Plantagenarbeiter.

Zugewachsene Hinterhöfe, abblätternde Farbe, grüne Schimmelflecke – der Eindruck von Verlassenheit. Er schwenkte das Objektiv nach rechts, zögerte und schob es zurück nach links. Bäume, Unterholz, gemähtes Gras. Mehrere verschwommene Gestalten hinter dem Laubwerk. Er hantierte an der Blende und versuchte, das Bild klarer einzustellen. Plötzlich schritt ein Mann durch sein Blickfeld. Hellbraune Uniform mit roten Kragenspiegeln, Epauletten, hohe Stiefel, Offiziersmütze. Mein Gott, dachte er, ein russischer Hauptmann! Zwei weitere Männer gerieten ins Objektiv, beide mit gestreiften Kampfanzügen, Schnürstiefeln und Helmen mit Tarnnetzen. Sie salutierten, und der Offizier, die Hand lässig an der Mütze, erwiderte den Gruß.

Brocassie beugte sich hastig nieder, um die erste Aufnahme zu machen. Er legte das Auge an den Sucher und stellte die Belichtung ein.

Klick. Er drückte auf den Auslöser und bannte das Bild der drei Männer auf die Emulsion des Films.

Die drei Männer bewegten sich auf etwas zu, was er nicht genau erkennen konnte. Der kleinere der beiden Soldaten bückte sich und löste ein Seil von einem Pflock. Er zog daran, und ein Tarnnetz erhob sich langsam wie ein Zelt – und wie durch ein Zauberkunststück wurde aus Laubwerk und Gesträuch ein SA-3 Goa-Boden-Luft-Raketenwerfer. Er erkannte ihn sofort. Zu Haggers Instruktionen hatte eine Diavorführung mit dem Titel »Raketen der Sowjetunion, gegenwärtiger Bestand« gehört. Die SIL-157-Zugmaschine war mit unregelmäßigen gelbbraunen, grünen und schwarzen Streifen angemalt; die beiden Goa-Raketen lagen nebeneinander in der Abschußvorrichtung.

Klick. Eine weitere Aufnahme. Brocassie schwenkte das Objektiv hin und her und inspizierte den Rest des Gesträuchs. Sieben – acht ... Er zählte zwölf ähnliche Umrisse. Andere Details traten hervor, während er das Objektiv behutsamer bewegte und jeden kleinen Bodenabschnitt untersuchte. Baracken für die Wachmannschaft, die gut mit Netzen getarnt waren; drei oder vier Feuerstellungen mit schweren 12,7-mm-DShK-Maschinengewehren; zwei ZSU-23-4-Fliegerabwehrselbstfahrlafetten, verhüllt mit Tarnnetzen und in das Dunkel überhängender Äste zurückgeschoben.

Scheiße! Sie hatten genug Feuerkraft, um jeden Luftangriff zurückzuschlagen – und dies war nur ein einziges Gesträuch. Er konnte nicht tiefer in die Plantage hineinschauen, weil ihm Bäume die Sicht versperrten, aber wahrscheinlich war diese Stellung nur eine von vielen. Er verbrauchte eine Filmrolle und dann noch eine.

Brocassie legte eine Mittagspause ein. Das Verfalldatum auf der Feldration Büchsenfleisch war 1952 – zehn Jahre alt, und die Dose war rostig. Hagger verschwendet kein Geld für solchen Luxus wie die Truppenverpflegung, dachte er. Man müßte dieses Zeug nur mal den gut gemästeten GIs aus Iowa anbieten, und die Armee hätte 'ne Revolte am Hals. Aber Hagger meint wahrscheinlich, dieser Fraß sei für die Jungs in der Sierra gerade gut genug. Das Fleisch stank, aber er aß es.

Nachmittag. Kaum etwas bewegte sich, nur gelegentlich trottete jemand in strömendem Regen und mit flatterndem Poncho durch das Gehölz. Zwei Geländewagen quälten sich durch den achshohen Schlamm.

Von einem Tunneleingang war nichts zu sehen. Nur dichtes Laubwerk am Rande der Plantage. Er legte das Stativ zusammen und kochte Kaffee. Vielleicht hatte Hagger recht.

Abend. Der Regen hatte sich zu einem Nieseln abgeschwächt, es wurde rasch düster. Er verlängerte die Belichtungszeit, öffnete die Blende und beobachtete den Komplex von neuem.

Am östlichen Ende der Plantage, wo er zuvor nur Laubwerk und Gestrüpp bemerkt hatte, war jetzt eine Lücke, und dahinter lag eine glatte Betonfläche. Während er zusah, wurde die Lücke breiter, und plötzlich begriff er, daß ein gewaltiges Tarndach und riesige Tarnvorhänge auf Gleitrollen zurückgezogen wurden. Es dauerte über zwei Minuten. Die in den Hang getriebene Öffnung glich einem Eisenbahntunnel, besaß aber ganz andere Dimensionen. Betonwände, die auf Bodenhöhe begannen, wuchsen keilförmig mit der

Steigung des Hügels nach oben. Wo sie in den Hügel führten, konnte er sogar ins Innere des Tunnels blicken. Er hatte keine reale Vorstellung von der Breite des Tunnels, bis er einen bewaffneten Posten bemerkte, der am Eingang hin- und hermarschierte. Er schritt von einer Seite zur anderen, machte eine elegante Kehrtwendung und marschierte zurück. Zweiundvierzig Schritte. Da war nicht viel auszurechnen: die Breite lag verdammt nahe bei vierzig Metern, und die Höhe des Eingangs mußte, grob geschätzt, bei rund dreizehn Metern liegen.

Brocassie machte drei Aufnahmen. Es gab zwar kaum noch Licht, aber er wußte, daß Haggers Leute in der Lage sein würde, ein Maximum an Details aus dem Film herauszuziehen.

Luis kroch den Steinhaufen hinauf, zwängte sich neben ihn und blickte hinaus. »Hab ich's dir nicht gesagt?«

Brocassie schaute noch einmal durch das Teleobjektiv, machte ein weiteres Bild und lehnte sich zurück auf die Felsen. »Ich hatte keine Ahnung, daß das Ding so verdammt riesig ist. Du hast davon gesprochen, daß Lastwagen in den Hügel reinfahren können, und ich stellte mir eine Art großer Garagentür vor, aber nicht so was!«

»Maroto wollte mir auch nicht glauben«, sagte der Junge. »Ich hab's ihm beschrieben, aber er lachte nur.«

»Ist er hergekommen, um es zu überprüfen?«

»Persönlich nicht, aber zwei seiner Männer. Sie sahen nur ein paar Soldaten der regulären kubanischen Armee, die auf der Plantage herumliefen, einen Tankwagen, ein Motorrad – und mehr nicht. Aber sie hatten keine Feldstecher, und außerdem wären die Borschtschfresser blöde, wenn sie das Tarnnetz mitten an einem klaren Tag hochziehen würden. Nur nachts – so wie jetzt – sind sie sicher vor amerikanischen Spionageflugzeugen. Marotos Leute blieben bis zur Abenddämmerung und kletterten dann wieder rauf in die Sierra. Sie nannten mich einen Quatschkopf, und Maroto stimmte ihnen zu.«

Kein Wunder, daß Luis Maroto verachtet, dachte Brocassie. Maroto hat ihn in seiner Ehre verletzt, und Luis würde das nie vergessen.

Sie warteten bis nach einundzwanzig Uhr, bevor sie ihr Abendessen zubereiteten: Büchsenfleisch, Pfirsiche aus der Dose und Kekse.

»Dein Vater – was war er für ein Mensch?« fragte Luis.

Hinter der Zeit zurückgeblieben, in einer anderen Epoche

erstarrt, dachte Brocassie. »Er war gütig, und er glaubte an etwas, an das ich seinem Wunsch nach auch glauben sollte. Ich bin nicht sicher, daß ich es noch tue, aber ich liebte ihn.«

Der Junge nickte. »Ich meinen auch. Er war Soldat in Batistas Armee, aber er war ein guter Mann, ein guter Vater, ein echter Freund. Meine Mutter starb vor langer Zeit, deshalb mußte mein Vater mich erziehen. Ich war wild, aber er hat mich immer verstanden, und er hat sein Bestes getan, um . . .« Luis konnte den Satz nicht beenden.

»Er fehlt dir?« Blöde Frage. Porto hatte ihm erzählt, daß Luis' Vater gefoltert und hingerichtet worden war. Von der Oriente-Abteilung der DGI, befehligt von Julio Álvarez.

»Er ist . . .« Der Junge zögerte. »Ich liebe ihn, würde alles für ihn tun, Brocassie.«

»Dein Vater ist tot, nicht wahr?« Vielleicht hatte er Porto mißverstanden.

Luis nickte. »Er ist tot. So tot, wie man nur sein kann.«

Der Junge rollte sich in seinem Schlafsack auf die andere Seite, so daß sein Gesicht abgewandt war. Aber dann sprach er mit gedämpfter Stimme. »Wir müssen von hier abhauen. Ich glaube, daß es gefährlich ist. Morgen, in Ordnung?«

Brocassie dachte darüber nach. Noch nicht. Er wollte mehr sehen, den Beginn der Tarnung fotografieren, seine Eindrücke auf Filme und Tonbänder aufnehmen. Schon jetzt reichte es, um einen Teil von Haggers Vermutungen über die Größe und Bedeutung des Komplexes zu bestätigen.

»Morgen früh sprechen wir darüber«, wich er aus, aber er wußte, daß er die vollen fünf Tage bleiben würde.

Der nächste Tag war verloren. Niedriger Nebel hing über dem Talboden, die Sichtweite kaum hundert Meter. Gegen Abend, es wurde schon dunkel, kam eine Patrouille vorbei. Die Männer stapften langsam dahin und taten ohne allzu große Begeisterung ihre Pflicht. Aber es waren keine Soldaten der regulären FAR oder der Miliz, sonder DGI-Angehörige, geführt von einem Mann mit slawischen Zügen ohne Rangabzeichen an seiner Uniform. Er war wachsamer als die übrigen Männer der Einheit, wie ein guter Jagdhund, der das Gelände durchstöbert und nach Wild schnüffelt. Einmal blickte er direkt auf den Mineneingang, und es kam Brocassie so vor, als müsse der Mann ein Lächeln unterdrücken. Das ist die Phantasie eines Paranoikers, dachte Brocassie.

Sie legten sich früh schlafen. Vorher hatte Luis wieder gedrängt, am nächsten Tag aufzubrechen, aber Brocassie hatte ihn mit vagen Ausflüchten abgespeist. Jetzt, wo sich die Suche allmählich lohnte, würde er nicht abbrechen. Verschwinden konnte er immer noch.

Mittwoch. Das Tief zog langsam weiter, es regnete nicht mehr, aber die Wolkendecke war immer noch dicht.

Luis war kribbelig. Er lief hin und her, machte Frühstück, scheuerte das Feldgeschirr mit Sand aus, stapelte es auf, sortierte die Ausrüstung und reinigte seine Waffe, ohne je zur Ruhe zu kommen.

»Himmel, Kleiner – setz dich hin. Du bringst es noch fertig, daß uns der ganze Berg auf den Kopf fällt.« Er hatte es halb scherzhaft, halb ernst gesagt und bedauerte es sofort. Luis war kein kleiner Junge mehr und wollte nicht so genannt werde. Ein übler Fehler, dachte Brocassie.

Luis kauerte sich nieder, rollte sich eine Zigarette und rauchte, seine Augen starr auf Brocassie gerichtet. Sogar als Brocassie sich umdrehte, um den Komplex zu beobachten, spürte er noch, wie sich die Augen in seinen Rücken bohrten.

Wieder die gleiche Prozedur. Männer entfernten die Tarnnetze von den Flugabwehrgeschützen im Gehölz, ließen die Motoren an, schwenkten die Geschützläufe von einer Seite zur anderen, stellten die Motoren ab und senkten das Tarnnetz wieder. Er bemerkte einen Jeep, der gegen Mittag die Plantage durchquerte, dann nichts mehr bis Sonnenuntergang.

Brocassie legte gerade einen neuen Film ein, als Luis sich an ihm vorbeizwängte. Der Junge war schon halb hinaufgekrochen, als er ihn am Gürtel packte. »Wohin willst du? Was bildest du dir eigentlich ein, *chico?*«

Der Junge wandte sich um und starrte ihn mit verzerrtem Gesicht an. »Ich will hier raus, Mann! Ich kann den Gestank unserer eigenen Scheiße und Pisse nicht mehr ertragen. Und mir wird übel, wenn ich das vergammelnde Essen bloß rieche. Ich will raus!«

»Die Patrouille . . .?«

»Die Patrouille kann mich nicht entdecken. Ich bin ein Junge, und Männer sehen Jungen nicht. Jungen sind unsichtbar, kapiert? Ich will raus, muß etwas Luft schnappen. Versuch nicht, mich zurückzuhalten!«

Luis war nicht dumm. Er kannte den Weg der Patrouille und konnte sich leicht vor ihr verstecken. Brocassie gab dem Jungen einen Klaps auf den Hintern. »Einverstanden, *chico*. Reagier dich ab. Nichts für ungut. Laß dich nicht sehen, aber komm vor zehn hierher zurück.«

»Ja, Chef, ganz wie Sie wünschen, Chef«, gab Luis zurück und kletterte durch das Loch hinaus.

Das war ein Fehler, sagte Brocassie sich. Gekränkter Stolz ist das schmerzlichste aller Gefühle. Am liebsten hätte er den Jungen zurückgerufen, um ihm zu erklären, daß er mit *chico* keinen Geisteszustand, sondern nur eine Altersstufe meinte. Aber Luis kletterte schon den Hang hinunter und verschwand im Unterholz.

Er beugte sich wieder aufs Teleobjektiv, beobachtete den Komplex und wartete. Sonnenuntergang. Die Tarnung hob sich wie der Vorhang in einer Theatervorstellung: gewaltig, majestätisch und faszinierend. Diesmal war das Licht viel besser. Er verbrauchte eine halbe Rolle Film.

Eine halbe Stunde lang passierte nichts. Dann kam aus dem Tunneleingang eine ödgraue Rangierlokomotive hervor, die einen Kran auf einem Plattformwagen zog. Es war kein gewöhnlicher Kran, sondern einer von gewaltigen Ausmaßen. Vor dem Tunnel hob der Kran den Ausleger – wie eine Schlange, die zum Zustoßen bereit ist.

Lichtflecke hüpften, während Männer mit nach unten gerichteten Taschenlampen um den Kran herumgingen. Dann geschah eine weitere Viertelstunde lang gar nichts.

Brocassie bemerkte es zuerst nicht, denn er hatte das Objektiv auf den Kran gerichtet, aber am Rand fing er eine verschwommene Bewegung ein. Er schwenkte das Objektiv in einem winzigen Bogen nach links.

Ein Plattformwagen mit einer Kiste darauf, die die volle Länge des Wagens einnahm. Mindestens fünfundzwanzig Meter. Drei Männer standen auf der Ladefläche, und der Kasten war doppelt so hoch wie sie. Der Plattformwagen wurde langsamer, durchfuhr eine Weiche und schob sich auf einem Parallelgleis neben den Kran.

Brocassie machte eine Aufnahme. Das Herz pochte ihm in der Kehle, und er hantierte mit zittrigen Fingern am Objektiv. Er mußte noch ein paar Bilder machen, bevor es zu spät war.

Die Männer bewegten sich am Plattformwagen entlang und öffneten Halterungen. Der Ladebaum des Krans senkte sich, das Kabel rollte ab. Die Kistenwand klappte herunter, und er sah die Rakete auf einer komplizierten Lafette liegen. Sie war fünfundzwanzig, vielleicht siebenundzwanzig Meter lang, völlig zylindrisch, ohne bestimmte Kennzeichen und nicht bedrohlicher als ein gewaltiges Abflußrohr, abgesehen von dem verhüllten Triebwerk und der sich verjüngenden Rumpfnase. Eine SS-4 Sandal. Sie konnte in Minuten von Kontinent zu Kontinent fliegen und war stärker als zehntausend verfluchte Lokomotiven. Da lag sie, verpackt in eine schwarzgesprenkelte Aluminiumhülle, auf einem Plattformwagen in einem Tal der Sierra Maestra: der Tod für eine Million Menschen. Brocassies Hand schwitzte, als er auf den Auslöser drückte. *Klick.*

»Brocassie!«

Luis hatte seinen Namen gezischt, aus nur wenigen Metern Entfernung. Das Zwielicht war verschwunden, diese Seite des Tals lag im Dunkeln. Er schob den Kopf vorsichtig aus der Öffnung und hielt nach Luis Ausschau. Blöder Hund! Die Patrouille war in dreißig Minuten fällig, vielleicht schon früher. Was zum Teufel hatte Luis vor? Er lauschte, konnte aber nichts hören. »Luis«, flüsterte er. Keine Antwort.

Er zog seinen Körper durch den Eingang, zuerst die Schultern, dann, sich windend, die Hüften – wie ein lahmes Kaninchen, das aus seinem Bau kriecht.

Sergio Piedra erwartete ihn; der Lauf einer AK-47 hob sich vor dem Horizont ab.

»Wie schön, daß du wieder in Kuba bist. Willkommen!« sagte er wie im Plauderton und schmetterte den Lauf mit aller Wucht nieder.

14.

»Aufstehen!« schnauzte Sergio Piedra.

Die Zelle war plötzlich kälter, und durch die geöffnete Stahltür konnte er im frühen Licht einen Betonflur erkennen. Er rollte sich auf die andere Seite und blinzelte zu Piedra hinauf, dessen Silhouette sich vor der Beleuchtung abzeichnete. Plötzlich wurde Brocassie von einer Taschenlampe geblendet.

»Hoch!« befahl Piedra mit schriller Stimme.

Vom Flur drang der Geruch von Desinfektionsmitteln herein, gemischt mit dem stechenden Ammoniakgestank von Urin und Kampfer. Er konnte das weit entfernte Murmeln von Männern im Flur hören.

Brocassie setzte sich auf den Rand der Pritsche und beugte sich vor, um seine Baumwollpantoffeln anzuziehen.

»Kümmer dich nicht um die Latschen. Zieh den Drillich aus – *los!*« Piedra fuchtelte mit der Automatik und bedeutete ihm aufzustehen.

Jetzt ist es also soweit, dachte er. Das Verhör. Er hatte ein hohles Gefühl im Magen, spürte einen dumpfen Schmerz irgendwo unterhalb der Brust, und seine Hände zitterten unwillkürlich. Ob Álvarez den Mut haben würde, seine Visage zu zeigen? Er blickte zu Piedra auf. »Ich wußte, daß es ein Fehler war, dich nicht über die Klippe zu stürzen, du Sack.«

Piedra trat ihm in die Magengrube. Er taumelte zurück und knallte mit der Schulter gegen die Wand.

»Damit du 'nen Vorgeschmack kriegst, Brocassie. Hoch mit dir, ausziehen. Mal sehen, ob du überhaupt Eier hast, *gusano*.«

Brocassie stand langsam auf, atemlos und schwankend vor Schmerz. Er wußte jetzt, daß er keine Reserven haben würde, wenn er Piedra reizte. Der Schmerz ließ schon nach, aber er täuschte Verwirrung vor, kam taumelnd auf die Beine, würgte, knickte in der Mitte ein und wackelte unsicher mit dem Kopf. Piedra packte ihn brutal am Hals. »Na komm schon, mein Lieber«, flüsterte er. »Wir haben ein kleines Plauderstündchen angesetzt, und ich möchte nicht, daß du dich verspätest.«

Brocassie legte torkelnd das Drillichzeug ab.

Piedra packte ihn am Arm und zwang ihn, sich vorzubeugen. »Eine Hand nach vorn, die andere nach hinten. In die Hocke, Bastard.« Er drehte ihm den Arm, so daß er sich bücken mußte, ließ Handschellen um das Gelenk vor Brocassies Körper schnappen und führte sie zwischen Brocassies Beinen hindurch zum anderen Gelenk. Er lachte heiser und zwang Brocassies Rücken mit einem Schlag in eine noch krummere Haltung. »Watschel wie eine Ente, Hurensohn, wenn du dir nicht die Eier durchsägen willst.« Er stieß Brocassie auf die Zellentür zu und trieb ihn von hinten mit dem Lauf der Automatik an.

In diesem Moment schwor Brocassie sich, daß er Piedra mit bloßen Händen töten, daß er sein Leben nicht ohne diese Genugtuung beenden würde.

Piedras Stiefel traf Brocassie gegen das Steißbein. Er stürzte nach vorn, ohne sein Gesicht schützen zu können, und knallte auf den Betonboden. Er war benommen, und ihm wurde die Luft abgeschnürt, als Piedra sich mit ganzem Gewicht auf seinen Rücken fallen ließ. Piedra stieß ihm einen Knebel zwischen die Lippen und wickelte ihm rasch einen Mullverband um den Kopf und über die Augen.

»Mein Fehler, Brocassie. Ich muß es wohl vergessen haben. Sieh nichts Böses, höre nichts Böses, sage nichts Böses.« Er preßte seinen Körper auf Brocassies Rücken und flüsterte ihm ins Ohr: »Wenn sie mit dir fertig sind, gehörst du mir, Schätzchen. Ich möchte herausfinden, wie zäh du wirklich bist – aber in aller Ruhe.« Seine Hand quetschte Brocassies Gesäß, seine Fingernägel bohrten sich ins Fleisch. »Mit scheint, du bist noch Jungfrau«, sagte er leise.

Piedra zog ihn auf die Beine, faßte ihn am Ellbogen und schob ihn hastig voran.

Sie gingen einen Betonkorridor mit Klima-Anlage hinunter, bogen nach links, dann nach rechts, schließlich ging es ein Stück weiter durch einen anderen Korridor. Sie hielten an, und Piedra zerrte an der Kette der Handschellen; ein stechender Schmerz durchfuhr Brocassies Genitalien, als sich das Metall in das weiche Gewebe bohrte. Er nahm an, daß sie irgendeinen Kontrollpunkt erreicht hatten, denn er konnte das Rascheln von Papier und den Atem eines anderen Mannes hören. Dann wurde er weitergestoßen, stolpernd, gekrümmt wie ein Tier in Ketten. Er drängte alles zurück, außer seinem Haß und dem Willen zu überleben.

Er wurde nach links geschoben – Pause –, dann wieder nach links, zwei Pendeltüren. Es roch nicht nach Desinfektionsmitteln, sondern eher nach Leichenschauhaus – Formaldehyd, Karbolsäure, Alkohol –, nach Tod und der Untersuchung des Todes.

Piedra stieß ihn durch eine weitere Tür. Jemand hatte sich vor ihm aufgestellt – ein Mann mit harten Ledersohlen, dessen Schritte von den Wänden des Korridors widerhallten. Eine Pause, Schlüssel klirrten, und eine Tür wurde geöffnet.

Die Handschelle an seinem linken Gelenk wurde aufgeschlossen, und er wurde an den Schultern gepackt und nach rechts geschoben. Die Hände drehten seinen Körper herum und drückten ihn sanft hinunter. Er spürte den Atem des Mannes auf seinem Gesicht und roch eine Mischung von Tabak und Mundwasser, einen Hauch von teurem Eau de Cologne.

»Es ist in Ordnung«, sagte der Mann mit einer Stimme, die seltsam steril klang. »Hinter Ihnen steht ein Bett. Setzen Sie sich!«

Brocassie setzte sich behutsam; harte Sprungfedern knarrten unter ihm. Er hörte, wie die Handschelle gegen Metall klirrte und zuschnappte.

»Sie können wieder schlafen«, sagte die Stimme. »Und dann werden wir uns unterhalten.« Brocassie wurde niedergedrückt, und der Mann warf eine Decke über ihn. »Sie können jetzt die Binde und den Knebel entfernen.«

Brocassie zog den elastischen Verband langsam mit seiner freien Hand herunter. Das Zimmer lag im Dunkeln, aber der Flur war beleuchtet, so daß der Umriß des Mannes zu sehen war. Er bewegte sich auf die Tür zu. Brocassie erhaschte einen Blick auf sein Profil. Es war ein etwas übergewichtiger Mann mit sich lichtendem Haar und einer Brille. Zwei Männer in weißer Uniform lösten ihn ab. Einer trug ein Tablett. Sie durchquerten das Zimmer und beugten sich über ihn.

»Drehen Sie sich um«, sagte einer von ihnen auf spanisch, mit starkem Akzent.

Brocassie zögerte.

Der Größere faßte ihn an die Schulter und zwang ihn, sich auf den Bauch zu rollen. Zwei Hände drückten auf seine Schulterblätter. Brocassie spürte, wie eine Nadel in seine Gesäßmuskeln drang; der Schmerz wuchs zu einem harten Knoten, als die Flüssigkeit injiziert wurde. Er versuchte, sich auf den Rücken zu rollen, konnte jedoch nur den Kopf heben und zur Seite drehen, bevor alles vor seinen Augen verschwamm. Sein Körper schien wirbelnd in eine bodenlose Leere zu fallen; die Gestalten der beiden Männer verschmolzen und verblichen, während das Licht trüber wurde.

Brocassie war genau unterhalb der Bewußtseinsschwelle, unfähig, sie zu überwinden. Gedanken rasten ihm durch den Kopf, aber sie waren bruchstückhaft, irrational. Er versuchte, sich nur auf eine einzige Sache zu konzentrieren. Wenn er einen Gedanken isolieren konnte, ließ sich vielleicht darauf aufbauen.

Ich bin . . . Er formte die Worte innerlich, bewegte die Lippen, doch sein Atem war nicht kräftig genug, um sie laut zu sagen. Noch einmal. Ich bin, dachte er. Deshalb . . . Aber das war das Ende.

Er konnte die Augen nicht öffnen, doch hinter der dünnen Hautschicht spürte er rotes, warmes Licht. Er bemühte sich mit aller Kraft, sein Lid zu öffnen, aber es war, als sei es zugenäht. Zeit, dachte er. Ich habe Zeit zu warten. Er entspannte sich und ließ sich von den Wellen der Mattigkeit überschwemmen.

Brocassie spürte undeutlich, daß man ihn betastete und daß seine Organe abgehört wurden; er vernahm ein schwaches Surren und fühlte, wie kaltes Metall seine Haut kribbeln ließ.

Jemand drückte auf seinen Augapfel, und sein Lid wurde behutsam hochgezogen. Brocassie konnte keine Einzelheiten erkennen, aber er sah mehrere über ihn gebeugte Gestalten. Ein dünner Lichtstrahl kam näher und blendete seine Pupille.

»Intravenöse Zufuhr verlangsamen. Pupillen zu stark geweitet, keine motorische Kontrolle«, sagte eine nüchterne Stimme. »Nicht sehr gut, Alex. Willst du ihn umbringen?«

Das Augenlid wurde losgelassen. »Geben wir ihm noch eine Stunde«, hörte er eine Frauenstimme sagen. Dann Schritte, das trübe rote Licht wurde schwarz, und eine Tür schloß sich. Stille.

Brocassie trieb näher an die Oberfläche. Er begann, Gerüche und Geräusche zu unterscheiden. Das Tropfen eines undichten Wasserhahns. Ein Summen irgendwo – vielleicht ein Fahrstuhl oder die Belüftung.

Ohne Beleuchtung und ohne Kontrolle über seine Muskeln, konnte er nur lauschen. Die Wassertropfen fielen in ein Metallbekken und bildeten einen Kontrapunkt zu seinem Herzschlag – weniger als einmal pro Sekunde. Er versuchte die Länge zu bestimmen. Tausendeins, tausendzwei, tausenddrei . . . Weniger, viel weniger. Langsam. Sein Herz schlug langsam. Oder war es eine Zeitverzerrung? Er versuchte das Tropfen nun zu ignorieren, aber er konnte es nicht. Gesichter glitten an seinem geistigen Auge vorbei, und er wollte sie festhalten, aber sie waren so flüchtig wie Schatten. Er versuchte, sich seinen Vater vorzustellen, und konnte es nicht. Alicia, Porto, Hagger, Luis . . . keinen von ihnen. Nur Wörter, die zu irgendeiner Existenz gehörten – etwas, an das er sich erinnern konnte, doch nicht ganz. Das Tropfen wurde langsamer, und mit ihm sein Herzschlag. Brocassie gab es auf und ließ sich wieder in den Schwebezustand sinken.

»Bring ihn zu sich«, sagte der Mann im weißen Kittel. Er setzte sich auf die Schreibtischkante und sah zu, wie sein Patient langsam das Bewußtsein wiedergewann. Er warf einen Blick auf EKG und EEG. EKG in Ordnung, wie zu erwarten. EEG von unregelmäßiger Frequenz mit hohem Amplitudenausschlag. Ganz wie erwünscht. Abhängigkeit, Gehorsam, Verwirrung.

Dr. Daniel L. Lunz, ein schwergewichtiger Mann von über Fünfzig, war normalerweise am Serbskij-Institut für Forensische Psychiatrie in Moskau tätig. Im Institut trug Dr. Lunz die Tracht seines Standes: einen weißen Kittel und auf Hochglanz polierte Kunstlederschuhe. Aber bevor er sich von seinem Chauffeur in einer Wolgalimousine zu seiner Wohnung fahren ließ, zog er die senffarbene Uniform eines KGB-Obersten an – passender Ausdruck seiner höheren Berufung, die darin bestand, den Geist der Menschen von unangenehmen Ideologien zu befreien.

Lunz schaute auf das EKG und schnauzte seine Helferin an: »BPH-21-Zufuhr zurücknehmen, Kitslowa! Du überforderst ihn.«

Kitslowa drehte rasch an einer Regulierschraube und veränderte die Tropfleistung. Der Monitor des Oszillographen bliepte langsamer, und Brocassies Herzschlag wurde allmählich wieder stabil. Lunz kehrte an seinen Schreibtisch zurück, nahm Platz und wartete. Fünfzehn Minuten würden genügen. Er hob den Telefonhörer und wählte eine Nummer.

»Roytschenko«, meldete sich eine Stimme.

»Hier ist Lunz«, sagte der Arzt. »Er wird in ungefähr zehn Minuten zu sich kommen. Wahrscheinlich wollen Sie dabeisein. Bringen Sie den Kubaner, diesen Álvarez, mit. Vielleicht kann er uns helfen.« Er wartete nicht auf eine Antwort und ließ den Hörer auf die Gabel fallen.

Der gesamte Konditionierungsprozeß war beschleunigt worden, und Lunz war wütend über Roytschenkos beharrliche Forderung, daß der Patient noch rascher bearbeitet werden solle. Die emotionale

Empfänglichkeitskonditionierung verlangte eigentlich wochenlange Vorbereitungen. Hunger, Demütigung, Isolation.

Die Moskauer Zentrale hatte ihn hierher in diese Jauchegrube ausfliegen lassen und dadurch seine Forschungen im Institut unterbrochen. Lunz hatte das Gefühl, kurz vor einem Durchbruch in der Verhaltenskontrolle zu stehen. Durch die chirurgische Einpflanzung einer nur radiergummigroßen Kombination aus einem Ultrafrequenzempfänger, einer Batterie und einer Sonde in den Schädel eines ›Patienten‹ konnte Lunz aus mehr als hundert Metern Entfernung eine jähe, ungeheuer schmerzhafte Migräne auslösen. Elektroenzephalographen zeigten, daß das zentrale Nervensystem den Schock nicht länger als ein paar Millisekunden ertragen konnte. Eine halbe Sekunde würde einen ›Patienten‹ in den totalen Wahnsinn treiben – tatsächlich hatte sich schon eine seiner früheren Versuchspersonen umgebracht, indem sie mit dem Kopf gegen eine Betonwand rannte.

Lunz war auf die Rehabilitation von Dissidenten spezialisiert. Eine Demonstration genügte im allgemeinen, um den ›Patienten‹ gefügig zu machen. Lunz hatte zwei der Geräte mitgebracht, ohne die Moskauer Zentrale oder Roytschenko darüber zu informieren. Möglicherweise, wenn alles andere fehlschlug, würde Brocassie Versuchsperson Nummer sieben in der Testreihe werden – der erste Fall, bei dem sich die praktische Anwendung unter realen Umweltbedingungen messen ließ.

Die Tür öffnete sich. Roytschenko und Álvarez traten ein. Sie stritten sich wütend über irgend etwas, und Roytschenko schlug die Faust in die Fläche seiner anderen Hand.

»Ruhe«, gebot Lunz. Er winkte sie zunächst zu zwei Stühlen hinter einem Vorhang, die dem Blickfeld seines Patienten entzogen waren. »Da draußen« – er nickte zu den Türen des Behandlungsraumes – »haben Sie das Kommando. Hier drinnen befehle ich.« Er gab seiner Stimme absichtlich den schneidenden Klang von Autorität.

Roytschenko nickte, offenbar von diesem Ausbruch überrascht und betroffen. Er ging auf die Stühle zu, und Álvarez folgte ihm.

»Sie werden sehen, daß es nicht lange dauert. Machen Sie sich's bequem.« Lunz zwang sich zu einem kühlen Lächeln.

Die beiden Männer nickten wie Marionetten, und Lunz mußte seine Befriedigung unterdrücken.

Es ist die Fortsetzung des ältesten Spiels, dachte er. Hexenmeister, Zauberer oder Arzt – es war im Grunde das gleiche, nur die Wortwahl und die Methoden hatten sich geändert. Die Menschen fürchteten die Macht eines anderen über den Verstand, und Lunz benutzte diese Furcht, um ihr Verhalten zu manipulieren.

Freud war nur ein alter Lumpensammler gewesen, der ausgefranste Fäden aus dem reichen Gewebe des Geistes herauspickte. Pawlow dagegen hatte die Bedeutung des ganzen Stoffes begriffen, und Lunz war durch und durch Pawlow-Anhänger.

»Der Patient, George Brocassie, kommt zu sich. Ich habe ihn in ein viel tieferes Koma versetzt, als normalerweise nötig wäre, aber die Vorkonditionierung ist minimal und fast völlig unwirksam gewesen. Das verschlechtert natürlich das Ergebnis.« Er wandte sich an Roytschenko. »Dafür werden Sie die Verantwortung übernehmen, Oberst.« Roytschenko wollte widersprechen, aber Lunz breitete die Hände zu einer ungeduldigen Geste aus und fuhr fort: »Ich habe das Verzeichnis der Fragen, die behandelt werden sollen. Er wird nur mir zuhören und Sie nicht bemerken. Wenn Sie einen bestimmten Themenbereich vertiefen wollen, heben Sie die Hand. Aber ich allein kontrolliere das Verhör. Gibt es irgend etwas, das Sie noch hinzufügen wollen?«

»Nichts Neues«, sagte Roytschenko, dessen Stimme wieder selbstbewußter wurde. »Wir wollen wissen, und zwar ganz genau, was er über den Komplex herausgefunden und wieviel er davon weitergegeben hat.«

Lunz nickte und ergänzte die Liste seiner Verhörfragen. »Also gut.« Er ließ sich auf einem Stuhl neben Brocassie nieder. »Wir fangen an.« Er bedeutete seinen beiden Helfern mit einem Nicken, das Zimmer zu verlassen, drehte sich dem Elektroenzephalographen zu und beobachtete die langsame, regelmäßige Bewegung des Punktes auf dem Bildschirm. Er öffnete den Hahn der IV-Flasche, überprüfte die Zufuhr und legte einen Schalter an einem Pult um. Die Reaktion ließ nicht auf sich warten. Brocassies Körper zuckte, die Muskeln zogen sich krampfartig zusammen, dann wurde er ruhiger, als Lunz den Strom abschaltete. Der Arzt wiederholte den Vorgang zweimal und beobachtete dabei das EEG. Brocassies Augenlider flatterten, und ein dünnes Speichelrinnsal tröpfelte aus seinem Mundwinkel.

»Sie können mich hören«, sagte Lunz.

Der Mund bewegte sich, brachte aber nichts Verständliches hervor. Lunz nahm die IV-Zufuhr zurück und wartete. Die EKG-

Kurve war kräftiger und schob sich rascher über den Bildschirm. Lunz beugte sich vor, öffnete Brocassies Augenlid und fühlte seinen Puls.

»Können Sie mich jetzt hören?« fragte er.

»Porto . . .?«

»Nicht Porto, aber ein Freund.« Er wischte ihm den Speichel mit einem Gazetupfer vom Mund. »Sie haben viel Pech gehabt, Brocassie«, sagte Lunz leise, »aber jetzt sind Sie in guten Händen. Wie fühlen Sie sich?«

Für einen Moment kam keine Antwort, dann bewegte Brocassie die Lippen. Es kostete ihn offensichtlich große Mühe. »Schwebe. Scheine zu – zu schweben. Schön.«

»Nur ein Beruhigungsmittel«, versicherte Lunz ihm. »Jetzt ist alles in Ordnung. Sie sind ganz ruhig. Kämpfen Sie nicht dagegen an. Entspannen Sie sich und achten Sie auf Ihre Atmung.« Er berührte Brocassies Stirn und streichelte die feuchte Haut, als besänftige er ein Tier. »Sie haben sehr viel Pech gehabt«, wiederholte er. »Erzählen Sie mir, was Sie über den Komplex herausgefunden haben.«

». . . Hagger sagen.« Seine Muskeln wurden starr, sein Gesicht war plötzlich schweißgebadet, und unterhalb seines Wangenknochens begann ein nervöses Zucken. Ein Schauder durchlief seinen Körper. »Kalt.«

»Ja, es ist kalt«, bestätigte Lunz. »Aber jetzt wird es wärmer. Ich habe die Heizung angestellt, und die Wärme breitet sich aus, bis zu Ihnen. Sie spüren die Hitze auf der Haut – wie von der Sonne. Es fühlt sich gut an, nicht wahr?«

»Ja . . . gut. Warm.«

»Ausgezeichnet. Wir sind hier, um Ihnen zu helfen, um Sie gesund zu machen.« Lunz blickte in das Verzeichnis der Fragen. »Porto . . .?« sagte er. »Wer ist Porto?«

»Porto. Er wartet auf mich . . . dann Botschaft an Hagger weitergeben.«

»Was soll er Hagger berichten?« Lunz Stimme war beruhigend.

»Komplex ist groß. Größer als . . .« Sein Gesicht verzerrte sich. »Menge Boden-Luft-Raketen. Aber etwas Wichtiges. Etwas sehr Wichtiges. Muß es ihm sagen.«

»Was ist wichtig?« erwiderte Lunz.

»Die Raketen. Nicht, was ich gedacht hatte. Nicht bloß Kurzstreckenraketen wie die FROGs. Viel größer. Wie auf den Dias, die

Hagger uns vorgeführt hat. Erinnere mich. Sandals, sah, wie eine abgeladen wurde, mit einem Kran. Russen schaffen sie unter die Erde.«

Das EKG war schnell, aber regelmäßig. Ausgezeichnet, dachte Lunz.

»Luis wird Porto eine Botschaft überbringen. Auf welche Weise – vielleicht mit einem Brief?«

»Tonbandgerät. Zeichnen alles auf Tonband auf. Luis soll Tonband und Filme mitnehmen. Porto kann es auf seinem eigenen Gerät abspielen und dann an Hagger schicken.«

»Gibt es ein spezielles Codewort, das Sie benutzen, damit Porto weiß, daß alles in Ordnung ist? Einen Gültigkeitscode, der beweist, daß das Band nicht unter – äh – Druck entstanden ist, daß alles plangemäß verläuft?«

»Nichts, nichts Derartiges. Kein spezielles Wort. Nur meine Unterschrift.«

Lunz zog die Augenbrauen hoch und flüsterte Roytschenko zu: »Hatte er irgendwelche Behälter für die Tonbänder?«

»Nur die Schachteln, in denen sie verpackt waren. Darin kann das Band mit der Post verschickt werden«, erwiderte Roytschenko leise.

Lunz wandte sich um, überprüfte die Monitoren und setzte das Verhör fort.

»Sie setzen also Ihre Unterschrift auf die Schachtel. Ist irgend etwas Besonderes mit der Unterschrift?«

Brocassie runzelte die Stirn. »Schachtel?«

»Die Schachtel, in die das Band kommt, Brocassie.« Lunz' Stimme wurde härter, ungeduldig. »Was ist mit der Unterschrift?«

»Mit einem Zahnstocher geschrieben, der in Urin getaucht wird. Porto soll sie mit Lösung betupfen, die Hagger uns gegeben hat. Schrift bleibt nicht unsichtbar, sondern wird dunkelrot.«

Wunderbar, dachte Lunz. Primitiv, aber sehr geschickt. Die Moskauer Zentrale würde die Methode zweifellos kennen, aber es lohnte sich trotzdem, darüber Bericht zu erstatten. »Und dann codiert Porto die Botschaft und sendet sie an Hagger, stimmt's?«

Brocassie schüttelte langsam den Kopf. »Ein Problem. Funkgerät, das ich mitbrachte, ging kaputt, und das von Maroto ist zu schwach, kann Störung nicht überwinden. Müssen Band und Filme mit Boot nach Jamaika, zu Hagger, schicken – einer von Marotos Männern.«

»Dauert das nicht sehr lange? Warum nicht über die Bucht von Guantánamo?«

»Zu riskant. Zu viele kubanische Soldaten, Patrouillen und Minenfelder. Luis würde nicht durchkommen. Könnte getötet werden.«

»Aber es gibt jemanden in Guantánamo, der das Band von Luis übernehmen und zu Hagger befördern könnte?«

»Ja – Fregattenkapitän Hall. Arbeitet für CIA. Hagger hat gesagt, wir sollen uns an ihn wenden, wenn kein Funkkontakt möglich ist.«

»Und dieser Hall könnte das Band mit Sicherheit an Hagger weiterleiten?«

»Ja. Mit dem Flugzeug nach Jamaika. Hagger wartet dort.«

Lunz nickte befriedigt. Er wandte sich an Roytschenko und Álvarez. »Noch etwas?«

Roytschenko nickte. »Fragen Sie ihn, ob Luis als Verräter verdächtigt wurde.«

Lunz richtete die Frage an Brocassie.

»Nein – Enrico. Maroto glaubt, es ist Enrico.«

Der Arzt warf Roytschenko einen Blick zu, doch er schüttelte den Kopf. »Mehr nicht. Das reicht.«

Lächelnd verringerte Lunz die IV-Zufuhr, blickte dabei auf eine Stoppuhr und überwachte gleichzeitig EKG und EEG. Langsam, aber sicher wurden beide Kurven wieder normal.

Lunz legte eine Hand auf Brocassies Brust und trommelte mit den Fingern. Er lächelte. »Das reicht, Brocassie. Mehr benötigen wir nicht.« Die Spritze war schon vorbereitet. Er betupfte Brocassies Arm und ließ die Nadel hineingleiten.

Lunz saß zurückgelehnt, hatte die Füße verschränkt und rührte seinen Tee um. Er bewegte den Löffel kreisförmig, präzise, ohne den Rand der Tasse zu berühren, und beobachtete die Zitronenscheibe, die wie ein gefangener gelber Fisch durch die dunkle, durchsichtige Flüssigkeit schwamm. »Ich brauche mindestens drei Wochen«, sagte er etwas gereizt. »Brocassie muß einen Abhängigkeitsmechanismus aufbauen. Wir müssen seinen Körper konditionieren. Sie erwarten unverzügliche Ergebnisse, Roytschenko, aber daraus wird nichts. Wenn ich noch einmal versuche, ihn so hart ranzunehmen wie heute, könnte er einen schweren Herzschlag erleiden oder es könnten schwere geistige Schäden zurückbleiben.«

Roytschenko kritzelte auf einem Schreibblock; er zeichnete

Pfeile und ging mit kühnen Zügen von einem zum anderen über. Der Schlafmangel hatte tiefe purpurne Säcke unter seinen Augen entstehen lassen. Er blickte zu Lunz auf. »Brocassie muß das Band unbedingt aufnehmen, und ich brauche es in zwei Tagen. Die Moskauer Zentrale verlangt, daß das Band in fünf Tagen in Haggers Händen ist. Hagger wird es an seine Vorgesetzten und dann an Kennedy weiterleiten. Der Zeitplan ist gerafft worden – aus Gründen, auf die wir nicht einzugehen brauchen. Können Sie es schaffen?«

»Nach drei Wochen Konditionierung könnte ich ihn sagen lassen, was Sie wollen, aber es dauert eben so lange, um sicherzustellen, daß seine Stimme, seine Ausdrucksweise, der Tonfall und die kleinen Eigenheiten ganz natürlich sind. Der Tonfall ist der schwierigste Faktor. Drogen allein – ohne Konditionierung und wiederholte Proben – bringen nur eine mechanische Reaktion hervor. Dieser Hagger wäre sofort in der Lage, den Unterschied festzustellen.« Er trank seinen Tee aus und stellte die Tasse mit entschiedener Geste auf den Teller. »Bei der Manipulation des Geistes gibt es Grenzen, Oberst Roytschenko, und Ihre Wünsche sind unvernünftig, jedenfalls in dem Zeitraum, der uns zur Verfügung steht.«

Roytschenko wandte sich an Álvarez. »Können Sie Brocassie überreden, die Bandaufnahme freiwillig zu machen?«

»Möglich. Aber ich möchte völlige Handlungsfreiheit haben. Brocassie ist zäh. Ich kann ihn nicht zwingen, es zu tun. Er muß behutsam angefaßt werden.«

»Ich kann die Frau einsetzen, wenn es unbedingt nötig ist«, sagte Roytschenko fast unhörbar.

Julio stieg das Blut ins Gesicht. »Darüber haben wir doch schon gesprochen. Wenn ich ihn nicht überreden kann, wäre das der letzte Ausweg. Verdammt, geben Sie mir etwas Spielraum! Ich kann es schaffen, wenn Sie mich meine eigenen Methoden anwenden lassen!«

Roytschenko tippte sich mit dem Kugelschreiber gegen die Zähne und lächelte ausdruckslos. »Sie haben zwei Tage.«

Brocassie erwachte langsam. Er mußte sich durch Schichten flatternder Traumfetzen einen Weg an die Oberfläche bahnen. Sein Kopf, sein ganzer Körper pochten vor Schmerz. Eine Sekunde lang glaubte er, sich erbrechen zu müssen, und er begriff auf irgendeinem niedrigen Bewußtseinsniveau, daß er dann an seinem eigenen

Mageninhalt ersticken würde. Denn er konnte sich nicht bewegen. Er spürte den bleiernen Druck seines Rückens gegen die Matratze; sein Kopf war starr, sein Mund weit geöffnet, rauhe Luft wurde in kurzen, raschen Zügen von seiner Lunge angesogen und dörrte seinen Rachen aus. Muß mich bewegen, dachte er. Mich umdrehen, den Kopf auf den Rand der Matratze legen, wie ein Junge nach seinem ersten Besäufnis. Er versuchte, Botschaften an Nerven, Muskeln und Sehnen auszuschicken, aber niemand war an der Arbeit. Er konnte den armen Dingern keinen Vorwurf machen. Sie hatten viel auszustehen gehabt.

Verteufelt witzig. Ein Lachen kam in seinem Solarplexus auf und blubberte nach oben. Er merkte, wie sich sein Magen zusammenzog und zweimal überschwappte. Flüssigkeit brodelte unkontrolliert in ihm hoch, überflutete ihn, ließ ihn ersticken. Sein Mund war plötzlich gefüllt, er geriet in Panik, versuchte, Luft einzusaugen, und atmete statt dessen einen dicken, bitteren Brei ein.

Er erbrach sich wieder, keuchte, spürte den Schmerz seines sich zusammenziehenden Magens und fühlte dann, daß etwas auf seinen Körper drückte. Hände. Sie rollten ihn auf den Bauch und klopften ihm auf den Rücken. Er würgte von neuem, aber diesmal blieb sein Mund leer. Die Krämpfe ließen nach. Ein nasses Handtuch, es wischte ihm das Erbrochene fast behutsam von den Lippen. Dann tauchte er wie ein glitschiger Seehund durch Wasserstrudel, erreichte die kühlen, stillen Tiefen und war in Sicherheit.

Brocassie wußte, daß viel Zeit vergangen war. Immer wieder glitt er in die Bewußtlosigkeit und tauchte von neuem auf. Plötzlich stand er auf einer gewaltigen Ebene aus Wüstensand; ein sanfter Wind wehte. Es duftete stark nach Salbei, wie nach einem Regenschauer. Stille, bis ein ganz schwaches Beben durch die Sohlen seiner Stiefel drang, und dann hörte er, wie es anschwoll. Wie der wilde Ansturm einer Million Rinder. Mit einem Mal war die Lokomotive vor ihm, und ihr Licht blendete ihn, als der Zug sich wie eine lange Schlange an ihm vorbei und über die Ebene wand. Er hörte ihn vorbeidonnern, das rhythmische Stampfen, das Klappern der Räder über den Schwellen, den schrillen Lärm schwarzer Gestalten, die in der noch schwärzeren Nacht vorbeirasten. Dann war es vorbei. Er war plötzlich ruhig geworden und sah zu, wie das trübe rote Licht des Bremswagens sich in der Ferne auflöste. Von ganz weit weg hörte er das Pfeifen der Lokomotive, und dann begriff er, daß der Zug die Zeit oder den Tod oder beides verkörpert hatte. Der Gedanke ließ ihn jäh zu sich kommen.

Er öffnete langsam die Augen. Kein Licht war angeknipst, aber er spürte, daß jemand im Zimmer war. Er wollte etwas sagen, doch dann unterdrückte er es, weil er sich unbedingt an das erinnern mußte, was geschehen war. Er konnte sich an nichts entsinnen, außer an lebhafte Farben und wirbelnde Bilder, wie in einem Kaleidoskop. Brocassie sackte zurück in halbe Bewußtlosigkeit und kam wieder an die Oberfläche. Er beugte die Finger und bewegte die Zehen. Jetzt war es besser. Nicht gut, aber besser. Er lauschte und hörte nichts außer langsamen Atemzügen, und dann merkte er bestürzt, daß es nicht sein eigenes Atmen war. Zigarettenrauch stieg ihm in die Nase.

Furcht überwältigte ihn, und sein Magen rebellierte wieder. Sie warten darauf, daß ich zu mir komme. Er erinnerte sich an die Stiche und die Nadeln, an das langsame Plätschern der Tropfinfusion, an die ruhige, aber beharrliche Stimme, die seinen Geist erkundete und ihm befahl, Dinge zu enthüllen, gegen deren Preisgabe er sich nicht wehren konnte. Aber er wußte nicht, was er ihnen gesagt hatte.

»Einen Dollar, daß ich schneller bis zur Market Street und zurück laufe als du.« Eine Stimme, die er seit Jahren nicht gehört hatte. Aber der spöttische Tonfall, in dem sie sich als Jungen solche Herausforderungen an den Kopf geworfen hatten, verriet ihm unmißverständlich, daß es Julio war.

»Zwei Dollar, daß du es auch heute nicht schaffst, genauso wenig wie früher«, erwiderte er langsam; die Wörter rollten ihm breiig über die Zunge.

»Immer mit der Ruhe, Brocassie«, sagte Julio. »Der gute Doktor hat dich aufgeputscht. Es dauert eine Weile, bis du wieder festen Boden unter den Füßen hast.« Eine Zigarette glühte in der Dunkelheit, und Brocassie roch mit unvorstellbarer Sensibilität jeden ihrer Bestandteile: Schwefel, Tabak und sogar das leicht süßliche Aroma des Papiers. Wahrscheinlich hatten sie ein Halluzinogen benutzt. Er sammelte sich, versuchte, alle Gedanken wieder richtig einzuordnen, beruhigte seine wunden Nerven, zog sich in sein Inneres zurück. Schlaf. Warte, bis der Dreck, den sie dir in die Adern gepumpt haben, nicht mehr wirkt. Laß dich bis neun anzählen und steh nicht sofort auf. Dann, bevor er wieder in Bewußtlosigkeit versank, sagte er leise: »Verdammt, Álvarez, du hast das

Rennen doch immer verloren.« Er kicherte. »Ein geborener Verlierer.«

Der Geruch von Essen weckte ihn. Wieder war das Gefühl intensiv. Er spürte ganz genau, was es war: Schinken, Fruchtsaft, Brokkoli in Butter. Das Wasser lief ihm im Mund zusammen.

»Lunz sagt, daß das Zeug, daß er dir gegeben hat, die Sinneswahrnehmungen schärft. Bei manchen Männern würde schon der bloße Geruch von Parfum einen meterhohen Steifen verursachen. Gut, daß ich kein Rasierwasser benutzt habe.« Das Klicken eines Lichtschalters. »Los, Alter, setz dich auf. Ich hab dir ein paar Leckerbissen bringen lassen.«

Brocassie zog sich langsam hoch. Das Zimmer schwankte, drehte sich und er sah alle Gegenstände doppelt. Er konzentrierte sich, versuchte die Bilder zu vereinen, und kämpfte gegen die Übelkeit an. Zwei Gestalten in olivgrünem Drillich mit Julios Gesicht wirbelten umeinander. Langsam verschmolzen die Bilder und wurden zu einem einzigen. Er schloß die Augen, atmete tief durch und öffnete sie wieder. Seine Benommenheit verschwand. Plötzlich merkte er, daß er besser ausgeruht war als je; sein Körper war schwach, aber lebendig und schrie mit jeder Faser nach Nahrung.

»Iß nur, Brocassie. Das Zeug wird kalt.« Álvarez schob ihm einen Klapptisch vor sein Bett und reichte ihm eine Gabel und einen Löffel. »Leider kein Messer – aus offensichtlichen Gründen. Aber das Fleisch ist zart.«

Brocassie ließ das Besteck liegen, nahm mit den Fingern eine Scheibe Fleisch und biß hinein. Er schlang den Schinken hinunter und widmete sich dem Kartoffelbrei.

Julio nahm eine Flasche Bier vom Fußboden, setzte den Öffner an und stellte sie vor Brocassie hin. »Crystal Polar. Das beste Bier südlich der USA. Ich höre von den Medizinern, daß du unbedingt Zucker brauchst.« Er lächelte und zeigte seine kräftigen Zähne. Die Falten in seinem Gesicht waren etwas tiefer, als Brocassie sie in Erinnerung hatte, und Silberfäden durchzogen sein schwarzes Haar.

Brocassie schaufelte das Essen schweigend in sich hinein, beobachtete Álvarez jedoch aus dem Augenwinkel. Die Sorgfalt, die er seiner Kleidung widmete, grenzte immer noch an Stutzerhaftigkeit. Maßgeschneiderter Kampfanzug, die Bügelfalten messerscharf gestärkt. Er schien selbstsicher, lässig, aber da war noch etwas anderes: Spannung. Man sah sie seinen Augen an.

Brocassie wischte sich den Mund mit dem Handrücken ab, zwang sich zu einem Rülpsen und lehnte sich zurück. Ihm war schwindlig, und er stützte den Kopf gegen die Zellenwand. Ein seltsames Gefühl, so überaus lebendig und doch so schwach zu sein, als hätten Geist und Körper nichts miteinander zu tun. Wie wenn man frei durch die Luft schwebt. Er hatte das Gefühl, die ganze Nacht, bis zum Morgen, tagelang, monatelang, ewig reden zu können. Die Nachwirkungen der Droge, wie er wußte. Also Vorsicht. Er legte sich bedächtig die Worte zurecht, bevor er sie aussprach: »Was hat ein netter Junge wie du in einem Scheißhaufen wie diesem zu suchen, Julio?«

»Man muß leben.« Álvarez lächelte, beugte sich vor und hob eine zweite Flasche – Haig Dimple – vom Fußboden auf. Er drehte den Verschluß ab und schob sie über den Tisch. »Du wirst nicht viel davon haben, aber wahrscheinlich wird's dich nicht umbringen.«

Brocassie roch an dem Whisky und nahm einen ganz kleinen Schluck. Himmel, dachte er, ich kann fast den Torfrauch in diesem Zeug schmecken. Er nahm einen kräftigeren Schluck und ließ die Flasche zu Álvarez gleiten. »Hast du Zigaretten, Comandante? Ist das nicht die übliche Methode?«

»Ich würde nicht zu frech werden, Brocassie. Schließlich bin ich hier, um dir zu helfen. Es gibt andere, die die Sache am liebsten etwas anders aufziehen würden. Also nimm dich zusammen.« Álvarez' Augen waren hart geworden und lauerten auf eine Reaktion. Brocassie spürte, wie Wut in ihm aufstieg, aber er unterdrückte sie. Spar sie dir auf, bis du sie gebrauchen kannst, dachte er.

»Was willst du, Julio?«

»Ein bißchen plaudern«, erwiderte Álvarez. »Wie früher, als wir jünger waren, die ganze Nacht aufblieben und bei einem Krug Apfelwein das Blaue vom Himmel runterlogen. Jetzt sind wir eben älter und trinken Scotch.«

»Verschone mich mit deiner beschissenen Leutseligkeit, Julio. Wie geht's Alicia?«

»Gut. Sie weiß nicht, daß du hier bist – falls du darauf hinauswillst. Wenn sie es wüßte, würde sie dich bestimmt grüßen lassen.«

»Kann ich mir denken. Mit einem codierten Text. Das war ein sauberer Trick.«

Álvarez schüttelte den Kopf. »Nicht von ihr, wenn dich das tröstet. Es ist eine lange Geschichte – damit will ich dich jetzt nicht langweilen. Nur in kurzen Zügen: Wir wußten von Piedra, daß du aus Kuba verschwinden konntest und plantest zurückzukommen.

Alicia hatte Angst, du würdest dabei umkommen. Sie war bereit, eine Warnung an dich zu codieren, die ich senden lassen sollte. Statt dessen benutzte ich ihren Text und ihr Codebuch, um die gefälschte Botschaft an Hagger zu senden und Solario als Landeplatz vorzuschlagen. Leider scheint Hagger die Sache durchschaut zu haben. Weshalb wohl?«

Sie hatte ihn nicht verraten! Mit Hilfe des Kennungssignals hatte sie dafür gesorgt, daß jede andere Botschaft als ihre eigene als Fälschung zu durchschauen war. Also hatte sie kein Vertrauen zu Julio gehabt! Aber das durfte Julio nicht herausfinden. Zum Glück gab es eine einfache Erklärung, die Álvarez ihm abkaufen würde.

Brocassie nahm einen Schluck Scotch und überlegte. Er stellte die Flasche ab und schraubte den Verschluß zu. »Alles an dem Code stimmte«, sagte er vorsichtig, »die Methode, das Schema, das Kennungssignal. Ihr seid reingefallen, weil ihr euch für die Landebahn in Solario entschieden habt. Ihr habt gedacht, daß wir mit dem Fallschirm abspringen würden, oder?«

Álvarez nickte. »Stimmt.«

»Aber ihr wußtet nichts von den Segelflugzeugen. Solario wäre zu schwierig, zu exponiert, zu bekannt gewesen. Hagger entschied sich instinktiv, bei dem ursprünglichen Plan zu bleiben. Tut mir leid, Julio. Du mußt ein ganz schön langes Gesicht gemacht haben, als du merktest, daß wir nicht darauf reinfielen.«

Álvarez fuhr sich frustriert mit den Fingern durch das Haar. »Es war einen Versuch wert. Und es hätte klappen können.« Er setzte sich zurück. »Vielleicht erzählst du mir nun, was nach Haggers Meinung in diesem Komplex vorgeht.«

»Hat mein Psychotrip vor ein paar Tagen nicht alles enthüllt? War ganz lustig. Vielleicht komme ich in meinem nächsten Leben als Blumenkind zurück.«

»In deinem nächsten Leben, mag sein, Brocassie. Aber ich habe die Macht, dein jetziges Leben zu retten. Das hängt ganz von deiner Kooperation ab.«

So ein Quatsch, dachte Brocassie. Ich bin tot. Er hatte beim Anblick von Piedra gewußt, daß er so gut wie tot war, und haßte Álvarez dafür, daß er ihm Hoffnungen machen wollte.

»Du redest Blödsinn, Álvarez! Welche Garantien könntest du mir bieten, daß ich je lebend hier herauskomme oder, falls ich überlebe, daß ich danach noch alle Tassen im Schrank habe?«

»Pessimistisch wie immer. Ich hätte gedacht, daß du die Dinge inzwischen etwas gelassener siehst.« Er hielt das Glas mit dem bernsteinfarbenen Whiskey anerkennend gegen das Licht. »Prächtiger Stoff, Brocassie. Nicht leicht zu beschaffen.« Er unterbrach sich, dachte nach und lächelte achselzuckend. »Was für Garantien? Keine – außer reiner Logik. Und die Logik wird sogar dir glasklar sein. Deine Freilassung ist für uns nicht nur ein Verhandlungsobjekt. Von Anfang an war sie Teil unseres Plans, weil sie für uns von Vorteil ist.«

»Für *uns*, Julio? Was heißt für *uns*?«

»Für uns Kubaner, Brocassie. Nur für uns Kubaner, aber, zugegeben, auch mit ein paar Vorteilen für unsere sowjetischen Freunde.«

Brocassie beobachtete die Augen seines Bruders. Nichts – weder Aufrichtigkeit noch Falschheit – war in ihnen zu entdecken. Nur ironische Belustigung.

»Erklär mir deine großartige Logik«, sagte er schließlich.

Álvarez füllte sein Glas von neuem und rückte auf seinem Stuhl nach vorn, so daß sein Gesicht Brocassie näher war. »Kuba ist von den Sowjets abhängig, weil wir keine andere Wahl haben. Fidel ist nicht allzu begeistert darüber, daß er von den Russen kontrolliert wird, aber er benötigt vier Dinge, damit die Revolution Erfolg hat: technische Hilfe, Militärhilfe, wirtschaftliche Unterstützung und, vielleicht in erster Linie, ein Kuba, das völlig sicher vor amerikanischer Einmischung ist.« Er hob die Augenbrauen. »Ist das bis jetzt einleuchtend?«

»Wunderbar einleuchtend, Julio. Und die Kosten?«

Julio rieb Zeigefinger und Daumen gegeneinander. »Qualität ist teuer. Fidel ist bereit, den Preis zu zahlen. Für ihre Hilfe wird die UdSSR ihren ersten Stützpunkt in der westlichen Hemisphäre bekommen. Das versetzt sie in die Lage, ihren Einfluß auf Zentral- und Südamerika auszuweiten. Und, was vielleicht genauso wichtig ist, sie wird eine Nachschubbasis für ihre militärischen Aktivitäten haben: Cienfuegos zur Versorgung ihrer U-Boote und außerdem Flugplätze, die sie gemeinsam mit der kubanischen Luftwaffe benutzen kann. Und natürlich diesen Komplex, eine prächtige kleine Nachrichtenanlage mit allem Drum und Dran, so daß die Sowjets mit ihren U-Booten im Südatlantik und Ostpazifik plaudern, amerikanische Raketenabschüsse vom Kap überwachen können und einen elektronischen Kanal für ihre Satelliten haben, die über dem nordamerikanischen Kontinent stationiert sind.«

»Kuba spielt also die Hure und steigt mit den Russen ins Bett.«

Álvarez streichelte sein Glas und lächelte. »Wie die Engländer und Italiener und Deutschen und Griechen und Spanier die Hure für die Amerikaner spielen, und zum gleichen Preis. Himmel Herrgott, Brocassie! Wo sind deine Maßstäbe geblieben? Was den Amerikanern recht ist, muß den Sowjets billig sein. Und welche Einwände gibt's dagegen? Moral? Die Moral starb spätestens im 19. Jahrhundert, was die internationale Politik betrifft. Nationen handeln aus Eigeninteresse. Genau wie Menschen. Und in diesem Zimmer sind zwei Menschen. Laß uns über ihre Eigeninteressen sprechen.«

Er wußte, daß Julio nicht unrecht hatte, und er war einfach zu kaputt, sich mit ihm zu streiten. »Erspare mir eine Vorlesung über internationale Politik oder persönliche Ziele, Julio. Wir beide sitzen aus ganz unterschiedlichen Gründen hier. Wir sind die Trottel in den Schützengräben, und zwischen uns liegt vermintes Niemandsland. Ich habe meine Entscheidung längst getroffen. Politik ist mir scheißegal. Prinzipien sind's nicht.«

»Ah – die unumstößliche persönliche Wahrheit!« Álvarez grinste spöttisch.

»Keine unumstößliche Wahrheit, Julio. Wir sind zu alt, zu müde, um irgend etwas für unumstößlich zu halten.«

»Hier gibt es eine Aufgabe für dich, Brocassie. Du kennst diese Menschen, dieses Land. Wir werden etwas damit anfangen – etwas Großes.«

»Zum Beispiel, Julio? Werdet ihr freie Wahlen abhalten, die Menschen ihre eigene Zukunft bestimmen lassen? Die Russen rausschmeißen?«

»Später«, antwortete Álvarez. »Alles zu seiner Zeit.«

Es liegt an den Drogen, dachte Brocassie. Kann nicht aufhören zu reden. »Geschenkt, Julio. Spar dir das Tamtam und komm zur Sache. Dein Jurastudium macht sich bemerkbar.«

Álvarez warf einen Blick auf seine Uhr und nickte. »Schön – was solltet ihr nach Haggers Ansicht hier finden?«

»Er war sich nicht sicher. Wir sollten herumschnüffeln.«

»Etwas mehr Mühe kannst du dir schon geben! Er hat dich und Porto wegen der Filme hergeschickt, die du aus Kuba rausgebracht hattest. Was war darauf?«

Brocassie schwieg.

»Willst du noch ein Gespräch mit dem guten Doktor? Noch eins davon, Brocassie, und du bist tatsächlich ein Blumenkind mit Rührei im Schädel. Wenn du unbedingt willst, kannst du es in ein paar Minuten haben. Und Piedra wartet auch schon im Sprechzimmer. Er geifert nur so nach dir.«

»Etwas anderes hätte ich nicht erwartet, Julio.« Es hatte keinen Zweck, noch länger zu schweigen. Sie würden es ohnehin schon wissen. »Hagger hat herausgefunden, daß es einen unterirdischen Komplex gibt. Und Silos, Julio. Silos spielen für ihn eine große Rolle.«

»Und was soll in diesen Silos sein?«

»Deshalb bin ich hergekommen, Julio. Um nachzuforschen.«

»Das reicht nicht!«

Küstenverteidigungsraketen, dachte Brocassie. Das hatte Hagger erwartet, aber wenn er davon sprach, würde Álvarez wissen, daß sich die Amerikaner auf das Gebiet von Santiago als mögliches Invasionsgelände konzentrierten. »Irgendein Luftabwehrsystem, dachte Hagger. Etwas Neues. Waffen von großer Reichweite, die vielleicht Raketen schon am Kap abschießen könnten.«

»Du liest zu viele Schundhefte«, entgegnete Álvarez. »Glaubst du wirklich, daß ich blöde genug bin, dir das abzukaufen? Hagger erwartete, hier Offensivwaffen zu finden. Richtig?«

»Manche Leute glauben, daß jede Waffe offensiv ist, Julio.«

Álvarez stützte die Ellbogen auf den Tisch und beugte sich vor. »Wir können es aus dir rausholen, Brocassie. Das garantiere ich. Hagger weiß bestimmt, daß eine amerikanische Invasion an der Südküste, wahrscheinlich bei Santiago, stattfinden würde. Wir sind zu demselben Schluß gekommen, weil er auf der Hand liegt. Geographie, Topologie und Logistik lassen jedes andere Gebiet in Kuba für eine großangelegte Invasion ausscheiden. Natürlich haben wir in diesem Komplex Kurzstreckenraketen für die Küstenverteidigung gegen eine Invasion, und wir haben die besten Boden-Luft-Raketen aus dem sowjetischen Bestand, aber es gibt keine – ich wiederhole – *keine* Offensivwaffen in dieser Anlage, jedenfalls nicht nach Kennedys Definition. Keine Rakete, die die amerikanische Küste erreichen könnte, und keine mit Atomsprengkopf.«

»Das weiß ich besser.«

»Du weißt einen Dreck, mein Junge! Wenn es hier offensive Langstreckenwaffen gäbe und die Amerikaner es herausfänden, wäre das eine Einladung zu einem sehr schweren Luftangriff, möglicherweise mit Atombomben. Es wäre eine Situation, in der beide Seiten verlieren würden, denn wenn amerikanische Bomber sowjetisches Militärpersonal töten, ist's vorbei mit dem empfindlichen Gleichgewicht. Die Sowjets wären zu einem Gegenschlag gezwungen, um die Rechnung auszugleichen.« Er spreizte die Finger und stellte bildhaft eine sich öffnende Knospe dar. »Bumm – der Dritte Weltkrieg.«

»Willst du mir erzählen, daß es keine nuklearen Langstreckenraketen in Kuba gibt? Was glaubst du denn, was ich in den letzten drei Tagen getan habe, Julio? Ich habe eines der Mistdinger fotografiert. Und ich weiß genau, was es war, weil Hagger uns über *jeden* Raketentyp unterrichtet hat, den die Sowjets in ihrem heutigen Arsenal haben. Länge, Profil, Form des Sprengkopfes, Zubehörteile – das ganze entspricht genau der SS-4 Sandal!«

»Morgen werde ich dir beweisen, daß es keine SS-4 in Kuba gibt und nie gegeben hat, Brocassie. Was du gesehen hast – was du *glaubtest* zu sehen –, war ungefähr so tödlich wie ein Federkissen.« Er ließ sich auf seinem Stuhl zurücksinken und verschränkte die Arme. »Hast du dir je überlegt, *weshalb* wir uns soviel Mühe gegeben haben, dich nach Kuba zurückzuholen?«

Mach ihn wütend, dachte Brocassie. Denn wenn er wütend ist, plaudert er alles aus. Brocassie schüttelte den Kopf. »Ich nehme an, du mußtest deine Existenzberechtigung nachweisen.«

»Spinner! Wir wollen keine Söldner in Kuba. Sie binden Hunderte unserer Soldaten, vermasseln unsere Sicherheitsmaßnahmen, und schließlich werden ein paar arme Schweine auf beiden Seiten getötet. Ohne jeden Sinn, denn ein paar lächerliche Söldner halten eine Revolution nicht auf. Aber hier hat sich eine besondere Lage ergeben, und das macht dem amerikanischen Spionagedienst zu schaffen. Es war unvermeidlich, daß die CIA oder die DIA oder das US-Militär irgendwann von diesem Nachrichtenkomplex erfahren würden. Wenn die Amerikaner *wüßten*, daß es so etwas ist, würden sie den Komplex in Ruhe lassen, denn sie haben ähnliche Anlagen in der Türkei, im Iran, in Japan, Indonesien, Westdeutschland, überall auf der ganzen Welt, und sie wollen den Status quo nicht erschüttern. Schön, es gefällt ihnen vielleicht nicht, daß die Sowjets in Kuba sitzen, den amerikanischen Funkverkehr abhören und die Eigenarten der am Kap abgeschossenen Raketen beobachten, aber das ist schließlich nicht bedrohlich. Nur ein Ärgernis.«

Er packte die Flasche Haig, drehte den Verschluß ab und nahm einen Schluck.

»Wie sollen wir sie also überzeugen?« fragte Álvarez.

»Ladet sie ein, tischt ihnen Tacos und Bier auf, zeigt ihnen die Sehenswürdigkeiten und sagt ihnen, daß sie jederzeit vorbeikommen können, wenn sie in der Nähe sind.«

»Ich dachte mir schon, daß wir deine Phantasie zu stark angeheizt haben«, antwortete Julio. Er hatte rote Flecken auf den Wangen, und die Ader an seiner Schläfe pochte, aber er beherrschte sich. »Nein, die Amerikaner wären nur dann zufrieden, wenn einer ihrer eigenen Leute berichtete, daß der Komplex einfach eine russische Nachrichtenanlage mit Küsten- und Luftabwehrraketen ist. Keine Langstreckenraketen, keine nuklearen Sprengköpfe. *Das* würden sie glauben – *wenn* es von einem ihrer eigenen Agenten stammte. Es muß aus erster Hand kommen, Brocassie.«

»Du meinst von mir?«

»Genau«, erwiderte Álvarez.

»Um auf deinen kleinen Scherz einzugehen: Wie würde ich Hagger diesen Bericht auftischen?«

»Auf Tonband und mit einem verschwommenen Film. Über Fregattenkapitän Hall in Guantánamo. Luis wäre der Kurier.«

»Luis!«

»Überrascht? Piedra hat Luis seit mehr als einem Jahr unter Kontrolle. Von Luis wissen wir, daß ihr die Sierra verlassen würdet. Er war es, der Fabricios Route zwischen den Lagern beschrieb, und Luis überredete dich Trottel, zu den Minen zu kommen. Sein Vater war Unteroffizier in Batistas Armee. Nicht sehr intelligent, aber er hatte sich nichts Besonderes zuschulden kommen lassen. Ein ganz normaler Kerl, der zufällig auf der falschen Seite war. Aber Piedra fingierte eine Anklage gegen ihn, und jetzt sitzt er wegen Staatsverbrechen im Gefängnis von El Condado. Du weißt wahrscheinlich, was das bedeutet. Luis hält ihn am Leben, indem er uns mit Informationen versorgt.«

Das Gespräch, das Luis über seinen eigenen und über Brocassies Vater begonnen hatte – es war eine Art Warnung gewesen, und er hatte sich, geistesabwesend wie er war, nicht darum gekümmert. Nun begriff er. Zu spät, viel zu spät.

»Es hat keinen Zweck, Julio. *Wenn* Luis das Band nach Guantánamo bringt, *wenn* Hall es kriegt, *wenn* Hall es an Hagger weiterbefördert – es ist trotzdem scheißegal. Porto erwartet, daß ich nach spätestens sechs Tagen zurückkomme. Wenn ich nicht auftauche, wird er sich nach mir umschauen, und wenn er mich nicht finden kann, wird er folgern, daß ich gefangengenommen wurde. Ende der Vorstellung.«

»Daran haben wir gedacht. Du teilst Hagger auf dem Band mit, daß die Milizpatrouillen zu dicht sind und du nicht über die Sierra zurückkommen kannst. Statt dessen marschierst du zuerst landeinwärts nach Bayamo und fährst dann mit dem Bus zur Küste. Sag ihm, er soll ein Boot schicken, das dich und Porto an der Küste abholt. Sorg dafür, daß er Maroto über Funk davon unterrichtet.«

»Die Störung . . .«

»Die Störung wird nicht aufhören, aber sie wird sich abschwächen, so daß Hagger mit seinem großen, leistungsstarken Sender durchdringen, Maroto aber nicht antworten kann. Dein Kumpel Porto wird nicht herkommen, um nach dir zu suchen, wenn Hagger ihn gerade aufgefordert hat, sich aus dem Staub zu machen. Kapiert?«

Brocassie lauschte und hörte Anklänge an den alten Julio, den raffinierten Spitzbuben, den meisterhaften Schwindler. »Sag schon, Julio, was für ein Geschäft schlägst du mir vor?«

Álvarez beugte sich über den Tisch und zog mit dem Finger ein großes Quadrat auf der abgenutzten Plastikoberfläche. »Ein Kopplungsgeschäft, Brocassie. Du machst die Tonbandaufnahme unter unserer Anleitung, aber so, daß es natürlich klingt. Keine komischen kleinen Sätze, um Hagger zu warnen. Wir wissen, daß du das Band mit einer Unterschrift aus Pisse verifizieren mußt.« Er hob lächelnd die Augenbrauen. »Wie billig von der Agentur, Brocassie. Man sollte glauben, daß sie ein bißchen eleganter verfahren würde.« Er lehnte sich zurück, zündete sich eine Zigarette an und stieß den Rauch aus. »Luis bringt es nach Guantánamo zu Hall, und Hall gibt es an Hagger weiter. Auf dem Band hast du Hagger aufgefordert, dich und Porto mit einem Boot aus Kuba abholen zu lassen. Er wird darauf eingehen, denn er ist scharf auf eure Informationen. Du bestellst das Boot für den zwanzigsten nach Cabo de la Cruz. Wenn du nicht auftauchst, wird Porto nichts anderes übrigbleiben, als ohne dich zu verschwinden, und wir werden ihn nicht aufhalten. Er kommt ungeschoren davon, Brocassie.«

»Vielleicht denkt er, ich wurde gefangengenommen oder getötet?«

»Genau. Wir werden an die Presse durchsickern lassen, daß du an einer routinemäßigen Straßensperre in der Nähe der Küste geschnappt wurdest. Du hattest nichts Belastendes bei dir, keine

Tonbänder, keine Filme. Du sprichst spanisch, kennst den kubanischen Dialekt, die Bräuche der Menschen. Vor einem Zivilgericht verlierst du die Nerven und gibst zu, daß du Amerikaner kubanischer Herkunft bist. Du hattest irgendeinen Verrückten angeheuert, dich von Florida nach Kuba zu bringen. Du wolltest einen Freund oder eine Freundin suchen, die du vor der Revolution getroffen hattest, aber du fandest heraus, daß er oder sie während der Befreiung von Santa Cruz umkam. Ich werde dafür sorgen, daß die DGI sich nicht mit dem Fall beschäftigt, und in einem Jahr wirst du gegen ein paar kleine Fische ausgetauscht, die die CIA in Miami festhält. Das ist alles, Brocassie. Ein Jahr in einer Zelle, erbärmliches Essen, aber du wirst es überleben.«

»Und wenn ich die Aufnahme nicht mache?«

»Daran solltest du gar nicht denken. Ich bin ein verdammt großes Risiko eingegangen, um die Sowjets von meiner Methode zu überzeugen. Mit einer anderen Möglichkeit sollten wir uns also besser nicht beschäftigen.«

»Ich glaube doch, Julio. Ich möchte es aus deinem süßen Munde hören.«

Álvarez seufzte, stand auf und schritt von einem Ende der Zelle zum anderen. »Du würdest ein bißchen Zeit haben, dir die Sache zu überlegen, und wenn du unseren Forderungen nicht nachkommst, würde Lunz einen chirurgischen Eingriff an deinem Schädel vornehmen. Er hat eine Technik, die er unbedingt ausprobieren möchte. Und wenn das fehlschlägt, haben wir noch eine Möglichkeit: Porto. Luis weiß, wo er ist. Wir können ihn schnappen.« Er blickte Brocassie an. »Außerdem gibt's noch eine Alternative – etwas, was nicht mir eingefallen ist. Roytschenko weiß, daß du . . . eine Beziehung zu Alicia hattest. Das ist *sein* Druckmittel. Wenn du dich weigerst, stirbt sie als erste und auf sehr schmerzhafte Art – mit dir als Zuschauer. Du kennst Piedra.«

»Du Schweinehund!« Er sprang nach vorn und streckte die Hände nach Álvarez' Kehle aus. Der Tisch stürzte um, die Flasche Haig, Teller und Gläser zerschellten auf dem Betonfußboden. Nach kaum einem Meter begann er zu taumeln, sein Körper versagte ihm den Dienst. Álvarez versetzte ihm einen Handkantenschlag, Brocassie landete schwer und rang nach Atem. Er spürte den kalten Stahl einer Pistolenmündung im Nacken.

»Mach keinen Blödsinn, Brocassie!« zischte Álvarez. »Es liegt außerhalb meiner Kontrolle. Roytschenko hat mich vor vollendete

Tatsachen gestellt. Er muß es seit langem geplant haben, schon als er erfuhr, daß du nach Kuba zurückkommst. Alicia bedeutet mir mehr, als sie dir je bedeutet hat. Ich liebe sie, Brocassie. Noch mehr als früher. Und wenn ihr durch deine Dummheit etwas zustößt, werde ich mit Piedra um die Ehre kämpfen, dich auseinanderzunehmen.« Er preßte die Mündung so stark gegen Brocassies Nacken, daß brennender Schmerz sein Rückgrat durchfuhr. »Sei vernünftig, Bruder, denn wenn du die Sache versaust, wird sie sterben, genau wie du.«

In seinem begrenzten Blickfeld konnte er sehen, wie sich Julios Füße zurück zur Zellentür bewegten. Eine gedämpfte Männerstimme war von der anderen Seite zu hören, dann glitt der Riegel zur Seite. Álvarez blieb in der Zellentür stehen. »Ich habe nur noch sechsunddreißig Stunden, um dich zu der Tonbandaufnahme zu überreden. Morgen früh komme ich zurück. Wir sollten uns die Sache leicht machen.«

Die Tür schlug zu, und der Riegel wurde ratternd vorgelegt. Sekunden später ging die Deckenbeleuchtung aus. Brocassie blieb noch lange auf dem Fußboden liegen. Er war erschöpft, und er suchte verzweifelt nach einem Ausweg, obwohl er wußte, daß es keinen gab.

15.

Sierra Maestra, 24. Oktober 1962

Porto blinzelte durch den Feldstecher und schwenkte ihn Zentimeter um Zentimeter über den Komplex. Keinerlei Bewegung. Als ob da unten nichts existierte außer Sand und Eidechsen und einem Kettengliedzaun um den unfruchtbaren Boden. Wenn Haggers sogenannte Silos innerhalb des Zaunes lagen, waren sie besser getarnt als die Löcher von Feldmäusen. Möglich, daß die Silodeckel, wie Hagger ihm erklärt hatte, unter Erdhügeln versteckt waren, aber wenn er die öde, eintönige Ebene aus Sand und Gras betrachtete, konnte er das kaum glauben.

Er schob das Fernglas ins Futteral und rollte sich auf den Rücken. Mit geschlossenen Augen ließ er seinen starren Körper langsam von der fahlen Morgensonne erwärmen, aber er konnte sich nicht entspannen. Zu lange, dachte er besorgt. Etwas stimmte nicht – ganz und gar nicht.

Es war vier Tage her – nein, fünf, wenn er den heutigen Tag mitrechnete –, seit Brocassie mit Luis ins Tal hinuntergestiegen war. Kein Brocassie, kein Luis. Der Junge hatte nach einer halben Woche ein Band mit Brocassis Situationsbericht überbringen sollen. Dabei wurden keine ungewöhnlichen Aktivitäten gemeldet. Die Hubschrauber taten das gleiche wie immer, und gelegentlich gab es Patrouillen am Kamm entlang.

Verdammter Mist, dachte Porto. Er hatte Maroto zureden müssen wie einem kranken Pferd, damit er Männer zur Mine entsandte, um herauszufinden, was zum Teufel los war. Maroto hatte schließlich nachgegeben und zwei seiner erfahreneren Männer ausgeschickt, die schon einmal dort unten gewesen waren. Sie hatten sich bei Sonnenuntergang aufgemacht und wurden im Laufe des Vormittags zurückerwartet.

Der infizierte Fuß war ohne Komplikationen ausgeheilt. Er hatte begonnen, die Muskeln durch kurze Spaziergänge zu kräftigen und die Haut mit Kaliumpermanganat abzuhärten. In ein oder zwei Tagen würde der Fuß wieder in Ordnung sein.

Porto hatte keine Bewegung hinter sich gehört, bis der Mann sich räusperte und ausspuckte. Er rollte sich langsam auf den

Bauch, wobei er die Hand nicht in die Nähe seines Colts kommen ließ.

»Du scheinst taub zu werden«, sagte der Mann leise und hockte sich neben ihn. Er wischte sich das Gesicht mit einem Lappen ab, lehnte sich dann zurück auf sein Gesäß, schlang die Arme um die Beine und schaukelte leicht hin und her. »Tolles Gerät, so ein Feldstecher. Siehst du was?«

»Nichts.« Er setzte sich auf und drehte den Kopf. Maroto war wie ein fettes Rind, das von der Herde getrennt und durch Riedgras und Einsamkeit hart und schmal geworden ist. Sein Gesicht zeigte immer noch Spuren eines üppigen Lebens – rote Äderchen auf der Wange von zuviel Alkohol und schwammiges Fleisch am Hals, denn er war früher einmal sehr dick gewesen. Nun bestand er fast nur noch aus Haut und Knochen. Er hatte sich einen Bart wachsen lassen, der seinen Mund hinter borstigen Haaren verbarg, was es schwierig machte, seinen Gesichtsausdruck zu lesen. »Es gibt Kaffee und ein paar Bohnen. Ich habe mir zwei Eier für einen schönen Morgen wie diesen aufgespart. Du kannst eins davon haben.«

»Ich komme sofort nach oben. Sind die Männer zurück?«

»Ja. Fulgencio und Ramón sind vor 'ner dreiviertel Stunde eingetroffen. Sie sind erschöpft und schlafen schon. Siebzehn Meilen runter und rauf in zehn Stunden. Wie die Gemsen.«

»Herrgott, war Brocassie bei Ihnen?«

»Du kanntest die Antwort schon, bevor du die Frage stelltest, nicht war? Auch Luis ist verschwunden. Keine Spur von den beiden. Die Mine war leer – keine Ausrüstung, keine Nachricht, kein Hinweis auf einen Kampf. Aber sie hatten den Schacht benutzt.«

»Wie . . .?«

»Überall lagen ihre leeren Konservendosen herum. Der Geruch von Scheiße hinten in der Mine, ein paar Zigarettenstummel.«

»Vielleicht sind sie umgezogen in eine andere Mine, weiter unten?«

»Ramón ist anderer Meinung. Vor dem Mineneingang waren viele Fußabdrücke, alle von schweren Schnürstiefeln.« Er hob das Bein und zeigte Porto seine Stiefelsohle. »Es waren Stiefel mit solchen Sohlen – die Sowjets haben die FAR und die DGI damit ausgerüstet. Dies ist ein Paar, das ich einem FAR-Gefreiten vor einem halben Jahr abgenommen habe, da er keine Verwendung mehr dafür hatte.«

»Wir wußten doch, daß Patrouillen in der Nähe vorbeikommen. Du hast selbst gesagt, daß die Mine sicher ist, fast unmöglich zu entdecken.«

»Das glaube ich immer noch. Man muß genau wissen, wo sie ist, wenn man sie finden will. Aber die Abdrücke führten in gerader Linie direkt auf die Mine zu und dann zurück ins Tal. Die Soldaten wußten genau, wonach sie zu suchen hatten.«

»Enrico . . .«

»Ich habe ihn seit einer Woche nicht aus den Augen gelassen. Er kann auf keinen Fall dafür verantwortlich sein. Wahrscheinlich bin ich ein Narr gewesen. Ich habe mich dagegen gewehrt, Luis zu verdächtigen, weil er noch ein Junge ist und weil sein Vater von der DGI gefoltert und ermordet wurde. Aber ich habe das üble Gefühl im Magen, daß Luis der Verräter ist. Ich bin mit ihm verwandt, aber mir scheint, daß ich mich wie ein alter Dummkopf verhalten habe. Jetzt können wir nichts mehr unternehmen.«

»Was soll das heißen?«

Der alte Mann hob fast unmerklich die Schultern. »Wenn Luis Brocassie verraten hat, wird er auch uns verraten. Er weiß ungefähr, wo dieses Lager ist. Ich muß sofort weiter, vielleicht zur Küste. Und du mußt Kuba verlassen. Es gibt nichts mehr zu tun. Deine Arbeit hier ist beendet.«

»Kommt nicht in Frage! Brocassie ist dort unten. Ich kann ihn nicht im Stich lassen!«

»Was willst du denn tun? Seinen Fehler wiederholen oder, schlimmer noch, versuchen, ihn zu befreien?«

»Gib mir fünf Männer und Munition und Vorräte für zehn Tage. Vielleicht haben sie ihn da unten, aber dort wird er nicht bleiben. Früher oder später werden sie ihn weiterbefördern.«

Maroto betrachtete seine Stiefel und wischte mit den Händen über einen Schlammspritzer. »Das ist unmöglich, Pilot. Ich führe keine Armee von Soldaten. Das sind Guerillas, Porto. Sie haben sich mir aus freien Stücken angeschlossen, weil sie gegen Fidel kämpfen wollen – nicht, weil ich ihnen Geld oder Ruhm bieten kann. Ich führe sie mit ihrer Zustimmung. Deshalb kann ich ihnen nicht befehlen, sich auf Dummheiten einzulassen.« Er hob sein fetzenartiges Taschentuch, spuckte hinein, faltete es zweimal und verstaute es sorgfältig in der Brusttasche seines Drillichs. Dann seufzte er schwer, als habe er sich zu einer Entscheidung durchgerungen. »Aber ich könnte um Freiwillige bitten.«

»Um Freiwillige bitten? Was zum Teufel macht ihr überhaupt hier oben?«

»Das habe ich nicht gehört«, antwortete Maroto. »Du weißt genauso gut wie ich, daß unsere Bitten um Nachschub und Munition von eurer Regierung ignoriert werden. Alles, was wir haben, erbeuten wir im Kampf. Die Hälfte stammt aus sowjetischer Produktion. Vielleicht haben wir uns tatsächlich für den falschen Gönner entschieden.« Er rieb sich die Unterarme und schlug nach einem Moskito. »Vielleicht solltest du gelegentlich mit deinem Präsidenten über den Kampf zur Befreiung Kubas sprechen. Wir hören die Reden im Rundfunk von Miami, in denen man den mutigen Freiheitskämpfern Hilfe verspricht, aber wir haben noch keine Ergebnisse gesehen. Vorläufig versuchen wir nur zu überleben.« Er richtete sich auf und blickte ins Tal. »Du würdest also wirklich versuchen, ihn zu befreien?«

»Ja.«

»Weißt du nicht, daß er tot ist?«

»Quatsch! Er lebt!«

Maroto nickte und wandte das Gesicht nach oben. Die Sonne stand tief am östlichen Himmel, und ihr intensives Licht ließ die Furchen in seiner gebräunten Haut stark hervortreten, so daß sein Gesicht aussah, als sei es aus Felsbrocken gemeißelt.

»Ich glaube, du machst dir was vor, Pilot. Es wird Zeit für dich, nach Miami zurückzukehren, zu heißen Duschen und heißem Essen und heißblütigen Frauen. Kuba ist kein Spielplatz – es ist ein Mordgelände für Unschuldige, Unvorsichtige und Unbesonnene.«

»Wenn du mir nicht hilfst, gehe ich allein runter, verflucht noch mal!«

Maroto lächelte – es war ein langes, anhaltendes Lächeln. »Ja, du würdest es tatsächlich tun. Genau wie ich, denn Brocassie ist einer der wenigen Ausländer, die sich für unsere Sache einsetzen, ohne etwas für sich selbst zu verlangen. Aber ich wollte mich überzeugen.«

»Wovon?«

»Davon, daß du bereit sein würdest, mit mir zusammen einen Rettungsversuch zu machen.« Er lehnte sich zurück, schaukelte auf den Fersen hin und her, grinste und zeigte von Tabak verfärbte Zähne.

»Du alter Bastard!«

»Das wurde schon öfters behauptet, allerdings zu Unrecht. Mein Vater hätte sehr böse auf solche Anspielungen reagiert.« Maroto legte ihm eine Hand auf die Schulter. »Ich habe immer noch ein paar junge Kämpfer, die sich nach Abenteuern drängen. Ich selbst werde mich bereit erklären, die Unternehmung zu leiten, aber die anderen haben sich so viel Ruhm erworben, daß sie sich nie wieder zu bemühen brauchen.« Er stand auf. »Laß uns Kaffee trinken, Porto, und zwei wunderbare Eier essen.«

Sie kletterten langsam durch die Felsvorsprünge nach oben. Maroto bewegte sich schleppend, wie unter Schmerzen, Porto humpelte hinter ihm her. Sie kamen an einem Posten vorbei, der es sich im Unterholz bequem gemacht hatte. Das automatische Gewehr lag griffbereit neben ihm. Ein auf einen Stock gespießter Leguan briet über einem Kohlenfeuer. Der Wächter reckte den Daumen hoch, aber Maroto achtete nicht auf ihn.

Weiter oben am Hang drehte Maroto sich zu Porto um und bedeutete ihm stehenzubleiben. Der alte Mann stemmte die Hände auf die Oberschenkel und keuchte: »Eine Minute . . . nicht . . .« Er sprach den Satz nicht zu Ende, sondern kauerte sich hin und starrte über das Tal hinweg. Aus der Ferne war das matte Flattern eines Hubschraubers zu hören, doch das schien Maroto gleichgültig zu sein. Er setzte sich ein paar Minuten lang hin und schneuzte sich ins Taschentuch. »Ich kann meine Männer nicht einmal ernähren, Porto«, sagte er schließlich, als er wieder gleichmäßig atmete. Leguane. Leguane und Bohnen. Reis. Wir haben sogar schon Ratten gegessen, Pilot. Es beschämt mich, daß ich nicht einmal die notdürftigsten Vorräte beschaffen kann. Wir brauchen Lebensmittel und Munition, aber eure Regierung rückt nichts raus. Hast du eine Erklärung dafür – schließlich führen wir euren Kampf?«

»Ich dachte, es sei euer Kampf.«

»Unser Kampf ist auch euer Kampf. Wenn es nicht so wäre, würdest du jetzt nicht an diesem Hang sitzen und einem alten Mann zuhören, der über Nachschubprobleme jammert. Aber es ist eben schwierig, wenn unsere einzige Unterstützung aus Worten besteht, die im Rundfunk von Miami gesendet werden. Wenn man nichts als Versprechungen vorgesetzt bekommt, kann man auch gleich Luft essen. Man kriegt Blähungen, kann aber nicht mal zur Erleichterung furzen.«

Porto schmunzelte. Er zog eine Zigarette hervor und steckte sie an; ihm gefiel die Gesellschaft des alten Mannes, und er wollte sich gern länger mit ihm unterhalten. Der Nebel auf dem Talboden löste sich rasch auf. Es würde ein heißer Tag werden, die Hubschrauber würden bald aufsteigen, und die Männer würden sich bis Sonnenuntergang in ihre Deckung zurückziehen müssen. Er zog sich hoch und half Maroto auf die Beine. »Es wird Zeit. Ich werde mir alle Mühe geben, mit dir Schritt zu halten.«

Maroto lachte. »Du bist ein Hurensohn, mein Freund. Aber sie war eine gute Hure.« Er nahm Porto die Zigarre aus dem Mund, nahm einen Zug, machte eine Grimasse und gab sie zurück. »Ich weiß, daß sie gut war«, fuhr er fort. ». . . aus persönlicher Erfahrung.«

Porto holte lachend aus, doch Maroto duckte sich mit überraschender Gewandtheit.

»Sei vorsichtig!« sagte Maroto mit heiserer Stimme und ballte lachend die Faust. »Meine Faust ist immer noch hart, im Gegensatz zu meiner Manneszierde.«

Sie stiegen langsam nebeneinander den Hang empor. Als sie oben waren, blieb Maroto unter ein paar Pinien stehen. Ein süßer, üppiger Harzgeruch lag in der Luft. Marotos Brust wogte, und es dauerte lange, bis er wieder zu Atem kam.

»Ich bin nicht nur runtergekommen, um über dein Land und deine Herkunft zu lästern, Porto. Wir haben einen interessanten Besucher. Er traf gestern abend ein. Du solltest versuchen, mit ihm zu reden.«

»Wer . . ?«

»Das ist die Frage. Ein Junge.« Maroto fuhr sich mit den Fingern durch den Bart und betrachtete geistesabwesend die Felshöhlen. Er hustete. »Der Junge nahm Kontakt mit einer Frau in Santiago auf, die für uns arbeitet. Sie ist Fabricios Schwester, und wir können ihr vertrauen, obwohl ihre Zunge scharf und ihr Verstand stumpf ist. Offenbar argumentierte der Junge sehr überzeugend. Er forderte sie auf, ihn zu mir zu schicken – sonst würde er mich mit Hilfe der Polizei suchen. Sie schickte ihn mit ihrem Mann zu einem Kurier unserer Gruppe, der am Südhang der Sierra in Pico Cobre wohnt. Der Kurier brachte ihn zu uns. Der Junge ist seit drei Tagen von Santiago aus unterwegs und ganz fertig von der Kletterei. Er schläft.«

»Was geht uns das . . .«

Maroto schüttelte den Kopf. »Es geht uns deshalb etwas an, weil der Junge ein Päckchen bei sich hatte, das an mich adressiert ist. Der Inhalt ist zum großen Teil in englischer Sprache geschrieben, mit der ich mich nicht so gut auskenne. Ich halte es für das Beste, wenn du dir die Sachen mal ansiehst.«

»Es könnte eine Falle sein – vielleicht will uns die DGI was unterschieben!«

Maroto schüttelte den Kopf. »Nein, ich glaube nicht. Er hatte ein Empfehlungsschreiben an Fabricios Schwester. Der Zettel trägt eine Unterschrift, die ich kenne: Alicia Helvia.«

Der Junge schlief immer noch. Er hatte sich eine schmutzige Decke über den Körper gezogen, und er zuckte krampfhaft im Traum, und seine Lippen bewegten sich. Sein Atem war heiser und unregelmäßig.

In der Höhle gab es kein Licht außer einer kleinen Kerosinlampe, die nur ganz schwach brannte. Ihr Docht war bis auf einen schwelenden Funken hinuntergedreht, und ihr Zylinder war rußgeschwärzt. Porto beugte sich vor und drehte den Docht hoch. Der Junge erwachte plötzlich und saß sofort kerzengerade auf der Pritsche.

Porto starrte das Gesicht des Jungen an und traute seinen Augen nicht. Der Junge war schmutzig, sein Haar verfilzt, und rote Striemen zogen sich nach dem Anstieg durch das Gestrüpp über seine Haut, aber es war dasselbe Gesicht, von Zeit und Kummer verwandelt, doch dasselbe Gesicht.

»Miguel . . .?«

Der Junge runzelte die Stirn, und dann verklärte sich seine Miene vor ungläubiger Freude. Er sprang auf, streckte die Arme aus und fiel gegen Portos Brust. »Tío Porto!« Er lachte und weinte gleichzeitig; Tränen liefen ihm über das Gesicht. »Du bist gekommen! Ich wußte, daß du zurückkommst!«

Porto preßte den Jungen an sich, umarmte ihn, zerzauste ihm das Haar. Er spürte, wie sich seine Kehle zusammenzog, und er wußte, daß seine Stimme brechen würde, wenn er versuchte, etwas zu sagen. Er umschloß den Jungen noch fester und nickte mit dem Kopf.

Er hielt Miguel ganz lange fest, wiegte ihn in den Armen und konnte nicht völlig begreifen, daß ein so starkes Band zwischen zwei Menschen möglich war. Schließlich flüsterte er: »Ja, ich bin zurückgekommen. Zu dir.«

Porto merkte erst jetzt, wie sehr der Junge gewachsen war. Er hatte mindestens fünfzehn Zentimeter zugelegt, und seine Muskeln waren voll entwickelt und hart. Kein kleiner Junge mehr, dachte Porto. Er legte Miguel den Arm um die Schulter und ging auf den Höhleneingang zu. Sie blieben einen Moment lang im Sonnenlicht stehen und blickten über das Tal hinab. Der Tag war klar und schön, die Sonne glänzte an den Berghängen. Wenn man an Omen glaubt, dachte Porto, dann ist es ein gutes.

»Ich kenne einen, der zwei Hühnereier hat«, sagte er. »Ich glaube, daß er sich für eine gute Sache von beiden trennen wird.«

Miguel leckte seine Gabel sauber, wischte das restliche Eigelb mit einem Stück Brot auf und trank den letzten Schluck seines Kaffees. Die Sonne stand hoch am Himmel und ließ die Pinien harte Schatten werfen. Ein leichter Wind fuhr durch die Zweige. Porto wollte die Frage vermeiden, aber schließlich fragte er doch. »Was ist passiert – mit deiner Mutter?«

Das Gesicht des Jungen war steinern, ausdruckslos. »Es war einer unserer Nachbarn, García. Meine Mutter sagte immer, daß er eine Menge trank und nichts taugte. García muß dich gesehen haben, als du am letzten Tag unser Haus verlassen hast, denn er zeigte uns ein paar Stunden später an. Die DGI kam und nahm meine Mutter auf einem Lastwagen mit. Ich wurde mit einem anderen Auto zu einem Nonnenkloster gebracht, das die Fidelistas besetzt hatten. Man gab mir ein Brötchen, einen Teller Bohnen und ein Glas Milch. Der Wärter war jung, kaum älter als ich selbst. Er sagte, daß ich mir keine Sorgen machen sollte, daß es wahrscheinlich ein Versehen war und daß so was dauernd passierte. Am nächsten Abend würden meine Mutter und ich wieder zusammensein. Er entschuldigte sich, aber die Vorschriften verlangten nun mal, daß ich über Nacht eingesperrt werden müßte. Er steckte mich in eine Zelle, die einer Nonne gehört hatte.«

»Und deine Mutter?« Portos Fingernägel gruben sich in seine Handfläche; seine Kehle war trocken.

Miguel schüttelte den Kopf und achtete nicht auf die Frage. Es war, als sei er aufgezogen und als müsse der Mechanismus bis zum Ende ablaufen.

»Am Morgen öffnete ein anderer Wärter die Tür und ließ eine Frau ein. Sie war sehr dick, aber nett. Sie fragte mich, ob ich gut geschlafen hätte und in welche Schule ich ging. Ich erkundigte mich immer wieder nach meiner Mutter, aber die Frau sagte nur, daß sie

›dem Staat bei einer Untersuchung hilft‹. Dann holte sie einen gelben Notizblock aus ihrer Handtasche und stellte mir Fragen wie ein Polizist: Wer bist du, wo wohnst du, was für Freunde besuchen das Haus deiner Mutter, für welche Politik ist deine Mutter, hat sie jemals etwas gegen die Revolution gesagt? Ich sagte ihr nichts, nichts, nichts, aber am Ende verlor sie die Geduld und begann, mir Ohrfeigen zu geben. Ich spuckte ihr ins Gesicht – eine Riesenmenge –, und sie drehte durch, schrie mich an und schlug mit der Faust auf mich ein. Dann zog sie mich an den Haaren hoch und befahl mir, gut nachzudenken, denn sie würde am nächsten Tag und am übernächsten kommen – so lange, bis ich endlich die Wahrheit sagte. Ich antwortete, sie könne mich mal, und sie trat mir in den Bauch. Dann wollte sie rausgehen, aber vorher nahm sie noch ein Foto aus ihrer Handtasche und ließ es neben mir auf den Fußboden fallen. Sie beugte sich zu mir und sagte: ›Das geschieht mit Verrätern, *chico*.‹ Das Foto zeigte meine Mutter. Sie war tot.«

Porto wandte sich ab, starrte über das Tal zu den fernen Bergen hinüber und bemühte sich verzweifelt, seine Tränen nicht sehen zu lassen. Er konnte den Haß und die Wut kaum unterdrücken. Dann blickte er Miguel an. »Es war nicht deine Schuld, verstehst du? Sie hat es für mich getan – damit ich Zeit hatte, aus Kuba zu verschwinden. Es war meine Schuld, Miguel. Sie hat nicht . . .«

Der Junge schüttelte den Kopf. »Nein! Es war nicht deine Schuld! Es war nicht deine Hand, die sie geschlagen hat, es war nicht deine Zigarre, die Löcher in ihre Haut gebrannt hat. Die Männer, die sie wegbrachten, gehörten zur DGI. Ich will, daß sie sterben – alle!« Er biß sich auf die Lippen und sah über Porto hinweg.

Porto konnte keine Worte finden, die den Schmerz des Jungen gelindert hätten. Er nickte. »Ich verstehe, Miguel.«

Miguel fuhr sich heftig mit der Handfläche über das Gesicht und verschmierte die Tränen mit einer solchen Wucht, daß es ihm weh tun mußte. »Die Frau kam am nächsten und am übernächsten Tag wieder. Sie bedrohte mich und gab mir wieder Ohrfeigen, aber inzwischen konnte ich nicht mehr sprechen. Ich konnte nichts mehr sagen, nicht einmal weinen. Irgend etwas in meinem Inneren hatte sich gespannt, als wäre meine Brust von einem harten Ring umgeben, und immer wenn ich versuchte zu sprechen, zog sich der Ring zusammen. Zuerst dachte sie, daß ich mich verstellte, aber am dritten Morgen kam ein Mann mit ihr. Er war, glaube ich, Arzt, aber er hatte keine Arzttasche bei sich. Jedenfalls guckte er sich meinen Rachen und meine Augen mit einer Taschenlampe an. Er sprach mit ihr, und schließlich ging sie weg. Ich sah sie nie wieder, außer in Alpträumen.«

»Wie bist du rausgekommen?«

Miguel ignorierte die Frage. »Sie brachten mich in ein Jugendlager an der Küste, östlich von Santiago. Morgens hatten wir Unterricht, und dann wurde bis Sonnenuntergang auf den Feldern gearbeitet. Aber weil ich nicht sprechen konnte, behielten sie mich in der Küche.«

Sein Gesicht und seine Stimme waren jetzt ausdruckslos, aber er rieb sich die Hände, als wasche er sie wieder und wieder.

»Ich war neun Monate dort. Mir ins Gesicht nannten sie meine Mutter eine Hure und Verräterin. Sie malten eine amerikanische Fahne auf den Beton vor dem Speisesaal und zwangen mich jeden Morgen, mich hinzuknien und sie abzulecken, bevor ich etwas essen durfte. Einige der älteren Jungen traten mir in den Hintern, aber ich wehrte mich nie. Ich arbeitete und schlief, und wenn sie mich ansprachen, starrte ich einfach durch sie hindurch, als ob ich nicht ganz bei Trost wäre. Und am Ende gaben sie's auf, mit mir zu reden und mir weh zu tun.«

»Wie bist du entkommen, Miguel?«

»Es hieß, daß viele Schüler auf die Isla de Pinos verlegt werden sollten. Ich wußte, daß ich von dort niemals entkommen würde. Da ich in der Küche arbeitete, mußte ich den Müllwagen jeden Abend beladen. Sie fuhren ihn zu einem Komposthaufen auf den Feldern in der Nähe des Lagers, wo sie den Abfall mit der Scheiße aus den Latrinen abluden. An einem Sonntagabend, als alle, die nicht für irgend etwas bestraft wurden, fernsehen durften, belud ich den Wagen, kroch dann rauf und versteckte mich in dem Abfall. Es war schon dunkel. Ich dachte, ich würde ersticken, aber dann wurde der Wagen zum Komposthaufen gefahren und der ganze Dreck abgekippt. Am nächsten Morgen war ich schon zehn Meilen weit weg. Innerhalb von vier Tagen hatte ich mehr als achtzig Meilen zurückgelegt und mich von dem ernährt, was ich in Gärten und Abfallgruben fand. Ich marschierte immer nach Osten, weil ich gehört hatte, daß der Boß der DGI auf einer sehr großen Farm östlich von Santiago, bei Berraco, wohnt. Ich brauchte zwei Tage, um von Santiago nach Berraco zu kommen, und dort belauschte ich zwei Frauen, die an der Wasserpumpe des Dorfes über die große *finca* des Comandante sprachen. Eine der Frauen prahlte, daß sie an die

Köchin von Comandante Álvarez Eier zum doppelten Preis verkaufte und daß sie sich den Gewinn mit der Köchin teilte. Sie war sehr stolz darauf und gackerte wie eine ihrer Hennen.«

»Álvarez?«

Miguel nickte. »Der Chef der DGI in der Provinz Oriente. Ich wollte ihn finden und ihn für das umbringen, was die DGI mit meiner Mutter gemacht hatte. Ich klaute ein Stück Stahlrohr und schliff es tagelang an einem Felsen, bis es scharf wie ein Dolch war. Dann ging ich zu seinem Hof, um ihn zu töten, aber er war weg, irgendwo im Ausland. Zuerst wollte ich verschwinden, aber plötzlich dachte ich, warum soll ich nicht hierbleiben und um Arbeit bitten? Früher oder später kommt er zurück, und dann töte ich ihn. Aber es kam anders, denn da war eine Frau. Ich weiß nicht, ob sie mit ihm verheiratet ist. Die Wächter nannten sie hinter ihrem Rücken eine *puta*, aber das war sie bestimmt nicht. Sie war so gut zu mir wie meine eigene Mutter, und sie half mir. Ich würde für sie sterben, sofort.«

»Alicia Helvia?«

»Alicia.« Miguel nickte. »Ich durfte ihr helfen, Geheimpapiere aus dem Safe des Comandante zu stehlen. Sie sagte, die Papiere müßten unbedingt zu Señor Maroto geschickt werden. Deshalb habe ich sie hergebracht, und ich will hierbleiben und auch gegen Álvarez kämpfen.«

Porto nickte. Der Kreis schließt sich, dachte er. Es ist immer das gleiche. Er beugte sich nieder und legte die Arme um den Jungen. »Du bist hier, Miguel. Das ist das wichtigste.«

Porto sah die Codeblätter zum letztenmal durch und ließ sie über den Tisch zu Maroto gleiten. Der alte Mann achtete nicht darauf und nippte an einem Glas Brandy.

»Sie hat versucht, Brocassie zu retten«, sagte Maroto leise. »Eine recht verbreitete Absicht.« Er rollte das leere Glas zwischen den Handflächen. »Jetzt müssen wir einen Plan aushecken, Pilot.«

»Wenn Brocassie in dem Komplex ist, müssen wir durch den Zaun, an wer weiß wie vielen KGB-Posten vorbei, in die unterirdische Anlage, dort herausfinden, wo sie ihn festhalten, ihn aus seiner Zelle holen und dann den ganzen Ablauf umkehren. Ist nicht sehr vielversprechend.«

»Aber hat Miguel nicht gesagt, daß Álvarez in die Kaffeeplantage neben dem Komplex umgezogen ist und Alicia mitgenommen hat?«

Porto nickte müde. »Was hat das mit unserem Plan zu tun, Brocassie rauszuholen?«

»Eine Menge. Álvarez ist die Schlüsselfigur. Er weiß natürlich, wo Brocassie festgehalten wird, und er kennt das ganze Sicherheitssystem.«

»Du meinst, wir sollen uns Álvarez schnappen!«

Maroto füllte sein Glas von neuem und schenkte auch Porto einen Brandy ein. Er nahm sich viel Zeit dabei – fast, als vollführe er eine feierliche Zeremonie.

»Ich will ehrlich sein, Pilot«, sagte er mit nüchterner Stimme. »Wenn Brocassie noch lebt, kann er in dem Rattennest unter uns sein, oder man hat ihn schon verlegt. Wir wissen nicht genau, wo er ist, und deshalb setze ich nicht das Leben meiner Leute für einen Befreiungsversuch aufs Spiel. Álvarez muß unser Hauptziel sein.«

»Und wie willst du ihn erwischen?«

»Wir müssen Kontakt mit Alicia Helvia aufnehmen – ihr mitteilen, daß einige von uns durch den Zaun in den Wohnbereich eindringen werden. Er ist nur leicht bewacht, und das Problem ist nicht so gewaltig, als wenn wir uns einen Weg in den unterirdischen Komplex bahnen müßten. Wenn sie dafür sorgt, daß Álvarez zu einem bestimmten Zeitpunkt zu Hause ist, können wir aus ihm herauspressen, wo sie Brocassie festhalten. Besser noch, wenn sie Brocassie und Álvarez im Haus hätte, könnten wir alle drei mitnehmen und uns in die Sierra zurückziehen.«

»Wie zum Teufel könnte sie Álvarez jemals überreden, Brocassie zu sich nach Hause zu bringen?«

»Ich habe nicht gesagt, daß es leicht sein würde. Es wäre ihre Aufgabe, einen Weg zu finden. Schließlich waren sie und Álvarez und Brocassie früher einmal gute Freunde.« Er hob die Hand und tippte sich mit einem knochigen Finger an die Stirn. »Ich weiß nicht, ob sie es schafft, Pilot, aber sie ist intelligent und erfinderisch. Und wenn sie es nicht arrangieren kann, haben wir wenigstens Álvarez.«

Maroto lehnte sich zurück, ließ seine Hände auf den Tisch fallen und legte vorsichtig eine über die andere. Er wirkte nicht gefährlicher als ein ermüdeter Schulmeister am Ende eines Unterrichtsjahres. Aber seine Stimme verriet neues Selbstbewußtsein, neue Vitalität.

»Der Junge ist sehr mutig gewesen«, fuhr er fort. »Álvarez' Safe mitten in der Nacht zu öffnen – du hast ihn danach gefragt?«

»Nur nach den Papieren mit den Codes, die ich schon gesehen habe.«

Maroto lächelte, zog ein gefaltetes Stück Papier aus seiner Brusttasche, breitete es aus und glättete die Falten mit den Händen, reichte es aber Porto immer noch nicht. »Da war außer den Codeblättern noch ein Dokument, das Alicia Helvia ihn kopieren ließ: eine bestimmte Seite, die sie ganz kurz in einem hochgeheimen Ordner gesehen hatte.«

Der alte Mann schob das großformatige Blatt Transparentpapier über den Tisch. Es war eine sorgsam mit Stift und Lineal gemachte Kopie, unzweifelhaft von einem Raketenschema. Gepunktete Linien am Rumpf der Rakete entlang zeigten zwei Innentanks, die ungefähr dieselbe Größe hatten; kleine Pfeile mit Ziffern an verschiedenen Stellen der Rakete wiesen auf Montageteile hin. Porto erkannte die Rakete – glaubte, sie zu erkennen –, aber er wollte Marotos Bestätigung. »Was stellt es deiner Meinung nach dar?«

Maroto zog die Augenbrauen hoch. »Ist das nicht offensichtlich? Es ist das Ladeschema einer Waffe, einer Rakete. Wenn solche Dinger in dem Komplex sind, war Álvarez sicherlich an ihrem Transport beteiligt.«

Porto musterte die Zeichnung noch einmal. »Gut, Maroto. Es ist wahrscheinlich eine Küstenverteidigungsrakete, Reichweite etwa achtzig Meilen. Hagger nahm an, daß die Silos für FROGs vom Typ Zwei oder Drei bestimmt sind. Das ist nicht weltbewegend.«

»Keine FROG, Porto. Du selbst hast mir doch Haggers Informationsblätter über die Ausmaße und Gewichte der FROG-Serie gegeben. Die größte von ihnen wiegt 2200 Kilo.« Er schüttelte nachdrücklich den Kopf. »Nein, Porto, ich habe das Gewicht grob berechnet und es mit Miguels Zahlen verglichen. Sie entsprechen meinen Berechnungen. Er hat beim Kopieren keinen Fehler gemacht.«

»Was für ein Gewicht . . .?«

»*17 000* Kilo, ohne Treibstoff. Fast achtmal so viel wie das Leergewicht einer FROG-3. Was du vor dir hast, ist das Ladeschema einer ballistischen Rakete mit sehr großer Reichweite, mein Freund.«

»Großer Gott!« Porto griff nach dem Stück Papier und versuchte, das Gewirr der Leitungen und Ziffern zu durchschauen. »Ich kann's nicht glauben!«

»Ich schon«, sagte Maroto ruhig. »Und wenn Hagger dieses

Material hat – vorausgesetzt, wir können seine Echtheit beweisen –, dann werden die Amerikaner einen massiven Schlag gegen diesen Komplex führen müssen, und das wird letztlich eine allgemeine Invasion auslösen. Und *das* ist die Unterstützung, die ich brauche – und zwar ohne Abstriche.«

»Was für einen Beweis können wir uns verschaffen, der Hagger überzeugen würde? Ein Stück Papier reicht nicht aus.« Portos Stimme klang heiser.

»Wir brauchen Álvarez bei lebendigem Leibe. Brocassie natürlich auch, wenn möglich.«

Porto starrte den alten Mann verblüfft an. »Was soll das heißen: wenn möglich? Was ist denn mit dem ganzen Getue, das du wegen Brocassies Rettung gemacht hast? In Wirklichkeit geht's dir nur um den Beweis für die Raketen.«

Maroto zuckte die Achseln. »Ich möchte ihn wirklich retten, Pilot. Vielleicht gelingt es uns, und aus diesem Grunde wirst du mich und meine Männer begleiten. Aber Álvarez ist der Mann, den *ich* brauche, und sobald ich ihn habe, werden meine Männer und ich uns in die Sierra zurückziehen, ob wir Brocassie gerettet haben oder nicht. Alicia Helvia muß dafür sorgen, daß Brocassie zusammen mit Álvarez in ihrem Haus ist – und du hast die Aufgabe, sie davon zu überzeugen. Wenn sie es nicht schafft, dann mußt du begreifen, daß Álvarez unser Trostpreis ist.«

Porto sah ein, daß der alte Mann nicht mehr zu bremsen war. Dies war seine letzte Chance, die Amerikaner zu einer Invasion zu bewegen. Es hatte keinen Zweck, sich darüber zu streiten.

»Wie kommen wir durch den Außenzaun?«

»Jeden Tag kommen fünfzehn bis zwanzig Milizlastwagen aus Santiago über die Sierra-Straße. Manche befördern Soldaten, aber die meisten sind mit Vorräten beladen. Wir brauchen nur einen dieser Nachschubwagen zu schnappen, und dann zwingen wir den Fahrer, uns durch den äußeren Kontrollpunkt in die Kaffeeplantage zu bringen. Du fährst zum Haus und bringst Alicia, Álvarez und Brocassie mit dem Wagen raus. Das dauert nicht länger als dreißig Minuten. Meine Männer und ich schwimmen durch den Fluß und geben euch, wenn nötig, vom Ufer aus Deckung. Wenn sie euch verfolgen, legen wir auf der Sierra-Straße einen Hinterhalt und halten sie auf.«

»Man wird den gestohlenen Lastwagen vermissen.«

Maroto nickte. »Irgendwann. Aber wie schnell? Die Lastwagen

treffen nicht im Konvoi ein. Offenbar gibt es keinen gemeinsamen Fahrplan. Es ist ein Risiko, aber wenn wir die Sache rasch und glatt abwickeln, holen wir bis zu vier Stunden Vorsprung raus. Genug, um aus dem Tal zu verschwinden, und danach haben wir in der Sierra Tausende von Quadratmeilen zur Verfügung, um uns zu verstecken.«

»Angenommen, ich lasse mich darauf ein: Wie nehmen wir mit Alicia Helvia Kontakt auf? Sie muß wissen, was wir planen, und wir müssen irgendeine Bestätigung von ihr haben, vorausgesetzt, daß sie mitmacht.«

Der alte Mann nickte zur Höhle hinüber, wo Miguel schlief.

»Der Junge wird es übernehmen müssen. Er ist unsere einzige Verbindung zu Alicia. Und wenn er gefangen wird, kann er den harmlosen, zurückgebliebenen Stummen spielen, als den Álvarez ihn kannte. Man würde annehmen, daß er einfach bei Alicia sein wollte, weil sie auf der *finca* freundlich zu ihm war.«

»O nein, du alter Lump, das nicht!« explodierte Porto. »Der Junge ist völlig mit den Nerven fertig. Du weißt doch, was er durchgemacht hat!« Er merkte, daß seine Stimme laut geworden war, aber auch, daß sich Marotos Gesichtsausdruck nicht gewandelt hatte. Seine Miene war immer noch ruhig und beherrscht, als habe die Idee starre, unveränderliche Gestalt angenommen.

Schließlich neigte der alte Mann langsam den Kopf. »Ich weiß, was er durchgemacht hat«, sagte Maroto fast unhörbar. »Er und Tausende wie er haben ihre Eltern verloren. Ich selbst habe Freunde, Brüder und Neffen verloren. Meinen Männern geht es nicht anders. Die meisten von ihnen haben jeden Menschen und jeden Besitz verloren, und nun sehen sie keinen anderen Ausweg mehr, als weiterzukämpfen. Es gibt keine andere Möglichkeit, Porto. Wir haben nur ihn.«

Die Worte trafen Porto wie Hammerschläge. »Ich bin nach Kuba gekommen, um den Jungen rauszuholen«, entgegnete er mit einem heiseren Flüstern. »Er ist mehr für mich als eine bloße Verpflichtung. Er ist alles, was ich habe.«

»Es ist deine Entscheidung«, redete Maroto ihm behutsam zu; seine Stimme war ruhig, aber äußerst eindringlich. »Brocassie ist dein Freund – vielleicht mehr als das. Du mußt wissen, wie weit du gehen willst, um ihn zu retten. Das ist unsere einzige Chance. Ich werde den Jungen nicht zwingen, zu Alicia zu gehen. Es ist deine Entscheidung.«

War es das wirklich wert? Sollte ein Mensch sein Leben für zwei andere aufs Spiel setzen, obwohl sie vielleicht trotzdem sterben mußten? Aber vielleicht würden beide gerettet werden. Porto blieb minutenlang sitzen, ohne den Zwiespalt überwinden zu können, aber ihm war klar, wie die Antwort lauten mußte. »Ich werde den Jungen fragen«, sagte er schließlich.

Maroto nickte. »Es geht nicht anders«, erklärte er gelassen. »Risiko ist eine Voraussetzung für den Sieg.« Porto stand langsam auf, ging auf die Höhle zu und fragte sich geistesabwesend, in welchem Führungshandbuch Maroto diese Weisheit gelesen haben mochte.

Álvarez schloß die Zellentür hinter sich. Er ließ eine frischgestärkte Drillichgarnitur auf die Pritsche fallen und stellte einen batteriegetriebenen Rasierapparat auf den Klapptisch.

»Es wird Zeit, Brocassie. In zehn Minuten gibt's Schinken und Eier.« Er warf einen Blick auf seine Armbanduhr. »Dann, um acht, fängt die große Besichtigungstour an.«

Brocassie rollte sich auf die Seite und beobachtete ihn, ohne ein Wort zu sagen.

Julio lächelte unbeschwert. Nichts in seinem Gesicht deutete auf den Konflikt des Vorabends hin. »Komm schon, Brocassie. Eine Hand wäscht die andere. Ich brauche das Tonband, und du willst leben. Du wirst nicht einmal lügen müssen, was diesen Komplex betrifft. Es ist ein astreines Geschäft.«

Brocassie sah ihm bei seiner kleinen Vorstellung zu und dachte, daß Julio etwa so überzeugend war wie ein Marktforscher vor einer Kirmesbude. Immerhin, es war eine Chance. Das war, trotz der minimalen Erfolgsaussichten, besser als gar nichts. Er setzte eine neutrale Miene auf, erhob sich und schlüpfte in die Drillichsachen.

Álvarez warf eine Packung Lucky Strike und eine Schachtel Streichhölzer auf den Tisch. »Falls du noch rauchst.« Er drehte sich um und blieb an der Tür stehen. »Wir wollen nicht mehr an gestern abend denken, Brocassie. Wenn du auch nur ein bißchen vernünftig bist, wird dir nichts passieren. Du kannst alles, was ich sage, für bare Münze nehmen.«

Am liebsten hätte er Álvarez geraten, sich seine Bemerkung sonstwohin zu stecken, aber er zwang sich zu einem Lächeln. »Ich glaube, wir werden uns vielleicht später noch einmal über diese Sache unterhalten, Julio – unter ganz anderen Umständen.«

Álvarez lächelte strahlend zurück. »Unwahrscheinlich. *Bon appétit.*«

Er kehrte nach einer knappen Stunde zurück, zog ein Plastikabzeichen aus der Tasche und befestigte es an Brocassies Drillichjacke. »Besucherplakette. Fertig?«

»Klar, Julio. Es ist schließlich deine Schau.«

Álvarez grinste. »Wie wahr, aber andererseits hast du ja den Eintrittspreis bezahlt.«

Vor der Zelle stand ein DGI-Leutnant mit einem entsicherten Karabiner. Sie gingen den Korridor hinunter und erreichten einen Kontrollposten; diesmal war es ein KGB-Angehöriger. Brocassie musterte das Gesicht des Russen. Schmal, fast zart. Der Posten setzte das übliche, für Offiziere vorgesehene Routinelächeln auf und sagte auf russisch etwas zu Álvarez. Beide lachten, und dann salutierte der Wächter nachlässig, als verscheuche er eine Fliege von seiner Stirn.

Nun kamen sie an Räumen vorbei, die den unteren Dienstgraden offenbar als Schlafsäle dienten. Eine kleine Kantine und ein Lesezimmer schlossen sich an.

»Was hat das hübsche Jüngelchen gesagt?«

»Er hat mich gefragt, ob es heute in der Kantine amerikanisches Schaschlik zum Abendbrot gibt.«

»Wie lustig.«

Álvarez nickte lächelnd. »Fand ich auch.«

Am letzten Kontrollpunkt des Korridors stand ein weiterer KGB-Mann, diesmal ein harter Bursche mit den herabhängenden Wangen einer Bulldogge, aber mit Augen wie aus schwarzem Glas. Er betrachtete Brocassie, ohne eine Miene zu verziehen, nickte ihnen schließlich zu, daß sie weitergehen könnten, und deutete nur ganz schwach einen Gruß an.

Der Korridor mündete rechtwinklig in den Zentraltunnel. Álvarez blieb stehen und gestattete Brocassie, sich ein Bild von den Ausmaßen der Konstruktion zu machen. Brocassie schätzte, daß der Tunnel über dreißig Fuß hoch und dreimal so breit war. An beiden Seiten führten Laufgänge entlang, und der Mittelbereich war für Zug- und Lastwagenverkehr reserviert. An der Decke zogen sich Schienen für einen beweglichen Kran dahin, und daneben waren zu beiden Seiten gewaltige Rohre aufgehängt; jedes hatte eine Kennfarbe und war von einem Gewirr aus Kabeln und Drähten umsäumt, die alle vom Eingang weit bis ins Innere des Tunnels führten und in jeden der ihn kreuzenden Korridore abzweigten.

Weit entfernt zu seiner Linken sah Brocassie eine elektrische Zugmaschine mit einem leeren Plattformwagen in den Tunnel einfahren. Sie knirschte die schwache Neigung hinunter und fuhr, schneller werdend, an ihnen vorbei. Der im Tunnel widerhallende Lärm war ohrenbetäubend. Während die Zugmaschine sich entfernte, erleuchteten ihre Scheinwerfer einen Verbindungsgang nach dem anderen, ähnlich dem Korridor, aus dem sie gekommen waren.

»Wie groß ist dieser Komplex?« fragte er Álvarez.

»Eine Dreiviertelmeile lang. Und vom Zentraltunnel zweigen sechzehn Korridore von jeweils einer Achtelmeile ab. Fünfzehnhundert Mann Besatzung und etwa hundertdreißig Offiziere. Es gibt zwei unterirdische Kraftwerke, von denen jedes eine Kleinstadt erleuchten könnte.«

»Alle wohnen unter der Erdoberfläche?«

»Außer den höchsten Offizieren, wie ich selbst. Die Wehrpflichtigen erhalten alle sechs Monate vier Wochen Sonderurlaub in der Sowjetunion, außerdem gibt es Zulagen für diesen Dienst. Wir haben keine Klagen.«

Bestimmt nicht, dachte Brocassie. Bei wem auch?

»Und nun?« fragte er.

»Zum Befehlsstand«, erwiderte Álvarez. In einer Nische hing ein Telefon an der Wand. Julio wählte eine Nummer und drei Minuten später hielt ein kleiner Elektrokarren mit Sitzbänken vor ihnen an, der von einem KGB-Sergeanten gefahren wurde. Sobald sie eingestiegen waren, beschleunigte der Karren mit einem schrillen Jaulen und drang tiefer in den Komplex vor. Es ging an Korridoren und Werkstätten, Depots und Waffenkammern vorbei, tiefer und tiefer unter die Erde.

Schließlich bremste das Gefährt. Álvarez führte Brocassie an einem Sicherheitskontrollpunkt vorbei, einen mit Teppichboden ausgelegten Korridor hinunter, durch einen zweiten Kontrollpunkt und dann in einen ungeheuren Kontrollraum. An der Wand auf der anderen Seite hing eine Plexiglaskarte der Karibik und des Südatlantiks, eingerahmt von den Kontinenten Afrika und Südamerika. Stränge verschiedenfarbener Lichter spannten sich über die Ozeane; manche glühten pulsierend, andere waren unbeweglich. Unter der riesigen Karte standen in mehreren Reihen bemannte Kontrollpulte mit Schalttafeln und Radarschirmen. Zigarettenrauch lag in dichten Schichten in der Luft und reflektierte das graugrüne Glühen der Monitore. Raunende Stimmen überlagerten das Summen der

Klima-Anlage im Hintergrund. Álvarez tippte Brocassie auf den Arm und führte ihn eine Treppe hinauf zu einem geschlossenen Balkon, der über den Kontrollraum hinwegblickte.

»Sowjetischer Lageraum für die Westliche Hemisphäre: der Befehlsstand«, sagte Álvarez ruhig und deutete auf den Saal unter ihnen. »Nachrichtenwesen, elektronische Überwachung, Beobachtung von Raketen, Radarauswertung, Verschlüsselung, Entschlüsselung und Brechung von Codes – die ganze Chose. Diese Anlage kann sich mit der Defense Intelligence Agency der USA messen. Wir verfolgen alle amerikanischen Flottenbewegungen, alle Militärflugzeuge und sogar Zivilfrachter, die vom Verteidigungsministerium benutzt werden. Wir können mit den U-Booten und den Schiffen der sowjetischen Flotte Verbindung aufnehmen. Und wann immer eine Rakete von Kap Canaveral in den Raum geschossen wird, können wir ganz genau bestimmen, welchen Zweck der Start hatte und wie erfolgreich die Sache war, sogar, was die exakte Position bei der Wasserung betrifft. Beim letzten Start einer Atlas SM-65 E wußten wir eher als die Controller in Florida, daß das hydraulische System hundertachtzig Sekunden nach dem Abheben der Rakete versagt hatte.«

Die Größe und Vielseitigkeit der Anlage waren überwältigend. Brocassie wandte sich an Álvarez. »Dies war der Preis für sowjetische Hilfe.«

Álvarez zog die Schultern hoch. »Es ist ihr Geld. Na schön, wir haben ihnen ein paar Morgen in einer gottverlassenen Ecke Kubas gegeben, in der man nicht mal Ziegen züchten kann. Was sie damit anfangen, ist ihre Sache. Jedenfalls ist der entscheidende Punkt, mein Freund, daß dieser Komplex eine Nachrichtenanlage mit rein defensiver Bewaffnung ist. Du hast schon einige der Boden-Luft-Raketen gesehen, die wir in den Mahagonigehölzen aufgestellt haben. Bald werden wir sie alle unter die Oberfläche verlagern und in Silos unterbringen. Im Falle eines Luftangriffs durch die Amerikaner können die Raketenwerfer an die Oberfläche gekurbelt, abgefeuert und zum Nachladen wieder gesenkt werden. Das gleiche gilt für die Küstenverteidigung. Beim Verhör hast du vor dich hingestammelt, daß du die Raketen für FROG-3 hältst. Fast richtig. FROG-3, Modell drei. Reichweite hundertzwanzig Meilen, mit Infrarotsteuerung. Keine amerikanische Invasionsstreitmacht könnte eine Landung zwischen der Ostspitze Kubas in Cabo Maysí und dem westlichen Ende in Cabo de La Cruz riskieren. Dieser

Komplex ist völlig autark und kann garantiert jedem Angriff vom Land, vom Wasser oder aus der Luft standhalten. Aber vergiß nicht den Hauptpunkt, Brocassie: Er ist seinem Wesen nach defensiv. Die Anlage ist nichts mehr und nichts weniger als das, was die Amerikaner in der Türkei oder im Iran aufgebaut haben. Vielleicht raffinierter, aber im Prinzip nichts anderes.« Sein Gesicht wurde indirekt vom Lichtschimmer der elektronischen Geräte im Saal unter ihnen beleuchtet, so daß seine Züge ein verzerrtes Basrelief bildeten. Wie eine der Hexen in *Macbeth*, dachte Brocassie. Álvarez ließ sich auf einen der Polsterstühle sinken und zündete sich eine Zigarette an. »Du bist immer noch nicht überzeugt?«

»Das weißt du doch. Ich sah die Rakete, die mit einem Laufkran von einem der Plattformwagen geladen und dann wahrscheinlich unter die Oberfläche gebracht wurde. Und wenn es eine gibt, dann gibt's noch mehr.«

»Meinen Sie nicht, daß wir es ihm zeigen sollten, Julio?« Die Stimme war älter, volltönend. Brocassie drehte sich um. Der Sprecher saß in der hinteren Reihe, völlig im Dunkeln, nur sein Profil war im Schatten vage zu erkennen. Er stand auf und kam durch den Gang nach vorn, wo Brocassie und Julio saßen.

Der Mann bot Brocassie nicht die Hand, setzte sich aber neben ihn. »Roytschenko«, sagte er. »KGB-Oberst, vorübergehend für die Verbindung mit unseren kubanischen Alliierten zuständig. Vermutlich sollte ich Sie willkommen heißen. Schließlich haben Sie sich eine Menge Mühe gemacht, um uns hier zu besuchen.« Er gähnte, als langweile ihn die gesamte Situation. »Also, was halten Sie von unseren Operationen hier in der Sierra Maestra?«

»Was möchten Sie gern hören? Daß ich beeindruckt bin? Überwältigt? Daß ich darauf brenne, das ganze Scheißding in die Luft zu jagen? Suchen Sie sich was aus.«

Roytschenko lachte höflich. »Anscheinend fühlen Sie sich jetzt viel besser.« Er beugte sich vor und wandte sich an Álvarez, der an Brocassies anderer Seite saß. »Was haben Sie ihm gezeigt, Julio?«

»Nur den Haupttunnel bis hierher.«

»Aber ich nehme an, daß er an den SS-4 interessiert ist«, sagte Roytschenko. Er lehnte sich in den Ledersitz zurück und schlug die Beine übereinander. »Ich hatte ein Mittagessen für uns drei in meinem Büro geplant. Vielleicht sollten wir ihm zuerst die Raketenwartungshalle zeigen, und dann können wir essen und uns über seine Zukunft unterhalten.« Er stand auf. »Gehen Sie voran, Julio. Sie sind der Fremdenführer.«

Nun saßen sie zu fünft in dem Elektrokarren, der surrend immer weiter in den Komplex eindrang. Álvarez saß neben Brocassie und ratterte die Beschreibung der Korridore herunter, die zu beiden Seiten abzweigten: Lebensmittellager, elektronische Werkstätten, Treibstofftanks für die Hochleistungsgeneratoren, Kraftfahrzeugwerkstätten.

Julio ließ den Karren wieder anhalten und deutete auf eine verschlossene Doppeltür. »Mein Laden, Brocassie. Sicherheitsüberwachung. Ich zeige dir diesen Raum einfach deshalb, weil ich dich überzeugen will, daß der Komplex fast uneinnehmbar ist. Dazu wären mindestens ein paar US-Marine-Infanteriedivisionen nötig.« Er hob den Kopf. »Und ich möchte, daß du Hagger die Sachlage auf dem Tonband klarmachst, kapiert?« Er ging als erster durch die gepanzerten Türen. Der Raum ähnelte dem Befehlsstand, war allerdings kleiner. In der Mitte saßen sechs Männer an Monitoren, und über dem Raum war ein verglaster Balkon für den diensthabenden Offizier angebracht. Reihen von Armaturen verkleideten die Wände.

Álvarez schritt langsam durch den Raum und blieb hinter jedem Pult stehen. »Von hier aus überwachen wir alles. An den Zugangstoren, an den Umgrenzungszäunen und in allen wichtigen unterirdischen Bereichen sind Fernsehkameras angebracht. Wir haben direkten Funkkontakt mit allen Patrouillen und Kontrollpunkten, über und unter der Erde. Im Falle eines Landangriffs können wir fast jeden Mann, den wir hier haben, gegen den Gegner einsetzen, und außerdem Unterstützung von den regulären FAR-Truppen und von der Miliz anfordern.«

Er deutete auf die Monitore. »Wir achten auf Feuer, Rauch, Überhitzung in den Generatoren, Fehler in der Klima-Anlage und im Kühlsystem – auf alle potentiellen Gefahren für die Sicherheit des Komplexes.«

Sein Finger wies auf das erleuchtete Schauglas eines Durchflußmessers. »Dieseltreibstoff für die Generatoren, aus Tankwagen, die wir bei Nacht hereinbringen. Er wird von der Oberfläche in unterirdische Sammeltanks gepumpt. Wir überwachen die gesamte Operation, kontrollieren die Feuertüren und setzen, wenn nötig, Kohlendioxyd oder die Feuerlöschsysteme ein. Genauso verfahren wir mit dem Flugzeugtreibstoff.«

Julio, von seiner eigenen Wichtigkeit berauscht, fuhr weitschweifig fort und erläuterte die Verteidigungsanlagen des Komplexes. Aus dem Augenwinkel bemerkte Brocassie zwei Männer am anderen Ende des Raums, die sich nachlässig über ihre Pulte beugten. Er schob sich vorsichtig zur Seite, um zu sehen, was sie überwachten. Die Pulte hatten nur drei Anzeigevorrichtungen mit jeweils einem einzigen, darübergeprägten Symbol. Es waren verschiedene Symbole, die Brocassie von früher aus seinen Mathematiklehrbüchern kannte, aber er konnte nichts damit anfangen. Er überlegte hin und her, was sie bedeuten könnten, und versuchte, irgendeine verblichene Vorstellung heraufzubeschwören.

»Was meinst du?«

Brocassie wandte sich wieder Julio zu. »Was möchtest du hören, Julio? Tolle Sache? Raffiniert?«

»Das ist es: Toll und raffiniert und außerdem verdammt teuer. Der größte Teil der Ausrüstung stammt aus Deutschland, aber einiges haben wir aus den USA, über eine hübsche kleine Import-Export-Firma in der Schweiz. Ich kenne diesen Komplex besser als meine Westentasche.«

Er legte Brocassie den Arm auf die Schulter und führte ihn hinaus. Der Elektrokarren brachte sie tiefer in den Komplex. Am Ende des Tunnels stießen sie auf massive, über dreißig Zentimeter dicke Stahltüren. Am letzten Kontrollpunkt standen ein KGB-Leutnant und zwei Sergeanten. Roytschenko entließ den Fahrer des Elektrokarrens und den Posten, den Álvarez mitgebracht hatte. Die Türen wichen rumpelnd in Betonnischen zurück, so daß sie eintreten konnten. Der Raum war viel größer als alle anderen, die Brocassie gesehen hatte: fünfundzwanzig oder dreißig Meter hoch und über hundert Meter breit. Wenn man nach oben blickte, sah man den Deckenkran, dessen Schienen durch den ganzen Tunnel führten. An den Wänden standen hydraulische Hebebühnen und Montagewagen mit elektronischem Testgerät. Hinten links lag eine Wartungshalle mit Dutzenden von FROG-3-Raketen, jede auf einem kleinen Transportfahrzeug. Techniker machten sich an den geöffneten Zugangsklappen zu schaffen und führten Kabel von den Testinstrumenten ins Innere der Raketen.

Im Werkstattbereich zischte ein Lichtbogenschweißgerät, und eine Metallfontäne sprühte unter dem Schweißbrenner hervor. Aber etwas anderes erregte Brocassies Aufmerksamkeit. Ganz hinten in der Halle sah er mindestens dreißig SS-4 Sandals auf Lafetten liegen. Allein der Anblick der Waffen ließ ihm einen Schauer über den Rücken laufen: glanzlos schwarz, fast elegant durch ihre einfache, aber tödliche Geometrie. Es waren riesige, wohl um achtzig Fuß lange glatte Zylinder, die in einen stromlinienförmigen Bug ausliefen. Wie viele Megatonnen Tod mochten in diesem Raum sein? Wie viele amerikanische Städte würden dieser Raketen wegen in einem Blitz aus Hitze und Licht verglühen? Er drehte sich zu Roytschenko um. »Dafür sind die Silos gebaut worden! Defensiv – zum Kaputtlachen!«

Roytschenko wirkte belustigt. »Keineswegs«, antwortete er. »Sie erinnern sich an den Innendurchmesser der Stahlmanschetten, mit denen die Silos gebaut wurden?«

»Die Fotoanalytiker der CIA sprachen von etwa 55 Zoll.«

Der Russe nickte. »53 Zoll, um genau zu sein. Und welchen Durchmesser haben diese Raketen Ihrer Schätzung nach?«

»Ungefähr den gleichen.«

Roytschenko schüttelte den Kopf. »Mehr – fast einen Fuß mehr, Brocassie. 65 Zoll. Sie können es ausmessen, wenn Sie mir nicht glauben. Gibt es nicht eine amerikanische Redensart, die besagt, daß man nicht zwei Pfund Scheiße in eine Einpfundtüte stopfen kann? Dieses Prinzip gilt auch hier.« Er steckte die Hand in eine Tasche seiner Uniformjacke und zog ein Meßband hervor. »Kommen Sie und überzeugen Sie sich selbst.« Er ging voran, auf die andere Seite der Halle zu und blieb schließlich vor einer Reihe der tödlichen Gestalten stehen.

»Suchen Sie sich eine Rakete aus, irgendeine«, schlug Roytschenko vor.

Brocassie zeigte auf das dritte Geschoß in der Reihe.

Roytschenko warf das Meßband über die Rakete hinweg, Álvarez fing das Ende und zog es an der Unterseite des Projektils durch. Der Russe reichte Brocassie das Band. »Wieviel Zoll?«

Er kniff die Augen zusammen und erwiderte: »Zweihundertvier und eine Kleinigkeit.«

Roytschenko lächelte geduldig, wie ein Lehrer, der seinem Schüler nachhilft. Er nickte. »Ausgezeichnet. Sie können mit einem Rechenschieber umgehen, nehme ich an?« Er zog einen kleinen Plastikrechenschieber aus seiner Jackentasche und reichte ihn Brocassie.

Brocassie bewegte den Rechenschieberläufer und justierte 204 auf 3,1416. Die Lösung war 65.

»Sehen Sie, 65 Zoll passen nicht in eine Öffnung von 53 Zoll«, sagte Roytschenko, als rede er auf den dümmsten Schüler seiner Klasse ein. »Sicherlich hat Hagger auch darüber gesprochen, daß diese Raketen nicht in einem Silo stecken wie eine Kugel in einem Lauf. Man braucht zu beiden Seiten zusätzlichen Spielraum, damit die Außenhaut der Rakete beim Abschuß nicht mit den Silowänden in Berührung kommt. Die SS-4 würde ein Silo mit einem Durchmesser von mehr als 90 Zoll benötigen. Andererseits wissen Sie bestimmt, daß die SS-4 noch *nie* aus Silos abgeschossen wurde. Sie wird *immer* von einer offenen Lafette aus gestartet, weil sie hervorstehende aerodynamische Flossen hat.« Er schritt auf das Heck der Rakete zu und deutete auf einen Schlitz an der Seite. »Hier werden sie angebracht, vier Stück pro Rakete. Die Flossen werden vom inneren Steuerungssystem kontrolliert und lenken die Rakete aerodynamisch, bis der Antrieb sich abschaltet. Danach löst der Sprengkopf sich ab und fliegt, bis er auf das Ziel aufprallt, rein ballistisch.«

Brocassie strich mit der Hand über die glatte Haut der Rakete. Er wußte, daß Roytschenko recht hatte. Die Silos hatten einen zu kleinen Durchmesser, um die SS-4 aufzunehmen, und er ärgerte sich über sich selbst, weil er nicht gründlich genug über das Problem nachgedacht hatte. Ohne auf Roytschenkos amüsierte Miene zu achten, wandte er sich an Álvarez.

»Was, zum Teufel, haben die Dinger dann hier zu suchen?«

»Vorübergehende Lagerung. Die Gebäude in Westkuba, in denen sie ursprünglich gelagert werden sollten, hatten einen Konstruktionsfehler. Wir mußten sie hierher befördern und verstecken, bis die Rampen fertig sind.« Er zog die Augenbrauen hoch und blickte Roytschenko an. »Wie lange noch?«

»Noch drei Tage für die Gelände in Guanajay und Remedios. Die Stellung in San Cristóbal ist fertig. Am 28. Oktober werden wir voll einsatzbereit sein.«

»Sind Sie etwa dumm genug, diese Dinger an der Nordwestküste Kubas zu installieren?«

Álvarez nickte. »Mit allem, was dazugehört: Raketentransportfahrzeuge, Sauerstoffträger, Treibstoffwagen. Wir haben Befestigungen gebaut und Boden-Luft-Raketen aufgestellt – alles da, von A bis Z, Brocassie. Und wenn John Kennedy die ersten U-2-Fotos dieser Installationen sieht, wird er ein solches Magenbrummen kriegen, daß alle Fenster in Washington klirren. Ich würde was dafür geben, sein Gesicht zu sehen, wenn ihm jemand diese Bilder unter die Nase hält.«

Herr im Himmel, dachte Brocassie. Sie machen Späße über einen möglichen Atomschlag, als planten sie eine Art nachmittägliches Picknick. Unbewußt packte er Julios Jackenaufschlag und verdrehte den Stoff mit der Faust. »Du blödes Rindvieh! Kennedy wird als erstes einen Luftangriff auf diese Raketen anordnen. Wenn das geschieht, dann werden sowjetische Mannschaften umkommen, und wenn die Kampfbomber nicht jede einzelne Rakete unschädlich machen, werden einige von ihnen gestartet werden! Diese ganze beschissene Sache wird zu einem ausgewachsenen Atomkrieg eskalieren!«

Roytschenko nahm behutsam Brocassies Hand und löste sie von Julios Jacke. Fast wie eine Mutter, die die Krawatte ihres Sohnes in Ordnung bringt, glättete er Álvarez' Uniform.

»Julio hat mich gewarnt, daß Sie sehr emotional sind, und ich möchte Ihnen raten, sich zu beherrschen«, sagte er leise. »Sie sind hier, um belehrt zu werden, nicht, um uns zu belehren.« Er drehte sich um und winkte einen Sergeanten zu sich. Der Mann kam heran, schlug die Absätze zusammen und salutierte.

»Genosse Oberst!«

Roytschenko erwiderte den Gruß. »Ich möchte, daß Sie die Zugangsklappe von einer dieser Waffen abheben.« Er wandte sich Brocassie zu. »Sie haben doch bestimmt nichts gegen das Privileg, den Mechanismus einer der fürchterlichsten Terrorwaffen der Sowjetunion zu sehen, oder? Welche soll es sein?«

Brocassie deutete steif auf die siebte Rakete in der Reihe. Roytschenko nickte. »Gut, diese also.«

Der Sergeant salutierte wiederum, machte eine präzise Kehrtwendung und bedeutete einer Mannschaft von Technikern, ihm zu folgen. Roytschenko erläuterte: »Es wird ein paar Minuten dauern. Wir wollen es uns bequem machen.« Er führte sie zu einer kleinen Nische, in der ein paar Stühle und ein Samowar standen. Er schenkte Brocassie und Álvarez Tee ein und nahm selbst ein Glas. »Seltsam, nicht wahr? Daß wir drei hier an einem Ort stehen, der von entscheidender Bedeutung für die Sowjetunion ist, und Tee trinken. Was würde der Direktor der CIA geben, wenn er neben uns stehen könnte – eine Million, zwei Millionen? Vielleicht viel mehr.« Er hob sein Glas wie zum Toast und nahm einen Schluck.

»Nein, Brocassie, Kennedy wird diese Raketenstellungen nicht angreifen. Ein Wahnsinniger würde so handeln, aber Kennedy ist nicht wahnsinnig. Er ist Politiker, und Politiker handeln rational, in ihrem eigenen Interesse. Politiker sind nicht für Balgereien zuständig, sondern für Kompromisse.« Er lächelte und schüttelte den Kopf. »Sie sollten uns rückständigen Sowjets auch ein bißchen was zutrauen. Denken Sie daran, daß wir sehr gut Schach spielen. Es gehört zum klassischen Schach, Kompromisse zu machen – wenn nötig, Opfer zu bringen, um letzten Endes zu siegen. Alles, was wir über Kennedys Arbeit gelesen haben, seine Reden, seine persönlichen Gewohnheiten – all das ist sorgfältig analysiert worden. Ebenso die Mentalität seiner wichtigsten Berater. Wenn Kennedy herausfindet, daß es in Kuba sowjetische Nuklearraketen gibt, wird er *reagieren*, nicht *agieren*. Und seine Reaktion wird sein, über den Rückzug dieser Raketen zu verhandeln.«

Der Tee war bitter, und Brocassie fragte sich, wie irgend jemand das Zeug trinken konnte. Aber er hielt sein Glas eisern fest, damit seine Hände etwas zu tun hatten. Nein, dachte er, Kennedy wird die Raketen angreifen lassen, bevor sie einsatzbereit sind. Weil es die Monroe-Doktrin gibt, weil Kennedy selbst sich gegen die Ausweitung des sowjetischen Imperialismus ausgesprochen hat, von den zwingenden politischen Erwägungen gar nicht zu reden.

Er schüttelte den Kopf. »Sie irren sich, Roytschenko. Wenn Sie diese Waffen auf die Raketenwerfer setzen, lösen Sie einen Atomkrieg aus.«

»Und ich glaube, daß Sie sich irren, Brocassie. Sehr sogar. Denn im Unterschied zu unserem Land, wo eine kleine Gruppe von Männern alle Entscheidungen trifft, muß Kennedy sich seinen Wählern und, darüber hinaus, der Weltmeinung stellen. Es ist doch bekannt, daß die Amerikaner mehr als hundert nukleare Mittelstreckenraketen in Europa stationiert haben, sämtlich auf die Sowjetunion ausgerichtet. Wodurch unterscheiden sich diese Waffen denn so sehr von denen hier in Kuba? Macht vielleicht das Emblem aus Hammer und Sichel unsere Raketen zum Teufelsgerät, während die amerikanischen Waffen in Europa Gottes Segen für die Völker der Welt darstellen?« Er knallte das Glas nieder, so daß Tee über den Tisch schwappte. »Kennedy muß diese Waffen aus Europa abziehen. Wir werden nie wieder zulassen, daß amerikanische Raketen auf europäischem Boden stationiert werden. Europa befindet sich innerhalb der sowjetischen, nicht der amerikanischen Einflußsphäre. Europa gehört uns, wenn und wann wir es wollen!«

Seine Stimme war nachdrücklich, er hob jedes Wort hervor.

»Dann sollen also die SS-4 aus Kuba abgezogen werden, wenn die Thor- und Jupiter-Raketen aus Europa verschwinden?«

Roytschenko lächelte herablassend. »Das ist nur ein Punkt auf unserem Einkaufszettel. Kennedy wird noch weitere Zugeständnisse machen, zum Beispiel, was dieses erbärmliche Städtchen in Deutschland betrifft: Berlin. Es ist uns ein Dorn im Auge, der entfernt werden muß.«

»Das ist ein weiterer Punkt, in dem Kennedy niemals nachgeben wird.«

Der Russe verzog geringschätzig die Lippen. »Oh, da habe ich meine Zweifel, mein Freund, wirklich. Kennedy hat Berlin als großartiges Symbol westlicher Entschlossenheit aufgeplustert – der einsame Vorposten der Zivilisation, der um jeden Preis verteidigt werden muß –, aber die Amerikaner pfeifen darauf. Ihre Gallup-Umfragen beweisen es. Die Amerikaner halten Berlin für eine Stadt, in der Nazis mit Reiterstiefeln herumlaufen und in der es von protzigen Freudenhäusern wimmelt. Sie fragen sich, warum fünfzehn Jahre nach dem Zweiten Weltkrieg ihre Regierung immer noch Dollars in dieses bodenlose Loch schüttet, nur damit ihre früheren Feinde sich warm und sicher fühlen.« Er hob die Hand, um jede Antwort abzuschneiden. »Kennedy wird mit unserem Botschafter in Washington ein Geheimprotokoll unterzeichnen; es wird garantieren, daß die Amerikaner nichts unternehmen, wenn wir den nächsten Zug machen.«

»Sie wollen in Berlin einmarschieren?«

»Nicht nötig. Die Sowjetunion wird einfach einen separaten Friedensvertrag mit der DDR unterzeichnen. Dadurch gewinnt die DDR den Status einer souveränen Nation. Berlin wird eine Insel im Meer des Warschauer Paktes sein. Jeder Versuch der Westmächte, Vorräte oder Truppen nach Berlin zu schaffen, würde das souveräne Territorium der DDR verletzen, und *dann* müßte die Sowjetunion einem Bruderstaat des Warschauer Paktes zu Hilfe kommen. Bis jetzt war ein solches Risiko zu hoch. Aber wenn sich alle Aufmerksamkeit auf – wie sollen wir es nennen? – die ›Kubakrise‹ richtet, können wir Berlin in aller Ruhe um den Preis eines Füllfederhalters und eines Stücks Papier übernehmen. Glauben Sie mir, Brocassie, Kennedy wird es unterzeichnen.«

Brocassie wurde langsam klar, daß Roytschenkos Analogie haargenau paßte: Es war ein Schachspiel, bei dem die Sowjets den

Eröffnungszug machten. Ihre Bauern waren ihre Raketen in Kuba, und während sie vorrückten, würden amerikanische Raketen in Europa gegen sie eingetauscht werden. Dadurch würde Berlin isoliert und schließlich fast unbemerkt, in einer fernen Ecke des Schachbretts, verlorengehen. Er mußte zugeben, daß der Plan brillant war. Aber die Aufgabe einer Figur war noch ungeklärt.

»Was springt für Kuba dabei raus?« fragte er und blickte Álvarez an. »Wie kannst du sicher sein, daß Kennedy die Insel nicht kurz und klein schlägt, wenn die SS-4 erst einmal abgezogen sind?«

»Das wird er nicht tun«, erwiderte Álvarez. »Kennedy diktierte – genau: er *diktierte* –, daß keine Offensivwaffen in Kuba stationiert sein dürfen, aber was ist das hier?« Er deutete auf die SS-4. »Ein Abschreckungsfaktor, also genau das, was Kennedy von seinen ballistischen Interkontinentalraketen behauptet. Diese Waffen werden Kuba gegen einen Angreifer *verteidigen.* Ist das nicht logisch? Eine Leistung wird gegen die andere aufgerechnet, Brocassie. Die letzte Bedingung für den Abzug dieser Raketen aus Kuba wird darin bestehen, daß der amerikanische Präsident gelobt, in Kuba keine Invasion einzuleiten und diese Insel als souveräne Macht zu respektieren, deren Grenzen unverletzlich sind. Wir beide wissen doch, daß Amerikaner sich viel auf ihre Ehrenhaftigkeit einbilden, stimmt's? Wenn Kennedy einmal sein Wort gegeben hat, wird jede US-Regierung nach ihm gezwungen sein, es zu respektieren.« Er schnippte ein Streichholz an, hielt es an eine Zigarette und atmete den Rauch aus. »Das springt für Kuba dabei raus. Dieses Land ist ein Bastard, aber Kennedy wird ihn legitimieren.«

Ein Kran bewegte sich über die SS-4. Gurtbänder schlängelten sich herab, die Techniker packten die Endlaschen und befestigten sie an den Haken, die in die Vertiefungen der Rakete geschraubt waren.

Brocassie sah wie hypnotisiert zu. Alles war hervorragend geplant. Roytschenko hatte bestimmte Wünsche, und Álvarez hatte seine eigenen. Aber er wußte, daß es nicht klappen würde. Er wußte es ganz genau. Die Raketen in Kuba würden eine Feuersbrunst entfachen, die den ganzen Planeten verbrennen könnte.

»Ihr habt beide unrecht«, sagte er schließlich. »Es ist ein tragischer Irrtum. Ihr schätzt ihn falsch ein. Kennedy wird sich niemals darauf einlassen.«

»Doch«, antwortete Roytschenko. Seine Stimme war so selbstsicher, als sei die weitere Entwicklung schon festgelegt. »Ganz gewiß, denn die Kräfte, die auf ihn einwirken, und seine Berater werden ihm keine Wahl lassen. Wir werden die Spannung langsam und äußerst behutsam aufbauen. Chruschtschow wird leugnen, daß wir Raketen in Kuba haben. Die Amerikaner werden U-2-Spionagefotos vorlegen, auf denen Einzelheiten der Raketenstellungen zu sehen sind. Chruschtschow wird toben und vor einem unbegrenzten Atomkrieg warnen. Kennedy wird die Situation eskalieren, wahrscheinlich durch eine Blockade Kubas.« Er unterbrach sich. »Das amerikanische Volk wird plötzlich erkennen, daß der Atomkrieg nicht mehr reine Theorie ist, sondern eine Realität. Sechzig ihrer Städte werden bedroht sein, denn jede SS-4 hat einen Sprengkopf von einer Megatonne.« Er fuhr sich mit der Zunge über den Lippenrand. »Und dann, wenn es plötzlich so aussieht, als würde die Welt in Flammen aufgehen, bietet Chruschtschow Kennedy einen letzten ›Kompromiß‹ an – ein Mittel, die Katastrophe abzuwenden, zu der Kennedy selbst beigetragen hat. Die simplen Bedingungen: Abzug der SS-4 aus Kuba für den Abbau der amerikanischen Raketen in Europa, ein Gelöbnis, niemals in Kuba einzumarschieren, und schließlich, in einem Geheimprotokoll, die Duldung eines separaten Friedens zwischen der Sowjetunion und der DDR. Wenn die Amerikaner diese Bedingungen annehmen, dann wird Chruschtschow – wie man Kennedy durch vertrauliche Kanäle zusichert – kapitulieren. Nicht nur kapitulieren, sondern vor der ganzen Welt im Staub kriechen. Stellen Sie sich die Riesenschlagzeilen vor, Brocassie: ›Kennedy bleibt standhaft, und Chruschtschow gibt klein bei.‹« Er preßte kurz die Lippen zusammen, und es war unmöglich zu entscheiden, ob er ein Lächeln unterdrückte oder sein Mißvergnügen verbarg. »Kennedy wird scheinbar einen Krieg abgewendet haben und gleichzeitig als politisches Glückskind dastehen. Wir haben uns beträchtliche Mühe gegeben, um seiner Reaktion ganz sicher zu sein. Bei Eisenhower oder Truman hätte es anders laufen können, aber bei Kennedy . . .« Er beendete den Satz nicht.

»Und wenn Sie sich verrechnet haben? Angenommen, Kennedy läßt die Raketenstellungen angreifen?«

Roytschenko lehnte sich zurück. Schließlich antwortete er mit matter Stimme: »Was wäre unsere einzige Möglichkeit? Kuba, die Sowjetunion, der ganze Warschauer Pakt haben ein gegenseitiges Verteidigungsabkommen. Ein Angriff auf eines dieser Länder stellt einen Angriff auf alle dar. Es würde Krieg geben. Dieses Risiko müssen wir eingehen, denn sonst wäre die ganze Übung sinnlos.«

»Sie würden diese Raketen abfeuern?«

Roytschenkos Blick glitt zu den SS-4 und dann zurück zu Roytschenko. »Jeder Präventivschlag der Vereinigten Staaten gegen Kuba wäre eine Herausforderung, die die Sowjetunion nicht ignorieren könnte. Wir würden sofort jede Waffe in unserem Arsenal einsetzen, denn künftige Kriege werden von denen gewonnen, die rasch und kompromißlos handeln. Irgendwann wird es zu diesem Konflikt kommen. Vielleicht besser jetzt als später.«

»Die Sowjetunion hat nicht die nötige Schlagkraft!«

»Darüber läßt sich streiten«, erwiderte Roytschenko heftig. Er schien noch etwas sagen zu wollen, aber dann entspannte sein Körper sich plötzlich, als habe er seine Emotionen unter Kontrolle gebracht. Er lächelte. »Aber wir wissen beide, daß es sich nicht soweit zuspitzen wird.«

Der Sergeant stand zehn Schritte entfernt in Habachtstellung und wartete.

Roytschenko grüßte ihn und stand auf. »Lassen Sie uns anschauen, womit John Kennedy es zu tun hat.«

Der Sergeant nickte, Roytschenko ballte eine Faust und streckte den Daumen nach oben. Der Kranführer betätigte die Kupplung, und die obere Hälfte der Rakete löste sich langsam von der unteren. Roytschenko winkte Brocassie näher heran, bis sie beide ins Innere der Rakete blicken konnten. Abgesehen von Fiberglasrippen, die ein paar Zoll nach innen ragten, war es eine leere Hülse.

Brocassie strich verdutzt über die Innenhaut der Rakete und prüfte die glatte Oberfläche. Er war sprachlos.

Álvarez stellte sich neben ihn. »Es ist eine Attrappe, Brocassie, genau wie alle anderen – eine hohle Fiberglasnachbildung einer SS-4, die vollendete Vogelscheuche.«

»Aber um Gottes willen, weshalb . . .?«

»Weshalb?« Álvarez lachte jetzt und schlug Brocassie auf den Rücken, wie er es früher immer getan hatte, wenn er bei einem Witz zur Pointe kam. »Weshalb sollten wir es riskieren, sechzig SS-4 aus der Sowjetunion nach Kuba und dann wieder zurückzubefördern, wenn sie nur den einzigen Zweck haben, daß über ihren Abzug verhandelt werden kann? Das Schönste, die verdammte Ironie des Ganzen ist ja gerade, daß Kennedy sich über vierzig Prozent seiner Raketenschlagkraft abhandeln läßt, den Sowjets Berlin auf dem Präsentierteller überreicht und außerdem die Souveränität Kubas garantiert – all das für diese sechzig riesigen Plastikabfalleimer!« Er konnte sich nicht mehr beherrschen, wieherte vor Vergnügen, und seine Worte gingen in seinem eigenen Gelächter unter. Roytschenko schloß sich ihm an, und das Gelächter war so ansteckend, daß die Techniker verlegen grinsten. »Aber das ist noch nicht alles, Brocassie. Es kommt noch viel besser. Rate mal, alter Knabe.«

Brocassie konnte nicht antworten. Er stand da und betastete benommen das Innere der Fiberglasattrappe. Fast unbewußt schüttelte er den Kopf.

Álvarez brach von neuem in Gelächter aus und schlug sich auf die Schenkel. »Du Trottel – durch dich wird's erst ein richtiger Spaß. In einem Jahr, wenn sich all die Aufregung gelegt hat, befördern wir dich nach Miami, und zwei Tage später wirst du Kennedy berichten, was tatsächlich passiert ist. Und er wird nicht das geringste unternehmen können, denn wenn er es versuchte, würde das amerikanische Volk ihn und die CIA aus Washington rausjagen, weil sie so übel aufs Kreuz gelegt wurden. Aber er wird es erfahren, Brocassie. Er wird erfahren, daß er bei der größten Bauernfängerei aller Zeiten angeschmiert wurde.«

16.

Alicia hatte die Lichter im Zimmer hinter sich gelöscht und stand in der Vordertür des Häuschens. Es regnete in feinen Tropfen, und der Wind war abgeflaut. Baumfrösche zirpten wie eine wildgewordene Streichergruppe, die ein Pizzicato von zwei Noten zupft.

Sie trat nach vorn auf den Pfad und hob das Gesicht. Der Regen war warm und benetzte ihr Gesicht, obwohl sie die einzelnen Tropfen nicht spürte. Sie atmete ein, schmeckte den Regen und versuchte, sich vorzustellen, daß er aus Wolken stammte, die von den Antillen über das Karibische Meer gesegelt waren und den Geschmack von Salz und den Hauch von Gewürzen mitbrachten. Aber in Wirklichkeit versuchte sie, die Weite und die Freiheit zu schmecken, und konnte es nicht.

Der Strahl einer Taschenlampe hielt sie fest.

»Was ist los?« Es war Sánchez, einer der Wachtposten. Seine Stimme war heiser, er lallte.

Er ist beschwipst, dachte Alicia. »Nichts«, sagte sie und trat zurück in die Tür. Der Lichtstrahl blendete immer noch ihre Augen und bewegte sich dann herausfordernd nach unten über ihre Schenkel. Sie drehte sich um, schlug die Tür zu und stemmte sich dagegen. Das Schwein, dachte sie. Das verdammte, besoffene Schwein.

Sie atmete schwer. Allmählich verlangsamte sich ihr Herzschlag, sie tastete sich im Dunkeln zur Couch und setzte sich, unendlich matt. Tief in ihrem Inneren spürte sie – oder glaubte, es zu spüren – ein kleines zitterndes Wesen, das schwach gegen die Wände ihres Körpers schlug. Ihre Zukunft schien sich einzuengen, die Alternativen erloschen eine nach der anderen.

Alicia seufzte und knipste ein Licht an, um auf ihre Armbanduhr sehen zu können. Fast Mitternacht. Julio hatte nicht angerufen, und sie war unschlüssig, ob sie sein Abendessen zubereiten oder ins Bett gehen sollte. Seine Dienstzeit im Komplex war unberechenbar. Manchmal kam er am Abend nicht zurück, tauchte dann, ohne sich angekündigt zu haben, in den frühen Morgenstunden auf und verlangte etwas zu essen, selbst wenn es schon vier Uhr war. Und nach dem Essen, das er mit Bier oder Rum hinunterspülte, forderte er zuweilen Sex. Sie verstand es, geschickt Kopfschmerzen, Migräne – was auch immer – vorzutäuschen. Aber sie wußte, daß sie ihn nicht ständig abweisen konnte. Seit ein paar Tagen dachte sie oft an ihre kleine Automatik, und sie hatte Stunden damit zugebracht, sie sanft in der Hand zu halten, wie ein kleines Schoßtier. Manchmal hatte sie sich die Mündung an die Stirn gepreßt und sich gefragt, ob die Pistole ihr Elend verwandeln könnte. In Befreiung, Vergeltung, Reue oder einfach gar nichts? Sie hatte der Kirche oder den Nonnen oder den Priestern nie geglaubt. Es schien eine allzu glatte Vorstellung, eine Art Karikatur mit goldenen Toren, Erzengeln und himmlischem Frieden – ein Ort, wo Katzen und Mäuse mit Heiligenscheinen um den Kopf in pastellfarbener Harmonie zusammenleben. Aber sie kam zu dem Schluß, daß sie, wenn es zu dem bitteren Ende kommen sollte, mit einem Tod, in dem das reine Nichts herrschte, zufrieden sein würde. Wenn es keine Alternativen mehr gab . . . . Nur die Ungewißheit hielt sie davon ab, den Hahn durchzudrücken.

Sie stand auf und ging langsam in die Küche. Das Häuschen kam ihr wie ein Gefängnis vor. Es war viel kleiner als die *finca* und stank, fern vom Meer und der ständigen Brise des Passats, nach Schimmel und Moder. Die winzigen Räume waren mit einem Sammelsurium von Möbeln vollgestopft. Es waren Imitationen moderner skandinavischer Möbel, den Etiketten nach aus Rumänien und Ostdeutschland. Julio war natürlich begeistert davon – ein Grund mehr, die Einrichtung zu verabscheuen.

Alicia drehte den Wasserhahn auf und stellte den Tauchsieder an. Sie lehnte sich gegen den Küchentresen und schlug die Hände vors Gesicht. So müde. So ausgebrannt. Miguel war fort. Hatte er Maroto rechtzeitig erreicht? Es schien unmöglich. Der Junge war nicht vermißt worden; niemand hatte sie nach ihm gefragt. Wo mochte er jetzt sein? In Sicherheit, betete sie. Wenn es einen Gott gab, mußte er ihn beschützen.

Ihre Nägel bohrten sich in ihre Handflächen, und sie hätte aufschreien mögen. Sie mußte dieses Haus verlassen, dieses Tal, Kuba. Und Julio. Es gab nur ein paar flüchtige Patrouillen innerhalb der Siedlung, und sie war sicher, daß sie den beiden betrunkenen Tölpeln, die das Haus bewachten, entkommen konnte. Am schwierigsten würde es sein, den Kontrollpunkt am Umgrenzungszaun zu passieren. Vielleicht konnten die Posten bestochen werden. Sie hatte immer noch Freunde in Havanna, und wenn sie sich bis dahin durchschlagen konnte, würde sie irgendwie das Land verlassen. Wenn man sie anhielt, würde alles vorbei sein, denn sie hatte keine Papiere. Erst würde man nichts mit ihr anfangen können, aber dann würde man ihre Fingerabdrücke in den Akten finden und . . . Sie zwang sich, nicht daran zu denken. Außerdem hatte sie die Pistole, die ihr, wenn es zum Äußersten kam, als Paß dienen mußte.

Zuerst glaubte sie, daß Regen von den Dachrinnen tropfte und auf dem Boden der hinteren Veranda plätscherte, aber dann merkte sie, daß der Rhythmus regelmäßiger, hartnäckiger war. Sie knipste den Tauchsieder aus und lauschte konzentriert. Das Geräusch war immer noch da: ein leises Pochen an der Fensterscheibe. Als erstes fiel ihr ein, daß einer der Wächter ins Haus wollte, und der Gedanke entsetzte sie. Die Männer hatten es schon öfters versucht, besonders wenn sie wußten, daß der Comandante eine Zeitlang abwesend sein würde. Sie baten im allgemeinen um Kaffee oder ein Glas Wasser oder etwas zu essen, aber Alicia wußte, daß die Männer sie wollten; es war an ihren Augen abzulesen. Für die Wächter war sie bloß eine Hure, die sich der Comandante zu seinem Vergnügen hielt. Einmal hatte der jüngere der beiden ihr sogar hinter der geschlossenen Fliegentür mit einem Bündel Pesoscheine zugewinkt. Sein Mund war halboffen gewesen, und seine Zunge war langsam an seinen Zähnen entlanggeglitten.

Sie griff in die Schublade mit den Bestecken und zog ein Schlachtermesser hervor. Ihre Hände zitterten.

Sie überzeugte sich als erstes, daß die Hintertür abgeschlossen war. »Verschwinden Sie!« befahl Alicia. »Sofort!«

Die Stimme vor der Tür war leise, und es war ein Beiklang von Verzweiflung herauszuhören.

»Miguel. Ich bin's – Miguel.«

Verblüfft streckte sie die Hand nach dem Lichtschalter aus, doch dann wurde ihr klar, wie dumm es wäre, die Veranda zu erleuchten und dadurch die Wächter auf sich aufmerksam zu machen. Hastig legte sie das Messer in den Ausguß, schloß die Tür auf und öffnete sie. Der Junge mußte sich dagegen gedrückt haben, denn er stolperte herein, blickte zurück in die Finsternis und stieß die Tür rasch zu. Einen kurzen Moment lang standen sie wie erstarrt im Halbdunkel und schauten einander an. Dann warf er die Arme um sie und preßte sie an sich.

Er trug dieselbe abgenutzte Kleidung wie bei ihrer letzten Begegnung, aber er hatte einen schwarzen Gummiregenmantel darübergezogen. Seine Stiefel waren über und über mit Schlamm bedeckt, Wasser tröpfelte an ihm hinunter und bildete Lachen auf dem Fliesenfußboden.

»Ich habe dich gefunden«, sagte er und barg das Gesicht an ihrer Brust. »Sie hatten Angst, daß ich es nicht schaffen würde, aber ich habe es geschafft. Ich mußte es schaffen.«

Alicia hörte gar nicht darauf, was er sagte, sie konnte nur daran denken, daß er bei ihr war. »Oh, lieber Herrgott«, flüsterte sie und hielt ihn immer noch in den Armen. »Gott sei Dank, daß dir nichts passiert ist. Wie bist du durch den Zaun gekommen?«

»Überhaupt nicht. Ich schwamm durch den Fluß und kam an der Stelle durch, an der es keinen Zaun gibt.«

Ihr blieb fast das Herz stehen. Es gab eine offene Fläche in der Nähe des Flusses, neben dem Fahrzeugpark, aber dieser Streifen war stark vermint. Dort hatte man keine Zäune gezogen, damit sich die Offiziere in ihrer Freizeit am Ufer sonnen oder im Fluß schwimmen konnten, doch den einzigen Zugang bildete ein komplizierter Pfad, dessen Verlauf nur wenige kannten. Julio hatte sie zweimal dorthin mitgenommen und ihr eingeschärft, ganz genau seinen Fußstapfen zu folgen. Miguel mußte direkt durch das Minenfeld gekommen sein! Sie packte ihn an den Schultern. »Du hast doch die Warnschilder gesehen?«

»Wir sahen die Schilder durch einen Feldstecher von der anderen Seite des Flusses. Aber man hat mir beigebracht, wie man mit einem angespitzten Stock durch ein Minenfeld kommt. Ich mußte langsam kriechen und den Stock in den Boden vor mir stechen. Wenn ich etwas berührte, mußte ich es ein kleines Stück daneben nochmal versuchen. Es dauerte zwei Stunden, aber für den Rückweg brauche ich nur eine Minute. Ich habe meinen Weg markiert, mit einer dünnen Schnur, die mit Steinchen beschwert ist. Ich brauche ihr nur zu folgen.«

»Oh, mein Gott! Du hättest sterben können!«

Er lachte. »Aber ich bin nicht gestorben.«

»Die Patrouillen . . .«

»Es regnete. Am Fluß gibt's sehr viel schweren Bodennebel. Sie sahen sich nicht sehr sorgfältig um. Ich bin klein, und ich habe diesen schwarzen Regenmantel. Sie guckten nie in meine Richtung und bemerkten meine Spuren überhaupt nicht.«

Welch ein Risiko er auf sich genommen hat, dachte sie. Ein unglaubliches Risiko. »Aber, wie hast du herausgefunden . . .«

». . . wo du bist? Das dauerte einige Zeit. Ich blieb bis elf dort unten, an der Stelle, wo das Benzin weitergepumpt wird. Da gibt's eine Menge Männer, die Kaffee trinken oder schlafen und einfach herumhängen, bis sie ihre Tankwagen an der Pumpstation entladen können. Man kann sich leicht unter sie mischen. Die Posten glauben, daß jeder, der dort ist, mit einem der Lastwagen gekommen sein muß und deshalb am Haupttor kontrolliert wurde. Sie lassen sich keine Papiere zeigen. Die ganze Zeit über beobachtete ich die Häuser, und schließlich sah ich einen der Wächter, die der Comandante auf der *finca* hatte. Da wußte ich, daß dies das richtige Haus ist.« Er streifte seinen Regenmantel ab und bückte sich, um seine Stiefel auszuziehen. Dann hielt er inne und blickte zu ihr empor. »Wann kommt er nach Hause?«

»Ich weiß nicht. In einer Stunde oder in zehn Stunden. Vielleicht erst übermorgen. Er hat keine feste Dienstzeit.«

»Dann haben wir vielleicht wenig Zeit, und außerdem muß ich das Lager vor drei Uhr verlassen haben. Sie warten am anderen Flußufer auf mich.«

»Wer?«

»Maroto und ein paar seiner Männer. Und Porto – der Mann, von dem ich dir erzählt habe. Der, den meine Mutter gerettet hat. Er und Brocassie sind vor mehr als einer Woche hierher nach Kuba geflogen.«

»Brocassie ist hier – in Kuba?«

»Ja, aber das Schlimmste ist geschehen. Er wurde gefangengenommen. Maroto glaubt, daß er hier, in dem unterirdischen Komplex, festgehalten wird, und wir wollen ihn rausholen. Aber das kann ich jetzt nicht alles erklären. Wir müssen den Schmutz aufwischen, den ich auf dem Fußboden gemacht habe, falls der Comandante nach Hause kommt. Dann mußt du mir zeigen, wo ich mich zur Not verstecken kann. Und dann können wir uns unterhalten.«

Gemeinsam wischten sie den Schlamm und das Wasser vom Fliesenfußboden auf und brachten seine Stiefel und seinen Regenmantel in den Obstkeller. Zweimal hörte sie das Röhren eines Jeeps, aber beide Male fuhr er weiter. Es war nach Mitternacht. Sie knipste das Licht im Wohnzimmer aus, lief nach oben, machte ein Licht in ihrem Schlafzimmer an und tastete sich dann die Treppe hinunter.

Sie kochte ihm in der dunklen Küche Kaffee, während er erzählte: von der Fahrt, die er per Anhalter nach Santiago gemacht hatte, von den beiden Nächten, in denen er sich auf dem Hinterhof einer Zementfabrik versteckt hatte, von der Begegnung mit Fabricios Schwester, dem dreitägigen Marsch in die Berge und schließlich vom Treffen mit Maroto. Er sprach auch von Porto, und sie spürte im Dunkeln, daß Miguels Stimme gespannt war und er seine Gefühle kaum noch unter Kontrolle hatte. Welches Risiko er für sie eingegangen war, jetzt schon zum drittenmal.

Sie hatte Angst, ihm die Frage zu stellen, aber ihr blieb nichts anderes übrig. »Wie können sie sicher sein, daß Brocassie noch am Leben ist?« Sie mußte eine Hand mit der anderen festhalten, damit sie nicht zitterten.

Er schwieg ein paar Sekunden lang und schlürfte seinen Kaffee. Sie konnte die Antwort fast erraten.

»Sie sind nicht sicher«, sagte er leise, als wolle er sich entschuldigen. Sie hörte, wie er schluckte, um die Worte hervorzubringen, die ihr weh tun würden. »Sie können es nicht wissen. Aber Porto glaubt, daß man ihn nicht hinrichten würde, weil er zu wertvoll ist. Sie nehmen an, daß die DGI ihn höchstwahrscheinlich in ein besonders stark gesichertes Gefängnis, vielleicht El Condado, verlegen wird. Porto meint, daß die DGI schon genug Zeit hatte, alles aus ihm herauszuholen, und daß er bald verlegt wird. Dann wollen sie ihn befreien. Maroto will auch den Comandante schnappen. Und wenn sie Brocassie nicht retten können, werden sie trotzdem versuchen, Álvarez zu erwischen.«

Es war zuviel, als daß sie es sofort hätte verarbeiten können. Und es war keine Zeit zu verlieren. »Warum bist du gekommen? Wenn man jemanden ohne Passierschein im Lager findet, wird er rücksichtslos erschossen.«

»Maroto und Porto haben einen Plan entwickelt. Ich soll dir sagen, daß sie ohne deine Hilfe nichts ausrichten können.« Er schob die Hand unter das Hemd und zog einen in eine Plastikhülle gewickelten und wasserdicht versiegelten Umschlag hervor. »Dies sind ihre Erklärungen. Ich soll so lange warten, bis du eine Antwort geschrieben hast.« Er stand langsam auf und stellte die Tasse vorsichtig in den Ausguß. »Noch etwas. Porto sagt, du sollst wissen, daß die Chancen sehr gering sind. Er möchte, daß du dir über die Gefahr im klaren bist.«

Sie erhob sich und tastete in der Dunkelheit nach seiner Hand.

»Sag ihm, daß ich alles tun werde, was er verlangt. Ich würde durchs Feuer gehen, Miguel. Richte ihm das aus.«

Der Junge nickte. »Lies den Brief. Ich ziehe inzwischen meine Stiefel an.« Er zögerte. »Hast du etwas zu essen – etwas, das ich mitnehmen könnte? Wir haben sehr wenig Lebensmittel.«

»Im Kühlschrank. Und über dem Herd sind Konservendosen. Gib mir ein paar Minuten, um den Brief zu lesen und eine Antwort zu schreiben.« Sie bahnte sich langsam einen Weg durch die Küche und tastete sich die Treppe hinauf ins Schlafzimmer. Sie setzte sich auf das Bett und las den Brief, der mit Bleistift auf das schimmelige Papier eines Kinderheftes gekritzelt war:

Inzwischen wird Miguel Ihnen erklärt haben, wer wir sind, wo wir uns aufhalten und was wir beabsichtigen. Wir haben nur wenig Zeit zur Verfügung. Die DGI patrouilliert hier sehr häufig, und Maroto meint, daß wir das Risiko höchstens noch zweiundsiebzig Stunden eingehen können. Wir glauben, daß Brocassie wahrscheinlich schon verhört wurde und bald in ein anderes Gefängnis verlegt wird, vermutlich nach El Condado bei Trinidad, und wenn das geschieht, wird es unmöglich sein, ihn zu befreien.

Wir werden Ihre Hilfe benötigen. Ich muß betonen, daß das Risiko hoch ist – nicht nur für uns, sondern auch für Sie.

Wir möchten Sie, Brocassie und Álvarez gleichzeitig mitnehmen. Zuerst werden wir einen Nachschubwagen der Miliz stehlen und damit in den Wohnbereich des Lagers gelangen. Ich werde in Ihr Haus kommen, wahrscheinlich durch den Hintereingang. Miguel kann mir erklären, wie das am besten zu bewerkstelligen ist.

Wenn nur Álvarez und Brocassie da sind, kann ich Álvarez überwältigen. Sollten zusätzliche Wächter im Haus sein, muß ich sie töten. Vielleicht werden Sie mir dabei helfen müssen.

Für die Flucht werden wir den Lastwagen benutzen, durch das Vordertor brechen und dann die Sierra erreichen, bevor die DGI einen Verfolgungstrupp organisieren kann. Dort werden weitere Männer warten, die uns bei der Flucht helfen. Später werden wir vermutlich Kuba mit einem Boot verlassen.

Sie müssen Álvarez überreden, Brocassie mit nach Hause zu bringen. Falls das nicht gelingt, werden wir Álvarez trotzdem entführen und Sie gleichzeitig mitnehmen.

Ich kann nicht riskieren, Miguel noch einmal zu Ihnen zu schicken. Sie müssen uns irgendwie mitteilen, ob und wann der Versuch gemacht werden kann.

Von Maroto weiß ich, daß Sie morsen können. Benutzen Sie eine Taschenlampe, aber befestigen Sie ein Papprohr am vorderen Ende, damit der Strahl ganz schmal wird. Richten Sie ihn durch Ihr geöffnetes Fenster auf die Vorhügel, zu den alten Nickelminen, und senden Sie eine Reihe Vs. Wenn wir das Licht sehen können, werden wir ein einziges V senden. Sollten Sie keine Antwort bekommen, verschieben Sie den Strahl ein wenig nach links oder rechts. Tun Sie dies von heute an zwischen vier und fünf Uhr morgens und sieben und acht Uhr abends. Wir werden dafür sorgen, daß zwei Männer ständig nach Ihrem Signal Ausschau halten. Sie werden begreifen, daß es zu gefährlich für uns wäre, mit der Taschenlampe eine Botschaft zurückzusenden, da es unsere Position verraten würde. Wenn es gelingen soll, müssen wir uns auf Ihre Planung verlassen.

Wenn Sie glauben, es schaffen zu können, dann teilen Sie es uns durch Miguel mit, und wir werden in den nächsten drei Nächten darauf warten, welchen Plan Sie uns morsen.

Unter einer gekritzelten Unterschrift stand mit Druckbuchstaben der Name PORTO.

Sie las den Brief noch zweimal durch, nahm ein Blatt Papier aus einer Schublade und begann:

Porto,
irgendwie werde ich Brocassie herschaffen, aber ich muß mir die Sache noch sehr sorgfältig überlegen. Halten Sie nach meinem Signal Ausschau. Mir ist klar, wie der Strahl der Taschenlampe verengt wird. Ich weiß es von Maroto, und ich werde darauf achten, daß man das Licht von der Straße aus nicht sehen kann. Liebe Grüße an den übelriechenden alten Mann, der sich als Gebirgskämpfer ausgibt, und sagen Sie ihm, daß er seine Unterwäsche öfter waschen soll.

Sie unterzeichnete mit einem geschwungenen *Alicia Helvia.*

Auf halber Höhe der Treppe hörte sie, wie der Jeep langsamer wurde und dann anhielt.

Miguel wartete in der Küche; er hatte sich schon die Stiefel angezogen. Sie drückte ihm den Brief in die Hand.

»Keine Zeit«, flüsterte sie verzweifelt. »Er ist da.« Sie öffnete die Falltür zum Obstkeller, schob ihn die Stufen hinunter und schloß die Luke. Zehn Sekunden später öffnete sich die Haustür und wurde gleich darauf zugeschlagen.

Als sie ins Wohnzimmer kam, ließ Julio sich schon in seiner tropfnassen Uniform auf die Couch sinken. Er streifte die Jacke ab, warf sie auf den Boden, lehnte sich mit geschlossenen Augen zurück und sagte: »Himmel, bin ich kaputt. Bring mir was zu trinken. Einen doppelten Rum.«

Alicia hob seine Jacke auf und ging in die Küche. Sie öffnete die Hintertür einen Spaltbreit und hängte die Jacke an den äußeren Griff. Als sie den Rum einschenkte, merkte sie plötzlich, daß er hinter ihr stand. Sie drehte sich um, wich seiner Berührung aus und reichte ihm das Glas.

»War es ein schlechter Tag für dich?« fragte sie beiläufig.

»Nein.« Er nahm zwei Schlucke. »Nein, ein sehr guter Tag, nur sehr lang.« Er betrachtete die verschmierten Spuren auf dem Boden. »Was ist das für eine Schweinerei?«

Sie deutete auf die Tür. »Ein paar Spritzer sind von deiner Jacke, aber ich war vorher im Hinterhof. Jaulende Katzen. Ich warf einen Stein nach ihnen.« Es klang wenig überzeugend, aber er schien es zu akzeptieren.

Julio nahm die Flasche und goß sich mehr Rum ein. »Was zu essen. Mach mir zwei Spiegeleier und ein bißchen Toast.« Er ging wieder ins Wohnzimmer zurück, und sie hörte, wie er rülpste und sich schwer in den Ledersessel fallen ließ.

Sie holte zwei Eier aus dem Kühlschrank, gab Butter in eine Pfanne und wartete darauf, daß sie schmolz. Zwei Scheiben Brot in den Toaster, Geschirr und eine gefaltete Serviette auf ein Tablett. Salz und Pfeffer und etwas Marmelade aus der Speisekammer. Die Gewohnheit half ihr, alles rein mechanisch vorzubereiten, während ihre Gedanken ganz woanders waren.

Alicia bewegte sich auf Zehenspitzen auf das Wohnzimmer zu, blieb stehen und lauschte. Eis klirrte in seinem Glas. Sie beugte sich vor und spähte am Türrahmen vorbei. Er hatte sein Glas auf der Armlehne des Sessels abgestellt, die Beine auf dem Kaffeetisch ausgestreckt, den Kopf zurückgeworfen und hielt die Augen geschlossen.

Sie zog sich in die Küche zurück, öffnete behutsam die Falltür und flüsterte hinunter in die feuchte Schwärze: »Miguel, die Hintertür ist offen. Warte, bis ich ihm das Essen reinbringe, und geh dann raus.«

Sein Kopf erschien in dem Lichtspalt, der von der Küche in den Keller fiel. Ohne ein Wort zu sagen, blinzelte er ihr zu und schloß die Falltür über sich.

Sie schlug, immer noch in Gedanken, die Eier in die Pfanne. Zweiundsiebzig Stunden. Drei Tage. Es schien wie eine Ewigkeit, doch sie wußte, daß es kaum reichte. Sie brauchte Zeit, sehr viel Zeit. Um nachzudenken, um zu planen und um eine Methode zu finden, wie sie Álvarez manipulieren konnte. Aber wie? In Gottes Namen, *wie?*

Alicia ließ die Eier auf einen Teller gleiten, legte den Toast dazu, schloß die Küchentür fest hinter sich und trug das Tablett ins Wohnzimmer.

Er hatte seinen Rum schon ausgetrunken. Sein Gesicht war gerötet, und seine Augen wurden trübe. Er nahm das Tablett, schlang das Essen hinunter und schabte sich mit der eiverschmierten Gabel über die Zähne. Es war eine Gewohnheit, die sie verabscheute, und er wußte es.

Sie schaute ihm zu, ohne sich eine Spur von Ekel anmerken zu lassen, und dachte nach, erwägte eine Möglichkeit nach der anderen und verwarf sie wieder. Es war still im Zimmer, nur das Geräusch seiner klirrenden Gabel durchbrach das Schweigen. Langsam bildete sich eine Idee heraus, zuerst zögernd, dann immer beharrlicher. Er grunzte zufrieden und schob das Tablett beiseite.

»Noch ein bißchen Rum, Kindchen – nur einen kleinen, und dann gehen wir rauf ins Bett. Ich bin verdammt müde.« Er hielt das Glas grinsend auf seinem Schoß fest, so daß sie sich danach bücken mußte. Als sie danach griff, spürte sie seinen Atem auf ihrem Hals und wich seinen Händen aus.

In der Küche goß sie ihm ein halbes Glas ein. Schwache Spuren feuchten Schmutzes waren auf den Fliesen zu sehen. Sie packte ein Geschirrtuch und wischte den Boden trocken. Komm sicher zurück, Miguel, betete sie.

Sie ging wieder ins Wohnzimmer und reichte ihm das Glas. Der Plan begann, Gestalt anzunehmen, wuchs, sprießte in viele Richtungen, aber sein fester Kern blieb stets der gleiche. Es war nicht ganz einfach, aber Alicia wußte, was sie zu tun hatte; sie glaubte daran, und deshalb würde auch er es tun.

»Ich möchte etwas Wein«, sagte sie. »Dann ins Bett.« Sie zwang sich zu einem scheuen Lächeln, das als Verheißung gedeutet werden konnte.

Er blickte zu ihr auf, sah sie an, und ein Lächeln spielte um seine Lippen. »Warum nicht?«

Sie schenkte sich selbst ein wenig Wein ein, holte die halbgeleerte Flasche Rum aus der Küche und füllte sein Glas. Dann hob sie ihres. »Auf die Zukunft, Julio.«

Er seufzte, nahm einen Schluck, winkte sie heran und klopfte auf das Kissen neben sich. »Du bist hier unglücklich, nicht wahr?«

Sie schüttelte den Kopf. »Nein. Aber es war nicht leicht, die *finca* zu verlassen. Dieses Haus ist so klein. Es dauert einige Zeit, bis man sich daran gewöhnt, und es gibt niemanden, mit dem ich mich unterhalten könnte.« Sie machte es sich neben ihm bequem, nippte ihren Wein und vermied immer noch, ihn zu berühren. »Und du bist so selten da. Deine Arbeit und . . .« Sie beendete den Satz nicht.

Er lachte verlegen. »Es ist schwierig. Roytschenko scheint nie zu schlafen, und er erwartet, daß ich da bin, wenn er mit den Fingern schnippt.« Ein Hauch von Bitterkeit schwang in seinen Worten mit, und sie wußte, daß der Rum zu wirken begann.

Sie merkte jetzt, wie er roch: eine Mischung aus sirupsüßem Alkohol, Schweiß und feuchter Kleidung. Sie neigte den Kopf. »Deine Arbeit, Julio – worum geht's dabei?«

»Um Sicherheitsmaßnahmen. Für Oriente, aber vor allem für den Komplex. Er ist jetzt fast einsatzbereit, und es hat ein paar Probleme gegeben.«

»Zum Beispiel?«

Er zögerte und sah sie von der Seite an. »Warum fragst du danach? Du weißt doch, daß ich darüber nicht sprechen kann.«

Sie zuckte die Achseln. »Ich möchte mir nur ein Bild von den Schwierigkeiten machen. Es ist doch ganz normal, daß ich wissen möchte, welchem Streß du ausgesetzt bist.«

Er legte den Hals gegen die Lehne der Couch und schaute zur Zimmerdecke.

»Was sind die Schwierigkeiten? Männer, die im Dienst betrunken sind, Schlägereien, dumme Verletzungen der Sicherheitsbestimmungen. Reibereien zwischen den Kubanern und Russen. Fristen, die eingehalten werden müssen, und ähnlicher Mist.«

»Was ist mit Spionen? Das ist doch der eigentliche Arbeitsbereich der DGI – Gegenspionage, meine ich. Ist das kein Problem?«

Seine Miene erstarrte für einen Moment. »Warum willst du das wissen?«

»Manchmal fangt ihr doch welche, oder nicht?« sagte sie mit gelassener Stimme, aber sie wagte nicht weiterzusprechen.

Er lachte, doch sein Zögern war lang genug gewesen, um ihr zu verraten, daß er etwas verbarg. »Es gibt keine Spione – weder Amerikaner noch Kubaner noch Eskimos. Ab und zu schnappen wir jemanden, der in der Sierra rumwandert. Wir verhören ihn und lassen ihn wieder frei. Meistens sind es alte Männer, die eine entlaufene Ziege suchen, oder Halbwüchsige, die nicht wissen, was unter einem Sperrgebiet zu verstehen ist. Wenn du Maroto und den Segundo Frente meinst – die kannst du vergessen. Es ist vorbei mit ihnen, die haben Angst, sich auf einen Kampf einzulassen. Wir wissen, daß sie in der Sierra sind, aber wozu sollen wir das Leben unserer Männer riskieren und versuchen, sie aufzustöbern? Sie sind wie Fliegen, Alicia. Man verschwendet nur eine Menge Energie mit ihnen, aber man erwischt nie alle. Und dann kommt der erste Frost, und sie sterben ohnehin.«

Sie atmete tief ein, hielt die Luft an und atmete langsam aus. »Brocassie ist dein Bruder, Julio. Wir beide kannten ihn, liebten ihn. Ich weiß, daß du ihn gefangenhältst. Wie konntest du mir das verschweigen?«

Alicia hatte erwartet, er würde sie entweder auslachen oder heftig reagieren und sie anbrüllen, aber er tat weder das eine noch das andere, sondern saß nur ruhig da und trank seinen Rum. »Wer hat dir denn dieses Märchen erzählt?« fragte er schließlich.

Sie schluckte. »Spielt das wirklich eine Rolle?«

Zorn stieg ihm ins Gesicht. Er packte ihr Handgelenk und drehte es um. »Sag's mir, du Luder!« Es tat weh, aber sie wußte nun, was sie erfahren wollte. Julio hatte ihn gefangengenommen. Er drehte stärker, und sie ging in die Knie vor Schmerzen.

»Wer hat dir das gesagt?«

»Es war heute – in der Verpflegungsstelle«, stieß sie mit zusammengebissenen Zähnen hervor. Tränen stiegen ihr in die Augen. »Zwei Männer, beide junge DGI-Offiziere. Sie waren im nächsten Gang und unterhielten sich über einen amerikanischen Spion. Ich hörte Brocassies Namen.«

Er stieß sie jäh zurück. »Wie heißen sie?« fragte er drohend.

Sie stand an der anderen Seite des Wohnzimmers und rieb sich das Handgelenk. »Ihre Namen kenne ich nicht. Einen von ihnen habe ich in einem Auto mit Piedra gesehen, aber ich weiß nicht, wer er ist.« Es war reine Erfindung, aber sie sah seinen Augen an, daß sie genau ins Ziel getroffen hatte.

»Scheiße!« fluchte er. »Der Saukerl konnte also das Maul nicht halten!« Julio wandte sich zur Seite, und in die Wut in seinem Gesicht mischte sich Resignation. Er senkte den Kopf, so daß ihm das Haar wirr in die Stirn fiel. Mit zusammengepreßten Lippen starrte er lange vor sich hin, bis er schließlich nickte. »Also gut, du hast recht: Wir haben ihn vor vier Tagen gefangen. Ich wollte nicht, daß er nach Kuba kommt – das weißt du. Ich habe alles riskiert, um ihm dein Telegramm zu senden, aber er wollte schlauer sein.«

Lügner, durchfuhr es sie. Du hast mich ausgenutzt, um ihm eine Falle zu stellen, und jetzt sitzt du da und erwartest, ein Dankgebet von mir zu hören! Ihre Miene blieb ausdruckslos. Es kostete sie große Mühe, die Worte zu bilden, und sie konnte nur heiser flüstern. »Ist er am Leben?«

Er sah sie verblüfft an, als habe er sich verhört.

Ihre Stimme wurde unwillkürlich lauter. »Ist er am Leben?«

»Natürlich.« Seine Lippen bewegten sich kaum. »Was dachtest du denn? Er ist gesund und munter. Wir foltern niemanden, Alicia. Heute verwendet man Drogen.«

Es war, als sei sie in einem großen Saal, in dem seine Worte pausenlos widerhallten. »Was wollt ihr jetzt mit ihm anfangen?«

»Er kommt eine Zeitlang in das Gefängnis El Condado, und dann gibt's eine Geheimverhandlung. Man wird ihn zu fünf Jahren verurteilen, aber die Strafe wird später verkürzt. Nach acht bis zwölf Monaten Gefängnis werden wir ihn nach Miami zurückschicken, im Austausch gegen ein paar unserer Leute, die die Amerikaner haben. So wird's ablaufen, das verspreche ich.«

Sie glaubte ihm nicht, denn seine Augen logen, obwohl er schon halb betrunken war.

»Ich will ihn sehen, Julio. Ich will sicher sein, daß er gesund ist, daß er nicht . . . verletzt wurde. Und ich muß Gewißheit haben, daß du mich nicht belügst.«

Julio drückte sich das Glas an die Wange und musterte sie verwirrt. »Ich glaube nicht, daß das möglich wäre. Du hast mein Wort . . .«

»Und was zum Teufel soll das wert sein?«

Er knallte das Glas auf den Couchtisch, so daß Rum über das polierte Holz schwappte. »Piedra hat also geprahlt, und es hat sich irgendwie bis zu dir rumgesprochen. Was geht mich das an, Alicia? Brocassie ist aus freien Stücken hierhergekommen. Er ist ein Risiko eingegangen, und er hat verloren. Wir haben ihm kein Haar gekrümmt, und wir werden es auch nicht. Ich gebe dir mein Wort – damit mußt du dich zufriedengeben.«

»Dann ist alles vorbei«, erwiderte sie mit matter Stimme. »Ich könnte nicht mehr mit dir zusammenleben, wenn ich mich dauernd fragen müßte, ob du mich belogen hast, ob Brocassie verstümmelt oder vielleicht sogar hingerichtet wurde. Ich bin tot, Julio. Das ist offiziell. Es gibt alte Unterlagen in irgendeiner Akte, in denen steht, daß Alicia Ruth Helvia hingerichtet worden ist. Ich habe keine Papiere, die das Gegenteil beweisen. Und wenn ich eines Tages das Haus verlasse, während du nicht hier bist? Irgendwo wird man mich anhalten und herausfinden, daß meine Existenz illegal ist. Sie werden mich ins Gefängnis stecken und ihre raffinierten Mittel einsetzen, um alle Informationen aus mir herauszuholen, und dann werden sie wirklich wissen, wer ich bin.«

»Du Schlampe! Ich habe dich gerettet, weil ich dich liebe. Das einzige, was du erreichen würdest, wäre deine eigene Hinrichtung. Ich kann die Wachtposten vor diesem Haus verdoppeln, und du wirst dieses Lager nie verlassen – nicht, solange ich lebe.«

Sie nickte heftig. »Ich verdanke dir mein Leben, Julio, aber innerlich bin ich ohnehin tot. Ich glaube nicht an die Kirche, aber ich glaube an Gott, und ich weiß, daß es eine schwere Sünde wäre, Selbstmord zu begehen. Aber ich werde es tun – egal, ob ich selbst den Abzug durchdrücke oder jemand anders. Ich werde froh sein, wenn es geschieht, und unser Sohn wird mit mir sterben.«

»Unser Sohn?«

»Meine Periode ist seit drei Tagen überfällig. Sie kommt sonst immer sehr regelmäßig. Dein Sohn ist hier.« Sie legte die Hand auf ihren Unterleib.

Er schluckte zweimal krampfhaft. »Es ist zu früh, um es wissen zu können, und du bist noch nicht beim Arzt gewesen.«

»Aber *ich* weiß es, Julio.« Sie verlieh ihren Worten so viel Nachdruck wie möglich, denn sie war sicher, daß sie die Wahrheit sagte. »Er ist hier, Julio, und er beginnt schon zu wachsen.«

Er starrte sie an, riß sich dann mit aller Kraft zusammen und senkte die Stimme, so daß sie fast unhörbar wurde. »Ich will, daß du lebst, Alicia. Ich will, daß du bei mir bist, und ich will unseren Sohn. Aber du darfst keine unmöglichen Forderungen stellen. Ich könnte dir ein Foto von ihm zeigen oder eine Bandaufnahme seiner Stimme, aber ich kann dich nicht in den Komplex mitnehmen oder ihn hierherbringen.«

»Das genügt mir nicht – auf keinen Fall, Julio. Ein Foto könnte retuschiert oder vor langer Zeit aufgenommen worden sein. Genauso wie ein Tonband. Deine Leute verstehen sich auf so etwas. Du kennst meine Bedingungen. Bring ihn hierher. Was wäre daran Schlimmes? Wir alle waren doch einmal Freunde. Ich verspreche, daß wir nicht über Politik oder ähnliches reden werden, nur über die alten Zeiten. Ich koche uns etwas, und wir machen uns einen lustigen Abend, wenn das noch möglich ist. Mir kommt's nur darauf an, ihn zu sehen, zu wissen, daß ihm nichts geschehen ist. Und ich will dein Wort, daß er an die Amerikaner ausgetauscht wird.«

Er atmete gedehnt aus und schüttelte den Kopf. »Brocassie soll morgen, am späten Abend, verlegt werden. Die Zeit reicht nicht mehr, selbst wenn ich es wollte.«

»Dann laß dir etwas einfallen!«

»Wie denn, um Gottes willen? Du glaubst, daß ich den Laden leite, aber das stimmt nicht – schon gar nicht, wenn es um eine solche Angelegenheit geht. Roytschenko gibt den Ton an.«

»Er braucht ja nichts davon zu erfahren. Du bist der ranghöchste kubanische Offizier. Wenn du Brocassie begleitest, wer von deinen Männern wird es sich da leisten, dumme Fragen zu stellen?«

Álvarez schüttelte den Kopf. »Wenn Roytschenko oder Piedra etwas merken, ist es aus mit mir. Ich kann's nicht riskieren.«

Er schwankt, dachte Alicia, und sie bemühte sich, ihm einen letzten Anstoß zu geben. »Ich meine, was ich gesagt habe, Julio. Wenn du ihn nicht hierherbringst, dann kannst du vergessen, daß ich je existiert habe. Und daß du einen Sohn hattest.«

»Und wenn ich ihn wirklich hierherbringe – wenn ihm nichts geschehen ist –, was für ein Leben werden wir dann führen?«

»Ich werde bei dir bleiben, Julio, so lange, wie das Schicksal es zuläßt.«

Er starrte sie lange an, und sie hielt seinen Blick aus, um ihn zur Kapitulation zu zwingen. Schließlich gab er nach und blickte zu Boden. »Du liebst ihn also immer noch?«

Sie schüttelte den Kopf und legte die Hände vors Gesicht. »Ich weiß es nicht mehr. Es ist so lange her. In einer ganz anderen Zeit, wir alle waren damals anders, meinst du nicht?«

Julio schwieg. Er stand schwerfällig auf und stieg schleppend die Treppe empor, wie ein alter Mann. Am Treppenabsatz blieb er stehen und blickte hinunter. »Morgen abend also. Um neun. Ich werde meinen Teil der Abmachung halten, und du hältst deinen.«

»Ganz bestimmt«, antwortete Alicia. Sie lauschte, während er ins Schlafzimmer ging, hörte, wie Wasser in das Waschbecken strömte und wie das Bett knarrte, als er sich hinlegte. Sie blieb noch lange sitzen und sah zu, wie die Zeiger der Uhr um das gelb gewordene Zifferblatt krochen. Schließlich hörte sie, wie er zu schnarchen begann.

Alicia stand auf und ging in die Küche. Sie suchte im Küchenschrank nach einer Taschenlampe und knipste sie an, um sich zu überzeugen, daß die Batterien noch neu waren.

Ich werde meinen Teil der Abmachung einhalten, Julio, versprach sie stumm.

17.

Die Zellentür öffnete sich mit einem Quietschen, und Brocassie drehte sich, immer noch im Halbschlaf, auf die Seite. Roytschenko stand in der Tür. Er hatte die Hände in den Taschen, die Andeutung eines Lächelns glitt über sein Gesicht, und er wirkte wie ein Sammler seltener Tierarten, der eine Neuerwerbung mustert. »Guten Morgen«, sagte er mit nahezu herzlicher Stimme.

»Was soll daran gut sein?«

Der Russe trat in die Zelle, gefolgt von einem bewaffneten KGB-Gefreiten. »Allerlei«, antwortete er. »Es ist ein schöner Tag. Nach all dem Regen ist es angenehm, wieder einen klaren Himmel und heiße Sonne zu haben – ungefähr das einzig Wertvolle, das Kuba in größerer Menge produziert. Schade, daß es nicht in mein Land exportiert werden kann. Wie auch immer, bei diesem Wetter freut man sich, am Leben zu sein – was heute morgen das Thema unserer Unterhaltung ist.«

»Ich habe Álvarez keine Versprechungen gemacht, was die Tonbandaufnahme betrifft.«

Der Russe zuckte die Achseln. »Das habe ich gehört. Lassen Sie uns beim Frühstück darüber sprechen. Sagen wir, in dreißig Minuten.« Er rümpfte die Nase und schnüffelte vorsichtig. »Wahrscheinlich können Sie zuerst eine Dusche brauchen. Der Posten wird Sie dort hinbringen.« Er drehte sich um und ging hinaus, ohne eine Antwort abzuwarten.

Man hatte den Frühstückstisch in dem Raum neben Roytschenkos Büro gedeckt. Im Zimmer standen vier Chromstühle mit Vinyllehnen, die wie Schweinsleder aussehen sollten, ein Tisch aus Plastikteakholz, eine mit orangefarbenem Synthetiksamt bezogene Couch und ein Bett. Es hätte ein Zimmer einer drittklassigen internationalen Hotelkette sein können, das unversehrt aus Des Moines oder Frankfurt oder Hongkong hierher transportiert worden war. Nur eine Wand, völlig von Vorhängen verdeckt, schien von Interesse. Brocassie wurde plötzlich klar, daß Roytschenkos Büro in derselben Abzweigung vom Haupttunnel lag wie der Befehlsstand und daß sich hinter den Samtvorhängen höchstwahrscheinlich ein

Fenster verbarg, das auf die Zentrale, die Kontrollpulte und Anzeigetafeln hinabblickte.

Sie aßen schweigend. Roytschenko stocherte nur in seinem Frühstück herum. Er reichte über den Tisch und schob drei weitere Stücke Schinken auf Brocassies Teller. »Nur zu. Essen Sie alles auf.« Er hob einen Teller mit Muffins, aber Brocassie winkte ab. Roytschenko wirkte aufrichtig betrübt. »Es sind Blaubeermuffins. Álvarez sagte, die mögen Sie am liebsten. Man kommt in diesen Zeiten nur schwer an sie heran.«

Brocassie nahm eines, wickelte es in eine Serviette ein und stopfte es in die Tasche. Er kam sich lächerlich vor, aber sein Magen war wie geschrumpft, und obwohl er bei einer einzigen Mahlzeit nicht viel essen konnte, hatte er ständig Hunger. »Für später«, sagte er.

»Genau darum geht es, nicht wahr? Ob Sie später noch unter uns weilen werden.« Roytschenko lehnte sich zurück und rieb sich die Nackenmuskeln; seine Stimme war entspannt. »Ich möchte keine Komplikationen, Brocassie. Kurz und schmerzlos, ist meine Devise. Sind Sie bereit, die Aufnahme zu machen?«

Brocassie spießte das letzte Stück Schinken auf, steckte es in den Mund, kaute langsam und genoß den Geschmack. Er blickte hoch und musterte Roytschenko: ruhige Augen, ausdruckslose Miene, wie aus Gips gegossen, und dann die Hände. Das sind Mordwerkzeuge, dachte Brocassie. Nein, diesen Kerl darf ich nicht unterschätzen. »Was soll auf dem Tonband sein, und was bekomme ich, wenn ich mich darauf einlasse?«

»Ich brauche die *Wahrheit*. Sie müssen sagen, daß dieser Komplex eine sowjetische Nachrichtenanlage ist. Die einzigen Waffen, die Sie hier gesehen haben, dienen dem Selbstschutz der Anlage. Davon haben Sie sich mit eigenen Augen überzeugt. Ihr Bericht an Hagger ist das logische Ergebnis. Sie machen eine Tonbandaufnahme nach unseren Vorgaben, schreiben Ihren Namen mit Urin auf die Schachtel, und Luis wird das Band in die Bucht von Guantánamo bringen. Ein paar Stunden danach kann Ihr Mister Hagger es auf ein Tonbandgerät der CIA spulen.«

»Und wie soll der Bericht aussehen?« Die Worte blieben ihm fast in der Kehle stecken.

»Wir brauchen nur einen Schlußbericht – genau so, als wären Sie noch in dem Grubenschacht. Mit den normalen Unregelmäßigkeiten und Pausen, die bei einer solchen Aufnahme vorkommen. Es muß absolut natürlich klingen. Capitán Piedra hat außerdem mit Ihrer Kamera und Ihrem Objektiv vom Mineneingang aus einen neuen Film aufgenommen, der zeigt, wie einige der Küstenschutzraketen von dem Laufkran abgeladen und unter die Erdoberfläche befördert werden. Es wird völlig überzeugend sein. Wenn Luis das Tonband und den Film überbringt, wird er Ihre Geschichte bestätigen.«

»Luis ist genau der richtige Laufbursche für Sie. Er hat statt Blut Eiswasser in den Adern und ungefähr so viel Ehre wie eine Küchenschabe.«

Roytschenko schüttelte kaum merklich den Kopf. »Nein, Sie dürfen ihm wirklich keine Vorwürfe machen. Er steht stark unter Druck, weil er seinen Vater am Leben erhalten will. Piedras Methoden sagen mir nicht zu, aber in diesem Fall kann ich an den Ergebnissen nichts aussetzen.« Er legte die Fingerspitzen zusammen, bildete mit den Händen einen kleinen Tempel und betrachtete das Gebäude einen Augenblick lang.

»Und was wird aus mir, wenn ich bereit bin, diese Aufnahme zu machen?«

»Wir würden Sie morgen abend ins Gefängnis El Condado verlegen. Als politischen Häftling mit Sonderstatus. Sie stehen unter meinem Schutz. Keine Einmischung durch die DGI, die Miliz, die Polizei und nicht einmal durch Fidel. In einem Jahr, vielleicht schon früher, wie Álvarez versprochen hat, werden Sie gegen zwei unserer Männer ausgetauscht, die die CIA in Florida festhält.«

»Welche Garantien können Sie mir geben?«

»Keine, die Sie mir abnehmen würden – also wäre es sinnlos, Ihnen so etwas anzubieten.« Roytschenkos Gesicht war ausdruckslos, doch dann lächelte er. »Aber wie Sie wissen, soll Kennedy erfahren – sagen wir, in einem Jahr –, daß er zum Narren gehalten wurde und daß die CIA wieder einmal gepfuscht hat. Es ist uns gleichgültig, ob Sie die *New York Times* informieren. Das wäre sogar recht wünschenswert, denn eine vollständige Enthüllung würde die gesamte amerikanische Regierung ins Wanken bringen und sie vor den Alliierten lächerlich machen. Aber wir glauben, daß die CIA Sie daran hindern wird.« Er nahm seine Brille ab, polierte sie und hielt sie gegen das Licht. Dann setzte er sie wieder auf. Die Geste war geübt, exakt, allzu pedantisch. »Nein«, sagte er leise, »ich glaube, daß die Verbreitung Ihrer Geschichte sich auf doppelt verriegelte Safes und verstohlene Unterhaltungen beschränken wird.« Er lächelte wieder. »Wissen Sie, Brocassie, wir haben das Drehbuch für dieses Schauspiel sehr sorgsam entwickelt, und das Stück ist erst dann vorbei, wenn Sie zum letztenmal auftreten. Wir halten Ihren Auftritt für ein angemessenes Ende, für eine phantastische Pointe. Und das ist, wenn Sie so wollen, Ihre Garantie.«

Ihn fröstelte am ganzen Körper. Seine Hände bebten ein wenig, und er konnte ihr Zittern nicht unterdrücken – vielleicht war es Furcht oder Zorn oder ein verzögertes Streßsymptom. Er verschränkte sie fest im Schoß. Etwas stimmte nicht, ganz und gar nicht; es war wie ein Puzzle, das problemlos scheint, aber trotzdem nicht zu lösen ist. Alles, was Roytschenko gesagt hatte, war logisch, aber irgendwo gab es einen schwachen Punkt, und er war wütend darüber, daß er ihn nicht entdecken konnte. Ihm wurde klar, daß er nur versuchen konnte, Zeit zu schinden, denn er brauchte Zeit, um diesen schwachen Punkt ausfindig zu machen. Roytschenko war undurchdringlich wie Panzerstahl. Aber in Álvarez' Persönlichkeit gab es Risse, und er brauchte eine letzte Chance, unter vier Augen mit Julio, um herauszubekommen, was an der Sache faul war.

»Wieviel Zeit habe ich?« fragte er.

»Ich möchte Ihre Entscheidung sofort hören!«

»Und ich brauche noch Zeit und ein letztes Gespräch mit Álvarez. Heute nachmittag um fünf. Dann bekommen Sie Ihre Entscheidung.«

Ärger flackerte in Roytschenkos Augen auf, aber seine Züge blieben unbewegt. »Sie glauben, mit uns handeln zu können, obwohl Sie gar keinen Einsatz haben.« Er seufzte und lächelte verhalten. »In Ordnung, aber das ist mein letztes Zugeständnis. Um fünf also. Ich werde dafür sorgen, daß Álvarez unterrichtet wird.«

»Roytschenko hat keine Geduld mehr, Brocassie. Er ist sauer, und er will endlich Ergebnisse sehen.« Álvarez unterbrach sich und berührte Brocassies Arm. »Fordere ihn nicht heraus. Er ist gefährlich. Ehre, Pflicht und Vaterland – vergiß den Quatsch. Jetzt geht es um dein Leben und um ihres.«

Sie schritten durch den Haupttunnel auf das Sonnenlicht zu. »Er weiß, daß du die Aufnahme machen wirst – ob freiwillig oder nicht. Er hat alle Trümpfe in der Hand.«

In dem Bereich, den sie gerade durchquerten, waren gut einen Meter dicke Stahltüren in die Wände des Tunnels eingelassen.

»Welchen Zweck haben die Dinger?«

»Explosionsschutz im Falle eines Luftangriffs oder eines Feuers im Inneren. Sie sind überall über den Komplex verteilt, aber ich bin kein Ingenieur. Wahrscheinlich gibt's irgendeine Fabrik in Minsk, die sie ausstößt wie Weihnachtsgebäck, und sowjetische Konstrukteure müssen wohl die ganze Produktion verbrauchen.«

Brocassie zwang sich zu einem Lachen, und Álvarez, anscheinend erfreut über die Reaktion, klopfte ihm auf den Rücken.

»Ich dachte, daß du etwas Sonnenschein vertragen könntest. Ein Spaziergang am Fluß. Was meinst du?«

»Hört sich gut an«, erwiderte er. Sonnenschein und Luft. Und wie gut es sich anhörte.

Am Ende des Tunnels stiegen sie unter Tarnnetzen eine niedrige Böschung empor, passierten zwei weitere Kontrollpunkte und gelangten schließlich ans Tageslicht. Álvarez ging voran, überquerte die doppelten Eisenbahngleise, die hinunter in den Tunnel führten, und steuerte durch ein Mahagonigehölz auf ein offenes Feld und den dahinterliegenden Fluß zu.

Zuerst konnte Brocassie kein Lebenszeichen entdecken, aber als seine Augen sich an die Sonne gewöhnt hatten, sah er Männer in dunklem, verschwitztem Drillichzeug, die ihre Waffen geschultert hatten und unter Bäumen herumlungerten. Im Schatten der Bäume standen, von Netzen bedeckt, Flakbatterien und Boden-Luft-Raketen. Es waren die Geschütze, die er schon von der Mine aus gesehen hatte, aber nun wurde ihm klar, daß es noch mehr, viel mehr waren. Mein Gott, dachte er, es strotzt nur so von Waffen.

»Mach dir keine Hoffnungen«, sagte Álvarez beiläufig und warf ihm einen Blick zu. »Aus der Luft ist nichts zu erkennen. Nicht mal von einem Hubschrauber aus, der nur fünfzehn Meter über dem Boden fliegt. Alles, was wir mit Waggons oder Lastwagen in den Tunnel bringen, kommt bei Nacht. Bis dahin bleibt es unter den Bäumen in der Plantage. Zerbrich dir nicht den Kopf, Brocassie. Du hast mit dem Spiel nichts mehr zu tun.«

Julio ging an einer Baumgruppe vorbei auf den Fluß zu. Unter den Zweigen war eine Vielzahl von Rohren, Schlauchspiralen und Einlaßstutzen zu sehen. Er blieb stehen und deutete auf das Gewirr von Schläuchen und Rohren. »Wir bringen den Treibstoff nachts herein und leeren die Tankwagen hier. Flugzeugbenzin und Diesel werden durch unterirdische Rohre in Lagertanks gepumpt, die in den Hügel eingelassen sind, und hier links wird der Dieseltreibstoff für die Generatoren nach unten geleitet.«

»Wieso könnt ihr die Tankwagen nicht direkt in den Tunnel fahren und sie dort entleeren lassen?«

»Zu riskant. Feuergefahr.« Julio zog Brocassie weiter und führte ihn auf eine grasüberwachsene Kuppe direkt am Fluß zu. »Komm, wir haben nicht allzuviel Zeit.« Er ging ein paar Minuten lang durch wadenhohes Gras voran und blieb plötzlich stehen.

»Bleib jetzt ganz genau hinter mir«, sagte er und drehte sich zu Brocassie um. »Ganz genau.«

»Warum?«

»Minenfeld. Aber es gibt einen Durchgangspfad.« Er deutete auf eine Gruppe niedriger Bäume, unter denen ein gedrungenes Betongebäude stand. »Die Pumpstation, die das Feuerlöschsystem mit Flußwasser versorgt. Ab und zu müssen wir Leute runterschicken, damit sie das Ansaugrohr im Fluß saubermachen. Es ist wirklich eine Abkürzung, aber nimm dich in acht.« Er schritt vorsichtig, im Zickzack, weiter, bis sie das schlammige Flußufer erreicht hatten.

Der Fluß war seicht, aber breit. Durch den Regen der letzten Tage hatte er die rostbraune Farbe der Sierra angenommen. Am anderen Ufer lag ein buschiges Gelände, das langsam in Dickicht überging und sich bis in die Vorhügel der Sierra erstreckte. So nahe, dachte Brocassie. So nahe und doch so unerreichbar.

Álvarez sagte etwas, aber Brocassie hörte nur die letzten Worte.

». . . hat es angefangen. Kennedy hat gestern abend eine Rede gehalten.«

»Was hat angefangen?«

»Kennedys U-2-Flugzeuge haben die Raketenstellungen an der Westküste Kubas – wahrscheinlich die Dinger in San Cristóbal – fotografiert. Dahin haben wir die ersten SS-4-Hülsen geschickt. Kennedy reagierte mehr oder weniger so, wie Roytschenko erwartet hatte. Er wendet sich an die Vereinten Nationen und die Organisation Amerikanischer Staaten. Außerdem verhängt er eine Schiffsblockade.« Er stöberte in seiner Tasche und zog ein gelbes Telex hervor. »Das lief heute morgen über die Fernschreiber.« Er reichte es Brocassie. Es war eine Meldung der Nachrichtenagentur Reuter. Die letzten Zeilen des Textes waren mit einem roten Markierstift unterstrichen. Kennedys Worte waren schonungslos offen, schienen aber doch Kompromißbereitschaft anzudeuten:

. . . unser Ziel ist nicht der Sieg der Macht, sondern die Verteidigung des Rechts; nicht Frieden um den Preis der Freiheit,

sondern sowohl Frieden als auch Freiheit, hier in dieser Hemisphäre und, wie wir hoffen, auf der ganzen Welt. Mit Gottes Hilfe wird dieses Ziel erreicht werden.

Álvarez steckte das Telex wieder in die Tasche. Er grinste zynisch. »Klingt das nach einem Mann, der verhandeln will, oder nicht? Er fängt schon an zu schachern. Ihm geht's um eine Absprache, nicht um einen Kampf.«

»Was hat er in der Rede noch gesagt?«

»Den üblichen Quatsch. Das einzig Wichtige war vielleicht, daß er einen Angriff Kubas auf die Vereinigten Staaten mit einem Angriff der Sowjets gleichsetzt. Beides soll mit einem Gegenschlag beantwortet werden.«

»Vielleicht hat er keine Lust, in seinem Schaukelstuhl zu sitzen und nur darauf zu warten, daß kubanische Raketen sein Land in die Luft jagen, Julio. Wahrscheinlich gibt's im Pentagon eine Menge Schreiberlinge, die zum Krieg trommeln. Noch 'nen Flop wie die Schweinebuchtinvasion kann er sich nicht leisten, wenn er die nächste Wahl gewinnen will. Das Politbüro sollte das berücksichtigen.«

Álvarez schüttelte den Kopf. »Du liegst falsch, völlig falsch. Er wird versuchen, sich durch Verhandlungen aus der Klemme zu ziehen. Seine erste Reaktion war entscheidend. Er möchte, daß die Vereinten Nationen und die OAS ihm auf den Rücken klopfen und ihm sagen, daß sie alle auf seiner Seite sind. Und durch die Seeblockade gibt er zu erkennen, daß er auf eine friedliche Lösung setzt.«

Sie hatten das Flußufer erreicht. Álvarez ließ sich im Gras nieder, das Gesicht in der Sonne. Er lehnte sich mit geschlossenen Augen zurück und genoß die Hitze offensichtlich. »Nein«, sagte er schließlich, »Kennedy ist so berechenbar wie ein dressierter Hund, dem man die Zähne gezogen hat. Er kläfft und kläfft und kläfft, aber er beißt nicht.«

Brocassie setzte sich schweigend neben ihn. Er hob einen Kieselstein auf, ließ ihn über den Fluß hüpfen, sah zu, wie er von der Wasseroberfläche abprallte und das Sonnenlicht sich in den Spritzern brach, bis der Stein sank.

»Erinnerst du dich an die Schaubuden, die wir damals in Dillon besuchten, als wir in der zehnten Klasse waren?« fragte Brocassie.

Julio lächelte mit blitzenden Zähnen. »Klar erinnere ich mich.

Wir kamen erst gegen drei oder vier nach Hause, und mein Alter machte uns die Hölle heiß. Versohlte uns den Hintern.«

»Entsinnst du dich an das Spiel mit der Stahlkugel, die an einem Draht vom Dach der Bude herunterhing? Man mußte sie so pendeln lassen, daß sie einen Holzkegel umwarf. Der alte Knabe, der die Bude betrieb, ließ einen zur Übung einen Versuch machen, und es war ein Kinderspiel, den Pin umzuwerfen. Eine tolle Anmache.«

Álvarez drehte sich lachend zu ihm, unbeschwert wie damals. »Verdammt, ja, ich erinnere mich. Er erzählte uns, daß er nicht genug Gewinner hatte und daß die Firma ihm einheizte, wenn er nicht eine bestimmte Anzahl von Pandabären pro Nacht austeilte.« Er bog seinen Daumen zu einem Angelhaken, steckte ihn in den Mund und zog daran. »Wir waren wie Fische, Kumpel, und wir bissen an.«

Brocassie zupfte einen Grashalm aus dem Boden, legte ihn sich zwischen die Daumen und blies; das Zirpen war eine sanfte Erinnerung an ihre Jugend und an offene Felder, an Angelversuche mit verbogenen Nadeln an Flußufern wie diesem. »Du kamst schließlich dahinter, daß der Kegel nicht genau in der Mitte stand. Man konnte ihn gar nicht treffen. Aber bis dahin hatten wir schon drei Dollar verbraucht, und der Mann lachte uns nur aus. Er sagte, wir seien Gimpel, weil jede Sache, die zu leicht aussieht, einen Haken hat.« Er zupfte einen weiteren Grashalm aus der Erde, knüllte ihn mit den Fingern zusammen, so daß der herbe Geruch frei wurde und die grüne, breiige Masse seine Fingerspitzen verfärbte. »Also, wo ist der Haken, Julio?«

Ein paar Sekunden lang war nur das Glucksen des Flusses, der über die Ufersteine schwappte, und das Geräusch des Windes zu hören, der das Gras kräuselte.

»Es gibt keinen Haken«, erwiderte Álvarez schließlich verärgert. »Du bekommst genau das, was wir dir versprechen. Eine Fahrkarte zu weiterer guter Gesundheit. Du solltest nicht irgendeiner dummen Spekulation wegen darauf verzichten.« Seine Kiefermuskeln verhärteten sich zu glatten Flächen. »Es geht auch um Alicias Leben. Ich weiß, daß du mich dafür verantwortlich machst, aber es war nicht meine Idee. Verdammt, ich kann den Lauf der Geschichte nicht ändern.«

Brocassie ließ sich ins Gras sinken. Ein wichtiger Punkt, dachte er. Sogar der entscheidende Punkt. Er blickte Julio an. »Was ist mit ihr? Weiß sie, daß ich hier bin?«

»Sie weiß es jetzt.«

»Du hast es ihr gesagt?«

»Sie fand es durch Zufall heraus. Wenn Roytschenko das wüßte, wäre sie in echten Schwierigkeiten. Das kannst du mir glauben.«

Brocassie riß eine Handvoll Gras aus. Himmel, es roch gut, nach Wachstum und Erde und Sonne. Alicia und er hatten an Flüssen wie diesem im Gras gelegen, aber das war kaum mehr als ein verschwommener Traum. Er merkte, daß er sogar Mühe hatte, sich ihr Gesicht genau vorzustellen. »Keine Sorge, ich werde Roytschenko nichts davon sagen.« Er unterbrach sich. »Aber vorläufig geht's ihr doch gut?«

»Ihr geht's prächtig, Brocassie. Ich nehme dich heute abend mit, damit sie dich sehen kann.«

Brocassie war wie elektrisiert. »Warum . . . wenn es so gefährlich ist?«

»Der guten alten Zeit wegen, Kumpel. Es war ihre Idee, und sie machte mir ein Angebot, das ich nicht ablehnen konnte. Wenn Roytschenko oder Piedra etwas von unserem kleinen Besuch erfahren, ist es mit dir und Alicia und vielleicht auch mit mir vorbei.« Er wischte sich mit dem Aufschlag seiner Drillichjacke über die Nase – eine Geste, die, wie Brocassie wußte, bei Álvarez Aufregung oder Unsicherheit verriet.

»Wenn du mich zu deinem Haus mitnimmst, müssen wir an vier oder fünf Sicherheitskontrollen vorbei. Ist das kein Problem?«

»Kaum. Die meisten sind meine eigenen Männer. Ich habe die Dienstpläne heute morgen umgeändert. Sie werden mich decken, wenn nötig.« Er drehte Brocassie das Gesicht zu und senkte unbewußt die Stimme. »Ich habe Roytschenkos Genehmigung dafür, dich heute morgen an die Oberfläche zu bringen. So können sich die Wächter an den Gedanken gewöhnen, daß du mit uns kooperierst und ein gewisses Maß an Freiheit hast. Ich hole dich heute abend gegen acht, halb neun aus deiner Zelle. Wir nehmen einen der Elektrokarren bis zum Tunneleingang und setzen uns dann in meinen Jeep. Damit fahren wir direkt zu meinem Haus. Solange du in meiner Begleitung bist, werden die Posten nicht mal die Stirn runzeln. Wir werden ein paar Gläschen trinken und etwas essen. Es gibt kein Frage- und Antwortspiel. Du sollst Alicia nur davon überzeugen, daß du noch heil bist und alle Sinne beisammen hast. Also mach's nicht so kompliziert. Kein Wort darüber, weshalb du nach Kuba zurückgekommen bist, und kein Wort über das, was geschehen ist oder geschehen wird. Gegen elf werde ich dich zurückbringen.« Er blickte auf seine Uhr, zog sie auf und lauschte. »Mistding. Soll eine Schweizer Uhr sein, aber es ist eine russische Imitation. Ungenauer als manche Micky-Maus-Uhren.« Er wandte sich wieder Brocassie zu. »Dann trennen sich unsere Wege, wahrscheinlich für immer, Brocassie. Sergio Piedra wird dich zum Gefängnis El Condado bringen. Du kriegst Handschellen und Beinketten verpaßt, denn du bist eine äußerst wichtige Fracht, und Roytschenko möchte vermeiden, daß du dir in letzter Minute Dummheiten einfallen läßt.«

Er deutete mit dem Kopf zum Tunneleingang. »Es wird Zeit. Jetzt weißt du also, was geschehen wird, wenn du mit uns kooperierst. Ich habe den Entwurf für die Bandaufnahme. Du liest ihn durch, formulierst ihn auf deine Weise um, und dann nehmen wir die Sache auf. Du hast Roytschenko gesagt, daß du dich bis fünf entscheiden wirst. Das ist in einer Stunde, Brocassie.«

»Wenn ich die Aufnahme mache, dann nur auf meine Art. Ich will nicht, daß mir dauernd einer im Nacken sitzt. Es würde nicht natürlich klingen, wenn du den Dirigenten spieltest. Gib mir eine Stunde allein in meiner Zelle, und ich liefere dir das Band.«

»Keine Tricks?«

»Du warst dabei, als mich Luis verhört hat. Du weißt doch, daß es keine Tricks gibt. Nur meinen mit Urin geschriebenen Namen auf der Tonbandschachtel.«

»Du wirst es also tun?« Álvarez' Blick war hart und bohrend.

Er atmete tief ein, hielt die Luft an und blies sie schließlich aus. Dies war der entscheidende Moment. Er hoffte, daß Hagger den Mumm haben würde, die Sache zu Ende zu bringen. »Warum nicht?« antwortete er.

Roytschenko spulte das Band zurück und spielte es noch einmal. Er lauschte konzentriert und verglich Brocassies Worte mit dem Bleistifttext des Entwurfes. Dann schaltete er das Gerät ab, lehnte sich zurück und zündete seine Pfeife an. »Sind Sie zufrieden?« fragte er; seine Augen waren eiskalt.

Álvarez nickte. »Es klingt nicht schlecht. Ganz natürlich.«

Roytschenko schüttelte den Kopf. »Das weiß ich auch. Es klingt nicht schlecht, wie Sie sagen. Aber glauben Sie, daß es einen vereinbarten Code gibt, der zeigt, daß das Band unter Zwang gemacht wurde?«

Julio ließ sich auf den Schreibtisch sinken und blickte Roytschenko in die Augen. »Nein, das glaube ich nicht. Luis sagt, daß er nie ein Gespräch über derartige Maßnahmen gehört hat. Er hat Brocassie selbst danach gefragt, als sie unten in der Mine waren. Außerdem kann Brocassie sich die Folgen ausrechnen, wenn er uns in den Plan pfuscht.«

»Ich habe Ihnen freie Bahn gelassen, Álvarez, weil Sie Brocassie kennen. Wenn es schiefgeht, sind Sie verantwortlich.«

»Es geht nicht schief. Wir haben das Band, und heute abend wird er nach El Condado verlegt.«

Roytschenko drückte mit dem Daumen auf einen Knopf an seinem Schreibtisch. Ein Motor surrte, der schwere Vorhang schob sich langsam zurück und enthüllte die Panzerglasscheibe. Der Russe drehte sich auf dem Schreibtisch um hundertachtzig Grad und betrachtete die Anzeigetafel im Kontrollraum unter ihnen. Rote, bernsteinfarbene und grüne Kontrolleuchten bildeten ein kompliziertes geometrisches Muster. Während er hinunterschaute, flakkerte eines der bernsteinfarbenen Lichter plötzlich und wurde grün. Er drehte sich zurück.

»Hundertdreizehn Silos sind fertig – sieben stehen noch aus. Drei von denen, die nicht einsatzbereit sind, werden zum letztenmal gewartet und überprüft, die anderen vier haben elektrische Störungen. Die Primadonnen von den Raketentruppen haben mir hoch und heilig versprochen, daß alle hundertzwanzig bis morgen früh fertig sein werden. Daran glaube ich so sehr wie an die unbefleckte Empfängnis.«

Álvarez stand auf und trat an die Panzerglasscheibe. Es war ungefähr so, als blicke man nachts von einem Flugzeug auf eine Stadt hinunter. Ein formloses Labyrinth aus statischen und blinkenden Lichtern. Es war fast hypnotisch.

Er wandte sich unvermittelt wieder zu Roytschenko um. »Kommt es darauf an? Die Amerikaner werden bei den Verhandlungen nachgeben.«

Roytschenko rollte einen langen, blauen Bleistift zwischen den Handflächen hin und her und antwortete nicht. Rote, bernsteinfarbene und grüne Lichtpunkte reflektierten sich in seinen Brillengläsern.

»Also, kommt es darauf an?«

»Ja«, sagte Roytschenko ruhig. »Sehr sogar, Álvarez. Unser Botschafter hat sich vor weniger als vier Stunden mit Kennedy getroffen. Im vertraulichen Kreis schlägt Kennedy einen sehr harten Ton an und verlangt, daß wir die Sandals unverzüglich zurückziehen. Seine militärischen Berater drängen offenbar auf einen Präventivschlag gegen Kuba. Unser Kosmos-17-Aufklärungssatellit meldet gewaltige Truppenkonzentrationen in Südflorida, darunter taktische Kampfbomberverbände. Eine Invasionsstreitmacht der Marine sammelt sich in der Straße von Florida. Moskau ist der festen Überzeugung, daß die Amerikaner in sechsunddreißig Stunden bereit sein werden, mit mindestens fünf Divisionen in Kuba zu landen.«

»Aber von einem Atomkrieg ist doch nicht die Rede!«

»Nein? Wirklich nicht, Comandante? Kennedy hat für das Luftstrategische Oberkommando DEFCON-One-M angeordnet, das ist volle Alarmbereitschaft, und das bedeutet, daß die B-52 und B-47 praktisch ständig in der Luft sind und daß die landgestützten Interkontinentalraketen mit flüssigem Sauerstoff und Treibstoff aufgetankt werden. Sämtliche mit Kernwaffen ausgerüsteten U-Boote sind in See gestochen. Kennedy ist zum Krieg bereit – zu einem Atomkrieg.«

»Sie meinen, daß Sie den Befehl bekommen könnten, diese gottverdammten Dinger abzuschießen?«

Roytschenko goß sich ein Glas Wasser aus einer Karaffe ein und trank es langsam, während seine Augen über die Anzeigetafel im Befehlsstand unter ihm glitten. Er stellte das Glas behutsam nieder und wandte sich wieder Álvarez zu. »Das sollten Sie am besten wissen. Die Amerikaner haben das Pokerspiel erfunden, und wenn es um hohe Einsätze geht, muß man bereit sein, etwas zu riskieren, weil man sonst aus dem Spiel geblufft wird.« Er deutete auf den Kontrollraum. »Dies sind unsere Spielmarken – hundertzwanzig Stück. Und die Sowjetunion hat hundert weitere Raketen östlich des Ural auf die Vereinigten Staaten ausgerichtet. Wenn es zum Krieg kommen sollte, sind unsere Voraussetzungen nicht schlecht.« Es war eiskalt im Zimmer; die Klima-Anlage brummte monoton. Und doch spürte Álvarez, daß sein Nacken, sein Rücken und seine Achselhöhlen feucht waren vor Schweiß.

»Unter welchen Umständen würden Sie die Raketen abschießen?«

Roytschenko lachte hohl, ohne Überzeugungskraft. »Das würde, wenn nicht höchst unwahrscheinliche Bedingungen eintreten, nicht von meiner Entscheidung abhängen. Solche Befehle kommen aus Moskau.«

Álvarez blickte wieder auf die Anzeigetafeln: hundertzwanzig Raketen – hundertzwanzig Megatonnen – und keine mehr als zwölf Minuten von ihrem Ziel entfernt.

»Worauf sind sie ausgerichtet?«

»Spielt das wirklich eine Rolle?« sagte Roytschenko und beantwortete seine eigene Frage. »Wahrscheinlich ja.« Er streckte die Hand nach einem Safe neben seinem Schreibtisch aus, öffnete ihn und zog einen Computerausdruck hervor. »Zwanzig auf das Gebiet von Cheyenne und Denver, um die Raketen unschädlich zu machen, die das Luftstrategische Oberkommando dort stationiert hat. Diese Raketen sind ungeschützt, weil sie nicht in Silos stecken, und sie sind verletzlich, da sie nun ihre ganze Treibstofladung an Bord haben.« Sein Finger glitt die Seite hinunter und verhielt bei jeder Zeile. »Jeweils drei auf jeden Bombenstützpunkt des Oberkommandos: Loring, March, Plattsburgh, Homestead, Omaha, Wichita, Presque Isle . . .« Er leierte noch mehr Namen herunter.

Álvarez brachte kaum mehr als ein heiseres Flüstern hervor, als er Roytschenko unterbrach. »Glauben Sie, daß es dazu kommen wird?«

Roytschenko blickte verärgert auf und ließ die Liste dann auf seinen Schreibtisch fallen. Er überlegte eine Weile, bevor er sagte: »Es ist erheblich komplizierter, als Sie es sich vorstellen, Julio. In diesem Moment findet in der Sowjetunion ein heftiger Machtkampf statt, eine ideologische Auseinandersetzung, die darauf hinausläuft, ob wir uns militärisch international durchsetzen oder ob wir einfach zulassen, daß wir unter Chruschtschows Führung wieder in politische Vergessenheit geraten. Dieser Komplex, dieses Projekt in Kuba, ist der Dreh- und Angelpunkt. Wir wollen unsere Ziele auf friedlichem Weg erreichen, aber wir müssen zum Kampf bereit sein – und wir *sind* es. Wenn die Amerikaner die Verhandlungen abbrechen und einen umfassenden Angriff auf Kuba einleiten, insbesondere auf dieses Tal, dann ist das nichts anderes als ein Angriff auf die Sowjetunion. Wenn Chruschtschow noch an der Macht wäre, hätte er wahrscheinlich zuviel Angst zurückzuschlagen, aber wenn Breschnew in einer solchen Krisensituation die Kontrolle über das Politbüro gewinnen könnte, dann bin ich sicher, daß er einen totalen Krieg beginnen würde. Die Rote Armee steht hinter Breschnew, und mit Hilfe dieser Raketen, die das amerikanische Kernland rasch und ohne jede

Warnung treffen können, würden wir gewinnen.« Sein Körper war gestrafft, doch dann entspannte er sich langsam. »Aber ich glaube nicht, daß es dazu kommen wird. Jedenfalls jetzt noch nicht.«

Álvarez lehnte sich zurück, und das Kunstleder klebte an seinem Hemd fest. Er lauschte Roytschenkos Atem, der Klima-Anlage, dem Geräusch seiner eigenen mahlenden Zähne. Während er durch die Panzerglasscheibe schaute, flackerte ein weiteres bernsteinfarbenes Licht grün auf.

18.

Oriente, Kuba, 27. Oktober 1962

Durch den Feldstecher hoben sich die wenigen Lichter im Mahagonigehölz nur als verschwommene, funkelnde Tupfer vor dem tiefschwarzen Hintergrund ab. Porto fluchte, wischte die dünne Kondensationsschicht mit einem Lappen von den Gläsern und blickte von neuem hindurch. Besser, dachte er, und musterte das Gehölz. Er begann nun, die Einzelheiten der Lastwagen zu erkennen, die, Stoßstange an Stoßstange, in einer langen Reihe hintereinander geparkt waren. Außerdem sah er zwei Güterwaggons, die seitlich auf ein Rangiergleis zurückgesetzt worden waren, und die gelegentlich aufblitzenden Taschenlampen der Patrouillen am Umgrenzungszaun. Aber dies alles war zweitrangig. Er schwenkte den Feldstecher langsam weiter und betrachtete den Offizierswohnbereich.

Porto zählte sieben Häuschen, von Osten nach Westen, und ließ den Feldstecher an drei Lichtgruppierungen vorbei zurückgleiten. Schließlich blieb sein Blick an einem der Häuschen haften.

»Hast du's?« hauchte Maroto ihm ins Ohr.

Porto schüttelte den Kopf in der Dunkelheit. »Ich habe es, aber ich kann nichts sehen, außer den Lichtern im Erdgeschoß.« Er löste die Augen vom Okular und hob den Kopf. »Wie spät ist es jetzt, Alter?«

Maroto hielt eine gewölbte Hand über das Leuchtzifferblatt. »Acht Uhr siebzehn.«

»Zwei Minuten verspätet. Wenn sie das Treffen arrangieren konnte, sollte sie das Licht im Schlafzimmer um acht Uhr fünfzehn an- und um acht Uhr fünfundzwanzig ausmachen. So war es doch geplant?«

Maroto seufzte erschöpft wie ein alter Hund, der aus dem Schlaf aufgescheucht wird. »Du hast ihre gemorste Nachricht doch genauso gut gesehen wie ich«, antwortete er. Seine Enttäuschung war nicht zu überhören. »So war es geplant.«

Porto setzte wieder das Fernglas an. »Verdammter Mist – nichts.«

Maroto berührte seinen Arm. »Guck dir noch einmal die Häuser rechts und links davon an. Vielleicht hast du das falsche erwischt.«

Porto verschob das Gerät und sah Licht im ersten Stock des Hauses zur Linken. Rasch überflog er noch einmal die anderen Gebäude, verfluchte sich im stillen und zählte von rechts nach links. ». . . zwei, drei, vier, fünf.« Er rollte sich auf die Seite, und Maroto kniete sich neben ihn.

»Mein Fehler, Alter. Das erste Haus hatte überhaupt kein Licht an, deshalb muß ich es übersehen haben.«

Maroto knurrte in der Finsternis – es war weder ein Lob noch eine Kritik. Er zog wieder den Ärmel zurück und legte behutsam seine Armbanduhr frei. Es war eine billige Rolex-Imitation mit einem abblätternden Goldgehäuse, die er vor der Revolution in Havanna von einem Straßenhändler gekauft hatte. Der alte Mann war außerordentlich stolz auf sie und blickte dauernd auf die rostenden Zeiger hinter dem zerkratzten Glas. Porto hatte nie das Herz gehabt, ihm zu sagen, daß es eine Fälschung war, denn seines Wissens stellte diese Uhr den einzigen wertvollen Besitz dar, den der alte Mann hatte – neben seiner Ehre, dem kostbarsten Gut von allen. Porto blickte wieder durchs Fernglas und konzentrierte sich auf die Lichter. Es muß soweit sein, dachte er. Jetzt oder nie, Alicia.

»Acht Uhr dreiundzwanzig«, sagte Maroto leise. Sein rasselnder Atem war in der Stille der Nacht zu hören, und Porto fragte sich, wie dieser alte Mann auch nur durch den Fluß waten, geschweige denn ihn durchschwimmen konnte.

»Vierundzwanzig . . .!«

Porto starrte angestrengt durch das Okular des Feldstechers. Er sah die Bewegung eines Vorhangs und die Silhouette einer Gestalt. Sie wich aus der Helligkeit des Fensters zurück.

»Fünfundzwanzig«, flüsterte Maroto neben ihm.

Und dann sah Porto, wie das Licht ausging.

»Sie hat's geschafft!« zischte er Maroto zu und grinste plötzlich voller Freude. Dann wurde ihm klar, was nun geschehen mußte. Eine Sekunde lang wurde ihm flau im Magen, und seine Kopfhaut prickelte. Es war wie eine vage Todesahnung. Aber seine Begeisterung verdrängte die Furcht, und er drückte Marotos Arm. »Ich weiß nicht, wie zum Teufel sie's geschafft hat, aber es ist soweit!« Er stand auf, steckte den Feldstecher ins Futteral und strich feuchte Erde von seinem Drillichzeug. »Enrico hat den Lastwagen?«

»Die Lastwagen . . .« erwiderte Maroto. »Du hast nicht zugehört, als ich heute nachmittag davon sprach. Zwei Lastwagen.«

»Zwei . . .?«

»Es gab keine andere Wahl. Hernando und Enrico hatten Milizarmbänder und AK-47-Maschinenpistolen. Den ganzen Nachmittag warteten sie an der Sierra-Straße, bis schließlich Tankwagen mit Flugbenzin vorbeikamen, aber es war ein Konvoi von zehn Fahrzeugen. Enrico gab ein Handzeichen, hielt sie an und behauptete, ihre Papiere kontrollieren zu müssen. Unverschämt, was?« Das Lachen des alten Mannes dröhnte leise durch die Dunkelheit.

»Ist das nicht ungewöhnlich für eine Zwei-Mann-Patrouille?«

Maroto zuckte die Achseln. »Wer weiß? Aber sie waren alle hübsch artig. Kein Lastwagenfahrer oder Milizbegleiter stellt bei einer solchen Aktion von zwei unrasierten Wilden dumme Fragen.«

»Du meinst, Enrico schnappte sich den ganzen Konvoi?«

»Nein. Hörst du wirklich nicht zu, Pilot? Nur zwei. Zum Konvoi gehörten zehn Tankwagen. Einmal im Leben benutzte Enrico das bißchen Grips, das ihm der Herrgott gegeben hat. Er kontrollierte bei *allen* die Fahrbefehle und die Papiere und hielt den zweiten und die letzten beiden Wagen wegen einer angeblichen Unregelmäßigkeit zurück. Er sagte, daß er sich über Funk in Santiago erkundigen müsse. Als es dunkel wurde, ließ er den Wagen Nummer zehn weiterfahren. Sein Problem sei geklärt, und der Fahrer solle im Komplex melden, daß die beiden letzten Wagen wahrscheinlich am späten Abend nachkommen würden, wenn das Tanklager in Santiago die Sache mit den nicht übereinstimmenden Fahrbefehlnummern untersucht hätte.«

»Aber warum *zwei* Tankwagen?«

»Ihm blieb nichts anderes übrig. Die Fahrerkabine faßt nur drei Personen. Wenn alles klappt und du Brocassie, Álvarez und Alicia herausholst, sind das, mit dir und Enrico, fünf Personen. Zu viele für einen einzigen Wagen.«

Porto blickte auf seine Uhr. »Also, wie sieht die Planung aus?«

»Du übernimmst den Platz des Milizbegleiters in Wagen Nummer zwei, und Enrico tut das gleiche in Nummer neun. Ihr nehmt die ursprünglichen Fahrer mit. Alte Männer, die vor Angst außer sich sind. Wenn ihr die Posten am Tor hinter euch habt, wird man euch einen Stellplatz im Fahrzeugpark anweisen. Normalerweise müssen die Tankwagen zwei bis vier Stunden warten, bevor sie weiter zur Pumpstation fahren können. Enrico hat die Fahrer verhört und herausgefunden, daß sie und die Begleiter unter den Wagen schlafen, bis sie aufgerufen werden, ihr Benzin zu löschen. Was ihr mit den Fahrern macht, ist unwichtig, aber ich würde vorschlagen, daß ihr sie tötet, sie unter die Tankwagen rollt und zudeckt. Dann sieht es so aus, als schliefen sie, Kapiert?«

»Kommt nicht in Frage. Wenn wir jemanden töten müssen, dann werden wir's tun – aber nicht irgendeinen wehrlosen alten *cabrón*, der sich die Hosen vollscheißt.«

Maroto knurrte. »Das ist deine Sache, aber ich möchte dich daran erinnern, daß dies kein Spiel ist. Wenn es dir zuwider ist, Menschen zu töten, dann benutz Seconal.«

Diesmal halte ich den Mund, dachte Porto. »Wie kommen wir durch die Sicherheitskontrolle?«

»Wenn der Tanker an den Docks in Santiago vollgepumpt wird, rollen der Fahrer und der Begleiter ihre Daumenabdrücke auf den Frachtbrief. Sobald sie am Umgrenzungstor des Komplexes eintreffen, hält einer der beiden Posten sie mit einer Waffe in Schach, während der andere den Frachtbrief inspiziert. Wenn die Papiere in Ordnung sind, reicht der Posten dem Fahrer ein Stempelkissen und ein leeres Papier auf einem Schreibbrett. Der Fahrer und der Begleiter drücken vor den Augen des Postens ihre Daumen auf das Stempelkissen und dann auf das Papier. Die Abdrücke werden mit denen auf dem Frachtbrief verglichen, und wenn sie übereinstimmen, kann der Wagen durchfahren.«

»Dann haben wir verschissen! Die Abdrücke der Fahrer werden mit der Vorlage übereinstimmen, aber meiner und Enricos nicht.«

Maroto schnaubte verächtlich, als handele es sich um eine unbedeutende Einzelheit. »Das wäre ein Problem, aber, wie gesagt, Enrico benutzte sein Köpfchen.« Er griff in seine Schultertasche, zog einen dicken Umschlag hervor und reichte ihn Porto.

»Die Lösung des Problems. Enrico hat den anderen.« Porto öffnete den Umschlag und befühlte den Gegenstand. Er war kühl und nachgiebig, wie ein kleines, totes, haarloses Nagetier.

»Was ist das?«

Maroto gab keine Antwort, nahm ihn am Ellbogen und steuerte ihn den Pfad zur Straße hinunter. Sie kamen an fünf seiner Leute vorbei, die zusammengekauert dahockten und Zigaretten in der gewölbten Hand verbargen – verängstigt und doch ungeduldig wie alle Soldaten kurz vor dem Gefecht. Sie unterhielten sich leise, doch ihre Stimmen waren dünn und schrill. Porto konnte ihre Furcht förmlich riechen: Sie war wie seine eigene, das vage Gefühl zwischen Todesangst und Todesverachtung.

»Die Prozedur am Tor ist ganz einfach«, sagte Maroto gelassen.

»Es ist immer das gleiche System, und die meisten Fahrer sind den Posten bekannt. Die Identität der Begleiter ist nicht so leicht festzustellen, da sie einen turnusmäßig wechselnden Dienstplan haben. Enrico sagt, daß das Stempelkissen zusammen mit dem Schreibbrett erst dem Fahrer und dann dem Begleiter gegeben wird. Es dauert nur ein paar Sekunden, bis beide Männer ihren rechten Daumen auf das Farbkissen und aufs Papier gedrückt haben. Üb es ein paarmal mit Spucke, bis du einen sauberen Abdruck hinkriegst.«

»Sollen Enrico und ich den Abdruck verwischen und hoffen, daß sie uns ohne weitere Nachprüfung durchlassen?«

»Nein – sie würden euch einfach befehlen, die Prozedur zu wiederholen.« Er blieb einen Moment lang stehen und wandte sich Porto zu. »Der Gegenstand in dem Umschlag ist der rechte Daumen des Begleiters von Tankwagen Nummer zwei. Enrico versicherte mir, daß der Mann ihn nicht mehr benötigt.« Er drückte Portos Schulter. »Geh mit Gott, Pilot. Er schuldet uns einen großen Sieg.«

Porto wußte nicht, ob er lachen oder vor Übelkeit würgen sollte. Aber dann konnte er sich doch nicht zurückhalten. »Es ist wirklich ein prächtiges Ding, das wir da mit Gottes Hilfe drehen, Alter – prächtiger als alles, was wir je getan haben.«

Maroto stand steif da und starrte Porto an. Eine unsichtbare Barriere schien sich zwischen ihnen zu erheben. »Lästere Gott nicht und mach dich nicht über große Männer lustig, Pilot.«

Die Uhr auf dem Schreibtisch des Postens am Tunneleingang zeigte 20.49 Uhr an. Der DGI-Mann beugte sich über sein Kontrollbuch und trug mühsam Álvarez' Abzeichennummer, seinen Namen und die Zeit ein. Darauf blickte er zuerst zu Brocassie, dann zu dem Comandante auf.

»Er hat eine Genehmigung?« fragte er und nickte in Brocassies Richtung.

Álvarez schüttelte den Kopf. »Ich bin ganz allein für ihn verantwortlich, und ich möchte nicht, daß die Sache im Kontrollbuch erwähnt wird. Es ist eine Sicherheitsangelegenheit, Leutnant García.«

Der Mann lächelte, klappte das Kontrollbuch zu und grüßte mit einer ruckartigen Bewegung des Handgelenks.

»Wie der Comandante wünscht.«

Álvarez erwiderte den Gruß, ohne den Mann auch nur anzusehen, jagte den Jeep die Rampe empor und fuhr hinaus in die Nacht.

Als sie den Überhang des Tunnels hinter sich hatten, knipste er das Abblendlicht an.

Keiner von beiden sprach, während sie durch die feuchte Nacht fuhren. Hier und da lungerten Männer unter den Mahagonibäumen herum, glühten Zigaretten oder Zigarren. Sie kamen an einem ZSU-Schützenpanzer mit am Heck montierten 23-mm-Vierergeschützen vorbei; die Mannschaft saß neben der Motorhaube auf dem Boden und trank aus Thermosflaschen. Vorbei am Parkplatz für die Tankwagen, die mit abgestelltem oder laufendem Motor im Schutz der Bäume standen und darauf warteten, daß ihre Ladung gelöscht wurde.

Brocassie saß mit gekrümmtem Rücken da, weil seine Handgelenke an den Griff am Armaturenbrett gefesselt waren. Die stählernen Handschellen rieben sein Fleisch wund. »Halt einen Moment, Julio.«

Álvarez verringerte das Tempo. »Was ist los?«

»Nimm mir die Handschellen ab. Ich möchte Alicia nicht so gegenübertreten.«

»Tut mir leid, es sagen zu müssen, aber ich kann dir nicht trauen.«

»Das beruht auf Gegenseitigkeit«, erwiderte Brocassie. »Aber halt trotzdem an. Nur eine Minute. Ich möchte mit dir reden, bevor wir ankommen.« Seine Stimme wurde weicher. »Das bist du mir zumindest schuldig, Kumpel.«

Álvarez fuhr noch ein Stück weiter und bog dann in eine Baumgruppe ein. Er knipste die Scheinwerfer aus, lehnte sich zurück und zündete sich eine Zigarette an. »Hier ist's besser, weil wir nicht direkt auf der Straße sind. Aber faß dich kurz, denn sie wartet.«

Brocassie begann vorsichtig, um seinen Bruder nicht zu reizen. »Roytschenko.«

»Was meinst du damit?«

»Was du ihm bieten konntest, hat er bekommen, Julio, und er wird dich bald gegen ein neues Modell austauschen. Ist dir das klar?«

»Ich glaube, da irrst du dich, Brocassie. Ich habe die Sicherheitsmaßnahmen für diesen Komplex aufgebaut wie ein Präzisionsuhrwerk, und ich bin zehnmal cleverer als Piedra. Wieso soll also Roytschenko das Management verändern?«

»Aber er kann es, wenn er will. Stimmt's?«

Álvarez zögerte nur einen Sekundenbruchteil lang, aber es war verräterisch. »Ja – wenn er will.«

Brocassie beugte sich vor und stützte sich auf das Armaturenbrett, um seinen Rücken zu entlasten. Er blickte Álvarez von der Seite an, sah jedoch nur sein Profil, wenn die Zigarette aufglühte.

»Es war alles nur ein großer Reklametrick, Julio, nicht wahr? Genauso wie die Sache mit der Kugel in der Schaubude. Ich glaube – bin mir so gut wie sicher –, daß du irgendwas vor mir verbirgst. Alles, was du gesagt hast, klingt logisch, und genau das ist das Problem. Es ist so glatt, daß ich's dir nicht abnehme.«

»Warum hast du dann die Aufnahme gemacht?«

»Sagen wir, zur Selbsterhaltung. Lunz hätte mich sowieso gezwungen, aber es gab noch einen viel wichtigeren Grund: Alicia.«

»Niemand hätte sie angerührt«, sagte Álvarez ruhig. »Das hatte nur den Zweck, den Druck auf dich zu verstärken.« Es klang nicht sehr überzeugend.

»Du weißt genau, daß du Blödsinn redest. Roytschenko wäre vor nichts zurückgeschreckt, um mich zu der Aufnahme zu zwingen, und wenn du Einwände gehabt hättest, wäre er über deine Leiche gegangen.« Er unterbrach sich, damit Álvarez seine Worte verarbeiten konnte. »Noch etwas, Julio. Glaubst du wirklich, daß Roytschenko mich am Leben lassen wird, nur damit ich später den Mund aufmachen kann? Damit ich der CIA eure Version von dem auftische, was hier im Komplex los ist? So ein Quatsch. Wie man es auch betrachtet, es gibt keinen Sinn. Wenn Hagger das Band von mir in der Hand hat, bin ich zu einer wertlosen Ware geworden. Er wird mich abschreiben, ohne auch nur einen Gedanken an mich zu verschwenden. Das weißt du, und Roytschenko weiß es auch. Weshalb sollten die Sowjets die Geheimhaltung der Operation nur aus Wichtigtuerei aufgeben? Es wäre nicht nötig und nicht einmal wünschenswert. Aber es war das Zuckerbrot, das ich, wie Roytschenko hoffte, schlucken würde. Nun kommt die Peitsche.«

»Ich . . .« Álvarez sprach nicht weiter.

»Damit ist alles gesagt, oder?« Wie eine Tür, die zugeschlagen und abgeschlossen wird, dachte Brocassie.

»Darüber habe ich keine Kontrolle. Das weißt du. Schließlich bist du nicht mit dem Klammerbeutel gepudert, Brocassie.«

»Aber vielleicht stecke ich bald in einem Beutel. Nachdem

Piedra den Abzug durchgedrückt hat.« Er schluckte, senkte die Stimme und fragte: »Hat Roytschenko meinen Erschießungsbefehl für Piedra unterzeichnet? Oder hast du es getan?«

»Du redest Blödsinn, Brocassie. Reinen Blödsinn. Nichts Derartiges ist geschehen – nichts, von dem ich wüßte.«

»Und warum sollten sie es dir überhaupt mitteilen? Es wird hübsch und einfach sein. Etwa wie: *Gefangener starb bei Fluchtversuch.* Piedra wird abdrücken, Roytschenko wird die Papiere unterzeichnen, und dann schicken sie dir eine kleine Notiz mit den nackten Einzelheiten und einem kurzen Beileidsbrief ins Büro.«

Álvarez drehte ihm das Gesicht zu. »Sie werden dich nicht wegblasen. Roytschenko hat mir sein persönliches Ehrenwort gegeben. Ich habe alles getan, was in meiner Macht steht, um deine Haut zu retten.«

»Aber Piedra wird mich persönlich nach El Condado bringen?«

Julio nickte im Halbdunkel langsam und wandte die Augen ab.

»Seltsam, findest du nicht, Julio? Ein Capitan, der einen Gefangenen mit dem Lastwagen überbringt und eine Hin- und Rückfahrt von dreihundert Meilen durch Guerillagebiet macht? Ich vermute, er wird innerhalb von zwei Stunden zurück sein.«

Álvarez seufzte. »Ich wollte dich abliefern, Brocassie. Roytschenko verweigerte seine Zustimmung. Mehr weiß ich nicht.«

»*Cuando se acaba la cosa, se acaba la cosa* – wenn es vorbei ist, ist es vorbei. Ich habe Verständnis für dein Problem, Julio, und ich kann dir keine Vorwürfe machen, weil du versuchst, den Kopf aus der Schlinge zu ziehen, aber es gibt eine Sache, die du mir versprechen mußt. Ich habe dir einmal den Hals gerettet, und jetzt will ich, daß du deine Schuld abzahlst. Gib mir dein Wort.«

»Worauf?«

»Darauf, daß du Alicia morgen früh aus diesem Tal schaffst. Schick sie zurück auf die *finca.* Sorg dafür, daß sie schnell aus Kuba verschwinden kann, wenn etwas schiefgeht.«

»Warum, verdammt noch mal?«

»Dies ist keine Debatte, Comandante Álvarez. Es geht um eine Schuld, die beglichen werden muß. Kein Wenn und Aber, Bruder – gib mir einfach eine Antwort. Wirst du sie hinausschaffen oder nicht?«

»Die *finca* ist geschlossen – nur die Köchin ist noch da. Es wäre verteufelt schwer zu erklären . . .« Seine Stimme verklang. »Was wird geschehen – du Schuft, du weißt etwas.«

Brocassie schüttelte den Kopf. »Nein, Julio, ich weiß nicht das geringste, aber ich will, daß sie morgen nicht mehr hier ist, weil du mit dem Feuer spielst. Es *gibt* etwas hier im Komplex, nicht, Julio? Etwas Geheimes, und deshalb muß letzten Endes Klarschiff gemacht werden, was nichtsowjetische Mitwisser betrifft. Roytschenko ist kein Mann, der irgendwelche Probleme offenläßt. Ich bin eines dieser Probleme. Und du. Und Alicia.« Er unterbrach sich. »Ich mache mir keine Illusionen, Julio. Piedra wird mich nicht nach El Condado bringen. Er verschafft mir eine Fahrt ins Jenseits. Der einzige Vorteil bei der Sache ist vielleicht, daß Roytschenko danach auch Piedra loswerden muß, aber keiner von uns beiden wird die Chance haben, darüber zu jubeln.«

Álvarez schnippte die Zigarette hinaus in die Nacht. Er stellte die Armaturenbeleuchtung an, drehte den Schlüssel in der Zündung und drückte auf den Anlasser. »Was schlägst du vor?«

»Du stehst auf der Abschußliste, Julio. Es ist mir scheißegal, ob du mir glaubst oder nicht, aber schick sie um Himmels willen von hier weg, solange noch Zeit ist, denn wenn Roytschenko beschließt, dich zu ersetzen, dann ist es auch mit ihr vorbei.«

Álvarez preßte den Fuß heftig aufs Gaspedal. Der Motor bockte, heulte dann auf, und der Jeep gewann rasch an Geschwindigkeit.

»Die Instruktionen sind zur Kenntnis genommen«, sagte Álvarez, ohne Brocassie anzusehen.

Er fuhr zwei Minuten lang schweigend weiter und bog in eine grasüberwachsene Einfahrt. Er lehnte sich hinüber und schloß die Handschellen auf. »Ich habe lange darüber nachgedacht, bevor du es ausgesprochen hast, Brocassie. Aber manchmal steckt man so tief im Schlamassel, daß man nicht mehr rauskommt. Die Dinge entwickeln sich nicht immer genau so, wie man es geplant hat.« Er zögerte und nickte dann. »In Ordnung, du hast mein Wort. Ich werde sie morgen nachmittag zur *finca* zurückschicken, aber es wäre unmöglich, irgendwelche Vorkehrungen zu treffen, damit sie aus Kuba rauskommt. Wenn hier irgendwas schiefgeht, wenn mir etwas zustößt, ist sie fähig, sich allein durchzuschlagen – das weißt du genauso wie ich. Mehr kann ich nicht versprechen.« Er glitt aus dem Jeep und streckte sich. »Laß uns gehen.«

Brocassie blieb in sich zusammengesunken sitzen und massierte seine Handgelenke, um den Blutkreislauf anzuregen. »Julio«, sagte er schließlich, »als ich nach Kuba zurückflog, war mir das Risiko klar. Wir beide kennen die Spielregeln, und ich mache dich nicht für das verantwortlich, was mit mir passieren könnte. Ich liebe dich noch immer, obwohl du ein Scheißkerl bist.«

Álvarez hatte sich ihm zugewandt, aber Brocassie konnte seinen Gesichtsausdruck in der Dunkelheit nicht erkennen. Julios Stimme klang kraftlos und matt. »Komisch, aber ich empfinde ungefähr das gleiche für dich. Liebe, Brudergefühle und all den Mist – aber keiner von uns beiden kann die Dinge ändern. Wir haben immer gewußt, daß es am tiefen Ende des Schwimmbeckens am interessantesten ist.« Er deutete auf das Haus. »Laß uns reingehen. Sie brennt darauf, wenigstens einen von uns zu sehen.«

Neun Uhr neunzehn. Porto sah zum drittenmal in den letzten fünf Minuten auf die Uhr. Er lehnte sich in den zerschlissenen Ledersitz zurück und sah zu, wie die Asphaltstraße unter den Scheinwerfern des Tankwagens dahinglitt. Er hatte die AK-47, deren Mündung auf den Fahrer zeigte, locker auf dem Schoß liegen. In seiner Brusttasche spürte er den widerlichen Gegenstand in dem Umschlag, der sich gegen seine Haut preßte. Ihm wurde flau; er biß die Zähne zusammen und versuchte, seine Gedanken von dem blutlosen, abgetrennten Daumen wegzulenken.

»Wie weit noch?« fragte er.

»Noch zwei Kilometer. Dann biegen wir nach rechts ab über die Brücke, und dann noch mal einen Kilometer.« Die Handflächen des Mannes waren schweißnaß und rutschten immer wieder vom Lenkrad. »Bitte . . .«

»Was ist los mit dir, Guillermo?«

»Ich habe Familie.« Der Mann schluckte geräuschvoll. Er war Mitte Fünfzig und kahlköpfig. Sein Bauch hing ihm über den Gürtel und hüpfte auf und ab, während der Wagen über den Asphalt holperte. Der Gestank seines Schweißes und seines billigen Rasierwassers kämpften um die Vorherrschaft, und die Mischung war übelkeiterregend. Porto kurbelte das Fenster noch weiter herunter.

»Daran hast du mich in der letzten halben Stunde viermal erinnert. Bezahlt euer Máximo Líder den Familien toter Revolutionshelden keine gute Entschädigung?«

Guillermo schaltete herunter und fand kaum den richtigen Gang. »Ich bin kein Held«, antwortete er mit angsterfüllter Stimme. »Ich habe schlechte Nerven, ein Magengeschwür und zu viele Kinder. Und mit der Scheißrevolution habe ich nichts zu tun.« Er murmelte fast zusammenhanglos vor sich hin, um seinem Entsetzen Luft zu machen. »Bitte«, flehte er mit brechender Stimme. »Ich halte es nicht durch. Sie werden etwas merken und uns beide erschießen!«

Porto stützte die AK neben Guillermo auf den Sitz, zog den Umschlag aus der Tasche und holte seinen Revolver aus dem Halfter. Er ließ den Zylinder aufschnappen, warf einen Blick auf die Patronen und klackte ihn wieder zu. Dann legte er sich die Waffe mit gespanntem Hahn auf den Schoß und breitete ein Exemplar der Zeitung *Granma* darüber, das jemand ins Handschuhfach gestopft hatte. Guillermo beobachtete ihn aus dem Augenwinkel.

»Nein . . .«, sagte er schwach.

»Doch«, erwiderte Porto. »Wenn du es richtig machst, wirst du's überleben und noch fünf kleine Vielfräße zeugen. Wenn du es falsch machst, werde ich deinem Magendurchbruch nachhelfen. Hiermit.« Er tippte mit den Fingern auf den Gegenstand unter der Zeitung. »Du hast diesen Kontrollpunkt schon zehn- oder fünfzehnmal hinter dich gebracht. Keine Sperenzchen. Und mach den Mund nur auf, wenn es absolut nötig ist.«

Sie waren jetzt auf der Brücke vor der letzten Kurve. Der Tankwagen holperte über das Pflaster. Noch hundert Meter. Guillermo atmete tief ein, schaltete die Scheinwerfer aus und ließ nur die Standlichter an.

Vom Straßenrand her pendelte der Strahl einer Taschenlampe auf sie zu und bewegte sich zickzackförmig durch den Sand. Guillermo stieg langsam auf die Luftdruckbremsen, die den Wagen zischend zum Stehen brachten. Im trüben Glanz der Standlichter konnte Porto eine gesenkte Holzschranke knapp vor dem Kühlergrill und eine dunkle Gestalt erkennen, die eine Maschinenpistole auf die Scheibe gerichtet hatte.

Kies knirschte, und der Tankwagen schwankte leicht, als ein Mann auf das Trittbrett stieg. Seine Taschenlampe strahlt Porto ins Gesicht und blendete ihn.

»Ihr seid sechs Stunden zu spät dran. Wo lag denn das Problem?«

»Die falschen Nummern, 'ne fehlende Unterschrift, ein Stempelkissen, das nicht genug Tinte hatte – wer weiß?« Er setzte ein einfältiges Grinsen auf. Gleichzeitig hatte er das Gefühl, vor Spannung explodieren zu können. Unwillkürlich krümmte sein Finger sich um den Abzug des Colts.

Der Strahl der Taschenlampe glitt über Guillermos Gesicht. Der

Mann schwitzte so stark, daß sich Feuchtigkeitsperlen auf seiner Oberlippe bildeten.

»Du siehst krank aus, Guillermo. Wieder das Magengeschwür?«

Der alte Mann rülpste. Er wischte sich das Gesicht mit einem schmutzigen Taschentuch ab. »Es muß an einem Fisch liegen. An einem Bonito, den wir vorgestern abend aßen. Meine Frau hat mir heute mit den Resten ein belegtes Brot gemacht.« Er verzog das Gesicht, so daß es einer Totenmaske ähnelte, und rülpste noch einmal.

Der Posten schüttelte den Kopf. »Du kommst mir vor wie ausgekotzt. Gib mir eure Papiere.«

Porto nahm Guillermo den Pappordner aus den zitternden Fingern und reichte ihn hinaus. Der hellrote Frachtbrief hing wie eine schlappe Zunge aus dem Ordner hervor. Er flatterte kurz im Wind.

Die Taschenlampe richtete sich auf die Papiere.

»In Ordnung. 9200 Gallonen Flugzeugbenzin. Ihr seid als fünfte mit dem Löschen dran. Von Sergeant Duarte soll ich euch sagen, daß ihr eure eigenen Eier zum Frühstück essen könnt, wenn der Tanker bei Tagesanbruch nicht leer und wieder draußen ist. Kapiert?«

Die Erleichterung in Guillermos Gesicht war nicht zu übersehen. Er brachte den Motor auf Touren und wollte den ersten Gang einlegen. »Verstanden. Wenn's hell ist, sind wir wieder draußen.«

»Wartet!« Der Posten schob ein Schreibbrett durch das Fenster auf den Beifahrersitz und hielt es Porto unter die Nase. »Die Abdrücke. Ihr kennt das Verfahren doch.« Er stand ungeduldig auf dem Trittbrett und richtete die Taschenlampe auf das leere Blatt.

Porto gab es zuerst Guillermo. Der alte Mann rollte den Daumen über das Stempelkissen und drückte ihn auf das Papier. Er starrte Porto an und zögerte.

»Jetzt du!« Der Posten leuchtete Porto ins Gesicht und ließ den Strahl der Taschenlampe dann hinunter auf das Schreibbrett gleiten. »Rechts neben Guillermos Abdruck.«

Porto nahm das Stempelkissen und preßte den Daumen in die Tinte, dann auf das Papier. Er drückte kräftig auf, ohne den Daumen abzurollen, verdrehte das Handgelenk ein wenig und verschmierte den Abdruck. Als er das Schreibbrett durchs Fenster zurückreichte, wußte er, daß es nicht klappen würde. Verdammter Mist, fluchte er innerlich. Aber da die Taschenlampe auf das Schreibbrett gerichtet war, hatte er keine Wahl gehabt. Der abgetrennte Daumen schien an seinem Schenkel zu glühen. Er warf dem Posten einen Blick zu. Der Mann hatte sich vorgebeugt, studierte die Abdrücke auf dem leeren Blatt und verglich sie mit denen auf dem Frachtbrief. Plötzlich schaute er auf.

»So hat das keinen Zweck. Der Sergeant haut mich ungespitzt in den Boden rein, wenn ich das als Übereinstimmung ausgebe.«

Porto schaffte es, grinsend die Zähne zu blecken. »Mache diese Fahrt zum erstenmal. Zeig mir, wie ich's machen soll.«

Der Mann biß die Zähne zusammen, so daß seine Kiefermuskeln hervortraten. »Du hast es doch in Santiago an der Ladestation gemacht, *come mierda*! Weniger Tinte auf den Daumen, und nur ganz vorsichtig drücken. Schließlich zerquetschst du kein Insekt!«

Porto hatte jetzt den abgetrennten Daumen in der Hand und preßte ihn auf das Stempelkissen. Er fühlte sich kalt an und begann zu verwesen. Porto wurde übel, und er schluckte, um sich nicht zu erbrechen.

Er bemerkte das Blitzen von Scheinwerfern im Rückspiegel. Der Posten gab ihm schon das Schreibbrett zurück. Porto nahm es mit der linken Hand. Beeil dich, Enrico! Verdammt, schneller!

»Den Daumendruck, Mann!« Der Posten war offensichtlich verärgert, nur noch um Haaresbreite davon entfernt, Verdacht zu schöpfen.

»Ah«, sagte Porto, verdrehte den Hals und blickte über die Schulter hinweg durchs Fenster. »Der andere Lastzug. Ich hatte schon Angst, es gebe Schwierigkeiten mit dem Getriebe.«

Der Posten gab dem Reflex nach. Er drehte den Kopf und schaute auf die Lichter, die sich von hinten Guillermos Tankwagen näherten. In diesem Moment drückte Porto den abgetrennten Daumen auf das Blatt. Er ließ den Daumen auf den Fußboden fallen und stieß dem Posten leicht mit dem Schreibbrett gegen die Brust. »Bist du nun zufrieden?«

Der Mann hockte sich hin, legte sich das Schreibbrett auf die Knie und beleuchtete das Blatt mit seiner Lampe. Er verglich die Abdrücke über eine Minute lang und blickte dann auf. »Es ist immer noch schlecht, aber es dürfte reichen. Wasch dir beim nächstenmal die Hände. Du hast Schmiere oder so was an den Fingern.« Er trat zurück und winkte dem anderen Posten zu. Eine Sekunde später wurde die Schranke hochgezogen.

»Macht schon«, schnauzte der Posten. »Nehmt die linke Spur und bleibt dort stehen. Keine Lichter an, und geraucht wird auch nicht. Sergeant Duarte wird euch eine halbe Stunde vor dem Löschen aufrufen, also gegen drei Uhr. Ob ihr fertig seid oder nicht, bis zum Morgengrauen müßt ihr wieder durch dieses Tor verschwunden sein. Verstanden?«

Guillermo hob zögernd die Hand, wie zur Bestätigung und gleichzeitig zum Gruß. Er legte den ersten Gang ein und ließ die Kupplung kommen. Der Tankwagen rollte an und rumpelte langsam weiter.

Portos rechte Hand zitterte, als besitze sie einen eigenen Willen. Der Rest seines Körpers war ganz ruhig, schien beinahe distanziert. Er zwängte sich die verräterische Hand unter den Schenkel, lehnte sich zurück, schloß ganz kurz die Augen und atmete tief durch. »Das hast du gut gemacht, Guillermo«, sagte er leise. »Du wirst leben und Huren bumsen, die noch gar nicht geboren sind.« Plötzlich merkte er, daß er lachte, aber es war ein hohes, dünnes Kichern an der Grenze der Hysterie. Reiß dich zusammen, kreischte sein Gehirn. Die Barriere – das war der schlimmste Teil. Und er hatte sie hinter sich.

Der Fahrer brachte einen würgenden Laut hervor. »Was hast du mit mir vor, jetzt, wo wir drinnen sind?« fragte er verängstigt.

Porto nahm zwei Tabletten aus seiner Hemdtasche. »Kauen und runterschlucken«, befahl er.

»Aber ich kann nicht . . .« Guillermo sah ihn entsetzt an. »Du willst mich umbringen.«

Porto ließ die Faust heftig auf die Schultermuskeln des Mannes knallen. »Kein Aber. Du bleibst am Leben, wenn du tust, was ich sage. Iß sie! In einer Viertelstunde wirst du schlafen, und keiner wird dich so schnell wieder wach kriegen

Guillermo steckte sich die Tabletten in den Mund, zermahlte sie und schluckte geräuschvoll.

Porto sah im Licht der Armaturen, daß der Mann am ganzen Leib zitterte. Du armes Schwein, dachte er. Kein Glückstag für dich – aber für mich auch nicht. Er warf einen Blick hinüber in den Rückspiegel. Gestalten bewegten sich im Schimmer von Enricos Standlichtern, eine Taschenlampe leuchtete auf, Sekunden verstrichen, der Ausgang hinter ihnen war versperrt. Dann sah er, wie sich endlich die Schranke hob. Er atmete erleichtert auf. Die Nachtluft war klamm und frisch; seit dem Ende der Regenfälle machten sich die ersten Anzeichen des Herbstes bemerkbar. Seine Nerven waren immer noch zum Zerreißen gespannt, aber sein Hirn war jetzt wieder lebendig und plante für eine Zukunft, auf die er vor ein paar Minuten keinen Heller gewettet hätte.

Der Tankwagen hinter ihm näherte sich, und seine Standlichter wurden heller. Porto hörte das schwache Geräusch von Gesang und wußte, daß es Enrico, der verfluchte Schwachkopf, war. Mehr Mut als Verstand.

Jemand fluchte in der Dunkelheit und befahl Enrico barsch, den Mund zu halten. Enrico entschuldigte sich überschwenglich, deutete jedoch gleichzeitig an, daß die Mutter des Mannes sich auf eine intime Beziehung mit ihrem Hund eingelassen habe. Nervöses Gelächter aus mehreren Kehlen – die Männer fühlten sich in der Finsternis vor der Vergeltung des Sergeanten sicher.

Porto konnte nicht jedes Wort der Entgegnung verstehen, aber er erkannte den wichtigtuerischen Tonfall einer Autoritätsperson, die Enrico scharf zurechtwies und ihm eine Strafe androhte, und zwar einen harten Stiefeltritt in eine strategische Stelle.

Dann war wieder Enricos Stimme zu hören, zerknirscht, gedemütigt, aber immer noch mit einem Hauch von Spott.

Guillermo bog vom Fahrweg ab und fuhr unter eine Baumgruppe. Er bremste vorsichtig hinter einem anderen Tankwagen und stellte die Lichter und den Motor ab. Sekunden später hielt Enricos Wagen in der Parallelspur.

Enrico kletterte aus dem Fahrerhäuschen, urinierte geräuschvoll in das Gras zwischen den Fahrzeugen und ging dann langsam auf Portos Seite des Fahrzeugs zu.

»Begreifst du jetzt, weshalb ich gegen die Fidelistas kämpfe, *Yanqui*?«

»Nein, kann ich nicht behaupten.«

»Die Kubaner haben keinen Humor mehr. Er ist ihnen durch kollektives Denken, dialektischen Materialismus und Rumrationierung ausgetrieben worden.« Er kicherte vergnügt und schlug mit der Faust gegen das Fahrerhäuschen.

»Nicht so laut! Es war bescheuert, so ein Risiko einzugehen.«

»Das glaube ich nicht. Macht ein Dieb seine Anwesenheit bekannt?« Enrico lachte leise. »Wir sind hier. Das ist die Hauptsache. Und nun . . .?«

Und nun? dachte Porto. Der Adrenalinschub hatte nachgelassen. Sein Körper fühlte sich bleischwer an, aber er zwang sich, die Tür zu öffnen. »Beide Fahrer unter die Wagen. Verbinde ihnen Mund, Hände und Knöchel und wirf ein paar Decken über sie. Danach wartest du hier. Halt die Augen offen und sieh zu, daß du keinen Ärger kriegst. Wenn es klappt, dürfte es nicht länger als eine Stunde dauern. Wenn du Schüsse hörst, laß beide Motoren an.«

Er drehte sich um und starrte die Straße zu den Häusern hinunter, die dort in einiger Entfernung standen. Von Miguel wußte er, daß es dort zwei Posten gab. Während der eine Dienst hatte, schlief der andere in einem Schuppen, in dem sie auch ihre Ruhepausen verbrachten. Porto steckte sich die 38er in den Gürtel, zog eine Gitarrensaite aus der Hüfttasche und rollte sie gewissenhaft auf.

Dann atmete er zweimal tief durch und ging auf die Lichter am Ende des Lagers zu.

Hinter ihm flüsterte Enrico mit deutlich vernehmbarer Stimme: »Es ist eine E-Saite, die Hernando sich zur Reserve aufbewahrt hat. Du solltest sie gründlich waschen, bevor du sie zurückgibst, *maestro*.« Sein Gelächter folgte Porto.

19.

Alicia hörte das Knirschen von Kies auf der Anfahrt, als der Jeep bremste. Dann verstummte der Motor, und nach langen Minuten wurden die Wagentüren zugeschlagen.

Sie lief ans Fenster des dunklen Eßzimmers, zog den Vorhang nur ein paar Zentimeter zur Seite und beobachtete die beiden Männer, die langsam den Pfad heraufkamen. Sie sprachen leise und erregt. Alicia erkannte Julios und dann Brocassies Stimme. Sie bekreuzigte sich fast unbewußt. Bis jetzt hatte sie nicht geglaubt, daß Julio ihn wirklich hierherbringen würde. Wenn Julio nicht gelogen hatte, ging er ein enormes Risiko ein. Deshalb hatte sie sich innerlich schon auf den Schlag vorbereitet, den seine Ausrede ihr versetzen würde. Aber es *war* Brocassie. Ihre Augen gewöhnten sich an das trübe Licht, und sie erkannte seine ein wenig gebeugte Gestalt und seine leichtfüßigen Schritte. Am liebsten hätte sie aufgejubelt vor Freude, ihn wiederzusehen.

Sie schob den Vorhang behutsam wieder zurück, eilte in die Küche, drehte die Herdflamme hinunter, blieb ganz kurz stehen, um ihre Frisur in der Spiegelung einer Fensterscheibe zu prüfen, und lief zur Vordertür.

Die beiden waren schon in dem winzigen Flur. Álvarez ging voran; sein Gelenk war durch eine Handschelle mit dem Brocassies verbunden. Er bedachte sie mit einem Lächeln, aber es wirkte spröde und bedrohlich.

»Ich glaube, ihr kennt einander«, sagte er sarkastisch. Er zog einen Schlüssel aus der Tasche, löste die Handschelle von seinem Gelenk und schloß sie um Brocassies freie Hand. »Er ist ein besonderer Gast, und ich möchte ihn nicht aus den Augen verlieren.«

Alicia hörte Julio nicht zu. Sie war wie versteinert, und ihr Blick verschränkte sich mit dem Brocassies.

»Hallo, Alicia«, sagte er leise und schaute hinunter auf die Handschellen. »Du mußt die Dinger entschuldigen. Julio hält mich nicht für vertrauenswürdig.« Er grinste verlegen wie ein kleiner Junge.

Ohne zu wissen, was sie tat, preßte sie sich an ihn, warf ihm die Arme um den Hals und verbarg das Gesicht an seiner Brust. Sie weinte, schluchzte, lachte. »Oh, mein Gott«, flüsterte sie. »Mein Gott, mein Gott, mein Gott. Du bist gesund!« Sie hob ihm das Gesicht entgegen, küßte ihn heftig, nahm seinen Geruch wahr. Er erwiderte ihre Küsse ungeschickt, behindert durch seine gefesselten Hände.

»Hure!« Álvarez riß sie zurück und stieß sie gegen die Wand des Flurs. »Glaubst du, ich lasse mich in meinem eigenen Haus zum Narren halten?« Er knallte die Faust knapp über ihrem Kopf gegen die Wand, so daß der Verputz bröckelte, und wirbelte herum.

»Damit ist die Scheiße ausgestanden. Ich bring' ihn zurück.« Er zerrte an Brocassies Arm und stieß ihn auf sie zu. »Sieh ihn dir genau an, Alicia!« Er deutete mit dem Daumen auf Brocassie. »Zwei Hände, zwei Füße, ein steifer Schwanz und strotzende Eier. Fordere ihn auf, von eins bis zehn zu zählen. Sein Gehirn – das bißchen, was er hat – ist ohne Macken.« Er war außer sich vor Zorn, rote Flecken bedeckten sein Gesicht, seine Augen waren hart und schwarz wie Onyx.

Alicia fuhr der Schreck in die Glieder. Wie verrückt, daß sie die Beherrschung verloren hatte. Eine nicht zu übertreffende Dummheit. Álvarez war schon dabei, Brocassies Handschellen aufzuschließen und den einen Reif um sein eigenes Gelenk schnappen zu lassen.

»Warte!« rief sie und packte Julios Ellbogen mit aller Gewalt, damit er sich nicht bewegen konnte. »Julio – oh, es tut mir so leid. Es war ein Schock, ihn wiederzusehen. Das mußt du begreifen.«

Die Muskeln in seiner Wange hüpften, die Adern an seinem Hals traten hervor wie pulsierende Stricke. Er war kurz davor, sie zu schlagen.

Alicia lockerte ihren Griff, ließ ihre Finger an seinem Unterarm hinabgleiten und nahm seine Hand. »Julio – bitte. Es war dumm von mir. Aber wir haben doch so viel gemeinsam. Ich konnte mich nicht beherrschen. Wenn du es gewesen wärst, hätte ich das gleiche getan.« Sie unterbrach sich und blickte ihm in die Augen. »Bitte, verzeih mir. Du hast deinen Teil unserer Abmachung gehalten, genau wie versprochen. Jetzt werde ich meinen halten, wenn du nur etwas Geduld mit mir hast.« Sein Gesicht blieb eine Sekunde lang unbewegt, aber dann sah sie, wie seine Miene sich entspannte.

Einen Moment lang trafen sich ihre Augen. Seine waren zusammengekniffen, als versuche er abzuschätzen, ob sie es ehrlich meinte. Dann knurrte er wie zur Einwilligung. Alicias Furcht löste sich auf, und plötzlich war ihr fast schwindelig. Julio lachte, aber es war ein humorloses Lachen mit einem drohenden Unterton. Er wandte sich von ihr ab und schloß Brocassies Handschellen auf. »Ich verzichte darauf, wenn du mir dein Ehrenwort gibst.«

Brocassie nickte. »Bei meiner Pfadfinderehre.«

Álvarez warf ihm einen mißtrauischen Blick zu. »Ich sagte, dein Ehrenwort, Brocassie.« Er wartete, bevor er den Schlüssel ganz herumdrehte.

»Mein Ehrenwort, Julio.«

Álvarez nickte. »In Ordnung, keine Sperenzchen.« Er schaute auf seine Uhr. »Neun Uhr fünfzig. Wir haben ungefähr eine Stunde. Möchtest du etwas zu trinken?«

»Das gleiche wie du.« Brocassie setzte sich in einen der Ledersessel und schlug die Beine übereinander. Sie erhaschte seinen Blick für einen Moment, legte die Hand auf ihr Herz und drehte sich dann schnell um, um in die Küche zu gehen. Ein Tablett mit Flaschen, Gläsern und einer Schüssel Eis war schon vorbereitet. Sie trug es ins Wohnzimmer und schenkte den beiden Männern und sich selbst Scotch mit Soda ein.

»Auf uns alle.« Sie hob das Glas. ». . . auf die alten Zeiten.«

Álvarez betrachtete sie mit einem gezwungenen Lächeln und zuckte mit den Achseln. »Warum nicht?« Er ahmte ihre Geste nach, und sie tranken.

Das Schweigen im Zimmer war wie die Schwüle nach einem Regenschauer: bedrückend, fast erstickend. Brocassie wollte etwas sagen, blieb dann jedoch stumm. Die Uhr draußen im Flur tickte, das Eis in ihren Gläsern klirrte, aber sie fanden keine Worte, und Alicia begriff, daß es in mancher Hinsicht immer so gewesen war, wenn sie alle zusammenkamen: eine Gleichung von eins plus zwei, die Null ergab.

Alicia nippte nur an ihrem Drink, stand auf und glättete ihren Rock. »Das Essen wird bald fertig sein. *Matambre* und Kartoffelbrei. Und ich habe etwas Eiscreme gemacht.« Keiner der beiden Männer antwortete. Sie lächelte schwach und ging wieder in die Küche.

Von dort hörte sie, wie Julio Brocassie eine Frage stellte. Brocassie murmelte eine Entgegnung, und ein Gespräch begann, doch sie konnte nur Wortfetzen ausmachen. Sie lauschte noch ein paar

Sekunden, dann trat sie an die Hintertür. Sie schloß auf, öffnete die Tür einen Spaltbreit und verkeilte sie mit einer gefalteten Zeitung, damit sie nicht wieder ins Schnappschloß fallen konnte. Dann zog sie am Fenster über dem Ausguß die Vorhänge zur Seite, hängte ein verblichenes grünes Geschirrtuch über die Gardinenstange und schloß die Vorhänge so weit, daß sie das Handtuch überlagerten. Das Tuch würde das Küchenlicht zum Hinterhof hin abschirmen und gleichzeitig für einen grünen Schimmer sorgen: das Signal für Porto, daß sowohl Brocassie wie Álvarez hier waren.

Sie nahm das *matambre* – eine Art Preßsack – aus dem Herd und ließ es abkühlen, während sie den Kartoffelbrei stampfte. Alles wirkte normal. Ihre Bewegungen waren mechanisch, doch ihre Gedanken eilten voraus. In einer Ecke der Speisekammer lag ein Drillichanzug bereit. In den Taschen befanden sich Streichhölzer, Streifen von Dörrfleisch, ein Päckchen Zuckerwürfel, ein Messer und eine Taschenlampe. Neben dem Drillichanzug standen ein Paar Tennisschuhe, die schon mit Schuhcreme geschwärzt waren. Das hatte Maroto ihr beigebracht.

Alicia schob sich auf die Verbindungstür zum Flur zu. Leise Konversation, lange Pausen, Geräusche, die Männer machen, wenn sie sich unbehaglich miteinander fühlen. Flüssigkeit plätscherte in ein Glas, Eiswürfel platschten hinterher. Ein Streichholz kratzte und der leicht stechende Geruch von grobem Tabak breitete sich aus.

Ein Blick auf die Uhr. Zehn Uhr fünf. Sie steckte eine niedrige Flamme unter der Kaffeekanne an, trug das *matambre* auf einer Asbestplatte ins Zimmer und stellte es auf den Tisch. Dann brachte sie den Kartoffelbrei und eine Schüssel mit schwarzen Bohnen. Sie holte eine Flasche trockenen ungarischen Wein aus dem Kühlschrank, goß ihn in eine Karaffe und schob sie neben Julios Platz. Alle drei setzten sich an den Tisch, Julio ans Kopfende, Alicia und Brocassie einander gegenüber, an die Seiten. Es ist so lustig wie das letzte Abendmahl, dachte sie grimmig.

Sie aßen schweigend, mechanisch, in Gedanken versunken.

Alicia blickte wieder auf die Uhr: Zehn Uhr dreizehn. Es blieb kaum noch Zeit. Sie krümmte den Fuß, so daß er aus ihrem Pumps schlüpfte, und schob ihre Zehen am Schuh vorbei nach vorn, bis sie harte, unbewegliche Stiefel berührten. Álvarez stach mit der Gabel in den Kartoffelbrei und schaufelte wortlos das Essen in sich hinein. Alicia riskierte einen Blick auf Brocassie und sah, daß seine

Augen schon auf ihre gerichtet waren. Sie drückte auf seine Stiefelspitze, und er deutete ein Lächeln an.

Sie tippte wieder an seinen Schuh und buchstabierte im Morsealphabet quälend langsam mit dem Fuß.

Verstehst du mich?

Er runzelte fragend die Stirn.

Sie tippte die Botschaft noch einmal, langsamer, mit größeren Zwischenräumen zwischen den Punkten und Strichen.

Diesmal nickte er unmerklich, spießte ein paar *frijoles* auf und wandte die Augen nicht von seinem Teller.

Alicia fuhr fort: *Porto kommt hierher. Flucht vorbereitet.*

Er hob ganz schwach die Augenbrauen. Nach drei Herzschlägen hatte er sie verstanden, nickte von neuem und nahm sein Weinglas. »Großartig«, sagte er und hob das Glas. »Alles wäre besser als das, was Julio und seine Kumpane auftischen, aber dies ist ausgezeichnet.«

Álvarez machte eine Pause, sah sie beide an und nickte. »Finde ich auch. Verdammt gut, Alicia. Besser als das *matambre,* das in Dimos Restaurant in Camaguey serviert wurde – weißt du noch? Dieser alte Argentinier.« Julio beugte sich wieder vor und spießte die Bohnen auf.

Brocassie toastete ihr schweigend zu. »Wie hast du es gemacht?« fragte er und deutete mit der Gabel auf das *matambre.*

»Es ist schwierig, so etwas in der Eile hinzukriegen, aber ich hoffe, es ist gelungen.« Sie berührte wieder seinen Stiefel und morste sorgfältig: *Zwischen jetzt und elf. Hat er Waffe?*

Brocassie zögerte und legte dann die Hand an seine linke Brust.

Sie verstand und warf Álvarez einen Blick zu. Ein Schulterhalfter unter seiner Jacke – das hatte sie nicht eingeplant, denn innerhalb des Lagers war er selten bewaffnet. Ein unwillkürlicher Schauder packte sie. Porto würde niemals durch die Küchentür und ins Eßzimmer kommen, bevor Julio seine Waffe gezogen hatte.

Die Zeit verstrich. Zehn Uhr zweiundzwanzig. Wenn Porto bis jetzt alles geschafft hatte . . . Wenn. Aber darüber durfte sie nicht einmal nachdenken. Er mußte es schaffen. Auf ihr letztes Signal hin, eine am Fenster des unteren Badezimmers angezündete Kerze, würde er das Haus betreten. Verdammt, fluchte sie im stillen. Ich habe es falsch gemacht, ganz falsch. Alles ist so ausgeklügelt, aber das Wichtigste habe ich vergessen.

Julio schob seinen Teller zurück und warf einen Blick auf seine

Uhr. »Wir haben nicht mehr viel Zeit, Alicia. Du sagtest, du hast Eiscreme gemacht?«

Sie nickte und nahm ihren Teller auf, ohne zu Ende gegessen zu haben. Nur noch eine halbe Stunde, vielleicht weniger. Nun mußte es geschehen. Sie schob ihren Stuhl zurück und erhob sich. »Eiscreme, *fresas* und ein *cafecito* in einer Minute. Sie stapelte die Teller übereinander, brachte sie in die Küche, drehte die Flamme unter dem Kaffee höher und schlüpfte dann durch die Verbindungstür in das untere Badezimmer.

Langsam schob sie das Fenster auf und lauschte. Nichts außer den normalen Nachtgeräuschen: Knarren und Zirpen und in den Bäumen raschelnder Wind. Sie nahm das Streichholzheft und steckte ein Zündholz an. Es flackerte auf und wäre fast erloschen, bevor es richtig zu brennen begann. Sie zündete die Kerze an und stellte sie auf das Fenstersims. Nur noch zwei Minuten, und Porto würde hereinkommen. Irgendwie mußte sie Julio ablenken, ihn für die Sekunden unschädlich machen, die Porto benötigen würde. Sie hatte das abgebrannte Streichholz immer noch in den Fingern, betrachtete es und wußte plötzlich, daß es einen Weg gab.

Alicia nahm die Kanne mit dem kochenden Kaffee vom Herd, hob den Deckel und entfernte den Behälter mit dem Satz. Dann trug sie die Kanne auf einem Tablett ins Eßzimmer.

Álvarez ließ sich darüber aus, wie Fidel die Zuckererträge erhöhte. Er bemühte sich, das Gespräch in neutralen Bahnen zu halten, und blickte gelegentlich auf seine Uhr. Offensichtlich war er nervös und hatte es eilig, Brocassie zum Komplex zurückzubringen.

Alicia nahm die Tassen und Untertassen von der Anrichte und verteilte sie auf dem Tisch. Eine Minute war vergangen, vielleicht mehr.

Die beiden Kerzen auf dem Tisch flackerten. Alicias Haut schien überempfindlich; sie spürte den Luftzug und hörte, wie die Angeln der Küchentür ganz leise knarrten.

Álvarez nahm die Veränderung unbewußt wahr: Er wurde abgelenkt, wußte aber nicht, wovon.

»Gib mir deine Tasse, Julio«, sagte sie um eine Nuance zu laut. »Vorsichtig – der Kaffee ist kochend heiß.«

Er streckte ihr die Tasse hin, ohne aufzublicken, und setzte das Gespräch fort, wo er es unterbrochen hatte.

Sie stand da, hielt die Kaffeekanne fest und wartete mit pochendem Herzen.

Álvarez wandte ihr das Gesicht zu und hob die Tasse. »Gießt du mir etwas Kaffee ein oder nicht?« fragte er ungeduldig.

Alicia nickte und hörte das Scharren eines Stiefels auf dem Küchenfußboden. »Ja, natürlich. Ich habe wohl geträumt.« Sie neigte die Kanne erst leicht, dann mit Vorsatz zu weit, so daß sich kochender Kaffee über seine Hand ergoß.

Er schrie auf, sprang hoch und schüttelte seine Hand. »Verdammt!« rief er. Sie griff nach einer Serviette, wickelte seine Faust darin ein und goß Eiswasser darüber. Álvarez schlenkerte mit der Hand, stöhnte und fluchte gleichzeitig. »Dumme Gans! Du hast weniger Verstand als . . .«

Porto stand lässig in der Küchentür und richtete einen Revolver auf Álvarez' Magen. »Tritt zurück, Alicia. Brocassie – weg vom Tisch.«

Brocassie nickte. »Er hat eine Pistole im Schulterhalfter.«

»Mit der linken Hand, Comandante«, warnte Porto. »Nur mit zwei Fingern. Zieh sie langsam raus und wirf sie auf den Boden.«

Álvarez Gesicht war aschgrau. Er zog die halbautomatische Waffe ohne jeden Protest heraus und ließ sie fallen.

Porto schwenkte seine 38er und deutete ins Wohnzimmer. »Auf die Couch. Gesicht nach unten, Hände auf den Rücken.«

»Du bist Porto – der zweite Komiker?« knurrte Álvarez.

»Los, Álvarez. Hinlegen!«

»Sie hat das arrangiert, stimmt's?«

Porto gab Álvarez einen Stoß, so daß er vorwärtstaumelte. »Brocassie, sieh dich vor dem Haus um. Vielleicht kannst du einen Posten entdecken. Maroto wollte, daß ich ihn umlege, aber ich habe den Kerl überhaupt nicht gesehen und bin einfach durch den Hinterhof geschlichen.« Er wandte sich an Alicia. »Steht's schlimm mit seiner Hand?«

Álvarez lag auf der Couch, hatte das Gesicht zur Seite gedreht und blies auf die rotgefleckte Haut seines Handgelenks. Sie untersuchte die Stelle und berührte die Schwellung. Álvarez zuckte zusammen und riß die Hand zurück.

»Oberflächlich. Ich werde sofort etwas Eis auflegen.«

Porto nickte und knipste zwei Lichter aus, so daß nur noch eine trübe Schreibtischlampe brannte. »Um so besser. Er muß heute nacht noch eine längere Reise machen, und mit Marotos Apotheke ist nicht viel los.« Er blickte durch die Vorhänge hinaus und wandte sich wieder zu ihr um. »Schließ zuerst die Hintertür ab. Hast du ein paar alte Sachen, möglichst etwas Dunkles?« Ein Blick auf ihre Pumps. »Und Schuhe, in denen du gut läufst?«

Sie nickte.

»Gut, dann zieh sie an, und stell dich darauf ein, in zehn Minuten aufzubrechen.« Er nahm eine Zigarre aus dem Humidor, biß das Ende ab, zündete sie an und inhalierte genußvoll. »Die beste Sorte, Comandante. Die sind die Reise wert.« Er klaute die restlichen Zigarren aus dem Behälter und stopfte sie in seine Drillichtaschen. »Was ist draußen los, Cassie?«

Brocassie ließ den Vorhang los und trat vom Fenster zurück. »Der Posten unterhält sich zwei Häuser weiter mit einem Burschen von der Miliz in einem Jeep.« Er wandte sich an Alicia. »Klein und stämmig, mit einer Feldmütze und Drillichzeug, Karabiner über den Rücken geschlungen, Haar etwas zu lang?«

Sie nickte stumm und ging langsam auf Brocassie zu, ohne sein Gesicht aus den Augen zu lassen. Er hatte mehr Linien um den Mund als früher, und Fältchen gingen strahlenförmig von seinen Augenwinkeln aus. Sein Mund war immer noch etwas schief verzogen. Er war jetzt schmaler, hatte graue Fäden an den Schläfen, seine Augen schienen tiefer zu liegen, und er hatte zwei neue Narben, von denen eine kaum verheilt war. O Gott, dachte sie, wieviel ich Dir verdanke, wenn Du uns sicher durch diese Nacht geleitest.

Er lächelte sie auf dieselbe Weise an, von der sie in den letzten drei Jahren geträumt hatte. Sie reckte sich, küßte ihn mit offenem Mund und merkte, wie sie sich an seinen warmen und drängenden Körper schmiegte. Sie hielt ihn fest, fuhr ihm mit den Händen über den Rücken, den Hals, die Wangen. Dann öffnete sie die Augen. »Haben sie dir wehgetan?«

»Jedenfalls ist nichts zu sehen.« Er umarmte sie lange, strich ihr über die Schultern, über den Rücken, und löste sich dann von ihr. »Wir haben jetzt keine Zeit. Später. Du mußt dich fertig machen.« Seine Worte waren sehr ruhig, sehr vertraulich, nur ein Flüstern.

Alicia packte die Aufschläge seiner Jacke und zog sein Gesicht zu ihrem herunter. Sie küßte ihn noch einmal auf den Hals und eilte in die Küche. Brocassie ließ sich auf die Armlehne der Couch sinken.

»Wie geht's dir, Julio?«

Álvarez verdrehte den Hals und blickte zu ihm empor. »Du Idiot. Dir ist doch klar, daß du hier nicht heil rauskommst? Du hast gerade deinen eigenen Totenschein unterzeichnet, und ihren auch.«

»Möglich. Aber daß ich El Condado nie erreichen würde, war

ziemlich sicher. Roytschenko hat doch Piedra schon längst den Befehl gegeben, mich umzulegen. Was für einen Blödsinn habt ihr mir erzählt, du und Roytschenko! Als wenn ihr mich gegen Gefangene der CIA austauschen würdet. Du bist und bleibst ein Gauner, Julio.«

»Ich weiß nichts davon . . .«

»Weil du es nicht wissen wolltest. Und du hättest dir irgendwie eingeredet, Roytschenko zu glauben, wenn er dir in zwei Tagen mitgeteilt hätte, ich sei unglücklicherweise bei einem Fluchtversuch umgekommen. Es war so verdammt eindeutig.«

»Wirklich, Brocassie? Und wenn es so eindeutig war, weshalb hast du dann das Band aufgenommen?« Álvarez wandte den Kopf ab und drückte das Gesicht auf die Kissen.

»Ich habe eine Aufnahme gemacht, Julio, aber nicht die, die ihr von mir wolltet.«

»Du Quatschkopf!« krächzte Álvarez und sah Brocassie wieder an. »Ich habe das Band ein dutzendmal abgespielt. Und Roytschenkos beste Leute haben es analysiert und nichts anderes als unseren eigenen Text gefunden. Ich war dabei, als du von Lunz unter Drogen verhört wurdest. Du sagtest ihm, daß keine Codeformulierung vereinbart ist, die anzeigen könnte, daß die Aufnahme unter Zwang gemacht wurde. Das einzige Kennzeichen ist dein mit Urin geschriebener Name auf der Tonbandschachtel.«

»Fast richtig, aber nicht ganz«, antwortete Brocassie. »Lunz hätte etwas mehr aus meinem wirren Schädel herausholen müssen. Er nahm automatisch an, daß die Unterschrift auf der Schachtel stehen müsse. Aber das hatten wir nicht vereinbart. Ich sollte meinen Namen nicht auf die Schachtel, sondern direkt auf das Band schreiben. Hagger hatte in einer Hinsicht recht: Einfachheit ist der beste Schutz, weil jeder den Inhalt analysiert, nicht aber das Band selbst. Stimmt's?«

»Mag sein, aber nachdem das Band ein dutzendmal abgespielt wurde, dürfte dein Urin verschmiert sein, auch wenn er völlig getrocknet war. Hagger wird wahrscheinlich nur ein Band haben, das stinkt – mehr nicht.«

»Nein, Julio. Die Italiener benutzten dieses System während des Zweiten Weltkriegs. Die technische Abteilung der CIA hat es überprüft. Sogar wenn das Band in einer Alkalilösung gewaschen wird, bleibt immer noch genug Harnsäure auf dem Eisenoxyd der Bandbeschichtung zurück. Hagger wird das Ding in ein chemisches Bad geben, und innerhalb von zehn Minuten, nachdem er die Rolle in den Händen hat, kennt er alle Einzelheiten eurer Operation.«

»Was . . . was hast du noch auf dem Band untergebracht?«

»Jede Menge, Julio. Zuerst, daß Luis der Maulwurf ist, der mich reingelegt hat. Dann eine grobe Beschreibung der ganzen Anlage, die ungefähre Anordnung der FROG-Raketensilos und die Tatsache, daß es FROGs vom Typ 3-A sind.«

Álvarez' Miene entspannte sich ein wenig, und er brachte ein schwaches Lächeln hervor. »Wenn das alles ist. Wir verlieren Luis, aber er hat seinen Zweck erfüllt. Eigentlich ist es so noch besser, Brocassie, ideal sogar, denn du bestätigst ganz unabhängig, worum es sich bei der Anlage handelt. Er hat genau das, was er sich wünschte.«

»Das ist noch nicht alles, Julio. Die Kontrollpulte am Ende deines Befehlstandes, du weißt doch, die Dinger, an denen sich die schweigsamen Typen vom KGB herumdrücken – welchen Zweck haben sie?«

»Als wenn du das nicht wüßtest!« Álvarez hatte sich auf die Seite gerollt, sein Gesicht war gerötet. »Von dort wird der gesamte Komplex überwacht. Man kann frühzeitig erkennen, wenn's irgendwo gefährlich wird: explosive Gase, Überkonzentration von Kohlenmonoxyd und so weiter.«

»Aber es gibt noch was anderes, worauf ihr achtet, Julio, eine viel gefährlichere Sache. Ich habe die Pulte gesehen. Da sind drei Meßgeräte oben an der Verschlußleiste, und sie können wie alle übrigen beliebig auf Hunderte von Sensoren eingestellt werden. Die Geräte sind durch stilisierte Buchstaben gekennzeichnet, die wie *a* und *b* aussehen, und durch ein seltsames Symbol, das einem auf dem Kopf stehenden Fisch ähnelt. Vertraut und doch irgendwie schwer zu identifizieren.« Er zog einen Kugelschreiber aus Álvarez' Brusttasche und zeichnete drei Symbole auf den Putz der Wohnzimmerwand:

$$\alpha \quad \beta \quad \gamma$$

Er tippte mit dem Kugelschreiber an die Zeichen. »Was bedeuten sie, Julio?«

»Mit diesen Geräten überprüfen wir die Luft aus der Klima-Anlage.«

»Worauf zum Beispiel?«

»Verdammt, ich weiß nicht über den ganzen Kram Bescheid. Darum kümmern sich die Techniker.«

Brocassie ließ den Finger gegen Álvarez verbrannte Haut schnellen, als schnippe er eine tote Fliege vom Tisch.

Álvarez schrie auf, und Brocassie drückte sein Gesicht rasch in das Kissen, um seine Stimme zu dämpfen. »Also – was – zeigen – die – Geräte – an, Julio?« Er riß Julios Kopf an den Haaren hoch.

»Zur Hölle mit dir!« fluchte Alvarez. »Woher soll ich das wissen? Sauerstoff, Kohlendioxyd, Methangas, Kohlenmonoxyd und ähnliches Zeug!«

Brocassie ließ Álvarez Kopf auf das Kissen sacken. »Es spielt im Grunde keine Rolle, Julio. Ich weiß es jetzt.« Er beugte sich wieder vor. »Ich habe mir über die Buchstaben Gedanken gemacht, Julio. Ich bin nicht gleich draufgekommen, obwohl's auf der Hand liegt. Im College haben wir bei unseren statischen Rechenaufgaben damit die Winkel bezeichnet. Ich kannte die Buchstaben nur als mathematische Symbole, und das hat mich zunächst verwirrt. Aber dann ging mir plötzlich ein Licht auf. Es sind griechische Buchstaben, das ist doch klar. Und ich weiß jetzt, was sie bedeuten.«

Álvarez schüttelte den Kopf.

Brocassie flüsterte, seine Lippen ganz nah an Julios Ohr: »Aber sicher, Julio. Es sind die griechischen Buchstaben Alpha, Beta und Gamma.« Er packte Álvarez an den Haaren und drückte seinen Nacken gleichzeitig mit der anderen Hand nach unten, so daß sein Mund in den Kissen vergraben war. »*Du* bist der Quatschkopf. Die Sensoren sind in kleinen Kästchen an den Wänden angebracht, überall im Komplex, wahrscheinlich in jedem Silo. Und du kennst ihre Aufgabe ganz genau. Es sind Meßgeräte für Alpha-, Beta- und Gammastrahlung, falls einer der nuklearen Sprengköpfe ein Leck hat! Denn damit sind die FROGs ausgerüstet!« Er preßte den Kopf tiefer in das Kissen, und Álvarez schlug wild um sich, dem Ersticken nahe.

»Hör auf«, zischte Porto.

Brocassie merkte vage, daß er die Beherrschung über sich verlor und kaum noch rational denken konnte.

Alicia kam durch das Zimmer gerannt und riß ihn zurück. »Nein«, flüsterte sie. »So nicht.«

Brocassie zögerte, doch ihre Hände schoben ihn zurück. Er stand langsam auf, blickte auf Álvarez hinunter und kam allmählich wieder zu sich. Sein Herz hämmerte, sein Brustkorb wogte, und er war immer noch außer sich vor Zorn, aber ihre Berührung besänftigte ihn. Einen Moment lang lehnte er sich gegen die Wand und versuchte, jeden Gedanken auszuschalten. Er atmete tief ein, füllte seine Lungen und stieß die Luft mit einem langsamen Seufzen aus. »Es ist egal«, sagte er schließlich und drehte sich um. »Hagger wird sich das Band anhören und dann die Rückseite lesen. Alles weitere hängt von Kennedy ab.«

»Und was wird Kennedy deiner Meinung nach tun?« Álvarez hatte den Kopf zur Seite gewandt; sein Gesicht war schmerzverzerrt.

»Was er tun muß. Es ist eine direkte Bedrohung. Vor Monaten hat er erklärt, daß keine fremde Macht nukleare Waffen in die westliche Hemisphäre importieren darf. Er wird Kuba angreifen, Julio, und die Atomwaffen in diesem Komplex sind seine moralische Rechtfertigung. Er muß sie unschädlich machen, bevor die Invasionsstreitmacht im Küstenbereich eintrifft.«

»Wie soll er sie unschädlich machen? Der Komplex ist so gut wie uneinnehmbar.«

»Er wird Verluste hinnehmen müssen, aber er wird dieses Tal kurz und klein schlagen lassen. Wahrscheinlich läßt er es von einem B-52-Geschwader in Grund und Boden bombardieren.«

Álvarez setzte sich mühsam auf. »Kannst du mit Hagger Kontakt aufnehmen?« Die Stimme seines Bruders war eindringlicher, als Brocassie es je gehört hatte.

»Erst in ein paar Tagen. Sobald wir aus Kuba verschwunden sind.«

»Du mußt Hagger irgendwie benachrichtigen, denn er – oder wer sonst einen Draht zu Kennedy hat – muß den Präsidenten überzeugen, daß er mit einem Bombenangriff auf dieses Tal den nächsten und letzten Krieg auslöst.«

»Das ist Unsinn, Julio. Die Sowjets lassen ihm keine Wahl. Kennedy wird diesen ganzen Komplex einäschern, um die Atomsprengköpfe auszuschalten, und die Sowjets werden deshalb keinen Krieg anfangen. Sie haben sich auf ein Glücksspiel eingelassen, und sie haben verloren, aber sie werden nicht den ganzen Planeten in die Luft jagen, um Kuba und ein paar Kurzstreckenraketen der Küstenverteidigung zu schützen.«

»Nein, verdammt noch mal!« keuchte Julio. »Du täuschst dich, sehr sogar. In den Silos sind hundertzwanzig nukleare Langstrekkenraketen, und wenn Kennedy dieses Tal bombardieren läßt, geht ein großer Brocken der Vereinigten Staaten in radioaktivem Rauch auf.«

Die drei anderen erstarrten und sahen Álvarez an.

»Was soll das heißen?« Brocassie kniete sich hin, sein Gesicht Julio gegenüber. »Du bist es doch gewesen, der mir diese gottverdammten Sandals gezeigt hat. Ich habe eine aufs Geratewohl herausgesucht und mit eigenen Augen gesehen, daß es Hülsen aus Fiberglas sind.«

»Richtig. Diese SS-4, alle sechzig, sind aus Fiberglas. Genaue Nachbildungen der SS-4-Sandal-Raketen, und sie stehen jetzt auf ihren Abschußrampen an der Westküste Kubas.«

»Was, zum Teufel, sabbelst du da?«

»Als diese Fiberglashülsen nach Kuba transportiert wurden, enthielt jede zwei SSN-5-Serbs – die Raketen, die von sowjetischen U-Booten der Delta- und der Hotelklasse benutzt werden. Die Nachbildungen der Sandals waren nur Container für die Serbs. In Kuba angekommen, wurden sie sofort mit der Bahn hierhergebracht. Die Sowjets bauten die SSN-5 aus und installierten sie in Silos. Dann wurden die Sandal-Hülsen wieder zurück an die Westküste transportiert. Verstehst du denn nicht – Kennedy und seine CIA-Gorillas werden sich voll und ganz auf die Sandals konzentrieren, dabei verbirgt sich die wirkliche Gefahr hier in diesem Komplex.«

»Die SSN-5-Serbs – was sind das für Raketen?«

»Sie sind viel kleiner als die SS-4, aber sie sind auf dem neuesten Stand: Feststoffantrieb, Trägheitsführung. Die Atomsprengköpfe wurden getrennt geliefert, damit zwei Serbs in jeder Sandal-Hülse verstaut werden konnten. Aber nun sind die Sprengköpfe montiert und die Raketen sind einsatzbereit. Sie können alles südlich von Minneapolis und östlich von Los Angeles mit einer Megatonne pro Geschoß erwischen.«

Brocassie packte Álvarez am Kragen und beutelte ihn. »Warum?«

Álvarez würgte, seine Augen traten hervor. Brocassie schüttelte ihn wie eine Stoffpuppe. »Warum haben die Russen es getan, du verdammter Mistkerl?«

Álvarez riß sich los. Seine Augen waren verdreht und er atmete stoßweise.

»Im Politbüro spielt sich irgendein Machtkampf ab. Die Rote Armee und das KGB stecken dahinter. Sie wollen Chruschtschow loswerden und Breschnew an die Regierung bringen. Andropow, der KGB-Chef, hat die Einzelheiten ausgearbeitet und einen General Lasarew beauftragt, die Sache in die Praxis umzusetzen. Roytschenko steht unter Lasarews direktem Befehl.« Er hustete zweimal so heftig, daß der Krampf seinen ganzen Körper schüttelte. »Das sowjetische Militär glaubt, daß es früher oder später zu einem Krieg mit den Staaten kommt – einem Atomkrieg. Die Militärs kennen natürlich das amerikanische Frühwarnsystem am Polarkreis. Bei einem Angriff aus dieser Richtung hat das Pentagon mindestens zwanzig oder dreißig Minuten Zeit, seine eigenen Bomber in Bewegung zu setzen und seine Raketen startbereit zu machen. Aber die Vereinigten Staaten haben keine nach Süden gerichteten Radarsysteme. Wenn die Sowjets die hundertzwanzig Serbs abschießen, werden die verdammten Dinger amerikanische Silos und Flughäfen treffen, bevor irgend jemand im Pentagon weiß, was los ist, denn ihre Flugzeit ist kürzer als zehn Minuten und kein Radarsystem warnt vor einem Angriff aus dem Süden. Wenn der Plan gelingt und die USA ihre Raketen aus Europa abziehen, sind die Sowjets in der Lage, eure Atomstreitmacht allein mit den Serbs buchstäblich zu enthaupten. Und dann hätten sie noch ihre sämtlichen Bomber, Raketen und U-Boote in Reserve. Die Vereinigten Staaten müßten kapitulieren, weil sie dem nichts mehr entgegenzusetzen hätten.«

»Wann wollten die Sowjets ihren Plan ausführen?«

Álvarez schüttelte den Kopf und flüsterte: »Brocassie, ich weiß es nicht, wirklich nicht. Sie werden einen kleinen Scheißer wie mich doch nicht in ihre Pläne einweihen. Roytschenko spielte auf einen Zeitplan von zwanzig Jahren an, aber er hat auch angedeutet, daß es früher sein könnte, viel früher.«

». . . und wenn Kennedy dieses Tal mit einem Bombenangriff verhackstückt?«

Álvarez setzte sich langsam auf. Sein Gesicht war wieder fleckig, wie immer, wenn er sehr erregt war.

»Roytschenko hat heute morgen mit mir über den Machtkampf im Politbüro gesprochen. Er hat es nicht ausdrücklich gesagt, aber ich glaube, daß eine radikale Fraktion, mit Breschnew an der Spitze, diese Raketen jetzt einsetzen will, bevor die Vereinigten Staaten all die neuen Waffen aufstellen, die Kennedy bald anrollen läßt. Momentan sind die Kräfteverhältnisse zwischen Sowjets und Amerikanern ziemlich ausgeglichen, wenn man diese Serbs nicht mitrechnet, aber in einem Jahr werden die Amerikaner starke Vorteile haben. Wenn Kennedy angreift, hätte die radikale Fraktion einen Vorwand, diese Raketen abzufeuern und auf diese Weise einen totalen Atomkrieg zu entfesseln.« Er blickte zu Brocassie auf. »Du mußt dich mit Hagger in Verbindung setzen, damit er einen Bombenangriff verhindert. Wenn du es nicht schaffst, ist alles zu Ende.«

20.

»Wie spät ist es jetzt?« fragte Brocassie.

Porto steckte ein Streichholz an und sah auf sein Handgelenk. »Elf Uhr fünfzehn.« Er war sehr nervös, spielte mit seinen Fingern, kratzte sich am Hals und rauchte eine Zigarre nach der anderen, bis das verdunkelte Eßzimmer von Schichten schalen Tabakrauchs durchzogen war.

Sie hatten Álvarez, mit Handschellen gefesselt, im Wohnzimmer zurückgelassen, wo Alicia auf ihn aufpaßte, während sie die verschiedenen Optionen durchgingen. Ein glattes Wort, dachte Brocassie. ›Optionen‹. Wie Alternativen. Die Variablen und die Parameter auseinanderhalten. Auch so ein Wort: Parameter. Ein für Haggers Leute typisches Wort, das man in sterilen, klimatisierten Büros aussprach, während man mit einem Zeigestock an ein Schaubild tippte. Aber das alles war eine andere Welt. Hier ging es um Flucht und Auswege und, letzten Endes, ums Überleben. Doch ums Überleben wie vieler Menschen – das war die eigentliche Frage.

»Es ist die einzige Möglichkeit«, erklärte Porto und unterbrach Brocassies Gedanken. »Maroto und ich haben uns die Sache überlegt. Zwei Lastwagen: Alicia und ich in dem einen, Enrico, du und Álvarez in dem anderen. Wenn sie versuchen, uns anzuhalten, legen wir die Posten mit ein paar Salven aus den AK-47ern um. Dann Volldampf voraus und durch die Schranke. Maroto wird uns, wenn nötig, von seiner Seite des Flusses aus Deckungsfeuer geben. Wenn wir hinter der Brücke sind, jage ich die Streben mit etwas C-4 in die Luft und wir haben mindestens eine Stunde Vorsprung. An Kilometer 47 der Sierra-Straße lassen wir die Fahrzeuge zurück und sprengen sie. Vier oder fünf Mann von Marotos Leuten werden dort warten, um unsere Flucht zu decken, und wenn es irgendwelche Probleme gibt, treffen wir uns morgen früh mit Maroto in Lager Nummer acht. Das kennt Luis noch nicht.«

Brocassie erkannte an Portos Tonfall, wie nervös er war. Er hat schon seine Haut riskiert, um mich zu retten, dachte Brocassie, und nun muß ich ihm klarmachen, daß es keinen leichten Ausweg gibt. Brocassie hatte sich entschieden. »Die Tankwagen sind mit Benzin gefüllt. Wieviel?«

»Jeweils zwischen acht- und neuntausend Gallonen.«

». . . und Benzin wiegt ungefähr sieben Pfund pro Gallone. Ihr schleppt fast sechzigtausend Pfund Treibstoff mit euch herum. Diese Tanker können nur in einem ganz niedrigen Gang fahren, wenn sie an eine Steigung kommen. Es geht aber fünftausend Fuß hoch! Zu langsam, Porto. Dazu kommt der offensichtliche Nachteil: Eine Kugel in einen dieser Tankwagen, und wir explodieren wie ein Feuerwerkskörper.«

»Scheiße. Aber wenn es sein muß, werden wir eben warten, bis wir den Befehl kriegen, das Benzin zu löschen. Die Wagen werden ein, zwei Stunden vor dem Morgengrauen leer sein. Dann brechen wir auf.«

»Das geht nicht. Álvarez muß mich bis eins zurückgebracht haben. Dann soll Sergio Piedra mich abholen. Wenn ich nicht in der Zelle bin, ist der Teufel los. Und damit bleibt uns nur eine einzige Möglichkeit.«

»Und die wäre?«

»Es gibt einen Zugangspfad, der durch das Minenfeld zum Fluß führt. Er ist nur einen halben Meter breit und verläuft zickzackförmig, aber das Gras ist niedergetreten, und man kann sich darauf vortasten, wenn man aufpaßt. Der Pfad beginnt neben dem Pumpenhaus und führt hinunter ans Ufer. Es ist ein sicherer Durchgang, wenn man ihn kennt. *Falls* wir an Álvarez Posten und den anderen Patrouillen innerhalb des Geländes vorbeikommen, könnte Alicia sich bis zum Fluß vorarbeiten und mit Maroto Verbindung aufnehmen. Sie weiß über die Raketen Bescheid. Maroto könnte sie und Miguel aus Kuba hinausschaffen, wenn uns etwas zustößt.«

Porto verschluckte sich und hustete. Er trat die Zigarre auf dem Fußboden aus und beugte sich vor. Seine Stimme war leise und heiser. »Was zum Teufel sollen wir beide denn tun? Hier bleiben?«

»Ja. Diese Raketen müssen zerstört werden, denn wenn sie nicht , . .«

»Scheiß drauf, Brocassie!« zischte er. »Wir haben nur den Auftrag, Nachforschungen anzustellen, alles übrige ist Haggers Sache. Selbst wenn wir in den Komplex reinspazieren könnten, gäbe es keine Möglichkeit, die Dinger zu zerstören. Hundertzwanzig Silos, verteilt über mehr als zwei Quadratmeilen, und jedes kann mit Auslaßtüren versiegelt werden, die über einen halben Meter dick sind. Vor nicht mal fünf Minuten hast du mir von den Sicherheitsmaßnahmen da unten erzählt. Es wäre schon eine Leistung, nur den Haupttunneleingang zu erreichen, ohne daß wir weggepustet werden.«

Brocassie spürte die Spannung zwischen ihnen, Portos Zorn und Angst, seine eigene Furcht. Kein Laut außer ihrem Atem und dem Trommeln eines leichten Regens auf dem Dach.

»Porto, wir haben Hagger viel mehr geliefert, als er erwarten konnte, und wir beide haben das, was wir persönlich wollten: Miguel und Alicia. Aber unsere Verantwortung geht darüber hinaus. Wir können uns ihr nicht entziehen, und einer allein schafft es nicht. Porto – ich brauche deine Hilfe; zusammen könnten wir es hinkriegen.«

Eine Gewitterbö traf das Haus, ließ die Fenster rattern und die Wellblechplatten des Daches knirschen. Sie lauschten eine Minute lang. Regen würde die Flucht noch schwieriger machen.

Portos Stimme verriet mehr als nur Zorn: das erste Grollen von Aufruhr. »Du kannst wohl nicht begreifen, Brocassie, daß eine Menge Leute alles riskiert haben, um dich und diese Frau hier rauszuholen? Es gibt nichts mehr, was wir tun können, es sei denn, daß wir bei dem bescheuerten Versuch, den Komplex zu zerstören, Selbstmord begehen. Für mich ist die Sache ganz einfach: Wir müssen raus und zu Hagger. In höchstens ein oder zwei Tagen könnten wir aus diesem Land verschwunden sein.« Er hämmerte mit der Faust auf den Tisch. »Mir reicht's! Wir haben getan, was wir konnten. Also laß uns jetzt abhauen.« Er schob seinen Stuhl zurück und wollte aufstehen.

Ohne sich zu bewegen, ohne aufzublicken, sagte Brocassie leise: »So lange können wir nicht warten. Wir müssen annehmen, daß Hagger das Band jetzt schon hat. Er wird es Steen in den Schoß schmeißen und der wird dem CIA-Direktor ins Ohr brüllen. Und du kannst sicher sein, daß sie pausenlos auf Kennedy einreden werden, damit er sofort einen Präventivschlag aus der Luft anordnet. Wir können uns nicht leisten, zwei oder drei Tage zu warten, Porto. Verstehst du das? Wir können nicht einmal einen Tag warten. Das Band enthält alle Informationen, die Hagger braucht, um Steen zu überzeugen, und Steen hat einen direkten Draht zum Chef der CIA. Danach ist die Sache nicht mehr aufzuhalten, und ich schätze, daß der Angriff morgen nacht, vielleicht schon früher, stattfinden wird.«

Er merkte, wie seine Stimme stockte, wie seine Zunge trocken wurde, und er versuchte, sich das Bild nicht auszumalen, das ihn verfolgte. »Wenn der Angriff gelingt und die Sowjets ihre Raketen abschießen, dann bin ich das Schwein, das für den Tod von Millionen verantwortlich ist. Bisher war immer alles reine Theorie – die Zahl der Sprengköpfe, Schlagkraft in Megatonnen, Reichweite, Zielgenauigkeit, all der Mist über gegenseitig gesicherte Vernichtung und glaubhafte Abschreckung. Aber jetzt haben wir das Endergebnis vor uns, und das ist ein thermonuklearer Krieg. Und wir müssen unbedingt verhindern, daß es soweit kommt. Denn wenn wir es nicht tun, lohnt es sich auch nicht mehr, noch abzuhauen.«

Porto stöhnte, sackte auf seinem Stuhl nach vorn und vergrub das Gesicht in den Händen. Er blieb lange so sitzen, ohne sich zu bewegen, ohne ein Wort zu sagen, und dann blickte er auf. Brocassie konnte seine Miene nicht erkennen. Er sah nur das Glänzen der trüben Wohnzimmerlampe, das sich in Portos Augen widerspiegelte.

»Erklär mir deinen Plan, aber ich hoffe, er ist verdammt gut.«

Der erste Ansturm der Kältefront war durch das Tal gefegt, hatte prasselnden Regen vor sich hergetrieben, aber nun war er schwächer geworden und hatte nur ein beständiges Nieseln und ungleichmäßigen Bodennebel hinterlassen. Blitze flammten noch an der *cordillera* auf und erleuchteten den schwarzen Horizont.

Alicia zog sich den Regenmantel über die Schultern und öffnete die Vordertür. Die Gerüche der Nacht stürmten auf sie ein: der Duft von feuchter Erde und nassen Pflanzen, der schwache, widerwärtig süße Gestank tropischer Fäulnis und das Moschusaroma des Eibisch. Sie atmete tief ein, um die abgestandene Luft des Hauses aus ihrer Lunge zu vertreiben.

Sie lehnte die Tür an und schritt den Pfad hinunter auf das Tor zu.

Sánchez lungerte unter einem Baum herum. Er hatte sich seinen Poncho über den Kopf gezogen und den Karabiner lässig über die Brust geschlungen. Sie blieb vier oder fünf Schritte vor ihm stehen.

Er rauchte eine Zigarette, doch nun schnippte er sie in die Dunkelheit. »Señorita?«, fragte er mit einem lüsternen Grinsen.

»Der Comandante möchte, daß Sie für einen Moment ins Haus kommen.«

Er stieß sich von dem Baum ab, ohne die Aufforderung auch nur beantwortet zu haben, und ging auf sie zu.

Alicia ließ ihn vorbei und folgte ihm. Sie zögerte eine Sekunde lang, drehte sich um und sah die Straße hinunter. Ein paar abgeblendete Lichter im Fahrzeugpark und die hüpfende Bewegung einer Taschenlampe neben den Standrohren der Benzinpumpen – das war alles.

Sánchez stand schon in der halbgeöffneten Tür, stampfte mit den Stiefeln auf die Fliesen und schüttelte seinen Poncho. Sie trat hinter ihn. Er schwankte etwas, da er einen Stiefel vor das andere Knie gehoben hatte und mit dem Gewehrkolben Schmutz von der Sohle entfernte. Sie blickte zurück zur Straße, um sich zu überzeugen, daß sie immer noch leer war, und rammte ihm dann den Fuß ins Rückgrat. Er taumelte in den Flur und landete auf der Schulter. Schon bildete sich ein Schrei auf seinen Lippen, als Porto ihm den Knauf seiner Pistole über die Stirn zog und ihn hineinzerrte.

Es hatte keine zwei Sekunden gedauert. Alicia schloß rasch die Tür und betrachtete die schlaffe, auf dem Boden ausgebreitete Gestalt. Sie war nie gewalttätig gewesen, hatte Gewalt stets gehaßt, aber nun, da sie über dem bewußtlos auf dem Boden liegenden Scheusal stand, spürte sie das angenehme Prickeln befriedigter Rache. Eine dünne Blutspur tröpfelte von der Platzwunde an seiner Stirn, und seine Zunge hing seitlich aus dem Mund wie eine platte gelbe Raupe.

Brocassie nahm dem Mann schon den Karabiner und den Munitionsbeutel ab. Unter dem Poncho des Wächters fand er ein kleines Funkgerät, das mit einer Klammer am Gürtel befestigt war. Das Gerät war eingeschaltet; ein rotes Kontrollsignal glühte, und er hörte das Hintergrundrauschen. Er fluchte vor sich hin. Was war, wenn der Bastard sich gerade hatte melden wollen? Er wollte schon Alicia fragen, aber sie schüttelte den Kopf. »Nein, er hat es nicht angerührt.«

Er hielt das Gerät hoch, untersuchte es, entdeckte den Schalter und stellte es ab. »Mit wem muß er sich in Verbindung setzen?«

Sie deutete mit dem Kopf zu Álvarez hinüber. »Mit *seinen* Leuten – Zentraler Sicherheitsdienst. Sie haben über Funk Kontakt zu allen Posten an der Umgrenzung und über Telefon mit den unterirdischen Kontrollpunkten.«

Er drehte das Gerät in der Hand und überlegte. Dann stand er auf und ging zu Álvarez hinüber, der auf der Couch lag. Er riß ihm das Heftpflaster vom Mund.

»Wie weit sendet dieses Ding, wie viele Kanäle hat es?« fragte er.

Álvarez betrachtete ihn mißtrauisch. »Höchstens zwei Meilen. Es gibt zwölf Kanäle, die alle eine bestimmte Aufgabe haben, und einen Notkanal.«

»Und es kann unter der Erdoberfläche gehört werden?«

Julio nickte. »Ja, beim Zentralen Sicherheitsdienst. Der Kanal, den meine eigenen Wächter benutzen, ist Nummer zwei. Die anderen sind den mobilen Patrouillen am Umgrenzungszaun, den Lagerpatrouillen, den Posten am Komplexeingang, dem Feuerlöschdienst und so weiter zugeteilt.« Er blickte zu Brocassie auf. »Ich weiß nicht, was für Dummheiten du vorhast, aber ich konnte deinen Streit mit Porto hören. An deiner Stelle würde ich seinem Rat folgen und abhauen.«

Brocassie strich sich fahrig mit der Hand über das Gesicht und merkte, wie erschöpft er war. So wenig Zeit, ein so unsicherer Plan.

»Erzähl mir ein bißchen über das unterirdische Feuerlöschsystem, Julio.«

Álvarez' Antwort war scharf und herausfordernd. »Hör zu, Brocassie, vorläufig habe ich eine Abmachung mit Roytschenko. Ich beabsichtige nicht, die Seiten zu wechseln, aber ich will nicht, daß es zu einem Krieg kommt. Halte Hagger auf, und niemand kommt zu Schaden. Dieser Komplex würde einfach zu einem weiteren Punkt werden, über den die Lumpen in Washington und Moskau feilschen können. Er ist eine Nebensache, vorausgesetzt daß du Hagger rechtzeitig benachrichtigen kannst. Wenn nicht . . .«

»Du weißt, daß ich es nicht kann«, erwiderte Brocassie. »Jedenfalls nicht in den nächsten Tagen. Also muß ich mir andere Methoden überlegen, Julio.« Er packte Álvarez' Aufschläge mit einer Hand, zog sie zusammen und drückte leicht, so daß sich der Stoff um die Kehle seines Bruders spannte. »Die Anordnung des Feuerlöschsystems, Julio. Von Anfang bis Ende.« Er verstärkte den Griff und preßte Álvarez' Hals zusammen. Julios Gesicht rötete sich fast sofort. Er versuchte, sich Brocassies Griff zu entziehen, aber dabei schnürte sich der Stoff noch enger zusammen. Brocassie ließ ihn plötzlich los, und Álvarez fiel zurück auf das Kissen; er keuchte eher vor Schreck als vor Atemnot.

Brocassie beugte sich über ihn und sprach sehr leise. »Ich werde den gottverdammten Komplex zerstören, und du bist der einzige, der mir die nötigen Informationen geben kann. Wenn ich dich töten muß, werde ich es tun. Wenn ich sterbe oder Porto, dann ist das ein Teil des Risikos. Je besser deine Antworten sind, desto wahrscheinlicher ist es, daß eine Menge Leute überleben werden. Deshalb habe ich keine Skrupel, wenn es darum geht, die Informationen aus dir herauszuholen. Verstanden?«

Álvarez nickte.

»Das Feuerlöschsystem, Julio . . .«, soufflierte Brocassie.

Julio seufzte. »Es beginnt am Fluß. Im Flußbett ist ein Rohr von vier Fuß Durchmesser verlegt. Es führt als Falleitung unter dem Minenfeld hindurch in den Betonbrunnen, der einen Durchmesser von zwanzig Fuß hat. Im Pumpenhaus sind drei Hochleistungspumpen, die, sobald sie in Gang gesetzt werden, zehntausend Gallonen Wasser pro Minute unter sehr starkem Druck in den Komplex befördern können. Du hast die Pulte im Sicherheitskontrollraum gesehen. Wenn irgendwo ein Sensor ausgelaufenes Benzin, Rauch, Feuer oder abnorme Hitze wahrnimmt, leuchtet das Lämpchen des entsprechenden Sektors auf der Anzeigetafel auf und die Fernsehkameras stellen sich automatisch auf diesen Sektor ein, so daß wir ihn visuell überprüfen können. Die Auslaßtüren dieses Bereichs knallen sofort zu. Unterdessen sind die Pumpen angesprungen, und die Rohre stehen unter Druck. Wir können die Ventile durch Fernbedienung kontrollieren, so daß das Wasser nur in den betroffenen Sektor geleitet wird. Es besprüht den gesamten Bereich, solange die Pumpen Wasser ansaugen.«

»Welche Teile des Komplexes sind an dieses System angeschlossen?«

»Alle: Haupttunnel, Generatorstationen, Werkstätten . . .«

»Auch die Raketensilos?«

»Klar, vor allem die Silos!« Álvarez schien ein Licht aufzugehen. Er schüttelte den Kopf. »Oh, du blödes Rindvieh. Du glaubst, daß du die Dinger überschwemmen kannst. Willst sie auslöschen wie ein Reisigfeuer.« Er lachte rauh. »Du verschwendest deine Zeit. Die Serbs sind absolut wasserdicht, denn es sind U-Boot-Raketen. Normalerweise werden sie achtzig Fuß unter der Meeresoberfläche abgefeuert.«

Brocassie hörte ihm nicht zu. »Erzähl mir mehr über die Besprühung der Silos. Ist das System automatisch, oder kann es *nur* vom Sicherheitskontrollraum aus aktiviert werden?«

Álvarez zögerte verblüfft. »Es ist nicht automatisch. Nur die Sensoren sind's. Wir kontrollieren das Ganze von dort oben, indem wir die Pumpen an- und abschalten.«

Porto wartete ungeduldig im Hintergrund und blickte auf seine Uhr. »Zehn vor Mitternacht. Wir müssen los.«

Brocassie nickte und wandte sich wieder Álvarez zu.

»Eine wichtige Frage, Julio. Was passiert, wenn mehr als ein Silo brennt? Sind die Pumpen stark genug, um gleichzeitig dreißig oder vierzig Silos zu besprühen?«

Álvarez runzelte nachdenklich die Stirn. »Mehr noch, daß System könnte schnell genug pumpen, um die Hälfte aller Silos zu versorgen. Wenn es noch viel mehr wären, würde der Wasserdruck nachlassen.«

»Aber falls die Ventile geöffnet sind, könnte man dann immer noch alle hundertzwanzig Silos besprühen, wenn auch mit abgeschwächtem Druck?«

Julio kaute auf seiner Unterlippe, musterte den Teppich und schüttelte dann den Kopf. »Nichts könnte jemals . . .« Er unterbrach sich verwirrt. »Warum fragst du mich nach diesem ganzen Mist?«

»Hundertzwanzig Silos?« wiederholte Brocassie ungeduldig.

Álvarez atmete tief ein, hielt die Luft an und blies sie durch die Nase aus. Er schüttelte den Kopf. »Wir könnten alle Ventile gleichzeitig öffnen, aber es wäre an der Grenze. Der Druck würde nicht annähernd ausreichen, und das Wasser würde nur aus den Sprühdüsen herauströpfeln, ohne viel auszurichten. Wir würden Kohlendioxyd einsetzen, solange unser Vorrat reicht, aber ein Feuer könnte sich niemals so weit ausbreiten – nicht mit den Auslaßtüren. Du hast sie gesehen, Brocassie. Sie bestehen aus Panzerstahl, mehr als einen halben Meter dick, und sind an beiden Enden jedes Tunnels angebracht, der ein Silo mit dem Haupteingang verbindet.«

Brocassie warf Porto einen Blick zu, nickte und spreizte fünf Finger, um anzudeuten, wie viele Minuten er noch benötigte.

»Was ist mit der Leitung, die vom Pumpenbrunnen zum Fluß führt, Julio? Kann sie blockiert werden?«

»Zwischen Brunnen und Fluß ist ein stählernes Schleusentor. Vier Tonnen Stahl, und absolut wasserdicht. Maroto könnte es niemals durchbrechen.«

Brocassie zog die Augenbrauen hoch und blickte zu Porto hinüber, der schon ein Lächeln aufgesetzt hatte. »Weiter, Julio: Wie öffnet sich das Ventil, wenn man Wasser benötigt?«

Es war beinahe, als habe Álvarez die Situation vergessen. Er erläuterte das System wie ein stolzer Vater, der über die Baukastengebilde seines Kleinkindes schwatzt.

»Das Schleusentor gleicht einem Fallfenster. Wenn es runtergelassen ist, blockiert es den Wasserzulauf. Wenn wir Wasser benötigen, starten wir durch Fernbedienung einen Elektromotor, der das Tor hochkurbelt und den Zulauf freigibt. Es ist das gleiche Prinzip wie bei einem Bewässerungskanal.«

Brocassie sah zu Porto hinüber und zog wiederum die Augenbrauen hoch, aber Porto kniff die Lippen zusammen und schüttelte den Kopf. Wenn du damit zufrieden bist, bin ich's auch, dachte Brocassie, nachdem er seinen Freund einen Moment lang gemustert hatte. Er nickte in Álvarez' Richtung. »Mach ihn reisefertig, Porto«, sagte er ruhig.

Alicia war in der Küche und füllte eine Feldflasche mit Wasser. Sie hatte sich dunkelgrüne Drillichsachen angezogen und einen schwarzen Pullover darübergestreift. Ihr Haar war straff zurückgezogen und zu einem Pferdeschwanz gebunden. Sie wirkte ungewöhnlich schön und ganz besonders verletzlich.

Sie standen einander gegenüber, und Brocassie hätte sie am liebsten festgehalten, doch er konnte die Hände nicht heben. Er fühlte sich ohnmächtig und allein, unfähig, ihr etwas anderes als das Risiko des Todes zu bieten.

Sie legte die Hände an seine Brust, schob sie nach oben um seinen Nacken, zog ihn zu sich herunter und preßte den Mund an seine Schulterbeuge. »Umarme mich.«

Er hob die Hände, legte sie um Alicia und ließ sie nach oben gleiten, bis er ihren Kopf hielt.

»Du weißt, was du zu tun hast?« fragte er.

Sie schüttelte den Kopf und drückte dabei gegen seine Hände. »Du . . . kannst nicht wieder . . . hineingehen«, flüsterte sie mit erschöpfter Stimme.

»Ich habe keine Wahl. Es wird nicht länger als eine Stunde dauern. Sag Maroto, daß er bis spätestens zwei Uhr dreißig warten soll, und wenn ich bis dahin nicht raus bin, muß er sich über den Fluß zurückziehen. Dann hätte er immer noch drei Stunden bis zur Dämmerung. Wenn es hell wird, solltet ihr zumindest die Vorhügel hinter euch haben.« Er zögerte kurz und hob ihr Kinn. »Du kennst jetzt die ganze Geschichte. Es wird deine Aufgabe sein, sie allen zu erzählen, die zuhören wollen, wenn etwas . . .« Er schluckte unwillkürlich. »Aber ich werde vorher zurück sein. Es gibt keinen Grund zur Sorge.«

Ihre Finger packten plötzlich seine Schulterblätter, und ihre Nägel schnitten sich tief in seine Haut.

»Ich werde nicht ohne dich weggehen«, flüsterte sie leidenschaftlich. »Ich habe all die Jahre auf dich gewartet, und ich werde noch länger warten, aber ich will nicht . . .«

Brocassie legte ihr sanft die Hand auf den Mund. Sie widersetzte sich zuerst, aber dann wurde sie ruhiger. Er zog die Hand zurück. »Tu, was ich sage, Alicia. Ich komme zurück. Aber wenn irgend etwas geschehen sollte, dann laß dich so schnell wie möglich von Maroto außer Landes bringen. Geh nach Jamaika und dann, wenn du kannst, nach Südamerika. Nordamerika könnte auf lange Zeit hinaus sehr gefährlich sein, aber, davon abgesehen, du mußt der Welt berichten können, was geschehen ist.« Er küßte sie leicht auf die Stirn. »Gibst du mir dein Wort?«

Sie zögerte und nickte schließlich. Er küßte sie inniger und ließ sie widerstrebend los. »Wir müssen jetzt aufbrechen.«

Álvarez stand im Wohnzimmer, die Hände in den Handschellen auf dem Rücken. Porto hatte ihm die Jacke vorne aufgeknöpft und zurückgestreift, so daß sie schlaff über die Handschellen hing, und sein Hemd am Rücken herabgezogen. Er sah verstört zu, wie Porto Plastiksprengstoff zu einem kleinen Klumpen, nicht größer als eine Murmel, formte und einen Kontaktzünder hineinsteckte, an dem eine dünne geflochtene Angelschnur befestigt war. Dann flachte Porto den C-4-Sprengstoff auf Álvarez Rücken, knapp über dem Gürtel, zu einer Scheibe ab. Darüber klebte er eine Schicht Heftpflaster nach der anderen.

Porto summte, führte seine Arbeit exakt aus und empfand offensichtlich Vergnügen dabei. Schließlich leitete er die Angelschnur über Álvarez Rücken und durch den Ärmel seiner Jacke, so daß die Schnur neben der rechten Handschelle herauskam. Er schaute auf, als Brocassie das Zimmer betrat.

»Alles fertig«, sagte er.

»Brocassie! Was macht dieser Saukerl?«

»Er sorgt dafür, daß du dich gut benehmen wirst. Natürlich kann ich keine Pistole auf dich richten, wenn wir in den Komplex zurückkehren. Wir werden durch Handschellen verbunden sein, aber diese kleine Angelschnur wird durch die Glieder der Handschellen, meinen Ärmel hinauf und über meinen Rücken zu meiner freien Hand führen. Ein Ruck, Julio, und der Zünder geht hoch, genau wie dein Rückgrat.«

Álvarez öffnete fassungslos den Mund, aber dann kam er zu sich, zeigte die Zähne und lächelte langsam. »Du armer Trottel. Einen Scheißdreck könnt ihr dem Komplex anhaben. Du bist wie ein Floh, der einen Elefanten bumsen will. Laß mich gefesselt hier zurück und verpiß dich. Wenn die Sonne aufgeht, hast du fünf Stunden Vorsprung.«

»Aber ich brauche deine Hilfe, Julio. Du willst doch den Angriff verhindern? Schließlich war es dein Vorschlag.«

»Ja – Scheiße, ja –, ich will den Angriff verhindern. Aber ich habe dir doch gesagt, daß es einfach keine Möglichkeit gibt, die Serbs zu zerstören. Es läßt sich nicht machen.«

Brocassie schüttelte den Kopf. »Wir sind anderer Meinung.« Er nahm das Funkgerät von der Couch und knipste es an. »Julio, welchen Kanal hat der Unteroffizier, der die Benzinlöscharbeiten leitet?«

»Sechs.«

Er löste die Handschellen und reichte Álvarez das Gerät. »Ruf ihn an und sag ihm, daß du vorbeikommen wirst, um dich zu überzeugen, wie es mit dem Löschen vorangeht. Kein Wort mehr.«

»Ich . . .«

Brocassie nahm die Angelschnur und zog sie straff. »Los, Julio!«

Álvarez' Gesicht bedeckte sich mit Schweißtropfen. Zögernd drückte er auf den Mikrofonschalter.

»Benzinkommando, hier ist Sicherheit Eins auf Kanal sechs.«

Hintergrundrauschen, sonst nichts. Álvarez wiederholte den Anruf. Immer noch Rauschen. Er wollte gerade von neuem beginnen, als es aus dem Lautsprecher knisterte.

Sicherheit Eins, hier Benzinkommando. Duarte.

»Wie kommen Sie mit dem Löschen voran, Sergeant?«

Eine Pause. Das Mikrofon blieb eingeschaltet, während im Hintergrund jemand sprach.

Sehr gut, Comandante. Noch fünf Tankwagen.

»Ich komme raus, um ein paar Sachen zu prüfen.«

Der Mann atmete unsicher ins Mikrofon. Wahrscheinlich war er verwirrt und wußte nicht, wie er reagieren sollte.

Zu Befehl, Comandante.

Álvarez knipste das Gerät aus.

Brocassie klopfte ihm auf die Schulter. »Gut gemacht, Julio. Und jetzt wiederhol ganz genau, was du Duarte sagen wirst.« Brocassie übte Satz für Satz mit ihm ein, bis er, fünf Minuten später, zufrieden war. Porto half Álvarez, die Jacke überzustreifen, und fädelte die Angelschnur vorsichtig durch Brocassies Ärmel. Dann ließ er eine der Handschellen um Brocassies linkes Handgelenk schnappen und reichte ihm die Schlüssel.

Sie gingen zur Haustür, öffneten sie einen Spaltbreit und starrten hinaus in den Sprühregen. Nichts. Porto trat als erster auf den Jeep zu.

»Also los«, sagte er leise.

Porto fuhr den Jeep, und Alicia saß neben ihm. Sie hatte sich eine Drillichmütze über das Haar und tief ins Gesicht gezogen und sich in den Poncho des Wächters eingehüllt. Álvarez und Brocassie saßen hinten. Brocassie hielt die Angelschnur behutsam zwischen den Fingerspitzen, um sie vor dem Schlingern des Fahrzeugs zu schützen.

Der Jeep überquerte den breiten Weg, der die Reihe der Aufseherhäuschen von der ausgedehnten, im Schutz der Bäume liegenden Fläche des Kraftfahrzeugparks und des Güterbahnhofs trennte.

Die Tankwagen waren wie riesige Aluminiumschnecken hintereinander aufgereiht und standen jenseits des Rangierbahnhofs in zwei parallelen Reihen, eingeklemmt zwischen den Waggons und dem Fluß. Porto schwenkte von der Hauptspur ab auf die Tankwagen zu und holperte über die versenkten Eisenbahngleise. Während sie die Gleise überquerten, merkte Brocassie, daß Álvarez neben ihm vor Entsetzen erstarrt war, da er glaubte, daß die kleinste Zuckung der Angelleine sein Rückgrat explodieren lassen würde.

Brocassie lächelte und klopfte Álvarez aufs Knie. »Nur ruhig, Julio. Du wirst's schon schaffen.«

Enrico löste sich aus dem Schatten der Tankwagen. Porto stieg aus, sprach kurz mit ihm und kehrte zum Jeep zurück.

»Keine Probleme. Nur zwei Posten wandern hier herum. Beide machen einen halbstündigen Rundgang durch den Kraftfahrzeugpark und am inneren Rand des Minenfeldes entlang. Das ist besser, als ich erhofft hatte.«

Brocassie neigte sich nach vorn und flüsterte Alicia zu: »Du bleibst mit Enrico hier, bis Porto zurück ist. Dann führt er dich runter zum Pumpenhaus und durch das Minenfeld. Maroto wartet am Ufer. In Ordnung?«

»Es wird schon klappen.«

Er küßte sie sanft auf den Hals. »Das hoffe ich auch. Bleib gesund und mach dir keine Sorgen. Porto wird das Funkgerät behalten und auf dem eingestellten Kanal horchen. Ich melde mich, wenn wir rauskommen.«

Sie wandte den Kopf, berührte kurz seine Lippen und stieg aus. »Komm zurück«, sagte sie kaum hörbar.

Er nickte. »Das werde ich.«

Der Jeep setzte sich wieder in Bewegung, Porto am Lenkrad, Brocassie und Álvarez auf den Rücksitzen und immer noch durch die Angelschnur miteinander verbunden. Sie rollten langsam auf die Tankwagen zu. Brocassie blickte sich noch einmal um. Sie hob zaghaft die Hand und kletterte dann hinauf in das Fahrerhäuschen.

Sergeant Duarte war ein gedrungenen, kleiner Mann, der nur aus Hals und Schultern zu bestehen schien. Sein Schnurrbart war in dem leichten Regen schlaff geworden. Er und der Fahrer des Tankwagens am Beginn der Reihe mühten sich mit einem Benzinschlauch ab und versuchten, ihn von einem Füllrohr aus Messing zu lösen. Duarte fluchte verhalten, als Porto den Jeep neben ihm zum Stehen brachte. Der Sergeant und der Fahrer gingen sofort in Habachtstellung.

Brocassie stieß Álvarez mit dem Ellbogen an, und Julio begann mit seiner Vorstellung wie ein Roboter, der gerade in Betrieb gesetzt wurde.

»Duarte?«

Der Sergeant straffte sich. »Comandante Álvarez. Gibt es Probleme?«

»Und ob: Das Benzin ist verschmutzt. Die Filter im Komplex sind durch Ablagerungen von dem verdammten Zeug verstopft, das Sie hier löschen. Hören Sie sofort auf zu pumpen.«

Duarte machte eine Kehrtwendung und stellte die Pumpe an dem Tankwagen ab. Er öffnete einen Ablaßhahn, entnahm eine Benzinprobe und hielt eine Taschenlampe an das Glasrohr. »Es ist ganz klar, Comandante! Ich prüfe jeden Wagen dreimal. Heute nacht hat's keine Schwierigkeiten gegeben.«

»Und ich sage Ihnen, daß es welche gibt! Das Benzin ist unbrauchbar – schlechter als unbrauchbar, denn die Filter müssen ersetzt werden.«

»Ich verstehe nicht . . .«

»Sie brauchen nichts zu verstehen, Duarte. Der Rest der Pisse aus diesem Wagen wird in den Fluß gepumpt. Das Benzin aus den übrigen Tankern auch. Wie viele Wagen sind noch ungelöscht?«

»Fünf, Comandante.« Duarte schwenkte das Glasröhrchen; sein

Gesicht hatte sich in verdutzte Falten gelegt. Schließlich schüttete er das Benzin ins Gras. »Aber die Schläuche sind nicht lang genug. Sie reichen nicht bis zum Fluß, und außerdem kann man die Gefahr . . .«

»Verdammt, Duarte, sobald das Benzin im Fluß ist, wird es stromabwärts getragen. Wir haben keine Zeit, Faxen zu machen.«

»Warum können wir das Benzin nicht nach Santiago zurückschicken, Comandante?«

Álvarez zögerte. Ihm fiel in der Eile kein Gegenargument ein.

»Weil wir noch nicht genug Treibstoff für die morgigen Flüge haben, Duarte«, warf Porto bissig ein. »Wenn Sie diese Wagen mit voller Ladung nach Santiago zurückschicken, sie dort löschen und neu betanken lassen, sind sie nicht rechtzeitig wieder zurück, wenn hier der Sprit knapp wird.«

Duarte stand mit ratloser Miene da und wartete auf irgendeine Eingebung.

»Also, Duarte?« schnauzte Álvarez.

»Ich könnte es ins Gras pumpen.«

»Idiot!« bellte Julio. »Ein Funken, und alles fliegt in die Luft. Wie Sie es ohne Risiko in den Fluß pumpen, ist Ihre Sache. Sie sind hier verantwortlich. Wofür werden Sie eigentlich bezahlt, Sergeant?«

Duartes Züge hatten sich gespannt. »Comandante – ich habe keine Ahnung, wie so etwas . . .« Seine schwach protestierende Stimme verklang.

Porto glitt vom Fahrersitz und stand auf. »Comandante, ich glaube, daß es eine Möglichkeit gibt. Man könnte das Benzin in den Pumpenbrunnen leiten. Er ist durch ein Rohr mit dem Fluß verbunden. Das Benzin würde durch das Gefälle in den Fluß strömen.«

»Aber das ist der Zulauf für das Feuerlöschsystem«, wandte Duarte ein. Er reckte sich. »Comandante, wenn es zu einem Feuer käme . . .«

Brocassie rammte Álvarez den Ellbogen in die Rippen. »Gib ihm den Befehl«, zischte er.

Álvarez wandte sich an Porto. »Eine ausgezeichnete Idee.« Dann sagte er zu dem Sergeanten: »Duarte, bringen Sie die Wagen rüber zum Pumpenhaus und fangen Sie an, die Tanks zu leeren. Ich fahre zum Komplex zurück und öffne das Absperrventil.«

»Aber, aber . . .«, protestierte Duarte, stotternd.

»Duarte«, knurrte Julio, »ich möchte, daß das Benzin abgeleitet wird. *Sofort*! Porto kann die Sache beaufsichtigen, und Sie kehren mit diesem Fahrer nach Santiago zurück. Wenn nötig, holen Sie die Schweine im Treibstofflager aus dem Bett, und überprüfen Sie jeden Tank auf Verschmutzung hin. Sobald diese Wagen hier geleert sind, schicke ich sie nach Santiago zurück, damit sie neu betankt werden. Und ich will, daß sie und fünf zusätzliche Tankwagen so schnell wie möglich wieder hier auftauchen. Sie *persönlich* werden die Beladung überwachen, und wenn die geringste Verschmutzung vorliegt, werde ich Sie einem Kriegsgericht übergeben, das entsprechende Disziplinarmaßnahmen ergreifen wird. Haben Sie mich *verstanden*?«

Der Sergeant richtete sich zu voller Größe auf und knallte die Stiefelabsätze zusammen. »Verstanden, Comandante!«

Duarte und der Fahrer wickelten rasch den Benzinschlauch auf, drehten den Verschluß auf die Kraftstoffleitung und ließen den Wagen fünfzig Meter nach vorn rollen, auf den schattenhaften Umriß des Pumpenhauses zu. Porto blieb zurück und setzte sich auf die Motorhaube des Jeeps. Er wandte sich zu Brocassie.

»Fünf Tankwagen. Das sind um die vierzigtausend Gallonen Benzin. Genug?«

»Mehr als genug. Aber sei bloß vorsichtig. Nur ein Fünkchen, Porto, und alles ist vorbei. Wenn alle Tankwagen geleert sind, dann ruf mich über Funk an. Wenn du keinen Kontakt kriegst, mußt du trotzdem sofort verschwinden. Und warte nicht auf mich. Sieh nur zu, daß Maroto den Fluß wieder überquert – ohne lange Reden. Ich werde euch schon einholen.« Er reichte Porto das Funkgerät. »Wenn ich noch eins erwischen kann, bleibe ich auf diesem Kanal.«

Sie standen sich schweigend gegenüber. Beide wußten, daß Brocassie noch keinen Weg gefunden hatte, rechtzeitig aus dem Komplex zu kommen.

»Ich sehe zu, daß Maroto sich in Marsch setzt, aber ich werde auf dieser Seite des Flusses warten, bis du auftauchst«, sagte Porto schließlich.

»Wir hatten uns doch geeinigt . . .«

»Über nichts hatten wir uns geeinigt! Es ist mein Arsch, und ich kann ihn mir so abwischen, wie ich will.« Er schnaubte in der Dunkelheit. »Spar dir die Zeit, Brocassie. Ich habe mich entschieden.«

Brocassie schüttelte langsam den Kopf. Er war halb gerührt, halb verärgert, aber er konnte nichts tun, und er hatte keine Zeit zu verlieren. »Sorg dafür, daß sie mit Maroto verschwindet. Gib mir dein Wort darauf.«

»Gemacht.«

Brocassie stand auf, zog Álvarez mit sich und glitt auf den Beifahrersitz, während Julio sich hinter das Lenkrad schob. Er streckte Portos Silhouette seine freie Hand entgegen. Porto ergriff Brocassies Hand und schüttelte sie.

»Bis dann, Brocassie«, sagte er leise, wandte sich um, ging auf das Pumpenhaus zu und verschwand in der Dunkelheit.

21.

Álvarez fuhr behutsam die Rampe hinunter. Natriumlampen warfen einen fahlgelben Schimmer auf den nassen Beton. Regen tröpfelte in einer goldenen Lichtkette vom Überhang herunter und spritzte auf die Motorhaube. Als sie ihn passiert hatten, wurde das Motorgeräusch dumpf hallend von den Betonwänden und der Decke zurückgeworfen.

Der erste Kontrollpunkt. Ein junger DGI-Leutnant blickte auf und grüßte. Ein schwaches Lächeln glitt über sein Gesicht, aber er sagte kein Wort. Er schaute auf die Abzeichen, trug die Nummern in sein Kontrollbuch ein, grüßte noch einmal und winkte sie durch.

Álvarez zögerte. »Wo ist Leutnant Silva?«

Der Offizier blickte von seinem Kontrollbuch auf. Er zog eine Augenbraue hoch, schaute Brocassie noch einmal an und sagte: »Krank. Ich stand als nächster auf dem Dienstplan, Comandante.«

»Was ist mit Capitán Piedra? Hat er sich nach mir erkundigt?«

Die Andeutung eines Lächelns huschte über das Gesicht des Leutnants, bevor er die Seiten des Kontrollbuches überflog. »Hier steht nichts.« Er richtete sich auf und legte zackig die Hand an die Stirn. »Ich wünsche einen sehr angenehmen Abend, Comandante.«

Álvarez bog zwanzig Meter weiter in eine Ausbuchtung des Tunnels ein, wo ein Dutzend oder mehr Elektrokarren geparkt waren.

»Silva hätte Dienst haben müssen«, sagte Julio, als spräche er mit sich selbst. »Der Schuft hier ist einer von Piedras Leuten. Er stand nicht auf dem Reserveplan. Was zum Teufel hat er hier zu suchen?«

»Wir sind an ihm vorbeigekommen – alles andere ist unwichtig. Steig aus, Julio. Vorsichtig.« Brocassie blickte zurück zu dem Leutnant, der sie gleichgültig beobachtete. Sie wurden von den Handschellen behindert und schoben sich unbeholfen auf einen Elektrokarren zu. »Gut, jetzt zu den Zellen.« Der Elektrokarren startete mit einem dünnen Kreischen. Julio schwenkte zurück in den Tunnel und fuhr weiter in die Tiefe des langen Schachtes.

»Wie spät ist es?« fragte Brocassie.

Álvarez schwitzte. Seine Haut, vom Glanz winziger Feuchtigkeitsperlen bedeckt, war unter den Leuchtstoffröhren gespenstisch grünweiß. Er sah auf seine Uhr. »Zehn vor eins. Piedra ist vielleicht schon da – und er wird eine bewaffnete Wache bei sich haben. Was machst du dann, Kleiner?«

Brocassie schüttelte schweigend den Kopf. Piedra würde sterben, wenn es zum Äußersten käme – das war der Trostpreis.

Zwei Plattformwagen wurden im Haupttunnel entladen. Gabelstapler brachten die Kisten zu verschiedenen Tunnelabzweigungen. Die Männer des Entladekommandos waren nackt bis zur Hüfte; sie keuchten und schwitzten unter der Hitze der Bogenlampen und der erstickenden Schwüle. Drei KGB-Unteroffiziere beaufsichtigten sie und bellten Befehle. Etwas abseits standen zwei KGB-Hauptleute, um die Arbeiten zu überwachen, doch sie kümmerten sich nicht sonderlich darum und erzählten sich Witzchen. Keiner der Männer achtete auf den vorbeifahrenden Karren.

Der zweite Kontrollpunkt. Es war derselbe Mann wie am Vortag: ein KGB-Beamter mit stämmigem Körper und schwarzen Kugelaugen, die ständig in Bewegung zu sein schienen. Der Mann blickte auf Brocassie, auf die Handschellen und nickte dann Álvarez herausfordernd zu, ohne dessen höheren Rang zur Kenntnis zu nehmen.

»Ich habe eine Nachricht bekommen, daß der Gefangene heute nacht mit Capitán Piedra abfährt«, sagte der Russe. Es war eher eine Frage als eine Erklärung.

»Er soll den Gefangenen erst in zehn Minuten abholen. Ich werde in der Zelle sein. Wenn Capitán Piedra eintrifft, schicken Sie ihn hinunter.«

Der Posten grüßte nicht einmal, stempelte nur sein Buch ab und winkte sie durch den Kontrollpunkt.

Álvarez bog in den Korridor, der zu den Zellen führte, erhöhte das Tempo in dem langen Gang und parkte den Karren vor der stählernen Schiebetür zum Zellenbereich.

In der Zelle zog Brocassie die automatische Pistole aus Álvarez Halfter, schob das Patronenmagazin ein, das er in seiner eigenen Drillichtasche gehabt hatte, und ließ eine Patrone in die Kammer gleiten. Erst jetzt schloß er die Handschellen auf und gab die Angelleine frei. Er bedeutete Álvarez, sich auf die Matratze zu setzen, rückte den Stuhl an den Fuß der Pritsche und hockt sich rittlings hin, nachdem er die Automatik entsichert und behutsam hinten in seinen Gürtel gesteckt hatte. Von hier aus konnte er die Zellentür und Julio beobachten, und Piedra würde nicht sehen können, daß er bewaffnet war.

»Bleib einfach sitzen, in aller Ruhe, Julio. Ein ganz natürliches Gespräch in letzter Minute zwischen zwei Brüdern. Piedra wird annehmen, daß du bewaffnet bist, und er wird unachtsam sein. Wenn er die Zelle betritt, befiehl dem Posten, mit ihm reinzukommen und die Tür zu schließen.« Er beugte sich vor, hob das Ende der Angelleine und zerrte sachte daran. »Nimm dich wenigstens einmal zusammen und tu, was man dir sagt.«

»Um Himmels willen, mach dieses Ding ab!«

»Kann ich nicht, Julio. Es sorgt dafür, daß du ehrlich bleibst.« Er lächelte schwach. »Und ich würde vorschlagen, daß du dich nicht gegen die Wand lehnst. Diese Zünder sind empfindlich.«

Álvarez setzte sich schwankend auf, und sein Rücken wurde stocksteif. »Du Mistkerl! Es macht dir wohl Spaß, mit dem Tod zu spielen. Ich weiß, was du mit dem Benzin vorhast.«

»Sag's mir, Julio.«

Er biß die Zähne zusammen, so daß seine Kiefer hart wurden und seine Wangenmuskeln hüpften, und sah seinen Bruder wütend an. »Du wirst die Feuerlöschpumpen in Gang setzen, sobald der Brunnen mit Benzin gefüllt ist, und es in die Silos leiten.«

Brocassie schüttelte den Kopf. »Nicht *nur* in die Silos, Julio. In den ganzen Komplex. Und dann, wenn die Pumpen beginnen trockenzulaufen, werden sie Blasen bilden, sich überhitzen und das Benzin in den Leitungen entzünden. Das Flammenmeer wird jedes Silo und jede Abteilung im Komplex erreichen.«

»Du . . .« Álvarez starrte ihn an. »Du kannst nicht . . .«

»Doch, Julio. Ich kann es, und ich werde es tun. Denn ich will sicher sein, daß nichts übrigbleibt.«

»Es sind fast tausend Männer in den Tunnels!«

»Neunzig Prozent sind Sowjets, Julio. Pech, was?« In Wirklichkeit war ihm der Gedanke zuwider, und er wußte, daß er nicht imstande war, Benzin in die Wohnbereiche zu pumpen, aber er wollte Álvarez davon überzeugen, daß er vor nichts haltmachen, kein Pardon geben würde. Außerdem würde der Bombenangriff – wenn Kennedy den Schneid hatte, ihn anzuordnen – die Überreste ohnehin in Schutt und Asche legen. Unter der Erdoberfläche würden nur zerschmetterte, von Feuer geschwärzte Betonhöhlen übrig bleiben, die ein Jahrhundert lang von dem Plutonium der hundertzwanzig zerbrochenen Sprengköpfe vergiftet sein würden.

»Und Piedra?« fragte Álvarez. »Wie willst du mit ihm fertig werden?«

»So, wie ich es dir erklärt habe. Du mußt ihn überzeugen, daß Roytschenko die Befehle geändert hat, daß du mich noch zwei Tage zu weiteren Verhören festhältst.«

»Das wird mir Piedra nicht abnehmen!«

»Wenn er es nicht tut, dann sind meine und deine Überlebenschancen im Eimer. Piedra muß einfach glauben, daß die Befehle geändert worden sind. Du bist sein Vorgesetzter. Schärf es ihm ein.«

Álvarez beugte sich vor und schüttelte langsam den Kopf wie eine zuckende Marionette. »Brocassie, du glaubst, daß du alle Möglichkeiten berücksichtigt hast, aber in Wirklichkeit hat die andere Seite zu viele Trümpfe. Ich kann Piedra vielleicht abwimmeln, vielleicht auch nicht. Er hat seine Instruktionen schon bekommen, und er würde als erstes Roytschenko anrufen, um sich die Änderung bestätigen zu lassen. Piedra versucht seit über einem Jahr, mich zu diskreditieren, weil er hinter meinem Posten her ist. Roytschenko spielt uns mit Vergnügen gegeneinander aus, weil er dadurch bessere Resultate bekommt.« Er preßte die Lippen zusammen und blickte auf. »Piedra wird mir auf keinen Fall glauben, Brocassie. Er wird bei Roytschenko nachfragen, das garantiere ich dir.«

Er rieb sich über das Kinn. »Und selbst wenn Piedra sich überzeugen ließe, wäre der Sicherheitskontrollraum ein nicht zu lösendes Problem, Brocassie. Ein Dauerbefehl schreibt vor, daß zu jedem Zeitpunkt sechs Männer im Dienst sein müssen: ein Unteroffizier an der Schalttafel, vier Techniker, die die Fernsensoren überwachen, und ein verantwortlicher Offizier, der aufpaßt, daß sie keinen Mist machen. Alle sind bewaffnet. Du kannst nicht einfach reinmarschieren, ein paar Ventile abschalten und wieder wegfliegen wie Peter Pan. Die beste – die einzige – Lösung ist, den Sprengstoff zu entschärfen und mir sofort die Pistole zu geben. Keiner weiß, was sich abgespielt hat. Alicia ist inzwischen wahrscheinlich bei Maroto in Sicherheit, und damit bleibt nur noch Porto, oben am Brunnen. Wenn die Pumpen nicht mit der Arbeit anfangen, wird er abhauen müssen. Vielleicht schafft er es, vielleicht nicht, aber das Risiko, das du eingehst, ist zehnmal so hoch. Gib's auf, Mann.« Er war immer selbstsicherer geworden und beobachtete Brocassies Gesicht erwartungsvoll.

»Du bist immer ein Riesenschuft gewesen«, sagte Brocassie langsam. »Ein Opportunist, ein Betrüger und Lügner. Aber ich muß dir bescheinigen, daß du konsequent bist, Julio. Und vor allem weißt du, wie man überlebt.«

»Das wissen wir beide.« Álvarez brachte ein schiefes Grinsen zustande. »Wir haben beide oft genug den Hals in die Schlinge gesteckt, aber irgendwann einmal muß man aufhören, das Glück herauszufordern. Schmeiß die Karten hin und gib mir meine Lastoy. Warum willst du sterben, wenn du noch weiterleben kannst?«

»Leben und Sterben sind relativ«, antwortete Brocassie. »Man kann leben und trotzdem innerlich tot sein, und genau das steht mir bevor, wenn ich nicht versuche, das zu tun, was ich tun muß. Die Bomber werden starten. Ich muß diesen Komplex in die Luft jagen, und dabei brauche ich deine Hilfe. Also gebe ich dir die Wahl – du mußt dich für die eine oder die andere Möglichkeit entscheiden, Diskussionen gibt's nicht.« Er überlegte, was Porto inzwischen tun mochte. Es würde noch mindestens dreißig Minuten dauern, bis der Brunnen gefüllt war. So vieles konnte schiefgehen, und er scheute sich, an die Einzelheiten auch nur zu denken.

»Die erste Möglichkeit, Julio: Du kommst mit mir zum Sicherheitskontrollraum, damit ich nicht von den Posten aufgehalten werde. Ich habe sieben Patronen in dieser Lastoy. Du bringst mich in den Raum und schließt die Tür ab. Danach habe ich nur ein paar Minuten, die Männer zu überreden, daß sie die Pumpen anstellen und die richtigen Schalter umlegen. Die Wahrscheinlichkeit, das zu schaffen, ist fifty-fifty, und die Chance, lebendig hier wieder rauszukommen, liegt wohl eher bei Null.«

Álvarez' Gesicht war völlig ausdruckslos.

Brocassie ließ zwei Finger hochschnellen, so daß sie ein V bildeten. »Die zweite Möglichkeit, Julio: Du hilfst mir. Schließlich weißt du, wie das System funktioniert und wie das, was ich vorhabe, am schnellsten zu erreichen ist. Wenn du mir hilfst und keine Tricks versuchst, lasse ich dich am Leben. In diesem Komplex gibt es ein halbes Dutzend Hubschrauber. Es wird das reine Chaos sein, so daß alles von Improvisationen abhängt. Jeder Befehl ergibt sich aus dem Augenblick, genau wie in Korea, als alles außer Rand und Band war.

Dein Rang ist so hoch, daß du nur mit den Fingern zu schnippen brauchst, um dir einen Hubschrauber oder ein leichtes Flugzeug zu organisieren. Wohin du damit fliegst, ist nicht meine Sorge. Ich will das Risiko nicht herunterspielen, aber wenn du nicht mit mir zusammenarbeitest oder nur eine falsche Bewegung machst, bist du ein toter Mann.«

Álvarez lächelte grimmig. »Aber gibt es nicht noch eine dritte Möglichkeit? Ich kann stur sitzen bleiben und nichts tun. Dann kannst du einpacken. Willst du mich gegen meinen Willen nach draußen zerren oder mir das Rückgrat wegpusten? Ich glaube, zu beidem fehlt dir der Mumm.«

Brocassie zog die Lastoy, spannte den Hahn und richtete die Waffe auf Álvarez' Brust. »Der Zünder in dem C-4 funktioniert nicht, Julio. Der Plastiksprengstoff auf deinem Rücken reicht aus, alles in einem Umkreis von drei Metern – also auch mich – zu pulverisieren. Es war nur 'ne gute Idee, um dich zu deinem besten Benehmen zu veranlassen. Aber diese Lastoy ist echt, und sie feuert echte Kugeln ab. Also versuch's nur, Julio.« Er sah, daß Álvarez zögerte. »Komm schon, Julio. Versuch's.«

»Du würdest nicht abdrücken!« Álvarez kauerte sich auf den Rand der Pritsche.

»Noch einen Zentimeter, und du wirst es herausfinden. Glaub mir, ich kann abdrücken, denn wenn du mich dazu zwingst, ist es *meine* einzige Möglichkeit.« Seine Faust spannte sich um den Knauf.

Sie blickten einander an, und die Zeit schien stillzustehen. Álvarez saß immer noch wie erstarrt auf der Pritsche, aber sein Körper war gestrafft und sprungbereit.

Unwillkürlich preßte Brocassie den Abzug bis zum Druckpunkt durch. Er machte zwei Schritte zurück, als Álvarez ganz langsam aufstand, wie eine sich entfaltende Marionette, vornübergebeugt, den Rücken gespannt und mit gespreizten Beinen.

Brocassie verstärkte den Druck noch und fühlte, daß der Hammer jeden Moment aufschlagen mußte. Haß und Zorn, Enttäuschung, aber auch Schmerz und Liebe wallten in ihm auf. »Zurück, Julio! Zwing mich nicht, dich zu töten!«

Das Geräusch von Stiefeln auf dem Korridor, gedämpfte Stimmen, eine Pause, das Scharren einer Sohle auf dem Beton. Das Türschloß ratterte, und ein Schlüssel wurde umgedreht. Álvarez' Miene verriet Unsicherheit. Er zögerte eine Sekunde, entspannte sich, machte den Rücken gerade und streckte die Hand aus. »Gib mir die Pistole, Brocassie«, sagte er leise. »Es ist alles vorbei.«

»Das glaubst du«, zischte Brocassie.

Julios Gesicht rötete sich, er zögerte wieder und machte einen Schritt zurück. Er öffnete den Mund und wollte etwas sagen, aber dann schloß er ihn, und sein Körper sackte auf die Pritsche.

Die Tür schwang nach innen. Piedra blieb im Türrahmen stehen. »Guten Abend, Comandante. Ich habe Sie gesucht. Wo ist der Gefangene?«

Álvarez deutete mit dem Kopf zu Brocassie hinüber, der an der Seite der Zelle stand und Piedras Blickfeld entzogen war. »Er ist hier, reisefertig.« Seine Stimme klang todmüde.

Brocassie schob die Lastoy rasch auf dem Rücken in seinen Gürtel. Er trat vor, auf den Mittelpunkt der Zelle zu, und versuchte, gleichzeitig Álvarez und Piedra im Auge zu behalten.

Piedra kam in die Zelle, und Petrow, der KGB-Posten, der den Flur bewachte, folgte ihm. Er hatte seine Automatik gezogen, hielt sie jedoch lässig mit der Mündung nach unten in der Hand. Piedra betrachtete Brocassie und dann wieder Álvarez.

»War nicht ganz leicht, Sie zu finden, Comandante«, sagte Piedra ruhig. Er verlagerte sein Gewicht auf die Fersen, gab sich entspannt und als Herr der Lage. Nun schaute er wieder Brocassie an. »Oberst Roytschenko hat den Komplex nach Anweisung von General Lasarew in den höchsten Alarmzustand versetzt. Ich habe gerade seinen Befehl weitergeleitet, alle Zugänge zu schließen. Die Auslaßtüren des Haupttunnels sind zu versiegeln. Die Situation ist kritisch. Roytschenko versucht schon seit mehr als zwei Stunden, mit Ihnen Verbindung aufzunehmen.«

»Ich bin hier, wie Sie sehen.«

»Das ist offensichtlich, aber wo waren Sie?«

»Ich mußte noch ein weiteres Verhör führen«, erwiderte Álvarez gelassen. »Aber Sie sind mein Untergebener, und das ist nicht Ihre Sache, Capitán.«

»Doch, Comandante«, gab Piedra heftig zurück. »Denn seit wann verhört ein höherer Offizier einen Gefangenen außerhalb der Arrestzellen? Und seit wann gibt ein höherer Offizier dem Sicherheitspersonal Anweisung, die Ortsveränderungen eines Gefangenen nicht ins Kontrollbuch einzutragen? Offenbar haben Sie den Gefangenen nach oben in Ihr Quartier gebracht. Wie merkwürdig, Comandante. Und dann ist da noch etwas, was mir große Sorgen bereitet. Während ich versuchte, Sie zu finden, habe ich einer der motorisierten Patrouillen befohlen, in Ihrem Haus nachzusehen. Vor weniger als drei Minuten hat man mir gemeldet, daß Ihr persönlicher Posten seinen Dienst nicht versieht und daß niemand an die Tür kommt. Die Leute sind immer noch dort und warten auf meinen Befehl, ins Haus einzudringen. Vielleicht können Sie mich über die Geschehnisse aufklären.«

»Das geht Sie einen Dreck an, Piedra. Die Rede ist von meinem Privatquartier: Sie überschreiten Ihre Befugnisse, und ich werde Ihnen die Hölle heiß machen. Rufen Sie die Männer zurück.«

»Das kann ich nicht, wenn ich meiner Verantwortung als Offizier treu bleiben will«, entgegnete Piedra, als habe er diese Worte eingeübt. »Ich habe den ausdrücklichen Befehl von Oberst Roytschenko, Sie ausfindig zu machen und zum Befehlsstand zu bringen. Darunter verstehe ich: mit allen Mitteln. Ich nehme Sie in Gewahrsam. Es ist eine vernünftige Vorsichtsmaßnahme; sie mag unbegründet sein, aber ich glaube, daß Oberst Roytschenko in diesem Fall mit mir übereinstimmen wird. Ich bin sicher« – er unterbrach sich und lächelte –, »daß sich alles ganz einfach erklären läßt.« Er nickte Petrow zu, der langsam seine Automatik hob und auf Álvarez richtete.

»Stehen Sie auf«, befahl Piedra. Dann wandte er sich an Brocassie. »Ich hatte mich auf unseren Ausflug nach El Condado gefreut, aber es gibt Dringenderes. Knie dich hin, mit dem Rücken zu mir, und verschränk die Hände im Nacken.« Er hatte blitzschnell die Lasche seines Halfters geöffnet, und seine Hand schloß sich um den Griff.

Brocassie hatte keine Zeit, die Lastoy zu ziehen. Ohne zu überlegen, kauerte er sich zusammen, sprang auf Piedra zu und krachte ihm in die Seite, so daß der Mann gegen Petrow geworfen wurde und alle drei unversehens in einem wirren Haufen zu Boden fielen.

Petrows Automatik krachte, und das Mantelgeschoß prallte als Querschläger von den Betonwänden ab. Brocassie faßte nach der Lastoy in seinem Gürtel, aber Piedra war plötzlich über ihm, holte mit der Faust aus und schlug die Lastoy zur Seite. Es begann ein sekundenlanger Ringkampf, und Brocassie wußte, wie ernst die Situation war. Petrow brauchte nur freies Schußfeld, und er war ein toter Mann.

Piedra riß sich los und torkelte zur Seite. Seine Finger krallten sich an der Lasche des Halfters fest, und schließlich gelang es ihm, seine eigene Automatik hervorzuziehen.

Ein Adrenalinstoß durchfuhr Brocassies Körper. Er warf sich gegen den Kubaner und brachte ihn aus dem Gleichgewicht, so daß sie beide schwer gegen die Betonmauer fielen. Instinktiv versuchte er, Piedra zwischen sich und Petrow zu halten. Sie taumelten zur Seite, und er bemühte sich, die Lastoy auf Piedra zu richten und einen Schuß abzugeben, aber Piedra hielt sich zu dicht an ihn und fuhr ihm mit der linken Hand ins Gesicht. Da er die Lastoy nicht hochbringen konnte, schmetterte er sie von der Seite wie eine Keule gegen Piedras Kehle und Gesicht. Piedras Nasenbein zersplitterte unter dem Lauf der Waffe.

Der Kubaner knurrte wie ein verwundetes Tier. Die Augen traten ihm aus den Höhlen, Blut spritzte aus seinen Nasenlöchern. Er schnellte zurück und versuchte verzweifelt, die Waffe mit seiner freien Hand schußfertig zu machen. Brocassie hatte nur einen Sekundenbruchteil lang Zeit – es genügte nicht einmal, den Finger wieder um den Abzug zu krümmen. Er streckte den Arm zu voller Länge aus und drosch, so fest er konnte, die Waffe nach unten gegen Piedras Stirn.

Piedra bewegte die Kiefer wie ein gestrandeter Fisch, der nach Luft schnappte. Die Lastoy entglitt in Zeitlupentempo seinen Fingerspitzen, und dann kratzten seine Hände über die offene Wunde an seinem Schädel.

Brocassie wirbelte zu spät herum. Petrow war auf den Beinen, in Hockstellung, und hielt seine Automatik mit beiden Händen fest. Brocassie starrte in den Lauf der Pistole, und begriff, daß er nur noch um das Klicken des Hammers vom Tode entfernt war. Ein Entkommen schien unmöglich.

Álvarez, der hinter dem Wärter stand, bewegte sich schemenhaft und schwenkte den Arm wie einen Prügel. Sein Unterarm traf die Kehle des Russen, und dann sprang er auf den Mann zu und rammte ihm die Knöchel ins Gesicht. Der Posten taumelte, spuckte Blut, fiel gegen Álvarez und würgte ihn. Beide stürzten auf den Betonfußboden. Álvarez schlug als erster auf, über sich das erdrückende Gewicht des Russen, und Petrow hob zweimal die Waffe und hämmerte sie gegen Álvarez' Rücken. Ein schriller Schrei – so hoch, daß er kaum zu hören war –, kam aus seinem Mund.

Brocassie hatte die Lastoy in der Hand. Er preßte den Lauf in das Kreuz des Russen und wollte abdrücken, aber dann wurde ihm klar, daß die Kugel durch den Körper des Mannes dringen und Álvarez treffen würde. Er zögerte einen Moment lang, sprang auf und trat mit voller Wucht gegen das Rückgrat des Mannes, genau am Hals. Sein Stiefel bohrte sich in den Nacken des Russen, und der Mann brach zusammen. Sein Körper bebte heftig, zuckte, krümmte sich in einem unmöglichen Winkel, fiel langsam, als sei die Luft aus ihm entwichen, und sackte auf den Beton.

Brocassie riß dem Russen die Waffe aus der Hand, warf sie auf den Boden und hastete zur Zellentür. Er öffnete sie einen Spaltbreit und lauschte. Nichts. Er schloß die Tür behutsam und ließ sich auf den Boden sinken. Sekunden, vielleicht Minuten lang waren nur sein eigenes Keuchen und Álvarez' leises Stöhnen zu hören.

Petrow war tot. Brocassie tastete nach seinem Puls und konnte ihn nicht finden. Dann drehte er sich um, um Piedra zu untersuchen.

Piedra lebte noch, aber mehliger Schleim sickerte aus der Öffnung in seinem Schädel, und seine Pupillen waren geweitet. Plötzlich hustete er zweimal und klappte dann ganz langsam, wie in Zeitlupe, nach vorn, bis sein Kopf seine Schenkel berührte. Er keuchte noch zweimal, zuckte, und dann fiel sein Kopf zur Seite. Er lag da, den Mund geöffnet, und hechelte rasch wie ein brünstiger Hund.

Brocassie wandte sich um und starrte Álvarez an. Helles Arterienblut strömte aus Julios Nasenlöchern und tröpfelte von seinem Kinn. Brocassie war wie in Trance und unfähig, zu sprechen oder zu reagieren.

Álvarez blickte auf, seine Hand schob sich vorsichtig auf Petrows Automatik zu, die zwischen ihnen auf dem Fußboden lag.

Brocassie hob seine eigene Waffe und zielte auf Álvarez. »Mhm. Pfoten weg!«

Julio zog langsam die Hand zurück und sah ihn an. »Ich habe gerade deine verdammte Haut gerettet.« Er wischte sich mit dem Handrücken über die blutende Nase und zog dann ein Taschentuch aus seiner Jackentasche und preßte es an sein Gesicht. Er nickte zu Piedra hinüber. »Ist das Schwein tot?«

Brocassie beugte sich nieder, tastete nach Piedras Puls und spürte nichts. Er nickte.

»Dann hat sich der Zirkus hier wenigstens gelohnt«, murmelte Álvarez.

»Warum hast du . . .?« Er konnte es nicht einmal aussprechen.

Álvarez gab einen tiefen Seufzer von sich. Er wischte sich das Blut mit dem Taschentuch von der Nase, musterte es angewidert und betupfte seine Nasenlöcher von neuem, um dem Strom Einhalt zu gebieten. Schließlich blickte er mit verkniffenem Gesicht auf. »Ich weiß es nicht, Brocassie. Ich weiß es wirklich nicht, denn wenn Petrow dich erschossen hätte, hätte ich ihn getötet und ich hätte eine weiße Weste gehabt. Alle Fragen wären beantwortet gewesen. Vielleicht war das das Dümmste, was ich je in meinem Leben getan habe. Mach du dir einen Reim darauf.«

Brocassies Nerven waren zum Zerreißen gespannt, und doch fühlte er sich irgendwie benommen, und sein Gehirn war nicht fähig, rational zu arbeiten. *Warum?* Was Álvarez gesagt hatte, war logisch, und trotzdem hatte er unlogisch gehandelt. *Warum?* Er schüttelte den Kopf. »Nein, Julio, sag du's mir.«

»Du willst, daß ich etwas erkläre, was ich selbst nicht verstehe. Zur Hölle damit – hier sind wir, Bastarde der Revolution, wir lieben dieselbe Frau, sind Brüder, Rivalen, Mitverschwörer, Feinde, was weiß ich. Nun stehen wir beide vor der Flinte.« Er hob die Hand. »Gib mir die Lastoy. Ich gehe mit dir. Wir tun es gemeinsam oder überhaupt nicht.«

»Aber *warum*, Julio?«

Álvarez schüttelte den Kopf wie ein Junge, der sich gegen die Zumutungen seiner Eltern sträubt. Ein Rinnsal aus Blut hatte seinen Mundwinkel verschmiert. Er wischte sich mit dem Handgelenk darüber, stand langsam auf und klopfte den Staub fast zwanghaft von seiner Uniform. »Weil!« bellte er, und sein Gesicht verzog sich vor Zorn, Frustration und einem Anflug von Kummer. »Weil ich einen schweren Fehler gemacht habe. Ich habe auf die falsche Mannschaft gesetzt, weil ich dachte, die Karten zu meinem Vorteil mischen zu können. Ich hatte mir den Preis nicht überlegt. Und nun begreife ich, wie sie mich ausgenutzt haben. Das war nicht einfach ein niedliches kleines Spielchen, mit dem sich die Russen zum Spaß beschäftigten. Nicht nur Machtpolitik oder irgendeine Nebensächlichkeit in ihrer Globalstrategie, sondern es war das wichtigste von allem – der springende Punkt. Kuba ist für sie entbehrlich, ebenso wie Millionen anderer Menschen, die immer noch glauben, daß die Zukunft nie zu Ende geht. Roytschenko und Lasarew und die übrigen Scheißkerle werden alles in die Luft jagen, Brocassie. Die ganze verdammte Wachskugel, den ganzen Erdball. Und ich wäre einer der Lumpen gewesen, die mit auf den Knopf gedrückt hätten!«

Er streckte die Hand aus. »Die Pistole«, verlangte er. »Entweder vertraust du mir jetzt – ohne Einschränkung –, oder du mußt mich sofort töten. Offen gesagt, es ist mir scheißegal, denn wenn die Bomber erst einmal gestartet sind, sind wir beide sowieso tot.«

Die Zelle roch nach Tod. Piedras Gedärme hatten sich entleert, und der Gestank erfüllte den engen Betonraum. Brocassie glaubte, sich übergeben zu müssen, und konnte die Übelkeit kaum noch unterdrücken. »Mir scheint, ich habe keine große Wahl, Julio«, sagte er vorsichtig und blickte in Álvarez' Augen, um eine Andeutung von Verrat zu finden, sah aber nichts als Besorgtheit. Langsam hob er den Rücken von Julios Jacke und begann, das Heftpflaster abzureißen.

Sie fuhren im Elektrokarren durch den Korridor bis zu dem unbesetzten Kontrollpunkt. Es war ein Uhr zwanzig, und nur ein paar einfache Soldaten schlurften durch den Gang in Richtung Kantine, wo sie am Ende der Schicht einen Imbiß zu sich nehmen wollten. Álvarez bremste am Kontrollpunkt, streckte die Hand zum Telefon aus und nahm den Hörer ab.

Brocassie spannte sich. »Was hast du vor?«

Álvarez drückte auf die Gabel und grinste. »Zwei Fliegen mit einer Klappe«, antwortete er und wählte, ohne abzuwarten, eine fünfstellige Nummer.

»Sicherheit – Comandante Álvarez bei Nummer siebzehn. Petrow ist krank. Ich habe ihn ins Revier geschickt, und ich möchte, daß jemand schnellstens hier antanzt.«

Eine Pause, der Klang einer blechernen Stimme, und dann fragte Julio: »Wer hat Dienst?«

Er kritzelte verschiedene Namen mit einem Bleistift auf das Kontrollbuch.

»Schicken Sie Santino.« Er zögerte eine Sekunde lang. »Nein – warten Sie besser, bis ich eintreffe. Santino kann den Elektrokarren benutzen, um hierher zu fahren. Das ist sicherer und geht sehr viel schneller.«

Álvarez blickte auf seine Uhr, lauschte und trommelte mit den Fingern gegen den Hörer.

»Scheiße, nein, Sergeant Mesa!« rief er in die Muschel. »Ich will nicht, daß Santino von García ersetzt wird. Sagen Sie Santino, daß er sich bereithalten soll. Ich bin in drei Minuten da, und dann möchte ich einen kompletten Zustandsbericht für den gesamten Komplex hören.«

Er knallte den Hörer nieder und beschleunigte den Karren auf den Zentraltunnel zu.

»Einer von sechs. Damit bleiben nur noch fünf«, sagte Álvarez.

»Dieser Santino – wird er die Zellen überprüfen?«

»Dazu hat er keinen Grund.« Julio zog ein Päckchen Zigaretten aus der Tasche und reichte Brocassie eine. »Santino wird den Kontrollpunkt übernehmen, und das ist alles, falls ich ihm keine anderen Instruktionen gebe.«

Julio jagte das Gefährt den Haupttunnel hinunter, vorbei an drei Abzweigungen, Lagerräumen und dem Befehlsstand. Er verringerte die Geschwindigkeit, bog nach rechts in einen Korridor ein und bremste vehement vor der mächtigen Doppeltür des Sicherheitskontrollraums.

Santino – ein bärtiger Mann mit feistem Nacken und etwas zu langem Haar – stand schon vor dem Eingang. Er straffte sich, als Álvarez anhielt.

Julio sprang aus dem Karren.

»Fahren Sie runter zu Kontrollpunkt siebzehn. Sie bleiben dort bis Null vierhundert. Dann lasse ich Sie ablösen.«

»Comandante – ich . . .«

Álvarez bedachte ihn mit einem vernichtenden Blick.

»Siebzehn, Santino!« Er deutete auf den Karren. »Stöpseln Sie ihn zur Wiederaufladung ein, wenn Sie dort ankommen. Sie rufen mich in zehn Minuten an und erstatten Bericht. Wenn Oberst Roytschenko erfährt, daß Kontrollpunkt siebzehn nicht bemannt ist, macht er mir Feuer unterm Hintern, und ich kann Ihnen versichern, daß Ihnen das gleiche passieren wird. Noch etwas: Keiner betritt die Zellen ohne meine ausdrückliche Genehmigung.«

Santino fuhr zusammen und richtete die Augen fragend auf Brocassie.

»Er ist unter meiner Kontrolle. Befehl von Oberst Roytschenko«, schnauzte Álvarez.

Santino schlug die Absätze zusammen, legte die gewölbte Hand an die Stirn und blieb stehen. Julio sah ihm wütend ins Gesicht und erwiderte den Gruß mit einem nachlässigen Schlenkern des Handgelenks. »Wird's bald, Santino.«

Der Sicherheitskontrollraum war viel größer, als Brocassie geahnt hatte. Als Álvarez ihm den Raum gezeigt hatte, waren Schiebetüren, die er für eine Wand gehalten hatte, geschlossen gewesen, doch nun waren sie geöffnet, und man sah eine Vielzahl von Fernsehschirmen und eine erleuchtete Anzeigetafel, die sämtliche Funktionen des Komplexes wiedergab. Lichter blinkten an der elektronischen Darstellung des Umgrenzungszaunes und zeigten, wo die Patrouillen sich aufhielten. Zwei der drei Generatoren waren durch grüne Lichter gekennzeichnet, was bedeutete, daß sie in Betrieb waren, während das dritte, ein orangefarbenes Licht die WARTEN/BEREIT-Position anzeigte.

Álvarez stupste Brocassie an und führte ihn über die kurze Treppe zum Aufsichtsbereich. Er glitt auf den Stuhl hinter dem Zentralpult und bedeutete Brocassie, sich auf den Stuhl zur Linken zu setzen.

Unter ihnen, hinter der Panzerglasscheibe, saßen vier Männer an Pulten und überwachten die Sicherheit der Anlage. Brocassie konnte auf den Fernsehschirmen Dutzende verschiedener Sektoren innerhalb des Komplexes erkennen. Manche Bildschirme zeigten Kontrollpunkte, andere überwachten den Haupttunnel, wieder andere tasteten langsam das Innere der Silos ab. Zum erstenmal sah er die Serbs: groß, schmal, ohne besondere Merkmale und doch bedrohlich. Eine Kamera schwenkte an einer Serb empor, wurde allmählich langsamer, blieb stehen und ging dicht an das Geschoß heran. Eine hydraulische Hebebühne war bis zur Raketenspitze hochgeschwenkt worden. Drei Mechaniker machten sich gerade an der Rakete zu schaffen. Unter dem Bild waren auf dem Monitor die Kontrollangaben zu lesen: *Silo 81, Tunnel 16, Leutnant Samerkow Kmdr., Tel. 38814.*

Álvarez wurde plötzlich unruhig. »So ein Mist! Da unten sind nur vier Männer. Es sollten fünf sein!« Er drückte mit dem Daumen auf einen Schaltknopf, und nahm einen Hörer auf. »Sergeant Mesa, wo ist Leutnant Herrera?«

Unter ihnen wandte sich ein Mann von seinem Pult ab, blickte zum Aufsichtsbereich hinauf und hob dann mechanisch seinen Telefonhörer.

»Comandante, der Leutnant ist im Befehlsstand.«

»Warum, zum Teufel?«

»Oberst Roytschenko hat ihn dorthin befohlen. Es gibt einige Schwierigkeiten mit Silo 81 – ein hydraulisches Versagen –, und außerdem klappt bei der Benzinweiterleitung irgend etwas nicht.« Er deutete auf die Anzeigetafel. »Durch Leitung drei wird kein Treibstoff gepumpt, und wir können Sergeant Duarte nicht erreichen. Und dann sind auch noch ein Fernschreiben und ein Funkspruch nach dem anderen aus der Sowjetunion gekommen. Ich weiß nicht . . .« Mesa vollendete den Satz nicht.

Álvarez stieß langsam den Atem aus, warf Brocassie einen Blick zu und sprach wieder in den Hörer.

»Rufen Sie Herrera auf der Gegensprechanlage. Ich möchte, daß er sofort zurückkommt.« Er legte auf, ohne auf eine Antwort zu warten. »Dies könnte bedeuten, daß wir jede Menge Schwierigkeiten haben werden.«

»Warum?«

»Warum – weil der diensthabende Offizier den Sicherheitskontrollraum nur im äußersten Notfall verlassen darf. Jedes Problem kann telefonisch gelöst werden. Warum legt Roytschenko also so verfluchten Wert darauf, persönlich mit ihm zu sprechen? Irgendwas stimmt da nicht.«

Mein Gott, dachte Brocassie, jetzt geht alles kaputt. Der Plan war fast durchführbar gewesen, aber nun merkte er, daß aus ›fast durchführbar‹ sehr schnell ›undurchführbar‹ werden konnte.

»Du mußt Porto über Funk anrufen«, sagte er.

Álvarez blickte zögernd auf seine Uhr. »Sehr wahrscheinlich wäre es ein Fehler, es jetzt zu versuchen«, erwiderte er. »Porto braucht noch zehn bis fünfzehn Minuten, bis er das Flugzeugbenzin in den Brunnen gepumpt hat. Wenn wir jetzt versuchen, ihn zu erreichen, und er nicht antwortet, dann werden ein paar Leute mißtrauisch werden. Sergeant Mesa ist ein gerissener Sauhund. Ich habe ihn persönlich ausgesucht, und er hat die allerbeste Ausbildung hinter sich. Wenn Porto nicht antwortet, wird Mesa die Posten an der Umgrenzung automatisch auffordern, die Löschoperation zu überprüfen – vielleicht hat er es schon getan. Wir müssen es für noch mindestens zehn Minuten durchstehen.«

»Und dann?«

Julio deutete auf die Anzeigetafel und folgte einer nicht erleuchteten grauen Linie mit dem Finger. »Das Feuerlöschsystem. Das Schema zeigt die Abfolge der Pumpen und der Ventile. Wenn wir ein Feuer löschen müssen, einigen sich der diensthabende Sergeant und der aufsichtführende Offizier über die Reihenfolge der nötigen Maßnahmen. Dann muß jeder der beiden bestimmte Schlüssel drehen und Schalter betätigen, damit die Pumpen angeworfen und die Ventile in dem betroffenen Bereich geöffnet werden. Es muß gleichzeitig geschehen – von diesem Pult hier oben und von Mesas dort unten. Eine Art Sicherheitsmaßnahme, damit das Feuerlöschsystem nicht durch einen Zufall ausgelöst werden kann.«

»Was passiert, wenn das System in Gang ist?«

»Der Teufel ist los! Alarmsirenen heulen, Glocken dröhnen. Die Auslaßtüren des betroffenen Sektors schließen sich zu drei Vierteln und knallen nach einer Verzögerung von zehn Sekunden ganz zu. Wenn wir erst einmal angefangen haben, Brocassie, wird der ganze Laden zu einem Tollhaus.«

»Wie kommen wir aus dem Komplex?« Er fürchtete sich vor der Antwort, doch er wußte, daß es außer dieser Hoffnung nichts als den sicheren Tod gab.

»Wir kommen nicht durch den Haupttunnel raus. Er wird blockiert sein.« Julio zeigte auf eine Tür im Kontrollraum unter ihnen. »Das ist ein Seitenkorridor, der die Sicherheitskontrolle mit dem Befehlsstand verbindet. Wir müssen dort hindurch, am Befehlsstand vorbei und dann durch eine andere Tür, die in eine Sackgasse führt. Dort gibt's einen Lastenaufzug und eine Treppe zu dem befestigten Hangar, der in den Berg eingebaut wurde. Aber du mußt wissen, daß sich alle Auslaßtüren in diesem Komplex automatisch schließen werden, sobald die Sensoren Rauch oder Hitze entdecken. Wenn wir uns zu lange aufhalten, sitzen wir in der Falle und verschmoren.«

»Was ist mit den Männern hier unten?«

»Es gibt ein paar Notausgänge, hauptsächlich Treppen vom Wohnbereich zu verborgenen Öffnungen an der Oberfläche. Ein paar Glückspilze werden auf diese Weise rauskommen, aber die meisten der Lumpen, die Dienst haben, dürften gebraten werden.« Er zögerte. »Bestimmt tausend Menschen, Brocassie – hauptsächlich Borschtschfresser, was kein Verlust ist.« Er unterbrach sich und schlug die Augen nieder. »Andererseits ist es eine beschissene Art zu sterben, stimmt's?«

Brocassie nickte. Eine beschissene Art zu sterben. Vierzigtausend Gallonen Benzin, die gefräßig Sauerstoff verschlingen, in einer Flammenwand aus überhitztem Gas durch Tunnel donnern und Menschen und Metall mit gottähnlicher Gleichgültigkeit zerstäuben. Ein beschissener Tod, und vielleicht sein eigener.

Die Fluchtroute, die Álvarez beschrieben hatte, wirkte wie eine Reise in die Ewigkeit, aber es war immerhin eine Chance, wenn auch eine äußerst geringe. Er blickte hinunter in den Kontrollraum. Die Tür zum Tunnel öffnete sich gerade, und ein hochgewachsener, schlanker, glattrasierter Offizier mit Leutnantssternen trat ein. Er hatte ein Schreibbrett in der Hand und ging, ohne zu zögern, auf Mesas Pult zu, beugte sich vor und redete auf ihn ein. Einmal wollte der Sergeant sich umdrehen, und es war offensichtlich, daß Herrera ihn gerade noch davon abhielt. Der Hals des Sergeanten bewegte sich plötzlich nicht mehr, und er wandte sich vorsichtig, fast zu salopp, wieder seinem Pult zu.

Brocassie spürte, wie sein Magen zu Stein wurde.

Álvarez stieß ihn mit dem Knie an. »Hast du irgendeinen klugen Einfall?«

»Wir müssen sie hinhalten, bis wir zu Porto durchkommen. Wenn das nicht klappt, warten wir noch ungefähr zehn Minuten, setzen dann die Pumpen in Gang und hoffen, daß das Benzin ausreicht.«

Julio nickte und lehnte sich in seinen Stuhl zurück, als sei er ganz entspannt. »In Ordnung, so machen wir's.« Unterhalb des Panzerglases zog seine Hand die Lastoy hervor. Er ließ den Sicherungshebel zurückschnappen.

»Herrera ist auf dem Weg nach oben. Wenn die Sache aus irgendeinem Grunde schiefgeht, hältst du ihn in Schach und ich gehe nach unten. Mein Magazin ist voll, ich kann sie unschädlich machen. Ich werde alle nötigen Schalter einstellen, und wenn ich rufe, drehst du diesen Schlüssel um und löst nach fünf Sekunden diesen Schalter aus.« Sein Finger tippte an die rechte untere Ecke des Pultes, wo unter einer aufklappbaren Plexiglasscheibe ein Schlüssel lag. Daneben war der Kippschalter, den man mit einer Schutzschicht aus orangefarbener Glanzfarbe bestrichen hatte. »Kapiert?«

Brocassie hatte kaum Zeit zu nicken, bevor Herrera die Tür aufriß. Seine Gestalt wurde scharf von einer Leuchtstoffröhre auf der Treppe hervorgehoben, während er unschlüssig im Türrahmen stehenblieb.

»Comandante, ich habe gerade mit Oberst Roytschenko gesprochen. Er will unverzüglich mit Ihnen reden.« Herrera schluckte geräuschvoll und wartete auf eine Antwort.

Álvarez lehnte sich so weit zurück, daß die Sprungfeder des Drehstuhls knarrte. Er nahm sich Zeit, fingerte eine Zigarette aus der Tasche, steckte sie an und schnippte das immer noch schwelende Streichholz lässig in einen Aschenbecher.

»Was will er denn?« Álvarez atmete aus und blies den Rauch am

Schirm der Schreibtischlampe vorbei, so daß sich ein vielschichtiger graublauer Schleier bildete.

Herrera straffte sich, zögerte und sagte dann: »Ich weiß es nicht, Comandante. Er versucht schon seit ungefähr einer Stunde, Sie zu erreichen, und er hat Capitán Piedra und mir befohlen, Sie zu suchen. Das Telefon in Ihrem Haus wurde nicht abgehoben, und ich habe auf Capitán Piedras Anweisung zwei Außenposten vom Umgrenzungszaun dorthin geschickt. Ich hatte keine Ahnung, daß Sie hier sind. Sergeant Mesa hat es mir gerade mitgeteilt.« Herrera schwankte zwischen Erleichterung und Besorgnis. »Er will, daß Sie . . . ich meine, Oberst Roytschenko« – er zögerte einen Sekundenbruchteil – »befiehlt, daß Sie sich mit ihm so bald wie möglich in Verbindung setzen.«

Es ist vorbei, dachte Brocassie. Sie haben Porto gefangen oder – noch schlimmer – Alicia. Er packte die Lastoy, und der Knauf lag glitschig in seiner Hand. Seine Finger krümmten sich um den Abzug.

Álvarez richtete sich im Stuhl auf und drehte sich Herrera ein paar Zentimeter weiter zu.

»Leutnant, mein Dauerbefehl lautet, daß der für die Sicherheitskontrolle verantwortliche Offizier den Raum nur im äußersten Notfall verlassen darf. Warum sind Sie nicht auf Ihrem Posten geblieben?« Seine Stimme war sachlich, doch eine Drohung schwang in ihr mit.

Herrera begann buchstäblich zu zappeln. »Comandante, ich habe meinen Posten nicht verlassen. Der Oberst hat mir befohlen, zu ihm in den Befehlsstand zu kommen.« Er blinzelte und versuchte, das trübe Licht zu durchdringen. »Comandante, welche Sicherheitsstufe hat dieser Mann neben Ihnen?«

»Die höchste natürlich, Sie Trottel! Worauf wollen Sie hinaus, zum Teufel?«

Herrera zauderte und schluckte noch einmal. Dann reichte er Álvarez das Schreibbrett. »Keiner der Soldaten weiß bis jetzt davon, nicht mal die Russen. Nur ich selbst, Sergeant Mesa und die russischen Offiziere im Befehlsstand, die Oberst Roytschenko persönlich unterrichtet hat. Dieses Fernschreiben, unterzeichnet von General Lasarew, traf vor einer Stunde und fünfzehn Minuten von AW-4 ein. Oberst Roytschenko hat sich die Echtheit schon bestätigen lassen.«

Julio überflog das gelbe Blatt, runzelte die Stirn, biß sich auf die

Lippe und las es dann noch einmal sorgfältig. Er blickte auf. »Das ist ein Witz, Herrera, oder irgendein gottverdammter Probealarm, wir kennen das ja.«

»Ich versichere Ihnen, daß es ernst gemeint ist, Comandante. Es wurde im sowjetischen 55A-Kriegsbefehlscode gesendet, und zwar nach den gültigen Formvorschriften. Dies ist der Befehl ›Bereithalten zum Abschuß‹. Die Sprengköpfe der Serbs werden scharfgemacht, und die Bereitschaft ist auf *Condition Bravo* erhöht. Die Verhandlungen zwischen den Vereinigten Staaten und den Sowjets sind plötzlich abgebrochen worden. Oberst Roytschenko hat über Satellitenrelais erfahren, daß das Luftstrategische Oberkommando das gesamte 23. Bombergeschwader von seinem Stützpunkt in Fort Worth gestartet hat. Fünfundvierzig B-52-Bomber haben die texanische Küste überflogen und halten südöstlich, über den Golf von Mexiko hinweg, auf Kuba zu.«

»Herr im Himmel! In welchem Stadium sind die Serbs?« fragte Álvarez mit gebieterischer Stimme. Er schaute rasch zu den Anzeigetafeln hinunter und blickte dann wieder Herrera an.

»Bis auf drei sind alle einsatzbereit.« Herrera ließ die Augen über die Reihe der Fernsehschirme im Kontrollraum schweifen. »Nummer 81 hat Probleme mit der Hydraulik, aber bei der Instandsetzung schätzt man, daß die Rakete in einer halben Stunde operationsfähig ist. Nummer 22 und 56 haben Störungen in der Elektronik, die nicht isoliert werden können. Der Rest ist bereit.«

Álvarez sackte zurück auf den Stuhl und schloß die Augen. »Das ist es also, was Lasarew seit langem geplant und gehofft hat«, murmelte er. Dann richtete er sich wieder auf. »Gut, Leutnant, nun weiß ich Bescheid. Ich löse Sie ab.«

»Aber . . .«

»Kein Aber, Herrera. Ich bin frisch und werde übernehmen. Und Sie sorgen dafür, daß die beiden Plattformwagen im Haupttunnel in genau zehn Minuten aus dem Komplex verschwunden sind. Befehlen Sie den Bedienungsmannschaften, den Tunnel zu räumen und die Depots zu sichern. Und ich möchte, daß Sie sich in spätestens dreißig Minuten hier wieder blicken lassen. Ich verlasse mich auf Sie.« Er grüßte hastig, ohne auf Herreras Antwort zu warten.

Der Leutnant rannte die Stufen hinunter und eilte mit eingezogenem Kopf durch die Tür des Sicherheitskontrollraums.

»Nur noch vier«, sagte Álvarez. Er griff zum Pult und kippte den Schalter der Gegensprechanlage.

»Sergeant Mesa, nehmen Sie sofort Kontakt mit Duarte auf. Wir müssen wegen der Feuergefahr weitere Auftankversuche einstellen.«

»Ich habe es vor zehn Minuten versucht, Comandante. Keine Antwort. Sein Gerät scheint nicht zu funktionieren. Ich habe einer der motorisierten Patrouillen befohlen, sich darum zu kümmern . . .«

»Verdammt, Mesa. Schalten Sie mich in die Funkverbindung ein. Ich selbst werde ihn rufen.«

Mesa zuckte die Achseln wie alle frustrierten Unteroffiziere, wenn sie es mit der Unlogik ihrer Offiziere zu tun haben, drückte wütend auf zwei Schalter an seinem Pult und stand auf. Er trat mit versteinertem Gesicht auf die Kaffeemaschine zu und gab sich Mühe, seine Wut zu unterdrücken.

Álvarez hob das Mikrofon, doch Brocassie versuchte, es ihm aus der Hand zu nehmen.

»Hast du ganz den Verstand verloren?« flüsterte Julio.

»Dir wird er nicht antworten, Julio. Aber er wird meine Stimme und unser altes Kennwort erkennen. Wir müssen es riskieren.«

Álvarez reichte ihm widerwillig das Mikrofon. »Ich hoffe, du weißst, was du tust. Mesa wird durchdrehen.«

Brocassie hörte ihm nicht zu und drückte den Schalter nieder. »Kom-Benzin, hier ist Ebb Tide Two. Hören Sie mich?«

Mesa hielt mitten in der Bewegung inne. Er runzelte die Stirn und blickte zum Aufsichtsraum hinauf.

Rauschen, ein Klicken, ein Zischen und dann ein weiteres Klikken. *Ich höre.*

Brocassie schaltete das Mikrofon ein. »Duarte, wir haben hier oben einige Schwierigkeiten. Wann werden Sie Ihre Operation beendet haben?«

Ich pumpe die letzten viertausend Gallonen. Geben Sie mir noch fünf Minuten.

Álvarez blickte auf seine Uhr und drehte den Arm, so daß Brocassie sie sehen konnte. Achtunddreißig Minuten nach. Brocassie schüttelte den Kopf. Die Zeit reichte nicht.

»Duarte, hören Sie auf zu pumpen und ziehen Sie sich befehlsgemäß zurück. Wir beginnen in zwei Minuten mit der Aktion.«

Keine Antwort. Nur das Zischen des offenen Kanals. Mesa wandte sich unten im Kontrollraum an einen der anderen Diensthabenden, der sich seinerseits auf seinem Stuhl herumdrehte und zum Aufsichtsbereich emporstarrte.

»Duarte, verstehen Sie?« rief Brocassie ins Mikrofron.

Nur das heisere Hintergrundrauschen, unterbrochen von elektrischen Störungen, und dann endlich: *Verdammte Probleme . . . vier Kerle in einem Lastwagen . . . kann nicht . . .*

»Ihre Übermittlung bricht ab, Duarte!«

Álvarez beugte sich vor und tippte auf Brocassies Knie. »Sieh jetzt nicht hin, aber es ist vorbei.« Mesa hatte einen Blick auf die Anzeigetafel geworfen und einen Telefonhörer in die Hand genommen. »Zehn zu eins, daß er Roytschenko anruft.«

Brocassie ballte die Faust und fluchte leise. Ungefähr 36 000 Gallonen waren schon in den Brunnen gepumpt. Es genügte, aber er mußte noch einmal zu Porto durchkommen und ihm klarmachen, daß er verschwinden sollte. Er hob das Mikrofon. »Duarte, hier ist . . . ach, zur Hölle damit . . . Verschwinde jetzt, und zwar sofort! Irgendwas stimmt nicht mit deinem Sender. Wenn du mich hörst, schalte dein Mikrofon zweimal ein und beende die Operation, ich wiederholte, beende die Operation.«

Álvarez drehte die Lautstärke höher. Ein Strom von Geräuschen, von atmosphärischem Lärm erfüllte das Zimmer, und dann war, ganz deutlich, ein zweifaches Klicken zu hören. Stille, der Kontakt war unterbrochen. Unten stand Mesa an seinem Pult und legte einen Schalter nach dem anderen um.

»Das war's, Brocassie. Mesa hat uns abgeschnitten.« Álvarez war schon von seinem Stuhl aufgesprungen. Er winkte Brocassie zu und nickte zum Kontrollraum hinunter. Mesa hatte eine Pistole gezogen, stand in der Tür, die vom Kontrollraum zum Befehlsstand führte, und blickte in den Korridor. Die Hand, die die Waffe hielt, zitterte.

Die Techniker an den Kontrollpulten hatten sich alle umgedreht und starrten zum Aufsichtsbereich hinauf. Sie begriffen nicht, was vorging, aber sie wußten, daß es ein ernstes Problem gab. Mesa rief etwas von der Tür her, aber seine Worte wurden von dem dicken Glas verschluckt.

Álvarez erreichte die Treppe mit drei langen Schritten. Er sah sich um. »Ich kümmere mich um die Mistkerle da unten.« Sein Finger deutete auf das Pult. »Wenn ich winke, drehst du den Schlüssel um und drückst auf den Kippschalter.« Der Schweiß stand ihm im Gesicht, und seine Nase hatte wieder angefangen zu bluten. Er betrachtete Brocassie mit wildem Blick. »Verstehst du?«

Brocassie nickte. »Alles klar, Julio.« Er schaute wieder hinunter in den Kontrollraum. Mesa war jetzt hinter der Tür, im Korridor. »Noch eins, Julio«, rief er Álvarez zu, der schon den Fuß auf die Treppe gesetzt hatte. »Was auch geschieht, ich danke . . .« Die Kehle schnürte sich ihm zusammen, und er konnte den Satz nicht beenden.

Julio zögerte eine Sekunde, steckte die Hand in die Tasche und zog eine Lederschnur hervor, die durch einen Goldring geschlungen war. Er warf sie Brocassie zu.

»Es ist doch ihr Ring?«

Brocassie nickte.

Álvarez lächelte matt, richtete die Augen auf die Treppe und blickte zurück. »*De nada,* Bruder.« Seine Stimme war fast unnatürlich ruhig. Dann rannte er mit ein paar Sprüngen die Treppe hinunter zum Kontrollraum.

22.

Brocassie zerbrach die Drahtplombe und klappte den Plexiglasdeckel hoch. Seine Finger packten den Schlüssel und warteten darauf, ihn zu drehen und auf den Kippschalter zu drükken. Seine Kehle war ausgetrocknet, sein Herz schlug heftig, und Adrenalin schoß ihm ins Blut. Ihm war jetzt deutlich geworden, daß er allein nie so weit gekommen, daß er ohne Julio schon tot wäre. Nur noch fünf Minuten, betete er. Gib uns noch so viel Zeit.

Unter ihm war Julio mit gezogener Lastoy in den Sicherheitskontrollraum gestürmt. Sergeant Mesa war wieder an der Tür des Korridors, der zwischen dem Befehlsstand und dem Sicherheitskontrollraum lag. Er warf Julio einen entsetzten Blick zu und rannte davon. Álvarez jagte ihm eine Kugel nach, aber Mesa hatte schon die Tür hinter sich zugeschlagen. Julio lief zur Tür, legte den Sperriegel vor und wirbelte dann mit erhobener Waffe zu den drei Technikern herum.

Die Männer sahen ihn wie versteinert an.

Álvarez schob sich rasch an den Anzeigetafeln vorbei und wedelte mit der Lastoy. Sein Gesichtsausdruck war gereizt, und er stieß abgehackte Befehle aus, die Brocassie nicht hören konnte. Zwei der Männer tauschten Blicke aus, der eine schob langsam die Hand zu seinem Halfter vor, und Álvarez schoß ihn, ohne zu zögern, durch die Brust. Der Aufprall der Kugel warf den Mann rückwärts aus seinem Stuhl. Ein dunkelroter Fleck breitete sich vorn auf seiner Uniformjacke aus. Die beiden anderen Techniker erhoben sich langsam, schnallten die Stoffkoppeln auf, die ihre Halfter hielten, und nahmen die Hände hoch. Álvarez winkte sie mit der Lastoy zum Haupteingang hinüber und befahl ihnen, sich mit dem Gesicht nach unten hinzulegen. Ohne sie aus den Augen zu lassen, trat er an ein Pult und betätigte zwei Schalter.

»Hörst du mich?« Seine elektronisch verstärkte Stimme schnarrte durch den Lautsprecher.

Brocassie wußte nicht, welchen Schalter er bedienen sollte. Er legte vier von ihnen um, ohne Wirkung zu erzielen, und drückte dann eine Reihe von Kippschaltern heftig mit der Hand nach unten. Einer leuchtete auf.

Er nahm das Mikrofon und probierte es aus. »Ich höre dich gut.«

Álvarez nickte zufrieden und betätigte mehrere Schalter. Die Anzeigetafel hinter ihm wurde lebendig. Das elektronische Schema des Feuerlöschsystems leuchtete plötzlich auf; jedes einzelne Ventil war rot erleuchtet, also geschlossen. Dann funkelte Ventil um Ventil rasch grün auf, während Álvarez' Finger über Reihen von Schaltern glitten.

Brocassie hatte das schwere Hämmern im Gegensatz zu Álvarez zuerst nicht bemerkt. Julio schaute zu der Tür des Verbindungstunnels und brüllte dann ins Mikrofon: »Mesa versucht reinzukommen. Wahrscheinlich hat er vier oder fünf Posten vom Befehlsstand bei sich. Wir haben keine Zeit mehr, Brocassie. Die Pumpen müssen sofort angelassen werden.« Er drehte einen Schlüssel um und zeigte jäh mit dem Finger auf Brocassie. »Los!«

Eine sekundenlange Verzögerung, und dann blinkten schließlich grüne Lichter unter der schematischen Darstellung des Pumpsystems auf. Langsam wurden die vom Pumpenhaus ausgehenden Leitungen hell. Das fahlgelbe Licht breitete sich auf der Anzeigetafel strahlenförmig aus, erfaßte Ventile und ein Silo nach dem anderen.

Sofort begannen die Kontrollpulte in schrillem Vibrato zu kreischen, und rote Signallichter pulsierten. Brocassie hörte das Heulen einer Notsirene jenseits des Sicherheitskontrollraums.

Die Unfaßbarkeit des Geschehens ließ ihn erstarren. Er war der Vorstellung nicht gewachsen, daß Menschen verbrannten und Raketen explodierten, während Wellen von überhitztem Benzin durch den Komplex jagten.

»Komm runter!« schrie Álvarez ins Mikrofon.

Brocassie schreckte auf und sah in den Kontrollraum hinunter. Álvarez schwenkte die Lastoy und bedeutete ihm, sich zu beeilen. »Denk nicht mehr an den Schlüssel – du brauchst ihn nicht mehr festzuhalten, wenn die Pumpen erst einmal arbeiten.«

Er hatte gerade den Treppenabsatz erreicht, als unten die Tür des Verbindungstunnels gesprengt wurde. Die Explosion fegte durch den Kontrollraum, zerschmetterte einige der Anzeigetafeln, ließ das Pult direkt neben der Tür zersplittern und das Panzerglasfenster des Aufsichtsbereiches platzen. Rasiermesserscharfe Scherben sprühten nur Zentimeter über Brocassies Kopf hinweg.

Sekunden nach der Explosion stürmten vier Männer in den

Kontrollraum, fächerten aus und suchten Deckung hinter den Pulten. Salven von Maschinengewehrfeuer strichen über die Decke des Raumes. Alle Leuchtstoffröhren waren verschwunden. Aus einem elektrischen Schaltkasten ergoß sich ein Funkenregen über den Kontrollraum und erhellte ihn mit blauweißen Blitzen, während geschmolzenes Metall sich verbog. Die Notbeleuchtung flakkerte an, aus und wieder an.

Rauch und Schuttstaub versperrten ihm die Sicht. Brocassie schlug die Treppentür hinter sich zu, kroch auf Händen und Knien wieder zum Pult, hielt den Kopf gesenkt und versuchte gleichzeitig, in den Kontrollraum hinunterzublicken. Dort herrschte das Chaos: Feuer und sprühende elektrische Funken, Rauch von der Explosion, von Schüssen und brennenden Kabeln. Die letzten Lichter an den Armaturen flackerten und gingen blinkend aus. Er richtete die Augen auf die Generatoranzeigen und sah, daß beide rot blitzten. Alle Lichter des Feuerlöschsystems waren erloschen, was bedeutete, daß die Stromversorgung sich irgendwie abgeschaltet hatte und die Pumpen nicht mehr arbeiteten. Weil sie explodiert war oder weil jemand, vielleicht Roytschenko, sie stillgelegt hatte? Es war zu spät, sich darüber Gedanken zu machen. Er saß in der Klemme, und es gab keinen Ausweg.

»Álvarez!« brüllte er.

Maschinengewehrkugeln hämmerten in die Wand über ihm, ließen den Putz abbröckeln und überschütteten ihn mit einer Wolke aus weißem Staub. Er rief wieder nach Álvarez, aber wiederum kam keine Antwort.

Drei Schüsse dröhnten aus einem Winkel im Raum unter ihm, und dann wurde das Feuer eingestellt, als wenn jemand auf einen Knopf gedrückt hätte. Die einzigen Geräusche waren das unregelmäßige Knistern durchbrennender elektrischer Kontakte, das Zischen von Isoliermaterial und das Keuchen von Männern, die Rauch und Staub einatmeten.

Brocassie hielt die Lastoy mit beiden Händen, richtete den Lauf auf den Schreibtisch und zerschoß eine der beiden Notlampen.

In der Enge des Aufsichtsraums war das Geräusch ohrenbetäubend. Er zielte auf die andere Lampe, doch bevor er feuern konnte, fetzte eine Salve durch den Raum und verfehlte seinen Kopf diesmal nur ganz knapp. Splitter aus heißem Metall und Mörtel prasselten auf ihn nieder. Eine weitere Salve, diesmal höher, und dann wieder Stille.

Er atmete stoßweise, seine Augen brannten vom Rauch, er war halb taub, und seine Knie knirschten über Mörtelbrocken.

Vom Korridor her hörte er das Geräusch von Stiefeln auf Betonboden. Es kam näher.

Brocassie zog den C-4-Plastiksprengstoff aus seiner Hemdtasche, steckte den Kontaktzünder hinein und wartete. Das Stampfen der Stiefel kam noch näher, Männer riefen einander etwas zu, Waffen klirrten. Weiter hinten im Tunnel hörte er russische Kommandos – es schien Roytschenkos Stimme zu sein. Vier oder fünf Mann waren schon unten, wenigstens genauso viele waren unterwegs. Das ist das Ende, dachte er. Sie würden ihm keinen Pardon geben, und er wußte, daß er auch nicht darum bitten würde. Álvarez mußte tot sein oder im Sterben liegen. Er betete, daß sie schon bei Maroto war, in Sicherheit. Und Porto? Hatte er aufgehört zu pumpen und sich abgesetzt? Herrgott, er hoffte es.

Kein Benzingeruch, kein fernes Grollen von Explosionen. Kurz bevor die Tür gesprengt worden war, hatte er an der Anzeigetafel ablesen können, daß die Leitungen noch nicht ganz gefüllt waren. Da die Generatoren sich abgeschaltet hatten, gab es keinen Strom, der die Pumpen betrieb. Folglich hatte das Benzin noch keines der Silos erreicht. Immerhin, es war ein verteufelt guter Versuch gewesen.

Er rückte zur Seite und machte sich bereit zum Wurf. Dann schob er sich vor, so daß er einen großen Teil der Anzeigetafel sehen konnte, ohne den Kopf heben zu müssen. Das komplizierte Gewirr der Lichter war erloschen, und über die Glasauflage lief ein Netz von Rissen. Irgendwo knisterte immer noch ein Funkgerät, aber er konnte nichts Zusammenhängendes hören, nur ein gelegentliches Rauschen und unverständliche Stimmen. Jenseits der Tür zum Hauptkorridor kreischte noch die Alarmsirene ihren Warnton. Wahrscheinlich wurde der Komplex evakuiert, abgesehen von einem absoluten Minimum an wichtigem Personal.

Brocassie fühlte sich ausgelaugt, leer, am Ende. Es war nicht die Aussicht des Todes, die er nicht akzeptieren konnte, sondern die Gewißheit zu sterben, ohne sein Leben erfüllt zu haben.

Er schob seinen Körper langsam nach oben und spähte über den Schreibtisch hinweg, an der zerschmetterten Scheibe vorbei. Jedes Geräusch unter ihm war nun hörbar, als sei er hoch oben in einem Amphitheater, wo die Akustik jeden Laut verstärkt.

Von irgendwo her riefen Männer den Soldaten auf dem Korridor

Flüche zu. Er hörte, wie sie im Tunnel langsamer wurden und sich zum Ansturm gruppierten. Wahrscheinlich zuerst Sprenggranaten, anschließend Tränengas. So hätte er selbst es geplant.

Es war ein Dreisekundenzünder. Er biß die Sprengkapsel durch, zählte bis zwei, stand auf und warf den Plastikball. Der Sprengstoff flog durch den Türrahmen, kollerte in den Tunneleingang und explodierte.

Die Explosion war verheerend: ein weißglühender Blitz und dann die Druckwelle, die einen der Männer hoch in die Luft schleuderte. Ein anderer schrie, fluchte, weinte und verstummte schließlich.

Brocassie hatte jetzt die Lastoy in der Hand und sprang auf. Neben der Tür zum Verbindungstunnel sah er eine leichte Bewegung. Der Lauf einer AK-47 schob sich hinter einem Pult hervor, dann folgte der Griff, der von einer Hand umklammert war, und der Scheitel eines Männerkopfes. Er zielte vorausplanend Zentimeter über den Kopf, und als der Mann aufstand, um zu feuern, jagte Brocassie ihm drei Schüsse in die Brust. Die Wucht der Kugeln trieb den Mann zurück gegen die Wand, und dann rutschte er langsam hinunter auf den Betonfußboden und schmierte einen breiten Streifen von Blut und zerfetztem Fleisch über die Wand.

Im Raum unter ihm gab es nun keine Bewegung mehr, außer dem Zucken des Mannes neben dem Pult, der die AK-47 immer noch fest umklammert hielt.

Auch aus dem Verbindungstunnel kam kein Geräusch. Er wußte nicht, ob dort noch jemand am Leben war.

Beeil dich, befahl eine innere Stimme immer wieder. Verschwinde, wenn du kannst. Nur noch drei Kugeln, aber unten würde er eine AK-47 mit einem Reservemagazin finden. Er schob sich auf die Tür zu und setzte die Füße vorsichtig auf, um nicht auf Betonsplitter zu treten, die knirschen und seine Position verraten würden. Die sieben Stufen hinunter; jetzt war er am Fuß der Treppe. Er drückte behutsam gegen die Tür. Sie öffnete sich nur um Zentimeter und stieß dann auf Widerstand. Er drückte stärker.

Es war der Körper eines der Techniker, der die Tür blockierte. Er war von Betonstaub übersät, ohne sichtbare Verletzungen, aber Blut sickerte ihm aus Ohren und Mund.

»Brocassie!« Es war Julios flüsternde, kaum hörbare Stimme. »Kopf runter. Einer der Säcke lebt noch. Er ist unter dem Meßpult für Gammastrahlung.«

»Ich . . .« Brocassie war unfähig, den Satz zu beenden. Es schien unglaublich, daß Álvarez überlebt hatte. Er ließ sich auf Hände und Knie nieder, benutzte den Toten als Deckung und wandte dann ganz langsam den Kopf. Hinter ihm, in drei Metern Entfernung, hockte Álvarez hinter einem umgekippten Aktenschrank. Er grinste, und sein ganzer Körper war weiß von Betonstaub.

Brocassie spürte tief im Innern ein Gefühl von Kraft und Hoffnung aufkeimen. Noch immer starrte er ungläubig in Julios Richtung.

Álvarez grinste noch einmal mit fast wahnsinniger Miene und hob den dritten Finger seiner blutigen Hand zu einem obszönen Gruß. »Komm schon, Holzkopf«, flüsterte er. »Wir können es immer noch schaffen, wenn wir die Pumpen wieder in Gang setzen. Ich bleibe links, und du gehst nach rechts – damit er zwei Zielscheiben hat. Wenn er hochkommt, verpassen wir ihm 'ne Kugel.« Ohne auf eine Antwort zu warten, stemmte Álvarez sich hoch und schob seinen Körper bis zur Hüfte aus der Deckung. Er gab zwei Schüsse aus seiner Lastoy ab, rief etwas auf russisch, glitt hinter dem Aktenschrank hervor, so daß sein ganzer Körper ungedeckt war, und stieß dabei einen markerschütternden Schrei aus. Julio zielte, drückte den Abzug durch, aber diesmal klickte er auf eine leere Kammer.

Der KGB-Posten rappelte sich fast gleichzeitig auf und tänzelte vornübergebeugt zur Seite. Die AK-47 spie Blei, grub eine Kette von Kratern in die Betonwand und schickte einen fortlaufenden Leuchtstrom auf Álvarez zu. Es war wie eine Zeitlupenaufnahme, bei der Sekunden scheinbar in Hälften, dann Viertel, dann Achtel zerschnitten werden. Brocassie sah aus den Augenwinkeln, wie Álvarez sich unter der Wucht der Kugeln verkrümmte. Im selben Augenblick, ohne zu zielen, feuerte Brocassie selbst, und er beobachtete, wie die Schüsse der Lastoy Kehle, Brust und Unterleib des Russen trafen. Der Körper des Mannes wurde zurückgeschleudert und brach zusammen. Sein Kopf knallte auf den Fußboden, er zuckte zweimal krampfhaft auf und fiel leblos zurück.

Brocassie kroch über den toten Techniker hinweg und hastete auf allen vieren zu Álvarez' verkrümmtem Körper. Julio war am Leben, aber der Schmerz trieb tiefe Furchen in sein Gesicht. Er biß sich auf die Lippe, bohrte seine Zähne in das Fleisch und fluchte abwechselnd in drei Sprachen. Die Wunde war fast in Schulterhöhe am Armgelenk und Knochensplitter drangen durch das versengte Fleisch.

»Julio, hörst du mich?«

»Was denkst du denn, natürlich höre ich dich!« Álvarez öffnete die Augen, blinzelte und konzentrierte den Blick auf Brocassie. Halb wahnsinnig vor Schmerzen verzerrte er das Gesicht und biß sich von neuem auf die Lippe.

Brocassie beugte sich in dem trüben Licht vor, löste die Schnalle seines Gürtels, zog ihn aus den Schlaufen, legte ihn um Julios Schulter und schnallte ihn fest. Er zog das leere Magazin aus Álvarez' Lastoy, benutzte es als Hebel und straffte den Gürtel zu einem Knebelverband. Die pulsierende Blutung ließ nach und versickerte schließlich.

»Steh auf, Julio. Stütz dich auf mich. Ich bringe dich hier raus.«

Álvarez kniff die Augen zusammen, öffnete sie wieder, blinzelte, um sich zu konzentrieren, und nickte. »Das ist eine verdammt gute Idee.« Er wollte die Beine hochziehen, aber dann runzelte er verblüfft die Stirn. Er faßte mit seinem heilen Arm nach unten, und seine Finger krallten sich durch den Stoff in sein Bein. Plötzlich hämmerte er sich mit der Faust so heftig gegen den Schenkel, daß sein ganzer Körper bebte. Dann ließ er sich gegen den Aktenschrank fallen. Mehrere Sekunden lang starrte er mit leerem Blick vor sich hin. Er wandte sich zu Brocassie um.

»Ich glaube, daß . . . daß ich doch nicht mitkomme, . . . jetzt nicht und später auch nicht. Ich bleibe – und du verschwindest.« Er versuchte zu lächeln, brachte aber nur eine Grimasse zustande und zeigte auf seine Beine. »Kann sie nicht fühlen. Kann sie nicht bewegen.«

Der Stoff seiner Hose, genau unter der Gürtellinie, war durchtränkt. Brocassie rollte Julio behutsam auf die Seite und hob die Kleidung an.

Die Wunde war nicht groß – nur eine Spur zerrissenen Fleisches oben am Gesäß –, aber die Kugel hatte das Rückenmark zerschmettert. Er betrachtete die Verletzung und wußte, daß Álvarez recht hatte – daß er sich von der Hüfte abwärts nie wieder bewegen würde. Er rollte Julio wieder auf den Rücken und neigte den Kopf.

»Ich kann dich tragen, alter Junge«, sagte er leise. »Ewig, wenn es sein muß – bis auf den Mond.« Er wollte ihn aufheben, aber Álvarez packte seinen Arm und preßte die Finger wie Stahlzangen in Brocassies Fleisch.

»Ich habe solche Verletzungen in Korea gesehen. Es gibt nichts, was du tun könntest, und wir haben keine Zeit zu verlieren. Du verschwindest, und ich bleibe hier, weil einer von uns die Sache zu Ende bringen muß.« Er räusperte sich plötzlich und spuckte Schleim zur Seite.

»Ich kann . . .«

»Einen Dreck kannst du!« schrie Álvarez. »Dein ganzes Leben lang hast du nur Mist gemacht, weil du nicht tun wolltest, was ich dir sagte. Aber diesmal wirst du die Sache nicht versauen.« Er verzog den Mund, blickte auf, und seine Augen wurden abwechselnd verschwommen und klar. »Diesmal nicht, Brocassie. Dies ist *meine* Angelegenheit.«

»Julio, ich . . .«

Álvarez umklammerte Brocassies Schulter. »Tu mir einen Gefallen«, schrie er mit brüchiger Stimme; sein Speichel spritzte Brocassie ins Gesicht. »Tu endlich, was ich sage, denn ich bin der einzige, der weiß, wie wir es schaffen können. Deine Aufgabe ist, dich schnellstens fortzuscheren, denn irgend jemand muß Kennedy berichten, daß ich seine wertlose Haut gerettet habe. Und sorg bloß dafür, daß ich die Kongreß-Ehrenmedaille mit all dem bescheuerten Lametta drumherum und fünfhundert Salutschüsse kriege. Schlepp mich rüber zum Feuerlöschpult, und dann hau endlich ab – durch den Tunnel zum Aufzug. Du hast noch ungefähr 'ne Minute Zeit, bis alles in die Luft fliegt.«

»Was zum Teufel kannst du denn von hier aus machen?«

Julio funkelte ihn wütend an. »Hör zu – nichts, nicht das geringste ist bis jetzt geschehen. Der ganze Laden sollte schon von Explosionen geschüttelt werden. Roytschenko hat die Sache irgendwie durchschaut und uns den Saft abgedreht. Im Moment sind wir an einem toten Punkt: Er hat keine Energie für den Abschuß der Raketen, und wir haben keine Energie für die Pumpen. Der große Unterschied ist, daß er abwarten, uns in aller Ruhe wegblasen und die Energie innerhalb von dreißig Minuten wiederherstellen kann.«

»Dann sind wir angeschissen!«

»Noch nicht. Roytschenko kann die beiden Hauptgeneratoren anlassen oder abschalten, aber ich habe die alleinige Kontrolle über den Notgenerator. Er leistet nicht viel, aber ich kann ihn in Gang setzen und den Strom vorsichtig verteilen. Ich werde zuerst die Auslaßtüren öffnen und dann die Pumpen starten. Ein Funken, ein Streichholz, wo auch immer – und der ganze Komplex geht hoch.«

O Gott, dachte Brocassie. So nicht. Er schüttelte den Kopf. »Ich bleibe hier.«

Álvarez' Stimme wurde weicher. »Nein, du mußt gehen, klar? Gib mir etwas Schutz. Halte den Korridor lange genug frei, damit ich hier fertig werde. Dann mußt du weiter zum Aufzug. Wenn er außer Betrieb ist, kannst du die Treppe daneben benutzen. Die Tür ist abgeschlossen, aber, wenn nötig, sprengst du sie eben. Zwei Stockwerke, und du bist draußen.«

»Ich . . .«

»Ich weiß«, sagte Julio leise. »Ich weiß. Aber wir können schließlich nichts ändern. Bring mich rüber zu dem Scheißpult und verpiß dich.«

Brocassie legte die Hände unter Julios Achseln und zog sein volles Gewicht hinter sich her. Álvarez gab keinen Laut von sich, doch Blut tropfte von seiner Unterlippe, auf die er gebissen hatte. Brocassie hob Álvarez auf einen Stuhl und rollte ihn vor das Pult. Einige der Lichter brannten noch, andere waren zerschmettert.

Álvarez legte versuchsweise ein paar Schalter um, und Lichter blitzten auf. Er grinste wild, rieb sich mit der heilen Hand über das Gesicht und wischte den Sand ab. »Ich glaube, es klappt. Die Akkus funktionieren noch, und wenn ich den Notgenerator in Gang setzen kann, bin ich im Geschäft.« Er blickte hoch. »Drei Minuten, Brocassie. Halte sie für drei Minuten auf, und ich werde ein Feuerwerk machen, wie du es noch nie gesehen hast.«

Beide hörten das Dröhnen von Stiefeln, das im Korridor widerhallte. Es war noch weit entfernt, wurde jedoch lauter. Höchstens noch sechzig Sekunden.

»Hört sich an, als ob Roytschenko die dritte Mannschaft ins Gefecht schickt. Du mußt dir Mühe geben, Cassie. Diesmal werden sie vorsichtiger sein.«

Brocassie beugte sich vor, seine Augen brannten, sein Blick verschwamm, aber es gab nichts, was er hätte sagen können.

Álvarez' Augen waren wild und unkoordiniert; Blut tröpfelte von seinen Lippen. »Ich habe nichts zu bedauern. Es hat Spaß gemacht, Kumpel. Wieviel Spaß, könnte ich dir nie beschreiben, aber es war jede Sekunde wert, und noch 'ne ganze Menge mehr.« Er zögerte, als fürchte er weiterzusprechen, aber dann sagte er leise, fast verlegen: »Bruder, ich habe dich wirklich geliebt, aber ich konnte es nie ausdrücken, und ich hatte immer Angst, daß du besser als ich sein würdest. Deshalb habe ich mich so saudumm verhalten. Aber diesmal wollen wir uns wie echte Brüder trennen. Gib mir die Hand, du blöder Hund, und dann scher dich weg.«

Brocassie nahm Julios Hand, drückte sie, beugte sich vor und legte den Kopf seines Bruders an seinen eigenen. Er konnte die Krämpfe in seiner Brust nicht unterdrücken, die zu einem Schluchzen wurden. Er brachte nur ein paar Laute und Wortfetzen hervor; sie rührten von Bildern und Gefühlen her, die er vergessen hatte oder sich selbst nicht einmal hatte eingestehen können.

Julio stieß ihn grob von sich. »Hau ab, Saukerl – verschwinde. Sofort!«

Er war unfähig zurückzublicken. Während er über Betonbrocken davonhastete, blieb er nur einen Moment stehen, um den toten Fingern des KGB-Wächters die AK-47 zu entwinden, ein frisches Magazin einzuschieben und zwei andere in seine Drillichtaschen zu stecken. Im Laufen riß er den Ladehebel zurück, machte die Waffe schußbereit und wollte in den Tunnel rennen. Er rutschte über Geröll, strauchelte, torkelte an den Wänden des Tunnels entlang und stolperte über die Leichen des Stoßtrupps. Er landete schwer auf der Schulter und rollte sich ab, um den Aufprall zu mildern.

Zwei Schritte vor ihm kroch ein Mann auf Händen und Knien dahin. Sein Gesicht war gesenkt, und er grunzte vor Schmerz. Er zog ein Bein hinter sich her und zuckte bei jeder Bewegung zusammen, während er sich mit dem anderen Bein und den Händen voranschob.

Brocassie hatte den Kolben der AK-47 schon erhoben, als er in der trüben Notbeleuchtung erkannte, daß das Gesicht des Mannes weggesprengt war. Er war blind und wahrscheinlich taub, denn ihm war nicht anzumerken, daß er eine Bewegung hinter sich gehört hatte. Der Mann bog zur Seite, kroch immer näher auf die Tunnelwand zu und streifte sie mit der Schulter. Er hielt eine Sekunde lang an und betastete den Beton mit den Fingern, dann schob er sich mit der Schulter an der rauhen Oberfläche entlang und ließ sich von ihr leiten.

Brocassie konnte sich nicht überwinden, ihn zu töten. Dann sah er, daß der Kampfanzug des Mannes mit Handgranaten gespickt war. Er schlang sich die AK-47 über den Rücken und hob zwei Granaten auf. Wie ein gieriger Schuljunge, der Äpfel aus einem Garten stiehlt.

Das Geräusch war jetzt viel näher gekommen: Männer rannten, Ausrüstung klirrte, harte Lederstiefel hallten auf dem Tunnelboden. Höchstens noch fünfzehn bis zwanzig Sekunden.

Der Verwundete hatte überhaupt nicht reagiert, als hätten sich seine Sinne auf eine niedrigere, primitive Bewußtseinsebene zurückgezogen. Brocassie versetzte ihm einen heftigen Stoß in den Rücken, so daß er nach vorn stürzte und ausgestreckt dalag. Dann zog er den Stift aus der ersten Granate und winkelte den Arm an.

Gerade als er die Granate schleuderte, sah er die verschwommenen Gestalten von Männern in dunkelgrünen Uniformen, die mit den Waffen im Anschlag auf ihn zustolperten. Er hörte das Klappern, als die Granate auf den Tunnelboden aufschlug, die Salve einer Maschinenpistole und dann einen Warnschrei. Dann warf er sich flach zu Boden und bedeckte den Kopf mit den Armen.

Die Erschütterung war gewaltig und setzte sich in Stoßwellen durch den Tunnel fort. Sekundenbruchteile später pfiffen Granatsplitter über ihn weg, gefolgt vom Rasseln fallenden Gerölls.

Keuchend, immer noch mit dem Gesicht nach unten, packte er die zweite Granate, zog den Stift heraus, wartete und hielt den Zündbügel fest mit der Faust umschlossen. Es war ein Vier-, vielleicht Fünfsekundenzünder. Brocassie rollte sich auf den linken Ellbogen und warf die Granate mit seitlich erhobenem Arm. Er hörte, wie sie an der Tunnelwand entlangschrammte, zu Boden prallte und zweimal mit metallischem Klappern weiterhüpfte. Dann folgte der dumpfe Aufschlag von Körpern, die sich in vollem Lauf auf den Beton warfen.

Weiter unten im Tunnel brüllte jemand einen Befehl.

Ein Elefant, zählte er.

Zwei Elefanten . . .

Drei Elefanten . . . In diesem gräßlichen Moment wurde ihm klar, daß er zu früh und zu weit geworfen hatte. Er hätte den verdammten Zündbügel zwei Sekunden vor dem Wurf loslassen müssen, denn die Überlebenden der ersten Granate waren jetzt dichter herangekommen und jemand – Stiefel scharrten über Beton – mit mehr Mut als Verstand hastete auf die Granate zu, um sie zurückzuschleudern.

Er wartete auf die Explosion. Sein Gesicht war gegen den Beton gepreßt, seine Arme lagen über dem Kopf, und er glaubte schon zu spüren, wie die glühenden Granatsplitter in sein ungeschütztes Fleisch eindrangen. Unbewußt zählte er weiter.

Vier Ele . . .

Die Druckwelle traf ihn wie ein Hammer, hob ihn hoch, ließ ihn für eine Ewigkeit herumwirbeln und schmetterte ihn wieder zu Boden. Er lag da, seine Ohren waren von ständigem Dröhnen erfüllt, und seine Muskeln zuckten unwillkürlich, als würden Elektroschocks durch seinen Körper gejagt. Er bekam keine Luft mehr. Seine Lungen pumpten, aber vergeblich, so als versuche er, in einem Vakuum einzuatmen.

Brocassie blieb, wie ihm schien, sehr lange liegen und wartete aus irgendeinem blöden Grund, den er nicht begreifen konnte – er wußte nur, daß es sehr gut, sehr angenehm, *wunderbar* (er kicherte) war, einfach stillzuliegen und stillzuliegen und stillzuliegen. Er wartete unendlich lange, spürte nichts und wünschte sich nichts, und dann wurde er überall wie von Nadeln gestochen. Schmerzwellen pulsierten durch seinen Körper. Er hatte Angst, sich zu bewegen, und Angst, sich nicht zu bewegen. Dann stemmte er sich auf die Knie und knickte nach vorn. Sein Magen schien sich umzustülpen, aber nichts kam heraus. Er schluckte, erhob sich noch einmal und stand taumelnd auf. Doch er stürzte wieder und rappelte sich von neuem auf. Er würgte, denn die Luft war von Staub und Kordit durchsetzt. Wieder verspürte er Brechreiz.

Alle Notlampen bis auf zwei, weit unten im Tunnel, waren zerschmettert. Er taumelte ihnen entgegen und erinnerte sich vage, daß er keine Zeit mehr zu verlieren hatte und irgend etwas tun sollte. Es betraf den Tunnel, aber er konnte die bruchstückhaften Bilder nicht zu einem zusammenhängenden Gedanken ordnen. Das einzige, was er begriff, war der Zwang, weiter durch den Tunnel zu laufen, auf die flackernden Lichter zu.

Der Schock hatte ihn benommen gemacht, er konnte das Gleichgewicht nicht halten und torkelte hin und her. Plötzlich stolperte er über seine eigenen Füße und stürzte zur Seite. Er fiel schwer gegen die Tunnelwand. Mühsam gewann er das Gleichgewicht zurück. Er versuchte, sich zu sammeln, und wankte weiter auf die Lampen zu. Allmählich, wie ein alter Mann, beschleunigte er den Schritt zu einem jämmerlichen Schlurfen.

Im trüben Licht konnte er drei Männer erkennen, die durch die Detonation zu einem Haufen verbrannten Fleisches zusammengeworfen worden waren. Weiter hinten im Tunnel lag ein weiterer Mann, der sich noch bewegte.

Er war schon an dem vierten Mann vorbei, als er das Krächzen eines Funkgerätes hörte: Eine Stimme wiederholte auf russisch ständig denselben Satz. Brocassie blieb stehen, zögerte und kehrte zu dem Mann um, der dalag wie ein aufgespießter Schmetterling, dessen flatternde Bewegungen am Rande des Todes immer schwächer werden. Er wimmerte etwas Unverständliches. Das Funkgerät, das er am Gürtel hängen hatte, funktionierte noch. Brocassie riß es an sich, steckte es in seine Seitentasche, drehte sich wieder um und tappte weiter durch den Tunnel.

Seine Gedanken wurden jetzt rasch klarer – alles nahm fast kristallene Form und Intensität an. Jede Faser seines Körpers schien vor Schmerz zu kreischen. Er wußte, daß er innere Verletzungen haben konnte, aber jedenfalls funktionierte er wieder als Ganzes und bestand nicht mehr aus einzelnen unkoordinierten und zuckenden Teilen, die einander behinderten.

Brocassie erhöhte sein Tempo und trottete nun mit steifen Beinen dahin. Wie eine Maschine, die überbeansprucht wurde, aber immer noch funktioniert. Er schmunzelte, als wolle er sich selbst beglückwünschen, und stellte fest, daß ihm sogar diese Bewegung Schmerzen bereitete.

Nun fiel ihm ein, daß Álvarez ihn gebeten hatte, den Tunnel für drei Minuten freizuhalten. Wieviel Zeit war seitdem vergangen? Es schien wie eine Ewigkeit, aber wahrscheinlich war es kaum eine Minute her. Er sog die Luft tief ein, beschleunigte seine Schritte und atmete leichter. Stechende Kopfschmerzen plagten ihn, und sein Gehör war beschädigt, aber er war am Leben, und ihm war alles egal, außer daß er Julio genug Zeit verschaffen mußte, um den Komplex in die Luft zu jagen. Vielleicht anderthalb Minuten, möglicherweise weniger. Sein Körper schien leichter zu werden, als schwebe er dahin. Der Schmerz ging zurück, löste sich auf. Unwillkürlich stieß er einen Triumphschrei aus, der durch den Tunnel jagte, und dessen Echo verstärkt zurückdröhnte.

Álvarez lehnte sich auf seinem Stuhl zurück und lächelte fast euphorisch. Ein Hämmern durchfuhr seine Schulter bei jedem Pulsschlag, aber sogar dieser Schmerz ließ nach. Er fühlte sich unbeschwert, als habe er ein paar Drinks zu sich genommen. Seine Gedanken eilten voraus, sein Plan und die Abfolge der Aktionen waren festgelegt.

Ich kenne dieses verdammte System in- und auswendig, dachte er. Und er handhabte es wie ein Virtuose.

Die Anzeigetafel war unvollständig, da einige der Lichter nicht funktionierten. Er kippte einen Schalter um und hielt ihn fest. Das Licht flackerte von Rot zu Bernsteinfarben und wieder zurück zu Rot. Er versuchte es noch einmal, und Rot verwandelte sich zu

Bernsteinfarben und schließlich zu Grün. Der Notgenerator war in Gang gesetzt. Nun habe ich Energie, dachte er. Sie durfte nicht verschwendet werden. Er mußte ganz behutsam vorgehen und jeden Tunnel nacheinander mit Strom versorgen.

Er wählte eine Reihe von Schaltern mit der Aufschrift AUSLASS-TÜREN und begann, einen nach dem anderen niederzudrücken. Einige rote Lichter färbten sich grün, was anzeigte, daß die Auslaßtüren sich öffneten. Andere Lämpchen waren zersplittert und zeigten überhaupt nichts an, aber er behandelte sie mit der gleichen Sorgfalt und schaute konzentriert auf das Leistungsmeßgerät des Notgenerators, um sicherzugehen, daß er ihn nicht überlastete.

Julio empfand Spaß an seiner Arbeit und sang unmelodisch und mit halblauter Stimme: »Ich bin Popeye der Matrose, ich wohne in einer Abfalldose . . .«

Noch mehr Lichter blinkten grün auf. Grün wie Spinat.

Zu schade, daß er die Rothaut nicht wiedersehen würde, und Alicia auch nicht. Der Gedanke ernüchterte ihn, und er wurde ruhiger.

Dreißig oder vierzig Sekunden, schätzte er, waren inzwischen vergangen, und er hatte drei Viertel der Lichter von Rot auf Grün geschaltet. Andere blieben hartnäckig rot, und die übrigen waren durchgebrannt. Die Anzeigetafel funkelte, während er das Schaltpult bediente. Wie ein Weihnachtsbaum, dachte er. Gott, jetzt 'ne Zigarette. Er klopfte an seine Brusttasche, aber das Päckchen Lucky Strike war verloren. Scheiße, kein Beistand für die Erschöpften. Er hatte keine Kraft mehr, war nur noch von Mattigkeit und dem Wunsch erfüllt, sich in den Schlaf sinken zu lassen. Von der Hüfte abwärts spürte er nichts mehr, und nun wich das Gefühl auch aus seiner Brust und seinem Rücken. Seine Arme wurden taub, seine Fingerspitzen stumpf. Kein Grund zur Sorge. Vom Hals aufwärts war er immer noch einsatzbereit, und das war das wichtigste. Auf den Kopf kommt es an, dachte er.

Plötzlich hörte er eine Explosion und Sekunden später eine zweite aus der Ferne des Tunnels. Brocassie!

Nun wurde er hellwach. Die Euphorie war verschwunden. Wie viele Sekunden hatte er noch?

Sein Blick glitt über die Anzeigetafel. Alle Auslaßtüren, die sich öffnen sollten, waren geöffnet.

Er zögerte zuerst, dann legte er einen Schalter um, ohne die Belastungsanzeige des Generators aus den Augen zu lassen, und es kam Leben ins Feuerlöschsystem. Der Belastungsfaktor lag knapp unter fünfundvierzig Prozent. Er startete die zweite Pumpe. Der Zeiger des Meßgeräts taumelte in den roten Überlastungsbereich, als die Pumpe ansprang, und schwenkte dann zurück in den grünen Sektor. Die von den Pumpen ausgehenden Leitungen waren jetzt erhellt, und er wußte, daß sie von Flugzeugbenzin mit 135 Oktan gefüllt waren. Die Lichter in den Leitungen breiten sich aus und erreichten schließlich die Silos – erst eines, dann fünf, dann fünfzig und schließlich fast alle.

Julio ließ sich befriedigt zurücksinken. Er wußte, daß er getan hatte, was er konnte. Die letzten Sekunden verstrichen, und die Pumpen jagten immer noch reines Benzin in die Leitungen. Sobald sie trockenliefen, würden sie ihre Drehzahl erhöhen, immer heißer werden und sich selbst zerstören. Inzwischen würde sich in den Leitungen das Gemisch aus Benzin und Luft verteilen, und wenn die Pumpen im letzten Todeskampf zusammenbrachen, würde eine donnernde Feuerfront zu den Silos rasen.

Er warf einen Blick auf die Uhr an der Wand – wahrscheinlich würde es keine Minute mehr dauern, bis die Pumpen trockenliefen. Himmel, was er für eine Zigarette opfern würde. Er hatte sein ganzes Leben lang versucht, das Rauchen aufzugeben, und es war komisch, daß er es jetzt wirklich aufgeben würde, wenn er sich nur noch eine einzige Zigarette anzünden könnte.

Álvarez stützte den Nacken auf die Stuhllehne und lauschte. Die Alarmsirenen heulten immer noch, aber aus den Tunneln war nichts zu hören. Irgendwie hatte Brocassie es geschafft, sie länger als zwei Minuten aufzuhalten. Nur noch eine Minute.

Nun konnte er kaum noch etwas sehen. Er stemmte sich vor und mußte die Augen zusammenkneifen, um das Pult zu erkennen. Ein Schalter mußte noch bedient werden. Er fand den Schalter, krümmte den Finger um ihn und wartete auf das erste Signal, daß die Pumpen heißliefen.

Hinter ihm ratterte die verschlossene Haupttür zum Korridor. Die Gegensprechanlage quäkte.

»Lassen Sie mich rein, Álvarez!« Es war Roytschenko, außer Atem und mit Panik in der Stimme.

»Warum kommen Sie nicht durch den Verbindungstunnel, Oberst?«

Eine Pause, und dann ein freudloses Lachen. »Ich höre, daß er ziemlich überfüllt sein soll.«

Álvarez verfolgte den Sekundenzeiger. Vierzig Sekunden, vielleicht weniger. Er drückte mit dem Daumen auf den Knopf der Gegensprechanlage. »Nur Sie. Niemand sonst. Ich bin bewaffnet, klar?«

»Einverstanden. Ich will nur mit Ihnen reden.«

Julio nahm die leere Lastoy in die Hand und preßte den Schalter nieder, der die Haupttür entriegelte.

Roytschenko öffnete die Tür einen Spaltbreit, blickte in den Raum und stieß sie dann ganz auf. Er war unbewaffnet, aber drei KGB-Männer mit Maschinenpistolen standen hinter ihm.

»Zumachen«, forderte Álvarez und richtete die Lastoy auf Roytschenkos Brust.

Der Russe schob die Tür mit dem Ellbogen zu und ließ den Riegel einschnappen. Er hatte die Hände halb erhoben.

»Das reicht«, sagte Julio.

Álvarez deutete mit der Lastoy auf einen umgekippten Stuhl. »Nehmen Sie den. Lassen Sie die Hände vor dem Körper, wo ich sie sehen kann.«

Der Oberst verzog das Gesicht zu sanfter Mißbilligung, fügte sich jedoch. »Da haben Sie was Schönes angerichtet, Julio.«

Seine Sicht verschlechterte sich. Er hatte geglaubt, daß die Batterien der Notbeleuchtung verbraucht waren, aber nun wurde ihm klar, daß er an Blutverlust starb. Es war eine gewaltige Anstrengung für ihn, aber er nickte und senkte die Lastoy vorsichtig auf den Schreibtisch, so daß ihre Mündung immer noch auf den Russen wies.

»Das hängt vom Standpunkt ab«, erwiderte er.

Roytschenko sah auf seine Uhr. »Sie begreifen, daß ich Befehle von General Lasarew ausführen muß. Ich brauche Ihre Kooperation.«

Álvarez deutete auf Roytschenkos Uniformjacke. »Haben Sie eine Zigarette?«

Der Russe nickte.

»Dann stecken Sie eine für mich an und werfen Sie sie zu mir.« Er verdrehte das Handgelenk so, daß sich die Lastoy, deren Knauf immer noch auf dem Pult ruhte, aufrichtete und schwankend in Roytschenkos Richtung zeigte.

Mit übertriebener Vorsicht schob Roytschenko die Hand in seine Uniformjacke, zog die Packung heraus und steckte sich zwei Zigaretten in den Mund. Mit derselben Hand fischte er ein Feuerzeug aus der Tasche, steckte beide Zigaretten an und warf Álvarez eine zu.

Die Pumpe arbeitete immer noch. Porto mußte es geschafft haben, die letzten viertausend Gallonen in den Brunnen zu entleeren. Um so besser. Álvarez sog den Rauch in die Lungen und atmete aus.

Er schaute wieder auf die Anzeigetafel und dann auf den Sekundenzeiger. Er zog an der Zigarette und genoß ihre schmerzlindernde Wirkung. »Hier bin ich – auf dem Posten, wie es sich gehört. Was wollen Sie, Oberst?«

»Absolute Loyalität, Julio. Sie müssen sich daran erinnern, daß sie Loyalität geschworen haben.« Er betrachtete die auf dem Boden verstreuten Körper. »Diese Leute haben sich anscheinend daran erinnert.« Seine Hände spielten mit der Zigarette und drehen sie hin und her. Er blickte an Álvarez vorbei. »Sie wissen, daß die Serbs in *Condition Bravo* sind. Ein amerikanisches Bombengeschwader hält auf Kuba zu. Ich kann nicht zulassen, daß die Raketen verlorengehen.«

»Anders ausgedrückt, Sie werden die Raketen abschießen, wenn Sie können.«

Roytschenko zuckte die Achseln. »Ich bereite mich nur auf den Ernstfall vor, genau wie die Amerikaner. Wenn es zum Krieg kommt, dann werden wir nach Moskaus Pfeife tanzen müssen.« Er seufzte und machte es sich auf seinem Stuhl gemütlich, als hätten die Zeit oder die Umstände keine Bedeutung für ihn. »Soldaten sind keine politischen Wesen, Julio. Wir befolgen die Befehle der Politiker.« Er schnippte die Asche behutsam mit dem Zeigefinger auf den Boden, blickte schließlich auf und lächelte. »Ich glaube, mein Freund, daß Sie allmählich klein beigeben sollten.«

»Ist es nicht das, was Lasarew und Andropow von Anfang an geplant hatten: einen Erstschlag mit den Serbs, einen Krieg, ein gigantisches Hasardspiel?«

Der Russe hob die Schultern. »Es war nicht der Plan, nur eine der Möglichkeiten. Breschnew war nicht dafür, aber er ließ sich auf die Eventualplanung ein, um sich die Unterstützung des Militärs und des KGB in seinem Kampf um die Macht zu sichern.« Er seufzte wieder. »Versuchen Sie nicht, den Ablauf der Geschichte zu ändern, Julio. Das ist ein mühseliges Geschäft, und das Ergebnis steht von vornherein fest. Wir beide wissen, daß diese Auseinandersetzung notwendig ist und daß sie unserem eigenen Machtstreben dient. Stellen Sie die Pumpen ab, Julio. Wir haben immer noch Zeit, die Silos trockenzulegen und die Serbs bereit zu machen.«

»Abschußbereit«, sagte Álvarez ruhig. Er hob die Zigarette, doch seine Finger zitterten und sie fiel auf den Boden.

Roytschenkos Stimme klang abwechselnd leiser und lauter, das Licht verengte sich langsam und wurde schwach. Er wußte, daß es jetzt geschehen mußte. »Ungeschickt, nicht wahr? Stecken Sie mir noch eine an, Oberst.«

Der Russe lächelte und machte die gleichen sorgfältigen Bewegungen wie vorher. Er zog das Päckchen aus der Brusttasche, holte das Feuerzeug hervor und schnippte zweimal über das Rädchen. Die Flamme loderte auf, und er steckte sich eine Zigarette zwischen die Lippen.

Álvarez versuchte, den Schalter herunterzuziehen, doch es war unglaublich schwierig. Wie in Zeitlupe starrte er auf seine Hand und konzentrierte seine letzte Energie auf diese Anstrengung. Seine Fingerspitze wäre fast abgerutscht, aber dann klickte der Schalter endlich an. Innerhalb von Sekunden nahm er den durchdringenden beißenden Gestank des Benzinnebels wahr, der mit Hochdruck in den Raum gesprüht wurde. Er atmete tief ein und hoffte, daß es schmerzlos sein würde. In der letzten Sekunde, die von weißglühender Strahlung, von einer zur Nova werdenden Sonne erfüllt war, wußte er, daß er gesiegt hatte.

23.

Brocassie hatte fast den zweiten Treppenabsatz erreicht, als der Tunnel hinter ihm explodierte. Er spürte zuerst die Stoßwelle und hörte dann das Geräusch; es glich weniger einer Explosion als einer holprigen Artilleriesalve, einem hämmernden, grollenden Sperrfeuer. Der Beton zitterte und wogte unter seinen Füßen, Risse breiteten sich aus wie Fäden eines Spinngewebes, bis ganze Brocken der Treppe hinabstürzten. Sekunden später brannten die Lampen der Deckenbeleuchtung durch.

Er war jetzt in völliger Finsternis, stolperte, sprang verzweifelt weiter und nahm mit jedem Schritt zwei oder drei Stufen, denn er hatte den Benzingestank gerochen und sofort begriffen, was geschehen war. Er füllte seine Lungen, hielt den Atem an und versuchte, noch schneller voranzukommen. Fast gleichzeitig hörte er weit unter sich ein gewaltiges Krachen, und plötzlich blitzte eine harte gelbe Flamme auf. Er war jäh in eine ölige schwarze Rauchsäule eingehüllt, die schneller, als er klettern konnte, die Treppe hinaufwirbelte. Hitzewellen rollten über ihn hinweg, sein Haar schmorte, seine bloße Haut brannte.

Das überhitzte Benzin und die Flammen umgaben ihn und rasten dann mit einem hohlen Donnern an ihm vorbei. Die Wucht der Explosion schmetterte ihn nach vorn gegen die Treppe. Er rappelte sich hoch, schlug die Flammen aus, die hier und da an seinem Drillichzeug schwelten, und hastete über die letzten drei Stufen zu einem Betonabsatz empor.

Seine Augen brannten, Tränen liefen ihm über die Wangen. Er ließ sich auf Hände und Knie fallen und begann zu kriechen. Über ihm heulte plötzlich eine Sirene, aber er nahm ihre Warnung kaum zur Kenntnis.

Ein Poltern und ein Geräusch, wie wenn Metall über Metall mahlte, rüttelten ihn auf. Es kam immer näher, und eine Sekunde lang glaubte er, daß die ganze Treppe zusammenbrechen würde. Er versuchte krampfhaft, sich schneller zu bewegen, aber seine Atmung ließ ihn im Stich, seine Lungen schienen nach Sauerstoff zu schreien, und rote Lichtstreifen blitzten auf seiner Netzhaut auf.

Brocassie huschte vorwärts wie ein Tier, das von hinten angegriffen wird, prallte mit Kopf und Schulter gegen eine Wand, streckte die Hände aus und betastete die Oberfläche. Metall! O Gott, rief eine empörte innere Stimme, eine Auslaßtür!

Er stand auf und hämmerte wie wahnsinnig gegen die Tür, aber sie gab nicht nach. Dann merkte er voller Hoffnung, daß die Tür immer noch teilweise geöffnet war, sich aber rasch schloß. Verzweifelt tastete er nach der schmaler werdenden Lücke, fand sie und zwängte seinen Körper in die Öffnung. Er fiel nach vorn und verdrehte sich das Bein, denn sein rechter Stiefel hatte sich in der Vertiefung auf dem Boden verkeilt, an der die Auslaßtür entlanglief.

Er lag da und schnappte keuchend nach Luft. Seine Brust wogte, sein Herz hämmerte, und der Sauerstoffmangel hatte seinen Verstand auf eine primitive Ebene zurückgeworfen, so daß er nichts begreifen konnte, außer der Tatsache, daß er noch lebte.

Ihm war nur verschwommen bewußt, daß Männer brüllten und Stiefel nur wenige Schritte von ihm entfernt vorbeidröhnten. Er begann, sich aufzurichten, und versuchte, den Stiefel herauszuzerren, der immer noch in der Laufschiene für die Schiebetür eingekeilt war. Dann wurde er grob auf den Bauch geworfen. Er spürte kräftige Hände, die seinen Stiefel aus der Rille stemmten, wobei seine Gelenke so sehr verdreht werden mußten, daß er vor Schmerz aufschrie. Sein Stiefel riß sich genau in dem Moment los, als die Auslaßtür zuschlug – Tonnen von Metall schmetterten zusammen, schlossen die nur noch Zentimeter breite Lücke und versiegelten das Feuer und die Explosionen unter der Erde.

Brocassie hob noch rechtzeitig genug den Kopf, um einen Blick auf das Gesicht des Mannes zu erhaschen, bevor der andere sich umdrehte und gegen den Massenansturm des Komplexpersonals ankämpfte, das zur Treppe raste, um an die Oberfläche zu gelangen. Manche waren nackt, einige trugen Drillichzeug, andere nur Unterwäsche. Alle flohen in wilder Panik.

Er spürte heftigen, dann unerträglich werdenden Schmerz. Mit gekrümmtem Rücken blickte er an sich hinunter und sah, daß sein Drillichzeug versengt war; ein Teil des Stoffes war verkohlt und schwelte an seiner Hüfte und an den Beinen. Er drosch mit bloßen Händen auf seine Kleidung ein und versuchte, die brennenden Fetzen zu löschen. Dann kam derselbe Mann zurück, mit einem tragbaren Feuerlöscher in den Händen, und sprühte einen Nebel von

Kohlendioxyd über Brocassies Körper, der die Flammen erstickte und die Haut abkühlte. Er rollte Brocassie auf den Bauch und konzentrierte den Strahl auf den Rücken, bis die Düse schließlich stotterte und versiegte.

Der Mann stand grinsend über ihm, und der Feuerlöscher baumelte immer noch in seiner Hand. Er war noch ein Teenager, höchstens siebzehn Jahre alt, und trug eine Drillichhose und ein schmutziges, olivgrünes Unterhemd. In seinen Zügen spiegelten sich spanische und indianische Merkmale. Ein Kubaner, dachte Brocassie, kein Russe.

»Kannst du dich bewegen, Compañero?« Der Junge ließ die Augen zurück zur Treppe schweifen. Er hatte es eilig. »Wir müssen verschwinden!«

Der Strom der Männer wurde dünner, als Brocassie die erste Detonation spürte, dann noch eine und schließlich eine ganze Serie von Stoßwellen, die den Komplex erbeben ließ. Eine Erschütterung folgte der anderen, bis sie dem Trommelwirbel einer gigantischen Kesselpauke glichen. Mein Gott, dachte er, Álvarez hat es geschafft! Die Raketensilos explodierten, eines nach dem anderen. Verdammter, beschissener, herrlicher, lächerlicher Kerl. Ein ganzes Leben lang hatte er sich auf Spiele eingelassen, hatte nie die besten Karten gehabt und die Systeme, die er sich selbst ausgesucht hatte oder die ihm von seiner eigenen verflixten Dummheit auferlegt worden waren, herausgefordert oder zu manipulieren versucht, und schließlich, aber erst im Tode, hatte er sie alle geschlagen. Schlaf gut, Bruder, betete Brocassie.

Er stemmte sich in eine sitzende Position, der Junge half ihm auf die Beine, zog und schleppte ihn zu der letzten Treppenflucht.

Am Kopf der Treppe befand sich eine stählerne Auslaßtür, die immer noch offen war. Hinter der Tür lag ein Hangar, und Instandsetzungswerkstätten waren geschickt in den Felsüberhang eingebaut, der das Tal umsäumte. Nun konnte Brocassie sich orientieren. Er wußte, daß der Fluß im Norden lag, obwohl er ihn im Gleißen der Außenbeleuchtung nicht erkennen konnte.

Im Hangar herrschte reines Chaos. Das Licht von Lastwagen- und Jeepscheinwerfern und zuckenden Taschenlampen strahlte quer durcheinander. Männer rempelten einander in panischer Angst an, und jede Spur von Disziplin war verschwunden. Das Heulen der Alarmsirenen war betäubend, aber es wurde überlagert von den Schreien, Flüchen und Befehlen von Männern, die verzweifelt zu retten suchten, was zu retten war. Mechaniker rissen in rasender Eile Arbeitsbühnen herunter, die einen Hubschrauber umgaben, und schoben den Transportwagen mit dem Flugzeug auf die Öffnung in der Böschung zu. Noch bevor der Hubschrauber die Hangartür hinter sich hatte, erwachte der Motor keuchend zum Leben und blaue Flammen schossen aus den Auspuffrohren. Die Rotorblätter begannen, sich zu drehen, wurden schneller und schleuderten Wolken von Schmutz und Geröll zurück in den Hangar, so daß vor lauter Staub nichts mehr zu sehen war. Ein Jeep voller Männer jagte an der Hangartür vorbei, stieß mit dem Leitwerk zusammen und zerschmetterte die Rotorblätter. Körper und Körperteile, zerbrochene Rotorblätter und zerrissenes Aluminium wirbelten nach außen, und sofort schlugen Flammen aus den Treibstofftanks, so daß sich flüssiges Feuer über den Boden ergoß. Es war eine Szene wie aus der Hölle.

In der Ferne hörte Brocassie das metallische Rattern von Handfeuerwaffen und das Dröhnen von Granatwerfern, dann eine Reihe kurzer, abgehackter Salven von Maschinenpistolen. Entweder wurde auf Phantome gefeuert, oder, was wahrscheinlicher war, Maroto kämpfte sich wieder über den Fluß zurück. Er mußte unbedingt dorthin – zum Fluß.

Brocassie und der Junge eilten im Laufschritt an dem brennenden Benzin und dem Wrack vorbei, als sie plötzlich von dem Strahl einer mächtigen Taschenlampe festgehalten wurden.

»Wo wollt Ihr Hurensöhne denn hin?«

Der Junge hielt rutschend an, und Brocassie folgte seinem Beispiel. Die AK-47 war immer noch über seinen Rücken geschlungen, aber es war zu spät, sie in Anschlag zu bringen. Keuchend ahmte er den Jungen nach und stand stramm. Keine Papiere, keine Befehle, keine Hundemarke. Irgendwie mußte er sich durch einen Bluff aus der Schlinge ziehen.

Die Taschenlampe beleuchtete ihre Gesichter, und dahinter verbarg sich, davon war Brocassie überzeugt, eine Waffe mit dem Finger am Abzug.

Während das Licht näher kam und nur noch ein paar Schritte von ihm entfernt war, konnte er einen Sergeanten mit grauem Kraushaar erkennen, an dessen Lippen ein ausgebrannter Zigarettenstummel klebte. Das Licht seiner Taschenlampe spiegelte sich am Lauf einer Automatik.

»Hiergeblieben«, bellte der Sergeant. Er hatte ein Schreibbrett in der Hand und wedelte damit. »Name, Rang und Personalkennziffer.«

Der Junge nahm Haltung an. »Alberto Chibás, Schütze.« Er ratterte eine Reihe von Ziffern herunter.

Der Sergeant überflog seine Liste. »In Ordnung, Chibás. Sie gehören zur Patrouille?«

Der Junge nickte nervös.

»Wie viele Männer sind noch dort unten in den Quartieren?«

Das Gesicht des Jungen war unschlüssig. »Sergeant, ich weiß es nicht. Ich war als einer der ersten draußen, aber dieser Mann brauchte Hilfe. Deshalb mußte ich zurück, um einen Feuerlöscher zu holen und . . .«

Der Sergeant schwenkte herum, starrte Brocassie an und ließ den Strahl der Taschenlampe über sein von Rauch geschwärztes Gesicht gleiten. »Aus was für 'nem Backofen sind sie denn gekrochen?«

Brocassie hatte sich schon eine Erklärung zurechtgelegt. »Ich war bei Comandante Álvarez . . . als Kurier von seinem Hauptquartier in Santiago. Man hatte mich gerade zum Comandante gebracht, als sich eine Explosion im Sicherheitskontrollraum ereignete. Der Comandante befahl uns, den Komplex zu räumen.«

»Wie viele Männer sind noch dort unten?«

Brocassie spannte sich. »Zehn – fünfzehn – dreißig – vielleicht sogar fünfzig. Ich weiß es nicht, aber sie sind längst gebraten.« Seine Stimme wurde lauter und verriet einen Anflug von Hysterie. »Der Sicherheitskontrollraum, der Befehlsstand – alles ist weg. Explosionen im Verbindungstunnel. Ich kam mit einem Offizier und fünf oder sechs anderen aus dem Tunnel, und dann brach das Feuer aus. Es war ein Leutnant, glaube ich – ein Russe. Wir erreichten den Aufzug auf Stufe drei, und dann fiel der Strom aus. Ich sprengte das Schloß der Treppentür, und dann war alles voller Flammen und Rauch. Ich schlug mich gerade noch rechtzeitig zur Auslaßtür auf Stufe zwei durch. Chibás zog mich auf die andere Seite, gerade als die Tür sich schloß, und dann holte er einen Feuerlöscher . . .« Er beendete den Satz nicht.

Der Sergeant hatte sein Gesicht während der gesamten Erklärung beobachtet und die Taschenlampe nicht von seinen Augen gewandt. Er senkte die Taschenlampe, atmete ein und stieß die Luft mit einem langen Seufzen aus. »Wie heißen Sie?«

»Gómez«, sagte Brocassie mechanisch. »Carlos Gómez, Gruppenführer der vierten DGI-Division, Kaserne drei, Oriente.«

»Der Leutnant . . .«

Brocassie zuckte die Achseln. »Ich weiß nicht. Auf der Treppe war er noch hinter mir.«

»Sie sind sich sicher, was den Rest dort unten betrifft? Ich habe den Befehl, die Auslaßtüren offenzuhalten, wenn es eine Chance gibt.«

Brocassie schüttelte den Kopf. »Von denen hat keiner überlebt, Sergeant. Da unten ist alles vorbei.« Álvarez hatte es zutreffend beschrieben – es war eine beschissene Art zu sterben.

Der Sergeant senkte die Taschenlampe langsam noch weiter nach unten und knipste sie aus.

»Sie wissen, was vorgeht, Gómez?«

»Nein. Ein Unfall?«

»Kein beschissener Unfall, Gómez.« Er deutete mit dem Kopf zum Fluß hinüber. »Hören Sie das? Wir werden angegriffen. Wahrscheinlich von amerikanischen Fallschirmjägern und von Konterrevolutionären. Ich weiß nur, daß sich am Fluß ein Feuergefecht abspielt, daß wir schwere Verluste hinnehmen und verflucht wenig Männer haben, um zurückzuschlagen. Die meisten unserer Kampftruppen saßen da unten auf der dritten Stufe in der Falle, und die blöden Hunde, die aus ihren Quartieren auf Stufe zwei rauskamen, hatten so viel damit zu tun, ihre Haut zu retten, daß sie ihre Waffen nicht mitbrachten. Zu allem Überfluß brüllt man uns über die Befehlskanäle aus Havanna die Ohren voll, daß ein Bombenangriff auf diesen Komplex stattfinden wird. Aber dieser Laden geht in Flammen auf, und das ist *meine* unmittelbare Sorge.«

»Ich habe in Fidels zweiter Brigade in der Schweinebucht gekämpft. Sagen Sie mir, was Sie von mir wollen, und ich werde es tun.« Brocassie straffte den Rücken, knallte die Stiefelabsätze zusammen und hoffte, den Eindruck von blinder patriotischer Leidenschaft zu erwecken.

Der Sergeant grinste zum erstenmal. »Können Sie mit Vierergeschützen umgehen?«

Seine Gedanken rasten elf Jahre zurück, zu dem eisbedeckten Schützengraben in Korea. Er konnte ein Maschinengewehr bedienen, und die Vierergeschütze waren nichts anderes als vier auf ein einziges Gestell montierte Maschinengewehre.

»Ich kann damit umgehen, aber ich brauche jemanden zum Laden.«

»Dann nehmen Sie« – er blickte auf seine Liste hinunter –

»Chibás.« Er deutete mit dem Daumen auf ein paar Scheinwerfer. »Das ist ein SIL-Schützenpanzer mit Vierergeschützen. Stammt noch aus Zeiten Batistas, aber mehr habe ich nicht. Der Fahrer ist Russe . . . heißt Markow. Er versteht Spanisch, wenn man in einfachen Sätzen spricht.« Der Sergeant drehte sich um und zeigte auf den Fluß. »Fahren Sie mit dem SIL genau nach Süden bis zu den Minenfeldmarkierungen, die parallel zum Fluß verlaufen, und biegen Sie dann am Zaun nach Westen ab. Halten Sie an Markierung neun und schützen Sie den Sektor gegen jeden Versuch des Feindes, die Minenfelder zu überwinden und über den Zaun zu klettern. Im Moment spielen sich die Kämpfe weiter westlich ab, aber damit soll vielleicht von der Hauptstoßrichtung abgelenkt werden. Keine Scheinwerfer, Gómez, und Feuer erst, wenn Sie angegriffen werden. Halten Sie einfach Ihre Position, und wenn der Feind durchs Minenfeld vorrücken will, legen Sie mit den Vierergeschützen los. Ich werde mit einem Dutzend Männern an Ihrer Flanke sein, zweihundert Meter nach Westen. Bis zum Morgen haben wir Verstärkung aus Santiago und Trinidad de Cuba.«

Brocassie grinste den Sergeanten mit irrer Miene an. »Verlassen Sie sich auf mich, Sergeant. An mir kommen die nicht vorbei!« Er salutierte, packte Chibás am Arm und ging auf den SIL zu.

»Chibás! Hinten auf den Schützenpanzer.« Er wuchtete sich über die Panzerplatten in die Geschützkuhle und hämmerte auf das Fahrerhäuschen. Eine Stahlklappe wurde aufgerissen, und ein fleischiges rotes Gesicht schaute heraus.

»Wo ist der Sergeant?« fragte der Russe.

»Ich habe den Befehl übernommen. Setzen Sie diesen Schrotthaufen nach Süden bis zum Minenfeld in Bewegung, und biegen Sie dann nach Westen ab. Ich sage Ihnen, wann Sie anhalten müssen – und *keine* Scheinwerfer, bis ich es befehle.« Er klatschte mit der Handfläche auf das Dach des Fahrerhäuschens. »Wird's bald, Markow!«

Auch Chibás war in die Geschützkanzel gesprungen. Er hielt eine Taschenlampe zwischen den Zähnen, zog mit rasender Geschwindigkeit Patronengurte in die Vierergeschütze ein, hämmerte den Ladehebel zurück, um die Patronen in die Kammer zu treiben, und widmete sich der nächsten Waffe.

Der SIL holperte los, drehte sich auf seinen Ketten, richtete sich gerade und schob sich knirschend auf den Fluß zu. Männer sprangen ihm aus dem Weg, während das Fahrzeug beschleunigte.

Als sie weit hinter dem Hangar im offenen Gelände waren, blickte Brocassie nach Osten zu den Silos hinüber. Es war ein rasendes Inferno von Flammen und Rauch und explodierenden Raketen. Erschütterungen ließen die Erde erbeben, und sogar aus dieser Entfernung spürte er die gewaltige Hitze. Innerhalb weniger Sekunden explodierte eine ganze Reihe von Silos, Trümmer wurden als glühende Fontäne in die Luft gesprüht und wirbelten, von Flammen umgeben, zur Erde zurück.

Chibás war neben ihm, den Mund vor Schreck weit aufgerissen, und sein Gesicht wurde vom Schein des Feuers erhellt.

»Heilige Mutter«, rief er. »Wie ist das passiert?«

Brocassie schüttelte den Kopf und brachte keine Antwort hervor. Álvarez hatte immer gesagt, daß er eingeäschert werden wolle, obwohl die Kirche dagegen war, und jetzt erfüllte sich sein Wunsch. Flammenspeere stießen zum Himmel empor und ließen die Nacht so hell erstrahlen, daß sich Menschen und Dinge hart davor abzeichneten. Es war ein Scheiterhaufen. Álvarez wäre zufrieden gewesen.

Schließlich wandte Brocassie sich an Chibás. »Ich habe mich noch nicht bei dir bedankt, Chibás. Ich tue es jetzt, und ich werde mich revanchieren, bevor die Nacht vorbei ist.«

Der Junge streckte die Hand aus, und Brocassie nahm sie. Chibás öffnete den Mund, als ob er etwas sagen wollte. Dann lächelte er, drückte fester zu, ließ die Hand verlegen sinken und schaute zur Seite.

Der SIL hatte etwa die Hälfte des Weges zum Minenfeld zurückgelegt. Leuchtspurgeschosse jagten in hohem Bogen durch den westlichen Himmel. Das Rattern automatischer Waffen wurde kaum je unterbrochen. Drei Blitze von explodierenden Minen oder Granaten flammten am Flußufer auf, gefolgt von dem hohlen Dröhnen der Detonationen. Maroto müßte sich längst zurückgezogen haben, dachte Brocassie. Was hatte der alte Gauner vor? Und dann wurde ihm klar, daß sie Maroto wahrscheinlich festgenagelt hatten. Mit seinen Vierergeschützen und dem Panzer konnte er die Feuerkraft ausgleichen, wenn – wenn er bis zum Fluß käme. Die Frage war nur, ob Markow seinen Befehlen folgen würde.

»Chibás, weißt du, was wir tun?«

»Nein – ich meine, ja: wir verteidigen . . .«

»Von Verteidigen ist keine Rede, Chibás. Wir führen einen Gegenangriff. Ich befehlige dieses Fahrzeug, und ich möchte, daß du genau das tust, was ich dir sage – für Fragen haben wir keine Zeit. Verstanden?«

»Natürlich, aber . . .«

»Verstanden?« schrie Brocassie.

Chibás wich zurück, eher verblüfft als eingeschüchtert. Brocassie packte ihn an der Schulter. »Hör zu, du mußt tun, was ich dir sage, wenn du am Leben bleiben willst.« Er stieß den Jungen heftig in den vorderen Teil der Geschützkanzel. »Klettere an der rechten Seite ins Fahrerhäuschen hinunter und steig zu Markow. Wenn wir zum Minenfeld kommen, sag ihm, daß er nach Westen abbiegen und bis zu Markierung neun weiterfahren soll.«

Der Junge warf Brocassie einen durchdringenden Blick zu und nickte. Er kletterte über das Fahrerhäuschen hinweg, sprang leichtfüßig hinunter auf das rechte Trittbrett, und Sekunden später schlug die Beifahrertür hinter ihm zu.

Brocassie zog das Funkgerät aus der Seitentasche, schaltete Kanal sechs ein und drückte auf den Sendeknopf.

»Ebb Tide One, hier ist Two.« Er wiederholte die Worte dreimal. Nichts – nicht einmal Rauschen. Verdammt, verdammt, verdammt. Er preßte den Sendeknopf noch einmal und sprach in das Gerät, aber es kam keine Antwort.

Er schlug mit der Faust auf das Funkgerät ein. Plötzlich erwachte es mit einem Rauschen zum Leben und verstummte genauso plötzlich wieder.

Brocassie hegte wieder Hoffnung. Ein Wackelkontakt, aber wo? Er betastete das Gerät, ließ die Hände über die Metalloberfläche gleiten, untersuchte es behutsam, ohne etwas zu entdecken, und drückte es verzweifelt mit beiden Händen. Nichts. Dann, als er oben am Gerät herumhantierte, hatte er plötzlich die abgebrochene Antenne in den Fingern. Er preßte die Antenne zurück in die Fassung, hielt sie fest, und lauschte. Ein Pfeifen und Rauschen, und die Frequenz wurde lebendig. Er versuchte es noch einmal. »Porto – Brocassie! Hörst du mich?«

Eine lakonische Antwort: *Wo bist du gewesen, Blödmann? Wir haben auf dich gewartet.*

Der SIL wälzte sich nach rechts. Brocassie sah im Schein der Feuer, daß Markow jetzt, parallel zum Zaun, nach Westen fuhr. Der Schützenpanzer war viel langsamer geworden.

Das Metall der Antenne rutschte Brocassie für eine Sekunde aus der schwitzenden Hand. Er preßte den zackigen Metallstumpf mit großer Sorgfalt nach unten und stellte den Kontakt wieder her. Das Gerät zischte und knisterte stoßweise. Er drückte die Antenne stärker nach unten, um die rüttelnde, rumpelnde Bewegung des SIL auszugleichen, der unebenes Gelände überquerte. Dann legte er den Finger auf den Mikrofonknopf.

»Keine Zeit für langes Gesabbel, Porto. Wie sieht's aus?«

Nicht gut. Wir haben fünf Mann verloren, zwei sind verwundet. Feuergefecht an der Benzinpumpe, als wir fast fertig waren. Wir mußten uns zu Fuß zurückziehen. Sind am diesseitigen Ufer und werden von Granatwerfern festgenagelt.

»Alicia . . . ist sie . . .« Er konnte nicht weitersprechen.

Porto meldete sich sofort. *Ihr geht's prächtig. Sie ist zäh wie Leder, sitzt direkt neben mir und lädt Magazine für meine Knarre . . . Was? . . . Sie sagt, daß du ihr eine Flasche Champagner schuldest und daß wir nicht von hier verschwinden, bis du heil zurückkommst.*

»Sag ihr, ich hab' die Flasche schon kaltgestellt.« Er schluckte mühsam und blinzelte zum Fluß hinüber. »Könnt ihr euch stromabwärts vorschieben – nach Osten?«

Wir können es versuchen. Das Flußufer auf dieser Seite gibt uns etwas Deckung, aber irgendein Hundesohn hat einen Granatwerfer und Leuchtkugeln. Unmöglich, den Fluß zu überqueren, ohne in Fetzen geschossen zu werden.

Der SIL hielt mit einem Ruck an; der Motor dröhnte noch weiter. Markierung neun, dachte Brocassie. Chibás hatte sie sogar in der Dunkelheit erspäht.

Er knipste das Mikrofon wieder an. »Achtet auf die Leuchtspuren, Winkel 40 Grad, drei Salven. Daran könnt ihr euch orientieren. Kommt stromabwärts darauf zu und bleibt auf keinen Fall stehen.«

Ohne auf eine Antwort zu warten, schwenkte Brocassie die Vierergeschütze bis zur Hälfte ihres Richtbereiches hoch und jagte drei kurze Salven in die Luft. Die Waffe bäumte sich unter seinen Händen auf, die Leuchtspuren schossen in einem glühenden Bogen über den Himmel und endeten weit hinter dem anderen Flußufer.

Ich hab's gesehen.

»Drei Minuten – mehr nicht. Ich hab 'nen Schützenpanzer, ein Amphibienfahrzeug. Ich glaube, damit können wir den Fluß überqueren. Das ist unsere einzige Möglichkeit, Porto. Gib dir Mühe.«

Nur atmosphärisches Schnarren, dann: *Brocassie.* Portos Stimme war der Verzweiflung nahe. *Wir werden es versuchen.*

Ich . . . Seine Worte wurden plötzlich abgeschnitten. Vier Lichtexplosionen flammten am Ufer entlang und bewegten sich von Osten nach Westen. Danach ein Funkenschweif und der Glanz einer Fallschirmleuchte, die chrysanthemengleich in einem grünlichen Weiß über dem Fluß erglühte. Eine zweite Leuchtkugel folgte, und beide, von ihren Fallschirmen baumelnd, senkten sich langsam und überschütteten den Fluß mit gleißender Helligkeit.

Porto mußte ins Mikrofon gebrüllt haben, denn seine Stimme klang stark verzerrt. *Getroffen worden. Zwei Kugeln genau neben . . . Wir setzen uns in Bewegung.*

Brocassie wußte, daß keine Zeit mehr zu verlieren war, und hämmerte an das Fahrerhäuschen. »Chibás!« schrie er zur Beifahrerseite hinüber. »Mach, daß du herkommst – und zwar sofort!«

Der Junge sprang aus dem Fahrerhäuschen und seine Füße machten schon Laufschritte, bevor er den Boden berührte. Er kletterte in das Geschützloch, und Brocassie faßte ihn am Arm.

»Wir haben über Funk den Befehl bekommen, uns zurückzuziehen. Lauf am Zaun entlang nach Westen. Der Sergeant hat eine Gruppe Männer bei sich. Sag ihm, daß er zum Rangierbahnhof zurückweichen und den Befehl weitergeben soll. Alle – alle ohne Ausnahme – müssen sich zum Rangierbahnhof zurückziehen.«

Im Schein der Leuchtkugeln und der Feuer wirkte das Gesicht des Jungen abgehärmt, seine Augenhöhlen waren in Schwärze getaucht, seine Wangenknochen zeichneten sich deutlich ab. Er bewegte den Mund, brachte jedoch kein Wort hervor.

Brocassie deutete in Richtung der explodierenden Silos und brüllte ihn an: »Siehst du das? Der Wind ist umgeschlagen und bläst radioaktiven Niederschlag genau zu uns herüber. Hau ab, Chibás!«

Chibás blickte sich nicht einmal um. Er stolperte zweimal, als er durch das hohe Gras rannte, und lief dann weiter über den holprigen Boden.

Markows verständnisloses Gesicht war vom Fenster des Fahrerhäuschens eingerahmt. Brocassie beugte sich zu ihm vor.

»Kann dieses Ding . . . Scheiße, es spielt keine Rolle. Biegen Sie nach links ab, rollen Sie durch den Zaun und halten Sie genau auf den Fluß zu. Verstanden?«

»Das Minenfeld!«

»Sie fahren, und ich kümmere mich um alles andere. Setzen Sie das Mistding in Bewegung!«

»Aber . . .«

Brocassie schlang sich die AK-47 vom Rücken und rammte den Lauf in die Öffnung. »Setzen Sie die Karre in Bewegung! Wenn Sie durch den Zaun hindurch sind, fahren Sie direkt auf den Fluß zu; ich werde uns mit dem Vierergeschütz einen Weg durch das Minenfeld bahnen. Wir greifen auf Befehl von Oberst Roytschenko an.«

Es war ein hervorragender Einfall gewesen, Roytschenkos Namen zu benutzen, denn Markow kam plötzlich in Schwung. Er nickte heftig, wandte sich wieder der Lenkung zu, und Sekunden später ließ er den SIL im Bogen zurückschwenken, so daß die beiden Ketten abwechselnd Sandfontänen hochwirbelten, und raste mit voller Geschwindigkeit und heulendem Motor direkt auf den Zaun zu.

Der Kettengliedzaun gab unter dem Ansturm des Schützenpanzers nach und wurde niedergewalzt. Funken sprühten, als die Haube des Fahrzeugs den unter Strom stehenden Stacheldraht zerriß. Brocassie hatte das Vierergeschütz schon bis zum niedrigsten Punkt seines Richtbereiches durchgedrückt und schwenkte die Waffe herum, um nach vorn feuern zu können.

Er drückte die Abzüge durch, und die vier Läufe spuckten mit einem donnernden Röhren los. Er schwenkte das sich aufbäumende Geschütz langsam von einer Seite zur anderen und bedeckte den Boden vor sich mit Strömen von Kupfermantelgeschossen. Eine Mine, fast zu dicht vor dem Schützenpanzer, detonierte, so daß Erde in dichtem Strahl hochspritzte und Schrapnell pfeifend von den Panzerplatten abprallte. Er vergrößerte den Höhenwinkel und beschoß den Pfad vor dem SIL wie ein Mann, der Herbstblätter mit einem Schlauch fortspült. Zwei weitere Minen explodierten zehn Meter vor ihm. Sie hatten mehr als die Hälfte des Weges zurückgelegt. Der Fluß schimmerte im Glanz der Leuchtkugeln.

Brocassie hämmerte mit dem Handballen gegen die Panzerung des Fahrzeugs, trieb es an, hetzte es durch die letzten Meter. Er stieß einen kehligen Kriegsschrei aus, der als schriller Ton über den Fluß getragen wurde, widerhallte und sich an den fernen Hügeln brach. Es war ein atemloser, höhnischer Schrei, dessen Echos sich überlagerten, bis sie ein fortgesetztes, gräßliches Kreischen bildeten.

Nun waren sie neben ihm, andere Männer, die die Flanken ihrer Ponys peitschten und ihre Speere gerade in den Nachthimmel stießen, während Schaum aus den Mäulern der Tiere flog. Brocassie war mit den Männern eins geworden. Gemeinsam ließen sie wieder den Schrei erklingen, ihre Speere senkten sich und reflektierten den Glanz des Sternenlichtes.

Eine letzte Mine explodierte blitzend, Metallsplitter überschütteten den SIL, schlugen Funken und prallten glühend ab. Plötzlich holperte das Fahrzeug über den Rand einer Böschung, die stählernen Ketten mahlten knirschend über felsigen Untergrund, und dann kam es, die Motorhaube geneigt, zitternd im Fluß zum Stehen.

Ein Strom von Leuchtspurgeschossen überquerte das Minenfeld hinter ihm, und bevor Brocassie die Schüsse hörte, spürte er die Stoßwellen der an ihm vorbeijagenden Projektile. Er schwenkte das Vierergeschütz um hundertachtzig Grad herum, und deckte die Zaunlinie von Westen nach Osten mit kurzen Salven ab.

Eine Leuchtkugel, diesmal von Osten her abgefeuert, übergoß den Himmel mit einer Lichtkaskade. Er hatte den Funkenschweif gesehen, als die Rakete abgeschossen wurde, richtete das Geschütz dorthin aus, nahm eine Reihe von Bäumen unter Feuer und schwenkte wieder zurück. Keine zweite Leuchtkugel folgte, aber die erste war gleißend und tauchte ihn in ein hartes grünlich-weißes Licht. Er hob die Läufe, zielte über die Leuchtkugel hinweg und drückte ab. Die Leuchtkugel zuckte, stürzte wie ein Komet in einer trägen Spirale ab und senkte sich schließlich zischend ins Wasser.

Markow schrie ihm durch die Klappe im Fahrerhäuschen etwas zu, überhäufte ihn mit russischen Flüchen. Brocassie ignorierte ihn und mähte weiter mit der Waffe über das Minenfeld hinweg. Er sah fasziniert zu, wie die Leuchtspuren wie vierfache Goldfäden am Umgrenzungszaun entlangglitten. Dann hämmerte die eine Waffe auf eine leere Kammer, und die anderen drei verstummten nur einen Herzschlag danach.

Markow kam über den Rand der Geschützkuhle geklettert. Er schrie und hielt etwas in der Hand. Brocassie holte aus, verfehlte ihn, und Markow richtete sich auf und setzte zum Sprung an.

Die AK-47 lag auf dem Boden der Geschützkanzel, von Wasser bedeckt. Brocassie tastete nach ihr, seine Hand wollte den geriffelten Lauf der Waffe umgreifen, doch dann entschlüpfte sie ihm, als Markow auf ihn prallte und ihn hinunter in das Wasser schmetterte, das im Geschützloch schwappte.

Brocassie rappelte sich auf, holte zu einem Rückhandschlag aus, doch seine linke Faust pfiff durch die Luft und krachte gegen die Geschützlafette. Stechender Schmerz durchfuhr seine Nerven und lähmte seine Hand – sein ganzer linker Arm war erschüttert und prickelte.

Der wütende Russe sprang vor, so daß seine Knie sich über Brocassies Körper spreizten, hob die verschränkten Arme über den Kopf und rammte sie mit der Gewalt eines Schmiedehammers gegen Brocassies Brust.

Die brutale Wucht des Schlages trieb Brocassie den Atem aus der Lunge. Er hörte ein Krachen wie von berstendem Feuerholz, spürte den unerträglichen Schmerz in der Brust und wußte, daß Rippen gebrochen waren. Tränen stiegen ihm in die Augen, und er hatte den salzigen Geschmack von Blut im Mund. Er war am Rande der Panik und versuchte, sich dem zermalmenden Druck des Russen zu entwinden, aber er war von den Seiten des Geschützloches eingeklemmt. Verzweifelt schlug er mit der rechten Faust zurück, und seine Knöchel streiften Markows Wange. Erschöpft, fast wie in einem Traum, sah Brocassie die Silhouette des Russen vor sich, die sich vor dem geröteten Himmel abzeichnete.

Brocassie nahm alle Kräfte zusammen und rammte Markow das Knie in den Unterleib.

Der Russe stöhnte auf, wurde nach vorn geworfen und schlug mit dem Gesicht gegen die Seite der Kanzel. Irgendwie schaffte er es, taumelnd auf die Beine zu kommen. Vornübergebeugt umklammerte er seine Genitalien mit beiden Händen und trampelte vor Schmerz von einem Stiefel auf den anderen. Brocassie zog sich hoch, zuerst mit einer Hand, dann mit der anderen, und schnappte nach dem bißchen Luft, das er einatmen konnte. Bei jedem hastigen Atemzug durchbohrte der Schmerz seine Brust. Es war, als sei seine Lunge von einem tosenden Feuer ergriffen, das sich bis zu seiner Haut vorzuschieben begann. Er hatte keine Zeit und keine Kraft mehr, war fast am Ende.

Markow torkelte durch die Geschützkanzel wie ein tollwütiges Tier, prallte von den Seiten ab und schien den zusätzlichen Schmerz gar nicht zu bemerken. Und dann richtete er sich langsam auf. Er war riesig, einen ganzen Kopf größer als Brocassie, und seine Schultern waren um die Hälfte breiter. Das rote Glühen der brennenden Silos beleuchtete ihn, als sei er eine Gestalt aus dem Fegefeuer. Ganz langsam, ganz deutlich sagte er: »Jetzt bringe ich dich um, *durak*.«

Er kam schwerfällig auf Brocassie zu und breitete die Arme aus wie ein Ringkämpfer.

Brocassie wich zurück und spürte die Metallwand im Rücken. Es war zu spät, sich über den Kanzelrand hinweg in den Fluß zu schwingen. Markow, kaum einen Schritt von ihm entfernt, hielt inne, atmete ein, bereit zum Angriff, und sprang mit gesenktem Kopf vorwärts.

Mit letzter Kraft schloß Brocassie beide Hände um den Geschützbügel und wuchtete ihn herum. Die vier Läufe der Waffe kreisten im Uhrzeigersinn auf dem Drehgelenk und krachten in Markows Rückgrat. Der Russe bäumte sich auf, sein Rücken gab nach, er brüllte vor Schmerz, seine Knie wurden weich, und dann stürzte er nach vorn, während seine Hände in die Luft droschen und einen Halt suchten. Sein Körper schlug schwer gegen den Rand des Geschützloches, und seine Stirn knallte gegen die Panzerplatten.

Brocassie ließ sich auf die Knie sinken, keuchend, und fast atemlos vor Schmerz. Langsam ließ er sich auf den Boden des Geschützstandes sinken, streckte sich in dem warmen Wasser aus und wünschte sich nichts als Frieden. Er schloß die Augen und schien durch ein unendlich langes Rohr zu gleiten, einzelne blauweiße und zinnoberrote Sterne jagten vor seinen Augen vorbei. Der heftige Schmerz in seiner Brust pulsierte im Einklang mit seinem Herzschlag und löste sich allmählich zu einem schwarzen Nichts auf.

Er kam zu sich, doch sein Bewußtsein verharrte immer noch am Rande einer Ohnmacht. Der hämmernde Rhythmus des Dieselmotors ließ den Boden unter ihm vibrieren. Er versuchte, sich zu bewegen, und merkte, daß irgend etwas seinen Körper festhielt.

»Beweg dich nicht«, sagte sie. »Noch nicht. Es ist in Ordnung. Vorläufig sind wir in Sicherheit.«

Brocassie öffnete die Augen, blinzelte und schaute ihr ins Gesicht. Ihr Haar war verfilzt und feucht, sie hatte Prellungen im Gesicht, getrockneter Schlamm und weißer Staub lagen auf ihren Poren. Sie war von dem stahlgrauen Licht der Morgendämmerung eingerahmt.

Alicia beugte sich vor, legte ihre Lippen auf seinen Mund und küßte ihn. Sie hielt sein Gesicht behutsam in den Händen und wiegte seinen Kopf zwischen den Schenkeln.

»Ich dachte, du seist tot«, flüsterte sie. »Als die Explosionen begannen . . .« Zwei Tränenspuren zogen sich über ihre Wangen. »Du wunderbarer Verrückter. Wie hast du es nur geschafft? Maroto sagte, daß es mit dir und Julio vorbei sei, aber ich wußte, daß du ganz bestimmt herauskommen würdest, und ich antwortete ihm, daß ich auch ohne ihn und seine Männer hierbleiben würde, denn ich wußte es.« Ihre Stimme war gespannt und dünn, doch seltsam klangvoll. Sie küßte ihn noch einmal, erst sanft, dann wild, und ihre Hände fuhren durch sein Haar wie ein starker Frühlingswind, der durch Espenlaub streicht.

»Er hat es getan, weißt du?«

»Julio?«

Brocassie nickte. »Er blieb zurück, damit ich raus konnte. Er wußte, wie man die Raketen vernichten konnte, und er hat es getan. Ich habe seinetwegen überlebt – *nur* seinetwegen.«

Alicia blickte zum Tal hinüber. Dann sagte sie: »Ich danke ihm dafür, daß er dich mir zurückgegeben hat.« Sie legte den Kopf gegen seinen, wiegte seinen Körper und schluchzte. Beide sagten lange Zeit kein Wort.

Das graue Licht wurde cremefarben. Brocassie hielt sie fest, seine Augen waren in die Unendlichkeit gerichtet, in den Himmel, der von den eckigen Rändern des Geschützloches eingerahmt war. Pinienzweige schnellten vorbei, und für eine Weile sah er den abbröckelnden Hang einer Klippe und einen Taubenschwarm, der durch das Heulen des Dieselmotors von einem Felsvorsprung aufgescheucht wurde.

Der SIL kletterte wie eine Gemse durch die unteren Vorhügel, doch der Motor mußte sich immer mehr abmühen, als der Anstieg steiler wurde. Manchmal bäumte der SIL sich auf, während er eine Böschung überwand, und Sekunden später kippte er unaufhaltsam nach vorn.

Brocassie war alles gleichgültig, er fühlte nur Schmerz und Erschöpfung. Sie fütterte ihn mit einer Tafel Schokolade, gab ihm Wasser aus einer Feldflasche, streichelte die Narbe an seiner Stirn und riet ihm zu schlafen. Und so unglaublich es war, er schlief ein.

Die Sonne schien ihm heiß ins Gesicht, als er erwachte. Irgend etwas hatte sich verändert, und er merkte, daß der Motor des SIL verstummt war.

Die Heckklappe schloß sich scheppernd. Porto stand dort, die Hände in die Hüften gestützt, und grinste triumphierend. Er war schmutzbedeckt und triefte vor Schweiß. »Möchtest du deiner Hände Werk betrachten?« Er streckte die Hand aus und zog Brocassie mit Alicias Hilfe in eine sitzende Haltung.

Sie hatten die Hänge der Sierra zur Hälfte überwunden, waren genau an der Baumgrenze. Obwohl Porto nicht mit dem SIL und seinen Besonderheiten vertraut war, hatte er es geschafft, sie in drei Stunden über ein Gelände zu befördern, das sie zu Fuß nicht in sechs Stunden bewältigt hätten.

Porto musterte den Talboden langsam mit dem Feldstecher und reichte ihn dann Brocassie.

Ein dichter, schlingernder Teppich aus öligem schwarzem Rauch bedeckte den Talboden; unter ihm schimmerten helle orangefarbene Flecken durch. Während Brocassie zusah, spie die Explosion eines Silos sich überschlagende Trümmerbrocken aus. Eine zweite, diesmal heftigere Detonation erschütterte dasselbe Silo. Meteore aus glühendheißem Metall drehten sich in der Luft und fielen wieder zurück auf die Erde.

Fasziniert von der Vernichtung, schaute er immer noch durch den Feldstecher. »Wie viele Silos sind zerstört?« flüsterte er. Er reichte Porto das Gerät zurück.

»Ich weiß es nicht. Es läßt sich nicht sagen. Eine Menge – alle, hoffe ich.«

»Julio . . .«

»Ja, sie hat es mir erzählt.« Porto hielt ihm die Hand hin. »Komm runter – du gehörst jetzt zu den Leichtverwundeten und kannst wieder marschieren.«

Brocassie schob sich über den Kanzelrand, rutschte über die Heckklappe und ließ sich zu Boden fallen. Alles drehte sich, seine Augen konnten nirgends haften bleiben, Gestalten wirbelten an ihm vorbei, als sei er auf einem Karussel. Porto hielt ihn an beiden Schultern fest. Brocassie gewann seine Sehschärfe zurück, die Welt wurde allmählich langsamer und hielt schließlich an.

»Zwei Rippen, Rothaut. Alicia hat sie mit einem Gürtel verschnürt, damit sie sich nicht zuviel bewegen. Du mußt sie möglichst bald von irgendeinem Quacksalber verbinden lassen. Maroto wird dich nach Trinidad de Cuba schaffen. Dort mußt du dich 'ne Woche ausruhen, und dann besorgt er dir ein Fischerboot. Mehr kann er nicht versprechen, aber ich glaube, das ist genug.«

»Und wohin, zum Teufel, willst du?« Er blickte in Portos Gesicht und sah die tiefen Furchen der Erschöpfung, die von seinen Augenwinkeln ausgingen. »Wir sind zusammen gekommen, wir haben erreicht, was wir wollten, und wir verschwinden auch zusammen!«

Porto deutete auf das Tal und gab Brocassie noch einmal den

Feldstecher. »Ein wenig nach links, bei den Felsvorsprüngen, wo die beiden Schluchten ineinander übergehen.«

Unter ihnen war eine Truppe von Männern, nur Sonnenstäubchen, die ganz langsam über die felsige Landschaft trieben. Er kniff die Augen zusammen und zählte. Fünfzig, vielleicht sechzig. Ein Frösteln hatte seinen Körper gepackt, und er reichte Porto den Feldstecher.

»Wir müssen uns wieder in Bewegung setzen – höher! Scharfschützen können sie bis Sonnenuntergang zurückhalten. Bis morgen früh haben wir sie abgeschüttelt.«

Porto schüttelte hartnäckig den Kopf. »Wir müssen uns für eine Weile trennen, Brocassie – jetzt gleich. Ich hab 'ne kleine Bestandsaufnahme gemacht. Nur sieben von uns haben überlebt, und davon sind vier – ich rechne dich mit – verwundet.« Er nickte zu dem Fahrerhäuschen hinüber. »Miguel ist da drin, er pennt unter Morphiumeinwirkung. Hat 'nen Metallbrocken im Bein, und Enrico wird ihn tragen. Maroto hat einen Metallsplitter ins Auge gekriegt, und Ruiz, der andere Junge, hat eine Menge Blut und drei Finger verloren. Alicia bleibt bei dir, und damit bin ich der einzige, der sich freiwillig melden kann – ich, das As der Schützenpanzerfahrer, der Bergfex und Gamsbock.«

Er schwang sich in die Geschützkanzel, zog Dosen mit Patronengurten aus dem Munitionskasten und führte die Gurte in die Ladevorrichtung ein. Schließlich lud er das Geschütz durch und sicherte es. Die Messingpatronen glänzten in der Morgensonne wie Finger aus poliertem Gold. Er sprang wieder auf den Boden.

»Der SIL hat noch eine Vierteltankfüllung übrig. Ich kann ihn an diesem Berg nicht weiter hochjagen, aber wenn ich am Hang entlangfahre, komme ich noch fünf, vielleicht sechs Meilen nach Osten. Es ist eine alte, aufsässige Karre, aber sie wird's schon schaffen. Du kannst darauf wetten, daß sie den SIL-Spuren folgen werden. Wenn er kein Benzin mehr hat, springe ich über Bord und steige höher. Morgen abend treffen wir uns wieder.«

»Wir bleiben zusammen!«

»Und was würde uns das einbringen? Wenn ihr alle direkt am Hang weiterklettert, kann ich sie ablenken und immer noch einen Vorsprung von gut drei Meilen halten.«

Porto zog eine Zigarre aus der Tasche, biß das Ende ab, spuckte es aus und zündete sie an. »Ist 'ne Kleinigkeit, Brocassie. Die schwitzen am Hang, während ich ganz vornehm dahinrolle. Wenn sie den Spuren des SIL folgen, schaffen sie nur drei Meilen in der Stunde. Aber ich bringe es auf sechs. Dieses Scheißding hat sogar eine Klima-Anlage – kaum zu glauben, was? Sozialistischer Luxus, um den Schweiß der Arbeitermassen abzukühlen.«

Er trat näher an Brocassie heran und legte behutsam die Arme um ihn. »Du wirst dich um Miguel kümmern?«

Brocassie nickte stumm.

Porto ließ die Hände fallen, bewegte sich nicht, stand nur da und lächelte. »Wir hatten doch 'ne verdammt gute Strähne, oder?« Er wandte sich Alicia zu, küßte sie, drehte sich um und zog sich hinauf ins Fahrerhäuschen. Der Motor stotterte zweimal und erwachte dann grollend zum Leben. Die schräg einfallenden Sonnenstrahlen spielten mit einer Wolke aus blauem Auspuffrauch.

Er steckte den Kopf hinten aus dem Häuschen und brüllte, um den Motorenlärm zu übertönen.

»Brocassie, wenn du je wieder vorhast zu fliegen, dann kauf dir 'n Ticket bei Eastern Airlines.« Er zeigte blitzende Zähne, die die Zigarre schräg festhielten, und lachte.

Der SIL holperte mit mahlenden Ketten voran, und der Stahl verbiß sich in den felsigen Boden. Der Schützenpanzer wurde schneller und rollte an den Höhenlinien entlang nach Osten.

Sie kletterten langsam, aber stetig weiter und hielten sich in den Schluchten verborgen. Das Tempo war quälend niedrig, aber sie legten keine einzige Ruhepause ein.

Kurz nach elf Uhr hatten sie einen überhängenden Felsensims überwunden, der ihnen einen weiten Ausblick auf die unteren Hänge gab.

Zweimal in der letzten Stunde hatte Brocassie das ferne Donnern des Vierergeschützes und das Antwortfeuer leichterer Waffen gehört. Er lag an der Felskante und konnte die Schlange der Männer nicht mehr sehen. Alle Schüsse waren weit im Osten abgegeben worden. Porto hatte ihnen vier, fünf, vielleicht sechs Stunden Vorsprung verschafft. Das genügte, denn Maroto würde nach einer halben Meile auf seine restlichen Männer treffen, und sie würden den Rückzug, wenn nötig, decken können.

Alicia legte sich neben ihn und ließ die Hand leicht auf seinem Rücken ruhen.

»Kannst du ihn sehen?«

Er schüttelte den Kopf. »Nein.«

»Sind schon Hubschrauber da?«

Er drehte ihr den Kopf zu. »Ich glaube nicht, daß sie es versuchen. Vierergeschütze sind Flugabwehrwaffen. Ein Hubschrauber müßte eine Meile Abstand halten, wenn Porto ihn hört. Er wird es schaffen.« Brocassie senkte den Feldstecher und drückte ihren Arm, um sie zu beruhigen.

Das Geräusch wurde zuerst vom Heulen des Windes in den Pinien überdeckt. Es war ein hohes Pfeifen, sehr schwach, aber es wurde stärker.

Mein Gott, nein, dachte Brocassie. Jetzt nicht.

Er richtete den Feldstecher nach Osten, blinzelte gegen die Sonne und entdeckte das Glitzern von Metall an zwei sehr hoch fliegenden Punkten. Sie wurden größer, und nun konnte er das hohle Dröhnen ihrer Düsen hören.

Es waren MIGs, mit den typischen Pfeilflügeln und dem wie eine Haifischflosse geformten Leitwerk. Sie beschrieben eine Schleife, beide kurz hintereinander, und stießen nach unten.

Sie fingen den Sturzflug unterhalb des Gebirgskammes ab und schwenkten, jetzt nur noch ein paar Meilen entfernt, nach Osten. Als sie vorbeidonnerten, konnte er deutlich die unter ihrem Rumpf angebrachten Behälter sehen, konnte sich vorstellen, wie sich die Piloten vorbeugten und ihr Ziel in das Fadenkreuz des Visiers rückten. Beide Maschinen nahmen in letzter Sekunde Korrekturen vor und änderten etwas ihren Kurs.

Eine Leuchtspur strebte zum Himmel hinauf und schnitt ihnen den Flugweg mit Stahlkerngeschossen ab. In diesem Moment ließ der Pilot seinen Behälter fallen, und sein Flügelmann folgte ihm nur einen Sekundenbruchteil später.

Die Behälter überschlugen sich, wirbelten herum wie Kreisel und schimmerten in der Sonne. Dann verschwanden sie aus Brocassies Blickfeld. Sekunden verstrichen, und in Gedanken schrie er Porto zu, daß er aus dem SIL springen, losrennen, eine möglichst große Entfernung zwischen sich und dem Zielpunkt bringen sollte. Doch nun entdeckte er das erste, dann das zweite Blinken einer Stichflamme, und er sah die kochende orangefarbene und schwarze Rauchwolke: Napalm.

Die Maschinen wurden zu einer steilen Kerze hochgezogen, drehten und begannen den zweiten Anflug.

Die schmutzige, graue Wolke hatte sich zu einem Rauchpilz aufgetürmt, über sechshundert Meter hoch, und verschob sich zu einem langgestreckten Amboß, als der Wind sie erfaßte.

Die MIGs gingen diesmal noch niedriger und hämmerten mit Bordkanonen auf das Gelände vor ihnen ein. Es war in Sekundenschnelle vorbei, sie stiegen wieder auf, und beide vollführten eine Siegesrolle, während sie an Höhe gewannen.

Brocassie ließ den Kopf auf die Beuge seiner Arme sinken. Seine Lippen berührten den Felsen, und er weinte.

24.

Montana, 22. Dezember 1962

Der Chevrolet-Lieferwagen hatte Mühe, die letzte Steigung zu erklimmen; die Reifen wirbelten, das Fahrgestell schwankte auf dem gefrorenen, verkrusteten Schnee hin und her. Brocassie ließ die Kupplung schleifen und versuchte, die Karre zur Weiterfahrt zu zwingen. Sie überwanden die Kuppe und rollten langsam über die letzten hundert Meter hinweg. Er bog neben dem schneeverwehten Eisentor des Friedhofs von der Straße ab.

Brocassie ließ den Motor laufen, damit die Heizung gegen die bittere Kälte ankämpfen konnte. Der Wind rüttelte an dem Lieferwagen und schaukelte ihn hin und her. Schneekörnchen wurden von dem peitschenden Wind am Fahrzeug vorbei und durch die Pfosten des gußeisernen Zauns getrieben, bis sie um die Grabsteine tanzten. Weiße Staubteufel, die die Toten verhöhnen, dachte er.

Er drehte sich um und blickte durch das Rückfenster. Hinter ihnen lag die öde Weite der Prärie. Sie war quälend weiß und wurde nur von einem rostigen Drahtzaun und den Furchen ihrer eigenen Spur durchbrochen. Im Westen stieß eine Gebirgskette in den trüben Himmel. Ihre zerschlissenen Gipfel verbargen sich in der Wolkendecke. Aber im Süden dehnte sich die Prärie bis in die Unendlichkeit hin, und nur der Dunst einer fernen Gebirgskette deutete einen Horizont an.

Brocassie wandte sich dem Jungen zu, als versuche er, die Trostlosigkeit zu verscheuchen. »Im Frühling, nachdem der Schnee im Chinook geschmolzen ist, wenn die Ströme wieder fließen und die Sonne nach Norden durchdringt, gibt es wilde Blumen, soweit man sehen kann, bis hin nach Mexiko.« Er fuhr dem Jungen mit der Hand durch das Haar. Miguel blickte zu ihm auf; Vorfreude ließ sein Gesicht erstrahlen.

»Werden wir's in diesem Frühling tun? Ich meine, uns Pferde besorgen und reiten . . .«

Die bleiche Scheibe der Sonne brach kurz durch, ihr Licht versuchte, Schatten auf die schneebedeckte Prärie zu werfen, und dann wurde sie wieder von den Wolken verschluckt.

»Nein, nicht in diesem Frühling. Noch nicht. In einem anderen

Jahr«, erwiderte Brocassie leise und behutsam. »Aber wir werden es eines Tages tun – wir alle. Mein Wort darauf.«

Miguel gab sich damit zufrieden. »Ich hätte nie gedacht, daß es so groß, so leer sein würde – leer wie der Himmel, unendlich und schön.« Er starrte eine Sekunde lang nach Süden. »Utah ist südlich von hier, nicht wahr? Dort hast du mit deinem Vater gelebt. Werden wir da haltmachen?«

Eine Pappel blickte dort über den Fluß hinweg, wo sein Vater endlich Frieden gefunden hatte. Jetzt ist es unser Land, nicht mehr in ihren Händen, dachte Brocassie. Wenigstens dieses Versprechen hatte Hagger gehalten. »Ja«, antwortete er, »wir fahren dorthin. Ganz bestimmt, Miguel.«

Alicia streckte die Hand über den Kopf des Jungen hinweg aus, berührte Brocassie am Hals und streichelte ihn. »Und er wird dir die Namen der Sterne nennen« – ihre Augen trafen sich mit denen Brocassies –, »wie er sie mir einmal genannt hat.«

Er hob den Arm, nahm ihre Hand hinter seinen Kopf, hielt sie fest und drückte sie. »Ich werde Miguel von den Sternen erzählen. Und eines Tages auch deinem – unserem Kind.«

Sie blickte zu ihm auf, und plötzlich stiegen ihr Tränen in die Augen. »Ja, es ist unser Kind. Ich möchte, daß es *unseres* ist.«

In seinem tiefsten Inneren wußte er, daß es so war. Unser Kind. Er erwiderte ihren Blick. »Ein Mädchen.«

Alicia schüttelte den Kopf. »Nein, ein Junge. Mutig wie du.«

»Mutiger«, erwiderte er, und sein Herz war von Liebe und Kummer erfüllt. So mutig wie sein Vater.

Er stand neben dem Fahrerhaus des Lieferwagens und betrachtete durch das Fernglas den weißen Schneewirbel, der sich hinter dem grauen Auto herzog.

Es war ein unscheinbarer Dodge, ein Regierungswagen. Vorn saßen zwei Männer. Als der Dodge die Kuppe erklommen hatte, bremste er plötzlich und blieb schlitternd stehen. Die beiden Männer unterhielten sich ein paar Minuten lang, dann stiegen sie aus und gingen nach hinten zum Kofferraum. Der Deckel öffnete sich, einer der Männer zog ein Lederfutteral hervor und nahm ein Gewehr heraus. Beide sahen zu dem Friedhof auf dem Hügel hinüber, wo Brocassie stand, und dann trennten sie sich. Der eine blieb zurück und stützte das Gewehr auf das Fahrzeugdach; ein Zielfernrohr schimmerte im reflektierenden Licht.

Brocassie öffnete die Tür des Lieferwagens und gab Alicia den Feldstecher.

»Er ist es.«

»Bist du sicher, daß es nicht gefährlich ist?«

»Ja, alles ist in Ordnung.« Aber er wußte, daß es durchaus nicht in Ordnung war. »Wir müssen der Sache ein Ende machen. Wir können nicht ewig vor ihnen davonlaufen.«

Sie griff ins Handschuhfach und wollte ihm die Beretta geben.

Er schüttelte den Kopf. »Das dürfte kaum nötig sein. Ich kann es nicht mehr. Entweder ist es sauber oder . . .«

Miguel legte die Hand auf Brocassies Arm. »Laß mich mitkommen. Ich möchte dabeisein.«

»Nein, du bleibst hier. Ein andermal, wenn wir aus eigenem Willen hier sind, nur wir allein«. Er schaute zu der Kuppe hinüber und sah dann wieder Miguel an. »Wenn irgend etwas geschieht, was auch immer, fährst du mit Alicia auf dieser Straße nach Süden. Fahrt weiter und blickt euch nicht um.«

»Nein!«

Brocassie nahm die Hand des Jungen, eine sehnige Hand, und umschloß sie. »Es gibt Dinge, die wir alle tun müssen, auch wenn wir es manchmal nicht wollen. Porto hätte dir das gleiche gesagt. Tu das, worum ich dich bitte.« Er drückte die Hand kräftig, der Junge zögerte und erwiderte den Druck.

»Sei vorsichtig«, sagte sie.

Er nickte, ließ den Wagenschlag zufallen und wartete auf Hagger.

Hagger mühte sich die letzte Steigung empor; sein weißer Atem bildete Dampfballons, die vom Luftzug fortgerissen wurden. Der Wind hatte seine Haut scharlachrot gepeitscht, und er trug eine Pelzmütze mit Ohrenklappen. Er warf einen Blick zu seinem Wagen zurück, runzelte die Stirn und kam die letzten Meter auf ihn zu.

Er streckte den Arm aus, und ihre Handschuhe berührten einander zögernd.

»Lange her«, sagte Hagger.

Brocassie nickte. »Nicht lange genug«, antwortete er. Hagger hatte sich eine Kapuze mit Saum aus Wolfsfell über die Mütze gezogen. Die Parka war schäbig, eine billige Imitation der Air-Force-Winterausrüstung. Brocassie trug schneeweiße Lederstiefel mit Perlenbesatz und eine Leinenhose, die im stürmischen Wind flatterte. Er starrte Hagger herausfordernd und unerschrocken an.

»Da bin ich also«, sagte Hagger schließlich. »Wie erbeten.«

Brocassie neigte zustimmend den Kopf. »Ich dachte, daß wir uns endlich unterhalten sollten.«

Wie in stillschweigender Übereinstimmung drehten sie sich um und gingen auf den Friedhof mit seinem eisernen Zaun zu.

»Sie haben sie mitgebracht?« fragte Brocassie und stieß das Tor auf.

»Ja.« Hagger zögerte und blieb stehen. »Ich will Ihnen nichts vormachen, Brocassie. Deshalb muß ich Ihnen gleich sagen, daß sie sich nicht darauf eingelassen haben. Steen kämpfte wie ein Teufel, und für seine Hartnäckigkeit wurde er ohne Pension entlassen.«

»Hat man Sie auch gefeuert?« Brocassie sah ihn nicht einmal an. Er trat gegen einen Felsbrocken, der halb aus dem Schnee herausragte, aber festgefroren war.

»Mich schieben sie nach Laos ab, ›Ebene der Tonkrüge‹ heißt der Ort. Da mache ich ›vorgeschobene Kontaktaufnahme‹. Der stellvertretende Direktor hat mir gesagt, daß ich mich zu Tode scheißen werde, wenn ich nicht vorher 'ne Kugel einfange oder an Malaria krepiere.« Er versuchte zu lächeln, aber die heftige Kälte hatte seine Lippen rissig werden lassen.

Brocassie musterte ihn. »Woher haben Sie sie also?«

»Aus einer Pfandleihe. Von irgendeinem Burschen, der im Zweiten Weltkrieg gekämpft hat. Sein Stiefsohn versetzte sie für den Preis einer Flasche Wein. Mich hat sie fünfzehn Dollar gekostet. Ich habe die ursprüngliche Inschrift wegpolieren und Álvarez' Namen eingravieren lassen. Insgesamt kostete es 24 Dollar fünfzig Cent. Die Schweine . . .«

Die Ungerechtigkeit schnürte ihm die Kehle zu. Brocassie schluckte. »Sie hätten es aus der Kaffeekasse nehmen können.«

Hagger antwortete nicht, sah nur hinab in den Schnee und stampfte mechanisch mit den Füßen auf.

Brocassies Miene blieb ausdruckslos. Er hielt Hagger den Handschuh hin.

Hagger zog die Schachtel aus der Tasche, Brocassie nahm sie und öffnete ungeschickt den Verschluß. Die Schachtel war mit muffigem Samt ausgelegt. Die Kongreß-Ehrenmedaille ruhte in der für sie vorgesehenen Vertiefung. Er nickte, wandte sich ab und stapfte müde durch das Schneegestöber, vorbei an Reihen von Marmorgrabsteinen, die der mahlende Wind stumpf gemacht und abgeschliffen hatte.

Vier Metallkreuze standen in einer Reihe, zwei davon in mattem Bronzegrün, die Inschriften vor Grünspan fast unleserlich.

»Sein Vater und seine Mutter – auf gewisse Weise auch meine«, sagte Brocassie und nickte zu den älteren Kreuzen hinüber. »Ihn hat's bei einem Grubeneinsturz erwischt, und sie starb ein paar Monate später – an einer Krankheit, die man schwer diagnostizieren kann, aber ich glaube, sie heißt Herzenskummer.« Die beiden anderen Kreuze schimmerten fabrikneu.

Vor einem von ihnen war ein flaches Loch von nicht mehr als dreißig Zentimetern im Quadrat. Es war in den gefrorenen Boden gehackt und die Werkzeuge lagen noch im Schnee. »Ich habe die Kreuze in Dillon gießen lassen und bin gestern hier angekommen.« Brocassie warf einen letzten Blick auf die Medaille, ließ die Schachtel zuschnappen und legte sie behutsam in das Loch.

Er schaufelte die gefrorenen Erdbrocken in die Grube und hämmerte den Haufen mit der Rückseite des Spatens nieder, zuerst vorsichtig, dann immer kräftiger und schließlich mit aller Gewalt, so daß der Stahl tönte wie eine schwache Glocke.

Hagger zögerte, nahm Brocassies Arm, hielt ihn zurück und brachte ihn langsam dazu aufzuhören. Brocassie schaute nicht einmal zur Seite und nickte. »Ich werde zurückkommen«, sagte er. »In irgendeinem Frühling, wenn ich es richtig machen kann. Er würde es verstehen.«

Der andere legte unbeholfen den Handschuh um Brocassies Arm. Gemeinsam schritten sie durch den Friedhof zum Tor zurück. »Das vierte Kreuz war für Porto. Warum? Sie waren nicht verw . . .« Er verhaspelte sich und konnte das Wort nicht aussprechen.

». . . verwandt«, ergänzte Brocassie. »Nein, sie waren nicht verwandt, Max. Vielleicht waren sie sogar Feinde, aber trotzdem waren sie Brüder. Wir alle waren auf irgendeine beschissene Weise Brüder. *Hermanos.* Nur wenn man wirklich Spanisch kann, weiß man, was das Wort bedeutet.« Er blieb stehen und blickte zu den Kreuzen für Porto und Álvarez zurück. Die Geschäfte in Dillon hatten über Straßenlautsprecher Weihnachtslieder gespielt, mechanisch, kommerziell und unpersönlich. Aber eines ging ihm immer wieder durch den Kopf. Schlafe in himmlischer Ruh, betete er.

Sie blieben im Windschatten des Lieferwagens stehen und stampften mit den Füßen auf. Die betäubende Kälte drang ihnen bis in die Knochen. Die Fenster des Fahrerhäuschens waren beschlagen, aber Hagger erkannte das weiße, ovale Gesicht einer Frau, eine Hand, die über die Scheibe wischte, und neben der Frau das Gesicht eines Jungen.

Brocassie sprach als erster. Seine Stimme war klanglos. »Also ist es gut und schlecht gelaufen. Was passierte letzten Endes, Max?«

Hagger schniefte. Er rieb sich nachdenklich mit dem Handschuh über die üppige Nase.

»Nachdem ich mir das Band vorgenommen und Steen die Sache auseinandergeklaubt hatte, ging er direkt zu Kennedy. Damit trat er einer Menge Leute auf die Zehen. Sie könnten ihm vielleicht mal eine Postkarte schreiben und ihm für seine Bemühungen danken.«

»Mag sein. Und Kennedy . . .«

». . . tat nichts. Sie wissen doch, wie so was abläuft, oder? Schwierige Entscheidungsfindung. Komitees, Eventualplanung, Außenministerium gegen Verteidungsministerium, Geheimdienst gegen Pentagon. Alle wedeln gleichzeitig mit den Händen und halten sich den Rücken frei. Kennedy entschied, den Komplex nicht bombardieren zu lassen, denn es wäre zwar moralisch gerechtfertigt, aber politisch nicht opportun gewesen. Ihm war scheißegal, daß Raketen in Kuba versteckt waren, solange diejenigen, die man sehen konnte – ob Attrappen oder nicht – abgezogen wurden. Am Stammtisch nennt man das ›sein Gesicht wahren‹. Andere Leute, die ich kenne, nennen es politische Zweckmäßigkeit, und das ist nur ein anderes Wort für Verarschung.«

»Aber ein Bombengeschwader der Air Force hielt doch auf Kuba zu. Sowjetische Satelliten entdeckten es und gaben den Kurs an den Komplex weiter.«

Hagger nickte. »Dreißig Minuten, nachdem Kennedy das Band bekam, ließ er tatsächlich ein ganzes Geschwader starten. Wahrscheinlich seine instinktive Reaktion, aber wer, zum Teufel, weiß das? Es wurde fünfzig Meilen vor Kuba zurückbeordert. Ohne Erklärung. Ob Kennedy kalte Füße kriegte oder ob ihn seine Berater überredeten, wird man nie erfahren – jedenfalls nicht zu unseren Lebzeiten.«

»Also, was ist das Endresultat?«

Hagger zuckte die Achseln und klatschte die Handschuhe zusammen. »Sie lesen doch Zeitung? Oder vielleicht nicht?« Er wischte über die Tröpfchen an seiner Nase. »Wir haben alle unsere Raketen aus der Türkei abgezogen, die übrigen in England und Italien werden im nächsten Jahr demontiert, und wir versprechen – Hand aufs Herz –, nie wieder zuzulassen, daß kubanische Staatsangehörige von amerikanischen Boden aus in Kuba landen.«

»Kennedy sagte, die letzte Bedingung für diese Maßnahmen sei eine Inspektion an Ort und Stelle.«

»Er ›sagte‹ es, was sich sehr von ›er verlangte‹ unterscheidet. Castro behauptet, die Sowjets und die Amerikaner hätten ohne seine Zustimmung ein Abkommen getroffen, und er werde seinen souveränen Boden von niemanden betreten lassen. Die Sache ist gestorben, und keiner hat sich zu ihrem Tod groß geäußert, John Kennedy am wenigsten. Als Gegenleistung haben die Russen die SS-4-Sandals mit Frachtern abtransportiert. Die Fiberglashülsen wurden vorgeführt, das heißt, man zog die Segeltuchbedeckung weg, damit wir sie für die Sonntagsausgaben der *New York Times* fotografieren konnten. Vermutlich werden die Bonzen die Sandals im Hinterhof ihrer Datschas eingraben und sie zu Swimmingpools für ihre Enkel umfunktionieren. Das ist alles.« Er unterbrach sich. »Oh, noch eine Kleinigkeit. Kennedy verpflichtete sich, niemals US-Truppen in Kuba zu landen, aber er erklärte den Russen gleichzeitig mit großem Trara, daß sie die Hände von Berlin lassen sollen.«

Brocassie trat langsam zurück und hockte sich auf die Stoßstange des Lieferwagens. »Es spielt keine Rolle – nicht für mich, Hagger. Julio hat die Silos zerstört. Ob Kennedy sie bombardieren ließ oder nicht, war letzten Endes egal. Sie lagen in Trümmern.«

»Nur siebenundachtzig von ihnen«, antwortete Hagger mit unbewegtem Gesicht. »Die Marineflugbasis in Key West entdeckte zwei Tage nach Ihrem Feuerwerk leicht radioaktiven Staub und rief das Pentagon an. Das Pentagon rief die DIA an, und die DIA rief die CIA an, und die CIA schickte eine U-2 über Kuba hinweg. In dem Tal herrscht ein hoher Grad an Radioaktivität, und Infrarotfotos bestätigen, daß nur siebenundachtzig Silos explodiert sind.«

Er stampfte einen Twostep im Schnee, blies den Atem im Takt aus und sah Brocassie unverwandt an. »Das heißt, dreiunddreißig Silos sind noch okay. Zwei Wochen nach der Explosion flogen die Sowjets Entseuchungsmannschaften ein, russisches Überwachungspersonal in hermetisch versiegelten Schutzanzügen und mit in sich abgeschlossenen Atemgeräten. Und seit sechs Wochen sind ungefähr fünfhundert Kubaner rund um die Uhr dabei, den verseuchten Boden mit Handspaten vom Gelände zu schaufeln. Keiner hat auch nur den elementarsten Schutz. Alles politische Gefangene, Brocassie, hauptsächlich aus El Condado und von der Isla de Pinos. Wir schätzen, daß die Verseuchung da unten im Tal neunzig Rem beträgt – das genügt, um einem gesunden Mann in knapp vier Tagen die tödliche Strahlendosis zu verpassen. Die Sowjets zwingen sie zur Arbeit, bis sie umfallen, und schaffen dann einen frischen Trupp von fünfhundert Männern ran. Es wird Monate dauern, aber sie säubern das Gelände, und wir können nichts machen, denn unsere Regierung tut so, als habe es den Calvario-Komplex nie gegeben. Die Sowjets werden die Startvorrichtungen wahrscheinlich wiederaufbauen, und wir können nur dumm zugucken.«

Das Schweigen zwischen ihnen war wie ein Felsspalt, dann wie ein Abgrund. Brocassie wandte sich dem Fahrerhäuschen des Lieferwagens zu, ohne sich umzusehen, und legte die Hand an die Tür.

»Ich hab noch 'ne Nachricht für Sie«, rief Hagger hinter ihm her und versuchte, den Wind zu übertönen.

Brocassie blieb stehen und drehte sich um. Er hatte die Hände in die Taschen seiner Parka geschoben.

»Man will, daß Sie Bericht erstatten. Es ist bekannt, daß Sie und die Frau und der Junge Jamaika erreichten, und dann ging Ihre Spur verloren, wurde auf den Cayman-Inseln wiederaufgenommen und von neuem verloren. Schließlich hat man sie in Tampico entdeckt. Sie durften die Grenze überschreiten, weil man Sie auf US-Gebiet haben wollte. Ich soll Sie alle zurückbringen.«

Brocassie schüttelte langsam, fast traurig den Kopf. »Lernt ihr denn nie was dazu?« Er stieß den Finger gegen den Stoff des Parka. »Machen Sie keine Dummheiten. Ich habe einen Feldstecher, und ich habe den Mann gesehen, der bei Ihnen ist. Er hat ein Spielzeug mit blauem Lauf und großem Zielfernrohr. Winken Sie ihm zu, damit er in das Auto einsteigt, und seien Sie dabei verdammt vorsichtig.« Er drückte stärker gegen den Stoff, so daß sich eine Ausbuchtung bildete. »Los, Hagger!«

»Ich weiß nicht . . .«

»Los!«

Hagger hob die Hände nur ein wenig an und gab ein Zeichen. Licht glänzte auf dem Zielfernrohr des Gewehrs, und dann stapfte die Gestalt zum Kofferraum und verstaute die Waffe in ihrem Futteral. Ein paar Sekunden später verschwand der Mann hinter den beschlagenen Fenstern des grauen Wagens.

Brocassie sagte langsam und bedächtig: »Man hatte nie vor, mich Bericht erstatten zu lassen, und das wissen Sie ganz genau. Das einzige, was die wollen, sind noch drei Kreuze in der Grabreihe da drüben, denn wenn je herauskäme, was wirklich in Kuba abgelaufen ist, würde es in diesem Land einen politischen Aufruhr geben, wie er noch nie dagewesen ist. Die große Masse des amerikanischen Volkes hat viel mehr Grips, als die großen Herren in Washington glauben. Vergessen Sie die Sache, Hagger. Ich habe fünfundachtzig engbeschriebene Seiten mit Einzelheiten über die ganze Episode. Diese Seiten habe ich in Mexiko kopiert und an sechs verschiedene Personen geschickt. Sie haben Anweisung, die Umschläge zu öffnen, wenn sie nicht alle sechs Monate für den Rest meines etwas unnatürlichen Lebens eine Postkarte von mir bekommen. Melden Sie das nach Washington weiter, Hagger. Das sollte wenigstens die halbe Agentur für die nächsten zehn Jahre in Trab halten.«

»Ich kann Sie immer noch zurückholen lassen, Brocassie! Jederzeit und von jedem Ort.«

Brocassie lächelte, öffnete die Tür einen Spaltbreit und stellte den Fuß auf das Trittbrett. »Aber das werden Sie nicht, stimmt's? Melden Sie weiter, was ich Ihnen gerade gesagt habe, und keiner von denen wird einen Finger rühren, denn sie werden die Hosen gestrichen voll haben.« Er lächelte noch einmal. »Die Geschichtsbücher sollen ihre Lügen verbreiten, Max. Es wäre nicht das erstemal.«

»So ein Quatsch!« rief Hagger gegen den Wind. »Es geht um meinen Kragen.«

Brocassie schüttelte langsam den Kopf. »Wo bleibt denn die echte moralische Entrüstung, Max? Ganz tief in Ihrem fetten Wanst wissen Sie doch auch, daß Sie genauso unfähig waren wie alle übrigen. Ihr alle müßt lernen, genau wie ich, daß Freiheit nicht billig zu haben ist. Man muß immer dafür zahlen, und manchmal tut das weh.« Er schlug die Tür zu.

Der Lieferwagen setzte sich in Bewegung und schwenkte auf die holprige Straße. Pulverschnee quirlte auf.

Brocassie sah im Rückspiegel, wie Hagger die Faust hob, und zum erstenmal seit langem fühlte er sich unbeschwert von der Vergangenheit.

»Lassen Sie uns jetzt in Ruhe?« fragte Alicia.

»So kann man es ausdrücken«, antwortete er.

Der Lieferwagen rumpelte über gefrorene Fahrspuren nach Süden, der Sonne entgegen.

»Wohin fahren wir?« fragte sie.

»Dahin, wo es warm ist, wo das Meer funkelt und die Menschen eine zivilisierte Sprache sprechen. Wo wir in Sicherheit sind.«

Sie schob den Arm über die Rückenlehne und berührte seine Wange mit der Hand, so daß der Filigranring über seine Bartstoppeln strich.

Der Ring war warm wie die mexikanische Sonne.

Key West (Florida)
Havanna
Mariel
Raketenstellungen in
San Cristóbal
Raketenstellungen
in Guanajay
Raketenstellungen in
Sagua la Grande
Raketenstellungen in
Remedios
Cienfuegos
Escambray-Gebirg
Trinida
Isla de Pinos
KARIBISCHES
Cayman-Inseln
KUBA 1962
0
100
200 km